Titolo originale *Dream Count*

www.einaudi.it

ISBN 978-88-06-26413-0

Chimamanda Ngozi Adichie

L'inventario dei sogni

Traduzione di Giulia Boringhieri

Einaudi

In ricordo della mia bellissima e adorata mamma,
Grace Ifeoma Adichie (nata Odigwe),
29 novembre 1942 - 1° marzo 2021.
Uwa m uwa ozo, i ga-abu nne m.

L’inventario dei sogni

Chiamaka

Uno

Il mio piú grande desiderio è sempre stato di trovare un altro essere umano che mi conoscesse veramente. Talvolta sogniamo per anni cose a cui non sappiamo dare un nome. Poi nel cielo si apre uno squarcio, e lo squarcio si allarga e ci rivela a noi stessi, come ha fatto la pandemia, perché è stato durante il lockdown che ho cominciato a passare al vaglio la mia vita, e a dare un nome a cose a lungo innominate. All'inizio mi ero ripromessa di sfruttare al meglio quel periodo di segregazione collettiva: se proprio dovevo restare a casa, ne avrei approfittato per ungermi ogni giorno le radici sfibrate dei capelli, bere otto bicchieroni d'acqua, correre sul tapis roulant, dormire a oltranza e spalmarmi la pelle di creme nutrienti. Avrei scritto nuovi articoli di viaggio usando vecchi appunti inutilizzati, e chissà, se il lockdown fosse durato abbastanza a lungo, avrei anche potuto trovare la spinta per scrivere un libro. Ma nel giro di pochi giorni ero già nel vortice di un pozzo senza fondo. Presa in un turbinio di regole e divieti, mi sembrava che l'umanità intera stesse rapidamente tornando a uno stadio di caos primordiale che credevo scomparso per sempre. Non toccarsi la faccia; lavarsi le mani; non uscire; spruzzarsi il disinfettante; lavarsi le mani; non uscire; non toccarsi la faccia. Lavarsi la faccia equivaleva a toccarsela? Usavo sempre una spugnetta per il viso, ma un mattino il palmo della mano mi sfiorò la guancia e mi bloccai, con il rubinetto dell'acqua ancora aperto. Non poteva essere grave, certo che no, dato che non mettevo mai piede fuori casa, ma che senso aveva dirci di non toccarci la faccia e lavarci le mani se nessuno aveva idea di come fosse cominciata, come sarebbe finita, e neppure cosa fosse? Tutti i giorni mi svegliavo in preda all'ansia, con il cuore che correva all'impazzata, e allora a volte mi mettevo la mano sul petto e la tenevo lí. Ero da sola nella mia casa nel Maryland, nel silenzio dei sobborghi, tra strade spettrali fiancheggiate da alberi che parevano essi stessi ammutoliti. Non passavano automobili. Guardavo fuori, e vedevo un branco di cervi che attraversavano il giardino davanti a casa. Erano una decina, o forse quindici, ben altra cosa rispetto al cervo solitario che scorgevo di tanto in tanto ruminare timidamente sul prato. Ebbi paura di loro, della loro inusuale spavalderia, come se il mio mondo fosse sul punto di essere invaso non soltanto da cervi, ma da altre misteriose creature in agguato. Talvolta mi dimenticavo quasi di mangiare, limitandomi a sgranocchiare cracker recuperati in dispensa, altre volte tiravo fuori dal congelatore buste dimenticate di verdure e fagioli cotti piccanti che mi ricordavano l'infanzia. Giorni amorfi che si fondevano l'uno nell'altro, dandomi l'impressione che il tempo si stesse riavvolgendo. Le articolazioni mi pulsavano, e cosí i muscoli della schiena, e i lati del collo, come se il mio corpo sapesse fin troppo bene che non siamo fatti per vivere in quelle condizioni. Non scrissi niente perché non potevo scrivere. Il tapis roulant non lo accesi mai. Nelle videochiamate su Zoom ci facevamo eco a vicenda, protesi l'uno verso l'altro senza mai toccarci, scavando sempre piú la distanza che ci separava.

La mia migliore amica, Zikora, non lontano da me, a Washington, un pomeriggio mi chiamò dal Walmart dicendomi che era lí per comprare della carta igienica.

– Ma come? Sei uscita? – dissi, quasi strillando.

– Ho guanti e doppia mascherina, – disse. – Qui c'è la polizia che regolamenta la coda per la carta igienica, ti rendi conto? – Zikora passò all'igbo e continuò: – La gente si sta urlando contro. Ho seriamente paura che da un momento all'altro qualcuno tiri fuori una pistola. Il bianco davanti a me è sospetto; è arrivato su un fuoristrada mastodontico e ha un cappello rosso in testa.

Non parlavamo mai igbo puro – le nostre frasi erano sempre contaminate dall'inglese – ma questa volta Zikora era stata attenta a non lasciarsi scappare neanche una parola di inglese, casomai qualcuno la stesse ascoltando, e aveva un tono innaturale, da scadente sceneggiato televisivo di ambientazione precoloniale. «Un uomo alla guida di una grande barca su ruote e con in testa un cappello color sangue». Scoppiai a ridere e lei fece lo stesso, e per un attimo mi sentii sollevata, rinfrancata.

– Onestamente, Zikor, non saresti dovuta uscire.

– Ma ci mancava la carta igienica.

– Credo che sarebbe ora di cominciare a lavarci il sedere, tutti quanti, – dissi, e subito dopo Zikora e io aggiungemmo all'unisono: – Voi non siete puliti!

Era una storia che avevo raccontato infinite volte nel corso degli anni, quella di Abdul, il nostro portiere di Enugu, l'esile e flessuoso Abdul nella sua lunga jalabiya, che una sera, mentre andava alla latrina sul retro con il suo bricco di plastica pieno d'acqua, si era girato verso di me e senza battere ciglio aveva detto: – Voi cristiani usate la carta dopo essere stati in bagno. Voi non siete puliti.

Durante la videochiamata di famiglia su Zoom dissi: – Il piú grave reato che si può commettere oggi in America è creare scompiglio nelle lunghe code di gente in attesa di acquistare carta igienica nei supermercati. La polizia è occupatissima a sorvegliare le code per la carta igienica in ogni parte del Paese.

Speravo che ridessero tutti – ridevamo tanto, prima – ma l'unico che lo fece fu mio padre. I miei due fratelli gemelli erano sull'orlo dell'ennesima litigata.

Mia madre disse: – Non ho mai capito perché gli americani la chiamino carta. Carta igienica. Dà un'idea di ruvidezza. Non sarebbe meglio salvietta igienica, o rotolo igienico?

Ci parlavamo su Zoom a giorni alterni – i miei genitori da Enugu, mio fratello Afam da Lagos e il suo gemello, Bunachi, da Londra. Ogni chiamata era come un giorno di cielo coperto, cupo e appesantito dalle ultime cattive notizie.

Mio padre e mia madre parlavano di morte, dei morenti e dei morti, e i miei fratelli si beccavano apertamente, senza piú preoccuparsi di tenere i nostri genitori al riparo dalla loro ostilità. Era come se non potessimo piú essere noi stessi perché il mondo non era piú il mondo. Parlavamo dell'aumento dei casi in Nigeria, che cambiavano da un giorno all'altro e da uno Stato all'altro, in una sorta di macabra competizione, con Lagos che per ora era in testa, e Cross River secondo. Afam ci inviò il filmato di un'ambulanza che passava a sirene spiegate nel suo complesso residenziale, con la didascalia «meno uno». Bunachi disse che i medici nel Regno Unito non avrebbero ricevuto camici di protezione in tempi brevi, perché le persone che li facevano in Cina erano morte. Io mi univo sempre alle videochiamate per ultima, fingendo di essere stata al telefono con qualche redattore di rivista, mentre ero rimasta a fissare lo schermo per trovare il coraggio di cliccare su «partecipa». I miei genitori erano tornati in Nigeria da Parigi subito prima del lockdown e mia madre diceva spesso: – Pensate se fossimo rimasti bloccati in Europa. Laggiú i nostri coetanei stanno morendo come mosche.

– Pensate che tragedia se avessimo i tassi di mortalità dell'Europa.

– Dio vuole salvare la Nigeria; non c'è altra spiegazione, – disse Afam.

– Tranne la magia, – ribatté scorbutico Bunachi. Poi aggiunse: – L'Europa semplicemente fornisce i dati reali sulle morti per Covid.

– No, no, no, – disse mio padre. – Se avessimo alti tassi

di mortalità, non riusciremmo a nasconderli. Siamo troppo disorganizzati; non siamo la Cina.

– Gesú, Giuseppe e Maria. Tutti questi numeri sono persone, persone! – disse mia madre, con la testa girata verso la tv.

– Questa mattina sono andato al bancomat con un cucchiaio, – disse Afam.

– Con un cucchiaio? – chiese mia madre, di nuovo di fronte.

– Non volevo toccare l'apparecchio, cosí ho digitato il pin con il cucchiaio e poi l'ho buttato via, – disse Afam.

– Non avevi messo i guanti? – chiese mia madre.

– Li avevo messi, ma siamo sicuri che il coronavirus non passi attraverso i guanti? – rispose Afam.

– Sulle superfici solide il virus muore nell'arco di pochi secondi. Hai sprecato un cucchiaio, – disse Bunachi, saccente come al solito. Qualche giorno prima aveva dichiarato che i ventilatori polmonari non erano la terapia giusta per il coronavirus. Faceva il commercialista.

– In ogni caso, non saresti dovuto uscire, Afam, – disse mio padre. – E poi a che ti serve il contante? Avete fatto un bel po' di scorte.

– Mi serve. A Lagos c'è molta tensione, – disse Afam.

– Che tensione? – chiese Bunachi, e Afam lo ignorò finché non intervenne mio padre: – Cosa intendi per tensione?

– Ai cancelli di ogni proprietà di The Island ci sono folle che chiedono soldi e cibo. Tutti quelli che si guadagnano da vivere alla giornata non hanno altre risorse. I venditori ambulanti, per dire. Ho visto un filmato in cui uno diceva che non vogliono il lockdown, sono i ricchi che vanno all'estero e si prendono il Covid, e siccome prima del lockdown erano loro che ci lavavano i vestiti e ci gonfiavano le gomme, adesso noi dobbiamo dargli da mangiare. Tutto sommato, ha un suo senso.

– Non ha nessun senso. Sono soltanto delinquenti, – disse Bunachi.

– Sono affamati, – disse Afam. – Perciò sono andato al bancomat a piedi. Avevo sentito dire che se ti vedono uscire con un'auto di lusso ti rincorrono con i bastoni.

Afam viveva in un complesso residenziale di grandi ville protetto da un cancello telecomandato che si apriva con un codice d'accesso riservato. Il giorno dopo disse che la folla aveva riempito di botte le guardie e stava dando colpi al cancello per disattivare il sistema di sicurezza.

– Hanno acceso un fuoco proprio davanti all'ingresso, – disse. – Non ho mai visto il nostro gruppo WhatsApp cosí attivo. Stiamo raccogliendo soldi, cercando di capire come darglieli.

– Pensi ancora che siano innocui? – lo sbeffeggiò Bunachi.

– Non ho mai detto che sono innocui. Ho detto che sono affamati, – rispose Afam.

Alle sue spalle si vedeva del fumo grigio salire nel cielo della sera. Aveva un'aria inerme e sprovveduta, lí in piedi sul suo terrazzo di marmo, vicino a un'alta pianta in vaso. La pianta era cosí verdeggiante, il suo fogliame cosí folto e rigoglioso, che per contrasto ripensai a quando la vita era normale e mio fratello padrone delle sue giornate, impegnato nei suoi affari, un pezzo grosso di Lagos con il potere in tasca. Ora era lí in terrazzo mentre sua moglie aveva barricato i due figli in cucina perché era la stanza con la porta piú robusta. Cercava di non sembrare impaurito, il che naturalmente dimostrava il contrario, e io pensai a come siamo vulnerabili tutti quanti, e con quanta facilità dimentichiamo di esserlo. Ci fu un boato dirompente, e io sobbalzai, non capendo lí per lí se provenisse dallo schermo di Afam o da qualche parte fuori dalla mia finestra.

– Avete sentito? – disse Afam. – C'è stata un'esplosione al cancello.

– Non è niente di grave, – disse mio padre. – Avranno gettato nel fuoco un bidone di insetticida.

– Afam, vai dentro e chiudi tutte le porte, – disse mia madre.

Per cambiare argomento, dissi che la vitamina C ad alto dosaggio era esaurita ovunque, online. Bunachi, naturalmente, sapeva già tutto e disse che la vitamina C non serviva a prevenire l'infezione e che ci avrebbe spedito la ricetta di un infuso di basilico fresco, che avremmo dovuto inalare tutti i giorni.

– Chi vuoi che abbia basilico fresco? – fu la risposta tagliente di Afam.

Bunachi cominciò a recitare le ultime statistiche dei decessi Paese per Paese e io dissi: – Mi si sta scaricando la batteria, – e riattaccai. Inviai un messaggio ad Afam, seguito da una sfilza di cuoricini rossi: *Tieni duro, fratello, andrà tutto bene.*

Mia cugina Omelogor diceva che queste cose, ad Abuja, non succedevano. Abuja era piú mite di Lagos, come sempre, una specie di Lagos scolorita dal sole, privata dei nutrienti.

– C'è chi muore, e c'è chi dà feste di compleanno, – disse.

– Cioè?

– Ieri è morto il capo di gabinetto del presidente, e stamattina Ejiro mi ha invitata al suo compleanno. Le ho detto che se volessi correre il rischio di morire sceglierei un modo migliore della sua festa.

Era molto strano sentire Omelogor usare le parole «morto» e «morire»; lei non parlava quasi mai di sintomi o numero di morti. Raccontava di come risigillava i pacchi di noodle Indomie con il nastro adesivo extraforte e li lasciava sulla porta di un orfanotrofio; o dell'impennata di traffico sul suo blog, «Per soli uomini», dopo il lockdown, con piú visitatori unici da piú Paesi, e molte richieste di mostrarsi finalmente in video. – È quasi una proposta sconcia, chiedermi di fare un video, – disse Omelogor, ridendo. Di tutte le persone a cui volevo bene, Omelogor era quella che era rimasta piú se stessa, che non era stata piegata dalla grande incognita collettiva; sembrava sempre ben sveglia, docciata e piena di iniziative. – Passerà anche questa, Chia. Gli esseri umani sono sopravvissuti a molte pestilenze nel corso della storia, – mi diceva spesso, quando intuiva che ero giú di morale, e il suo tono di voce mi rinfrancava, sebbene la parola «pestilenza» mi facesse pensare, curiosamente, alle sanguisughe.

– Non chiamarla pestilenza, – dicevo io.

Qualche volta non parlavamo, lasciavamo i telefoni appoggiati a un libro o una tazza, e condividevamo i nostri silenzi e i nostri rumori di sottofondo. Solo con Omelogor il silenzio era tollerabile. Nelle videochiamate su Zoom con le amiche il silenzio sembrava una sconfitta, e cosí parlavo, parlavo, pensando alla rapidità con cui ci si adatta, o si finge di adattarsi, a un'esistenza ridotta a schermo e suono. Zikora diceva che le piaceva lavorare da casa, appoggiata ai cuscini del letto, perché sentiva il pianto acuto di Chidera in salotto e la voce sommessa della madre che cercava di calmarlo. Chidera aveva pianto talmente tanto per andare al parco giochi che alla fine Zikora aveva ceduto e gli aveva lasciato vedere i cartoni animati per la prima volta da quand'era nato, e all'inizio era sembrato un po' spaventato, ma adesso era come ipnotizzato dal televisore, e piangeva quando la madre lo spegneva. LaShawn, a Philadelphia, faceva il pane con il lievito naturale e lasciava piatti di pollo fritto sul pianerottolo per la madre, che era stata messa in quarantena al piano di sopra per non correre rischi. Hlonipha a Johannesburg diceva che aveva staccato il Wi-Fi e faceva acquerelli, ma che le mettevano tristezza perché le sembravano troppo acquosi, troppo sbiaditi. Lavanya, a Londra, beveva litri di vino rosso, alzando la bottiglia davanti allo schermo ogni volta che si riempiva il bicchiere. La sua vicina di casa, una vecchia signora che viveva da sola con il cane, era morta di Covid, e nessuno aveva portato via il cane, e lei lo sentiva abbaiare e le spezzava il cuore, ma non sapeva se anche i cani si prendessero il Covid.

Ben presto le videochiamate divennero un collage di immagini allucinatorie. Alla fine di ogni chiamata mi sentivo piú sola di prima, e non perché era finita, ma perché c'era stata. Parlare significava ricordare tutto ciò che avevamo perduto. Avrei dato qualunque cosa per sentire accanto a me il respiro di un'altra persona. Sognavo di abbracciare mia madre nell'anticamera della nostra casa di Enugu, e mi svegliavo stupita perché non era stato un pensiero consapevole. Non mi piaceva stare da sola. Se almeno Kadiatou avesse accettato di venire con Binta a passare la quarantena da me. Ero molto preoccupata per lei, ma capivo perché volesse stare a casa sua. Pochi giorni prima del lockdown aveva detto: – Io aspetto a casa mia –. Aspetto. In realtà stavamo tutti aspettando. Il lockdown era l'attesa non prevedibile di una fine non prevedibile, e quella di Kadiatou era accentuata da un dolore selvaggio. Le telefonavo tutti i giorni, e quando non rispondeva chiamavo Binta per assicurarmi che stesse bene. Usavamo WhatsApp perché non aveva Zoom. – Come stai, Kadi? – le chiedevo, e lei rispondeva: – Stiamo bene, grazie a Dio –. Ogni tanto diceva: – Non ti preoccupi per me, Miss Chia –. La voce era pacata, refrattaria ai toni drammatici. Eppure era la stessa voce che soltanto qualche settimana prima, in preda al panico, urlava al telefono: – Manderà qualcuno a uccidere me! Manderà qualcuno a uccidere me! – Aveva rifiutato la psicoterapia, scuotendo la testa, dicendo: – Non posso parlare con sconosciuto, non posso parlare con sconosciuto –. Voleva soltanto arrivare alla fine del processo, ma in quel periodo tutte le azioni legali erano sospese e io temevo che, incastrata nel limbo del lockdown, potesse cedere alla disperazione.

– Chi mi darà lavoro dopo questo? Chi mi darà lavoro di nuovo? – mi chiedeva, con una voce talmente afflitta che mi venivano le lacrime agli occhi.

– Quando il processo sarà finito potrai aprire il tuo ristorante, Kadi, – le dicevo.

– Nessuno andrà piú al ristorante dopo Covid, – ribatteva lei mestamente.

Una volta, durante una di queste telefonate, ebbe uno scatto di rabbia che non mi aspettavo. – Non mandare piú soldi, Miss Chia. Mi dai già abbastanza –. Non mi aveva mai parlato in quel tono. Tra i due schermi, a distanza, calò un silenzio carico di tensione.

– Come vuoi, Kadi, – dissi io, alla fine. Riattaccò senza salutare e attesi qualche giorno prima di richiamarla. Ogni volta che chiedevo a Binta «Come sta la mamma?» ricevevo sempre la stessa risposta: «Di notte piange».

«Nessuno andrà piú al ristorante». Non riuscivo a immaginare questa nuova vita da reclusi, in cui non si andava piú a mangiare fuori, perché avevo bisogno di credere che il mondo sarebbe tornato a essere un luogo incantato.

Il silenzio fuori mi atterriva. Le notizie mi atterrivano. Leggevo di anziani che morivano soli, come se nessuno li amasse, mentre le persone che li amavano piangevano disperate dall'altra parte di un vetro. In televisione vedevo cadaveri trasportati come rigidi manichini fasciati di bianco, e mi addoloravo per la perdita di gente sconosciuta. Perlustravo Twitter alla ricerca di hashtag sul Covid, e incollavo su Google Translate tweet di medici italiani che sembravano sapere quello che dicevano. Che non era molto, perché in fin dei conti si sapeva pochissimo, e tutti brancolavano nel buio. Ogni nuovo sintomo di cui apprendevo l'esistenza immaginavo di averlo, e i sintomi cambiavano in continuazione – ogni giorno una novità, dagli arrossamenti del viso ai geloni ai piedi, come un'apocalisse a ruota libera che non dava cenno di voler finire. Un prurito all'alluce o una sensazione di gola secca al mattino, e venivo presa dal panico, e mi dicevo «respira, respira», imitando le app di meditazione che fino a quel momento non avevo mai preso sul serio.

Spesso mi sentivo invasa da un sordo torpore, altre volte da un'irrequietezza febbrile. Lo sforzo di sembrare allegre rendeva forzate le chiamate su Zoom, soprattutto le chiamate di gruppo tra amiche, bicchiere di vino alla mano. Cominciai a evitarle, e a evitare anche quelle di famiglia. Non rispondevo neppure a Omelogor, la persona a me piú vicina, ma parlare con lei era diventato faticoso perché parlare, in assoluto, era faticoso. Restavo sdraiata sul letto a non fare niente, e mi sentivo in colpa a non fare niente, ma non facevo niente lo stesso. Nei messaggi ai miei amici dicevo che stavo scrivendo, e poiché era una bugia mi dilungavo in mille particolari invece di tagliare corto. Nel tentativo di alleviare il mio catastrofismo, decisi di non seguire piú le notizie. Mi tenni lontana da internet e dalla televisione e lessi i gialli di Agatha Christie, felice di rifugiarmi nella loro aristocratica implausibilità. Poi le notizie mi assorbirono di nuovo completamente. Bevevo zenzero in acqua tiepida con aggiunta di succo di limone preso da una vecchia bottiglietta crepata in fondo al frigorifero, e di pepe di Caienna, aglio e curcuma in polvere provenienti dal mio armadietto delle spezie, finché l'intruglio non mi dava la nausea. La mattina mi alzavo a malincuore, perché scendere dal letto significava rimettersi nella condizione di stare male.

In questa nuova vita sospesa, un giorno mi trovai in testa un capello grigio. Comparve dalla sera alla mattina, vicino alla tempia, un filo strettamente attorcigliato, e nello specchio del bagno lí per lí pensai che fosse un pelucco. Un unico capello grigio, con una leggera patina lucida. Lo srotolai, lo mollai, lo srotolai di nuovo. Non lo strappai. Pensai: sto invecchiando. Sto invecchiando, il mondo è cambiato e nessuno mi ha mai conosciuta veramente. Fui travolta da un'ondata di malinconia che mi fece salire le lacrime agli occhi. Questo abbiamo, e nient'altro, questo fragile respiro, aria che entra e aria che esce. Dove sono andati a finire gli anni passati? Ho sfruttato al meglio la mia vita? Ma come si calcola questo meglio, e come faccio a sapere se l'ho raggiunto?

Ogni volta che ripensavo al passato venivo sommersa dai rimpianti. Non so che cosa venne prima – se cominciai a nutrire rimpianti e poi mi misi a cercare su internet gli uomini del mio passato, o se fui travolta dai rimpianti dopo aver googlato gli uomini del mio passato. Ripensavo a tutti gli inizi, e alla leggerezza che si accompagna sempre agli inizi. Mi affliggevo per il tempo perso a sperare di vedere ciò che possedevo trasformarsi in un miracolo. Mi affliggevo per una cosa di cui non ero neppure sicura: che ci fosse qualcuno, nel mondo, che mi era passato accanto senza sfiorarmi, e che avrebbe potuto non soltanto amarmi, ma conoscermi veramente.

C'era un ragazzo coreano nel corso di musica che avevo seguito da matricola al college, tanto tempo prima, quand'ero appena arrivata in America e tutto era ancora nuovo. «Introduzione alla musica». La piccola professoressa bianca era un'entusiasta dalla parlantina veloce, e il suo inglese americano, con forte accento regionale, era cosí strano, come un cicalare ininterrotto, che spesso non riuscivo a seguirla. Un giorno guardai di sottecchi lo studente vicino a me, per vedere se aveva capito le sue ultime parole, e sulla sua pagina non c'erano lettere riconoscibili ma delicate figure, realizzate con tratti cortissimi, sfuggenti. Sgranai gli occhi, affascinata dalla bella grafia coreana, impressionata dal fatto che quel ragazzo fosse in grado di tracciare segni simili e ricavarne un senso. Nel ricordo fu cosí che lo notai per la prima volta, ma i ricordi mentono. Come facevo a sapere che scriveva in coreano, dato che non conoscevo la differenza dal giapponese e dal cinese? Non lo so, ma lo sapevo, e sapevo anche che se scriveva in coreano, doveva venire dalla Corea; non era un americano, perciò eravamo simili, e i suoi giorni dovevano essere, come i miei, dominati dalla solitudine. Volevo la sua attenzione ma non feci niente per attirarla. Era bello, tozzo e robusto, con un taglio di capelli a spazzola che interpretai come una magnifica provocazione. Entrava sempre in classe a capo chino, come se fosse timido o assorto, scrollandosi lo zaino di dosso e posandolo a terra prima di sedersi. Immaginavo noi che ci tenevamo per mano e ci sedevamo sul prato dove gli studenti americani mangiavano i loro panini al sole. Saremmo stati come quegli studenti che facevano le gite al mare e al ritorno parcheggiavano davanti al dormitorio, alticci, spensierati, gocciolanti sabbia e acqua salata. Tutti i mercoledí e venerdí prima della lezione di musica mi ripromettevo di scrivere il mio numero di telefono su un biglietto; era una cosa audace ed eccitante, una di quelle cose che le persone facevano nei film, le persone che sapevano il fatto loro. Per settimane mi sedetti di fianco a lui a lezione, la sua vicinanza era come una scarica elettrica che si diffondeva nell'aria, ma il numero lo scrissi soltanto una settimana prima degli esami finali. Aggiunsi: *Ci vediamo dopo*? Poi strappai il biglietto, e quando andammo a sostenere la prova scrissi solo il mio nome e il mio numero di telefono sul retro dello scontrino di un caffè. Non glielo diedi mai. Consegnai il quaderno azzurro dell'esame e uscii. Non lo rividi mai piú, il mio bel coreano dai capelli a spazzola. Passai tutto il semestre successivo a cercarlo nelle aule e nei corridoi, e un paio di volte vidi un asiatico con i tratti spigolosi, ma guardando meglio non era lui. Forse era tornato in Corea. Potremmo essere insieme, adesso, il mio coreano e io, con uno o due figli, parenti a Seul e Lagos e casa a New York? Io non amo New York. L'aria lí ha qualcosa di acido; la sua anonimità scotta. Mi fa sentire senza appigli, come un sassolino che sbatte dentro una grande zucca indifferente. Ho vissuto lí un anno, subito dopo il college, in un bilocale tra la Quarantaduesima e Lexington, dopo aver convinto mio padre che un'aspirante scrittrice doveva vivere a New York. Qualcosa, in quella città, mi spingeva a nascondermi, e a farmi passare intere giornate rannicchiata in casa, ordinando cibo da asporto ed evitando di incrociare lo sguardo dell'affabile portiere. Quando abbandonai la pretesa di scrivere un romanzo, trovai lavoro in campo pubblicitario e mi trasferii altrove, senza fare mai piú ritorno. Eppure all'epoca New York compariva sovente nelle mie vite immaginarie, forse perché è la città che tutti si aspettano che compaia nelle vite immaginarie. Ci compariva anche Parigi, altra città che non mi piace. Parigi porta il proprio distintivo di straordinarietà in maniera troppo ostentata, e quindi inelegante; Parigi dà per scontato che ti affascinerà solo perché è affascinante. E i neri di Parigi sembrano grigi, come se il cordiale disprezzo che la Francia riserva ai suoi cittadini neri abbia depositato cenere sulla loro pelle. Questa descrizione dei parigini neri viene da un uomo che per tre anni della mia vita ho pensato di amare. No, che *ho* amato per tre anni, ma che quando finí avrei voluto non aver amato mai. Darnell. Si chiamava Darnell.

– Hanno un'aria grigia e slavata. I francesi trattano i loro cittadini neri come delle merde, ma se sei afroamericano hai una specie di salvacondotto, – diceva.

Mi raccontò della volta in cui, scendendo dal treno a Parigi, lui e gli altri passeggeri furono circondati da uomini in divisa che cominciarono a chiedere i documenti – «*Les papiers! Les papiers!*» – soltanto ai neri. Una rapida occhiata al suo passaporto americano e lo lasciarono andare. Girandosi, vide quattro cittadini francesi neri umiliati e ammassati contro un pilastro della stazione nell'indifferenza degli altri francesi. Avrei voluto sentirgli dire che la cosa l'aveva turbato, fatto piangere o arrabbiare, invece disse che era la reificazione del paradigma soggettivo neorazzista. O qualcosa del genere.

Due

Ci eravamo conosciuti a una cena di compleanno. La mia amica LaShawn mi aveva detto che la gente lo chiamava il Denzel Washington dell'accademia, che i suoi corsi di storia dell'arte avevano lunghe liste d'attesa, e che gli studenti e le studentesse piú brillanti gli facevano la posta negli orari di ricevimento. Non somigliava affatto a Denzel, ma naturalmente «Denzel» era soltanto il soprannome dato agli uomini come lui, dalla bellezza contorta. Lo guardai, e persi il mio centro di gravità. L'attrazione che sentii fu immediata, divorante, primitiva, in un istante ogni granello del mio corpo fu risucchiato verso di lui. Piú che una perdita, fu una capitolazione. Era scuro di pelle e in viso. Ci guardammo negli occhi un paio di volte, ma lui distoglieva lo sguardo e poi non mi rivolgeva piú l'attenzione. Aveva un modo disinvolto, indolente di comportarsi, di esercitare il potere; sapeva che non aveva bisogno di fare troppi sforzi, dato che il resto del mondo pendeva dalle sue labbra. Quando parlava, tutte le persone sedute intorno al tavolo lo guardavano estasiate, come se fossero ai suoi piedi, in attesa di ricevere da lui qualche briciola di saggezza.

– Era contrario ai diritti civili e favorevole all'apartheid in Sudafrica, e io dovrei piangere la sua morte? – disse, molto adagio, come se pensasse che i suoi ascoltatori non avrebbero neanche dovuto sollevare l'argomento. – Ci siamo già dimenticati il suo discorso in campagna elettorale sui «diritti degli Stati»? Per non parlare della sua disastrosa guerra alla droga. Andiamo, la Reaganomics ci ha massacrati.

Era la prima volta che sentivo la parola «Reaganomics» e per anni, in seguito, ogni volta che mi capitava di sentirla, venivo presa da una nostalgia agrodolce. La cena era finita, la gente si stava salutando, e lui non si era ancora fatto avanti. Avrei voluto essere abbastanza coraggiosa, come Omelogor, da farmi avanti io, ma non ero quel tipo di donna con gli uomini, quella che fa la prima mossa. Alla fine mi chiese il numero di telefono, senza entusiasmo, come se gli fosse indifferente averlo o non averlo, e ciononostante esultai.

Non ho mai mentito tanto in vita mia come ho mentito con Darnell. Mentivo per compiacerlo, per essere la persona che voleva che fossi, e qualche volta mentivo per racimolare uno scampolo di rassicurazione. *Non mi sento bene*, gli scrivevo, per suscitare una reazione, dopo giorni di messaggi senza risposta. Qualche volta mi rispondeva subito, altre volte dopo un giorno o due. E anche allora scriveva soltanto *guarisci*; nessuna domanda che aprisse la strada ad altro, tipo *ora come ti senti?* o *che succede?* Le giornate scorrevano vuote finché non lo rivedevo. Tenevo sempre il telefono accanto a me sulla scrivania, mai in modalità silenziosa, per non rischiare di perdere una sua chiamata. Quando mi arrivava un messaggio lo agguantavo di corsa e mi indispettivo con chiunque l'avesse inviato, come se avesse usurpato uno spazio riservato a lui. I suoi silenzi mi sbalordivano; com'era possibile che l'intensità dei miei sentimenti non gli provocasse un'ossessione analoga? Lo immaginavo consultare scatole di documenti nelle viscere della biblioteca, sternutendo per la polvere, senza pensare a me, mentre io non c'era istante che non pensassi a lui. Stavo provando di nuovo a scrivere un romanzo, e di nuovo senza successo, ma i suoi silenzi erano un insuccesso peggiore. Cominciavo e ricominciavo, trovando tenui collegamenti con Darnell in ogni cosa che leggevo, e soffermandomi sui brani che parlavano di amore, uomini o relazioni, come se potessero gettare luce sul mistero di Darnell.

– Mi hai fatta preoccupare, – dicevo, quando finalmente ricompariva.

– Ma passo ogni secondo libero in archivio, e tu stai lavorando al tuo romanzo.

– Però possiamo mandarci un saluto tutti i giorni, no? Anche solo un veloce «ciao» prima di lezione, o quando fai una pausa in bagno, – dicevo io, disperata, e incapace di dominare la disperazione. Lui si limitava a darmi un'occhiata, la sua occhiata fulminante, altezzosamente eloquente nell'esprimere disappunto, che diceva «quanto sono ordinari i tuoi bisogni». Io volevo amore, amore all'antica. Volevo che i miei sogni viaggiassero con i suoi. Volevo la fedeltà, la condivisione dei nostri io piú autentici, i litigi e i passeggeri struggimenti a cui si sa che segue sempre la dolcezza della rappacificazione. Ma era una cosa pedestre, diceva lui, questa concezione dell'amore, un infantilismo borghese propinatoci da Hollywood. Lui voleva che fossi originale, interessante, e mi ci volle un po' di tempo per capire che cosa intendesse.

– Che marachelle hai combinato? – mi chiedeva. – Racconta.

Gli raccontavo cose mai successe, gustose storielle inventate di sana pianta, come quella del fisioterapista dalle mani agili che si era interrotto nel bel mezzo del massaggio per prendere un vibratore avvolto in un panno argentato. Il sesso, questo primitivo allacciamento di corpi, per me è sempre stato una ricerca di unità, senso, bellezza, beatitudine perfino. Ma mentivo a Darnell, perché lui voleva cose originali, non cose vere. Dopo ogni storia mi scrutava con attenzione, come per soppesarne il valore. Qualche volta mi chiedeva di ripetergli le sue storielle preferite, e ogni volta aggiungevo qualche piccola infiorettatura. Avevo sempre la sensazione che mi sfuggisse qualcosa. Eravamo due adulti, e Darnell si guadagnava da vivere insegnando a persone adulte, ma c'era qualcosa di tremendamente infantile sia nelle mie bugie sia nelle sue aspettative. Mi raccontò che la sua ex fidanzata si era incisa le cosce con una lametta da barba, procurandosi tagli profondi e sanguinolenti. Una somala che si chiamava Sagal. Il nome diceva tutto. Sagal. Me l'immaginavo, sottile e slanciata, muoversi sinuosamente in una stanza. Darnell diceva che era brillante e avventurosa, ma non specificava che cosa intendesse per «avventurosa». Preferii non sapere che cosa ne era stato di lei. Era un fantasma che serviva solo a farmi sentire insicura.

Una volta riapparve dopo una settimana di silenzio dicendo che era stato in Alabama a visionare delle litografie di arte afroamericana.

– Come? Non lo sapevo, – dissi.

– Be' –. Scrollò le spalle, appoggiandosi allo schienale della sedia, come se fosse già annoiato dalla nostra conversazione, gli occhi rivolti verso le persone in coda alla cassa del caffè. Pensai che non era un essere umano pienamente conoscibile, ma un mistero che diventava ogni giorno piú fitto.

– Voglio dire, credevo che mi avresti avvertita se fossi uscito dallo Stato, – aggiunsi.

– Che cosa cambiava? Avrei potuto essere in biblioteca.

Invece cambiava eccome. E se ci fosse stato un incidente aereo, un tornado, un uragano? E comunque, potevo semplicemente avere voglia, anzi, il diritto, di sapere che non era al campus come al solito, a poche miglia da me. Avevo il diritto di sapere se usciva anche solo da Philadelphia – figuriamoci oltre i confini dello Stato, fino all'estremo Sud, in Alabama, a migliaia di miglia da lí, lasciandomi senza notizie per una settimana. Mi si riempirono gli occhi di lacrime.

– Che cosa siamo noi due? Posso considerarmi la tua ragazza? – gli chiesi. Percepii, e odiai, il tono nasale della mia voce.

– Che cosa siamo noi due? – ripeté lui, con quella sua rapida smorfia laterale della bocca. Alcune volte tradiva fastidio, altre disprezzo. – È una domanda trita e ritrita presa da quel pantano che è la cultura pop contemporanea. È il tipo di linguaggio che è nemico del pensiero.

Distolsi lo sguardo, nello sforzo di ricacciare indietro le lacrime. Alle pareti del caffè c'erano disegni vivaci: un bicchiere da vino flessibile con una fragola sul bordo, un lecca lecca infilato in una tazza.

– La cosa importante è che sono qui, – disse, addolcendo per un attimo i tratti del volto, e premendo una gamba contro la mia sotto il tavolo.

– Ti amo, – dissi. Lui non reagí, naturalmente, perciò aggiunsi: – Darnell, voglio sentirti dire «Ti amo».

– Se non fosse cosí, non sarei qui.

– Dillo lo stesso, per favore. Voglio sentirtelo dire.

– Ti amo –. Lo biascicò appena, ma per me fu un trionfo. Mendicavo senza pudore.

– Mi piacerebbe molto sentirtelo dire a letto, – dissi.

– Eh?

– Dire «cazzo cazzo cazzo» come fai tu è molto poco romantico.

– Ragazza, sei in piena tempesta ormonale.

Risi. Le risate false mi venivano sempre facili. Gli avevo spiegato che un medico aveva finalmente dato un nome al mostro con cui convivevo da anni, un dolore vero, acuto, di cui soffrivo per alcuni giorni tutti i mesi, con il cervello spento, ammutolito dall'autodisprezzo e il corpo gonfio, mogio, senza un briciolo di energia: disturbo disforico premestruale.

– In che cosa è diverso dalla sindrome premestruale? – fu l'unica cosa che mi chiese Darnell, in tono professionale, come se fossi un caso clinico senz'anima. Ogni volta che gli esponevo un problema personale, reagiva in tono distaccato, o canzonandomi con una superficialità che mi feriva. Io nascondevo l'offesa dietro una risata, per non sembrare appiccicosa, perché le persone appiccicose, diceva, erano noiose. Il mio amore per lui era una cosa priva di ogni logica. Neanche il lato fisico era di qualche consolazione. Per essere un uomo attratto da tutto ciò che era fuori dal comune, era individualista, consuetudinario, indifferente ai bisogni altrui, e quando, al culmine dell'estasi, diceva «cazzo cazzo cazzo», io chiudevo la mente alle sue parole, e il corpo di conseguenza. L'amore può essere autodistruttivo, ammesso che sia amore. Forse occorre trovare un altro nome per questo stato di euforia malata. Per quest'ardente mancanza di soddisfazione. Lo cercavo su internet, leggevo cose che avevo già letto e guardavo fotografie che avevo già visto. Creavo finti account di posta elettronica e gli scrivevo messaggi spacciandomi per studentesse innamorate di lui, e se da un lato era un sollievo vedere che non rispondeva, dall'altro avevo sempre il timore che potesse farlo. È imbarazzante ripensare, ora, alla follia dei miei sentimenti.

Una volta all'anno mio padre ci portava tutti in vacanza in Portogallo, a Lisbona, Porto e poi Madeira, l'unica occasione in cui non badava a spese. Diceva che era per mostrare gratitudine al Portogallo per aver aiutato il Biafra durante la guerra. Per la stessa ragione, quando c'erano i mondiali di calcio, appena le squadre nere africane venivano eliminate tifava per il Portogallo. Ho visto Lisbona cambiare nel corso degli anni. All'inizio eravamo gli unici africani che facevano shopping in Avenida da Liberdade, e i commessi ci parlavano in inglese appena mettevamo piede in negozio. Poi ci fu il boom del petrolio in Angola e la strada si riempí di angolani vestiti in Gucci e Prada che compravano altri capi Gucci e Prada, e i negozianti cominciarono a parlarci in portoghese, presumendo che fossimo anche noi angolani.

– Ironia della storia: ora è l'Angola che salva l'economia portoghese, – disse mio fratello Bunachi mentre guardavamo un commesso portoghese inginocchiarsi per aiutare un'elegante signora angolana a provarsi delle scarpe firmate. Scattai di nascosto qualche foto all'angolana, con i suoi capelli freschi di parrucchiere tirati all'indietro e gli occhi altezzosamente semichiusi, mentre le venivano infilate le scarpe. Mandai le foto a Omelogor con la battuta *Il Portogallo in ginocchio* e lei rispose: *Molto divertente, dovresti lasciar perdere il romanzo e darti alla scrittura di viaggio*. Era solo una spiritosaggine, ma io ebbi un'illuminazione. Se invece di andare sempre alla ricerca del passato il turismo si concentrasse sul presente? I ristoranti e la vita notturna raccontano piú cose di un posto di tutti i musei e castelli antichi messi insieme. Lasciai il lavoro, eccitata da questa nuova idea, e cominciai subito a immaginare gli articoli che avrei scritto, con un testo di presentazione che recitava: «Osservazioni scanzonate da una prospettiva africana».

Viaggiavo comoda, su taxi a noleggio, facevo shopping e andavo a passeggio da sola. Scrissi dell'omelette salata che avevo mangiato in un famoso hotel di Parigi, del rave party a Budapest a cui avevo partecipato con altre donne che viaggiavano sole, del numero di panni che avevo contato stesi ad asciugare sopra le stradine acciottolate di Trastevere. Tutte le riviste di viaggio rifiutarono i miei articoli. Una mi rimandò indietro la pagina di presentazione, con sopra scritta a caratteri cubitali la parola NO, seguita dal punto esclamativo. Lo trovai molto irritante, il punto esclamativo. Quanta aggressività, in quel segno grafico. Rilessi il mio articolo cercando di capire perché si meritasse uno schiaffo del genere. Un semplice «no» sarebbe bastato, anche se una scritta cosí grossa – e in stampatello – sul mio dattiloscritto era comunque eccessiva. Altre riviste mi avevano mandato un pezzo di carta, un quarto di pagina, con due righe generiche per dire che l'articolo non era adatto a loro.

In un gruppo online dedicato alla scrittura di viaggio domandai se a qualcun altro fosse mai capitato di ricevere un «no» con punto esclamativo. Non era mai capitato a nessuno. In compenso ciascuno raccontò la storia dei propri rifiuti, come quella del direttore che aveva detto sí e poi, dopo l'ultima revisione, aveva cambiato idea. Una persona disse che il punto esclamativo poteva essere un refuso. No, risposi io, era scritto a mano. Un'altra disse che ormai le proposte si mandavano per posta elettronica e presto piú nessuno avrebbe ricevuto risposte maleducate scritte a mano da direttori con la luna storta. Una terza scrisse: *I giudizi editoriali non sono mai definitivi. Il re-*

sponsabile del punto esclamativo potrebbe tranquillamente apprezzare e pubblicare il tuo prossimo articolo.

Grazie, risposi. Nella giungla di internet esisteva ancora la gentilezza degli estranei. In questi gruppi trovai consigli e idee, e feci amicizia online con persone che avevano pubblicato su vere riviste di viaggio, decidendo perfino, talvolta, di andare dov'erano state loro.

Sui voli di ritorno mi sentivo galvanizzata, in fibrillazione, i taccuini fitti di appunti. Ero piena di idee che mi frullavano in testa, ma quando mi sedevo nel mio studio e cercavo di intrecciarle per comporre delle frasi, schizzavano via, testardamente divise, rifiutando di accorparsi. Allora, confusa e frustrata, scrivevo frasi che non dicevano esattamente quello che volevo dire, e sentivo che le parole giuste erano vicine, tremendamente vicine, ma non riuscivo ad afferrarle.

– Siamo passate alla scrittura di viaggio? – mi chiese mia madre. – Ora fai l'esploratrice di terre straniere?

– No, semmai l'osservatrice di gente e l'assaggiatrice di cibo in terre straniere, – risposi, sorridendo.

Mia madre alzò gli occhi al cielo e batté le mani – le sorprese non finiscono mai! Non mi risentivo per il suo scetticismo. Ecco l'ennesima idea grandiosa della figlia, che da quando si era laureata non faceva che prendere e lasciare lavoretti di poco conto invece di tornare a casa e collaborare con il padre e Afam nell'azienda di famiglia.

– Non guadagni niente finché non ti pubblicano l'articolo? Con che cosa paghi tutto questo osservare e assaggiare?

– Con i miei soldi.

– Sarebbe a dire con i soldi di tuo padre, quelli che ti mette sul conto.

– Mamma, se ricevi dei soldi sul tuo conto, quei soldi non diventano tuoi?

– Non li hai guadagnati.

Anche lei non guadagnava niente, e spendeva i soldi di mio padre piú di quanti ne spendesse lui. Ma mi guardai dal dirglielo, ovviamente. Un'altra volta udii una conversazione tra i miei genitori, e dal tono affettato di mia madre capii che voleva che sentissi.

– Prima i romanzi, adesso i viaggi. E se non potessimo permetterci di finanziarle ogni nuova cosa che si mette in testa di fare?

– Ma possiamo.

– Devi smetterla di trattarla come l'ultimogenita da viziare. Non le fa bene; è sempre stata una pappamolle, e cosí non l'aiuti.

Mio padre emise un mormorio, un suono neutro, conciliante. Pur essendo un uomo scaltro e accorto, una parte di lui sognava, sapeva riconoscere i sogni, e permetteva agli altri di coltivarne. Mia madre mi proteggeva nell'unica maniera che conosceva, con dosi massicce di pragmatismo, di verità collaudate, di regole. Spesso notavo che mi osservava, gli occhi velati di incredulità: la sua bimba, la sua unica figlia femmina, che vagava senza meta come una foglia secca sbattuta dal vento. Non avevo le ambizioni che avrei dovuto avere, e di questo dava la colpa all'America. Ci vollero anni perché smettesse di chiedermi quando sarei tornata in Nigeria, quasi che la mia vita qui fosse un semplice preludio. L'America era come una festa in cui il padrone di casa era pronto a qualsiasi evenienza. Per questo volevo rimanerci: perché qui non sarei mai stata troppo strana. Ma non glielo dicevo, non mi sembrava giusto pretendere che capisse.

Darnell cercò mio padre su Google e disse: – Cristo santo. Cioè, questo è davvero il suo patrimonio netto?

– Sono esagerazioni, lo sai, – risposi.

– No che non lo so. Certi di noi hanno vecchi che non sanno neanche cos'è un «patrimonio netto». Cioè, avevo capito che eri una figlia di papà, tra questo appartamento fighetto in centro e il fatto che di punto in bianco molli il lavoro per darti alla scrittura di viaggio, – disse, virgolettando per aria l'espressione «scrittura di viaggio». – Ma questo? Gesú.

Da allora cominciò a scherzare spesso sulla ricchezza della mia famiglia, sempre con una punta di veleno. Un suo amico stava seguendo gratuitamente la pratica di immigrazione per una famiglia africana nel New Jersey, mi disse un giorno, e aggiunse: – Una vera famiglia africana, non come la tua, – come se gli africani agiati non fossero africani puri.

Quando beveva, il suo umorismo acido, che tanto umoristico non era, si scatenava e teneva banco. Una sua battuta tipica dopo qualche bicchiere con gli amici era: – Sapete che gli antenati di Chia probabilmente hanno venduto i miei? Lei è di un'antica famiglia igbo che ha fatto i soldi secoli fa. Mica vendevano solo noci di cocco, ai bianchi, su quel tratto di costa africana.

I suoi amici si irrigidivano in espressioni ambivalenti, come se non potessero ridere ma non riuscissero neppure a non ridere. Le prime volte, scherzando, dicevo: – La guerra del Biafra ha spazzato via l'antica ricchezza igbo, perciò quella che c'è è nuova di zecca –. Ma lo scherzo cadeva nel vuoto, cosí da allora mi limitavo a fare larghi sorrisi carichi di rimorso. Qualunque cosa pur di calmare Darnell. Il suo era uno strano tipo di risentimento, confinante con l'ammirazione. Una volta, a un gala di beneficenza a cui un suo amico ci aveva invitati a New York, per vantarsi con l'uomo bianco di antica famiglia Wasp al cui tavolo eravamo ospiti, aveva detto: – Il raffinato sapone che negli anni Ottanta dell'Ottocento i suoi antenati newyorchesi ordinavano a Londra era fatto con l'olio di palma che la famiglia di Chia esportava dall'Igboland.

– Fantastico, – aveva ribattuto l'altro, annuendo senza sosta, la faccia rubizza per l'alcol, cercando disperatamente di nascondere l'imbarazzo.

Mi aveva dato fastidio, ma mi ero detta che se non altro era meno peggio della consulente per gli studenti stranieri del college che aveva chiesto alla collega: – Hai idea di come sono sporchi i soldi della sua famiglia? – con me in piedi davanti a lei in attesa di compilare un modulo.

Ero ammutolita. Soltanto dopo, mentre mi allontanavo in corridoio, mi era venuta in mente una buona risposta, che comunque non avrei mai avuto il coraggio di darle: «I soldi della mia famiglia sono infinitamente piú puliti di te».

Rimandai il mio primo viaggio in India perché Darnell di punto in bianco emerse dal suo silenzio. Si presentò alla mia porta dopo giorni e giorni di messaggi senza risposta, la borsa nera a tracolla. Mi bastò vederlo perché i pianeti si allineassero, e ogni torto fosse dimenticato. L'eccitazione mi rese nervosa come quando bevevo troppa caffeina. Cominciai a svolazzare di qua e di là chiedendogli che cosa volesse fare, ordino la cena o mangiamo fuori, e la tua felpa ha una macchia sul davanti e vuoi che te la metta un attimo in lavatrice? Era spaparanzato sul divano. Mi sedetti vicino a lui e gli accarezzai teneramente la guancia. Di solito non lo toccavo se non mi toccava lui per primo, perché poteva considerare il mio bisogno di contatto fisico come un'ennesima debolezza. Prese la mia mano e se la premette sul viso, e per un attimo pensai che ci capivamo, e che il nostro futuro non era in pericolo. Dopo gli chiesi se avesse voglia di dare un'occhiata al mio articolo. Non gliel'avevo mai chiesto prima, me n'ero ben guardata, ma quella era una giornata speciale, intrisa di speranza. L'articolo si intitolava *Come viaggiamo noi nigeriani prima che il viaggio cominci* e raccontava degli ostacoli che avevo incontrato per via del mio passaporto, dei visti negati, dei tempi di attesa prolungati, dello sguardo in cagnesco del funzionario addetto ai visti dell'ambasciata indiana. Il passaporto nigeriano era una cosa sospetta.

– È un po' particolare. Voglio sapere che cosa ne pensi, – dissi.

– Hai bisogno di un lettore obiettivo, – disse. Non guardò neanche il portatile aperto che gli avevo messo davanti. Dire che avevo bisogno di un lettore obiettivo era un modo per dire no.

– Ma tu fai la peer-review dei lavori dei tuoi amici, – ribattei.

– È un'altra cosa, – tagliò corto. Non glielo domandai mai piú, come non gli confidavo le mie preoccupazioni, per non essergli di peso.

Mentre stavo riprenotando il mio hotel a Nuova Delhi, mi chiese: – Che scrittura di viaggio è, se il viaggio in questione si svolge nel lusso?

– Non è propriamente lusso.

– Non per te, forse. Le persone normali viaggiano zaino in spalla e dormono negli ostelli.

– Ma c'è anche chi viaggia come me. Non penso che la scrittura di viaggio debba limitarsi ai viaggi a basso costo.

– Lettore, stai al tuo posto! Cosí ordina l'élite! – scherzò.

– Se leggessi quello che scrivo, capiresti che non è cosí.

Mi guardò male, e capii che aveva preso la mia risposta per polemica, cosa che non era nelle mie intenzioni.

– Pensavo a un lettore generico, non mi riferivo a te, – dissi, ridendo. – Volevo dire che chiunque leggesse quello che scrivo capirebbe che non sono snob.

– Va bene, va bene, – disse lui, torcendo la bocca di lato e facendo a pezzi la mia autostima. Mi venne il dubbio di avere effettivamente un approccio elitario. Ripresi in mano il mio ultimo articolo e tagliai il paragrafo in cui raccontavo del lungo giro in taxi nella campagna intorno a Zurigo. Poteva essere considerato elitario noleggiare un taxi invece di prendere un pullman turistico. Ma era la verità, quindi perché fingere? Incollai nuovamente il paragrafo, poi lo ricancellai. Ero confusa come quella volta in cui, all'ultimo anno di college, ero andata in Messico con un gruppo di amici per le vacanze di metà semestre. Una ragazza che conoscevo appena mi aveva detto: – Vai a Tulum in taxi? Che senso ha? Con quello che costa si potrebbero sfamare i bambini delle montagne –. Ripensai alle sue sopracciglia chiarissime, al suo sguardo accusatorio, come se avessi rubato i soldi destinati a sfamare i bambini delle montagne. Non sapevo neanche che caspita di montagne fossero. Ma avevo annullato il taxi e preso il pullman con tutti gli altri. In seguito LaShawn mi aveva detto: – Che cosa ti è saltato in mente? Non vedevamo l'ora di venire in taxi con te.

Rimpiangevo di non essere stata in grado di tenerle testa, all'epoca. Rimisi il paragrafo sul giro di quasi sette ore intorno a Zurigo, con il mio simpatico autista chiacchierone che proveniva da una famiglia di contadini di Vnà e parlava romancio, una lingua di cui fino a quel momento ignoravo l'esistenza. Era elitario anche il pezzo su di lui? Finii per cancellare definitivamente il paragrafo.

Gli amici di Darnell appartenevano a quella categoria di persone che credono di saperla piú lunga degli altri. Le loro conversazioni grondavano lamentele; tutto era «problematico», anche ciò che incontrava il loro favore. Erano tribali, ma nervosamente, sempre lí a marcarsi e tenersi d'occhio a vicenda, pronti a fiutare il minimo difetto, sbaglio, piano rivolto contro di loro. Le cose che gli piacevano le trattavano con ironia, per timore di apprezzare cose che non avrebbero dovuto apprezzare, ed essendo incapaci di provare ammirazione, criticavano persone che avrebbero potuto ammirare e basta. «Per ottenere una borsa cosí in fretta dev'essersi scopata un bianco pelato. Metà del libro era presa pari pari da una tesi di dottorato. Ci ha messo troppo poco a scrivere quella stronzata, non è un vero lavoro di ricerca, è una mezza tacca».

Con loro mi sentivo irreparabilmente inadeguata. La figlia di un riccone con due articoli pubblicati su una rivista online di cui nessuno aveva mai sentito parlare. Almeno avessi scritto articoli astrusi su riviste di prestigio.

– Darnell dice che hai viaggiato in America centrale e del Sud, – disse Shannon, la nera che insegnava American Studies. Aveva un'aria piú spontanea e molto piú giovane degli altri, con le sue magliette coloratissime e le belle sisterlock color rame raccolte sulla testa in due chignon sbarazzini.

– Sí, – dissi io.

Mi guardò, aspettando il seguito.

– Ho scoperto quanto sono misti molti Paesi latinoamericani, – dissi, e subito mi sentii un'idiota.

– È interessante riflettere sul modo in cui la diaspora nera è invisibile in America latina, – osservò Shannon. Diceva molto spesso «il modo in cui». Tutti loro lo dicevano.

Ripensai all'articolo in cui confrontavo due ristoranti brasiliani: *Come essere spensierati a Rio e presuntuosi a San Paolo*. Mi era sembrata una frase intelligente, ma adesso mi rendevo conto della mediocrità dell'articolo. Tanto Shannon non avrebbe mai letto un'oscura rivista online con sede in Nuova Zelanda.

– Non potevo credere che metà della popolazione brasiliana fosse nera. Non ci sono mai neri, nell'immagine popolare del Brasile, – continuai, sperando di aver detto una cosa piú originale.

Darnell cambiò posizione e contrasse le labbra; ne dedussi che il mio commento l'aveva lasciato freddo, e forse infastidito. Avrei dovuto parlare come i suoi amici.

– È una cancellazione strutturale, un genocidio simbolico, perché se non ti vede nessuno, non esisti, – disse.

– Esatto. Peccato però che il genocidio non è puramente simbolico, – disse Charlotte, la bianca che insegnava sociologia.

– Io sono sopravvissuto al genocidio, – disse asciutto Thompson, un garifuna proveniente dal Belize, un artista visivo con una barba che sembrava una mappa nera dipinta sul mento. Io risi, contenta, perché Thompson smorzava sempre l'asprezza dei loro toni.

Quando ci eravamo conosciuti mi aveva chiesto se Chia fosse un diminutivo, e aveva ripetuto il mio nome, Chiamaka, come se fossi una persona degna di interesse.

– A proposito di letteratura di viaggio, – attaccò. – Ti offendi se ti dico che sei troppo bella per essere una scrittrice di viaggio, Chia? Potresti fare l'attrice.

Gettai un'occhiata veloce a Darnell. Aveva l'aria divertita, cosí risi e dissi: – Sono un disastro a recitare.

– Come molti attori, – commentò Thompson.

– Ultime notizie! Una donna può essere bella e svolgere un'attività che non c'entra niente con il suo aspetto fisico, caro Thompson, – disse Shannon, con assoluta serietà, come se non avesse capito che Thompson stava scherzando. – Per di piú, c'è grande necessità di scrittrici di viaggio. Le donne che viaggiano devono confrontarsi con problemi molto specifici.

– Vero, – disse Thompson.

– La letteratura di viaggio è un genere per edonisti, – sentenziò Charlotte, guardandomi. Era piccola e magra, con il viso teso, serioso, della persona che gode a lagnarsi.

– Ti do ragione, – mi affrettai a rispondere. – Ma io spero di non esserlo troppo. Sono appena tornata dalle Comore ed è un posto molto interessante.

– Un mio amico della Brown ha fatto un lavoro lí, – disse Charlotte.

– Ah, davvero? – dissi. – Quando parlava dell'Africa era sempre e solo perché qualche suo amico aveva «fatto un lavoro» lí; tizio o caio avevano fatto un lavoro in Tanzania, in Ghana, in Senegal, in Uganda; e me la vedevo la sua Africa, piena di bianchi che sgobbavano sotto un sole cocente senza ricevere uno straccio di ringraziamento. Era ridicolo, ma io cercavo di mostrarmi attenta e interessata.

– Bella maglietta, – disse Thompson rivolto a Shannon.

– Roba vecchia, – disse Shannon, guardandosi la t-shirt, una foto di Mary J. Blige con il cappello e il viso parzialmente in ombra.

– È una mia idea o la bellezza di Mary J. non è abbastanza riconosciuta? Tema da approfondire, – disse Thompson.

– Da dove spunta questa tua misogina ossessione per la bellezza? – chiese Shannon.

– Perché misogina? – obiettò Thompson.

– La domanda dovrebbe essere: perché il talento di Mary J. Blige non è abbastanza riconosciuto? – ribatté Charlotte.

– Il suo talento non è in discussione. Mary J. Blige è bella, ma è evidente che l'industria musicale non favorisce un certo tipo di donna nera, – disse Thompson.

– Con la complicità delle favorite, – disse Charlotte, come se non ce l'avesse soltanto con le donne oggetto, ma con le donne belle in generale. Doveva essere un messaggio per me, la bellezza era una cosa indegna della sua attenzione, di discutibile valore, e a quanto pareva la mia unica attrattiva. Mi guardò, e io distolsi lo sguardo e affondai il coltello nella mia bistecca ben cotta. Tagliai con cautela e, avendo perso ogni fiducia in me stessa, lentamente.

– Non posso credere di essermi venduta al punto di comprare un iPhone. La Apple è un'azienda veramente discutibile, – disse Shannon, tenendo il telefono appoggiato sul palmo della mano come se lo offrisse a malincuore.

– L'obiettivo della Apple è di omologare i pensieri e le azioni di tutti. Altro che dare sfogo alla creatività o risolvere problemi! L'obiettivo è il conformismo di massa, la banalità di massa. In un certo senso è parallelo alla eteronormatività, – disse Charlotte. Poi si girò verso di me e aggiunse: – Tu stai mangiando morte.

Mi sforzai disperatamente di trovare il nesso tra la Apple, il mio mangiare e la morte.

– Ah, vuoi dire la bistecca. Abbastanza saporita, come morte, – dissi, sfoderando il mio sorriso falso e radioso. Avrei voluto che Darnell mi difendesse – anche lui mangiava carne, anche se aveva ordinato un'insalata di bulgur. Invece non disse niente.

Charlotte non aveva finito con me. – Se le persone sapessero quanta carne rimane in circolo nell'intestino senza essere digerita! È disgustoso. Senza contare che mangiare carne ha conseguenze tragiche per il Sud del mondo, soprattutto l'Africa.

– Ah, Charlotte, Charlotte! – disse Thompson. Non è cosí che guadagneremo nuovi adepti alla causa del clima. Ci vuole una comunicazione migliore.

– La politica della conciliazione non è mai una bella roba, – disse Charlotte, al che Thompson, sorridendo, le mise brevemente un braccio dietro la schiena.

– Hai mai scritto niente sul Belize, Chia? Dovresti andarci. Ti ci porto io, – disse, e mi strizzò l'occhio in maniera evidente.

– Ehi, Thompson. Chi ti ha detto che la mia donna ha bisogno che la porti da qualche parte? – disse Darnell.

La possessività di Darnell, espressa in quel modo cosí giocoso, mi diede una scarica di felicità. «La mia donna». Adoravo sentire quelle parole, e lui le diceva molto di rado. Talvolta in pubblico era cosí freddo con me che pensavo aspettasse solo la fine della serata per dirmi che era finita.

– Potremmo andare quest'estate, quando Darnell sarà impegnato nelle sue ricerche sul campo con i contadini scultori o roba simile, – disse Thompson, e scoppiò in una delle sue calorose risate.

– Mi dispiace, ma quest'estate Chia sarà in ritiro, – disse Darnell. – Per scrivere, nella sua casa nel Maryland. Il padre le ha comprato una casa fuori città perché Chia voleva avere un posto tranquillo in cui scrivere il suo libro. Una casa con camino d'epoca e governante in cui non fare altro che scrivere.

– Wow, – disse Thompson. – È la vita che voglio io!

– Con l'attuale crisi degli alloggi, è un delitto che i ricchi possano acquistare case che occupano solo per brevi periodi, – disse Charlotte.

– In realtà è una casa di famiglia. Ci stanno i miei genitori quando vengono a trovarmi, – dissi. Mi sembrò di aver usato un tono troppo piccato, cosí provai a buttarla in scherzo: – Darnell ha tralasciato di dire che la governante non è inclusa nella casa, – ma naturalmente non rise nessuno. Gli occhi di Charlotte brillavano di un soave disprezzo. Masticai la mia carne, odiando Charlotte e anelando alla sua approvazione. Avevo visto la casa di vacanza dei suoi genitori in alcune foto scattate da Darnell, che mostravano morbidi cagnoloni e il tipico arredamento pastello e finto trasandato del ricco New England. Mi chiesi se anche quella casa fosse «un delitto», o se la considerasse un delitto solo quando i proprietari delle seconde case erano persone diverse da lei. Ma non mi sognai neanche di dirlo, naturalmente, perché non ero coraggiosa come Omelogor. Invece le sorrisi, del mio sorriso piú triste e disperato. Qualche tempo dopo dissi a Omelogor: – Charlotte non mi stima, ma se fossi una povera africana mi stimerebbe di piú.

– Sciocchezze, non hai bisogno della sua stima, – tagliò corto Omelogor. – Certa gente non sopporta i ricchi dei Paesi poveri perché non può compatirli.

– Charlotte non è proprio cosí, – dissi io, sapendo di stare difendendo non Charlotte, ma Darnell. I nostri amici piú cari, dopotutto, sono come degli spiragli aperti su di noi, li scegliamo, non sono doni di natura come i parenti, e il suo essere amico di Charlotte diceva molte cose di Darnell. Omelogor sapeva essere graffiante con chi non conosceva l'Africa, e io non volevo che Darnell cadesse nella rete del suo disprezzo. Avevo già l'abitudine di ammorbidire e correggere le cose che le raccontavo di Darnell, con una punta di preoccupazione che se ne accorgesse, dal momento che mi conosceva cosí bene. Una volta le avevo detto che da quando conoscevo Darnell ricevevo risposte piú gentili dalle riviste, e lei aveva commentato: – Grazie ai poteri magici di Darnell?

Al telefono era piú facile, almeno lí non mi fissava con la testa inclinata di lato – e non c'era sguardo piú penetrante del suo. Omelogor ti vedeva dentro, in trasparenza. Di appena due anni piú vecchia, aveva sempre vigilato su di me, pronta a intervenire per proteggermi da me stessa. Avevo detto a Darnell che donna brillante e impavida fosse Omelogor, come splendesse ovunque andasse, una stella nata che ad Abuja, in banca, faceva cose stellari.

– Ne parli come di un mito, – aveva detto Darnell.

– Davvero?

– Già. Come se non ne facesse mai una storta. Ha il paparino ricco anche lei?

– Oh, no. Suo padre è un semplice ricercatore all'università, – avevo ribattuto precipitosamente, e un attimo dopo averlo detto mi ero vergognata. Perché avevo parlato cosí del mio adorato zio Nwoye? Era vero che non era ricco né gli importava di esserlo, ma dire che era «un semplice ricercatore» con quel tono era un'offesa gratuita, fatta per compiacere Darnell, e non per spiegare chi fosse realmente mio zio.

– È un professore importante e ha studiato a Cambridge; è famoso in tutto il mondo nel suo campo, – avevo aggiunto. – È il fratello di mia madre. Una persona adorabile, molto gentile, e con la testa tra le nuvole. Noi diciamo sempre che è l'unico professore che non sa come usare il telecomando del televisore.

Un redattore di «Out Wonder» mi scrisse che gli era piaciuto il mio articolo su Copenaghen e di mandargli una versione con un po' di grinta in piú. Un redattore in carne e ossa, non una ditta individuale con sede nella propria casa di Auckland. «Out Wonder», una rivista con un comitato di redazione, che pagava in denaro contante e non in copie della rivista stessa. Chiusi gli occhi e vidi l'indice, nomi di veri scrittori disseminati sulla pagina, e tra loro, da qualche parte, il mio, me. Naturalmente un articolo pubblicato avrebbe aperto la porta ad altri articoli, a pezzi scritti su commissione, e a case editrici in cerca di «volti nuovi». Il mio libro sarebbe potuto cominciare cosí, con un articolo su Copenaghen. Un romanzo era al di là della mia portata, ma un libro di viaggio come questo era perfettamente possibile, una raccolta di testi agili, il cui titolo avevo già stampato in testa: *Le poco avventurose avventure di una donna africana*. Avrei dimostrato il mio valore. Mia madre avrebbe avuto in mano il libro, l'avrebbe sfogliato e, accantonato finalmente ogni dubbio, ne avrebbe mandata una copia a tutti i suoi calunniatori, sia reali sia immaginari. Rilessi il pezzo su Copenaghen come se non l'avessi scritto io, per capire che cosa avesse suscitato l'interesse di «Out Wonder».

> Una donna elegante in bicicletta mi è venuta addosso questa mattina perché guardavo distrattamente dall'altra parte della strada alcune donne eleganti che andavano al lavoro in bicicletta. Con belle scarpe, per di piú, non scarpe da ginnastica. Le donne danesi non sudano? E perché nel mio boutique hotel parlavano tutti inglese, mentre io volevo sentir parlare danese? L'incredibile varietà di pasticche alla liquirizia nel minibar della mia stanza aveva un significato patriottico? Queste erano le domande che mi tormentavano. Di notte avevo attacchi di fame e morivo dalla voglia di caramelle vere, caramelle dolci, non oggettini variopinti che sapevano di medicina.

Non capivo cosa volesse dire avere piú grinta, ma decisi di tornare a Copenaghen e riscrivere il pezzo lí cercando di trovarla, questa grinta. Ero eccitata, camminavo a tre metri da terra e facevo salti di gioia. Dissi a Omelogor e Zikora di «Out Wonder», ma non a Darnell, perché avevo paura della sua indifferenza e temevo che mi avrebbe rovinato l'umore. Tuttavia mi sarebbe piaciuto che venisse con me, dal momento che volevo che facesse tutto, con me.

– Lo sapevi che la Danimarca faceva commercio di schiavi in Africa? – gli chiesi.

– Certo, – mi rispose, sarcastico, come se lo sapessero tutti tranne me.

– Stavo leggendo della loro fortezza degli schiavi in Ghana, – dissi. Non ero interessata alla tratta degli schiavi della Danimarca ma volevo fargli credere di esserlo, visto che era un argomento triste, e serio a sufficienza. – Sto pensando di rifare la Danimarca. Copenaghen e Aarhus. Vuoi venire? Il tuo corso comincia soltanto tra due settimane.

– Cavoli, non so se mi va di fare il mantenuto. Se ripenso a quanto ti è costato il viaggio alle Mauritius, mi vengono i sudori freddi.

– Questa volta ho dei biglietti premio, perciò a rigor di termini è gratis, – dissi, mentendo.

– Non so, – disse lui, titubante, ma sapevo che sarebbe venuto. Aveva solo bisogno, prima, di eseguire il solito rito del tiraemolla. Quando gli offrivo qualcosa recalcitrava sempre, ma in realtà sapevo che si aspettava che pagassi io. Ogni tanto ritardava a estrarre il portafogli, anche per piccole cose, come una confezione di birre prese al volo la sera tardi. Il giorno del suo compleanno strappò la carta color bronzo in cui avevo avvolto un MacBook e un iPhone dicendomi: – Grazie, dolcezza, però è troppo, dài, è quasi volgare.

– Il tuo telefono è scheggiato, e dici sempre che il portatile è troppo lento.

– Sí, però... bastava un regalo solo, – disse. Ma li tenne tutti e due. E quando timidamente infilai un biglietto di prima classe per le Mauritius tra le pagine del libro che stava leggendo, disse: – Ehi. Stai cercando di comprarmi?

Risi. Ma in un certo senso era vero. Gli offrivo bottiglie di buon vino, massaggi, cene al ristorante, la pulizia di casa: cambiamenti nello stile di vita che scherzando confessava di gradire, e che poteva avere soltanto perché stava con me. Era un po' come comprarlo. Per l'intera durata del viaggio di compleanno fu di cattivo umore, come se fosse arrabbiato di aver accettato, mentre io ero sempre sulle spine e camminavo sulle uova per non offenderlo. – Cristo santo. Una doccia degna di una spa all'interno di un aeroporto, – disse, nella lounge di prima classe, e ci mancò poco che io ribattessi: «Scusami». A Mauritius tutto lo irritava, niente gli piaceva. Volle annullare il giro in barca, le cascate non gli interessavano, e comunque aveva un sacco di verifiche arretrate da correggere. Forse il suo umore scontroso era una specie di penitenza: essendo i viaggi di lusso un piacere proibito, il minimo che potesse fare era non divertirsi. Mo, il grinzoso autista dalle fattezze indiane che ci conduceva su strade tortuose, indicava animatamente mentre guidava. «La madre di mia moglie abita qui. In questa zona una volta erano tutte foreste».

Chiacchieravo con Mo sperando che Darnell facesse altrettanto, ma lui guardava fisso fuori dal finestrino e aprí bocca soltanto per dire che aveva una puntura d'insetto sul collo che gli prudeva. Mo continuava a guardare Darnell nello specchietto retrovisore, sperando in una sua reazione, per avere un dialogo da uomo a uomo. – Che interessante! – dicevo io, entusiasta, con un'allegria sopra le righe, per compensare la freddezza di Darnell. All'aeroporto, il giorno della partenza, aprii il portafogli per dare una mancia a Mo in dollari americani. Avevo qualche banconota da venti e una da cento. Ripiegai quella da cento e gliela infilai in mano.

– Grazie, – mi disse, mentre andava via. – Fate buon viaggio! Arrivederci! – Pochi secondi dopo tornò indietro di corsa. – Mi ha dato... – fece, e si interruppe. – È sicura? Non è errore?

– No, non è un errore, Mo. Grazie mille, – dissi.

– Grazie a lei, grazie a lei, – disse, inchinandosi, umiliandosi.

Mi fermai a guardare la sua figura minuta che si allontanava in tutta fretta, finché imboccò l'uscita dell'aeroporto e scomparve. Poi scoppiai a piangere. Era tutto troppo: il gelo di Darnell che, per quanto mi sforzassi, non riuscivo a sciogliere, e l'ossequiosità della gente delle Mauritius, che sembrava inspirare ed espirare non aria, ma fumi di servilismo. Omelogor una volta aveva detto che era un bene che la Nigeria non fosse una meta turistica, perché «le persone diventano arredi di scena, e i Paesi spettacoli, anziché luoghi». L'avevo trovata un po' esagerata, come al solito, invece aveva perfettamente ragione. All'improvviso mi sembrò tutto inutile, senza rimedio. Avevo male alla schiena e le tempie che mi pulsavano. Piangevo, immobile.

– Che c'è? – mi chiese Darnell, spazientito, trascinando i nostri due trolley.

– Il turismo nei Paesi poveri trasforma le persone. È tremendo.

– Sei in piena tempesta ormonale, – disse Darnell.

Era vero. Mancavano due giorni all'inizio del ciclo, mi sentivo gonfia e avevo le lacrime in tasca. Ma Darnell disse «Sei in piena tempesta ormonale» con un tono cosí distratto che fu come se mi avesse scagliato addosso una pietra, sicché mi misi a piangere ancora piú forte, armeggiando nello zaino alla ricerca di un fazzoletto con cui asciugarmi il naso che colava.

– Chia, controllati. Qui pensano che piangi per colpa mia, – disse Darnell.

Sul volo di ritorno mi raggomitolai su me stessa, stanca e prostrata, e gli parlai il minimo necessario a fargli capire che volevo solo sopravvivere, non escluderlo. Il mio corpo era gonfio, teso, dolente, sul punto di scoppiare. Sentii il bisogno improvviso di parlare di Darnell, di parlarne sul serio, senza la mia solita cautela, togliendomi la corazza. Cominciai a scrivere un messaggio a Omelogor ma smisi quasi subito. Tante volte nella mia vita il semplice fatto di parlare con Omelogor, di ascoltare le sue idee cosí sicure e sferzanti, mi aveva tirato fuori una spina dorsale che non sapevo di avere. Ma in quel momento non volevo che mi si chiedesse di essere forte. Volevo solo lamentarmi della mia debolezza e poi tornarci, in quella debolezza. Non mi serviva l'appiglio delle sue grandi aspettative, non le stavo chiedendo aiuto per lasciare Darnell, non stavo lasciando Darnell, volevo soltanto parlare. Mi conveniva, perciò, parlare con Zikora. Raccontarle di come stessi con un uomo ma non mi sentissi mai totalmente a mio agio con lui, di come fossi sempre insicura, e senza alcuna prospettiva di esserlo di meno in futuro. Darnell mi faceva sentire come un animaletto appena nato e spennacchiato, costitutivamente inetto e sempre in fallo. Avrei detto queste cose a Zikora per il gusto di dirle, non per cercare soluzioni, e tantomeno risolutezza. Presa questa decisione, mi sentii subito meglio. Appena fui a casa da sola, le telefonai.

– Zikor, – dissi, e lei scoppiò a piangere. Zikora non era una frignona. Qualcuno doveva essere morto o a rischio di morire. Le mani presero a tremarmi violentemente e pensai che avrei fatto meglio a non telefonarle e rimandare l'ascolto della brutta notizia che aveva da darmi.

– Zikor, *o gini*? Che succede? – chiesi.

– Ho trentun anni, – riuscí a dire, con la voce rotta dai singhiozzi. Sentii dentro di me la staffilata della paura, la paura che le avessero diagnosticato una grave malattia e che fosse lei, e non un'altra persona, a rischio di morire.

– Ho trentun anni. A quest'età credevo sarei stata sposata e con il primo figlio.

– Oh, – dissi, incredula, e con un tale senso di sollievo che temevo di scoppiare a ridere.

– Trentun anni, e nessuna prospettiva, – continuò Zikora.

– Ma mancano ancora due settimane al tuo compleanno, – dissi, stupidamente, come se potesse trovare un uomo e sposarsi nel giro di due settimane.

– La mia amica Nkechi si sposa sabato nel New Jersey. La gente si stupirà e mormorerà. Forse non sai che «è sposata?» è la domanda che circola di piú, di questi tempi?

Non l'avevo notato, ma gli amici di Zikora, a differenza dei miei, erano quasi tutti nigeriani, un po' piú vecchi e con interessi un po' diversi.

A parlarmi di matrimonio erano mia madre e le zie; il Natale precedente una zia che viveva al villaggio mi aveva detto: – Chiamaka, ho molta sete di vino. È da troppo tempo che voglio berlo –. Avevo strabuzzato gli occhi, e poi sorriso, capendo che alludeva alla cerimonia nuziale del vino. Avevo dato la risposta classica che chiudeva la bocca a tutte quante: – Sto pregando, zia. Mi rimetto alla volontà di Dio.

Non sapevo se per consolare Zikora fosse meglio sminuire l'importanza del matrimonio o dirle di essere ottimista, che presto si sarebbe sposata anche lei. Cosí le dissi: – Non sei costretta ad andare al matrimonio. Di' a Nkechi che sei in partenza per Hong Kong, o Londra, perché hai un lavoro fantastico in un fantastico studio di avvocati di Washington, e poi compra la cosa piú costosa della lista nozze.

Almeno riuscii a farla ridere, anche se per poco.

La telefonata mi lasciò un'agitazione persistente, uno stato d'animo inquieto. Zikora che piangeva perché a trentun anni non era ancora sposata – e che piangeva tanto da doversi soffiare il naso piú volte, soffocata dalle lacrime, con la voce strozzata – mi sembrava una cosa per altri luoghi, altre persone, non per la mia migliore amica. Zikora aveva rotto con i due fidanzati precedenti perché non volevano sentir parlare di futuro, ma entrambe le volte si era ripresa e aveva ricominciato a guardare avanti. Sembrava stare bene, senza alcun rischio di soccombere alle aspettative altrui. Inoltre, si crollava in questo modo quando si compivano trent'anni, o quaranta, per una semplice questione simbolica; le cifre tonde spaventano perché le si percepisce come un termine. Trentuno era prematuro, molto prematuro, e ancora piú preoccupante perché non era una cifra tonda. Da quanto tempo era cosí disperata, Zikora? Fin dalla nascita, una mano inappellabile aveva scritto il matrimonio nei nostri progetti di vita, matrimonio che diventava un sogno con una precisa scadenza temporale, ma quand'è che Zikora era passata dall'attesa alla piú atroce disperazione? La smagliante Zikora, l'avvocata di successo; l'organizzata, la scostante, l'ambiziosa Zikora; la Zikora che non accettava mai una sconfitta. Mi chiesi se non mi fosse sfuggita una faglia, una frattura, nella nostra certezza di avere la vita che volevamo. Tra due anni avrei pianto anch'io, se non fossi stata sposata? No, non l'avrei fatto. Io non pensavo che il matrimonio fosse stabilito dal tempo – come poteva esserlo, una fusione di due anime? Il mio sogno, con Darnell, non era di sposarmi, ma di poterci legare l'una all'altro nel modo piú vero, di estinguere la paura. Piú che il matrimonio, cercavo una cosa che all'epoca non sapevo ancora cosa fosse: lo splendore dell'essere veramente conosciuti.

Quel weekend presi il treno per Washington e le feci una sorpresa; andammo a cena da Busboys and Poets; era appena cominciato un reading di poesia, cosí rimanemmo ad ascoltare la lettura cantilenante di una donna che aveva una grande acconciatura afro color amaranto. Dopo passeggiammo in U Street, tenendoci per mano e ridendo di aneddoti che ci eravamo già raccontate mille volte. Occuparmi di Zikora alleviò la mia agitazione, e ben presto, uscita dalla morsa distruttiva degli ormoni, ricominciai a parlare di Darnell come prima.

Quell'estate i miei genitori vennero a trovarmi, ma soltanto per una settimana prima di proseguire per Londra, perché a mia madre non piaceva stare in America. «Non è un Paese civile. È tutto improntato al fai da te. Tutto troppo informale. Prendi le loro compagnie aeree: la prima classe fa schifo. Non sanno cosa sia un servizio raffinato. E lo stesso il modo in cui parlano. "Andiamo ad arraffare un panino". Da quando in qua il pranzo lo si "arraffa"?» In un modo o nell'altro riusciva sempre a dire cosí, o qualcosa di simile, e mio padre rispondeva regolarmente con una battuta pronta, come in un duo musicale affiatato o un botta e risposta canoro.

«L'America è un grande Paese perché ci sono le persone migliori di ogni parte del mondo», diceva. Oppure: «L'America è un grande Paese perché è l'unico che in teoria crede nell'uguaglianza, anche se non la mette in pratica».

L'America gli piaceva e ci avrebbe passato piú tempo se non fosse stato per mia madre; andava sempre incontro ai suoi desideri, senza rancore, come chi riempie di premietti un gatto ben pasciuto per il piacere di sentirgli fare le fusa. Era bello stare a guardarli, mia madre che parlava come una macchinetta, lamentandosi di questo o di quello, e mio padre che faceva versi di approvazione, leggermente distratto ma pienamente contento. Lui che era nato ricco non brontolava quasi mai, mentre mia madre si comportava come se la vita che conduceva dopo il matrimonio fosse sempre stata sua di diritto. Ma le sue lamentele erano delle sceneggiate, generiche e superficiali, recitate con un mezzo sorriso, come se sapesse anche lei quanto fosse difficile prenderla sul serio.

Ero felice di vederli. Le loro brevi visite erano una gioia, il tempo che passavamo insieme era sempre costellato di languidi piaceri, non come durante i miei soggiorni in Nigeria, in cui nulla era mai statico o lento – la casa che brulicava di autisti e domestici; i vassoi di bicchieri che entravano e uscivano dal salotto per gli ospiti; mia madre che si lamentava degli avvoltoi pronti ad approfittarsi di mio padre; mio padre che lavorava fino a tardi e tornava a casa stanco e mortificato; mia madre che ospitava le riunioni pettegole del suo club nel salotto in cui aleggiava un forte odore di Guinness. Per tutta la settimana della visita sarei regredita all'infanzia tornando a essere la loro bambina. La loro unica figlia femmina. La loro ultimogenita. Mia madre e io saremmo andate a fare shopping a Washington, dove mi avrebbe comprato borse o gioielli costosi di cui non avevo bisogno, e avremmo mangiato in un hotel mentre la ascoltavo distrattamente chiacchierare del piú e del meno. «Ho deciso di versare lo stipendio di Emmanuel sul conto della moglie perché quello lí è un irresponsabile e voglio essere sicura che i suoi figli abbiano da mangiare. A Natale gliene dirò quattro a zia Njide, sono stufa di tutte le storie che mette in giro su di me. Mi piacerebbe sapere che lavoro fa quell'uomo che tua cugina vuole sposare. La sua faccia non mi piace, sembra uno stregone. Tuo padre si sta facendo di nuovo manipolare dagli abitanti del villaggio. Con tutto quello che ha già fatto per loro. La nostra gente non sa cosa sia la gratitudine».

Comunicai a Darnell l'imminente arrivo dei miei genitori, sperando che dicesse che li voleva conoscere, ma la sua reazione fu: – Ah, okay –. E basta.

Allora presi il coraggio a quattro mani e dissi: – Mi piacerebbe molto che venissi nel Maryland mentre ci sono i miei genitori.

– Non mi sembra una grande idea. Hai bisogno di startene tranquilla con loro. Non voglio farti pressioni, – disse.

Chi aveva parlato di pressioni? Gli stavo chiedendo di venire a conoscere i miei genitori e lui si stava tirando indietro, spacciando il suo gesto come un atto di riguardo nei miei confronti. Ma l'unica cosa che riuscii a dire fu: – D'accordo.

– Potrei venire la settimana dopo, – aggiunse.

Non sapevo cos'altro dire. In sottofondo c'era una canzone di Stevie Wonder.

– D'accordo, – ripetei, poi mi sforzai di tirar fuori un sorriso e dissi: – Be', almeno questa volta conoscerai Kadiatou!

– La tua governante?

– Sí, be', ma è una di famiglia.

– Ci sono fior di studi che dicono che gli schiavi e i loro padroni erano come una famiglia, con le *mammy* che crescevano i bambini bianchi eccetera, – disse.

– Sei scorretto, Darnell.
– Eddài, sto scherzando.

I miei genitori non avevano fatto in tempo a disfare le valigie che mia madre mi chiese: – Allora, Chia, tu e il figlio del dottor Ojukwu avete deciso la data del matrimonio?

Eterno bersaglio di scherzi, il figlio del dottor Ojukwu era un imbranato, un brillante ingegnere che metteva la faccia troppo vicina alle persone con cui parlava. Per anni mi aveva mandato strazianti lettere d'amore.

– Mamma!

– Quando viene a salutarci, l'americano nero?

Rimpiansi la volta in cui, in un raro momento di incoscienza, le avevo detto di Darnell.

– Doveva venire ma è preso dalle sue ricerche, sta scrivendo un libro, è un astro nascente negli ambienti accademici –. Un attimo dopo averle pronunciate, ero già pentita delle mie parole. Troppe, e troppo ansiose di essere credute. Avrei dovuto dire a mia madre che non stavamo piú insieme, ed evitare ulteriori domande.

– Qual è la sua disciplina?

– Storia dell'arte.

– Storia dell'arte –. Tirò su col naso. Non era né ingegneria né medicina.

– È molto richiesto. Varie università se lo vogliono accaparrare.

– Sta scrivendo un libro di storia dell'arte, e per questo non viene nel Maryland a salutare i tuoi genitori? Anche tu stai scrivendo un libro, no?

– No, mamma, non è cosí semplice –. Mi bloccai, confusa, come una criminale sul punto di essere scoperta.

– Bambina mia, sole mio, va tutto bene? – mi chiese, lo sguardo carico di preoccupazione.

Dietro la sua impeccabile abilità nel trovare le pecche degli altri si celava una profonda inquietudine. Avrebbe voluto che i meritevoli vivessero in un mondo perfetto, e i meritevoli erano coloro che amava.

– Va tutto benissimo, – risposi. La abbracciai, affondando la faccia nell'intenso profumo floreale del suo collo. Ogni volta che passavo davanti al duty-free dell'aeroporto, bastava una zaffata di profumo penetrante per sentire una nostalgia cosí acuta da stare quasi male – nostalgia dell'infanzia, dei momenti passati con mia madre davanti alla sua gigantesca toilette, quando mi faceva i codini, mai troppo stretti, e nel frattempo mi riempiva di vezzeggiativi: *Omalicha m, nwa m mulu n'afo, anyanwu ututu m*. Bella bimba di mamma. Bimba del mio grembo. Mio sole del mattino.

Mia madre avrebbe voluto che mio padre mi comprasse una casa diversa, perché era angustiata dal fitto boschetto sul retro, una macchia di flora protetta. – Vorrei proprio sapere perché non possiamo abbattere un po' di quegli alberi! Perché ai bianchi piace tanto vivere nelle foreste, con tutti i pericoli che ci sono? Prima o poi un serpente o un animale selvaggio ucciderà qualcuno, – mormorava in igbo ogni volta che venivano a trovarmi. Come fece mentre stavamo per uscire, davanti alla porta scorrevole che si apriva sul patio, rivolgendo agli alberi uno sguardo quasi accusatorio.

Con la parrucca di capelli lisci che le grattava il mento, fece domande imperiose nei negozi del CityCenter, e disse a voce alta: – Avremmo fatto meglio ad andare a New York –. A pranzo la guardai roteare il vino nel bicchiere, facendosi cadere il tovagliolo sulle ginocchia. Si divertiva, e io mi divertivo a osservare il suo divertimento.

– Oh, a casa non c'è niente da mangiare, come farà tuo padre? – disse.

– Kadi ha detto che si ferma a cucinare qualcosa.

– Cos'hanno di commestibile, i piatti di Kadiatou? – sbuffò mia madre. – Come si fa a mangiare le foglie di manioca, che sono cibo per capre? *Tufia!*

Risi. Qualunque cibo africano che non fosse igbo andava incontro allo stesso destino, nelle sue mani. L'unico commento che aveva fatto dopo un viaggio a Nairobi con mio padre era stato: – Nessuno ha insegnato ai keniani che cosa sono le spezie e i condimenti?

Quando finalmente tornammo a casa, mio padre era sprofondato nel divano, con le gambe distese su un pouf, e stava guardando il notiziario a un volume un po' troppo alto.

– Ti abbiamo abbandonato. Ero preoccupata che non avessi niente da mangiare, – disse mia madre.

– Kadiatou mi ha servito un buon piatto prima di andarsene, riso con sugo.

– Hai mangiato quella roba guineiana?

Mio padre sorrise impacciato, restio ad ammettere che la cucina di Kadiatou gli piaceva.

– L'autista può andare? – chiese mia madre. – Fino a domani non ne abbiamo piú bisogno.

– Sí.

Mia madre si afflosciò, come se lo shopping l'avesse distrutta. In realtà sapevo che la ringalluzziva; di fronte a una vetrina ritrovava tutta la sua vivacità. Quel gesto di afflosciarsi era un segnale per mio padre, che infatti saltò in piedi e disse: – Siediti. Parlo io all'autista.

Andò fuori nel vialetto dov'era parcheggiato il Suv nero. Usavano sempre lo stesso servizio di noleggio con conducente e chiedevano sempre lo stesso autista, Amir, originario della Giordania. Ma Amir quel giorno non era disponibile, perciò l'autista era un altro, uno del Sudest asiatico che a detta di mia madre era pericoloso perché pestava troppo sul freno. Ritornato in casa, mio padre le chiese: – Avete mangiato bene?

– Sí.

Mia madre gli mostrò i pacchetti degli acquisti, come d'abitudine – «guarda che bello questo, quello era l'ultimo rimasto, erano anni che cercavo esattamente quel colore» – e lui come d'abitudine gli diede un'occhiata frettolosa.

– Il negozio Dior era un buco. Saremmo dovute andare a New York, – disse.

– Londra e Parigi ti aspettano, – la prese in giro lui.

Mia madre si tolse la parrucca e la appoggiò su un tavolino, sprofondando nel divano accanto a mio padre. Cosí, a testa scoperta, le cornrow, le treccine aderenti al cranio, le sollevavano i tratti del viso, inclinando gli occhi a mandorla incastonati come due gemme. Avevo otto anni quando vidi per la prima volta mia madre come la vedevano gli altri. Eravamo al villaggio per Natale, casa nostra era la solita baraonda, sciami di persone che entravano e uscivano, e l'aria fumosa per via dei molti fuochi di legna accesi dappertutto. Mia madre era alla fontana vicino al portico dell'ingresso, circondata da una frotta di bambini piccoli a cui stava dando dei naira, dicendo a ciascuno, in tono spiccio: – Te li ho dati, ora vai! – Io ero acquattata vicino alla porta, accanto a un gruppo di panche su cui era seduta la gente del villaggio che era venuta per la distribuzione del riso di Natale. Due donne stavano ingurgitando riso jollof con un cucchiaio di plastica, e intanto osservavano mia madre.

– *O dika ife akpulu akpu*, – disse una. Sembrare una scultura, un'opera d'arte, significava essere eccezionalmente belle, e io rimasi di stucco, perché fino a quel momento non avevo mai concepito mia madre come un individuo a sé, non definito soltanto dall'essere mia madre. Poi fui assalita dalla tristezza, come se il semplice fatto di udire due estranee che la ammiravano avesse incrinato la speciale intimità che ci univa. Solamente in seguito avrei capito quanto fosse raro il commento di quell'ammiratrice, perché dovunque andasse mia madre suscitava invidia e astio, e talora perfino rancore.

Il destino era stato troppo buono con lei – bellezza, ricchezza, un marito adorante che non cercava distrazioni – e lei filava dritta nella vita con l'aria di chi si merita tutto quello che ha. La gente le chiedeva umiltà, per dimostrare che nessuna donna meritava tanto. Oltre a essere vanesia, aveva la colpa di costituire un ostacolo insormontabile per arrivare a mio padre. Lui non sborsava un solo kobo, si diceva, senza chiedere il suo permesso. Della sua manica di detrattori, i piú chiassosi erano individui delusi che mio padre non aveva voluto finanziare nei loro improbabili progetti di investimento.

– Ti va un po' di tè? – mia madre chiese a mio padre.

– Sí. Spero che tu ne abbia di deteinato, Chia.

Mi alzai per prepararglielo. Un altro rito dell'infanzia, i miei genitori che bevevano tè Lipton dopo cena, le bustine spremute e accartocciate messe insieme sul piattino di mia madre. Erano le serate in cui mio padre raccontava della guerra del Biafra, e parlando mi sembrava che riuscisse, come uno stregone buono, a materializzare gli oggetti nell'aria. I miei fratelli e io la chiamavamo la «conferenza di papà sulla Bank of British West Africa».

– Ho ricominciato da zero dopo la guerra. Da zero, – diceva. – Il governo nigeriano mi aveva rubato le case e i magazzini a Lagos, Port Harcourt, Kaduna. Durante la guerra le banche avevano confiscato i nostri conti correnti aziendali, e finita la guerra quelle stesse banche mi hanno negato un prestito. Ogni cittadino igbo ha ricevuto venti, dico venti, sterline in cambio di tutto il denaro che aveva prima della guerra. Tutti i soldi sui miei conti correnti personali, i soldi che avevo guadagnato e che avevo ereditato: spariti tutti. Il mio bisnonno vendeva pepe ai portoghesi e ha costruito la prima grande villa moderna a Port Harcourt. Mio nonno era uno dei piú importanti partner commerciali degli inglesi. È stato il primo igbo ad aprire un conto corrente alla Bank of British West Africa. Il primo! Mio padre lavorò sodo e moltiplicò la ricchezza ereditata dal nonno. E poi, con la guerra, puff! Sparito tutto! Il governo ci ha rubato tutto, tutto!

Quando diceva «tutto» disegnava con le mani un semicerchio nell'aria. Non alzava mai la voce, la sua espressione rimaneva tranquilla, ma quel gesto mi diceva tanto di lui, della sua prudenza, della sua paranoia strisciante. Teneva una piccola valigia sempre pronta sotto il letto e una busta piena di banconote intonse in una cassaforte di cui tutti noi conoscevamo la combinazione. La guerra era finita prima della mia nascita ma l'aveva lasciato preda di un perenne «non si sa mai», incapace di rilassarsi del tutto, in uno stato di sorda e continua allerta, perché, diceva, gli igbo potevano subire in ogni momento una nuova persecuzione di massa, come negli anni Quaranta, Cinquanta e Sessanta del Novecento. Ci spronava tutti e tre a studiare business, malgrado le mie ripetute bocciature all'esame di economia, dicendo: – I miei figli dovranno prendere il mio posto. Voglio sapere che, quando morirò, la ditta continuerà a prosperare.

Una volta, per scherzo, gli chiesi: – Che t'importa, papà, visto che non ci sarai?

– Le cose che abbiamo fatto, vogliamo che rimangano anche dopo di noi. È cosí che cerchiamo l'immortalità, – disse, e poiché non parlava mai in questo tono solenne di un domani senza di lui, al sentire le parole «cerchiamo l'immortalità» mi vennero le lacrime agli occhi.

Ascoltavo con attenzione gli amici di Darnell quando parlavano dei libri che avevano letto – mai romanzi, sempre solo testi accademici con titolo e sottotitolo – e li ordinavo senza dirglielo, e cercavo di leggerli, ma erano come i libri sacri di una setta esoterica di cui non conoscevo il linguaggio cifrato. Dopo averli mollati a metà li buttavo dietro un pouf nel mio studio, da cui ora li presi per correre a nasconderli nello scantinato perché lui non li vedesse.

– A che ora arriva? – mi chiese Kadiatou.

– Atterra al Bwi alle sette. Lo vado a prendere.

Fa' che ti piaccia, Kadi, pensai. Fa' che ti piaccia. La sua approvazione sarebbe stata di buon auspicio. Kadiatou, con il suo viso calmo e lo sguardo saggio, con il suo inglese stentato e la sua contagiosa dignità. Talvolta – di rado – succede di incontrare una persona che si incastra nella nostra vita come se i progettisti del destino le avessero riservato da tempo uno spazio. Una cosa di lei mi attirò fin dal principio: la sua limpidezza d'animo. I primi tempi mi faceva le treccine nel negozio di una sua parente a Laurel, poi nel mio salotto, in un silenzio che non tradiva alcun imbarazzo. Dopo ogni sessione ripuliva il pavimento dalle extension, poi cominciò a pulire anche la cucina, e infine tutta quanta la casa, finché le dissi che dovevamo concordare un compenso, al di là del solito «mi dà quello che vuole, Miss Chia, mi aiuta già tanto». La cura amorevole, territoriale, che dedicava alla casa mi ricordava quella di certi volenterosi membri della mia famiglia, in Nigeria. Uno strappo nella zanzariera della finestra in terrazza, una lampadina fulminata al pianterreno: quando dissi che avrei chiamato Pedro sbuffò, salí sulla scala e cambiò la lampadina. – A Conakry mi occupo di casa molto grande, – disse. Quando qualcuno veniva a controllare l'impianto di riscaldamento, o ad aggiustare una tubatura, sovrintendeva in silenzio. Da quando Zikora le aveva trovato un impiego al George Plaza di Washington, veniva nei giorni liberi. Talvolta portava con sé la figlia, Binta, che aveva la pelle nera e lucida come mirtilli. La serietà di Binta, la sua mancanza di impertinenza adolescenziale, mi riempiva di stupore. Sembrava piú matura dei suoi coetanei americani. I primi tempi Kadiatou le diceva: – Non disturbare Miss Chia – e la faceva stare seduta nell'ingresso o passare l'aspirapolvere sulle scale, e allora io ribattevo: – Kadi, lasciala in pace –. Binta mi chiedeva dei miei viaggi, osservando con profondo rispetto la mia collezione di statuine e sculture lignee, soprattutto la bambolina nera seduta proveniente dalla Colombia; una donna nera al mercato di Cartagena me l'aveva affettuosamente messa in mano dopo che le avevo detto di essere nigeriana.

– Zia Chia, anch'io farò la scrittrice di viaggio, – disse, con un perfetto accento americano, cosí diverso da quello di Kadiatou.

– Non farti sentire da tua madre! Secondo me vuole che tu faccia l'infermiera.

E ridemmo come due cospiratrici.

– Cosa dice Binta? – chiese Kadiatou.

Kadiatou non era una chiacchierona, neppure in pulaar. Ogni tanto la sentivo al telefono, ed erano sempre silenzi o mormorii sordi, parole poche. Del suo passato parlava raramente. Sapevo che era stata maritata giovane, e che il marito era morto. Sapevo che sua nonna una volta aveva preso a ceffoni la mucca perché non produceva latte, una vacca scheletrica e denutrita come tutti.

– Che poteva fare, povera vacca? – aveva detto dopo avermi raccontato l'episodio, senza fare altri commenti. Molto spesso, come un intercalare, diceva: – Sono cosí felice di venire in questo Paese, cosí Binta può avere questo Paese.

Una volta, alzandomi dallo sgabello della cucina, vidi che avevo lasciato una grande macchia di sangue; il mio ciclo abbondante aveva avuto la meglio sul doppio assorbente. Kadiatou mi era accanto, e il suo sguardo sfrecciò dal sangue a me.

– Oh, – dissi, quasi vergognandomi. Mia madre mi aveva insegnato fin da piccola a nascondere ogni manifestazione corporea della femminilità, a bruciare gli assorbenti usati la sera sul retro di casa quando non c'era nessuno in giro, a lavare le macchie di sangue in gran segreto, senza farmi vedere.

– Io pulisco, – disse Kadiatou.

– No, Kadi, ci penso io.

Era già pronta con spazzola e detersivo presi nell'armadietto sotto il lavandino.

– Ho dei fibromi, – dissi, a mo' di scuse, di spiegazione, e forse anche di giustificazione.

– Hai fibromi? – ripeté con voce strozzata, puntandomi gli occhi addosso, lo sguardo incupito, ma non disse altro e io non insistetti. Forse erano stati i fibromi a impedirle di avere altri figli, forse sulle pareti del suo utero erano spuntati grossi tumori che avevano invaso lo spazio sacro dedicato a un bambino. Attesi che mi dicesse qualcos'altro sui fibromi, ma non lo fece, e io decisi di non sollevare piú l'argomento per non ridestare il dolore, qualunque fosse, che voleva seppellire.

Quando Kadiatou aprí la porta notai che si era messa la cipria. Mi commosse che avesse fatto una cosa cosí africana come «rendersi presentabile» per gli ospiti, e solo per Darnell.

– Darnell, ti presento Kadiatou. Kadi, il mio ragazzo, Darnell.

Darnell la degnò appena di un'occhiata, dicendo qualcosa tipo: – Salve, – e si diresse verso un quadro appeso in ingresso. Ogni tanto mi veniva il dubbio che non si rendesse neppure conto di quanto fosse maleducata, quella maleducazione dispensata cosí distrattamente.

– Benvenuto, – disse Kadiatou rivolgendosi con espressione imperturbabile alla schiena di Darnell, il quale fissava il quadro a gambe larghe.

– È un Ben Enwonwu, – dissi.

– Lo so.

Era di cattivo umore, e io pensai subito di aver fatto qualcosa di sbagliato, o di stare per farlo, e l'ineludibilità di questa consapevolezza mi paralizzò.

– Non avevo capito che questo posto fosse cosí gigantesco. Il tuo vicino ha una piscina. Come mai tu no? Il terreno non ti manca di sicuro.

Feci un verso, una mezza risata. Era impossibile dare una risposta giusta alla domanda «perché non hai la piscina?» Soprattutto finché era di quell'umore nero.

– Ti ricordi la fellowship per cui avevo fatto domanda? – mi chiese.

– Quella in Europa? In Germania?

– Non me l'hanno data.

– Oh, no, – dissi, e mi sembrò che il mio corpo avesse attinto delusione dal suo.

– Dicono che la terza volta è quella buona, e invece. Dev'esserci qualcuno in commissione che mi odia, – disse.

– Mi dispiace veramente, Darnell.

Mi sembrava una logica infantile: c'è qualcuno che mi odia. Ma magari aveva ragione, e la bocciatura nasceva veramente da motivi personali. Avrei voluto aiutarlo ma non sapevo come. Ogni volta che era di quest'umore intrattabile, annaspavo goffamente alla ricerca della cosa giusta da dire o da fare, timorosa di peggiorare ulteriormente la situazione. Gli domandai se volesse andare a mangiare fuori. Rispose che non aveva fame. Andò sotto la doccia e io rimasi seduta sul letto a cincischiare e pensare a come sollevargli il morale. Il suo telefono accanto a me emise un suono e sullo schermo comparvero le parole *Dovrai usare l'immaginazione*. Un altro suono e mi imposi di non guardare, ma fu piú forte di me. *Stavo per darti un aiuto visivo ma meglio di no*.

Lo fissai imbambolata, allibita. Trasecolai quando Darnell, con un asciugamano intorno alla vita, uscí dal bagno e prese il telefono. – Tanto vale che sbrighi qualche mail di lavoro mentre sono seduto sul trono, – disse.

Non gli avrei domandato dei messaggi. Non oggi. Ma quando, allora? E per chiedergli cosa, poi? Non sapevo che diritti avevo, se ne avevo. Avrebbe detto che erano affari suoi, che erano domande puerili, melodrammatiche, o qualcosa sulla cultura pop; avrebbe anche potuto dire che il mio atteggiamento era la semiotica della tale o talaltra cosa. Quella notte non mi toccò. Si girò dall'altra parte dicendo che era stanco, e io rimasi sveglia per ore, pensando che forse avevo esagerato con lo spray rilassante sui cuscini. La mattina dopo disse che andava via perché aveva bisogno della sua libertà.

– Qual è il problema? – gli chiesi.

– Qual è il problema? – ripeté.

Prima che potesse aggiungere altro, dissi: – Scusa. Non volevo essere insensibile. Ti prego, rimani, facciamo qualcosa insieme che ti tiri su l'umore.

Stava chiamando un taxi.

– Darnell, ti prego.

Ma se ne andò comunque. Il taxi arrivò e parcheggiò vicino al garage, Darnell ci salí sopra e se ne andò. Mentre il taxi si allontanava vidi che chinava il capo sul telefono, come se mi avesse già congedata, dimenticata, e fosse già lontanissimo con i pensieri.

Sentii Kadiatou che entrava in casa, e un attimo dopo era alla porta di camera mia. – Non mangi per tre giorni, – disse.

– Ho mangiato. Sto bene, Kadi.

– Niente in frigo, niente piatti in lavastoviglie, niente in pattumiera di cucina.

– Ho mangiato delle arachidi, – dissi.

Andò via e tornò con un piatto di uova strapazzate e pane tostato. Sapevo già che le uova sarebbero state unte e troppo salate.

– Miss Chia. Mangia, per piacere, – disse.

Sorrisi, e mi sentii falsa a fare un falso sorriso a Kadi. Non avevo nessuna voglia di sorridere. Darnell non rispondeva alle mie telefonate e ai miei messaggi, e io non capivo perché.

– Daniel fatto qualcosa? – mi chiese.

– Darnell, non Daniel. Se n'è andato, e non mi chiama e non mi scrive.

Kadiatou mi guardava con un'espressione indecifrabile.

– Qualcosa dentro te, non il cuore. Lo spirito. Anche se il tuo cuore si spezza, il tuo spirito non si può spezzare. Spirito rimane forte, – disse.

– Kadi, non è un dramma! – ribattei seccamente. Stava facendo supposizioni, carezzando l'ipotesi inaccettabile che fosse tutto finito; un cuore spezzato, o in via di spezzarsi, era sinonimo di fine.

– Vuoi riso? – mi domandò.

– No, Kadi. Grazie.

Omelogor mi mandò un messaggio per chiedermi se Darnell si era fatto vivo. No, risposi. *Richiamalo*, scrisse. *Richiamalo venti volte di fila. Il minimo che ti deve è una risposta.* Sembrava irritata, probabilmente tanto con me quanto con Darnell. Omelogor era convinta che tutti nascessero forti e coraggiosi come lei o, in caso contrario, che fosse facile diventarlo. Come si sbagliava. Non lo richiamai venti volte di fila perché non volevo infastidirlo. Mi richiamò lui, una settimana dopo, senza fare alcun cenno alla sua partenza improvvisa. Poteva venire di nuovo a trovarmi nel Maryland, disse, se ero d'accordo. – Va bene, – dissi io.

Ripensai sovente alle parole di Kadiatou: «Anche se il tuo cuore si spezza, il tuo spirito non si può spezzare». Mi avevano dato fastidio, ma forse questo fastidio era l'istintivo rifiuto di una verità sgradita. Lei voleva solamente consolarmi, e forse mettermi in guardia. Anche se quell'uomo ti spezza il cuore, non lasciare che distrugga il tuo spirito. Il cuore può spezzarsi, ma lo spirito rimanere intatto. E se si spezza anche lo spirito?

«Manderà qualcuno a uccidere me! Manderà qualcuno a uccidere me!»

Anni dopo, quando Kadiatou si era trasferita da me con Binta per sottrarsi alla spaventosa torma di giornalisti che le stava alle calcagna, un giorno entrai senza bussare nella stanza degli ospiti per persuaderla a mangiare qualcosa, e la trovai che si rotolava avanti e indietro sul pavimento. No, non si stava rotolando. Si stava castigando. Quello erano, quei gesti caotici e convulsi con cui maltrattava il proprio corpo.

– Prostituta, mi chiamano! – diceva. – Prostituta! Mio padre in paradiso li può sentire! Prostituta, mi chiamano!

Quanta Africa primitiva c'era in quella figura a terra, che sembrava rimproverare gli antenati e insieme supplicarli, dicendo «aiutatemi», e dicendo «come avete potuto farmi questo?» Gemeva, emettendo lunghi, primitivi versi gutturali, di un dolore cosí grande che a tollerarlo in silenzio l'avrebbe disonorato. Mi abbassai sul pavimento, per toccarla senza trattenerla, per dirle che non era sola, e intanto pensavo: le hanno spezzato lo spirito?

A Natale andavo sempre in Nigeria, ma dissi a Omelogor che quella volta non ne ero sicura perché speravo che Darnell mi chiedesse di passare il Natale con lui. Pensavo che Omelogor avrebbe fatto una battuta tagliente, dicendo che non dovevo farmi condizionare la vita da Darnell o qualcosa del genere, e non mi andava di sentirla. Invece disse soltanto: – Volevo prendere due biglietti in tribuna per il concerto Heineken di Lagos, per me e te, prima di andare al villaggio. Magari li prendo lo stesso, nel caso Darnell si dimentichi di chiedertelo.

Darnell non mi chiese di passare il Natale con lui. Mi domandò quando sarei tornata dalla Nigeria, e non ero ancora partita. Se solo avesse saputo che avrei passato il Natale ovunque avesse voluto. Speravo che mostrasse un minimo di interesse a visitare la Nigeria, che dicesse che la voleva vedere, o qualcosa del genere, cosí io a mia volta avrei potuto dire: «Perché non vieni anche tu?» La sua corazza si sarebbe ammorbidita se avesse conosciuto i miei genitori e visto che erano piú di un «patrimonio netto». Ma ero stanca di fargli proposte; temevo che me le bocciasse con parole taglienti.

Omelogor era in America per un convegno e io avevo lo stomaco aggrovigliato al pensiero del suo incontro con Darnell. Avevo paura di quello che avrebbe visto. Conveniva mangiare a casa, accendere le candele e versare del vino, cosí avremmo passato una bella serata Omelogor, Darnell e io. E magari Zikora, a fare da cuscinetto. E magari LaShawn per bilanciare un po' le cose, ma LaShawn era in viaggio in Italia e poi che ridicolo agitarsi tanto per una cena. Zikora e Omelogor sarebbero state perfette, la mia cugina preferita e la mia migliore amica, anche se tra loro c'era sempre un velo di nebbia, l'aria non era mai completamente tersa. Ma non era antipatia. Erano semplicemente troppo diverse per capirsi, ed essendo io il collante, la ragione per cui si conoscevano, mi sentivo responsabile.

Una volta Zikora aveva detto: – Omelogor è una bulla, – e io avevo ribattuto: – Non lo è affatto; è solo che ogni tanto si lascia trasportare un po' troppo –. In realtà, capivo Zikora. Omelogor, che vedeva gli altri con estrema chiarezza, era cieca verso se stessa: non capiva che le sue certezze potevano intimidire, che le sue parole ferivano anche se non era sua intenzione. E poi, forse, indossava la propria genialità con un po' troppa disinvoltura. Talvolta le persone reagivano a Omelogor come se il suo splendore non fosse naturale, ma studiato apposta per farle sentire inferiori. Zikora odiava sempre avere torto, ma lo odiava ancora di piú in presenza di Omelogor. Con Omelogor parlava solo delle proprie vittorie, mai delle proprie debolezze. Nel periodo in cui studiava per l'esame di ammissione a giurisprudenza aveva smesso di rispondere alle mie telefonate, e cosí, preoccupata, ero andata a casa sua e avevo bussato alla porta. Mi era venuta ad aprire con gli occhi lucidi, una t-shirt sporca e sformata, le treccine arruffate. Non si lavava da giorni. Sorrise e cominciò a parlarmi di architettura brutalista, o qualcosa del genere. Ero troppo allibita per starla a sentire. Trovai una boccetta di pillole rosacee che aveva comprato online, con l'etichetta INTEGRATORI PER STUDIO NOTTURNO scritta in caratteri approssimativi dall'aspetto poco serio. Accanto c'erano due boccette di pillole bianche.

– Zikora! Che cos'hai preso?

Stava ancora parlando, e per un attimo temetti che non mi avesse nemmeno riconosciuta, poi disse: – Chia, sono sveglia da domenica. Che giorno è oggi?

– Mercoledí.

Telefonai al dottor Maduka, un amico di famiglia che faceva il chirurgo nel Connecticut. – È lucida? – mi chiese. Risposi: – Penso di sí, cioè sí, ma dice cose che non c'entrano niente con i suoi studi.

Mi disse di farle bere molta acqua, oscurare la stanza, mettere via i libri e farla coricare. Zikora accettò di sdraiarsi, solo per cinque minuti, senza smettere di parlare. – L'elemento dominante è il cemento grezzo, e i modelli sono fatti con il cartoncino, – ripeté piú volte, finché quelle parole mi restarono impresse nelle orecchie, tanto che per molti anni, da allora, alla parola «cemento» mi tornava subito in mente quella serata.

Pur essendo sdraiata si contorceva e tremava, senza riuscire a stare ferma, cosí riempii una ciotola di acqua e ghiaccio e gliela rovesciai in testa. – Chia! – strillò, ma con voce meno meccanica; prese l'asciugamano che le porsi e si asciugò. Prima di cedere finalmente al sonno, bofonchiò: – Lo sai, Chia, devo assolutamente entrare alla Georgetown.

Rimasi finché si fu calmata e portai via le pillole, ma senza buttarle, come per avere una prova di quella strana giornata. Le boccette di pillole rimasero per anni in fondo a un cassetto del mio comò. – Non raccontarlo a Omelogor, – fu l'unica cosa che disse Zikora, e non ne parlammo mai piú. Non raccontarlo a Omelogor. Forse perché sapeva che Omelogor sarebbe entrata senza problemi alla Georgetown Law e non si sarebbe mai sognata di prendere degli integratori per lo studio.

La cena stava andando bene. Due candele accese. Vino rosso nei bicchieri. Kadiatou serví il cibo che avevo ordinato in città, pollo e asparagi consegnati in eleganti buste di stagnola, pronti per essere infornati. Stava andando bene, sí, ma Omelogor mi faceva troppe lodi, e ripensai a un romanzo che parlava di una ragazza indiana in età da marito, bruttina e con una dote modesta, di cui la famiglia, disperata, decantava le virtú ai potenziali sposi, mentre lei se ne stava in disparte, a occhi bassi.

– I nostri parenti dicono sempre che Chia è stata molto coraggiosa a decidere di seguire la sua strada, – mentí Omelogor. Omelogor mentiva soltanto se credeva che ne valesse la pena. Quindi perché lo stava facendo? Zikora le lanciò un'occhiata in tralice che significava: «Dove vuole arrivare?» Darnell stava aprendo una seconda bottiglia di vino, e intanto ne tesseva le lodi. Zikora e Darnell scherzarono sulla musica, io non ci capii niente ma loro risero, e io adoravo vedere Darnell ridere. Omelogor gli chiese del suo lavoro, e Darnell fu stupito che si intendesse di arte afroamericana.

– Quando ho avuto i soldi per comprarmi un biglietto per l'America come prima cosa sono andata al MoMa a vedere i lavori di Jacob Lawrence, – disse Omelogor, e Darnell sembrò compiaciuto.

Kadiatou entrò per sparecchiare e Zikora disse: – Kadi, il tuo fonio è meglio di questa roba, non ci sono paragoni.

– Questa roba io non mangio. Nessuno gusto, – disse Kadiatou con il suo mite sorriso.

– Quindi lei sta qui anche quando tu non ci sei? – mi chiese Darnell dopo che Kadiatou fu uscita.

– Va e viene. Si occupa di tutto. È la donna piú responsabile, affidabile e adorabile del mondo, – dissi.

– Perché è musulmana, – disse Omelogor.

– Eh? – Darnell la guardò stupito.

– È affidabile perché è musulmana. Come il mio portiere musulmano ad Abuja. Mi fido di lui al cento per cento.

– È affidabile perché è musulmana –. Darnell pronunciò le parole lentamente, per rimarcare la propria incredulità.

– In tutta l'Africa, i musulmani tendono a essere piú onesti dei cristiani, anche nelle piccole cose di ogni giorno. Chiedi a qualunque datore di lavoro nigeriano a chi affiderebbe piú volentieri i suoi soldi, se al domestico cristiano o al portiere musulmano.

Ero imbarazzatissima. Un dialogo come questo sarebbe stato normale a una cena a Lagos o Abuja, dove tutti avrebbero parlato come Omelogor, facendo a gara a chi era piú enfatico e spregiudicato. Qui invece le sue parole graffiavano l'aria. Omelogor non era in grado, come me, di assumere diverse identità. In Nigeria alzavo la voce, qui mi mordevo la lingua. Non osavo guardare Darnell in faccia.

– Okay, okay, stiamo parlando di stereotipi religiosi, – disse Darnell.

– Gli stereotipi sono un'esagerazione della realtà, – disse Omelogor, calcando la parola «realtà», e allungandosi a rabboccargli il bicchiere.

– Interessante, – disse Darnell.

– I musulmani sono affidabili finché non si rivoltano e ti ammazzano per una vignetta pubblicata in Danimarca, – disse Zikora.

Oddio, ci si metteva anche lei. Zikora era abbastanza americanizzata da sapere che non si parlava cosí, ma voleva rispondere a Omelogor; la solita ostilità fra di loro.

Omelogor mi guardò, aveva un'ombra negli occhi, e capii che le parole «si rivoltano e ti ammazzano» le avevano ricordato nostro zio Hezekiah. Sperai che non lo nominasse, sperai che lasciasse passare quell'ombra. E come se mi avesse sentita, si rischiarò in viso e lasciò cadere la battuta sarcastica di Zikora con una risata secca.

– Ci si può premunire. La mia amica Ejiro dà un extra mensile al suo portiere; un premio per le informazioni, lo chiama lei, per essere avvisata quando i musulmani stanno per rivoltarsi!

– Non fate che parlare di domestici, – disse Darnell.

– Dura, la vita, – ribatté Omelogor, e avrei preferito

che non scherzasse su quel tema, perché Darnell era capace di offendersi per qualunque cosa.

– Allora, ricordami, com'è che siete imparentate, tu e Chia? – le chiese Darnell. – Perché sai che gli antenati di Chia hanno venduto i miei? Io dico che è molto probabile. Una ricchezza igbo vecchia di cosí tanti secoli...! Altro che vendere frutti di palma sulla costa dell'Africa occidentale, quelli di sicuro avevano fatto il colpaccio.

Calò il silenzio. La sua spiritosaggine preferita da ubriaco era fuori luogo qui, al mio tavolo da pranzo, con due moccoli di candela quasi sciolti.

– Che scemenza, – ribatté Omelogor, con una tale freddezza che era difficile credere che solo un attimo prima avesse riso.

– Perché sarebbe una scemenza? – Non abituato alle critiche, Darnell si era irrigidito, abbandonando la sua solita, distaccata indolenza. – Vuoi venirmi a dire che siccome i romani praticavano la schiavitú e balle varie, nessuno può prendersela con gli africani?

Omelogor lo guardava fisso, come faceva lei, con la testa piegata di lato.

– Perché è una semplificazione assurda, – disse.

– La schiavitú è sempre esistita nella storia umana, – dissi, e mi diedi subito dell'idiota. Che cosa mi era venuto in mente di dire? A me bastava tornare in acque sicure.

Omelogor mi lanciò un'occhiata spazientita, poi disse adagio: – Se un tuo antenato, cent'anni fa, fosse stato uno schiavo nell'Igboland, noi oggi non potremmo saperlo. Saresti entrato nella genealogia dei tuoi padroni.

– Cristo, – disse Darnell. – Sembra che esista una graduatoria dello schiavismo.

– Certo che esiste: un sistema era molto piú barbarico di un altro. È un dato di fatto. I mercanti di schiavi igbo non avrebbero mai concepito la tratta atlantica perché era molto diversa dallo schiavismo che praticavano loro. Gli europei e gli americani hanno industrializzato la schiavitú. Hanno trasformato gli individui in oggetti, come dei pezzi di legno. Un pezzo di legno non potrà mai far parte della tua famiglia. Un pezzo di legno non potrà mai essere umano. Nell'Igboland uno schiavo rimaneva un essere umano.

– Da quale pagina dell'apologia dello schiavismo stai citando? – chiese Darnell, spingendo indietro la sedia, ma senza alzarsi.

– E sai poi perché è una scemenza? Perché dimentichi che gli africani sono stati anche vittime. Credi che le persone vendute come schiave non fossero piante o rimpiante? Credi che non fossero amate? Mio nonno da ragazzino rischiò di essere venduto. Nella terra igbo i razziatori di schiavi erano gli aro. La gente ne aveva il terrore. Un giorno si presentarono alla fattoria del mio bisnonno e rapirono mio nonno e suo fratello, che erano nei campi a raccogliere cocoyam. Mio nonno aveva una brutta ferita a una gamba e cosí dopo un giorno di cammino lo liberarono, dicendo che nessuno l'avrebbe comprato con quella ferita. Lui non avrebbe voluto separarsi dal fratello ma lo picchiarono a sangue. Il fratello fu venduto. Dalla costa, mio nonno fece ritorno a casa, la ferita l'aveva salvato ma aveva perduto il fratello. Lo pianse per tutto il resto della sua vita. Al primo figlio diede il nome del fratello. Non mangiò mai piú cocoyam, il che spiega perché ancora oggi la zuppa onugbu di mia madre ha un gusto diverso, perché non usa cocoyam. Mia madre è nata che lui era molto avanti con gli anni, ma dice che continuava a parlare del fratello perduto.

Restammo immobili, come storditi, Omelogor compresa. Avevo le lacrime agli occhi. Mi ero dimenticata la storia di suo nonno materno. Zia Chinwe l'aveva raccontata una sera di Natale, erano venuti tutti a casa nostra prima della messa di mezzanotte, e mentre zia Chinwe parlava, mia madre aveva sospirato e si era riaggiustata sulla sedia per lasciar intendere che, a lei, quella storia di schiavitú non interessava.

– Ascolta, dico soltanto che gli africani, alcuni africani, fanno fatica ad accettare le proprie responsabilità, – commentò Darnell.

– E io dico soltanto: non dimenticarti che la sofferenza c'è stata da tutte le parti, – disse Omelogor.

– Spero che la lezione sia finita, – disse Zikora.

– Per inciso, credo che il gruppo etnico piú straordinario del mondo sia la tribú dei neri americani. Guardateli, li hanno defraudati di tutto, eppure la loro cultura domina il mondo, – disse Omelogor. La mia cugina matta che non sapeva quand'era ora di fermarsi. Se almeno avesse detto «afroamericani», per essere piú al passo coi tempi; e poi perché quel «guardate*li*», come se volesse escludere Darnell, che era seduto di fronte a lei? Darnell la fissava stupito, in dubbio su come prendere le sue parole. Non ero abituata a vederlo cosí palesemente insicuro.

– Giochiamo a carte? – feci.

– Sí, e chissà che Uno non ci insegni ad accettare le nostre responsabilità, – disse Omelogor, e rise, e il viso teso di Darnell si sciolse in un debole, quasi forzato sorriso.

– Gli nascondi il tuo valore, – mi disse in seguito Omelogor.

– Mi sta bene cosí.

– Chia, è quasi idolatrico, – disse.

– Che cosa?

– Il tuo amore per lui.

– Idolatrico. Parla come mangi, per piacere.

– Ti ricordi il fidanzato mulatto che avevi alle elementari? Eric?

– Sí, perché?

– Ricordi quella volta che ti si slacciarono le scarpe da ginnastica, durante le gare d'istituto, e mentre stavi per riallacciarle ti disse: «No, ferma», e si chinò a farlo lui?

– Tu non c'eri neanche. Te l'ho raccontato io.

– È questo che ti meriti, Chia. Di essere adorata.

– Con lui è diverso, ma mi sta bene cosí.

– Non convincerti che è la volta buona. Quell'uomo non è l'amore della tua vita.

– Quando mai ho parlato di amore della mia vita?

– Cioè, escludendo Nnamdi, naturalmente, – disse Omelogor, con dolcezza; sapeva che era ancora un tasto delicato, a distanza di tanti anni. Nnamdi, morto in un incidente d'auto quando avevo diciassette anni. Nnamdi, che quando infuriava l'harmattan mi copriva le spalle con il suo maglione rosso e nero, al raduno mattutino del liceo. Nnamdi, il primo bacio della mia vita, deliziosamente umido e tremante, in piedi l'uno contro l'altra sotto la gronda della cucina. Nnamdi. Saremmo rimasti insieme o la vita ci avrebbe separati? A diciassette anni non avevo dubbi. Avevo già scelto i nomi dei nostri figli, Richard e Daphne – non ero ancora abbastanza sofisticata da escludere i nomi inglesi. *Ti amerò per sempre*, avevo scritto sul biglietto di auguri di compleanno, l'ultimo, poche settimane prima che morisse. Se qualcuno era l'amore della mia vita, era lui.

Darnell non riponeva molte speranze nell'altra fellowship per accademici americani, che copriva il soggiorno di un anno a Parigi. La fellowship tedesca era piú facile, e non avendo ottenuto quella, figurarsi Parigi. Questo spiega perché, dopo aver guardato il telefono in un frizzante mattino d'autunno, saltò in piedi, sferrò un pugno per aria e mi abbracciò. Per una volta lo vidi in versione non tossica, con la corazza abbassata, il bel volto non ingabbiato.

Senza starci tanto a pensare, disse: – Vieni anche tu, Chia. Mi danno un appartamento. Non sarà sicuramente all'altezza dei tuoi standard, ma con un po' di fortuna potrai sopportarlo.

Mi aveva chiesto di andare a vivere con lui. In tre anni non aveva mai accennato a una possibile convivenza. Una volta, dopo aver passato la notte da lui, avevo lasciato il maglione buttato sul divano, e la mattina dopo lui l'aveva ripiegato e posato sul tavolo, dicendo: – L'avevi dimenticato –. Avevo immediatamente rimesso il maglione nella borsa. Il messaggio era chiaro, non dovevo avanzare pretese. Ma a proposito di Parigi aveva detto: «Vieni anche tu», cosí comprai subito il biglietto. Sentivo in me una leggerezza nuova, il crescere di una speranza. A Parigi avrei finalmente smussato i suoi spigoli. L'avrei fatto venire alla luce. L'avrei guarito dall'insonnia e gli avrei dolcemente mostrato che potevamo avere bisogno l'uno dell'altra senza perdere noi stessi. Erano fulgide, allora, le mie illusioni. Al Charles de Gaulle il giovane nero che mi timbrò il passaporto mi disse: – I suoi occhi, molto belli, – e tirò i propri all'insú, per farmi capire che intendeva la forma a mandorla.

– Grazie! – esclamai, felicemente sorpresa da quest'uomo, con il suo guizzo di malizia, la sua pelle color cannella, chiuso nel suo gabbiotto di vetro a timbrare passaporti. Presi il complimento come un segnale di buon auspicio della mia nuova vita con Darnell a Parigi: una vita piena di emozioni e vuota di silenzi.

Superato il controllo passaporti, Darnell disse: – Che ineleganza.

– Ineleganza? – ripetei. – Perché?

– Sei stata troppo diretta.

– Non mi sarei mai aspettata un complimento, con la faccia disastrosa e piena di sonno che mi ritrovo. È stata una piacevole sorpresa, tutto lí, perché non mi sento affatto bella. Non mi sento quasi mai bella.

– È sempre interessante sentire i belli lamentarsi di non essere belli.

– Darnell, stavo solo provando a spiegarti.

– Non l'ha reso meno inelegante.

Non ero sicurissima di aver capito, ma mi dichiarai d'accordo e mi sentii in castigo. Qualunque gelosia da parte sua mi avrebbe resa felice, ma questa non era gelosia, perché Darnell sapeva perfettamente che avevo occhi solo per lui.

Era volontà di controllo, la sua, un concedermi le cose con il contagocce. Lui calpestava tutti i miei piaceri, anche i piú minuti, e io lo aiutavo a schiacciarli, lasciandomi affondare nelle pieghe piú meschine della sua volontà. Ripensandoci ora, vedo distintamente la mia debolezza, quel mio essere docile e arrendevole in cambio di niente; è pazzesco come tutto appaia chiaro, a posteriori. Se solo potessimo vedere i nostri errori mentre li stiamo ancora facendo.

Darnell amava Parigi per via di James Baldwin; figurarsi se la amava per le solite, banali ragioni. Per lui una cosa aveva valore solo se era astrusa; era un uomo del popolo che odiava quello che piaceva al popolo. A Parigi ci lasciammo. Ci lasciammo perché a Parigi ordinai un mimosa. Se la nostra fine avesse una colonna sonora, sarebbe la voce del suo amico senegalese Mamadou che diceva: «Il cuore di Voltaire è nella Bibliothèque».

Hélène, un'amica di Mamadou, ci aveva invitati a bere qualcosa perché voleva conoscere Darnell. Darnell disse che apparteneva all'«aristocrazia culturale di Parigi», che stava allestendo una mostra di artisti americani, e probabilmente voleva offrirgli un «lavoretto».

– Mamadou dice che può permetterselo perché è seduta su una montagna di soldi di famiglia, – mi aveva detto Darnell, in tono spregiativo e ammirato; ci aveva messo un secolo a scegliere come vestirsi e si era cambiato due volte la camicia. Eravamo al bar di un hotel elegante e arrivò il cameriere, taccuino alla mano. Mamadou ordinò qualcosa parlando velocissimo in francese. Hélène chiese una Perrier, Darnell un bicchiere di vino rosso. Io bevevo normalmente vino rosso, come Darnell, da che stavo con Darnell. Ma mi venne una voglia improvvisa. – Posso avere un mimosa, per favore? – dissi, l'unica che avesse parlato in inglese.

– Mimosa? – mi chiese il cameriere, perplesso. – Che cosa è, «mimosa»?

– Non le dia retta, – disse Darnell nel suo francese americanizzato, che avrei avuto difficoltà a capire anche se fosse stato migliore. – Il mimosa è un drink volgare. Prenderà quello che prendo io.

– Ah, – reagí il cameriere, con l'aria di uno che non ha capito una battuta.

– D'accordo, – dissi io. – Prendo anch'io il Bordeaux, grazie.

Il clima cambiò. Una corrente d'aria gelida proveniente da Darnell m'investí. Avevo fatto qualcosa di sbagliato, ma non sapevo cosa. Mamadou stava dicendo: – Il cuore di Voltaire è nella Bibliothèque.

– Il suo vero cuore? – chiesi.

– Il suo vero cuore. È nero e raggrinzito. I francesi gli tolsero il cuore come omaggio alla sua grandezza e lo misero in una biblioteca. Se lo facessimo noi africani lo definirebbero un incivile rito vudú.

Darnell rise, dandomi la schiena.

– Non sapevo che Voltaire fosse un tipo cosí senza cuore, – dissi, cercando disperatamente di essere spiritosa e rimediare al mio fantomatico sbaglio.

Mamadou e Hélène risero. Darnell no.

– Chia, il tuo viso ha una simmetria perfetta, bellissima, – disse Hélène, gentile.

– Grazie, – dissi.

– C'è un flusso continuo, e a suo modo questa cosa è formalmente significativa, ma la bellezza sta nell'irrequietezza. Il successo estetico viene dal non conformarsi, dall'andare controtendenza, un po' di traverso, – disse Darnell, prendendo in mano le fotografie che aveva portato Hélène come se stesse parlando delle installazioni artistiche. Quando avevo guardato il contenuto delle foto, lamine di metallo appese a corde dentellate, le avevo trovate fredde e brutte.

– È vero, sono fantastiche, – dissi, e Hélène mi lanciò uno sguardo di commiserazione, ma non sprezzante, come se conoscesse le donne come me. Per il resto della serata Darnell chiacchierò amabilmente senza mai guardarmi, e un paio di volte flirtò con Hélène. Io sorseggiavo il mio vino, con lo stomaco stretto in una morsa. Le parole di Darnell fluivano l'una dopo l'altra – il cosmopolitismo nella pittura afroamericana e l'archivistica dei modernismi afroamericani e la visibilità afroamericana o qualcosa del genere. Io non parlavo. Non sapevo che cosa dire e avevo paura, parlando, di peggiorare ulteriormente la mia situazione. Ero ferita dal fatto che Darnell non mi guardasse mai, neppure una volta, come se al mio posto ci fosse una scultura, una statua di sale, o aria vuota.

Di ritorno a casa sua, aspettò che finissimo entrambi di fare la doccia, come un preside che ritarda la punizione, prima di chiedermi: – Hai ordinato un mimosa all'Hôtel Montalembert, come se fosse il bar sotto casa di Washington? Sul serio?

– Che c'è che non va?

– È una cazzata da americana becera in vacanza. Come se tu non avessi mai viaggiato, poi!

Il suo olio da barba rifletteva la luce. All'inizio, quando si era fatto crescere la barba, le guance mi si erano riempite di chiazze rosse pruriginose. Gli avevo detto che ero allergica all'olio e aveva risposto: – Sarai in piena tempesta ormonale –. Non aveva mai cambiato olio, e ogni volta dopo aver fatto sesso io mi alzavo e, sotto i suoi occhi, andavo in bagno a lavarmi la faccia. Odiavo il suo olio da barba. Puzzava di muffa. Mi stavano tremando le dita. Qualcosa rimasto a lungo sopito dentro di me stava venendo fuori con gli artigli.

– Sei arrabbiato perché ho ordinato un mimosa? Non capisco.

– Se ti faccio notare una cosa non vuol dire che sono arrabbiato.

– A me piace il mimosa. Non devo adeguarmi alla tua idea di Parigi soltanto perché vuoi fare colpo su una francese.

– Questa invece è una cazzata arrogante e classista.

– Perché? – Per un attimo mi chiesi se avessi torto, ma non vedevo come fosse possibile. Mi faceva dubitare del mio diritto ad arrabbiarmi. – Perché?

Si allontanò, e sentii che chiudeva a chiave la camera da letto. A chiave! Per tenermi lontana, per non lasciar avvicinare questa persona tristemente colpevole di aver ordinato un mimosa a Parigi. Dormii sullo stretto divano e mi svegliai presto in una sorta di luce fredda. Mentre Darnell preparava il caffè in silenzio, io acquistai online un biglietto aereo per Washington.

Scrissi un messaggio a Omelogor dicendole che sarei partita da Parigi quel giorno stesso e che avevamo chiuso. La sua risposta fu: *Ti voglio bene. Chiama quando sei sul taxi.*

Era finita. Ora che l'avevo detto a Omelogor la cosa era diventata realtà e sentii nella testa il suono degli incantesimi rotti. Avevo tenuto duro per tanto, troppo tempo, e ora che mi ero arresa mi stupii della velocità con cui ogni aura di mistero era andata in fumo. Non ebbi nessun tentennamento, nessuna paura. Prima ci si ama e poi non ci si ama piú. Dove va l'amore quando smettiamo di amare?

Tre

A gennaio, quando il mondo sapeva già del virus che stava covando in Cina ma il lockdown era ancora inimmaginabile, zia Jane venne a casa nostra al villaggio e chiese di vedermi. Era la sorella e l'ombra maniacale di mia madre, e metteva il naso negli affari di tutti. Stavo facendo le valigie per tornare in America. Ero gonfia per i troppi chin-chin natalizi. Non avevo voglia di vedere zia Jane; sapevo già di che cosa voleva parlarmi, ma non ero capace di disobbedire ai parenti piú anziani.

– Chia, non perdere altro tempo! – disse, appena misi piede in salotto. – La tua unica possibilità ormai è la fecondazione in vitro. So di una che ha appena avuto due gemelli a quarantacinque anni. Ma devi spicciarti se vuoi usare i tuoi ovuli. Smettila di viaggiare da un capo all'altro del mondo e trovati un uomo con cui fare la fecondazione. Oppure usa lo sperma di un donatore. Un giorno ti stuferai di girare come una trottola, e senza figli la tua vita sarà vuota e insulsa.

Potevano sembrare parole cattive, ma non lo erano; quella di zia Jane era solamente la brusca sincerità a fin di bene caratteristica dei nigeriani. Avevo quarantaquattro anni, nessun marito e nessun figlio, una disgrazia che lasciava ancora piú interdetti perché non era dovuta alla mancanza di pretendenti.

– Quindi un marito non serve piú, zia? Avresti dovuto dirmelo dieci anni fa, – risposi, ridendo.

Le condizioni di mia madre e delle mie zie, materne e paterne, erano state poste quando avevo circa venticinque anni, ferree e ben definite, e piú volte ripetute: lui doveva essere cattolico, igbo, in possesso di una laurea e in grado di mantenermi. Lo dicevano sempre in inglese, «mantenermi». Singolare espressione, come se parlassero di un macchinario da tenere sempre in buono stato. Quando arrivai ai trentacinque anni, le condizioni cominciarono a diventare un po' piú lasche, avendo io ormai messo radici in America. Bastava che fosse un cristiano, di qualunque confessione, un nigeriano di qualsivoglia etnia; o al limite un africano; o bastava che fosse un nero; o insomma, un uomo. Adesso che ero vicina ai quarantacinque, e da un momento all'altro le mie cellule riproduttive sarebbero diventate inservibili, il matrimonio era diventato secondario. Fai un figlio, con qualunque mezzo. Il giorno di Natale, guardando il presepe allestito per i bambini del villaggio, mia madre aveva detto: – Avere un figlio è piú importante di sposarsi.

Come sono aleatori i principî morali, come cambiano, ruotano, si assottigliano e mutano a seconda delle circostanze.

Non oso immaginare cosa sarebbe successo dieci anni fa se avessi fatto un figlio al di fuori del matrimonio. Non oso immaginare come sarebbe stata inorridita mia madre.

– Sto ancora pregando di trovare un marito, zia, – dissi.

Zia Jane sembrò poco convinta, e mi scrutò come per indovinare cosa ci fosse in me che non andava. Anche io volevo un marito e un figlio, ma non a ogni costo. Non volevo essere single, ma esserlo non era insopportabile. Assai piú insopportabile era l'idea di un matrimonio che non fosse una fusione di anime, di un bambino che non fosse messo al mondo per amore. Perfino gli amici non capivano. Pensavano che la storia del vero amore fosse soltanto una posa da parte mia, una difesa, perché cos'altro potevo dire non essendo riuscita a trovare un marito? Vivevamo forse nel mondo delle fiabe? Una compagna di classe delle superiori scrisse sul nostro gruppo WhatsApp: *Chi l'avrebbe detto che Chia, ricca e bella com'è, non sarebbe ancora stata sposata, mentre qualcuna di noi ha i figli che finiscono il liceo?* Indagai silenziosamente nel gruppo, cercando di ricordarmi chi fosse la persona che aveva scritto quel messaggio, ma la sua foto del profilo non mi diceva niente. Era piú semplice fingere di patire la mia condizione di single, come tutti si aspettavano da me. Le persone non accettano con tanta facilità che tu possa volere una cosa diversa dagli altri. Cosí reagivo come reagiscono tutte le donne che devono rispondere del crimine di essere single: sto pregando, per favore pregate per me, sia fatta la volontà di Dio.

– Chia, cos'è successo veramente con Chuka? – mi chiese zia Jane.

– Non eravamo affiatati.

– Ma eravate fidanzati.

Poiché scrollavo le spalle tacendo, zia Jane mi incalzò: – Avevi scoperto qualcosa?

– No. Non ha funzionato, tutto qui, – dissi in tono deciso, sperando che desistesse. Se le avessi detto che mi picchiava, che non era divorziato come diceva di essere o che mi tradiva con un'altra donna, zia Jane avrebbe capito. Quelle erano ragioni vere, concrete, a cui sarebbe seguita una pioggia di affetto per me e di vituperi per lui. Ma zia Jane non avrebbe accettato la verità, cioè che avevo lasciato Chuka perché non potevo piú ignorare la sofferenza acuta che si prova a voler amare un'amabile persona che non si ama.

Ci conoscemmo a un ricevimento di nozze nigeriano nell'Indiana. Io non ci volevo andare, ma mia madre mi aveva detto che, in loro assenza, dovevo rappresentare la famiglia. Febechi mi disse: – Qui c'è uno perfetto per te. Siete fatti l'uno per l'altra, tutti e due figli di Pezzi Grossi.

Conoscevo di vista Febechi, eravamo compagne di classe alle superiori, e già allora faceva battute su mio padre con una malizia troppo vicina alla malignità.

– Febechi, ti prego, lasciami mangiare il riso in pace, *biko*.

Le presentazioni a scopo matrimoniale fra nigeriani erano totalmente prive di sorprese, prevedibili, pianificate, e non potevano concludersi con il matrimonio che avevo in mente io, la fusione di due anime. E che misero, triste affare: uomini alla stanca ricerca di una moglie nigeriana, una qualunque, ma possibilmente infermiera, perché qualcuno, da qualche parte, aveva convinto i nigeriani d'America che le infermiere guadagnavano bene e che non era un lavoro da uomini. Una volta, a Houston, a un ricevimento di nozze, sentii per caso uno che diceva: – Se andiamo avanti sei disposta a fare un corso da infermiera?

Febechi ignorò la mia protesta e condusse Chuka al nostro tavolo. Aveva la carnagione ambrata, un fisico da rugbista, i baffi uniti alla barbetta da una sottile striscia ben curata, la testa calva che luccicava sotto i lampadari della sala da ballo. Aveva qualcosa di leonino. Attirava l'attenzione, dominava lo spazio. Mi stupii che avesse bisogno di farsi presentare a chicchessia. Aveva una straordinaria padronanza di sé, come se fosse pronto ad affrontare qualunque emergenza con la massima calma. Aveva nove anni piú di me ma sembrava perfino piú vecchio, non anziano ma perfettamente maturo, come un modello ideale di adulto, beneducato, perbene, assennato. Alle superiori era stato di certo il capoclasse, benvoluto sia dagli studenti sia dagli insegnanti, capace di zittire una classe chiassosa ma anche di sgattaiolare fuori da scuola con gli amici a bere birra e fumare sigarette.

– È una fortuna che abitiamo tutti e due nell'area metropolitana di Washington, – disse quel giorno, con una certa aspettativa, e io sorrisi: – Sí.

Il salotto di casa sua nel Nord della Virginia mi ricordava il nostro di Enugu: sofà di cuoio marrone chiaro con tavolino marrone chiaro, tende marrone chiaro ornate di pesanti nappe. Per un attimo ebbi la strana sensazione di essere braccata dal passato.

– È tutto coordinato, – dissi con un tono deluso che andava al di là delle mie intenzioni.

– Ed è un male? – mi chiese lui.

– No, no, certo che no.

– Puoi cambiare tutto quello che vuoi.

Aveva messo in chiaro quasi subito di cercare una relazione stabile. – Chia, sono troppo vecchio per fare giochetti. Ho visto la tua foto sulla pagina Facebook di Febechi e le ho detto che ti volevo conoscere. Il mio obiettivo è il matrimonio, – mi aveva spiegato, e io non avevo ribattuto, sapendo che avrebbe interpretato il mio silenzio come un tacito consenso. Avevo sempre pensato che la mia scelta di un marito sarebbe stata come i miei racconti di viaggio: fuori dall'ordinario, ma non al punto da rompere con i miei genitori. Uno straniero con un'anima da poeta. Non un ingegnere igbo, un uomo di successo che si lustrava ancora le scarpe con lo stesso lucido Kiwi che tutti i nigeriani avevano visto usare dai loro padri. Dove se lo procurava, poi, il vasetto? Aveva i modi di uno che ha ricevuto una «buona educazione», era interessato alla mia famiglia, ai miei amici, a tutte le persone importanti della mia vita. Voleva salutare Afam e Bunachi quando mi telefonavano; volle conoscere Omelogor; venne con me a trovare Zikora dopo la nascita del bambino.

– È sempre cosí ostile, la tua amica? – mi chiese quando uscimmo.

Avevamo trovato Zikora seduta sul sofà, con la faccia tesa e sciupata, il neonato in braccio. Quando Chuka si avvicinò per chinarsi a guardare il bambino, Zikora si mosse bruscamente, dandogli quasi la schiena e facendo scudo al figlio con il proprio corpo. Nell'imbarazzo che seguí, Chuka si ritrasse e andò a sedersi lontano, vicino alla madre di lei. Di lí in avanti Zikora non lo degnò di uno sguardo. In compenso ci pensò sua madre a sostenere la conversazione, parlando amabilmente con Chuka, raccontandogli delle due scuole che possedeva a Enugu.

– Non ce l'aveva con te. Zikor ha tante cose per la testa, – gli dissi.

– A me sembrava il contrario, come se sapesse di qualche mia malefatta passata, – disse Chuka.

Volendo mantenere il riserbo sulla storia di Zikora, scherzai: – E quale sarebbe questa malefatta?

In un secondo momento Zikora mi disse che l'aria da «bravo ragazzo» di Chuka l'aveva innervosita, e che era stupita lei stessa dell'improvvisa ostilità che aveva provato, il che significava che non aveva ancora compreso la vera portata del male subito. Le dissi che capivo benissimo, e Chuka anche, il che era falso. Da quel giorno lui fu sempre molto cauto nei suoi confronti, anche dopo aver appreso da me la sua storia, come se ci si potesse aspettare da lei una stranezza in qualunque momento.

– Non ha un carattere facile, – fu il suo unico commento. Di Omelogor invece disse: – Mi piace tua cugina! – Aveva sentito per caso una mia videochiamata con lei, o meglio, con la contorta persona che era diventata Omelogor da quando frequentava un master in America. – Perché gli americani devono dire «gustare» al posto di «mangiare»? «Lo gusto con il formaggio». «Penso che dovresti gustarlo con un contorno di insalata». Come fai a sapere che lo gusterò? È presuntuoso; deriva da una visione del mondo arrogante.

– Non ha tutti i torti! – disse Chuka, divertito, mentre io non lo ero affatto, perché ero preoccupata per lei. Mi chiedevo come fosse possibile che in cosí poco tempo, da quando aveva cominciato il master, Omelogor fosse cambiata e avesse perso il suo smalto. Un giorno mi telefonò piangendo. L'avevo sentita piangere cosí poche volte che rimasi scioccata, come se prima l'avessi creduta diversa dagli altri, nata senza il gene del pianto. Ricordavo di averla vista piangere, piangere sul serio, una volta sola, molti anni prima, quando un uomo era stato decapitato al Nord, dopo la morte di zio Hezekiah. Lei stava facendo l'università. Ma allora la sua angoscia era circoscritta, aveva una causa ben precisa, non come questo crollo indefinibile.

– Omelogor, Omelogor, *o zugo*, non piangere, – dissi, disarmata.

Quando non piangeva, fremeva di collera sorda, diversa dalla rabbia lucida che le conoscevo, che le faceva pronunciare giudizi netti, affilati. La collera attuale era slabbrata, come se ne fosse impedita, disorientata. Si lamentava di cose per cui aveva senso lamentarsi, ma anche di cose futili e di cose che non capivo.

– Non sapevo che «priorizzare» fosse diventato un verbo, – disse, con un'asprezza non giustificata dall'argomento. – Parlano sempre di «priorizzare le minoranze». Gli americani si erano già inventati l'orrendo «impattare», ora anche «priorizzare»?

– Credo che «priorizzare» sia sempre stato un verbo, – dissi.

– Non proprio. Si può «dare la priorità a un popolo», ma non «priorizzarlo».

– Okay.

– Come quell'altra ridicola espressione degli americani, «condividere», che adesso tutto il mondo usa. «Condividi il documento con lei; oh, ha condiviso i suoi obiettivi», che assurdità.

Non mi era del tutto chiaro perché «condividere» fosse un'assurdità.

– Ti metti a chiacchierare con loro, e in men che non si dica qualcuno tira fuori: «È un po' come nel tale film». Ed è sempre uno stupido film americano.

Io mi limitavo soprattutto ad ascoltarla, muta e perplessa. Le sue lamentele erano come palloncini troppo pieni d'aria, eccessivi, destinati per forza di cose a scoppiare. Un giorno mi chiamò «Chia, l'americana», e fu la cosa piú vicina allo scherno che mi avesse mai detto. E schernire non era nel suo stile, come non lo era il livore. – Il problema di Zikora è che ha sempre sovrabbondato di una caratteristica che nelle donne non manca mai: la capacità di tollerare l'idiozia degli uomini, – disse quando le raccontai la situazione di Zikora, con un tono non da lei, e usando parole affilate come coltelli. Decisi di non affrontare piú l'argomento Zikora con lei, almeno finché non fosse tornata in sé. Quando mi disse: – L'America ha piú senso se la si guarda dall'esterno, – tra me e me pensai che avrebbe dovuto continuare a guardarla dall'esterno. Era depressa. Era depressa, ma se glielo dicevo andava su tutte le furie. Non avrebbe dovuto lasciare il suo lavoro in banca per venire in America a seguire un master in pornografia. – Voglio fare qualcosa che aiuti veramente le persone, – aveva detto, come se volesse riscattare il proprio successo in banca.

– E lo vuoi fare studiando pornografia? – le avevo chiesto, divertita. Pensavo che fosse solo una bizzarria alla Omelogor, invece mi aveva convinta. La pornografia era la scuola di tante, troppe persone, ed era una scuola terribile, e lei voleva studiare l'industria pornografica, i suoi ingranaggi, per capire come smontarli. Dopodiché aveva abbandonato anche quella strada, dicendo che la sua professoressa la odiava, e «lei mi odia» era una frase che non pensavo avrei mai sentito in bocca a Omelogor. Attualmente scriveva sul suo blog, «Per soli uomini», e di quando in quando mi telefonava per chiedermi cose tipo: «Che ne pensi dell'asfissia erotica?»

Chuka scoprí il blog e lesse a voce alta due post, ridendo, e io pensai che di rado lo sentivo ridere cosí, con trasporto, non frenato dalla sua perenne serietà.

Cari uomini,

voi sapete che lei sa che l'amate. Può darsi che lo sappia, ma vuole che glielo diciate tutti i giorni, proprio come voi vi oliate la barba tutti i giorni per tenerla in ordine. (Avete la barba? No? Okay, allora i capelli, le ascelle o qualsiasi cosa di cui vi prendete cura quotidianamente). Ecco, l'amore ha bisogno di cura.

Ditele: «Ti amo tantissimo». Se riuscite a metterci un po' di creatività, ditele: «Amo il modo in cui cammini, o in cui parli, o in cui sorridi. Amo sentire cosa ne pensi dei film. Amo la tua aria allucinata quando caschi dal sonno. Amo quando sei felice e sorridi. Amo te».

È dura, lo so. Pronunciare una o due frasi in piú può essere estenuante. Ma provateci, e vedrete quanti frutti raccoglierete. Non dimenticate che io sto dalla vostra parte, cari uomini.

Al post successivo Chuka mi guardò e disse: – Spero che tu non abbia questo problema con me.

Cari uomini, tre risposte ad altrettante variazioni dello stesso dilemma.

Le avete detto «scusa se ti ho offesa» e si è arrabbiata ancora di piú. So che non avevate cattive intenzioni, ma la prossima volta non dite «se». «Se» implica che la cosa potrebbe non essere successa. Per voi quel «se» è innocuo, per lei è riduttivo, come se le vostre scuse non fossero sincere. Riprovate senza «se».

Talvolta dopo un litigio fate delle cose carine per lei, ed è il vostro modo di chiedere scusa, ma il modo migliore per chiedere scusa è chiedere scusa. Non fingere che vada tutto bene e fare delle cose carine per lei. È carino che vogliate fare delle cose carine, ma fare delle cose carine non è chiedere scusa. Chiedere scusa è chiedere scusa.

Lei dice che non volete affrontare il problema anche se le avete chiesto scusa. So che non avevate cattive intenzioni, chiedendole scusa. Ma per colpire dritto nel segno e farla sbollire, siate sempre circostanziati nelle vostre scuse. Non dite soltanto «mi dispiace». Dite: «Mi dispiace di non aver fatto X. Avrei dovuto fare X. Ho sbagliato».

So che parlare è una rottura. Lo capisco, davvero. Non dimenticate che io sto dalla vostra parte, cari uomini.

La risata piú forte di Chuka arrivò dopo l'ultimo post.

Cari uomini,

le donne non sempre sentono quello che dite: sentono quello che vogliono sentire. Perciò vi prego, siate molto chiari. Se non siete interessati non dite che avete da fare, dite che non siete interessati. Capisco che volevate essere gentili e non urtare la sua sensibilità, ma è qui che vi mettete nei guai. Quando lei vi ha proposto di rivedervi le avete detto che avevate da fare, e cosí lei vi ha mandato un messaggio che non finiva piú accusandovi di tenere le donne sulla corda. Se siete troppo gentili per dirle che non siete interessati, inventatevi una fidanzata o una moglie. Se non siete interessati, non lasciate spazio all'equivoco, altrimenti la società segreta delle donne single e a caccia vi metterà al rogo come stregoni. Non dimenticate che io sto dalla vostra parte, cari uomini.

Ogni giorno con Chuka facevo i conti con la sua diversità. Rifaceva il letto appena alzato, tirando e tendendo bene le lenzuola, e rimboccava sempre la camicia nei pantaloni, anche nei fine settimana. Regole da convitto nigeriano. Le calze nell'armadio erano arrotolate e disposte in bella fila. Leggeva libri che io non consideravo libri veri, sulla leadership e il project management. Scriveva il suo nome sul frontespizio, nell'angolo in alto a destra, con una calligrafia geometrica, *Chuka Aniegboka*, cosa che mi procurava strane impennate di nostalgia, perché era dalle elementari che non facevo una cosa simile. Tutte le mattine ascoltava il notiziario internazionale della Bbc. Gli piacevano film che mi annoiavano, thriller stereotipati, che guardava con grande concentrazione. Se parlavo, li metteva in pausa perché non voleva perdersi niente, diceva.

– Ma si sa già come va a finire! – scherzavo io.

Era forte, sollevava pesi nella stanza del seminterrato, le cassette degli attrezzi erano sistemate in bell'ordine in garage, e chiudeva il vasetto di marmellata cosí stretto che non riuscivo a togliere il coperchio da sola. Un giorno, guardandolo sostituire la maniglia di una porta in terrazza, tra me e me pensai che era come quella porta: solido, rassicurante, privo di fantasia. Al ristorante ordinava sempre una bistecca ben cotta, mai altro, e una volta tornati a casa si scaldava puntualmente nel microonde una porzione di riso jollof, che gli arrivava in vaschette di plastica da un ristorante nigeriano di Baltimora, dicendo che il cibo dei ristoranti non lo saziava mai. Si faceva il segno della croce prima di mangiare, mentre io avevo smesso da anni perché la trovavo un'inutile ostentazione. Comprai dei biglietti per Broadway, e lui si addormentò a metà spettacolo. Quando gli diedi una gomitata per svegliarlo disse: – Scusa, avrei dovuto prendere un caffè in albergo, – come se fosse stata la mancanza di caffeina, e non di interesse, a farlo addormentare.

Lui proponeva di andare al Four Seasons per il brunch, e io in posti meno ingessati. – Va bene, – ribatteva, dubbioso ma accondiscendente. – È solo che il Four Seasons è un marchio affidabile –. La sua vita era fatta di marchi affidabili. Volava soltanto con compagnie «di bandiera» anche a costo di fare molti scali, e rimase sbigottito quando seppe che non volavo mai con British Airways. Era una compagnia che si dava un sacco di arie, su questo mi dava ragione, e d'accordo, l'espressione degli assistenti di volo tradiva sempre un piacere malvagio nel mortificare i passeggeri nigeriani, ma erano due buoni motivi per usare compagnie aeree sconosciute? A ogni mio viaggio mi portava e mi veniva a prendere all'aeroporto, chiedendomi solamente se fosse andato tutto bene, senza voler sapere altro delle mie avventure. Non capiva, non avrebbe mai capito. Immaginavo di sentirmi dire: «Ti sei laureata in un buon college, perché non ti cerchi un vero lavoro? Puoi sempre scrivere nei weekend». Non lo disse, non lo disse mai, ma immaginavo che ce l'avesse sempre sulla punta della lingua. Leggeva i miei articoli e invariabilmente diceva: – Carino, – come se si trattasse di un cibo decente ma non di suo gusto.

> Isole San Blas. Per carità, l'acqua dell'oceano era davvero cristallina, e guardando giú dalla canoa ho visto una stella di mare, ma i paradisi fuori dal mondo stufano in fretta. Dopo un po' anche gli altri occupanti della canoa avevano l'aria annoiata e scorrevano le foto sul telefono. Il mio massimo divertimento è stato il drink che ho bevuto quando siamo scesi dalla canoa. Uno del luogo ha tagliato a metà una noce di cocco, l'ha innaffiata di rum, ci ha piantato dentro una cannuccia e me l'ha passata. Era squisita perché era sporca. Il coltello aveva un'aria sospetta. Il rum era scadente. Il tizio non si era lavato le mani. E io ci tornerei domani solo per bere di nuovo quel drink.

– Ti è piaciuto perché era sporco? – mi chiese Chuka, guardandomi come si guardano gli occidentali che fanno cose stupide da occidentali, come non salutare le persone piú anziane. Lesse il mio articolo sulla Grecia, che cominciava con «Come fanno gli altri turisti a sopportare l'odore di cacca di asino a Santorini?» Alla fine, distrattamente, commentò: – Molto carino –. Non «carino» come al solito, ma «molto carino», dal che dedussi che la «cacca di asino» aveva offeso il suo animo delicato.

– Le altre isole mi sono piaciute, – dissi, per fare ammenda. – Sarebbe bello andarci insieme quando hai le vacanze.

– Sarebbe bello andare a Dubai, – ribatté lui. – È un miracolo di ingegneria e volontà politica. Esattamente quello che dovrebbe essere la Nigeria.

Io trovavo Dubai un posto asettico e kitsch, ma non fui stupita che piacesse a Chuka, perché i nigeriani amavano Dubai. Con lui venivo riportata alla mia vita in Nigeria, una vita a me familiare ma resa ormai estranea dal profondo solco che ci divideva, come un piacevole anacronismo.

Mi disse: – Non voglio metterti fretta, – la frase che i ragazzi dicevano alle ragazze con cui facevano sul serio; ti faceva sentire speciale, dispensata dalla smania di sesso riservata alle ragazze meno degne. Non ero neanche sicura di voler andare a letto con lui. Passarono mesi prima che gli permettessi di svestirmi in camera sua, non troppo convinta, ma pensando che lo dovevo fare perché in effetti lui mi piaceva e da molti punti di vista ero la sua fidanzata, e in un certo senso se lo meritava, per com'era stato delicato e pieno di riguardi. Il tutto si sarebbe svolto in maniera prevedibile, ne ero certa, e forse sbrigativa, ma almeno non spiacevole. Mi sbagliavo di grosso. Chuka mi sorprese con nuovi e inaspettati piaceri; porte mai aperte si spalancarono di colpo, corpi in rivolta e vecchie regole infrante. – Come sei dolce, come sei dolce, – diceva, con foga, con prepotenza, fino a inebriarmi di forza terrena. Per la prima volta in vita mia conobbi il vero abbandono, quel trasporto carnale, quell'oblio fisico che si consuma in pochi istanti perfetti. Al termine giacqui stordita.

– Ti amo, – disse, e io: – Cos'era quello? Cosa mi hai fatto? – Ne volevo ancora. Ancora e ancora.

Stavo raccontando a Chuka di come, alle elementari, gli altri bambini mi chiamassero «Latteburro» perché avevo le mani molli.

– Avrò avuto nove anni, e i bambini di un'altra scuola erano venuti nella nostra per una gara di dibattito. Ci avevano detto di stringerci la mano, e un bambino lasciò andare la mia molto in fretta, come se scottasse, dicendo: «La tua mano è troppo molle!» Ricordo il tema del dibattito: «I dottori sono piú importanti degli avvocati». La nostra scuola vinse. Credo che quel bambino fosse semplicemente arrabbiato di aver perso, e cosí cominciò a prendermi in giro: «Mano molle, mano molle, a casa non fai niente, non sei forte, mangi solo latte e burro», e in men che non si dica tutti gli altri bambini presero a chiamarmi «Latte e burro», che poi divenne «Latteburro».

– Latteburro, – ripeté Chuka, prendendomi la mano. – Veramente molle. Quel bambino non aveva torto –. Mentre mi passava il pollice sul palmo della mano, io pensavo alla sua lingua. La mia vita era diventata un imprevisto concentrato di erotismo.

– Tu invece hai le mani ruvide di un operaio, – scherzai.

– Oh, mio padre ci andava giú pesante. A otto anni sapevo già cambiare le gomme delle automobili. Quando sono andato a Lagos per studiare all'università sono rimasto scioccato dagli uomini che si facevano fare la manicure nei saloni di bellezza.

– Dovresti farla anche tu. Ti ci porto io.

– Puoi chiedermi qualsiasi cosa, ma la manicure in un salone di bellezza? *Mba* –. Mi piacque che rifiutasse la manicure, ma soltanto perché era lui. In altri uomini l'avrei trovato ridicolo e antiquato. Ma Chuka era la mia fantasia all'antica, l'uomo virile, l'uomo capace di prendermi in braccio, alzarmi da terra come se fossi una piuma, trasportarmi, proteggermi. Rifiutare la manicure quadrava perfettamente.

Lo guardavo mentre svolgeva le attività di tutti i giorni, e lo trovavo sensuale: Chuka che puliva il bancone della cucina, meticolosamente, con quelle spalle larghe, Chuka che pagava la spesa da Wholefoods, Chuka al volante, gli occhi fissi sulla strada. Perfino il suo essere taciturno in compagnia aveva un che di sensuale.

Lo osservavo nelle grigliate all'aperto a casa dei suoi amici, in quei magnifici, languidi giorni d'estate. Mi piaceva starmene seduta ad ascoltare il chiasso delle voci nigeriane, trovando rifugio nella loro presenza, gustandomi la novità, perché non andavo sovente a ritrovi di nigeriani.

– Toglila subito da quella scuola pubblica, prima che torni a casa e si metta a twerkare, – disse uno.

– Figurati che un paziente bianco è venuto nel mio studio e mi ha chiesto dov'era il dottore! Nel Maryland, pazzesco! – disse un altro.

– A Bowie c'è uno che se vuoi ti organizza un sacrificio della capra, – disse un altro ancora.

Il sabato ci si trovava a casa di Enyinnaya e Ifeyinwa, i migliori amici di Chuka in America, a Bethesda. Ifeyinwa era il genere di donna igbo che mi intimidiva, sicura di sé, piena di risorse, in grado di affrontare ogni situazione e sprezzante verso la stupidità in tutte le sue forme. Aveva un impiego importante nell'amministrazione della contea e immaginavo la caparbietà con cui faceva carriera, insieme a qualche figlio da crescere e un paio di master da prendere. Era alta e indossava una parrucca corta con la riga da una parte a cui non interessava sembrare realistica. Volevo farle a tutti i costi una buona impressione. Quando andavamo da loro portavo sempre una bottiglia di vino. Scattavo per aiutarla a servire i puff-puff e i pasticci di carne.

– Grazie, cara, ma ti prego, rimani pure seduta e rilassati, – diceva.

Non era scortese, ma il suo tono freddo teneva a distanza. Un sabato Chuka disse che la sorella di Ifeyinwa era in visita dalla Nigeria, ma la vidi soltanto a fine giornata, quando gli altri ospiti erano già andati via. Fece il suo ingresso in cucina avvolta in una nuvola di profumo. La vista di una bella donna può scatenare nelle altre un moto istintivo di antipatia. Per esperienza sapevo diagnosticarlo. Inizialmente pensai che la sorella di Ifeyinwa ne fosse affetta, per come sprigionava aggressività, facendo finta di non vedermi in maniera molto esplicita, diretta. Riempí un bicchiere d'acqua al dispenser, e solo allora capii che non ce l'aveva con me. Ce l'aveva con Chuka. Era stizzita con lui. Stava ignorando Chuka. Quel moto di sfida, quasi di vendetta, era diretto contro di lui. Avevano avuto una storia. Forse qualcosa piú di una storia. Che cosa c'era stato tra di loro? Provai una fitta di gelosia da mozzare il fiato. La lunga weave le ricadeva lucida e ondulata sulle spalle. I suoi jeans di marca erano un po' troppo stretti al cavallo. Per allentare la tensione rimasta nell'aria dopo che sua sorella fu uscita con il bicchiere d'acqua, Ifeyinwa disse: – Vieni, Chuka, *biko*, aiutami ad aprire quest'affare.

Fui impressionata nel constatare l'effetto di Chuka sulla sorella di Ifeyinwa. Lo vidi con occhi nuovi, ne ammirai la vitalità, l'energia controllata, sostenuta. Quando andò in salotto mi alzai e lo seguii. Mi sedetti accanto a lui. Finché non ce ne andammo lo tenni sempre sott'occhio, mentre la gelosia cresceva, saliva, mi avvolgeva.

– La sorella di Ifeyinwa non è stata molto socievole, – dissi, quando fummo in auto, invece di chiedere semplicemente quali fossero i loro rapporti.

Chuka sospirò e disse che Ifeyinwa gli aveva presentato la sorella subito dopo il divorzio, che erano usciti insieme una volta ma lui non aveva dato seguito alla cosa. Non le aveva mai dato corda, non l'aveva mai presa in giro. Non capiva perché fosse cosí arrabbiata.

– Perché ti vuole, – dissi, improvvisamente allegra, sollevata. – Chi potrebbe non volerti?

Abbozzò appena un sorriso, come se non sapesse bene come reagire ai complimenti.

Sentii Ifeyinwa che diceva a un'amica, ridendo: – Qualunque igbo dello Stato di Anambra ti tradisce se trova una donna che cucina l'ukwa per lui. È per questo che ne ho sposato uno dello Stato di Imo. Non volevo perdere mio marito per un ukwa.

Chuka e io eravamo sempre gli ultimi ad andare via, cosí quando fu sera andai in cucina per sciacquare i bicchieri e caricare la lavapiatti.

– Oh, no... – cominciò a protestare lei.

– Sorella Ify, sto cercando dell'ukwa da cucinare a Chuka, – dissi, bugia che non avevo previsto di dire finché non mi uscí dalla bocca. Unica della mia famiglia, odiavo l'untuosità farinacea dell'ukwa, e non avevo idea di come si cucinasse.

Ifeyinwa mi guardò un po' di traverso, stupita, forse pensando che questa figlia di un pezzo grosso che si trastullava con i «racconti di viaggio» avesse i piedi ancora abbastanza per terra da voler fare l'ukwa al suo uomo. Non tutto era perduto. Mi disse di provare al mercato africano di Catonsville. Alcuni giorni dopo, dal retro di una bottega che puzzava di stoccafisso rancido, le mandai un messaggio che diceva: *Ho appena comprato l'ukwa, grazie!*

Mentre il cassiere mi faceva il conto, una donna afroamericana in coda dietro di me sbirciò la cifra sul registratore di cassa e disse: – Qualunque cosa sia, spero che valga quel che costa!

Le sorrisi. – È cosí. È una prelibatezza della parte sud-est della Nigeria. Il frutto dell'albero del pane. Lo voglio fare al mio fidanzato.

Il mio fidanzato. Altre parole che affioravano impreviste alla mia bocca. Perché stavo indossando questa nuova identità come fosse una t-shirt? Cucinai seguendo un video di YouTube e apparecchiai per una cena a sorpresa.

– Chia! – esclamò Chuka alzando il coperchio della casseruola di ghisa. – *Ahn-ahn!* E questo da dove viene? Sai fare l'ukwa? Grazie, baby, grazie mille, – disse. Qualcosa nella sua espressione mi commosse fino alle lacrime. Com'era facile renderlo felice, com'erano semplici da soddisfare le sue esigenze.

Da quel momento Ifeyinwa cominciò a stuzzicare Chuka chiedendogli quando ci saremmo sposati. Presi la sua approvazione come un successo personale, e come un complimento che mi scaldò il cuore.

– Perché perdi tempo, Chuka? Guarda il nasino all'insú di Chia. I vostri figli vinceranno i concorsi di bellezza.

– È Chia che temporeggia, – rispose Chuka.

– Non dargli retta! – dissi, per sembrare ansiosa di sposarmi come lei si aspettava che fossi.

Enyinnaya alzò gli occhi dal cellulare.

– Guardate questa giovane autrice nigeriana. È molto brava, siamo orgogliosi di lei, ma ho saputo che si è sposata e ha deciso di mantenere il cognome da nubile. Perché vuole confondere le idee alle ragazze giovani? Se una cosa non è rotta, non aggiustarla –. Mi lanciò un'occhiata allusiva, come se anch'io potessi macchiarmi dello stesso crimine.

Era un uomo basso e dal ventre flaccido, un neurochirurgo. La prima volta che eravamo andati da loro mi aveva messo in mano una rivista ospedaliera, presa da una pila sul tavolino del salotto, con la sua fotografia in copertina, ed era rimasto a guardarmi finché, in imbarazzo, ero arrivata alla pagina in cui campeggiava la sua faccia.

– Congratulazioni, – avevo commentato, non sapendo che altro dire, e lui aveva annuito, come un monarca che accetta l'adulazione che gli è dovuta. Come poteva essere il migliore amico di Chuka? La loro tv era sempre accesa su Fox News.

– La verità è che l'immigrazione illegale sta mandando a rotoli questo Paese! I democratici non lo vogliono ammettere, – disse Enyinnaya.

– Tuo fratello in Texas è un immigrato illegale alla disperata ricerca di una donna da sposare per ottenere la cittadinanza, – interloquí brusca Ifeyinwa, e io mi chiesi di che cosa parlassero quand'erano da soli, se mai parlavano.

Chuka rise e disse a Enyinnaya: – Bravo, continua a stare dalla parte di gente che manco ti vuole!

Era al bancone, stava svitando un cavaturaccioli ed estraendo senza difficoltà il tappo di una bottiglia di vino. Solo poche ore prima era sdraiato sul letto, in boxer, a pancia in su, e diceva: – Chia, ti sto aspettando –. Non si sforzava di essere sexy, non era nel suo stile; diceva soltanto: «Chia, ti sto aspettando», e la sua voce monocorde mi accendeva un desiderio sfrenato.

Ifeyinwa gli disse qualcosa e lui, concreto come sempre, rispose: – Prima bisogna che ti spediscano la fattura.

Ifeyinwa non poteva neanche immaginare come nell'impeto della passione Chuka potesse cambiare al punto da diventare un altro. L'apparenza di una persona non la rivela mai nella sua interezza, e forse nemmeno nella sostanza. Il fatto stesso di conoscere questo lato di Chuka, di avere questo segreto in comune con lui, era eccitante. D'un tratto smaniai per tornare a casa sua. Mi alzai e gli bisbigliai nell'orecchio: – Ti voglio –. Lui mi strinse forte la mano, ennesimo gesto controllato che non diceva niente del fuoco che covava. Dopo il fuoco divampò, e quando fu spento giacemmo silenziosamente sazi e sudati, e io pensai a come il desiderio può vivere accanto all'amore senza diventare amore.

– Ti capita mai di voler fuggire per cercare un'altra vita? – gli chiesi.

– Cercare un'altra vita? – Si appoggiò su un gomito per guardarmi, aspettando che mi spiegassi meglio, ma certe cose non si possono spiegare; le si coglie per istinto, per intuito, per un'intima consapevolezza, che o c'è o non c'è. Mi era bastato vedere il suo bel salotto convenzionale, con il suo arredamento coordinato, per capire che c'erano larghe fette di me che gli sarebbero sempre state incomprensibili.

Poi arrivò un momento di splendore. Era un venerdí sera, e Chuka e io avevamo programmato di andare sul tardi in centro per ascoltare della musica dal vivo. Mi arrivò una mail da un'editor di nome Katie che mi chiedeva se poteva telefonarmi. Finalmente un vero editore di New York interessato al progetto del mio libro! Finalmente. Prima della telefonata mi lavai la faccia e mi raccolsi le treccine in uno chignon per avere l'aria presentabile, come se Katie potesse vedermi. Durante la nostra conversazione Katie parlò del titolo, ne parlò davvero, dimostrando un serio interesse; niente parole fumose e nessun «vedremo». La sua voce era rassicurante, costellata di espressioni colte e vellutate. Terminava tutte le frasi con «giusto?» Disse che *Le poco avventurose avventure di una donna africana* era magnifico ma che forse *Donna nera in transito* era piú forte, perché «africana» era limitante mentre «nera» lasciava aperte piú possibilità. Io trovavo che «nera» fosse troppo generico; che non spiegasse le umiliazioni subite per via del mio passaporto nigeriano, le richieste di visto respinte, le ambasciate diffidenti nei confronti di una nigeriana che viaggiava per puro desiderio di esplorazione. Ma dissi che sí, era una bellissima idea, non avevo niente da obiettare a *Donna nera in transito*. Dissi grazie, grazie, un numero esagerato di volte. Dissi che ero felicissima e che avevo in mente un libro scanzonato e originale. Sí, certo, disse lei, e poi con delicatezza aggiunse che forse, a pensarci bene, avrei fatto bene a scrivere prima un altro libro, piú di impatto, per avere un esordio con il botto, giusto? Risposi che allora forse il libro poteva partire dal racconto intitolato *Pranzare nelle tre Guinee*, perché Conakry, Malabo e Bissau erano poco note e i lettori potevano essere interessati a sapere come fossero i ristoranti da quelle parti. Lei continuava a ripetere che ci voleva un libro di impatto, e cosí dopo un po' mi resi conto con preoccupazione che non stavamo parlando della stessa cosa.

– Mi perdoni la domanda, ma cosa intende per «impatto»? – le chiesi, e lei: – Ho visto un servizio sul Congo, su quello che subiscono le donne laggiú, giusto? L'orrore degli stupri. Vanno avanti da anni e anni. Non le sto dicendo di andare laggiú, anzi, dovremmo chiarire bene dov'è sicuro viaggiare e dove no, ma sono certa che un libro sul Congo e sui drammi che vive la popolazione avrebbe una notevole risonanza, in questo momento.

Appena aveva detto «drammi», allungando rispettosamente la parola, pronunciandola con molta serietà, capii che mi vedeva come un'incarnazione di drammi. Disse: – Anche la Somalia o il Sudan potrebbero funzionare. Un'introduzione di ordine generale a quello che sta succedendo laggiú. La gente lo comprerebbe anche senza l'intenzione di leggerlo, lo comprerebbe per mostrarsi sensibile, giusto?

Nelle sue parole c'era un fondo di cinismo. Mi chiese di pensarci su e farle sapere qualcosa, e io dissi sí, certo, e riattaccai il piú in fretta possibile perché le lacrime non mi tradissero. Basta un attimo perché l'insicurezza ci piombi addosso e ci divori in un sol boccone, senza lasciare traccia. Era tutto inutile, tutto. Che stupido pensare che qualcuno potesse aver voglia di pubblicare un libro di viaggi leggero e anticonvenzionale scritto da una nera nigeriana; colpevole, oltretutto, di essere di famiglia ricca, non avere una storia drammatica e amare le zone piú belle delle città. Forse la cosa migliore era tornare a casa e lavorare nell'azienda famigliare come volevano i miei genitori. Alla peggio, potevo scrivere le relazioni, dato che i documenti contabili sarebbero sempre stati, per me, dei rebus incomprensibili. La mia sicurezza si squagliò come neve al sole. Piansi, smisi e ricominciai.

Mandai un messaggio a Chuka per dirgli che non me la sentivo di uscire quella sera, e lui mi chiamò subito. Gli dissi che non ero in forma e lui ribatté che avevo la voce spenta. – Sto bene, – tagliai corto, tanto non avrebbe capito. Non mi disse che stava già salendo in macchina, ma quando suonò il campanello sapevo che era lui. Aprii la porta. Fui sommersa dalle lacrime. Non credevo che avrei pianto, ma appena vidi Chuka sulla soglia, in jeans e camicia button-down, rimboccata nei pantaloni come sempre, con la sua aria forte e sicura, scoppiai a piangere. Lui mi prese tra le braccia, avvolgendomi nel suo profumo muschiato, in un lungo silenzio, come per dire che qualunque cosa fosse, si sarebbe risolta.

– Cos'è successo?

Glielo raccontai. Come minimo mi avrebbe ascoltata, e forse ne avevo bisogno. – Che senso ha chiedermi di scrivere sulla guerra in Sudan? La guerra in Sudan!

Chuka non disse niente.

– Cioè, ti rendi conto? – gli chiesi, cercando disperatamente di fargli capire. – Io voglio raccontare impressioni di viaggio leggere, divertenti, e lei pensa che, in quanto africana, dovrei scrivere soltanto di drammi.

– Il problema è che molti di questi bianchi non pensano che abbiamo anche dei sogni, – disse.

Lo guardai con gli occhi sbarrati. Ero stupefatta. – Sí, – dissi. – Sí, esatto.

– Troverai la persona giusta, Chia. Ci sarà sicuramente qualcuno, in tutto il mondo dell'editoria, che capirà. Devi solamente continuare a cercare.

Le mie lacrime cambiarono di senso. Singhiozzando lo abbracciai fino a togliermi il respiro. Mi capiva! Vedeva gli spazi in cui brillavo e quelli in cui avrei potuto brillare, li vedeva tutti.

– Hai centrato il punto, – gli dissi, stupita.

– Certo.

– Non mi avevi mai detto niente.

– Sai che non sono un chiacchierone.

Sull'onda del momento, della gioia immensa di sentirmi conosciuta, il nostro futuro insieme assunse per la prima volta un contorno preciso. Raccontai a mia madre di lui, dissi che era divorziato, senza figli, ingegnere, cattolico, e non solamente igbo, ma pure dello Stato dell'Anambra. Lí per lí mia madre rimase senza parole, sbigottita, perché era un miracolo – la figlia scavezzacollo che aveva rifiutato la vita predisposta per lei, che ora se ne veniva fuori con l'uomo giusto, il bravo ragazzo della porta accanto. Una figlia di quasi quarant'anni, per di piú. Si era mai visto un uomo igbo di successo e senza figli che sposava una donna di trentanove anni? Mia madre intonò una canzone – *Abu m onye n'uwa, Chineke na-echelu m echiche oma* – che mi fece venire le lacrime agli occhi perché era l'inno di chiesa che, durante la mia infanzia, cantava sempre quand'era felice. Chuka disse che suo padre stava già organizzando la cerimonia dell'*iku aka*, e io pensai a che bellissimo suono aveva la prima fase dei matrimoni igbo: *iku aka*, bussare alla porta, chiedere il permesso, sperare.

Alla passione si aggiungeva ora una promessa di futuro. Il nostro rapporto divenne un morbido letto di fiume, dove i miei piedi affondavano e si sollevavano agilmente. In pubblico parlavamo igbo, al ristorante prendevamo in giro gli americani, ed era come intrufolarsi insieme dentro una bellissima tenda segreta. Chuka raccolse qualche informazione sul mondo editoriale e disse che era insensato pubblicare tutti quegli scrittori appena usciti dall'adolescenza. Che cosa ne potevano sapere della vita, se non l'avevano ancora vissuta?

Mi dissi entusiasticamente d'accordo. Io andavo sempre in cerca di storie di scrittori che avevano pubblicato il loro primo libro in età matura. Un'altra editor di New York, una donna di nome Molly con radici a Londra, mi disse: – Capisco il tuo progetto, ma questo materiale non regge, come libro. Dovresti avere una voce piú autorevole.

– E allora costruiamola, questa voce, – disse Chuka quando glielo raccontai. – Hai fatto un passo avanti, Chia. Tu stai dando l'anima, per questa cosa. Ce la farai.

– Sí, – replicai. Non c'è elisir piú potente dell'incoraggiamento dato col cuore da una bella persona.

Mi chiamava «baby», con un tono da vecchio di altri tempi. Alla festa di diploma del figlio di Enyinnaya mi chiamò a voce alta: – Baby! – e almeno cinque donne si voltarono. Anche loro erano delle «baby». Ero stata arruolata nel gruppo delle «baby». Mi alzai e lo raggiunsi sorridendo, pensando che non avevo mai immaginato una vita in cui venivo chiamata «baby». «Dolcezza», magari, o «bellezza», ma «baby» no.

Eravamo arrivati alla festa in anticipo. Mentre uscivo dall'auto il mio top si slacciò. Chuka, divertito, mi chiese se volessi tornare a casa a cambiarmi, e poi non me l'aveva detto che quel cordino era poco pratico? Mi tenne la borsa mentre mi legavo di nuovo il top al collo, con un nodo piú stretto.

Non mi ero accorta che Enyinnaya ci avesse raggiunti alle nostre spalle finché non disse: – *Ahn-ahn*, Chuka, perché le tieni la borsa come se fossi il suo cameriere? – Le sue prime parole. Nemmeno un saluto. Fu un momento strano, carico di tensione, con Enyinnaya che ci guardava arcigno senza sorridere, con un'espressione di vero sgomento. Come se tenendomi la borsa Chuka stesse commettendo uno sbaglio esistenziale. Di colpo, lí sul vialetto d'ingresso, calò tra di noi una cappa d'aria gelida, un silenzio in cui affondava il brusio degli ospiti in arrivo. E tutto per una borsa? Volevo tornare alla mia allegra festa di diploma in una sera d'estate. Allungai la mano a prendere la borsa, ma Chuka la scansò.

– Le tengo la borsa perché mi va di tenerle la borsa, – rispose, senza battere ciglio. Enyinnaya si strinse nelle spalle e si allontanò. Chuka mi guardò teneramente e disse: – Scusa, ogni tanto Enyinnaya si comporta come se gli mancasse qualche rotella, ma non è cattivo –. Entrammo in casa, con Chuka che continuava a tenere la mia borsa, e di colpo lo trovai un gigante, un pezzo d'uomo splendido come un dio. Piú tardi gli dissi che non capivo come Enyinnaya potesse essere il suo migliore amico; non per criticare Enyinnaya, mi affrettai ad aggiungere, ma li trovavo molto diversi.

– Mi è stato vicino quando ero molto giú, – mi rispose lui.

Lo guardai e pensai: è mio. Questo pezzo d'uomo d'oro massiccio è mio. Quest'uomo che sceglie da che parte stare e da lí non si muove. Quest'ode vivente alla lealtà. Ero sazia, soddisfatta. Ero dove dovevo essere.

E tuttavia, nei momenti di calma, da sola, temevo che la mia soddisfazione fosse una specie di resa.

Chuka mi disse che i suoi genitori sarebbero andati a conoscere i miei a fine mese.

– Penso che sarebbe meglio mettere insieme piú cose possibile, celebrare tutte le cerimonie tradizionali nello stesso giorno, e poi pensare alle nozze, per risparmiare tempo, – disse. Risparmiare tempo era un'allusione alla mia età. A trentanove anni bisognava sbrigarsi per fare i due figli che Chuka desiderava tanto.

– Io non ho niente in contrario a fare una piccola cerimonia qui, ma loro vorranno che le nozze si tengano in Nigeria, lo sai, – disse.

Sbarrai gli occhi. Le nozze. Non avevo mai pensato alle nozze. Era solo una vaga possibilità in un angolo remoto della mia coscienza.

L'unico pensiero che mi venne fu mia madre che diceva: – Perché hanno usato una tipografia locale? – riferendosi alla partecipazione di nozze della figlia di Mrs Okoye, mentre osservava compiaciuta il deplorevole oggetto. Lei e Mrs Okoye dicevano di essere amiche e intanto si detestavano. Immaginai le partecipazioni che mia madre avrebbe fatto stampare a Londra, due «C» elegantemente intrecciate su carta avorio. Un foglio di carta velina nella busta. *Chiamaka & Chukwuka* scritto in caratteri elaborati. Al matrimonio avrebbe indossato colori sgargianti e sontuose maniche a sbuffo, e un abito lungo in tessuto «George» tempestato di brillantini che avrebbero luccicato a ogni passo. Si sarebbe accertata che Mrs Okoye ricevesse due o tre dei ricchi omaggi per gli ospiti. I nostri genitori ci avrebbero fatto regali generosi: forse un appartamento a Londra quelli di Chuka, forse una casa piú grande nel Maryland i miei. Io mi sarei calata in un'esistenza non piú vissuta da sola, avrei fatto un figlio, assunto una bambinaia giamaicana, e tentato di fare il secondo. Sapevo che Febechi aveva avuto il suo secondogenito a quarantatre anni. Riuscivo a vedere il padre premuroso che Chuka sarebbe stato, paziente, chino sul triciclo a seguire i passi della nostra creatura o sul pavimento a costruire insieme a lei una casa di Lego. Allettante visione, come una fotografia dalle luci calde. A me produsse solo un terrore crescente, un nodo allo stomaco, guardare in faccia una verità che avrei voluto non fosse vera. Io non volevo ciò che volevo volere.

– No, – dissi, sottovoce.

– No, cosa?

– Non credo di essere pronta, – dissi.

Rimase interdetto. Avevo detto «pronta» perché era un termine piú gentile, ma sapevo che era una vigliaccheria, perché poteva essere presa come una richiesta di prendere tempo anziché una decisione definitiva.

– Cioè? – disse.

– Non voglio che i tuoi vadano a conoscere i miei, – dissi.

Chuka ebbe un sussulto, gonfiò le narici.

– Che cosa vuoi dire, Chia? Ti ho chiarito le mie intenzioni fin dal primo giorno.

In seguito ripensai alla parola «intenzioni». Donne perseguitate da quella parola, «intenzioni», in ogni parte della Nigeria, padri che fremevano in silenzio, madri e zie che domandavano: «Quali sono le sue intenzioni?» Chiedendolo in maniera ossessiva, lasciavano intendere che fosse colpa nostra se le intenzioni non si concretizzavano, perché le intenzioni non vengono da sole, molte volte hanno bisogno di un pungolo, di una moina, di una spintarella.

– Mi dispiace, Chuka, – dissi. – Scusami.

– Scusami di che cosa? – Era incredulo. – C'è un altro?

– No.

– Chiamaka, che cosa stai dicendo? Che sciocchezza è questa?

La sua ira mi sorprese. Era furente, furente che l'avessi respinto, o forse il suo dolore, come spesso fa il dolore, si era rintanato in un guscio di rabbia. Il suo volto era trasformato, ogni tratto era indurito dalla rabbia, e sembrava un'altra persona. Per un attimo ebbi paura che mi prendesse a ceffoni. Ma non lo fece. Non l'avrebbe mai fatto. Non era nel suo carattere. – Non capisco! Spiegami! Che cosa significa? – continuava a chiedere. Ma io non sapevo che cosa dire, non solo a lui ma neanche a me stessa, e per un attimo pensai a zia Chinwe, a quando aveva raccontato che nella sua chiesa c'era una persona posseduta dal demonio. Era una specie di possessione, l'inadeguata conoscenza di noi stessi.

– Chia, avevo messo in chiaro fin dall'inizio che non volevo fare giochetti. Intendo onorare il mio obbligo nei tuoi confronti, – disse.

– Lo so. Scusami. Scusami tanto –. Onorare. Magari avessi potuto concepire il matrimonio come un'onorificenza, un distintivo che mi veniva conferito. Ma non potevo. Sposare Chuka avrebbe significato amputare la mia vita per adattarla a un nuovo stampo, e gli unici cambiamenti che immaginavo riguardavano cose che non volevo cambiare.

Nei giorni seguenti gli chiesi tante volte scusa per messaggio, ma non rispose mai. Anche i messaggi erano pavidi. Di che cosa mi scusavo? Uno spezza il cuore a una persona e poi le chiede scusa? Chuka avrebbe accettato le mie scuse, ne ero certa, se gli avessi chiesto di darmi un'altra possibilità, se l'avessi pregato di tornare da me. Ma non lo feci. Il nucleo profondo del suo amore era il dovere; amare, per lui, significava compiere affidabilmente il proprio dovere, e non era forse infantile da parte mia trovare tutto ciò noioso e volere un amore incandescente, totalizzante, senza obblighi? Le settimane successive furono difficili, gravate da una cappa di melanconia. La mia insicurezza era di proporzioni sconcertanti. Mi svegliavo con immagini nitide dei nostri impeti di passione, della frenesia con cui mi sfilava i vestiti e li gettava da una parte. Che cos'ho fatto, mi chiedevo, perché ho buttato via tutto gratuitamente, perché mi sono inflitta questa perdita con le mie mani? Eppure qualcosa mancava; lo si sentiva nell'aria dopo il sesso, nel silenzio che scendeva tra noi, non imbarazzato ma vuoto. I sogni hanno uno scopo? Era realistico fantasticare su quello che volevo? E quello che volevo esisteva poi davvero? Febechi mi telefonò alcune volte, lasciando secchi messaggi in cui chiedeva di essere richiamata; la sensale offesa che il suo piano fosse andato a monte. Quando infine la richiamai, disse: – Chia, quell'uomo è un ottimo partito. Non c'è niente di meglio in circolazione. La vita non è un romanzo.

Febechi non aveva modo di sapere che dentro di me sognavo di scrivere un romanzo, ma mi sembrò un colpo basso sminuire i miei sentimenti, quali che fossero, definendoli pura fantasia. E poi perché «romanzesco» avrebbe dovuto significare «irrealistico»? Io avevo sempre trovato i romanzi piú veri della realtà.

– In fondo, non hai mai accettato il suo amore con gratitudine, – sospirò Febechi. Ripensai a lungo a quest'accusa, perché era un'accusa bell'e buona, di non aver ringraziato di essere amata. Che cosa avrebbe dovuto essere, questa gratitudine? Uno stato perenne in cui vivere perché c'è un uomo che ci ama?

Quattro

In effetti prima di conoscere Chuka una volta avevo detto a un uomo: – Ti ringrazio di esserci –. Ma era una cosa diversa dalla gratitudine di Febechi. Lei pensava che una donna dovesse essere grata per il semplice fatto di essere amata, non per essere amata in un modo che la facesse sentire completa. Dissi quelle parole – «ti ringrazio di esserci» – in un caffè letterario di Londra, all'inglese sposato che non mi aveva detto di essere sposato. Aveva al polso un sottile braccialetto d'argento. Ci piacciono gli uomini che portano gioielli? No, ma questo sí. Tutto era cominciato online, su un sito di fan di Jan Morris. I suoi commenti approfonditi mi affascinavano e li avevo tempestati di stelline, prima ancora di salvare la sua foto del profilo, che ritraeva un bell'uomo bianco dal viso magro. Era la prima volta in vita mia che salvavo una foto del profilo, ma che male c'era a essere un po' curiosa. Era semplicemente molto simpatico, e leggendolo avevo la sensazione di stare imparando da una persona bendisposta verso il mondo intero. E poi avrebbe potuto avere novant'anni e usare una foto pescata su internet. La storia con Darnell era finita da qualche anno e io ero ancora raggomitolata in me stessa, guardinga, restia a concedermi perfino incontri occasionali. Anche l'inglese metteva stelline ai miei commenti. Scrissi: *Il vero beneficio del viaggio è il consolante incontro con la normalità altrui*. E lui commentò: *Non avrei saputo dirlo meglio*. Poco dopo cominciammo a scambiarci messaggi personali, riflessioni e link ad articoli, e nei weekend in cui non rispondeva gli scrivevo: *Aspettando Godot*.

Devo andare a Londra, gli scrissi un giorno, mentendo perché non era affatto nei miei piani. *Ti andrebbe un tè?*, mi chiese, proponendo di incontrarci in una libreria indipendente. In seguito mi confessò che si era tolto la fede in metropolitana, subito prima di percorrere la breve distanza da lí alla libreria. Sul dito avrebbe dovuto esserci una striscia di pelle piú chiara che non c'era, ma non mi era neanche venuto in mente di controllargli l'anulare fino alla sera in cui, settimane dopo, mi disse di essere sposato. Il giorno del nostro primo incontro bevemmo un Earl Grey, lui con lo zucchero, io senza, e mescolò il suo tè piú a lungo del normale. Era nervoso, i suoi gesti erano malcerti. Io mi sentivo tesa e non riuscivo a guardarlo negli occhi. Scambiarsi messaggi era sembrata una cosa perfettamente naturale, ma qui eravamo nel mondo reale, pieno di incognite. Perlomeno era come in fotografia, con i capelli biondi ribelli che gli cascavano sul viso. Ma era molto piú alto di come me l'ero immaginato, e piú trasandato, le unghie non curate, la giacca di cuoio marrone con i gomiti sbiaditi. Avevamo entrambi la tazza vuota per metà quando di punto in banco mi propose: – Facciamo due passi?

– Splendida idea! – risposi, sentendomi un po' sciocca.

Camminare sciolse ogni imbarazzo. Lui disse che non si ricordava di essere mai stato cosí bene a Londra; era da un bel pezzo che non ci veniva, passava le giornate sepolto dentro casa a scrivere un libro. Disse che secondo lui molte poesie in realtà erano letteratura di viaggio, io ribattei che molte poesie erano poesia, e lui rise. Quando rideva si gettava indietro i capelli. Mi guardò – dall'alto in basso, letteralmente, data la sua statura – con occhi teneri e confusi, come se anche lui fosse molto stupito di trovare cosí piacevole una banale passeggiata per le vie di Londra con un vento gelido. Girando un angolo andò quasi a sbattere contro un uomo. – Scusi! – disse.

– Non eri attento, – scherzai.

– Eh, no, – disse lui, con un «no» in cui si dipanavano misteri. In una stradina mi disse, facendo ampi gesti, che era tutto rimasto come un secolo prima. Il suo braccio sfiorò il mio. Quando calò la sera mi venne un groppo in gola, un senso di vuoto imminente per cui sarei potuta scoppiare a piangere.

Forse mi innamorai quel giorno; l'amore arriva molto prima che lo chiamiamo amore. Nelle settimane che seguirono facemmo molte lunghe passeggiate. Scoprii come una città possa diventare, attraverso lo sguardo di un'altra persona, una festa di luci, in cui tutto accende il tuo interesse, tutto merita di essere esplorato. Andammo a curiosare da Daunt Books, la sua tana preferita, e lo sapevo, mi chiese, che in origine le librerie Daunt erano specializzate in letteratura di viaggio? Mangiavamo in un piccolo locale seminterrato sullo Strand, in una pizzeria italiana di Marylebone, ci fermavamo a leggere i menu all'ingresso dei ristoranti. Un giorno in un caffè fece scivolare verso di me sul tavolo un manoscritto abbastanza esile e mi disse che ero la prima persona a cui lo faceva leggere; neppure il suo editor l'aveva ancora visto. Una storia della letteratura inglese di viaggio; per scriverla aveva lasciato un posto fisso nell'editoria. La lessi con attenzione, felice della fiducia che mi dimostrava. Mi chiese a sua volta di leggere qualcosa di mio, e lí per lí mi schermii. – Non è un granché, – gli dissi quando alla fine gli mostrai l'articolo sul viaggio in Qatar. Stavamo passeggiando in un parco umido di pioggia; si sedette su una panchina sotto una quercia e prese a leggere ad alta voce.

– «Non ho mai sentito niente di piú bello della chiamata islamica alla preghiera, all'alba, a Doha». Che splendido incipit.

La sua voce mi fece apprezzare le mie stesse parole. Lesse alcune poesie prese da un'app del telefono, e non mi piacquero tutte, ma non aveva importanza, perché quello che contava era la sua voce. Era un ritorno al passato, la sua voce, un timbro maschile e cavernoso, e ascoltandolo, soprattutto mentre leggeva, fui assalita dal desiderio. Lesse alcuni brani di *Sabbie arabe*, uno dei suoi libri preferiti, e disse che sarebbe stato bello, prima o poi, fare una gita a Oxford per vedere le fotografie di Wilfred Thesiger. Una gita, io e lui.

– Sí, sarebbe magnifico, – dissi. Sull'onda dell'entusiasmo, aggiunsi: – Ci volevano una curiosità e un coraggio ammirevoli per partire verso l'ignoto.

– Erano curiosi di conoscere altre vite o disillusi della propria? – chiese.

– Entrambe le cose, magari, – risposi. Nominai un famoso scrittore di viaggio, piú o meno della sua età, di cui avevo appena letto il libro. – Nel suo caso mi sembra che sia cosí.

– Oh, quello lí non vale niente, – disse, e nel dirlo torse e assottigliò le labbra, e perse per un momento la sua bellezza. Era gelosia senza il fiele dell'invidia. Ci rimasi male, stupidamente, come se lui dovesse essere al di sopra di certi bassi istinti della natura umana.

– Hai la vita che sognavi di avere? – gli chiesi.

– No, ma chi ce l'ha?

– Qualcuno penso che ce l'abbia.

– Qualcuno pensa che qualcuno ce l'abbia.

– Cioè? Secondo te nessuno vive la vita che sognava? Che tristezza.

– Ah sí? Io invece lo trovo molto rassicurante.

– Per me è fondamentale credere che ci siano persone soddisfatte della propria vita. Altrimenti tutto perde di senso.

Aveva un'espressione seria. – Ti consolerebbe sapere che il mondo è pieno di persone piú tristi di te?

– Ma io non sono triste. Sogno, – dissi, e risi, per rallegrare un'atmosfera che sembrava aver preso di colpo una piega malinconica. Successivamente ripensai alle sue parole: «Ti consolerebbe sapere che il mondo è pieno di persone piú tristi di te?», perché quando le aveva dette non sapevo ancora che fosse sposato e, una volta saputolo, assunsero nuovi significati.

Per colpa sua mi venne un finto accento inglese. Non so come successe, ma ero cosí presa da lui e dalle nostre lunghe chiacchierate che un bel giorno cominciai a dire «heah» al posto di «here», e siccome mi piaceva sentirmi dire «heah», continuai a dire «heah». – Sto cominciando a parlare come te, – gli dissi, e lui rispose che aveva imparato a parlare forbito a Oxford ma che certe vocali lunghe tradivano le sue origini dell'Essex. C'era qualcosa di nobile nella sua semplicità, nelle cose a cui dava valore: non usava mai un dizionario dei sinonimi, finiva tutti i libri che cominciava, mangiava solo frutta locale. Interpretavo le coincidenze come un segno del destino, le cose che ci accomunavano come indizi rivelatori. Doveva pur voler dire qualcosa, il fatto che entrambi non amassimo i cani!

– Anche Joyce non amava i cani, – disse. – Teneva in tasca delle pietre da gettargli addosso.

Gli battei per scherzo sulla tasca, e rise.

– Non ho niente contro di loro, – aggiunse. – Voglio solo che mi stiano alla larga. Amo moltissimo gli animali liberi in natura.

– Anch'io, – dissi.

A lui sentivo di poter rivelare tutti i miei desideri piú profondi e inconfessati. Gli dissi che volevo amare ed essere amata smisuratamente. Mi vergognai un po' a dirglielo, ma vidi nei suoi occhi che aveva capito. In un minuscolo ristorante vicino al Victoria and Albert Museum la cameriera, che aveva le punte dei capelli tinte di azzurro, mi disse: – Lei è bellissima!

– Oh, grazie, – risposi.

– È la pura verità, eppure sembri stupita, – disse lui, guardandomi. – Essere cosí bella dev'essere un po' come vincere alla lotteria, vero?

– Come faccio a saperlo? – scherzai, un po' a disagio.

– Immagino che possa essere anche un peso, per una donna.

Lo guardai, grata per la sua sensibilità. Gli raccontai di come da piccola gli adulti fossero permissivi e indulgenti con me, dell'agitazione di mia madre per i brufoli sul mio viso di adolescente, e della sera in cui zia Jane aveva detto che una certa giornalista televisiva era molto bella e mia madre aveva replicato: – Niente in confronto alla mia Chiamaka –. Mia madre era gonfia di orgoglio e di amore, mentre il mio unico pensiero era: non posso essere davvero cosí bella! E se domani smettessi di esserlo? E come faccio a restare sempre bella?

– Mi viene in mente anche una cosa successa alle superiori, a un incontro della nostra squadra di dibattito, in SS2, – dissi.

– SS2?

– Secondo anno della scuola secondaria. Quello che per voi è il primo anno di superiori, – dissi.

– «SS» suona minaccioso da queste parti, – disse, ridendo.

– Ero arrivata in finale alla gara di dibattito insieme a due ragazzi. Uno dei due vinse. Se lo meritava, era stato piú bravo di me, ma anch'io ero stata brava, anzi, a dirla tutta il dibattito era l'unica cosa in cui riuscivo bene. La nostra caposquadra parlò a tutti e tre, lodò l'intelligenza dei ragazzi e a me disse che ero bellissima. Ci rimasi cosí male che tornai a casa in lacrime, ma non lo dissi a nessuno perché tanto gli altri avrebbero pensato che non avevo niente di cui lamentarmi. In realtà non l'ho proprio mai detto a nessuno.

– Ora l'hai detto a me, – ribatté lui, e mi prese la mano sul tavolo. Avevo un desiderio folle di baciarlo. La cameriera ci portò da bere, vide le nostre dita intrecciate e fece un sorriso degno di una fata madrina. Ci frequentavamo da settimane e non ci eravamo mai baciati. Non ci eravamo mai baciati perché lui non ci aveva mai provato. Ogni volta, al momento dei saluti, ci davamo un abbraccio stretto, forte, appassionato, poi lui si scioglieva dall'abbraccio e scappava via. Il suo modo di scappare aveva un che di noncurante e frettoloso insieme.

– Non corriamo, – diceva, con un tono a metà tra l'interrogativo e l'affermativo; aveva già deciso ma voleva la mia approvazione. Eccentricità inglese, pensai, da uomo quasi all'antica, e per questo ancora piú desiderabile. Non potendolo toccare, lo respiravo, lo assorbivo. Lo immaginavo in un piccolo appartamento scalcagnato pieno di libri, e immaginavo me che risistemavo un appartamento mai visto. Non era interessato al denaro, e mi divertiva pensare a come l'avrebbe giudicato mia madre, con i suoi ideali igbo. Un uomo doveva essere ricco, di preferenza, e se non lo era poteva compensare temporaneamente con il «potenziale» e l'«impegno», ma un uomo disinteressato ai soldi? Un extraterrestre. Volevo già che conoscesse i miei genitori. Immaginavo già la nostra vita insieme divisa tra due Paesi, l'Inghilterra e l'America. Un pomeriggio di pioggia eravamo seduti in un ristorantino alla buona, di fronte a una pizza margherita condivisa, lui sollevò il bicchiere d'acqua per bere e guardandolo mi resi improvvisamente conto di essere felice. Immensamente felice. Di tanto in tanto qualcuno entrava nel ristorante, portando una sferzata d'aria gelida e un odore di strada bagnata.

– In America questa pizza sarebbe grande il doppio, e con il doppio di sale, – dissi ridendo.

– A me in America hanno servito patate per colazione, non ci potevo credere, – disse lui. – Patate!

– Be', se non altro non sono le stesse patate che si mangiano a cena.

– Gli americani sono quasi aggressivi nella loro mancanza di sofisticatezza, non trovi? – disse.

Capivo benissimo cosa volesse dire, ero perfino d'accordo, ma le sue parole mi urtarono. – Ogni Paese ha i suoi filistei, – replicai.

– Ti ho offesa? – chiese.

– No.

– Tra l'altro, hai presente la poesia *America* di Claude McKay? – Era premuroso, accomodante.

– No.

– «E vedo la sua potenza e le sue granitiche meraviglie», – citò.

– Non la conosco, – dissi.

Mi stava fissando. – Ti ho offesa.

– No, no. È soltanto che vorrei che amassi l'America, o almeno non la odiassi troppo. Perché la considero casa mia, e mi farebbe piacere che venissi a trovarmi, o passassi almeno un po' di tempo… È stupido, lo so –. Perché ero cosí turbata, come se qualcuno stesse per togliere un mattone da sotto una casa perfetta, in equilibrio precario? La portata dei miei sentimenti per lui mi stava quasi spaventando.

– Non odio affatto l'America. E ultimamente meno che mai. Che cosa te lo fa pensare?

– Quando abbiamo parlato delle copertine americane e inglesi di Jan Morris, hai detto che quelle americane tendono a essere pasticciate –. Mi misi a ridere, sapendo quanto dovessi sembrargli sciocca, e lui si uní alla risata e disse: – Allora meglio non parlare piú di copertine –. Allontanò il suo bicchiere pieno d'acqua dall'orlo del tavolo. – Non stai per tornarci, vero? – Me lo chiese con un tono titubante che, in altre circostanze, avrebbe potuto essere preso per un segnale di debolezza.

– Oh, no, – risposi.

Si appoggiò all'indietro, come se volesse studiarmi meglio. Ci guardammo negli occhi. – È bellissimo.

– Cosa?

– Tutto.

– È vero –. Mi stavo innamorando. Ero già innamorata.

Prendemmo la metropolitana insieme per andare alla stazione e lí ci separammo, lui per andare nell'Essex e io a casa dei miei genitori nel Buckinghamshire. Passarono altre settimane, il nostro rapporto si rinsaldò, ma lui continuava a darmi un abbraccio e via. Altro che correre. Perché bisognava incontrarsi sempre e solo a Londra? Perché non mi invitava mai a cena a casa sua? Abitava non lontano da dove era cresciuto e ne parlava come se fosse un posto remotissimo, in capo al mondo, ma poi in rete scoprii che era soltanto a una quarantina di minuti di treno. Mi venne il dubbio che fosse un gay non dichiarato; dopotutto i suoi modi erano leggermente effemminati. Non aveva la tipica mascolinità debordante che si mette sempre al centro di tutto. Immaginavo che da piccolo dividesse volentieri i suoi giochi con gli altri bambini, senza doversi far sgridare dalla mamma. Dissi a Omelogor che ero innamorata dell'inglese ma che il nostro rapporto era ancora platonico. Ero confusa, ridotta a decifrare segnali indecifrabili.

– L'unica cosa che non sopporto dei bianchi è che si fanno la doccia senza sapone, – disse Omelogor.

– Omelogor!

– Quando i bianchi nei film si fanno la doccia, li vedi mai usare il sapone? Stanno due secondi sotto l'acqua, e via. Non si strofinano le pieghe e i buchi. Come si fa a essere puliti, cosí? – Si stava producendo nella sua risata chioccia. – Che ce ne facciamo di un bianco che non usa la spugna, e pure asessuato?

Le chiesi di essere seria.

– Chia, è la prima volta che te lo sento dire, – replicò, in tono affettuoso.

– Cosa?

– Che sei innamorata. Non l'avevi detto di Darnell. Non con queste parole.

– Ma è tutto diverso. Non avevo idea che per amore si intendesse una cosa cosí facile.

– Potrebbe essere soltanto timido. Prendi tu l'iniziativa. Se ti vergogni di dirglielo, faglielo capire.

Incamerai il coraggio di Omelogor. Quando, alla stazione, ci abbracciammo per salutarci, gli abbassai dolcemente la testa verso la mia e lo baciai con la lingua, con tutta la lingua, e gli sentii crescere il desiderio, finché non si staccò.

– Sto aspettando che mi inviti a casa tua, – sussurrai.

– Chia, – disse. Alzai lo sguardo. Vidi qualcosa diffondersi sul suo volto che mi spaventò, come un incendio che si avvicinava, e di colpo mi passò tutta la voglia di sentirmi dire quello che stava per dire.

– Cosa c'è che non va?

– Sono sposato.

Le parole gli uscirono quasi in un sussurro, un segreto che rivelava solo a me.

Sbarrai gli occhi. – In che senso? Sei separato?

Non era separato, era sposato, la moglie lavorava fino a tardi in ospedale e ogni sera tornava a casa da lei.

– Volevo dirtelo, ma non ci riuscivo, e piú passavano i giorni, meno ci riuscivo.

Mi girava la testa. Tutto ciò la diceva lunga sulla mia abilità di non vedere quello che non volevo vedere: i silenzi nei weekend, la vaghezza circa i particolari della sua vita quotidiana.

– Avevo paura di perderti. So che sembra follia pura, ma è vero, – disse.

Tacqui.

– Mi dispiace.

Tacqui.

– Se non vorrai piú vedermi, lo capirò.

– No, – ribattei, perché all'idea di un domani senza di lui si apriva il baratro.

Lui emise un lungo sospiro di sollievo, prendendomi le mani. – E adesso che facciamo? – mi chiese. Liberai le mani. Mi sentivo presa in un'imboscata, ingiustamente intrappolata in una colpa di cui non ero responsabile. «E adesso che facciamo?» Con che coraggio me lo chiedeva? Perché me lo chiedeva, subito dopo avermi confessato la verità, come se non mi avesse ingannata? Avrei voluto dirgli: «come osi», «è un problema tuo, non nostro», ma ero consapevole del fatto che non essendomene andata via subito, appena mi aveva detto di essere sposato, il problema in realtà era diventato nostro. Andammo nell'ultimo caffè ancora aperto, vicino alle scale mobili, e parlammo, e mi chiesi come avrebbe giustificato il ritardo con sua moglie. Mi stupii da sola della rapidità con cui avevo incamerato l'idea di una moglie. Ero calmissima. Disse che era una persona molto carina ma che il suo matrimonio era ammuffito. Ammuffito. Per molto tempo, in seguito, non avrei sopportato di sentir definire cosí il pane.

Facemmo l'amore per la prima volta a casa dei miei genitori, su un copriletto a fiori, nella mia camera che mi ricordava l'anno in cui ero stata bocciata agli esami necessari per accedere al college, l'anno in cui avevo vissuto lí, quasi sempre da sola.

– Ho il ciclo, – dissi, titubante, e lui ribatté: – Siamo tutti fatti di sangue.

Si alzò per prendere un asciugamano in bagno, e accarezzai i nei color caffè che gli macchiettavano la schiena. Sarei giunta a conoscerli molto bene, quei nei. Lui mi baciò sullo sterno e posò una guancia sulla mia. Quanta dolcezza. Non era un'esperienza fisica. Era il fondersi delle nostre anime sognatrici, la totale messa a nudo di due esseri umani. Dopo, lui andò in bagno, tornò e si rivestí velocemente. Si sedette su una seggiola, lontano da me, e gli lessi negli occhi una sfumatura di pentimento, uno sguardo assente. Solo un attimo prima, chino su di me, aveva detto: – Lasciati guardare, – e ora eccolo lí, impettito e distante, l'espressione impenetrabile, la camicia un po' spiegazzata. Mi venne da piangere. Capii che quest'uomo non avvezzo alle bugie, che non aveva mai tradito la moglie, stava facendo un passo indietro. Non dovevo piangere. Non dovevo piangere. Avrei dovuto defilarmi quando mi aveva detto di essere sposato, ma non l'avevo fatto, colpa mia. Ripensai alla domanda: «E adesso che facciamo?» e mi venne un moto di rabbia. Era un buono scudo, la rabbia, mi avrebbe protetta finché non se ne fosse andato; allora avrei pianto. Poi lui si alzò e venne a sedersi sul letto vicino a me. – È tutto bellissimo, – mormorò, e in quell'istante ogni cosa andò al suo posto nell'universo.

I suoi post sui siti di viaggio cambiarono tenore. «Potrebbe essere utile, – scrisse, – dare informazioni piú circostanziate sulle destinazioni. Città inclusiva, ma di che inclusività parliamo? Luogo accogliente, ma nei confronti di chi? In una certa cittadina, ad esempio, potrebbero essere ben accetti i viaggiatori giapponesi ma non quelli provenienti dallo Zambia. Una lesbica nera e una lesbica bianca potrebbero avere esperienze molto diverse in un Paese giudicato accogliente verso le minoranze sessuali».

La cosa mi faceva sorridere e mi inorgogliva, e mi chiedevo come reagissero i suoi lettori. Qualcuno penserà: si è innamorato di una nera africana e adesso vede il mondo con altri occhi? Per parte mia, avevo sempre in mente lui, quando scrivevo. Il mio pubblico era lui prima ancora di me. Lessi che Skopje era la capitale piú noiosa d'Europa e decisi di andarci, chiedendomi se gli sarebbe piaciuto il titolo: *Annoiarsi in un posto noioso*. Dovevo stare via due giorni, e prima della mia partenza ci sedemmo sulla panchina di un parco a guardare le fotografie di Skopje pubblicate su un blog; tra noi c'era un silenzio carico di sottintesi, di pensieri tipo: dovremmo andarci insieme; tipo: non dovremmo essere come siamo.

A Skopje gli mandai qualche messaggio da un ristorante rustico. Non badavano alla presentazione; la mia portata principale era un miscuglio di maiale e porri sbattuto su un piatto. Una donna seduta al tavolo accanto mi chiese, in un inglese con forte accento straniero, se poteva farsi una fotografia con me. Era cortese e ben vestita, con un foulard di seta buttato sul collo e una giacca elegante dall'orlo sfilacciato. Volevo dirle che non ero famosa, ma capii che non era per quello che me l'aveva chiesto. Me l'aveva chiesto perché ero nera. Acconsentii, e posai rigida accanto a lei mentre un uomo sorridente, forse il marito, scattava la fotografia. Sembravano gente del posto; non era un ristorante per turisti. Un po' mi dispiacque di non essere famosa, avrebbe dato piú valore alle loro fotografie. Mandai al mio inglese una foto rubata dei due che tornavano al loro tavolo. Era la prima volta che mi succedeva una cosa simile, ma avevo sentito di viaggiatori neri inseguiti e fotografati, in Europa centro-orientale e in Asia. *Certo non nel mondo di oggi*, aveva risposto il mio inglese. Continuava a mandarmi link ad articoli su un vulcano in eruzione in Islanda e sulla nube di cenere che si stava formando, e che avrebbe impedito agli aerei di volare. Immaginai le minuscole particelle di cenere che costringevano a terra i giganti dell'aria. *Sono preoccupato*, scrisse. *Non voglio che resti inchiodata lí tra gente che ti fotografa come un fenomeno da circo.* Come volevasi dimostrare, i miei voli da Skopje a Budapest e da Budapest a Londra furono annullati. All'aeroporto fui presa dal panico all'idea di restare intrappolata lí per giorni, o settimane, lontana dal mio inglese, in un posto in cui ero una curiosità. Erano stati annullati tutti i voli, e gli impiegati delle compagnie aeree dietro i banchi dicevano, frastornati, che erano spiacenti ma non avevano informazioni. Non mi sentivo molto bene, avevo lo stomaco sottosopra, un odore di aglio che mi usciva dai pori. Intanto a Londra il mio inglese aveva fatto ricerche su internet e mi telefonò dicendo che c'era la possibilità di prendere un pullman per la Germania, un tragitto di ventiquattro ore, e che sarei potuta rimanere bloccata lí ma sempre meglio di Skopje, dove ero trattata come un uccello dalle piume mai viste. Gli dissi che non mi dava cosí fastidio, essere fotografata.

– Pensi che te l'avrebbero chiesto se fossi stato lí con te? – mi chiese.

La domanda mi sorprese. – Non lo so.

– Vorrei essere lí. Vorrei rimanere intrappolato con te in un posto nuovo per tutti e due.

Quando, qualche giorno dopo, riuscii finalmente a tornare a Londra, mi abbracciò forte, in maniera quasi melodrammatica, come se avesse temuto che la nuvola potesse durare per sempre. La cosa doveva aver turbato il suo equilibrio, perché quella sera disse a voce alta, come per autoconvincersi: – Chia, appena torno a casa metto fine al mio matrimonio –. Il giorno dopo mi disse che la moglie non aveva nessuno – aveva perso i genitori da giovane, e sua sorella le era morta di cancro tra le braccia solo un anno prima. Fu l'inizio di una spirale: gliel'avrebbe detto quella sera stessa, nel weekend, alla fine del mese. Poi diceva che non gliel'aveva detto perché non poteva, lei non aveva nessuno, il lutto per la sorella era ancora troppo recente. Se non ci fosse stata la nuvola di cenere forse tutti quei discorsi non sarebbero mai cominciati. Io dormivo male, mi svegliavo prima dell'alba chiedendomi se gliel'avesse finalmente detto. Appena vedevo la sua faccia capivo che non l'aveva fatto, e cose prima bellissime diventavano sordide e dozzinali. Gli dissi che lo amavo ma che non mi bastava. Diverse volte smisi di parlargli, scrivergli e dargli appuntamento a casa dei miei genitori, ma ogni volta ricominciavo. Avevo mentito ai miei amici dicendo che era single, ma vivevo nel terrore che, per sbaglio, saltasse fuori la verità. Solo Omelogor e Zikora sapevano che era sposato.

Un giorno stavamo camminando dalla stazione alla casa dei miei genitori e lui disse qualcosa sui crumpet della sua infanzia e io dissi: – I crumpet! – e scoppiai a ridere e anche lui si mise a ridere e nel bel mezzo della risata vidi un ciuffo di erba appassita e pensai: sono triste. Era una tristezza dolce, ma reale. L'ultima volta che lo vidi, alla stazione, gli dissi che sarei tornata in America in via definitiva. – Posso venire a trovarti? Voglio venire, troverò il modo… – disse, e le parole gli morirono sulle labbra. Mi tenne la mano a lungo prima di lasciarla andare. Non rientrai in quella stazione per molti anni, e quando un giorno lo feci i ricordi mi assalirono come una raffica di pugni. L'odore di una trafficata stazione londinese, di caffè cibo gente profumi, i tabelloni lampeggianti con gli orari dei treni, i negozi luminosi e le scale mobili. Il mio corpo si bloccò, da solo, di sua iniziativa. Incespicai. Tanto viscerale, profonda, era l'onda di ricordi e rimpianti, la sensazione di perdita, la struggente nostalgia per quello che sarebbe potuto essere e non era stato.

Zikora

Uno

La madre rimase seduta accanto a lei tutta la notte, senza toccarla. In quella soffocante stanza d'ospedale, si scambiarono pochissime parole. Quando Zikora gridò, un urlo improvviso come se gliel'avessero strappato da dentro, la madre tranquilla le disse, in igbo: – Adesso sai com'è il travaglio.

Grazie al cazzo, rispose Zikora, ma solo dentro di sé, perché neppure tra sofferenze atroci osava mancare di rispetto a sua madre. Si era preparata al dolore, ma questo non era semplice dolore. Era uguale e diverso, partiva dalla schiena, si diffondeva alle cosce e la squartava – violento, devastante, spietato. Sembrava una piaga dell'Antico Testamento. Una tempesta selvaggia che infuriava a piacimento sul suo corpo inerme. Eppure dicevano che non faceva progressi. A ogni controllo, a ogni invasione delle dita inguantate, il dottor K dichiarava: – Non sta facendo progressi, – come se fosse colpa sua. E di che «progressi» parlava, poi? Com'era possibile che non li stesse facendo, con quel dolore pazzesco a cui era sottoposta da ore, quella sega che le stava straziando le carni, gli intestini e la colonna vertebrale, con l'unico scopo di farla a pezzi? Le si annebbiò la vista. Che sta dicendo quell'uomo? Che ci faccio qui? Non era pronta, certo che no, la data prevista del parto era da lí a due settimane. Chia non era ancora tornata da Bolzano, la camicia da notte *New Mom* non era ancora arrivata e la sua, di mamma, era arrivata solamente il giorno prima. Fu sopraffatta da un senso di totale impreparazione. E subito dopo ecco abbattersi, dalla schiena, una nuova ondata di dolore, e la pancia che va sottosopra, e il corpo non sa cosa fare, se vomitare o fare la cacca. Mai un attimo di tregua, mai per un lasso di tempo sufficiente a tornare in sé. L'unico rimedio era l'attesa. L'infelice, impotente attesa. Si era ripromessa di dire il rosario tra una contrazione e l'altra, ma la sua corona giaceva aggrovigliata sul tavolo. La preghiera, fortezza irraggiungibile. Lei usava spesso l'espressione «non posso crederci», a proposito di qualunque sciocchezzuola, ma soltanto in quel momento le sembrò veramente appropriata. Il parto trascendeva ogni immaginazione; se non si fosse trovata incastrata nella situazione in cui era, non avrebbe mai immaginato l'oscena impotenza insita nel partorire un bambino. Troppe poche cose controllabili e troppe insopportabili; quella stanzetta minuscola e opprimente, la stoffa a contatto della pelle. Si strappò via la camicia da ospedale, quell'oggetto impalpabile con i laccetti flosci, penzolanti, che si apriva completamente sulla schiena e sembrava fatto apposta per umiliarti. Nuda, si appollaiò sul bordo del letto e vomitò. Le luci della stanza erano lampi accecanti; fiamme di impossibilità. Zikora si alzò e si sedette, alla vana ricerca di una posizione comoda, e infine si mise a quattro zampe, con la pancia tesa che pendeva nel mezzo. L'infermiera stava dicendo «Respira» o qualcosa del genere. I crampi che le attanagliavano la schiena andavano e venivano come attacchi a sorpresa di un nemico. Avrebbe voluto sgusciare fuori dalla propria pelle, levarsi tutto quanto di dosso. Se il dolore era questo, allora niente di ciò che aveva patito fino a quel momento nella vita meritava quel nome.

– Mi serve ora! – urlò. – L'epidurale mi serve ora!

Il sangue le stava affluendo alle orecchie e alla testa, e le labbra dell'infermiera scandivano parole che non sentiva.

– Mi serve ora! – urlò nuovamente.

– Ora sistemiamo meglio il monitor fetale, questo affare che hai sulla pancia, – disse l'infermiera.

Dalle palpebre della donna spuntavano folte ciglia posticce, simili a piume nere, che le appesantivano e le socchiudevano gli occhi, dandole un'aria troppo poco vigile per il compito che doveva svolgere. L'infermiera spostò la sonda sulla pancia di Zikora e strinse la cintura, con movimenti che tradivano impazienza, come se quel travaglio stesse già durando troppo. Zikora ne fu irritata. Probabilmente nel gabbiotto delle infermiere parlavano di lei, dicevano che era stata una rompiscatole capricciosa fin da subito, da quando non riusciva a stare ferma al triage. Le salí in gola, acido come un retrosapore, un rigurgito di rabbia verso le infermiere e verso tutte le donne che affrontavano il parto come guerriere indomite.

– Ti do un'altra controllata, per sicurezza... – disse l'infermiera.

Zikora si innervosí all'idea di subire una nuova intrusione e manipolazione. Le unghie dell'infermiera dovevano essere artigli affilati, per fare il paio con quelle ciglia ridicole, e chi le diceva che non avrebbero bucato i guanti e ferito la sua cervice, o quel che era?

– Metti su i piedi e abbandona le gambe, – disse l'infermiera.

– Eh?

– Metti su i piedi e abbandona le gambe.

Abbandona le gambe. Come si fa ad «abbandonare» le gambe? Ti immagini la scena? Zikora si mise a ridere. Da un punto fuori di sé udí risuonare la propria risata convulsa. L'infermiera la guardò con l'espressione rassegnata di chi le ha già viste tutte, le follie di cui sono capaci le partorienti, corpi supini alla mercé del mondo.

Zikora era stanca, esausta, e galleggiava in un vuoto esterno al proprio corpo. La spossatezza arrivava a ondate, come se ogni volta non potesse andare oltre, e ogni volta ne sopravvenisse una nuova. Era umida e soffocante, la spossatezza, ma prometteva di darle tregua purché soccombesse e si lasciasse andare. La spaventava. Le vennero in mente tutte le storie che aveva sentito di parti finiti male, una piú nitida dell'altra. Poteva morire. Poteva morire lí, quel giorno stesso, in quell'esatto momento, come la cugina di Omelogor, Chinyere, morta nella sala travaglio di un ospedale di Lagos mentre stava per partorire il terzo figlio. Chinyere era in piedi che camminava e respirava tra una contrazione e l'altra, chiacchierando con le infermiere: a un certo punto si era interrotta a metà di una frase, era crollata a terra ed era morta. Zikora la conosceva appena ma ne era rimasta molto colpita. Ora il cuore le batteva forte. Il dottor K disse che sarebbe tornato a controllarla un'ora dopo. Di lí a un'ora avrebbe potuto essere morta, e le infermiere non erano affidabili. Ma no, non poteva morire lí, in America, in un ottimo ospedale vicino a Washington, pagato dalla sua ottima assicurazione sanitaria. Anche Chinyere era in un ottimo ospedale – Chia aveva detto che tutte le stanze erano dotate di enormi televisori a schermo piatto – ma la qualità dell'ospedale non contava rispetto alla mediocrità che tutti quanti respiravano, in Nigeria. Nondimeno, aveva letto da qualche parte che la mortalità materna in America era la piú alta di tutto il mondo occidentale – o forse solo per le donne nere in America, non ricordava bene. Avrebbe dovuto leggere con piú attenzione. Si moriva anche lí, insomma. Se fosse morta in quella stanza di ospedale, tra quel tavolino con le ruote e quel poster di fiori sbiaditi alla parete, sarebbe diventata l'ennesimo, anonimo dato nella casistica, una delle miriadi di donne dimenticate che avevano perso la vita per il miracolo della gravidanza.

Con una calma insopportabile, entrò il dottor K.

– Dottor K, mi sento strana, c'è qualcosa che non va, – disse lei, perché doveva esserci per forza qualcosa che non andava; partorire non poteva essere una cosa di tale crudeltà, di tale, gratuita cattiveria.

– Non c'è niente che non vada, Zikora, è tutto normale.

– Sono esausta.

– Ci siamo quasi, con l'epidurale. So che è spiacevole, ma il suo dolore è assolutamente nella norma.

L'aveva detto come se fosse stata una persona irragionevole che bisognava rassicurare e tenere buona.

– Lei non sa che dolore è! – ribatté Zikora. Da quel giorno il dottor K non era piú il gentile medico iraniano che aveva scelto per i suoi occhi compassionevoli. Era diventato un uomo ottuso che blaterava di cose che non poteva sapere. «Spiacevole»: che parola fiacca, inadeguata. E che cos'era «normale»? Il fatto che la Natura infliggesse un dolore superfluo? *Lui* non aveva le viscere in fiamme, il *suo* corpo non era imprigionato da onde terribili che montavano dietro e si scaricavano davanti.

– Controllati, – le disse in igbo la madre, a bassa voce, come se qualcuno potesse capire. *Jikota onwe gi.* Quante volte le aveva bisbigliato quelle parole, tra i denti o con un sospiro, quando non le poteva dare uno schiaffo in pubblico. Controllati. Era una lamentela e un avvertimento, diceva «non lasciar trapelare nulla, e se è già successo riprendi quello che ti sei lasciata scappare». Debolezze e bisogni, ma soprattutto bisogni; sua madre non tollerava che manifestasse il minimo bisogno, per quanto innocente.

Zikora aveva nove anni quando la seconda moglie del padre, zia Nwanneka, aveva avuto suo fratello Ugonna (fratellastro, diceva sua madre). Per andare a conoscere il bambino, la madre le aveva raccolto i capelli in una crocchia particolarmente ben fatta e le aveva detto di mettersi un vestito della festa rosa con la gonna a ruota, come se stessero andando alla messa della domenica. La casa di zia Nwanneka aveva un delizioso odore di fritto. Il neonato dormiva.

– Ti va un po' di pesce e plantani, Zikky? – le aveva chiesto zia Nwanneka.

Prima che Zikora potesse rispondere era intervenuta sua madre dicendo, in tono educato: – Zikora ha già mangiato, grazie.

Zikora aveva passato tutto il tempo a inspirare e sognare pesce e plantani; il fatto di aver pranzato a casa era irrilevante. Sentiva nell'aria il sapore del cibo, ed era cosí inebriante che era stata sul punto di alzarsi per andare in cucina in trance. In effetti si era alzata, ma soltanto per fare pipí, e al ritorno in corridoio, vedendo zia Nwanneka che andava a dare un'occhiata al bambino, le aveva confessato di avere un po' di fame, poca poca. Zia Nwanneka le aveva portato un piatto, luccicanti rondelle di plantano fritto dorato e un pezzo di pesce fritto, la coda nientemeno, croccante.

– Sai come sono fatti i bambini! – aveva detto zia Nwanneka a sua madre, ridendo.

Zikora aveva chinato il viso sul piatto e aveva mangiato senza guardare la madre.

– In realtà stavamo andando al lago Nike, – aveva detto bruscamente sua madre, alzandosi benché Zikora avesse ancora qualche boccone di plantano nel piatto. Fuori, vicino all'automobile, Zikora aveva sentito girarle la testa, piú per la sorpresa che per il dolore, quando la mano della madre le aveva assestato un poderoso ceffone sulla guancia. – Non disonorarmi mai piú in questo modo, – le aveva detto, senza alzare la voce.

Ora la stava disonorando perché non riusciva ad affrontare il travaglio in silenzio, stoicamente. La filosofia della madre prevedeva di sopportare il dolore a testa alta, soprattutto il dolore che solo le donne conoscevano. Quando, da adolescente, aveva i crampi per il ciclo, la madre le diceva: – Sopporta, sei una donna, – e le ci vollero anni per scoprire che le altre ragazze prendevano il Buscopan, per i dolori mestruali.

L'anestesista, un uomo con le lentiggini e i baffi rossicci, fingeva un'allegria esagerata. Parlava troppo e troppo in fretta. Le ricordava un suo collega di lavoro, Brad, anche lui rosso di capelli, che non stava mai zitto alle riunioni, mascherando l'incompetenza con la vivacità.

– Ho bisogno della tua collaborazione, okay? Ho bisogno che rimani fermissima, okay? Ci vorrà solo un minuto, okay?

Non ispirava alcuna fiducia. Zikora si domandò se avesse i requisiti e la preparazione necessari. Un'epidurale fatta male poteva portare alla paralisi, no?

– Quella è la tua mamma? – chiese. – Salve, mamma! Vorrei che ci desse una mano, okay? Ottimo. È importante la presenza di un famigliare. Se potesse tenerla ferma, per impedirle di muoversi...

La madre, sempre seduta in poltrona, disse: – Può farcela da sola.

– Ah, okay, – ribatté l'uomo, contrariato.

– Okay, – ripeté l'infermiera, e Zikora si infuriò, perché era un commento non necessario, fatto solo per scherno, quel dire «okay» con le sopracciglia alzate per sembrare stupita. Che senso aveva fare quella faccia perché sua madre non voleva tenerla ferma?

Per caso le altre madri se ne stavano immobili come casse da morto con il viso perfettamente incipriato e gli occhiali con la montatura dorata inforcati in quel modo? Che cosa c'era da stupirsi?

Magari l'infermiera stava pensando che al posto di quella madre cosí fredda ci sarebbe dovuto essere il padre del bambino, e ci voleva un bel coraggio a pensarlo, visto che molto probabilmente l'infermiera aveva tre figli da tre diversi uccel di bosco, ragazzini maleducati a cui strillava mentre si attaccava le sue belle ciglia in un angusto e surriscaldato appartamento di Baltimora. Zikora si sentí brutta, si sentí piena di rabbia, e si aggrappò a queste due sensazioni come alla sua unica, triste consolazione. Il centro della testa le pulsava. Era veramente meschino, il parto, a infiggerti tutti i dolori possibili, perfino l'emicrania, la banale emicrania. L'anestesista non smetteva un attimo di parlare. – Piú ferma che puoi, okay? Niente scatti, okay? – Senza fiatare, Zikora si piegò in avanti e abbracciò il cuscino, sopportando senza muoversi la strisciata di liquido freddo e la breve puntura d'ago sulla schiena. Le vennero le lacrime agli occhi; la rabbia cominciò a coagularsi in una tristezza affine al lutto. Il farmaco stava diffondendo dentro di lei una sensazione strana, come di un arto fantasma, come se metà del suo corpo fosse stata amputata e l'altra metà si aggrappasse al ricordo della perdita. Effettivamente ci sarebbe dovuto essere Kwame lí con lei, seduto su quella poltrona, a cercare uno spunto per fare una battuta con la parola «succoso». D'impulso si allungò a prendere il cellulare e gli mandò un messaggio: *Sono in travaglio all'East Memorial.* Continuò a tenere il telefono in mano, controllandolo in continuazione, sperando di veder apparire sullo schermo la risposta di Kwame, finché il dottor K non le disse di spingere.

Due

Si erano conosciuti a un evento, la presentazione di un libro di cucina vegana, a cui Zikora non era neppure sicura di partecipare. Gente elegante che girava senza meta sul tetto di un palazzo del centro mentre qualcuno al microfono descriveva gli elaborati canapè serviti su vassoi circolanti tra gli ospiti. L'autore era uno chef a domicilio, marito della sua collega Jon.

– Vi conoscete? – furono le parole con cui Jon la presentò a Kwame, il quale si chinò verso di lei con un gesto di informale intimità, sorprendente ma non disdicevole, come se effettivamente si conoscessero già, ma soltanto da buoni amici.

– Quando si dice che una cosa è succosa, a che succo ci si riferisce? Perché un succo d'arancia ha un sapore molto diverso da un succo gastrico, – disse Kwame.

– Secondo me ci si riferisce alla consistenza, non al sapore, – ribatté lei, e rise, un po' troppo infervorata, perché non si aspettava di incontrare un uomo alla presentazione di un libro di cucina vegana, e invece ecco lí un nero dalla faccia pulita, e un senso di possibilità che trillava sottile nell'aria. La prima volta che uscirono insieme le disse: – Sei un succo bella! – Aveva un lato fanciullesco che però non era soltanto, come in altri uomini, immaturità travestita; era un adulto che riusciva ancora a trovare dentro di sé lo stupore e l'innocenza dell'infanzia. «Succoso» divenne la loro parola speciale; la declinavano come avverbio, come vezzeggiativo, come aggettivo, e non importava che facesse ridere, restava comunque la loro parola.

Il giorno in cui si lasciarono lui la guardò e disse: – Ehi, sei un succosissimo schianto –. Quella sera, mentre arrivavano al gala del suo studio legale tenendosi per mano, lui in abito scuro e lei con un vestito verde smeraldo, elegante coppia nera di Washington dal radioso avvenire, nessuno dei due immaginava che stavano per lasciarsi. Zikora non aveva mai conosciuto un uomo cosí premuroso e allo stesso tempo cosí rilassato. Parlava spontaneamente di sé e della propria vita, e lí per lí questa grande apertura l'aveva disorientata perché gli uomini con cui usciva prima erano talmente chiusi che rendevano misteriose anche le cose piú semplici. Appena Kwame la vedeva si illuminava in volto, non nascondeva il piacere né fingeva di essere distaccato. Fu lui il primo a dire «ti amo». Avrebbe dovuto essere come altri neri single, etero e di successo di Washington, inebriati dalla propria eccezionalità, pieni di corteggiatrici, perennemente in cerca del meglio. All'inizio Zikora rimase sul chi vive, aspettando di vederlo cambiare, incrinare la superficie e mostrare il viscidume interiore. Ma lui restò sempre uguale, e cosí Zikora sciolse le riserve e si abbandonò alla loro storia. Aveva tredici mesi piú di Kwame ma talvolta si sentiva molto piú vecchia, piú consapevole di quanto potessero essere accidentati i percorsi della vita. Kwame era cieco all'insincerità delle persone e all'ostilità degli amici, anche quando a lei risultavano lampanti. Scherzando le diceva che passava i suoi amici ai raggi X per proteggerlo, e lo scherzo aveva un fondo di verità. – Con ogni probabilità mi avresti messo in guardia da Maya, – le disse una volta ridendo. Maya, la fidanzata storica del college e del primo anno di giurisprudenza, che gli aveva detto che lo mollava per noia, lasciandolo pesto e single per anni. Se Kwame le diceva che gli era piaciuto il modo in cui l'aveva «accalappiato», Zikora capiva che Maya non l'aveva fatto. Quando diceva che era molto bello che avessero background simili, stava dicendo che Maya non era africana, ed esserlo era un merito. Appagava lo spirito competitivo di Zikora, avere questi vantaggi sulla sua ex. In realtà l'infanzia americana di Kwame sembrava aver avuto problemi molto diversi dalla sua in Nigeria. Kwame era cresciuto nel Nord della Virginia con sogni che altri avevano già fatto per lui. Il fervore da immigrato del padre ghanese si era unito alla ferma determinazione della madre afroamericana ad aprirgli le molteplici porte che la storia le aveva sbattuto in faccia. Kwame e il fratello minore prendevano lezioni di violino e andavano in scuole private con la divisa d'ordinanza, e d'estate il padre li faceva seguire dagli istitutori e attaccava al frigorifero elenchi di libri da leggere. Kwame non aveva fatto in tempo ad aprire la lettera di ammissione al college della Cornell che i genitori già parlavano di quando avrebbe fatto giurisprudenza. La prima volta che la portò a casa dei genitori a McLean per il pranzo della domenica, Zikora fu sorpresa dalla loro cordialità. Dai racconti di Kwame pensava che l'avrebbero accolta con diffidenza e giudicata per tutta la durata del pasto. Non immaginava di trovarsi cosí bene con loro, ma sapeva che ci avrebbero messo di piú ad accettarla, se non avesse avuto i giusti requisiti. La madre le chiese della Watkins Dunn. – Il marito della sindaca ne era un socio fondatore, prima di mancare, – disse, cosa che Zikora ignorava completamente. Il padre le chiese delle attività petrolifere di suo padre a Enugu, e Zikora rispose: – Servizi petroliferi, veramente, – un po' sorpresa che Kwame avesse raccontato loro tutti quei particolari della sua vita. Il padre ascoltava con attenzione quando parlavano gli altri, inclinando di lato la testa sale e pepe con modi affascinanti da diplomatico. La madre si comportava in maniera materna, le diceva non hai mangiato abbastanza, la carne la mangi vero, ti piace la torta di frutta. Dopo pranzo disse che avevano uno spettacolo speciale in serbo per Zikora, si sedette al pianoforte e cominciò a suonare, mentre Kwame brontolava e il padre cantava l'inno nazionale del Ghana.

– Sono veramente contenta che si sia deciso a fare questo passo, – le bisbigliò la madre nell'orecchio quando si abbracciarono per salutarsi.

Una volta in macchina, Kwame le disse: – Poteva andare meglio, – e lei gli diede un pugno per scherzo sulla spalla.

– Da te o da me? – le chiese Kwame.

– Da me.

Glielo chiedeva ogni volta, anche se passavano piú tempo da lei; il suo appartamento era piú grande di quello di Kwame, con finestre piú alte e una zona giorno inondata di luce. Lui diceva che con tutta quella luce naturale i suoi videogame avevano una resa migliore sullo schermo. La domenica andava a messa con lei, e dopo, al brunch, scherzando le diceva che la Chiesa battista nera non l'aveva preparato a tutto quel su e giú del rito cattolico. – Ma quel che conta è l'amore, – aggiungeva. – Martin Luther King diceva che Gesú era un «estremista dell'amore».

Le disse che i viaggi in Ghana dell'infanzia erano cessati dopo che il padre aveva rotto i rapporti con la famiglia, per questioni di eredità che non aveva mai capito bene.

– Papà non vuole neanche parlarne, – disse.

– È triste che le famiglie possano sfasciarsi per queste cose, – osservò lei.

– Lo so. Ma noi recupereremo le mie radici africane, giusto?

– Giusto, – rispose lei, scoccandogli un bacio sulle labbra. Allora era questa la felicità, vivere alla prima persona plurale. «Dobbiamo comprare il latte. E se il prossimo weekend ce ne stessimo tranquilli a casa, una sera? Sbrighiamoci, siamo in ritardo. Alla fine, ci andiamo o no al museo?»

Quell'estate andarono al raduno di famiglia della madre di Kwame, e Zikora scoprí con commozione che lui aveva fatto fare una t-shirt anche per lei, con il cognome di famiglia stampato sopra l'immagine di un albero dai molti rami. Indossarla, guardando Kwame che giocava a frisbee con i ragazzi in un prato bordato di ciliegi, le diede un piacevole senso di appartenenza. I ragazzi urlavano e si prendevano in giro a vicenda, e si capiva che lo adoravano e ammiravano, il cugino piú grande di successo, l'avvocato di Washington che era la quintessenza del cool. Le parenti di sesso femminile civettavano con lui, e lui ricambiava con innocui complimenti. Come lo amavano, come cercavano di stargli vicino, di toccarlo, di parlargli! Zikora era seduta all'ombra e mangiava l'anguria insieme ai suoi genitori, che ogni tanto ridevano delle sue buffonate, sprizzando orgoglio da tutti i pori: il figlio era diventato esattamente come speravano. A ogni risata la madre dava una gomitata a Zikora, un invito a condividere la loro gioia. Zikora cominciò a stare seduta piú dritta e mangiare piú educatamente, come se avesse vinto un premio che non era sicura di meritare e dovesse dare il meglio di sé.

Tre

Aveva sempre immaginato il proprio futuro come una netta sequenza temporale: prima un lavoro redditizio e prestigioso, poi un fastoso matrimonio cattolico, seguito a ruota da due figli, o anche tre. I particolari secondari di tanto in tanto cambiavano – una volta si vedeva a Londra che andava a passo spedito al lavoro nella nebbia mattutina, un'altra a Lagos che leggeva documenti legali nell'aria condizionata del suo Suv, o ancora sull'altra costa americana, in California, dove al lavoro si andava con i sandali, ma i punti fondamentali rimanevano gli stessi. Lei aveva fatto la sua parte, si era caparbiamente procurata un lavoro alla Watkins Dunn, e poi aveva aspettato che il cielo provvedesse al resto, com'era giusto. Ma il cielo sembrava bellamente non curarsi di lei. Zikora vedeva gli anni scivolare via, le relazioni cominciare e finire, ogni volta pensando: il prossimo uomo dev'essere quello giusto, non può non essere il prossimo. Perché non andava cosí? Per lei il matrimonio era un avvenimento certo, naturale come il passaggio dal giorno alla notte. Sposarsi a ventisette o ventotto anni sarebbe stato l'ideale, ventinove potevano ancora andare, ma al momento di compierne trenta si sentí una reietta, condannata a vivere nel proprio deserto interiore. Riceveva spesso partecipazioni di nozze di amiche, sia in Nigeria sia in America, e le veniva il voltastomaco a vedere tutte quelle buste di carta satinata, con le scritte in caratteri floreali. Il cielo aveva schiacciato un pulsante e dall'alto fioccavano matrimoni per tutti, ma non per lei. All'approssimarsi dei trentun anni cominciò a nutrire piú speranze perché si era messa a recitare novene: a san Giuseppe, marito della Beata Vergine; all'arcangelo Raffaele, che aveva aiutato una coppia nel Libro di Tobia; e il piú delle volte al Cuore immacolato di Maria. Si recitavano semplici preghiere per nove giorni, e poi si ricominciava. La ripetizione aveva un effetto calmante, come il lento passaggio di una nuvola, l'alzarsi e il calare del vento, la certezza che sarebbe arrivato il suo momento, e sarebbe arrivato presto. Sapeva che il papa non stava bene, appariva ogni giorno piú fragile, piegato in due dalla malattia e aggrappato al suo bastone, ma quando una mattina giunse la notizia della sua morte rimase impietrita dallo shock. Giovanni

Paolo II non c'era piú, le sue certezze andavano in frantumi e i cocci la accecavano. Aveva otto anni quando il papa era andato in visita in Nigeria, ed era stata un'esperienza ancora piú memorabile perché la madre aveva detto: – È il primo viaggio che fa da quando gli hanno sparato e viene proprio qui, – come se ciò dimostrasse che i nigeriani erano speciali, e lei e la madre pure. Il viso dolce del pontefice sorrideva dalla spilla con il bordo dorato appuntata sul colletto della madre, dalla fotografia incorniciata appesa alla parete della camera da pranzo, dagli almanacchi di chiesa sparsi in tutta casa. Un volto che conosceva bene, eppure che differenza vedere il suo sorriso di persona, e lui stesso, piú piccolo di come se l'aspettava, vivo e vivace, con la pelle arrossata dal sole ma non per questo meno simile a Cristo. Sembrava giunto da un luogo sacro dello spirito, un luogo magnanimo, da cui era venuto per fare loro soltanto del bene. Quel giorno, nella folla assiepata lungo la strada dell'aeroporto, lei, la madre e le zie erano in prima fila, cosí vicine da poter allungare una mano e toccare la jeep del papa, grazie a padre Damian che aveva riservato loro un posto; il pontefice le rivolse un cenno di saluto con la mano, e per un attimo si fece buio. La salutò e le sorrise, e in quel momento, mentre il papa era con la mano alzata, una gioia nuova discese dall'alto e si posò su di lei. Che felicità, che indescrivibile felicità. Il papa l'aveva vista. Non c'erano dubbi, l'aveva vista. La sua vita era dispiegata davanti a lei, allora; la rotta dei suoi sogni, sicura. Ora il papa era morto e i suoi sogni non erano piú nella nicchia in cui avrebbero dovuto essere. Aveva trentun anni, non era sposata e all'orizzonte non c'era nessun uomo degno di questo nome. Mentre il respiro accelerava, l'umore crollava. Sentí suonare il telefono, era Chia; fece un respiro profondo prima di rispondere, ma bastò che Chia dicesse «Zikor» perché scoppiasse a piangere. Il naso le colava e le lacrime le andavano di traverso, facendola tossire. Non le era mai successo di perdere ogni briciola di autocontrollo, di piangere a quel modo. Alla sua età avrebbe dovuto essere già sposata con un figlio, la sua vita non stava andando nella giusta direzione, e non sapeva perché agli altri veniva dato ciò che anche lei meritava. Il suo pianto spaventò e disorientò Chia, che continuava a ripetere: – Per favore, Zikor, smettila di piangere, *biko I bezina*.

Quando Chia venne a trovarla da Philadelphia, quel weekend, Zikora era dispiaciuta e un po' mortificata di essersi lasciata andare a quella scena di disperazione. Chia la spronò, di nuovo, a provare con le app di incontri, e lei di nuovo rifiutò. Le associava automaticamente a pubblicità televisive in cui coppie improbabili sfoggiavano un'aria estatica, con una luce soft e un sottofondo di musica sdolcinata che sembravano costruiti ad arte per allettare gli spettatori. Mettersi in mostra su internet significava toccare il fondo, non se ne parlava neanche. E se una sua vecchia compagna di scuola vedeva la sua foto? Be', disse Chia, se la vede vuol dire che si è iscritta anche lei a un'app di incontri.

– Io mi iscriverei, se il mio cuore non fosse tutto preso da Darnell, – disse Chia. La dolce, sognante Chia, con quella sua espressione vaga rimasta immutata dai tempi delle elementari, quand'era soltanto la «sorellina dei gemelli», due classi indietro rispetto a lei. Zikora andava a nuotare nella loro piscina, che era piú grande di quella dell'Hotel Presidential, e Chia, con i suoi vestiti troppo belli per stare in casa, bambina vezzeggiata ma allo stesso tempo non viziata, si offriva di portarle un asciugamano o una Fanta; la corteggiava, cosí desiderosa di piacere e cosí inconsapevole del proprio fascino. – Non un fulmine di guerra, – aveva detto una volta sua madre a proposito di Chia, e Zikora aveva sentito l'impulso di difenderla, prima ancora che diventassero veramente amiche. Soltanto quando si furono entrambe trasferite in America, dopo le superiori, e si ritrovarono prima a Philadelphia e poi nel Maryland, tra loro nacque una vera amicizia tra pari.

– Zikor, ti costruisco io il profilo per l'app. Provare non costa niente, – disse Chia, e Zikora si arrese.

Nella fotografia messa da Chia, Zikora era seduta in un caffè all'aperto e rideva con naturalezza tra chiazze di luce e ombra. Non brutta, come immagine. Zikora entrò nell'app e scorse con diffidenza i possibili match, cliccandoci sopra con il dito tremante, ma ben presto cominciò a consultare la casella di posta in entrata, che era sempre piena, con una certa frenesia; tra questi messaggi potrebbe esserci quello di mio marito, pensava. Con qualcuno parlò al telefono. Un tipo le chiese: – Come sta il tuo gatto? – e lei riattaccò; era la loro seconda conversazione e la scambiava ancora per un'altra. Accettò di incontrare un solo uomo, in un bar del centro. Apparteneva al sottogruppo dell'app che aveva messo subito tra i preferiti, quello dei «neri internazionali», che aveva inteso come neri non americani. Un avvocato giamaicano, alto, robusto e color cioccolato stando alla foto del profilo, e che al telefono sembrava una persona seria. Il suo accento giamaicano aveva un bel suono. Lo aspettò appollaiata su uno sgabello, preparata all'eventualità che fosse piú grasso o piú basso del previsto perché sapeva che le persone mettevano foto di sé piú giovani, invece, incredibilmente, comparve un uomo magro, mingherlino e dalla pelle chiara, che le disse: – Ciao, sei Zikora? – come se non ci fosse niente di strano. Era proprio lui, la voce e l'accento corrispondevano. Mentre l'uomo faceva per sedersi, lei agguantò il telefono e la borsa e se ne andò.

Provò un'altra app di incontri, per neri residenti nell'area metropolitana di Washington, dove la maggioranza dei profili esibiva trofei di viaggi internazionali: fotografie di pagine del passaporto e della Tour Eiffel, panorami presi da aerei in fase di discesa. *Io amo viaggiare, e tu?* Zikora lo trovava uno status symbol plebeo, questa ossessione per i grandi viaggi internazionali che avevano i neri americani, come se i bifolchi dei villaggi si vantassero di andare nelle grandi città. *Posso incontrarti di persona?* chiedevano molti di questi uomini, dopo qualche scambio di messaggi. *Adesso posso incontrarti di persona?* Come sapevano che non li avrebbe aspettati con un coltello affilato o un bicchiere avvelenato?

Provò con un sito di incontri cristiano ma lo trovò sinistro, con troppi pochi uomini, e ancor meno neri. L'unico con cui si creò il match assomigliava a un tizio di cui parlavano i notiziari, un uomo che aveva appena ammazzato due donne e le aveva messe nei sacchi della spazzatura. Cancellò tutti gli account. Si sentiva una miscredente a usare le app di incontri, come se non si fidasse che il suo momento sarebbe arrivato.

Intorno ai trentacinque anni prese in considerazione l'idea di congelare gli ovuli. – Non glielo consiglierei, alla sua età. Le consiglierei di iniziare un percorso di fecondazione in vitro per provare a concepire subito, – disse il dottore, mentre lei annuiva gravemente per celare lo sconforto. Provare a concepire subito. Se potesse concepire subito non sarebbe lí nel suo centro di fecondazione assistita per un consulto sulla possibilità di congelare gli ovuli. Oppure il dottore intendeva una donazione di sperma, il che era fuori discussione, perché fare un figlio da sola, con un padre di origine sconosciuta, era un'idea quasi blasfema. Zikora lasciò il centro, salí in auto e tornò al lavoro, e in quel momento non poteva saperlo, ma di lí a poco avrebbe avuto due storie con altrettanti uomini che si rivelarono due ladri di tempo, perché aspettò che le chiedessero di sposarla, aspettò fino ai quarant'anni, e aspettò per niente. Se voleva una bella collana, una vacanza o un appartamento, le bastava passare la carta di credito e ce l'aveva, ma la cosa che voleva di piú al mondo, sposarsi, dipendeva da un'altra persona.

Quattro

Il primo ladro di tempo aveva occhi che non stavano mai fermi. Era sfrenatamente ambizioso, irrequieto, alla continua ricerca di nuove opportunità di business, di nuove vette da scalare. Seduta di fronte a lui nei ristoranti, Zikora aveva sempre l'istinto di voltarsi di lato o di spalle per capire che cosa stesse guardando. Usava un'acqua di colonia troppo forte e tutto ciò che toccava, ogni stanza in cui entrava, profumava di rum e cuoio. Le procurava un leggero mal di testa, ma non glielo disse mai. Aveva una laurea in giurisprudenza di Enugu, un Mba di una qualche università del Midwest e un master in salute pubblica di College Park. Andava in continuazione al porto di Baltimora per spedire container a Lagos e amava la parola «dilettarsi». Mi diletto di beni immobili. Mi diletto di investimenti. Mi diletto di prodotti farmaceutici. La prima volta in cui Zikora andò a casa sua, non poté credere allo stato in cui la trovò. Fili di ragnatele che pendevano dal soffitto, mezzi yogurt ricoperti di muffa sul tavolino da notte, e accanto al letto, sul pavimento, bicchieri con residui di un liquido all'apparenza appiccicoso, birra o succo. Le briciole di pane disseminate sul divano sembravano non solo ignorate ma del tutto inavvertite. Come poteva, quell'uomo, apparire in pubblico lavato e inamidato, con un taglio di capelli perfetto e le scarpe lucide, e poi vivere come se niente fosse in un immondezzaio? Zikora ne fu quasi spaventata, come se la sua sporcizia avesse un significato, fosse l'indizio di qualcosa ancora da decifrare, ma sicuramente non bello.

– Scusa, ma è un secolo che non faccio venire una donna qui dentro; tu sei la prima da molto tempo, – disse con un bel sorriso, e aspettandosi che si mostrasse compiaciuta. La volta successiva trovò sul tavolo da pranzo una pila di piatti con avanzi di pollo rosicchiato, lasciata lí come se non avesse previsto il suo arrivo. Accanto al letto, una ciotola sporca con un cucchiaio unto. Lui disse: – Ora metto a posto, scusa, – ma con un tono poco convinto, quasi distratto, aspettandosi che si offrisse di farlo lei. E cosí fu; sui suoi tacchi alti, pulí i ripiani della cucina e lavò i piatti, finché fu ora di andare al cinema.

– Vuoi avere dei figli? – le chiese, dopo piú di un anno che aspettava.

– Sí, sicuramente.

– Sei mai rimasta incinta?

La domanda era stata posta in tono casuale ma Zikora vi colse un cinico tentativo di fiutare l'aria. Rimase stupita, e contrariata, al pensiero che appartenesse alla categoria di maschi igbo che esigevano una prova di fertilità prima di fare una proposta di matrimonio. Erano individui arretrati e ignoranti gli autori di queste sporche contrattazioni, di questi baratti di bambini e matrimoni, non uomini come lui, plurilaureati, che finanziavano il locale Partito democratico e giocavano a golf al Turf Valley con gli americani. La sua patina progressista doveva essere esile, esigua, o addirittura una messinscena totale, e chissà cos'altro poteva saltar fuori. In un altro momento della vita Zikora l'avrebbe mandato al diavolo, dopo una domanda del genere.

– No, – rispose.

– Tua madre ha mai avuto problemi ad avere altri figli?

– È rimasta incinta molte volte, ma ha sempre perso il bambino, – ribatté Zikora, accorgendosi del tono difensivo della propria voce. Ora capiva il perché della domanda: non avendo fratelli o sorelle, avrebbe potuto essere affetta, nel migliore dei casi, dalla maledizione del figlio unico e, nel peggiore, da infertilità.

– Possiamo cominciare a provarci. Che ne dici? – Era seduto sul letto e la guardava con espressione magnanima, autocompiaciuta, come se le stesse facendo un regalo. Le stava chiedendo di sposarla? Avrebbe preferito che glielo chiedesse prima di proporle di restare incinta, tuttavia, involontariamente, sentí crescere dentro di lei l'eccitazione.

– Dico che non è una cattiva idea, – rispose, ridendo.

– Io non mi fido delle babysitter, – continuò lui.

– Eh?

– Quando succederà dovrai rivedere la tua situazione lavorativa, perché io non mi fido delle babysitter.

Zikora si appoggiò al cuscino e non disse niente. Perfino il piumino odorava di acqua di colonia.

– Al tuo mantenimento ci penserò io, tesoro, – le disse, attirandola dolcemente a sé. – Ci mancherebbe altro; di questo non ti devi preoccupare.

Credeva di doverla rassicurare sul fatto che l'avrebbe mantenuta. Non riusciva a capire che forse non voleva restare disoccupata per anni, o che aveva bisogno anche lei di agire nel mondo e di possedere cose sue. Che incredibile cecità, per una persona ambiziosa come lui. O forse era insita nell'ambizione, l'incapacità di vedere altre manifestazioni di se stessa. Zikora aveva intuito fin dall'inizio che lei e il ladro di tempo numero uno avevano visioni radicalmente diverse della vita, un po' come quelle immagini che giravano in rete in cui dovevi dire se vedevi grigio o rosa, perché persone diverse vedevano colori diversi pur guardando la stessa cosa. Tuttavia non si era arresa, perché la gente cambia, e lei avrebbe potuto cambiarlo. Intanto sposiamoci, pensava, intanto facciamo un figlio. E continuò a lavare i piatti che lui lasciava sul tavolo; un piccolo miglioramento c'era stato, almeno, perché non ne metteva piú sotto il letto.

Una volta, dopo che lei aveva già smesso di prendere la pillola, lui disse serio: – Mio padre è un pilastro della Chiesa anglicana di Mbaise. A me non disturba un matrimonio cattolico, ma non so se lui l'accetterà.

– Io sono flessibile, – ribatté lei, un po' troppo velocemente, prima che potesse leggerle in viso lo sgomento. Le si spezzava il cuore, al pensiero di un matrimonio non cattolico, di un'insipida cerimonia in una chiesa protestante; non le sarebbe neanche sembrato di essere sposata. Ma preferí lasciar correre. Avrebbero potuto farsi somministrare una benedizione cattolica dopo la cerimonia, e una volta avviati seriamente i preparativi avrebbe ancora potuto convincerlo che i protestanti in fondo pativano meno i matrimoni misti rispetto ai cattolici. L'importante era partire. Poi Chidimma le mandò la foto di una partecipazione di nozze. Zikora era in una farmacia Cvs, dopo il lavoro, alla ricerca di un integratore di cui aveva letto che avrebbe dovuto aumentare la fertilità. A posteriori, l'immagine di lei che con una mano guardava l'immagine sullo schermo e con l'altra teneva le pillole nella loro confezione rosa e azzurra aveva qualcosa di amaramente ironico. Chidimma a scuola era stata una figura irrilevante, ma dopo essersi trasferita a Houston per sposare un uomo che era finito in prigione era diventata la regina del pettegolezzo, e mandava a tutti aggiornamenti non richiesti sulla vita di tutti gli altri. Zikora ebbe un attimo di perplessità nel vedere il nome e cognome di lui in caratteri corsivi, poi le si gelò il sangue nelle vene, capendo che stava per sposare una donna in Nigeria. Scrollò la testa, una, due volte. All'improvviso le sembrò di essere in un film di Nollywood, uno di quei film dozzinali in cui la storia è affidata ai capricci del destino e alle coincidenze. Non capiva il senso dell'inganno. Che bisogno c'era di mettere in piedi tutta quella commedia? Le sembrava una fatica inutile. Andava già a letto con lui, la bugia del matrimonio non era necessaria, se era il sesso che gli interessava. Oppure l'aveva chiesto a piú donne, progettando di premiare con le nozze la prima che fosse rimasta incinta? Avrebbe voluto saperlo, l'avrebbe voluto moltissimo, per mettersi l'animo in pace, ma Chia le consigliò di evitare il confronto, bloccare il suo numero di telefono e voltare pagina. – Tanto, cosa potrebbe dirti di minimamente plausibile? – le chiese.

Zikora si sentiva divisa in due parti, come due identità parallele. Al lavoro era meticolosa, scettica, leggeva tutto due volte e faceva domande, mentre con gli uomini annaspava goffamente, decisa a credere a tutto quello che dicevano.

Il secondo ladro di tempo era un uomo che teneva il broncio come un bambino. Era capace di restare in silenzio per ore e ore o giornate intere, senza motivo, il labbro inferiore in fuori come un bimbo piccolo che si sente trattato ingiustamente. Se Zikora provava a parlargli prima che fosse pronto, lui cominciava a canticchiare a bocca chiusa, a lungo, stonando. Con lui, Zikora si sentiva una specie di medium, costretta a dare spiegazioni e riparare colpe di cui ignorava i contorni. – Mi dispiace tanto, – concludeva sempre, senza avere ben chiaro di che cosa si stesse scusando. L'uomo apprezzava particolarmente le scuse quand'erano accompagnate da lacrime. Tesseva le lodi di Ellen Johnson Sirleaf e Angela Merkel. – Amo le donne potenti, – dichiarava sovente; ma appena lei dissentiva su qualcosa, sbraitava: – Non mancarmi di rispetto! – Gli piaceva parlare di politica americana e nigeriana, ed era acuto e spiritoso. – I politici americani sono degli accattoni e quelli nigeriani dei ladri, ma alla fin fine sono tutti ossessionati dal denaro, – disse una volta, mentre della loro relazione diceva poco, obbligandola a interpretare i suoi gesti. Un giorno le portò un regalo a sorpresa in un'elegante busta di carta, cosa non da lui, perché non faceva mai regali per il gusto di farli. Era parsimonioso, considerava i ristoranti una turlupinatura; leggeva un menu e commentava: – Con quel che costa quel piatto fai la spesa per una settimana –. Una scatola quadrata avvolta in carta velina color panna. Zikora sentí stringersi lo stomaco, nella certezza che fosse un anello, perché non poteva essere altro. L'uomo non le aveva mai chiesto che genere di anelli le piacesse, ma poco importava, avrebbe sempre potuto comprarsene un altro e dire a tutti che gliel'aveva dato lui. Srotolò la carta velina un lembo alla volta, per assaporare il momento prima di aprire la scatola, sotto lo sguardo sorridente di lui. La scatola conteneva una candela rosa, con uno svettante stoppino.

– Una volta hai accennato al fatto che ti piacciono le candele profumate, – disse lui.

Le ci volle un attimo prima di ringraziarlo. Fu un attimo di totale, vertiginosa umiliazione. Non gli aveva mai detto che le piacevano le candele profumate, per la semplice ragione che le candele profumate, a lei, non piacevano per niente. Erano pericolose senza che ne valesse la pena: che senso aveva rischiare un incendio quando esistevano i profumatori d'ambiente? Lasciò la candela, ancora nella scatola, sul comò. Se le aveva regalato una candela profumata, evidentemente la persona che amava le candele profumate era uscita dall'orizzonte della sua vita, o forse la persona che amava le candele profumate gli aveva rabbiosamente restituito quella candela in particolare, aspettando da lui altri segnali di ravvedimento. Non glielo avrebbe mai chiesto; il silenzio era l'unico modo per salvarsi dalla furia violenta dell'umiliazione che l'avrebbe fatta sentire piccola e stupida. Avrebbe potuto nascondere o gettare via la candela, invece cosí, ogni volta che passava davanti al comò, era costretta a ricordare ciò che aveva deciso di tollerare. E che non intendeva smettere di tollerare, perché era tristemente conscia del fattore tempo. Lei aveva trentotto anni e lui era un maschio igbo, cattolico, impiegato al Cdc, che nelle giornate buone era una piacevole compagnia. Se si fosse sbrigato a farle la proposta di matrimonio, sarebbe ancora riuscita a mettere al mondo i due figli che voleva, uno dopo l'altro, prima di compiere quarantadue anni. Come se non avesse già abbastanza preoccupazioni, aveva anche letto da qualche parte che il rischio di autismo aumentava con l'età della madre. In uno dei gruppi cattolici online a cui era iscritta qualcuno aveva postato: «Tutte voi che sperate nel Signore, ricordate che Sara diede alla luce Isacco in tarda età. Pensate a Elisabetta e Giovanni Battista. Non disperate». Lei disperava, disperava eccome, perché la sua paura era esattamente quella di fare un figlio in età avanzata. Avrebbe voluto interrompere la pillola, ma non prima di avere la certezza che lui volesse sposarla, cosa che cercava di chiedergli per vie traverse, ma mai direttamente. Qualche briciola di orgoglio doveva pur conservarla.

– Che cosa stiamo facendo? – gli chiedeva, e lui: – Godendo l'uno dell'altra –. Oppure: – Che futuro vedi per noi due? – e lui: – Un futuro radioso –. I manuali di autoaiuto sul matrimonio le erano sempre sembrati stupidi, basati su generalizzazioni grossolane, ma ora cominciò a leggerli, perché in fondo che male c'era a darci un'occhiata. «Andate dritte allo scopo. Dategli a vedere che volete sposarvi senza dargli a vedere che volete sposarvi. Se insistete troppo, scapperà. La storia di prendere gli uomini per la gola è vera». Ogni tanto lui le andava incontro alla fermata della metro, e appena entravano in casa Zikora mollava la cartella da ufficio e gli versava una birra, precipitandosi a riscaldare il riso con lo stufato e a mettere in forno i tranci di salmone. Voleva fargli vedere con che facilità si destreggiasse tra casa e lavoro. Le volte in cui si fermava a dormire gli preparava il pranzo da portare in ufficio, panini di formaggio e tacchino avvolti nella carta da forno per evitare l'eccesso di umidità. Nei fine settimana cucinava teglie di stufato, zuppa di okra e riso jollof e glieli portava a casa pronti per essere surgelati. Non le chiese di sposarlo. Ditegli che forse siete incinte, suggeriva il manuale, ma questo non poteva farlo. Non poteva proprio, e non soltanto perché l'idea della gravidanza le evocava ancora brutti ricordi.

Una domenica erano a casa sua, lui era stravaccato sul divano a guardare una partita del campionato inglese su un canale sportivo che Zikora non conosceva, e ogni tanto urlava: – Forza Arsenal! Forza Arsenal! – Vicino alla cassa c'era la sua PlayStation, con i cavi arrotolati, come un'amante in paziente attesa. Si mise seduto per aprire un cartone di ali di pollo ordinato in pizzeria. La guardò con la coda dell'occhio e le chiese: – Ne vuoi un po', dolcezza? – Lei scosse la testa, lui mangiò due ali di pollo e riprese a guardare la partita. In quel momento Zikora capí che non le avrebbe mai chiesto di sposarlo. Lei gli piaceva, era comoda, ma non abbastanza da stravolgere la propria vita in un momento in cui non era pronto. E non lo era perché non era costretto a esserlo, perché non era angosciato dalla vecchiaia dei propri ovuli. Il giorno in cui fosse stato pronto, avrebbe trovato un'altra donna disposta a preparargli i panini e infilargli una mela nella borsa da ufficio. Zikora quasi lo invidiò per questo, per il lusso di andare al proprio passo, e non dover subire gli isterici limiti imposti dalla biologia.

Cinque

– Ero veramente convinta che ti avrebbe fatto la proposta di matrimonio il giorno del tuo compleanno, Zikor, – le disse Chia, riferendosi al ladro di tempo numero due. Zikora trasalí. Non voleva parlare delle proprie angosce mangiando pancake in un nuovo locale di Dupont Circle. Soprattutto non con Omelogor seduta accanto a lei. Omelogor la metteva sempre sulle spine, come se dovesse stare in guardia e fare attenzione, anche se non avrebbe saputo dire esattamente a che cosa. Omelogor ostentava un'incredibile sicurezza, un'assoluta fiducia in se stessa, condite da un atteggiamento censorio, come se giudicasse tutti degli incapaci.

– Avresti dovuto chiederglielo tu, Zikora, – disse Omelogor. – Se il vostro rapporto è solido, dovrebbe essere secondario chi fa la proposta.

Zikora non rispose, Omelogor le faceva saltare i nervi. Bevette un sorso di caffellatte e diede una scorsa alle ultime notizie sul cellulare. Avrebbe dovuto declinare l'invito di Chia, invece di portare lí il suo malumore, per farselo guastare ancora di piú. – Omelogor è in città, facciamo un brunch insieme, dài, vieni, Zikor, ti prego, vieni, – aveva detto Chia, la Chia che desiderava che tutti si volessero bene e vivessero per sempre felici e contenti.

– Qualche volta gli uomini sono timidi e deboli. Hanno bisogno di una spintarella per fare ciò che farebbero comunque, – disse Omelogor.

Zikora sperava che chiudesse la bocca, che la smettesse con l'insulsa presunzione di sapere sempre tutto, spiattellando opinioni che scambiava per verità eterne. Che sciocchezza consigliarle di fare una proposta di matrimonio a un uomo igbo – come se Omelogor non sapesse che avrebbe perso l'ultimo goccio di dignità. Era un'idea totalmente avulsa dalla realtà, di quelle che uno suggerisce agli altri ma non a se stesso. In ogni caso non esisteva piú, il secondo ladro di tempo. Era stata meno servizievole, per vedere se questo avrebbe innescato in lui il timore di perderla, e la sua risposta era stata semplicemente di prendere il largo.

– Il problema è che gli uomini sono confusi. Il mondo sta cambiando, e tutti gli riempiono la testa con le cose che non devono fare, ma che cosa *debbano* fare non glielo dice nessuno –. Omelogor continuava a blaterare. Il loro tavolo era ricoperto di cibo, burrito con fagioli e uova al tartufo, french toast e avocado toast; Omelogor aveva ordinato molte cose soltanto «per provare». Zikora conosceva quella tendenza allo spreco dei nigeriani abbienti – anche suo padre lo faceva, quando veniva in America, di ordinare molto piú di quello che avrebbe mangiato – ma questa volta ne fu disgustata.

– Se avesse voluto chiederglielo, l'avrebbe fatto, – disse Chia, sorseggiando il suo secondo o terzo mimosa; le sue unghie rosa pallido apparivano particolarmente femminili, quasi delicate, in contrasto con lo stelo sottile del calice.

– Oggi Zikora non ha tempo per noi, – scherzò Omelogor.

Zikora scrollò le spalle, senza alzare gli occhi dal telefono. – Sto leggendo del papa.

– Non sapevo che i papi potessero dare le dimissioni, – disse Chia.

– Ritirarsi a vita privata, – disse Zikora. – Dare le dimissioni suona male. Il papa si è ritirato a vita privata.

– Abdicare. Ha abdicato al trono, – disse Omelogor con una risatina. Il cameriere si avvicinò con una caraffa piena di acqua e ghiaccio per riempire i bicchieri.

Omelogor aveva appoggiato la custodia degli occhiali da sole vicino al bicchiere, una grossa custodia tondeggiante di pelle scamosciata blu che faceva molto chic. Il cameriere disse: – Stupenda! – e Omelogor disse: – Grazie! – e il cameriere disse: – Bella come la proprietaria, – e Omelogor disse: – Come fai a saperlo? – e il cameriere rise. Che razza di domanda era, «Come fai a saperlo?» Come faceva a sapere che fosse bella come la custodia dei suoi occhiali da sole? Ma il cameriere, con i suoi dreadlock corti e un drago tatuato sul collo, che continuava a ronzarle intorno e sorriderle, era già cotto di lei. Omelogor chiese un whiskey, lui le domandò se intendesse un cocktail a base di whiskey, lei rispose che intendeva un whiskey liscio, e poi aggiunse: – A te non piace quando le cose vanno lisce?

Omelogor se la stava godendo, lo guardava negli occhi con quella sua aria misteriosa, quel suo fare giocoso e sfacciato con una punta di scherno, come se stesse lanciando un amo e allo stesso tempo sottintendendo: potrebbe andare liscia o potrebbe andare storta, chi può dirlo. Chia una volta le aveva detto che Omelogor aveva rifiutato due proposte di matrimonio nel giro di pochi mesi. Che cos'aveva che piaceva tanto agli uomini? Era molto carina, non una bellezza mozzafiato come Chia, e aveva il genere di fisico robusto che piace ai maschi, un seno abbondante e un sedere spropositato, che risultava addirittura indecente con i jeans attillati. Ma nel modo di interagire con gli uomini era poco generosa. Non era accudente, non era premurosa, e non lo era perché era arrogante, convinta di poterne fare a meno. E loro continuavano ad andarle dietro: perché?

Aveva distolto l'attenzione dal cameriere, e ora stava dicendo che voleva mollare il lavoro e prendere un master in America. L'anno seguente, o quello dopo. Zikora sapeva che si aspettavano che intervenisse nella conversazione, ma per lei era tutta una messinscena. Andiamo! Quale persona sana di mente decide di prendere un master in pornografia? La cosa piú probabile era che Omelogor volesse fuggire dalla Nigeria. Si sapeva che avrebbe avuto successo nella vita, ma la velocità con cui l'aveva ottenuto era sospetta. Già dieci anni prima si era potuta permettere di mandare il fratello a fare un master in Gran Bretagna. Impossibile, con un onesto stipendio da bancaria. Le banche nigeriane erano delle fogne; a grattare le mani di tutti i bancari di successo, si otteneva fetido letame. Omelogor non poteva non essersele sporcate anche lei. Forse stava per essere beccata, e il master in America era la sua via di fuga.

– Il direttore del corso mi ha detto che non devo fare il test di ammissione, il che è una bella cosa, – disse Omelogor. Si capisce, avevano fatto un'eccezione per lei. Già prima di conoscerla personalmente, all'ultimo anno delle superiori, Zikora aveva capito che Omelogor era il genere di persona che si aspetta di godere sempre di un trattamento particolare, perché era quello che succedeva. Zikora e i suoi amici del liceo di Enugu conoscevano le leggende che circolavano su Omelogor al campus di Nsukka, la ragazza figa a cui tutti i maschi facevano la corte e che cazzeggiava tutto il tempo ma se la cavava sempre con i voti migliori. Era cosí brava che le avevano permesso di seguire contemporaneamente letteratura e geografia, invece di sceglierne una sola. E al terzo anno aveva ottenuto il voto piú alto nella storia di entrambi i campus. E usciva con ragazzi piú grandi che facevano già l'università.

– La pornografia non è un problema morale, è un problema sociale. La mia teoria è che è diventata una scuola per i giovani, una pessima scuola, perché è irrealistica, mortifica le donne e dà un'idea sbagliata del sesso. I giovani apprendono nozioni sbagliate che poi usano tutta la vita, – disse Omelogor.

– Davvero molto interessante. Non ci avevo mai pensato, – fece Chia con voce squillante. Era sempre succube della cugina.

– Bisogna domandarsi chi insegna cos'è il sesso ai bambini, – disse Omelogor. – Tu da chi l'hai imparato, Chia?

– Da te, il che spiega perché sono single, – rispose Chia, e risero tutte.

– Io ho imparato soprattutto dai romanzi, – disse Omelogor. – Non un granché neanche quelli, come scuola.

– Magari dopo il master non andrai piú via, ti trasferirai qui e proverai a sopravvivere senza fare la gran signora nigeriana, – scherzò Chia.

– Abitare nel proprio Paese è impagabile, se ci si può permettere la vita che si desidera, – ribatté Omelogor.

– A patto di non avere un incidente, – commentò Zikora, alzando gli occhi dal telefono. – Non c'è un vero centro traumatologico in tutta la Nigeria.

– Lo so, è terribile, – disse Omelogor, senza scomporsi, deludendo Zikora che aveva cercato di innervosirla.

– Quindi vorresti convincere la gente a non guardare piú porno? Con una tesi universitaria? – chiese Zikora.

– Oh no, impossibile, la gente non smetterà mai di guardarli. Io mi accontenterei che qualcuno ridesse della loro stupidità.

Zikora aveva sperato in un qualche contrattacco, e ora era spiazzata. – Studiare pornografia mi sa di spacconata fine a se stessa.

– La pornografia è una delle piú grandi industrie mondiali, e ha concrete conseguenze sociali. Parlarne è «una spacconata» solo se pensi che sia un problema morale di cui dovremmo fingere di ignorare l'esistenza.

L'obiezione di Omelogor la punse sul vivo. – E quali

sarebbero queste concrete conseguenze sociali della pornografia? Fare sesso?

– Ci sono donne che muoiono per quello che gli uomini imparano dai porno, – rispose Omelogor. – L'altro giorno leggevo qualche dato sul numero di ingressi in ospedale per rapporti anali forzati, e di decessi o rischi di decesso per asfissia erotica.

– Il tuo fidanzatino ci sta ronzando intorno. Ne prendi un altro? – chiese Chia, indicando il bicchiere di Omelogor. E poi, per alleggerire l'atmosfera o tirare su il morale a Zikora, o entrambe le cose, disse: – Chissà chi sarà il nuovo papa? Tu che ne pensi, Zikor?

– Uno come Giovanni Paolo II, spero, – rispose Zikora.

– Ha ha! – fece Omelogor, con un verso che esprimeva derisione e provocazione.

– Papa Giovanni Paolo II era meraviglioso, – disse Chia. Chia era una cattolica confusa, che qualche volta andava a messa e qualche volta no, ma Zikora sapeva che si atteneva ancora al principio di non criticare mai la Chiesa, che tutte loro avevano assimilato fin da bambine.

– Papa Giovanni Paolo II era troppo un politico e un uomo di spettacolo, – ribatté Omelogor.

– Che cosa stai dicendo? – Zikora sentí che stavano di nuovo per saltarle i nervi.

– Per non parlare di Benedetto, il soldato della Wehrmacht nella Germania nazista, – aggiunse Omelogor, e rise, abbandonandosi contro lo schienale della sedia, divertita. Aveva pronunciato la parola tedesca perfettamente. Omelogor aveva la spudoratezza dei blasfemi consapevoli, dei cattolici che si sentono tanto intelligenti, tanto ben informati sulla Chiesa. Zikora non sapeva neppure se Omelogor andasse ancora a messa o avesse aderito a una delle varie chiese pentecostali guidate da pastori nigeriani con il jet privato. L'agnosticismo degli altri non la turbava, la sua fede era una piantina che poteva crescere da sola, se necessario. Nondimeno, queste esibizioni le davano fastidio.

– Zikora, tu dove hai imparato cos'è il sesso? – le chiese Omelogor, e Zikora fece finta di non aver sentito. Di colpò desiderò la solitudine di casa propria. Si alzò dicendo a Chia che aveva del lavoro arretrato, ma la verità era che andava via per sfuggire all'abisso di disperazione che minacciava di inghiottirla intera.

Zikora non l'avrebbe mai confessato a nessuno, ma papa Benedetto XVI la metteva intimamente a disagio. C'era qualcosa di subdolo nei suoi occhi infossati con le palpebre pesanti. Sapeva che non era mai stato un nazista, solo un giovane uomo inerme costretto a entrare nell'esercito tedesco, ma vederlo in televisione la rendeva nervosa, come se da un momento all'altro potesse saltare fuori qualche segreto infamante e gettare discredito sulla Chiesa. Non pretendeva che ci fossero papi all'altezza di Giovanni Paolo II, ma voleva almeno che guardare il papa fosse un'esperienza rinfrancante. La scelta di Benedetto XVI di ritirarsi a vita privata le infondeva speranza e una segreta felicità. Lesse quel che scrivevano i siti cattolici sull'imminente conclave, ma le analisi le sembrarono troppo banali, troppo profane: gli italiani che volevano un italiano e l'America latina che sgomitava per far eleggere uno dei suoi, e nessuna notizia su chi avrebbero sostenuto i nordamericani. Introducevano una triste nota mondana in un'elezione che avrebbe dovuto essere divina, guidata solamente dallo Spirito Santo. Perciò smise di leggere e decise di non guardare piú. Proprio come aveva deciso di non pensare ai sacerdoti in Nigeria invischiati in squallide storie: il prete insegnante che attirava le ragazze in camera da letto e chiudeva la porta a chiave, il cappellano del campus che prendeva a ceffoni i chierichetti e aveva moglie e figli. Se non guardava, non era costretta a pensare, un sotterfugio che nasceva da una paura che non osava neanche chiamare paura, altrimenti avrebbe voluto dire che la sua fede non era abbastanza forte da reggere il confronto con il pensiero. – Se si comincia a pensare non si smette piú, quindi è meglio non cominciare neanche, – aveva detto una volta qualcuno di un gruppo di credenti all'università, e lei aveva memorizzato il detto, che non condivideva al cento per cento ma di cui vedeva l'utilità. Perciò distoglieva lo sguardo. Lo distoglieva sempre. Se incappava in nuovi articoli su preti cattolici che abusavano di bambini scorreva rapidamente lo schermo senza leggerli, perché gli abusi sessuali sui minori erano estranei alla Chiesa che conosceva lei; erano una cosa americana, occidentale, una depravazione straniera. Aver smesso di leggere le notizie sul conclave non le impediva, però, di chiedersi chi potesse essere il nuovo papa. E se avessero eletto il cardinale Arinze? Troppo bello per essere vero: un nigeriano, un igbo, un lontano parente di sua madre originario di Eziowelle, che diventava il vicario di Cristo! Ma perfino lei che si era imposta di non fare ragionamenti di tipo politico trovava estremamente improbabile che fosse eletto papa un africano.

Il primo giorno del conclave la madre le telefonò e le chiese: – Stai seguendo?

– Sí, – rispose. Parlavano molto raramente, lei e la madre, e i loro silenzi erano spesso carichi di non detto. L'unico silenzio privo di tensione che ricordava tra loro era in chiesa, quando nei pigri pomeriggi della domenica arrivavano un po' in anticipo per la benedizione e si inginocchiavano l'una accanto all'altra nell'aria immobile profumata di incenso, tanto vicine da sfiorarsi con il braccio, finché entravano i chierichetti a preparare l'altare.

– Molto probabilmente eleggeranno il cardinale Scola, quello di Milano, ma la scelta piú giusta sarebbe l'argentino, perché è l'intelligenza dei gesuiti che salverà la Chiesa nei prossimi cent'anni, – disse la madre, e Zikora mormorò qualcosa per farle capire che era d'accordo, anche se non sapeva niente dei cardinali.

Dalla Cappella Sistina il primo giorno del conclave uscí una fumata nera, e mentre la guardava in televisione diventare grigia e svanire, chiedendosi che cosa bruciassero per ottenere quell'effetto, una profonda delusione la invase. Un nuovo papa significava un nuovo inizio, e Zikora aveva un disperato bisogno di credere che non fosse troppo tardi per lei, a quasi trentanove anni e con un futuro che si presentava come una terra desolata senza piú traccia di uomini sposabili. Quando un fumo bianco come una nuvola immacolata salí il giorno dopo dal comignolo, il cuore le balzò nel petto. Papa Francesco uscí sul balcone della basilica di San Pietro, solenne, maestoso, umile. Non era egocentrico, Zikora se ne avvide subito; l'idea che aveva di sé, la stima che aveva di sé, non passava dallo sguardo altrui, e questo lo rendeva simile a Cristo; quando parlò fece una breve battuta, una battuta che strappò un sorriso a migliaia di volti. Fu meraviglioso vedere il suo senso dell'umorismo, la sua umanità, e prima ancora che cominciasse a guidare la folla in preghiera, Zikora era già in lacrime. Santa Maria, madre di Dio, prega per noi peccatori, adesso e nell'ora della nostra morte.

Zikora lo interpretò come un dono del cielo, un segno. L'eccitazione le sollevò il morale e le diede la carica. Il destino delle sue preghiere era legato al nuovo papa. Nient'altro poteva spiegare perché il weekend successivo avrebbe deciso di andare alla presentazione di un libro di cucina vegana a cui non aveva previsto di partecipare, e pochi minuti dopo il suo arrivo Kwame si sarebbe inclinato verso di lei per chiederle: – Quando si dice che una cosa è succosa, a che succo ci si riferisce?

Sei

Il giorno in cui si lasciarono, dopo il ricevimento erano tornati a casa di Zikora e lei aveva detto a Kwame: – Ho parecchi giorni di ritardo, e non mi succede mai.

Kwame era rimasto interdetto.

– Forse sono incinta –. Era cosí sicura di fargli piacere che l'aveva detto in tono giocoso, quasi cantando. Ma la sua espressione, invece di addolcirsi e sciogliersi di felicità, si era irrigidita, la bocca si era increspata, e all'improvviso l'uomo piú comunicativo del mondo era diventato criptico.

Lui aveva detto: – Sono scioccato.

Lei aveva risposto: – Sapevi che avevo smesso di prendere la pillola.

Lui aveva ripetuto: – Sono scioccato –. Era andato nell'altra stanza, poi era tornato da lei in cucina: – Siamo in fasi diverse della vita, – aveva detto.

– In che senso? – gli aveva chiesto.

Non aveva risposto.

– Kwame, – aveva detto allora lei, con un tono tra la supplica e la preghiera, guardandolo con amore. Le sembrava che il loro dialogo fosse una brutta copia dell'originale, non quello vero, giusto. Avrebbe voluto riavvolgere le lancette della giornata di poche ore appena, e tornare al momento in cui entravano in casa ridendo, con lei che diceva facciamoci un margarita e lui che diceva propongo di ordinare due hamburger perché non l'ho manco vista, la minuscola spigola cilena che ci hanno servito.

– Kwame, – aveva ripetuto. Poi l'aveva vista, la scrollata di spalle, quasi impercettibile. Aveva scrollato le spalle. La sua risposta era una scrollata di spalle. Dai piú riposti meandri del suo essere, una scrollata di spalle, per liberarsi di un peso.

– È meglio che me ne vada, okay? – le aveva chiesto, come se avesse bisogno del suo permesso per lasciarla. Ma mentre lo diceva stava già dirigendosi, o per meglio dire fuggendo, verso la porta.

Avevano fatto tante volte sesso sul divano di velluto, con lei a cavalcioni su di lui. Lo stesso divano su cui lei adesso leggeva, annichilita, i suoi ultimi messaggi, mentre le ore scivolavano l'una nell'altra, tempo passato a ricordare e tempo perso a ricordare. Si soffermò su un messaggio che Kwame le aveva mandato quand'era andato a prenderle l'hummus al ristorante di cucina mediorientale di Silver Spring. *Hanno finito quello normale, c'è solo al peperoncino rosso, mi spiace bellezza.* Come la conosceva bene. Lei voleva il vero hummus o niente, non le piacevano i gusti inventati per andare incontro al bisogno di varietà degli americani. Aveva letto da qualche parte che l'amore consisteva in questo, nelle molte, preziose informazioni sui nostri amati che tratteniamo senza fatica. Lo stava chiamando e richiamando, e tutte le volte il ronzio del telefono che squillava a vuoto la sorprendeva, e tutte le volte sperava che la connessione fosse in qualche modo difettosa, finché arrivava quella voce, una voce fresca da bravo ragazzo, che diceva: «Risponde la segreteria di Kwame. Sapete cosa fare!»

Una voce che conosceva cosí bene. Come conosceva le sue preoccupazioni e i suoi scherzi, sapeva decifrare ogni sua piccola variazione di umore e intuiva, prima ancora che glielo dicesse, quando aveva un problema sul lavoro o un disguido con un cliente. Ma lui glielo diceva sempre, sempre si apriva per farsi conoscere. Oppure aveva visto solo quello che voleva vedere? Aveva semplicemente proiettato su di lui il bagliore di una preghiera esaudita? Ma anche altre persone avevano visto la sua luce, non poteva essere tutto frutto dell'immaginazione. Dopo averlo conosciuto, Chia aveva detto: – È una persona autentica. Ti sei tenuta il meglio per ultimo –. Erano a cena da Chia, Kwame si era servito due volte del fonio in salsa di arachidi di Kadiatou, dicendole che ricordava di aver mangiato salsa di arachidi da bambino in Ghana. Aveva chiacchierato amabilmente con Kadiatou, chiedendole se la ndappa fosse una specie di polenta, raccontandole che una volta al liceo aveva fatto una tesina sulle lingue africane, tra cui il pulaar. Kadiatou aveva sorriso e ripetuto la parola «pulaar» con la pronuncia corretta.

– Mi piacerebbe conoscere meglio il mio retroterra africano, – le aveva detto. Zikora l'aveva trovata una confidenza eccessiva, ma era stato commovente vedere come Kadiatou, sentendosi oggetto della sua attenzione, fosse rifiorita e diventata insolitamente chiacchierona, cominciando a raccontare a Kwame della fattoria dello zio, giú al paese. – Fattoria di tutto, – aveva detto, sorridendo. – Lui coltiva tutto, fonio, arachidi, patate dolci.

La volta successiva Kadiatou le aveva detto: – Miss Zikora, Dio portato già marito, – con un'aria soddisfatta come se l'effetto di Kwame non si fosse ancora esaurito. E poi, naturalmente, i suoi genitori. Kwame era andato a Enugu con lei per Natale e aveva cercato di inginocchiarsi davanti a suo padre, che aveva riso e gli aveva fatto cenno di rialzarsi, dicendo: – No, no, noi igbo non lo facciamo, è una cosa yoruba, – e Kwame aveva risposto: – Mi sono documentato male –. «Documentati meglio» era diventata una battuta ricorrente tra loro due, suo padre e Kwame, pronunciata con la sbruffoneria che usano gli uomini tra loro quando non si sentono minacciati. La sera in cui il padre portò solo Kwame al tennis club era, scherzò, per aiutarlo a documentarsi meglio. Il padre aveva manifestato subito simpatia per Kwame, mentre la madre l'aveva tenuto sott'occhio per un po', prima di capitolare anche lei. Zikora l'aveva sentita al telefono dire a un'amica «il promesso sposo di Zikora», sebbene Kwame non le avesse fatto nessuna proposta di matrimonio nei tre giorni che aveva passato a Enugu prima di ripartire, senza di lei, per impegni di lavoro.

Non le aveva fatto una proposta di matrimonio ma aveva chiesto a suo padre di spiegargli i riti nuziali igbo nei minimi particolari. Non le aveva fatto una proposta di matrimonio ma le aveva detto cose tipo: «Ti avviso, non mi si rizzerà cosí a cinquant'anni», oppure: «Questo ce lo teniamo per quando saremo in pensione». Una volta aveva detto scherzando che da pensionati avrebbero potuto viaggiare in tutto il mondo, e lei aveva ribattuto: – Solo se avremo risparmiato abbastanza per il college dei ragazzi, – e un'ombra gli aveva attraversato gli occhi, prima che cambiasse discorso, come se non fosse interessato a parlare di figli. Ma se non ne avesse voluti gliel'avrebbe detto. Per circuire le persone ci vuole una cattiveria che lui, semplicemente, non aveva.

Kwame era adorabile, davvero adorabile. Quando litigavano non ricorreva all'arma del silenzio; lui era un uomo che affrontava i problemi parlandone. Ora invece, da giorni, continuava a ignorare le sue telefonate e i suoi messaggi, e le rimandò indietro tramite corriere, in una busta sigillata, la chiave di casa sua, un oggettino di metallo avvolto in semplice carta bianca.

Si aggrappò a un'insana speranza perché non le aveva chiesto di restituirgli la chiave di casa propria. Il portiere del suo stabile sembrava impietosito la terza volta che si presentò, mentre le ripeteva che Kwame aveva detto che si sarebbe assentato per qualche tempo. Nell'immensa e anonima reception del suo ufficio la sua assistente, Keisha, disse: – Mi dispiace ma non gradisce vederla, – e Zikora, invece di girare subito sui tacchi, riattraversare la porta scorrevole e uscire alla luce del sole, ribatté: – Ha lasciato detto altro?

Keisha inarcò, divertita, un sopracciglio.

– Ha lasciato detto altro? – ripeté Zikora.

– Cioè a parte che non la vuole vedere?

Solo a quel punto Zikora se ne andò, sprofondata nelle macerie della vergogna. Quella sfacciata assistente legale le stava ridendo dietro, ne era sicura, si sentiva gli occhi della giovane donna sulla schiena. Telefonò alla madre di Kwame cercando di captare qualcosa dal suo tono di voce, un indizio, una spiegazione, una cosa qualunque. Le chiese se poteva andare a trovarla e la madre, dopo una breve pausa, disse: – Non credo sia una buona idea –. Immaginò di trovarsi nel loro salotto, un tripudio di colori neutri e sfumature di beige, con i cuscini ben gonfi, messi lí per fare bella figura con chiunque entrasse. Immaginò di sedersi educatamente e poi, quando i suoi genitori si fossero a loro volta seduti senza sospettare niente, saltare in piedi e correre su per le scale per vedere se c'era Kwame.

– Dice che avete litigato e sembra molto scosso, – disse la madre.

– Non riesco a mettermi in contatto con lui. Ho bisogno di parlargli –. Zikora fece una breve pausa e aggiunse: – La prego.

– Avevo capito che fossi *tu* a non volere il dialogo, – disse sua madre, con un tono accusatorio talmente convinto che Zikora si chiese se quello che era successo fosse successo davvero o se si fosse sognata tutto. Avrebbe dovuto dirlo a sua madre, avrebbe dovuto dirle: «Sono incinta», ma le parole le morivano sulle labbra. Nel silenzio ostile di quella telefonata, gli ultimi fili di speranza si stavano strappando.

– Va bene, grazie, – disse. Riattaccò, guardò fuori dalle sue grandi finestre, e si sentí perdutamente sola. Dio si nascondeva, e le sue richieste di intercessione alla Beata Vergine suonavano fiacche, deboli, subito dopo essere state pronunciate, incapaci di giungere a destinazione. Guardandosi dall'esterno vedeva che stava esaurendosi anche lei, scivolando nella depressione, ed ebbe timore che lo stress nuocesse al bambino, e il timore non fece che aggiungere stress allo stress. Si diceva che poteva reggere da sola il peso della solitudine, come aveva fatto in passato, che doveva combattere quella malinconia che la avvolgeva come una nebbia. Doveva farlo per il bambino, doveva. E man mano che lo diceva la sua determinazione cresceva, lievitava, e subito crollava di nuovo, vittima di una mente che si sgonfiava con le punture di spillo della mancanza di autostima. D'impulso, andò fino alla basilica di Michigan Avenue. Viveva a Washington da anni e non ci era mai stata. La considerava una meta turistica, la piú grande chiesa cattolica d'America; perfino il nome era pomposo, Basilica del santuario nazionale dell'Immacolata Concezione. Appena entrata, le venne la pelle d'oca. La magnificenza del luogo era oltre ogni immaginazione. Guardò a bocca aperta le imponenti colonne di marmo e i mosaici, cosí vividi, cosí curati nei minimi particolari, come il Gesú nell'abside con un occhio truce e l'altro amorevole, quasi ammiccante. Era la fede che a gran voce, coraggiosamente, affermava: «Noi restiamo saldi». Una testimonianza, una sferzata contro i dubbiosi di ogni sorta. Zikora accese una candela per il bambino che portava in grembo. Si attardò nelle cappelle della cripta, l'una diversa dall'altra, cosí intime e raccolte. Alla tenue luce dorata della cappella di Nostra Signora di Pompei la sua fede si innalzò e fortificò. Quell'edificio maestoso costruito per Dio, i tanti che l'avevano costruito per Dio, che qui l'adoravano e gli rendevano testimonianza – quel Dio non poteva certo abbandonarla ora.

– Non ha senso. È successo qualcos'altro? – le chiese Chia, come se Zikora le stesse tenendo nascosto il vero motivo per cui Kwame l'aveva lasciata. Poi si ricompose e aggiunse: – Zikor, un bambino, un bambino! È l'unica cosa che conta adesso! Quello che hai sempre voluto!

– Non in questo modo.

Chia le propose di dare una festa per il nascituro e Zikora le disse che era impazzita, a pensare a una festa mentre lei stava ancora combattendo con il mostro della vergogna. Non aveva detto a nessuno che Kwame l'aveva lasciata, ma era ossessionata dall'idea che lo sapessero tutti. La paranoia della persona rifiutata. Ogni volta che riceveva la telefonata di un'amica le veniva il batticuore, pensando che la chiamasse per esprimerle una solidarietà di facciata, mentre di nascosto godeva.

– Cosa dirò alla gente, Chia? Lo so, tutti dicono che non bisogna preoccuparsi del giudizio degli altri, ma io mi preoccupo. Io mi preoccupo di cosa dirà la gente quando saprà che sono incinta senza un uomo.

– Sparlerà per un po', poi si stuferà e comincerà a sparlare di qualcun altro.

– Quando penso al futuro che mi aspetta, mi sembra una fatica insormontabile.

– Non sarà facile, ma neanche difficile come credi, Zikor. Le cose non si rivelano mai brutte come le avevamo immaginate, – disse Chia. Quel semplice buonsenso, quella frase consolatoria uscitale di bocca con tanta semplicità innervosí Zikora invece di consolarla. Si ricordò di una volta in cui Chia aveva detto che avrebbe preferito fare un figlio da sola, con il seme di un donatore, piuttosto che con un uomo di cui non fosse follemente innamorata. Chia era stravagante; Chia non avrebbe mai potuto capirla.

– Che cognome porterà il bambino? – fece Zikora, con una breve risata amara. – Non avrei mai immaginato di partorire da sola.

– Non sarai sola. Ci sarà tua madre. Ci sarò io.

Zikora emise un sospiro. – Ti prego, Chia, non dirlo a Omelogor, aspetta –. Che cosa c'entrava Omelogor? Perché non voleva che glielo dicesse? Niente, era solo che preferiva che Omelogor non lo sapesse, per il momento.

– Non sta ottenendo grandi risultati, all'università, – disse Chia.

– Cioè?

– Secondo me è depressa, ma non lo vuole ammettere. Forse non sarebbe dovuta venire in America. Sono molto preoccupata. L'altro giorno piangeva, piangeva, e non riusciva a parlare.

Zikora fu rallegrata dalla notizia, dal pensiero che finalmente l'infelicità fosse equamente distribuita. Omelogor piange? Omelogor è capace di piangere? Qualunque cosa le abbia fatto l'America, Dio benedica l'America.

Di fronte a un'agonia si vorrebbe portare il lutto ma non si riesce perché non c'è ancora una vera e propria fine di cui potersi fare una ragione. La storia con Kwame era un'agonia. Zikora non poteva accettare che fosse finita; c'era ancora troppo di vago e incompiuto. Scandagliava i ricordi alla ricerca di una spiegazione, come fra detriti lasciati da un incendio per trovare frammenti non carbonizzati. Kwame pretendeva sempre che tutte le decisioni fossero comuni, e l'aveva fatta sorridere, talvolta, la serietà con cui prendeva la cosa, anche quando si trattava di minuzie come la scelta del tavolo nelle prenotazioni online dei ristoranti. – Va bene, bellezza? – le chiedeva, aspettando il suo consenso.

Era per come gli aveva detto di essere incinta? Doveva aver percepito l'assenza di dubbio nella sua voce, quanto fosse già tutto deciso. Si era visto consegnare la notizia a scatola chiusa. Però lei gli aveva detto che *forse* era incinta, non che lo era, e se pensava che avesse già deciso senza di lui, non avrebbe potuto provare a discuterne, apertamente e semplicemente, com'era nel suo stile – stile che quel giorno si era volatilizzato? Parlavano sempre, loro due, e proprio quando sarebbe stato piú necessario che mai, cosa aveva fatto Kwame? Aveva attraversato un muro ed era scomparso. Lui poteva: poteva andarsene via tranquillamente, scegliere di non agire, ma lei no, lei quella scelta non avrebbe mai potuto farla, perché si trattava del suo corpo, e un bambino o lo si fa nascere o non lo si fa nascere. In questo senso la decisione non avrebbe mai potuto essere condivisa fino in fondo. Come futuro padre avrebbe dovuto avere voce in capitolo, naturalmente, ma quanta? Questo non era ovvio, dato che la Natura chiedeva un contributo infinitamente maggiore alla madre. Il concepimento era, forse, l'unica decisione condivisa, perché vi avevano partecipato entrambi, sapendo a cosa poteva portare. Vecchia storia: la donna vuole un figlio, l'uomo no, e non c'è via di mezzo. Che via di mezzo poteva esserci, comunque? Non potevano fare mezzo figlio. Ma Zikora si rifiutava di pensare che fosse anche la loro storia. Non poteva accettare che Kwame stesse semplicemente scappando dalla responsabilità di essere padre, come molti uomini vigliacchi avevano fatto nel corso del tempo. Era una cosa troppo banale, e Kwame non era banale. Zikora aveva visto con i suoi occhi che padre meraviglioso sarebbe potuto essere, quando l'aveva accompagnata a trovare la sua amica Ijemma nel Delaware. Ijemma era venuta in America per partorire qui il secondo figlio, portando con sé il primo di pochi anni e la bambinaia. Con suo gran divertimento, Kwame si era rapidamente sostituito alla bambinaia per tutta la durata della visita, mettendosi a quattro zampe, infilando una mano in una marionetta e agitando le dita con una buffa voce in falsetto, mentre il bimbetto di due anni lo guardava estasiato esplodendo in adorabili risolini.

– È spaventoso come una persona che conosci possa cambiare, diventare un'altra, – disse a Chia. – È come se gli fosse scoppiata un'arteria che ha stravolto il funzionamento del suo corpo, e lui non fosse piú la persona di prima. Com'è possibile altrimenti che io interrompo la pillola, facciamo sesso, rimango incinta, e lui reagisce come se non l'avesse minimamente messo in conto?

– Zikor, hai considerato la possibilità che non l'avesse davvero messo in conto?

– Cioè?

– Gli uomini conoscono molto poco il corpo femminile.

– *Ahn-ahn*. Perfino i ragazzini che non hanno ancora a che fare con il sesso sanno quali conseguenze può avere.

– Non è come credi. Omelogor ha scritto una cosa interessante l'altro giorno. Ha iniziato un blog, che ha chiamato «Per soli uomini», in cui gli uomini le raccontano i loro problemi e lei gli dà consigli.

Zikora inghiottí una protesta. L'ultima cosa di cui aveva bisogno era la compiaciuta sicurezza di Omelogor, ma non poté fare a meno di cliccare sul link che le mandò Chia. Lo lesse rapidamente.

Cari uomini,
le donne conoscono il vostro corpo meglio di quanto voi conoscete il loro.

Non che ci sia molto da conoscere, del vostro. Le donne sanno che avete il cervello tra le gambe. Scherzavo (fino a un certo punto). Sanno che smaniate perché vi si rizzi anche a novantotto anni e sanno della ghiandola vicino alle palle che comincia a darvi problemi con l'età, che nel migliore dei casi vi fa fare pipí troppo spesso, e nel peggiore diventa un cancro.

E per quanto riguarda il corpo delle donne? Ahia. Da che parte cominciare?

Che cos'avete imparato a scuola, alle lezioni di educazione sessuale? Eravate separati dalle ragazze, e cosí oggi non sapete niente di fisiologia femminile.

Infilavate preservativi sulle banane, e oggi non sapete da dove esce la pipí delle donne.

I milioni di voi sparsi in tutto il mondo che vogliono saperne di piú sul sesso e sul corpo femminile da dove ricavano, quindi, le loro informazioni? Dai film per adulti. È buffo che siano chiamati cosí, dato che in realtà sono estremamente immaturi. Come i brutti cartoni animati per adulti. Anche se vi piacciono i porno, stampatevi almeno in testa che quello che guardate è pura fantasia, e che la fantasia non è la vita vera, se no che fantasia sarebbe. I porno vi fanno credere che le donne abbiano sempre il corpo perfettamente depilato, e non abbiano mai le mestruazioni, e che per evitare le gravidanze basti la forza del pensiero. In realtà, la pornografia vi manca di rispetto, perché parte dalla premessa che gli uomini siano tutti scemi, vi insegna un mucchio di idiozie, e la fa pure franca. Le statistiche sono sconcertanti: piú del sessanta per cento di voi guarda i porno con regolarità. Tu, TU che stai leggendo queste righe, dove hai imparato quello che sai sul corpo femminile? Schiarisciti le idee e mettiti a studiare.

Non dimenticate che io sto dalla vostra parte, cari uomini.

Il post infastidí Zikora. Lo lesse imitando la voce di Omelogor, odiandone il tono dogmatico e autocompiaciuto. Che sciocchezza trattare gli uomini da poppanti. Ma qualche piccolo dubbio cominciò a insinuarsi nella sua mente.

In un sonnacchioso mattino domenicale a casa di Kwame, dopo una pigra seduta di sesso e un ancora piú pigro brunch con uova cucinate da lei e pancake cucinati da lui, Kwame si era messo a giocare a un videogame che produceva molti suoni e lampi, e lei a leggere le notizie online. A un certo punto aveva alzato gli occhi e gli aveva detto: – Ci credi che un rappresentante degli Stati Uniti d'America si chiede seriamente perché le donne non possono trattenere il mestruo? – Era scoppiata a ridere, e lui anche, ma ora si ricordò della sua prima fugace reazione, un'esitazione appena percettibile, come se fosse stato a un passo dal dire: «Perché, non possono?»

Ma anche ammettendo che non ci capisse niente di mestruazioni, di sicuro sapeva cosa fossero i metodi contraccettivi. O no? Era possibile che Kwame avesse le idee confuse a riguardo, e che quando gli aveva detto: – Interrompo la pillola – e lui aveva risposto: – Va bene, dolcezza – avessero interpretato in maniera diversa il senso e le implicazioni di quelle parole? Quella sera avevano fatto la doccia insieme, lei stava spalmandosi una crema sul viso e osservando una macchia violacea che le era comparsa sul mento come una carta geografica. – Dev'essere colpa della pillola anticoncezionale, – aveva detto, e lui si era avvicinato per guardare meglio. – Ti fa male? – le aveva chiesto.

– No, è una reazione al farmaco –. Poi, guardandolo negli occhi, aveva aggiunto: – Vorrei interrompere la pillola, – e lui aveva risposto: – Va bene, dolcezza.

Forse avrebbe dovuto essere piú chiara, forse avrebbero dovuto parlarne in maniera esplicita, come facevano di tante altre cose. Perché non era stata piú chiara? Aveva dato per scontato che avesse capito proprio per non dargli la possibilità di dire che non voleva un bambino? Ora si stava autoflagellando, assumendosi ogni colpa, pur di avere una buona ragione per giustificarlo. Ma l'alternativa era accettare il fatto che non conosceva veramente Kwame, che forse è impossibile conoscere veramente un altro essere umano.

Era preoccupata di non mangiare abbastanza, e nei momenti in cui il panico le dava tregua immaginava il suo bambino, malnutrito, che le galleggiava in grembo giallastro e malaticcio. Non riusciva a trattenere quello che ingeriva. Succhiava caramelle allo zenzero naturale perché il sito sulla gravidanza diceva di evitare i farmaci contro la nausea, eppure aveva continui conati di vomito. La nausea divenne la norma. Non ricordava piú come fosse vivere senza. Chia aveva ordinato su un sito specializzato diverse bottiglie di una bevanda proteica biologica, e per settimane fu l'unico cibo che riuscí ad assorbire. Aveva una voglia matta di cheddar extraforte ma il sito sulla gravidanza diceva no formaggi molli e lei aveva deciso di eliminarli tutti, molli e non. Un tremendo senso di colpa sciupava qualunque cosa facesse o non facesse, perché ormai aveva ingannato il suo bambino accingendosi a metterlo al mondo in circostanze cosí sfavorevoli, senza un padre, senza una visione chiara del futuro.

– Zikor, andrà tutto bene, – le diceva sempre Chia, ancora prima che parlasse, come per prevenirla. – Andrà tutto bene.

C'erano giorni in cui stava bene e altri in cui boccheggiava. Alla visita di controllo della ventiduesima settimana, tornata da poco in piena forma, quasi senza nausea, scoppiò a ridere di fronte all'immagine grigia puntinata che si muoveva sul monitor dell'ecografia, e nell'uscire dallo studio medico salutò allegramente con la mano il personale dell'accettazione, ma quando fu sola in ascensore crollò sul pavimento, mentre tutto intorno a lei sembrava liquefarsi. Scrisse un messaggio a Kwame: *Oggi entro nella ventiduesima settimana*.

Nessuna risposta. Nel frattempo nell'ascensore era entrata una donna con i jeans strappati, che ora la stava guardando. – Tutto bene? Ha bisogno di aiuto?

– No, no, – rispose Zikora, rimettendosi in piedi. – No, grazie.

Il lavoro assunse una nuova fulgida importanza; era una parte della sua vita che non l'aveva tradita e che lei non aveva tradito, una cosa rimasta invariata, un punto di riferimento che non le creava confusione. Cominciò ad arrivare un po' prima e a uscire un po' dopo, offrendosi di svolgere compiti extra. I primi tempi indossava vestiti chic dalla linea sciolta che nascondevano l'ingrossamento della vita, e quando il lievitare della pancia non poté piú essere nascosto cominciò a fermarsi tutti i giorni fino a tardi, smaccatamente tardi, buttando poi lí come per caso, alle riunioni del mattino, che il traffico era molto piú scorrevole dopo le nove di sera, perché tutti sapessero che era rimasta in ufficio fino a quell'ora. Si assentava dalle riunioni per andare a vomitare in bagno, poi tornava con consumata nonchalance come se fosse andata un attimo a fare pipí e rimettersi il rossetto. Donna la fissava con lo sguardo di chi spera di vederti inciampare; erano le uniche due donne in lizza per diventare socie dello studio. Donna parlava spesso della sua scelta di una vita «esente da figli», espressione che faceva sembrare i figli una sorta di malattia, e lo diceva sempre con un certo gusto, come se sapesse quanto le dava fastidio. Donna era magra, vegana, praticava yoga e portava abiti attillati adatti alle donne con poco seno, scollati senza essere inappropriati perché non lasciavano scoperte forme prosperose. Ora continuava a farle domande sulla gravidanza, a voce alta perché sentissero gli uomini, gli occhi ramati e ostili puntati sulla sua pancia.

Ce la fai, Zikora?

Tutto ok? Vuoi un po' d'acqua? Ti gira la testa?

Hai l'aria stanchissima. Si dorme male, eh?

– Non ho una malattia debilitante, Donna. Sono solamente incinta, – ribatteva allora Zikora, con una risata che sperava non suonasse forzata. Faceva battute sulla gravidanza. (Vediamo se riesco a tenere il fascicolo in equilibrio sul pancione!) Sosteneva di bere ancora alcolici di tanto in tanto, perché sua madre non aveva mai smesso di bere Guinness mentre era incinta di lei. Era falso, sua madre non beveva alcolici, come non li beveva lei, ma voleva dare l'impressione di essere sicura, perfino un po' spericolata, come se la gravidanza fosse un'avventura fighissima che non avrebbe intralciato la sua scalata alla Watkins Dunn. Talvolta la magra silhouette di Donna che le andava incontro in corridoio la faceva pensare a un diabolico, scheletrico uccello che volteggiava sul nido di un altro per carpirgli l'ultimo uovo.

– Ho pensato che fosse meglio tenere il bambino perché potrebbe essere la mia ultima chance. Dieci anni fa probabilmente non l'avrei fatto, – disse un giorno a Donna come se niente fosse. – Se ci pensi, la gravidanza è un po' come i peli. Da un lato ci sfreghiamo e raschiamo le ascelle, il labbro superiore e le gambe perché non ci piace avere peli in quei posti, dall'altro dedichiamo cure e attenzioni ai peli che abbiamo sulla testa, perché quelli ci piacciono. Ma sono sempre peli. È il volerli o meno che fa la differenza.

– Come fai a dire che i bambini sono come i peli? – esclamò Donna, fraintendendo a bella posta le sue parole, le labbra piegate all'ingiú, la stessa piega di quando parlava di chi mangia carne.

– Andiamo, dài, non sto dicendo che i bambini sono come i peli. Sto dicendo che ci rapportiamo con i peli un po' come con la gravidanza. Può essere la cosa che vogliamo di piú al mondo o la cosa che meno vogliamo.

Donna, le labbra sempre piegate all'ingiú, cambiò discorso. – Il sonno come va?

– Benissimo. Una meraviglia, – rispose allegramente Zikora, che in realtà non chiudeva quasi occhio, passava la notte sostenendosi con tre guanciali, agitandosi alla ricerca di un sollievo che non trovava, con un bruciore di stomaco che le infiammava il petto e una persistente, dolorosa pulsazione alle articolazioni delle mani. La mattina copriva con il correttore le borse nere sotto gli occhi e si metteva un rossetto scarlatto per spostare l'attenzione sulle labbra. Ogni tanto aveva la sensazione che l'altro collega, Jon, avesse capito tutto. Era una persona sensibile, e compiva piccoli gesti di solidarietà, aiutandola senza rimarcare la gravidanza, come se sapesse quanto fosse faticoso fingere, quanto la lasciasse svuotata e senza forze, quante volte scoppiasse a piangere e poi si bacchettasse perché piangere provocava stress, e lo stress faceva male al bambino.

Un sabato mattina, mentre era ancora a letto, in un dormiveglia inquieto e non ristoratore, fu svegliata di soprassalto da un insistente scampanellio alla porta.

Stava sognando che Kwame si era presentato in ufficio con un cestino coperto, l'aveva posato su una scrivania e se n'era andato. Nel cestino c'era un neonato morto, raggomitolato e freddo. Era un sogno vividissimo, tanto che Zikora aveva visto un neo sulla guancia del bambino, e cosí terrificante che era saltata fuori dal letto e corsa incespicando alla porta quasi pensando di trovare Kwame con il cestino.

– Miss Zikora, sono io. Kadiatou. Sono venuta a farti treccine.

Zikora si bloccò, ancora mezzo addormentata. – Farmi le treccine?

– Sí.

Aprí la porta. Kadiatou reggeva una grossa busta di plastica. La sua parrucca corta era troppo lucida, e aveva l'espressione afflitta di chi si reca a fare una visita di condoglianze, portando in dono alcolici e soldi.

– Miss Chia detto cos'è successo.

Zikora ebbe un moto di fastidio. Chia doveva tenere la bocca chiusa, nessun altro doveva sapere. Non voleva pietà. D'altronde avrebbe potuto incontrare per caso Kadiatou andando o tornando dal lavoro, e lí sarebbe stato impossibile nascondere il pancione, l'essere umano che stava crescendo in lei. Fece entrare Kadiatou. Emanava un lieve profumo di gelsomino. La sua presenza ebbe un immediato effetto rasserenante; Kadiatou aveva un'elegante pacatezza, una non ruvidezza, che Zikora considerava tipica degli africani francofoni. Una Kadiatou nigeriana avrebbe recato con sé un'energia diversa, piú sferzante, che avrebbe reso l'atmosfera tesa, addirittura spiacevole.

– Porto cose che fanno bene a pancia… – Kadiatou gesticolò per imitare l'atto del vomitare.

– Grazie, Kadi.

– Non mangi. Hai cibo?

– Qualcosa.

Kadiatou aprí la busta di plastica disvelandone i tesori: un contenitore di zenzero fresco grattugiato, erbe in foglia, una bottiglietta che sembrava di olio.

– Qualcuno lanciato maledizione a Kwame. Come il juju in film di Nollywood. Qualcuno è geloso di te, – disse Kadiatou.

Zikora rise. – Tu guardi troppo Nollywood, Kadi, le cose che vedi lí non sono vere –. Ma era consolante sapere che agli occhi di Kadiatou Kwame era ancora la persona che anche lei sperava fosse: una persona troppo buona per lasciarla di propria iniziativa, ora vittima impotente di una maledizione.

– Tornerà. Ha paura di essere padre, per questo scappa. Gli uomini scappano e poi tornano, – disse Kadiatou.

Di nuovo fastidio, come un prurito sulla pelle. Kwame non stava scappando dalla paternità – non era possibile, non poteva crederlo – e Kadiatou parlava a vanvera.

– Ho portato capelli di colore due, – disse Kadiatou, srotolando i lunghi gomitoli di extension.

– Non troppo strette, Kadi, per favore.

– Miss Chia dice sempre che africane fanno treccine perfette ma rompono capelli, e afroamericane fanno treccine molto brutte ma capelli non si rompono. Scegli una.

Era uno scherzo ricorrente di Chia, e Zikora conosceva la battuta finale. – Scelgo tutte e due.

– Anche se Mr Kwame non torna, tu sempre hai tuo bambino, – disse dolcemente Kadiatou, mettendosi una mano sul cuore. – Tuo bambino è tuo.

Sette

Zikora spinse fuori un maschio. Era muto e rugoso, la pelle ricoperta di croste, i riccioli neri e bagnati incollati alla testa. Uscí con della popò in bocca, e l'infermiera ridacchiando disse: – Come primo pasto poteva andare meglio, – mentre un'altra lo portò subito via per aspirare il meconio. Poi, legato come un salame, glielo misero sul petto. Era caldo e piccino, molto piccino. Zikora lo teneva impacciata, sospesa in un baratro tra sé e i propri sentimenti, aspettando di provarne. Era come se fosse stata svuotata di ogni emozione, e della capacità stessa di provarne. Non riusciva a scindere il momento reale dalle immagini che se n'era fatta – da tutti i film visti e i libri letti su quella scena: la madre e il figlio, la madre che vede per la prima volta il figlio, il figlio tra le braccia della madre. Non era un'esperienza trascendentale. Non era sommersa da ormoni della felicità. Contemplava il bambino, sapendo che era il suo bambino, ma nello spazio in cui avrebbe dovuto esserci la gioia non c'era niente. Era come avvolta in una nebbia, una specie di intorpidimento dei sensi. Tremava, il suo corpo era diviso in tanti minuscoli frammenti, ognuno dei quali vibrava, e l'infermiera diceva che era normale. Da qualche parte nella sua coscienza aleggiava una certa sensazione di giubilo, perché era fatta, era finita, aveva spinto e il bambino era uscito. Com'era stato tutto animalesco e violento – la compressione e la spinta, il sangue, il torcersi e tendersi di carne, budella e ossa. Dopo l'ultima spinta pensò che in quel luogo, in quella sala parto, torniamo brevemente e brutalmente a essere le bestie che siamo.

– Ciao bel maschietto, ciao bel maschietto, – disse sua madre, sorridendo al bambino. A Zikora disse: – Congratulazioni, *nwa m*, – congratulazioni, figlia mia, e la abbracciò. Era la prima volta che la toccava. Zikora le mise delicatamente il bambino in braccio e prese il telefono. Nessun messaggio da Kwame. Gliene scrisse un altro: *È un maschio*. Le avrebbe risposto, ora che la faccenda non riguardava piú lei, Zikora, ma un altro essere umano i cui geni erano anche i suoi, una persona, un nuovo individuo, che in futuro avrebbe potuto avere i suoi tratti del viso o la sua risata. O sarebbe venuto direttamente in ospedale, di lí a un'ora, con un palloncino colorato e un mazzo di fiori, fiori flosci da supermercato perché non aveva avuto il tempo di passare da un fioraio.

– Ha avuto una piccola lacerazione, – disse il dottor K, con l'ago in mano. Non finiva mai? L'intera esperienza stava diventando grottesca. Forse la natura non voleva che gli esseri umani si riproducessero, altrimenti avrebbe reso piú facile il parto: i neonati sarebbero sgusciati fuori senza tanti complimenti e le madri avrebbero mantenuto il proprio corpo intatto e integro, godendosi la felicità di aver messo al mondo una vita preziosa. Perché rendere tanto complicato qualcosa che non ha bisogno di esserlo? L'ago le penetrò nella carne viva, e Zikora cacciò un urlo. – L'epidurale non fa piú effetto! Dottor K! Com'è possibile che non faccia piú effetto?

La madre le lanciò un'occhiata eloquente. Controllati e piantala di frignare. Poi distolse lo sguardo e pose una domanda al dottor K. – Sarebbe possibile fargli la circoncisione oggi?

– Non prima che abbia urinato, – rispose il dottor K. – E io non mi occupo di circoncisioni. Se ne occuperà un altro medico.

– Quando si può prevedere che urini? – chiese la madre.

Zikora urlò di nuovo per il dolore causatole dall'ago, un dolore ingiusto, inaspettato. Le si riempirono gli occhi di lacrime. Kwame non sarebbe venuto. Lo sapeva, e allo stesso tempo le sembrava di vederlo lí, sulla porta di quella stanza d'ospedale, con i jeans e le scarpe azzurre tipo sneakers che lui definiva da battaglia. Sua madre, intanto, si stava informando sui moduli da firmare per la circoncisione. – Sarebbe possibile averli oggi?

– Sí, certo, – rispose il dottor K. – Abbiamo quasi finito, tornerà come nuova.

Stavano intrattenendo una normale conversazione mentre quel tizio le trapassava la carne con ago e filo. Se ne infischiavano di lei, come Kwame; la trattavano come un vecchio straccio logoro, un oggetto privo di sentimenti, che si può ignorare e buttare via senza problemi.

– Non lo farò circoncidere, – disse.

– Certo che lo farai, – replicò la madre.

– Ho detto che non lo farò circoncidere! – Era la prima volta in vita sua che alzava la voce con la madre. Perfino il dottor K interruppe quello che stava facendo, come in omaggio all'eccezionalità del momento. Ma sua madre, impassibile, imperturbabile, si limitò a chiederle freddamente: – E perché non vuoi farlo circoncidere?

– È una barbarie, – disse Zikora, con suo stesso stupore. Le era venuto in mente un post che aveva letto sul sito sulla gravidanza. «Da voi in America userà anche la circoncisione, ma noi qui in Europa non facciamo certe barbarie. Non provochiamo un dolore inutile ai nostri bambini. L'unico motivo per cui la tolleriamo è che non vogliamo essere accusati di islamofobia». Non aveva seguito i post sui neonati maschi perché era sicura di aspettare una femmina. Un po' se lo sentiva, un po' c'erano tutte le classiche avvisaglie: la pancia era alta, la mattina aveva una forte nausea, e le era venuta la pelle grassa. Ricordava quel post soltanto perché ci si era soffermata, sentendosi provocata, pensando che fosse un'ingiusta critica agli americani da parte di una persona accecata dai pregiudizi che non sapeva quanti popoli in tutto il mondo praticassero la circoncisione. Ora quel post le stava fornendo un'utile arma di discussione.

– La circoncisione è una barbarie, – disse. – Perché dovrei provocare dolore al mio bambino?

– Provocare dolore al tuo bambino? – ripeté la madre, come se Zikora fosse uscita di senno.

Zikora controllò il telefono: ancora nessuna risposta di Kwame. Gli mandò un altro messaggio: *Tuo figlio*. Per un attimo sperò di morire, di evadere dalla propria vita. Inviò un altro messaggio a Kwame: *Pesa 2,8 kg*. Aveva già fatto a pezzi la sua dignità, tanto valeva sparpagliarne le briciole, cosí decise di chiamarlo. Il suo telefono squillò, rispose la segreteria telefonica, richiamò una, due volte, la quarta o quinta volta ci fu un segnale acustico invece dello squillo e Zikora capí che le aveva bloccato il numero.

– Stai chiamando Chiamaka? – le chiese la madre.

Zikora esitò. – Sí. Sta tornando di corsa.

– Dove hai detto che era?

– In Sud Tirolo.

– Ah, già, dove gli italiani parlano tedesco.

Sua madre sapeva tutto, mentre lei non sapeva nemmeno dell'esistenza di quel posto prima che Chia le dicesse che ci andava. Anche sua madre era rimasta sveglia tutta la notte, eppure, a quasi settant'anni, non aveva l'aria stanca; la sua tenacia, la sua eccezionalità, erano quasi un affronto.

– Ora chiedo all'infermiera di portarci i moduli, – disse la madre.

– Non lo farò circoncidere! – ripeté Zikora, alzando ancora di piú la voce.

La madre fece finta di non aver sentito e prese una brochure sull'allattamento che l'infermiera aveva posato sul tavolo. Zikora avrebbe voluto ingaggiare battaglia con lei, scagliarle addosso parole, graffiare quella maschera indossata cosí perfettamente.

– Avevo capito di essere incinta perché non era la prima volta, – le disse, brusca.

La madre alzò gli occhi, con l'aria un po' interdetta, come se non fosse sicura di aver sentito bene, poi tornò alla brochure che stava leggendo.

– L'aborto è stato un tale sollievo, – disse Zikora.

La madre tacque anche stavolta. Zikora avrebbe voluto che reagisse, che si esibisse in crepitii di rabbia, in recriminazioni sibilate tra i denti, cose brutte adeguate alla bruttezza che aveva dentro lei, ma la madre non le diede la soddisfazione di reagire, né in un modo né in un altro. Fino a pochi secondi prima Zikora non avrebbe mai creduto di potersi spingere a tanto, dire alla madre una cosa che aveva giurato di non dire a nessuno, tantomeno a lei. Perché l'aveva fatto? Non aveva una risposta, ma ormai l'aveva detta, l'aveva resa pubblica. Non si sentiva meglio, per questo, o piú leggera; capiva soltanto di aver svelato un segreto che covava da molti anni, e che sua madre aveva reagito con il silenzio.

– Ti porto qualcosa dal bar? – le chiese infine la madre, alzandosi dalla poltrona. – Devi mangiare qualcosa, quel succo di mela non basta.

Zikora chiuse gli occhi, li riaprí. Aveva un bruciore sempre piú forte tra le gambe e una fame improvvisa che le dilaniava lo stomaco.

– Patatine fritte? – le chiese la madre.

– Va bene.

Otto

Zikora non lo disse mai al ragazzo che non l'amava, il ragazzo da cui aveva cercato di farsi amare quando ancora non sapeva che non ci si può ingraziare l'amore. Era stato il suo primo amante. L'aveva conosciuto al secondo anno di college, il secondo in America. Un giocatore di pallacanestro, di un narcisismo quasi ridicolo, alto, la testa sempre eretta, un'andatura simile al trotto. Diceva spesso: «Io non mi impegno» con una cadenza particolare, come fosse una canzone rap, ma lei non sentiva che cosa diceva, sentiva quello che voleva sentirsi dire: non si era *ancora* impegnato. Non gli era mai veramente importato di lei, fin dall'inizio. Lei lo sapeva, perché non poteva non saperlo, ma aveva anche diciannove anni, e foraggiava le insicurezze che ammorbano quell'età. La prima volta che gli si inginocchiò nuda di fronte, lui le afferrò una manciata di treccine e le spinse la testa fino quasi a soffocarla. Era un gesto pieno di cattiveria, un atto che andava sotto il titolo di «puttana». Zikora non disse niente. Si fece remissiva e accondiscendente. Passava i weekend a guardare il telefono fisso vicino al letto aspettando che suonasse. Spesso non succedeva. Poi lui chiamava, prima di mezzanotte, chiedendole se fosse ancora sveglia, perché in quel caso poteva passare, ma senza fermarsi a dormire. Quando morí sua nonna, Zikora lo chiamò in lacrime, lui disse mi dispiace e subito dopo: – Se ti sono finite le mestruazioni, passo –. Le mestruazioni non erano finite, e non passò. A quei tempi Zikora credeva che l'amore dovesse essere come la fame, per essere vero.

– Il condom si è tolto, – disse quella notte lui, come se niente fosse. Aveva bevuto, al contrario di lei.

– Hai un buffo modo di dire «condom», – ridacchiò lei, mentre lui, già distratto, si rimetteva i vestiti e cercava con lo sguardo le chiavi della macchina. Ma della cosa in sé non si preoccupò: che problema volevi che fosse un preservativo che si sfilava per una volta? I sintomi possono non significare nulla se la mente è già convinta, se una certa cosa non si dà, quindi i capezzoli dolenti, i momenti di stanchezza mortale, dovevano attribuirsi ad altro, finché l'altro non è piú plausibile, e cosí un giorno, finite le lezioni, Zikora andò in farmacia e comprò un test di gravidanza. Come sono veloci gli istanti in cui la nostra vita diventa un'altra vita. Zikora non aveva mai considerato l'idea di restare incinta, non l'aveva mai immaginato, e quando il test risultò positivo sedette a lungo annichilita, incredula. Non sapeva cosa fare perché non aveva mai pensato che le sarebbe servito saperlo. Andò al centro medico e mentí all'infermiera dicendole che il preservativo si era tolto quella notte. La donna, che aveva occhi tristi, le diede la pillola del giorno dopo, una pillola bianca che Zikora ingoiò con l'acqua tiepida del distributore in sala d'attesa. Naturalmente era troppo tardi, lo sapeva benissimo, ma compí anche altri gesti illogici e disperati, come saltare e cadere violentemente a terra, cosa che la lasciò stordita, troppo rintronata per riprovarci. Bevette lattine su lattine di limonata e bustine effervescenti contro l'acidità di stomaco sciolte nell'acqua. Smontò una gruccia dell'armadio e la impugnò saldamente cercando di farsi tornare in mente scene di vecchi film con donne ridotte alla disperazione, finché rinunciò e la buttò via. Era paralizzata da un grumo di sentimenti che trasudavano l'uno nell'altro, ribrezzo-orrore-panico-paura. Allineò sul lavandino, come esili talismani, vari test di gravidanza, urinando su ciascuno e sperando che almeno uno fosse negativo. Risultarono tutti positivi. Qualcosa stava crescendo dentro di lei, una cosa aliena, non richiesta, da cui si sentiva come infestata.

Ci sono gentilezze che non si dimenticano mai, che ci si porta con sé fin nella tomba; le si conserva in un posto sicuro, ogni tanto le si tira fuori e le si riassapora. Di questa natura era la gentilezza della donna afroamericana con i capelli corti e lisci della clinica Planned Parenthood di Walnut Street. Le sorrise con tutto il viso, accogliente, e le accarezzò la spalla mentre, tesa come una corda di violino, si metteva in posizione supina. Le tenne la mano per tutti quei lunghi minuti. – Stai tranquilla, stai tranquilla, – le diceva. Le sue dita stringevano quelle di Zikora mentre fitte di dolore le pugnalavano il basso ventre. Zikora era completamente sola, e quella donna lo sapeva. – Grazie, – le disse dopo. – Grazie –. Si sentiva leggera, sollevata, liberata da un peso. Era finita. Sull'autobus che la riportava a casa pianse, mentre guardava fuori dal finestrino le automobili e le luci di una città che ben conosceva la sua solitudine. Negli anni che seguirono non fece mai la confessione; non riusciva a dire a parole ciò che aveva fatto. Non voleva dirlo neppure a se stessa: se l'avesse rinchiuso dentro la sua testa un giorno sarebbe stato come se non fosse mai avvenuto. Si meritava la punizione di Dio, ne era cosciente, ma anche la Sua misericordia, e a messa continuò a prendere la comunione, ma con piú umiltà, piú gratitudine.

La settimana prima di laurearsi in giurisprudenza alla Georgetown passò il weekend da Chia, e la domenica mattina le chiese di indicarle una messa nei dintorni perché non voleva andare fino a Washington. Chia, confusionaria, cercando di rendersi utile, le diede un orario sbagliato, e Zikora arrivò alla chiesa di San Giovanni Evangelista di Columbia a messa già finita. Ma c'era la possibilità di confessarsi, e Zikora senza pensarci si diresse verso il confessionale e si inginocchiò nella piccola cabina buia, oltre la quale, separato da una grata, c'era il prete. Quest'ultimo le chiese come si chiamava e Zikora provò la stessa stretta allo stomaco di quand'era adolescente e si confessava camuffando la voce, per paura che padre Damian riferisse a sua madre quello che gli aveva detto. Ma questo prete, un americano bianco che disse di chiamarsi padre Tillman, non era come padre Damian e gli altri preti a cui era abituata. Nessuna tiritera dottrinale, nessuna sgridata aspra, nessuna penitenza generica di «cinque Padrenostri e cinque Avemarie» comminata con la voce annoiata e meccanica di chi dice la stessa cosa cento volte al giorno. Padre Tillman sembrava ascoltarla sul serio. Forse perché non era oberato di lavoro; in Nigeria tutti facevano la confessione, mentre lí era raro.

– Non c'è peccato che Dio non possa perdonare, – disse padre Tillman. – L'unica cosa che Dio esige da noi è un vero e sincero pentimento.

– Ma cos'è un vero e sincero pentimento?

– Un vero e sincero pentimento è ciò che ti ha condotta qui oggi.

Appena sua madre fu uscita per andare al bar, l'infermiera entrò con i moduli per il consenso informato, per la circoncisione.

– Davvero non vuoi farla per non causare dolore al bambino? – le chiese in tono gentile.

Zikora la guardò con occhi sbarrati, lei e quelle sue ciglia che rendevano difficile prenderla sul serio.

– Il bambino non avrà nessun ricordo del dolore. Se nella tua cultura lo fanno tutti, dovresti farlo anche tu. I bambini odiano essere diversi dagli altri. L'ho imparato lavorando nello studio di un pediatra. Noi non abbiamo ancora figli – il mio fidanzato sta facendo la scuola di polizia – ma me lo ricorderò quando li avrò.

L'infermiera trattenne i moduli in mano qualche secondo prima di posarli sul tavolino. Qualcosa nei suoi modi le fece venire un groppo in gola. Era empatia: l'infermiera dava importanza ai suoi sentimenti. Prima non se n'era accorta, o l'infermiera era cambiata da un momento all'altro?

– Grazie, – disse, e fece per prenderle la mano, un gesto forse eccessivo, ma l'infermiera si era già voltata e stava uscendo. Sulla porta si scontrò quasi con il dottor K, che era tornato per congedarsi.

– Sua madre è fantastica. Come parla bene! È un piacere sentir parlare un inglese corretto. I miei parenti in Iran parlano cosí. Se ho capito bene possiede una scuola privata in Nigeria.

– Sí, – disse Zikora, chiedendosi quand'è che la madre gliel'avesse detto.

– È bello che sia potuta venire per esserle vicina.

– Sí –. Zikora non aveva mai dubitato che sua madre sarebbe venuta, ma quando le aveva telefonato e le aveva detto: – Sono incinta, e Kwame è scomparso, – era tesa come quando, da ragazzina, qualcuno andava a riferirle di una sua marachella. Si aspettava un secco rimprovero da parte della madre, senza tanti giri di parole, per essere rimasta incinta e aver perso Kwame. Invece aveva detto solamente: – Qual è la data prevista del parto, cosí comincio a organizzarmi?

In neonatologia suo figlio fu messo su un fasciatoio e legato braccia e gambe da cinghie che gli impedivano i movimenti, sotto una lampada riscaldante. Sembrava una vittima sacrificale. Zikora avrebbe voluto allungare una mano, scacciare il dottore, strappare via le cinghie e liberarlo. Perché l'aveva fatto? Perché aveva firmato i moduli, con sua madre che la controllava dietro la schiena? Le veniva quasi da credere alle parole vuote e aggressive che aveva usato prima, sul non voler causare dolore a suo figlio. Suo figlio. Cosí aveva detto: suo figlio. Quel bambino era suo figlio. Era tutto suo. Lei l'aveva messo al mondo e se ne era assunta la responsabilità, e lui dava già segno di riconoscerla, ruotando il capo alla cieca verso il suo seno. Riflesso di suzione, si chiamava. Come faceva un bambino appena nato a sapere già cosa fare? Era tutto suo, ed era meraviglioso sentire le sue minuscole, diafane braccia sulla pelle. Era tutto suo. Avrebbe dato la vita per lui. Quest'ultimo pensiero le destò ulteriore meraviglia, perché sapeva che era vero; non era mai stato vero in tutta la sua esistenza e ora, all'improvviso, lo era. Avrebbe dato la vita per lui. Un fremito nuovo nel petto, mai provato prima, un forte stimolo a vivere, a restare viva, per un altro essere umano oltre a sé. Gli slacciarono le cinghie, e dalle rosee profondità dalla sua minuscola gola uscí un pianto acuto. Eccolo il suo maschietto, con la pelle che si sbucciava, le gengive scoperte e tra le gambe un pisello scorticato e arrabbiato. Lo cullò, lo consolò, gli ficcò un capezzolo in bocca. «Darei la vita per lui», disse in un messaggio vocale che inviò a Chia, perché sentiva il bisogno di dire quella cosa cosí importante e cosí vera. Chia era a Milano, dove stava per imbarcarsi per Dulles, e cominciò a inviare un messaggio dopo l'altro, con piú cuoricini rossi che parole:

Manda altre foto!
Zikor sei stata bravissima. Odogwu! Sono orgogliosa di te. Ti voglio bene!
Il colore della pelle è normale?
Forse dovrebbero dare un'occhiata, Zikor.
Fai un video.
Zikor ndo.
Ma piange ancora?

Vittima del debole Wi-Fi dell'ospedale, il viso di suo padre restò congelato sullo schermo, nel bel mezzo di un sorriso, in un fermo immagine che per un istante sembrò la sua caricatura, con i denti scoperti e gli occhi spalancati.

– Zi-baby! – le disse.

Suo padre raccontava storielle divertenti, e rideva, affascinando chiunque, e rompeva le cose e ballava sui cocci senza neanche sapere di averle rotte.

– Papà, – disse lei allegramente. Vedere suo padre, il giocoso birbante di sempre, era come tornare alla vita di prima, quando era solamente figlia, non madre.

– Congratulazioni! Brava la mia principessa! Brava la mia Zi-baby! Dov'è mio nipote?

Zikora aveva otto anni quando la madre le disse che suo padre avrebbe sposato un'altra moglie ma che non sarebbe cambiato niente, avrebbero continuato a vivere nella stessa casa e ogni tanto papà avrebbe fatto visita alla nuova moglie nella casa di quest'ultima.

– Tuo padre resterà qui. Tornerà sempre a casa da noi, – disse la madre con enfasi, come se fosse una grande vittoria.

– Ma perché sposa un'altra moglie? – aveva chiesto Zikora. – Io non voglio un'altra mamma.

– Lei non è la tua nuova mamma. È solamente una zia.

Zia Nwanneka. Il padre l'aveva portata a casa di zia Nwanneka poco tempo dopo, una breve sosta mentre andavano al tennis club. Zia Nwanneka era pingue e aveva la pelle lucida come se fosse stata immersa nell'olio. Aveva il sorriso stampato sulla faccia, ed entrava e usciva dal salotto portando ogni volta un nuovo oggetto magico, un tubetto di Smarties, un sacchetto di chin-chin, un bicchiere di Ribena. La chiamava Zikky, non Zikor come tutti gli altri, nome che lei trovava molto piú figo e piú da adulti, segno che la prendeva sul serio. Zia Nwanneka le stava simpatica. Solo col tempo avrebbe capito che, per sopravvivere, zia Nwanneka maneggiava la simpatia come un coltello affilato dalla lama sottile. Quando andò in America per studiare al college cominciò a chiamarla «l'altra moglie» del padre, perché se la chiamava «seconda moglie» la gente pensava che suo padre non fosse piú sposato con sua madre. Ma con Kwame poteva dire «seconda moglie», perché lui capiva. Avevano riso insieme tante volte all'imitazione che Zikora faceva di una sua compagna di giurisprudenza, una zelante americana che le aveva chiesto: – Come dobbiamo interpretare la contraddittorietà di tua madre? – Era successo dopo che Zikora aveva presentato in classe le leggi tradizionali igbo sulla proprietà, e come esempio concreto aveva portato la storia di sua madre: una donna colta di una famiglia in vista sposa un uomo colto di una famiglia in vista, ha una figlia femmina e diversi aborti, dopo i quali il marito decide di sposarsi di nuovo perché ha bisogno di figli maschi, e la donna accetta perché è vero, il marito ha bisogno di figli maschi, che erediteranno tutti i suoi beni.

– Mia madre non è contraddittoria. È inusuale, ma normale, – Zikora aveva risposto alla studentessa, correggendosi subito dopo: – Inusuale *e* normale.

– Risposta perfetta, – diceva sempre Kwame quando ridevano di quell'episodio. Lui aveva uno zio che viveva in Ghana, un ministro, che aveva preso una seconda moglie.

– Non dev'essere stato facile per nessuna delle due, – aveva detto, e Zikora aveva assentito, amandolo per la sua sensibilità. Lo facevano spesso di raccontarsi episodi legati alla loro vita precedente, ripetendoli piú e piú volte, finché l'altro o l'altra aveva l'impressione di esserci stato anche lui, o lei. Sotto le luci troppo forti di quella stanza d'ospedale, Zikora fu invasa dalla tristezza. Non riusciva a pensarsi con un altro uomo, uno che non fosse Kwame, che non la conoscesse come la conosceva Kwame e non dicesse le cose che diceva Kwame e che di Kwame non avesse la risata pronta.

– È uguale a me! – esclamò suo padre, quando la madre mise il telefono sopra il viso del bambino.

– Zikky, congratulazioni, è una benedizione divina, – disse zia Nwanneka, e una fetta della sua faccia rotonda comparve sullo schermo sopra quella del padre. – Come ti senti?

– Stanca, – rispose Zikora, e percepí la contrarietà della madre. Lei avrebbe voluto che dicesse a zia Nwanneka che stava «ottimamente, grazie».

– Congratulazioni, zia, – zia Nwanneka disse alla madre. L'aveva sempre chiamata «zia», in segno di rispetto.

– Grazie, – fu l'imperturbabile replica della madre.

– Zi-baby, c'è qualcun altro lí con te a parte la mamma? – le chiese il padre.

– No, papà.

«Kwame è lí? Ti ha telefonato? Lo sa?» Le domande che avrebbe voluto fare e non faceva. Del resto non gliele aveva fatte neanche sua madre. Era sospettosa, come se pensasse che Zikora non aveva raccontato tutta la verità su Kwame: com'era possibile che l'avesse lasciata solo perché era incinta, Kwame che era venuto a Enugu e aveva voluto che il padre gli descrivesse le usanze matrimoniali igbo?

Il padre chiese di rivedere la faccia del bimbo, e la madre abbassò il telefono sopra quell'esserino addormentato.

– Zi-baby, non ce la faccio a venire, ma stai sicura che lo vedrò prima che compia un mese, – disse il padre.

– Va bene, papà –. Zikora non era sorpresa. Quando il padre le aveva detto che sarebbe venuto da Lagos in tempo per la nascita del bambino sapeva che sarebbe stata solo una delle sue tante promesse non mantenute.

– Ho un brutto raffreddore, – disse. – Meglio che stia alla larga da un neonato.

– Certo, – convenne lei, pur sapendo che il raffreddore era una scusa come un'altra. Avrebbe potuto essere una riunione di lavoro o un problema dell'ultimo minuto con un appalto. La madre le passò il telefono e andò alla finestra.

– Me lo porto dietro da quasi due settimane, e il fatto che questa casa sia una specie di congelatore non aiuta, – disse il padre. – L'aria condizionata è freddissima, ma tua zia insiste a tenere bassa la temperatura. Le ho detto che dobbiamo trovare un accordo, perché non siamo nelle stesse condizioni! – Rise: una risata birichina, di quelle che sottintendevano «lo so che è una battuta di cattivo gusto». Ma dove stava lo scherzo? Zikora rise un po' anche lei, perché rideva sempre alle battute del padre, poi capí, si riferiva al fatto che zia Nwanneka aveva sempre caldo quando nessun altro ce l'aveva: era una battuta sulla menopausa. Zikora osservò la madre, alla finestra, girata di schiena, in disparte ed estranea alla conversazione. Il padre non avrebbe mai scherzato sulla sua menopausa. Le battute, in presenza di sua madre, erano piú modeste e piú prudenti, attente a non mancarle di rispetto. Il rispetto: una deferenza formale, una sfilza di grigi rituali. Il rispetto era la ricompensa della madre per la sua acquiescenza, per non fare storie su zia Nwanneka, per non litigare con il padre e non seminare discordia in famiglia. Sua madre, anzi, comprava sempre i regali di Natale e compleanno per i figli di zia Nwanneka. Era civile, a modo, misurata, si occupava delle sue scuole, vestiva sempre in maniera impeccabile fino alla sobria lucentezza degli occhiali con la montatura dorata. Moglie principale. Era lei che sedeva accanto al marito ai matrimoni e nelle occasioni ufficiali, era lei la moglie che compariva in fotografia nel libretto fatto stampare dal tennis club del padre in onore dei suoi sessant'anni. Era lei che si era sposata in chiesa, mentre zia Nwanneka aveva avuto la cerimonia del vino, secondo la legge tradizionale, ma non il matrimonio in chiesa. Moglie principale. Zia Amala, la sorella del padre, diceva «moglie principale» come se fosse un titolo onorifico, una medaglia da appuntarsi sul petto. – Tu sei la moglie principale, e questa cosa nessuno te la potrà mai togliere, – aveva detto zia Amala alla madre pochi giorni dopo che il padre se n'era andato di casa.

Mentre era ancora alla scuola primaria, il fratello (fratellastro) di Zikora, Ugonna, era stato sorpreso a copiare a un esame. Un insegnante gli aveva visto sfilare di tasca un foglietto e gli aveva ordinato di portarglielo, ma lui, invece di consegnare il pezzo di carta, l'aveva ingoiato e trangugiato. Il padre aveva deciso di trasferirsi da zia Nwanneka per rimettere in riga il figlio. – Bisogna che mi veda tutte le mattine quando si sveglia. I maschi si guastano facilmente, le femmine no, – aveva detto alla madre. Era una domenica, pigra e languida come tutte le domeniche, e stavano giocando a Scarabeo nel salotto al piano superiore, come facevano sempre dopo pranzo, prima che il padre andasse a passare il resto della giornata da zia Nwanneka e lei e la madre uscissero per la benedizione della sera. Quel pomeriggio era stampato nella memoria di Zikora come una serie di immagini fisse, al rallentatore: suo padre che se ne usciva di punto in bianco con quelle parole, senza distogliere gli occhi dal tabellone dello Scarabeo, parole che doveva aver rimuginato tra sé e sé per giorni, e sua madre che lo guardava con occhi spalancati, senza muovere un muscolo, senza un suono. La madre che si metteva, poi, in cima alle scale, ostacolando il passaggio al padre che voleva scendere. Che stendeva il braccio e gli dava una spinta, e lui che, colto alla sprovvista, barcollava. – Non erano questi i patti! – aveva urlato la madre. Era una persona diversa quel giorno, sconvolta, sconquassata, e si teneva alla ringhiera come per non cadere. Il padre se ne andò comunque. Il giorno dopo i suoi operai vennero a prendere i vestiti e la collezione di racchette da tennis e li portarono a casa di zia Nwanneka. Per settimane Zikora parlò alla madre a monosillabi, immusonita, perché pensava che avrebbe potuto gestire meglio la situazione. Se non avesse urlato, se non gli avesse dato quella spinta, forse il padre sarebbe rimasto.

Per qualche mese i genitori interruppero i rapporti. Il padre non veniva a trovarle; nei weekend mandava a prendere Zikora dall'autista e se la faceva portare al tennis club, dove le offriva da bere il Chapman e le raccontava le barzellette, ma non diceva niente sul suo essere andato via di casa. Poi, lentamente, le cose migliorarono e sua madre accettò il fatto che il padre non sarebbe piú tornato, che adesso erano loro la famiglia che passava a trovare ogni tanto. La madre cominciò ad appendere i vestiti nuovi nel suo armadio, che ormai era quasi vuoto, tranne qualche camicia che non gli piaceva piú.

Zikora guardò la madre, in piedi accanto alla finestra della stanza d'ospedale. Com'era possibile che non l'avesse mai veramente vista? La distruzione l'aveva portata suo padre, ma delle rovine rimaste lei aveva incolpato la madre. Entrambi i genitori avevano deciso che avrebbe fatto l'università all'estero, e la sera, dopo la scuola, insegnanti privati venivano a casa per prepararla agli esami di ammissione per il college negli Stati Uniti e in Inghilterra. Il padre voleva che andasse in America, perché l'America era l'avvenire, e la madre che andasse nel Regno Unito, perché lí l'istruzione era piú rigorosa. – Voglio andare in America, – aveva dichiarato Zikora. L'aveva detto perché voleva davvero andare lí o perché voleva quello che voleva il padre o perché non voleva quello che voleva la madre? L'aggettivo «rigorosa» usato dalla madre l'aveva irritata, il suo essere schiava della rispettabilità la irritava, la allontanava, ma non aveva mai voluto riconoscerne le cause.

Suo figlio si svegliò e cominciò a piangere. La sua linguetta vibrava nell'emettere quel pianto acuto, quasi uno strillo. La madre si precipitò verso la culla con le pareti trasparenti accanto al letto di Zikora, lo prese in braccio e si mise a camminare avanti e indietro per la stanza finché si addormentò.

Nove

Sull'atto di nascita scrisse il proprio cognome e, come nome, «Bambino»; una volta trovato il nome giusto, l'avrebbe sostituito.

– Non avevo pensato a nomi maschili, – disse alla madre. – Ero sicura che fosse femmina.

– Tuo padre ne sceglierà uno.

– Ce n'è uno che ti piace?

– Chidera, – rispose la madre. – Ma vediamo cosa sceglierà tuo padre.

E Zikora lo ripeté sussurrando: Chidera, è la decisione di Dio, Dio ha già deciso, è la volontà di Dio.

Lasciarono l'ospedale nel primo pomeriggio. La madre vestí suo figlio con la tutina gialla che aveva messo in valigia, una taglia da neonato che tuttavia gli era ancora grande, con le maniche troppo lunghe che gli ciondolavano sulle braccia. Nel taxi, con il piccolo sistemato nel seggiolino tra lei e la madre, Zikora sentí una folata d'aria che la attraversava, svuotandola. Fu sopraffatta dall'impulso di nascondersi da entrambi, madre e figlio. Casa sua le sembrò strana. L'aveva lasciata che era una persona diversa, senza figli, e vi tornava con occhi nuovi. Camminava in maniera goffa per via del dolore tra le gambe, ma quando cercò sollievo sedendosi su un cuscino l'unico risultato fu di sentirsi scomoda e malferma. Tutto era scomodo. Una non sa quanto siano ruvidi gli assorbenti finché non sperimenta quelli postparto dell'ospedale, e torna a indossare quelli normali a casa. Era costipata, e sul gabinetto cercò di spingere il meno possibile, facendo piano piano senza esagerare, con il terrore in gola, preoccupata che si strappassero i punti. Un geyser d'ansia le era scoppiato dentro, e ora zampillava paura. Si fece un semicupio caldo, e pur avendo fissato un timer di quindici minuti ebbe il timore che non fosse abbastanza lungo. E se si fosse presa un'infezione? Le medicine avrebbero contaminato il latte e nuociuto a suo figlio. Suo figlio. Suo figlio non riusciva ad attaccarsi correttamente al seno, la mammella sgusciava sempre via dalla piccola bocca affamata. E piangeva, piangeva. I suoi pianti le trapanavano il cervello e le facevano saltare i nervi al punto da farle venire voglia di spaccare qualcosa. La madre convocò a domicilio una consulente professionale per l'allattamento, una donna piccolissima con i capelli platinati che cercò con le coccole e le moine di far aprire e chiudere la bocca al bambino, che però continuava a staccarsi e piangere. Era colpa del fatto che erano tornati a casa? In ospedale l'aveva allattato al seno. La consulente le diede un paracapezzolo di silicone, da mettere tra il seno e la bocca del bambino, che ciucciò in silenzio per qualche secondo, poi ricominciò a piangere. Allora Zikora si tirò il latte con un apparecchio che vibrava, con le cannule attaccate ai capezzoli, gli sprizzi di liquido acquoso che riempivano le boccette. Il processo era lento e tortuoso; i suoi seni si ritraevano dall'apparecchio, davano il latte con riluttanza, come per dire che neanche stavolta era riuscita a fare le cose come si deve. Il figlio dormiva in una culla accanto al suo letto. All'inizio la madre dormiva nella camera vicina, poi trascinò il materasso nella stanza di Zikora e lo piazzò vicino al cassettone. Di notte dava al bambino un biberon con una piccola tettarella ricurva che conteneva il suo latte.

– Dormi, cerca di dormire, – le diceva la madre, ma lei non ci riusciva, non chiudeva quasi occhio, e nel silenzio del suo lussuoso appartamento sentiva il glu-glu del figlio che beveva. Il taglio suturato tra le gambe le prudeva da morire. Le venne un feroce appetito, e mangiava intere pagnotte, grandi tranci di salmone. Lame di sole entravano dalle tapparelle che la madre apriva tutte le mattine. La musichetta metallica della giostrina appesa alla culla. Le frequenti ondate di nostalgia. Kwame le mancava. Guardando avanti vedeva un futuro schiacciato dal peso della sua assenza. Pensò di procurarsi un nuovo numero di telefono e chiamarlo, dirgli che potevano ricucire il loro rapporto, che era libero di fare il padre come e quanto voleva, bastava che ci fosse. Ma era stanca di essere rifiutata, dei messaggi ignorati, di avere il numero bloccato, e si sentiva troppo trasparente, troppo fragile, per reggere a un altro rifiuto ancora.

Talvolta, la sera, lei e la madre dicevano una decina del rosario insieme, in ginocchio di fianco al letto, sgranando le rispettive corone. Se il bambino piangeva o si svegliava da un sonnellino, la madre regolarmente si interrompeva e andava da lui, come se non ci fosse niente di piú importante.

– Perché non posso telefonare ai suoi genitori per dirglielo? Hanno il diritto di sapere, – disse una sera la madre mentre dava il latte a Bambino.

Zikora fu colta alla sprovvista dalla domanda. – Di chi parli? – chiese, scioccamente.

La madre la guardò. – Di Kwame.

– No, no, – ribatté. – Non ancora.

– Tuo padre non è stata la prima persona che ho voluto sposare, – continuò la madre.

Zikora la fissò stupita, muta, per paura di interromperla. La madre non le aveva mai parlato cosí.

– Mentre facevo l'università, a Ibadan, c'era un altro. Uno del Nord. Le nostre famiglie si opposero. Lui mi disse una cosa. Mi disse: «Tu verrai sempre prima di tutto». Cosí mi disse. Il problema insormontabile era la religione; fosse stata solo la tribú potevano ancora accettarlo, ma la religione no. E me lo disse ancora l'ultima volta che lo vidi, subito prima che si sposasse: «Tu verrai sempre prima di tutto».

La madre si mise Bambino sulla spalla per fargli fare il ruttino. – Bravo, il mio tesoro, bravo bimbo, – gli fece, con la voce dolce. Alzò gli occhi su Zikora: – Gli uomini parlano, parlano, ma è quello che fanno che conta.

Zikora non disse nulla, era un po' stordita. La madre stava diventando una persona sotto i suoi occhi.

– Non ho abbastanza latte. Non capisco perché non ho abbastanza latte, – disse Zikora in lacrime, con i seni dolenti, i capezzoli irritati, lo stomaco bruciante per l'ansia, terrorizzata di deludere nuovamente suo figlio.

– Devo dargli solo il mio latte, – disse. – Tutti gli studi mostrano che il latte materno è il migliore per il bambino…

– Zikora, smettila. Adesso esco e vado a comprargli il latte artificiale, gli daremo quello e starà benissimo, vedrai. Ai miei tempi il latte materno era considerato solo un'integrazione. Io ti ho nutrita con il latte artificiale, e hai mai avuto problemi? Guardati, sei sempre stata una donna forte, e adesso anche realizzata. Guardati.

Zikora cercò di nascondere la sorpresa. Sua madre pensava che fosse forte? Lei ricordava soltanto le critiche che erano come fiamme libere sulla pelle, la sensazione di non essere mai all'altezza, la perenne consapevolezza dei molti colpi assestati alle aspettative della madre.

– Non avrei mai potuto allattarti soltanto al seno. Il parto era stato molto difficile. Ho sentito dire che le infermiere della clinica universitaria hanno raccontato la storia per anni, dopo. Stavo per morire. E sarei morta, non fosse stato per il mio medico. Sono stata in travaglio due giorni. Per questo mi hanno dovuto fare l'isterectomia.

– L'isterectomia? – Zikora non l'aveva mai saputo.

– Già.

– Ho letto di donne a cui è stata fatta l'isterectomia anche se ci sarebbero state altre soluzioni che avrebbero preservato l'utero, – disse Zikora, perché era cosí esterrefatta che non sapeva cos'altro dire.

– No, io avevo il medico piú in gamba della clinica universitaria, il dottor Nkanu Esege. Era il miglior ostetrico dell'Est, venivano donne da tutte le parti a implorarlo di prenderle come pazienti. Quell'uomo ha fatto tutto quello che poteva per me. Se il dottor Nkanu Esege diceva che non c'era nient'altro da fare, allora voleva dire che non c'era nient'altro da fare.

Bambino si mise a piangere e sua madre si precipitò da lui. Gli diede l'ultimo biberon di latte materno, poi, invece di continuare la storia, chiamò un taxi per farsi portare al supermercato. Neppure Zikora parlò, aveva il cuore troppo intenerito dalla strana sensazione di intimità con la madre.

Qualche giorno dopo, mentre preparava un biberon di latte artificiale, la madre disse: – Tuo padre non sa che non ho l'utero. Non gliel'ho mai detto.

– Come?

– All'epoca gli uomini non venivano in sala travaglio, e lui in particolare non era interessato a queste cose. Diceva che avremmo avuto molti figli maschi, tre o quattro, perché la sua famiglia era piena di maschi. Quando si giunse alla conclusione che dovevo subire un'isterectomia ebbi molta paura. Una moglie senza utero era inutile. Sapevo che i figli significavano molto per lui, e sapevo che avevo appena avuto una femmina.

Zikora si sedette, per assimilare meglio le parole.

– Quindi non gliel'hai detto?

– No.

– Pensavi che ti avrebbe lasciata?

– Tuo padre è un brav'uomo, – rispose la madre. – Non è un mascalzone, – aggiunse, come se cosí potesse essere piú digeribile.

– Quindi... – Zikora si interruppe. – Gli aborti che hai avuto sono stati prima di me?

Le risultava che la madre avesse abortito piú volte dopo la sua nascita, ma non poteva essere, forse non aveva capito bene i suoi racconti, racconti che spesso faceva di domenica, con suo padre presente. Ne parlava con una sorta di coraggiosa e noncurante ironia: – Quando ho avuto il terzo aborto credo che il dottor Esege volesse radiarmi dall'elenco delle sue pazienti!

La madre stava scuotendo il biberon di latte artificiale.

– Non ho avuto nessun aborto, – disse.

Zikora spalancò gli occhi. – Cioè?

La madre emise un sospiro. – Non ho avuto nessun aborto.

Sua madre stava allattando il bambino, che ciucciava e deglutiva con felice ingordigia. Zikora si sdraiò di nuovo, sommersa da una dolce, struggente malinconia, perché era stata assalita dal ricordo di loro due alla benedizione, inginocchiate l'una di fianco all'altra nella chiesa semivuota, una domenica sera di pioggia, le loro voci unite in un canto gregoriano profumato d'incenso. *Tantum ergo sacramentum, veneremur cernui.*

Chia la andava a trovare sovente; teneva in braccio Bambino con timore reverenziale, chiedeva di potergli dare da mangiare, raccontava alla madre dei suoi viaggi.

– Zikor, Chuka vorrebbe venire con me domenica per vedere Bambino e conoscere anche te, finalmente, – disse Chia.

E Zikora rispose: – No.

Sua madre, seduta lí accanto, disse: – Zikora, lascia che chi vuole venga a vedere Bambino –. In realtà stava dicendo che non c'era niente di cui vergognarsi, niente da nascondere. Ma lei non si stava nascondendo, non piú, o almeno non come prima del parto. Aveva solo bisogno di un po' di tempo per rifinire l'immagine che voleva mostrare al mondo. Si stava già allenando a prevedere i commenti della gente, bisbigliando tra sé e sé il peggio che potevano dire, per prevenire i veleni e attutire il colpo.

– Va bene, – disse Zikora. Il nuovo fidanzato di Chia sarebbe stato gestibile, facile, e i suoi eventuali giudizi non avrebbero contato molto, dato che non l'aveva mai vista prima. Arrivò con un pacco regalo, alle spalle di Chia, occupando con la sua mole tutto il varco della porta. Grosso, calvo, con la barba; troppa mascolinità in una botta sola, la sua esorbitante virilità toglieva l'aria. In piú c'era quella patina da «bravo ragazzo», bella lustra e scintillante, quel modo di fare volutamente rispettoso e pieno di premure. Il vile imbroglio della bontà di facciata tipico degli uomini. Si sentí ribollire il sangue nelle vene. Quando si avvicinò per salutarla, Zikora non riuscí a controllare un moto di profonda avversione. Quali mostri si nascondevano sotto la pelle di quell'uomo all'apparenza cosí simpatico, e quanto ci avrebbero messo a venire allo scoperto e dare il tormento a Chia? Gli girò le spalle in malo modo, ed era una cosa che non aveva mai fatto in vita sua, girare cosí le spalle a qualcuno. Dopo che se ne furono andati guardò con sospetto il pacco regalo di carta azzurra punteggiata di stelle. Un corredo da neonato e una busta di giochini per la dentizione.

– Un po' prematura, come scelta di giochi, – commentò acidamente Zikora.

– Zikora –. La madre la fissava, con Bambino addormentato nell'incavo del braccio. – Non trattare mai piú in quel modo una persona che entra da quella porta e che è tua ospite, mai piú.

– Non mi ispira fiducia, – disse Zikora, frastornata dalla severità della madre.

– Chuka non è Kwame. Nessun altro uomo è responsabile di quello che ha fatto Kwame, a parte Kwame.

Zikora si sentí sgridata, e non le piacque per nulla. Non aveva intenzione di essere ragionevole, era nel suo pieno diritto incolpare chi le pareva e piaceva per la terra che ora abitava lei, una terra che sbatacchiava e ruzzolava anziché girare in un'orbita regolare.

– Belli questi giochi per la dentizione, – disse la madre, guardandoli meglio. – Ricordo che tuo padre ti dava ossi di pollo, nel periodo in cui mettevi i dentini. Trovava divertente guardarti rosicchiarli. Io te li toglievo quasi subito, avevo paura che un pezzetto ti soffocasse o graffiasse la lingua.

Com'è che alcuni ricordi ci assillano anche se non li vogliamo? Zikora ripensava alla sera della festa di compleanno di zia Nwanneka. Una grande festa, con gazebi bordati da file di palloncini che occupavano tutta l'area del compound. Il padre le aveva chiesto di venire e la madre le aveva chiesto di non andare. Era poco tempo dopo che il padre era andato via di casa, e il rapporto tra i genitori era ancora carico di tensione.

– Non andare, resta con me, – le aveva detto la madre, e Zikora l'aveva silenziosamente derisa, sostenendo che il padre le aveva chiesto di dargli una mano a disporre i vassoi. Era andata alla festa. Quand'era tornata a casa, incerta sulle gambe per il vino che lei e alcuni amici avevano sgraffignato dal frigorifero e bevuto direttamente dalla bottiglia, le aveva aperto la domestica. La madre era in salotto che leggeva. Zikora provava un misto di paura e di una cosa che ora, a posteriori, capiva essere vergogna. – Buonasera, mamma, – l'aveva salutata. La madre non aveva detto niente; aveva alzato gli occhi dal libro come per farle capire che l'aveva sentita, e li aveva riabbassati.

Il padre scelse il nome Okechukwukelu, Dio ci ha dato la nostra parte.

– Lo chiameremo Okey. È un bel nome, – disse la madre.

Lo era, ma per qualche ragione non la convinceva. – Lo chiamerò Chidera, – disse Zikora.

Suo figlio si mise a piangere. Aveva mangiato, il pancino era bello teso e gonfio, eppure piangeva. Piangeva sempre.

– Perché piange cosí tanto? Sarà il latte artificiale? Forse non lo digerisce bene, – chiese.

– Ci sono neonati che piangono piú di altri, – disse la madre senza scomporsi.

Che cosa dovrei fare? pensò Zikora. La aspettavano altri giorni o mesi cosí, di dubbi su come comportarsi con un essere strillante di cui temeva non avrebbe capito mai i bisogni. Soltanto in braccio a sua madre sembrava calmarsi, per un attimo, prima di ricominciare a piangere. Solo nel sonno aveva gli occhi del tutto asciutti. La madre lo fece riaddormentare dondolandolo nella culla, e poco dopo disse: – Guarda come ha alzato le braccia!

La madre rideva. Zikora non le aveva mai visto il piacere cosí stampato in viso. Il figlio teneva le braccine alzate come per salutare l'arrivo del sonno. Fece ridere anche lei. Piú tardi, quando si svegliò, Zikora vide la madre cullarlo china su di lui, come per respirare il suo profumo, sfiorandogli la pelle del viso con la propria.

– *Nne*. Può esistere una felicità piú grande di questa? – disse la madre.

Il bisogno che Zikora avvertiva da qualche giorno di chiedere scusa a sua madre non faceva che aumentare. Ma le mancavano le parole, e non sapeva ancora di che cosa scusarsi; d'altra parte, una banale scusa sarebbe stata inadeguata, un gesto troppo piccolo e troppo tardivo che forse era meglio evitare. Guardò la madre, che si stava strofinando i due lati del naso, dove gli occhiali le avevano lasciato un piccolo segno.

– Mamma, non so come farò quando te ne andrai, – disse.

– Il mio visto è di lunga durata, – disse la madre. – Per il momento non me ne vado da nessuna parte.

Kadiatou

Uno

La mattina, alla luce incerta dell'alba, Kadiatou si svegliava con un senso di perdita, sapendo che Papa era già andato via. Cercava di alzarsi presto soltanto per vederlo uscire, ma apriva gli occhi sempre troppo tardi, nell'aria pregna di sonno della stanza, al suono del respiro regolare dei fratelli e delle sorelle. Qualche volta, prima di andare a letto, si pizzicava le dita e le guance per scacciare la sonnolenza, ma non ci riusciva mai, e si svegliava stupita di essersi addormentata, capendo, dalla luce azzurrina che filtrava dalle imposte di legno, che il padre era già uscito. La quiete dopo l'alba, ma quando il mattino non si è ancora annunciato in pieno, le evocava sempre quel senso di perdita. Un giorno aveva chiesto al padre perché uscisse cosí presto, al buio, e lui aveva risposto che la miniera in cui lavorava a staccare l'oro dal ventre della terra era molto, molto lontana. Kadiatou immaginava che si calasse in un pozzo con le pareti tempestate di pepite d'oro luccicanti, piú belle degli orecchini che la nonna, Nembero Joulde, le aveva pinzato nelle orecchie.

Binta aveva detto che non era affatto cosí: Papa e gli altri non avevano ancora trovato l'oro, e comunque non avrebbe potuto essere un oro brillante come i suoi orecchini. Binta aveva ragione, Binta sapeva le cose, ma Kadiatou continuava a immaginare Papa che si calava piano piano girandosi a destra e sinistra per contemplare distese d'oro sfolgorante. Se le abbandonava per cosí tanto tempo, doveva per forza lavorare a qualcosa di importante, che giustificava la sua immensa fatica. Il padre tornava a casa sfinito, le unghie sporche di nero, grugnendo mentre Mama gli massaggiava la schiena. Ma gli bastava una bella dormita, e la stanchezza spariva. La mattina indossava il boubou buono che non aveva gli orli lisi e andava in moschea e a trovare gli amici, o chiacchierava in cortile con i vicini. Con le sue braccia lunghe e magre agguantava i bambini piccoli, li lanciava per aria, li riprendeva e gli faceva fare una giravolta, mentre le loro risa echeggiavano nell'aria. Mangiava circondato dai bambini che lo guardavano aspettando il momento in cui, finito il pranzo, avrebbe cominciato a raccontare le storie. Erano storie tradizionali che prendevano sempre avvio da una canzone. I bambini gli andavano vicini, sedendosi ai suoi piedi, con il piú piccolo che gattonava tra le gambe della sedia. Mama gli gironzolava intorno, sgusciava arachidi e intanto gli diceva che il tal particolare era sbagliato, e comunque da quando in qua erano gli uomini a raccontare le storie, e anche quell'altro particolare era sbagliato, e lui le diceva di venire lei a raccontare, e lei ribatteva che tanto valeva finisse visto che ormai aveva cominciato, e ridevano. Alla luce tremolante della lampada a cherosene, un'atmosfera calda e avvolgente abbracciava tutti i presenti. Papa raccontava storie di mucche, di iene, di serpenti magici, di vampiri che si trasformavano in lucciole, del mondo che aveva avuto inizio da un'enorme goccia di latte. Faceva smorfie, cambiava voce, gesticolava e batteva le mani. Talvolta le sue frasi erano cosí strascicate, come il balbettio di un bambino, che scoppiavano tutti a ridere prima ancora che finisse la storia. Kadiatou si sedeva contro il muro e guardava i piedi del padre, saldamente piantati per terra nelle loro babbucce di cuoio. I suoi, in piccolo, erano uguali: piatti e senza arcata plantare. Quando l'ultima storia finiva e cominciavano a cantare, nel suo cuore faceva capolino la tristezza, perché sapeva che prima del sorgere del sole sarebbe di nuovo andato via.

Anni dopo, Mama le disse che le sere in cui sapeva che Papa sarebbe andato via si aggrappava alle sue gambe, con una tale forza che dovevano implorarla di staccare le mani. Non lo ricordava. Binta le mostrò la fotografia di un uomo che indossava un boubou e un cappello, dicendo che Papa aveva un cappello come quello. Ma lei non ricordava il cappello di Papa; non ricordava che portasse cappelli, in generale. Piú cresceva, piú i ricordi le scivolavano tra le dita. Anche il suo volto le appariva meno chiaro, come un disegno dai contorni via via piú scoloriti. Ricordava bene, invece, il giorno in cui non tornò a casa, la folata di aria fredda, e il profumo delle prime piogge di stagione, dell'acqua che toccava il suolo riarso.

Papa non tornò a casa perché morí sotto una frana, nella vecchia miniera d'oro. Dissero che urlò per avvisare gli altri prima che cominciassero a cadere le pietre, per cercare di salvarli, malgrado il pericolo. Kadiatou si tappò le orecchie per non sentire. Sarebbero dovuti rimanere gli altri, dentro la miniera, intrappolati e schiacciati dalle rocce. Non Papa. Pianse fino allo sfinimento, fino a non avere piú lacrime, cadendo poi in un sonno agitato. Fece sogni terribili, in cui vedeva le rocce che si staccavano all'improvviso e cadevano, tantissime rocce, enormi, e Papa un bersaglio inerme, un mucchietto di carne e ossa. Quando riuscirono a estrarlo non aveva piú un aspetto umano. Almeno cosí disse il cugino Bhoye. Nessuno di loro vide Papa prima che lo seppellissero, ma Bhoye disse che Papa si era disintegrato. Disintegrato. Quella parola la ossessionava. Immaginava il corpo di Papa trasformato in sabbia, ma non le sembrava possibile, non le sembrava giusto, e piangeva, piangeva. Binta disse che Bhoye era un bugiardo; era viscido, raccontava sempre un mucchio di frottole, con quegli occhietti furbi e l'espressione subdola. A ogni Eid, quando andavano al villaggio e tutti i bambini si radunavano per mangiare, erano sempre le dita di Bhoye che rovistavano egoisticamente nella ciotola comune di namma per prendere i pezzi di pesce prima che fosse ora.

– Bhoye è un bugiardo, Kadi. Papa aveva un aspetto umano, – disse Binta. – Era sempre lui –. Dal tono coraggiosamente deciso della sua voce, Kadiatou capí che Binta voleva svolgere il ruolo della consolatrice, con lei e con tutti quanti loro. Quando ricevevano una visita di condoglianze, Binta metteva da parte il proprio dolore per mostrare un viso non rigato dalle lacrime, come a dire che sebbene gli fosse crollato il mondo addosso, sarebbero sopravvissute.

Binta. Binta era una sognatrice. Parlava sempre di altri luoghi, altri mondi, in cui le ragazze andavano a scuola e dai lavandini sgorgava acqua pulita. Camminava a passi svelti, come se trattenesse un enorme desiderio che scalpitava per esprimersi; faceva tutto veloce, fremeva dell'insofferenza dei sogni incompiuti. I suoi occhi e il suo cuore avevano già percorso i sentieri del suo futuro. Guardando Binta ci si chiedeva che cosa sarebbe diventata, perché era sicuro che sarebbe diventata qualcosa, il dubbio riguardava il quando, non il se. Kadiatou l'amava come si ama la luce del sole. Era paga di stare nella sua ombra incantata, felice di rimanere dietro le quinte dei suoi desideri. Pensava che le ragazze perdessero solamente tempo ad andare a scuola, a imparare le cose scritte sui libri invece che a tenere una casa, ma rispose di sí quando Papa le chiese: – E tu, Kadi? Anche tu vuoi andare a scuola? – Rispose di sí per Binta, perché lo diceva Binta, Binta che chiedeva continuamente a Papa di mandarle a scuola e Papa che sempre rispondeva, con un sorriso, che le sue figlie erano troppo preziose per lui, e che la scuola occidentale viziava le ragazze.

Ma le parole di Papa non impedivano a Binta di guardare i libri di scuola di Idris, il loro vicino di casa; si sedeva fuori sui gradini, con un libro sulle ginocchia, e lo sfogliava pagina per pagina, soffermandosi su ciascuna. Idris raccontava episodi della vita scolastica e Binta lo ascoltava estasiata. Un giorno Idris disse che il maestro aveva picchiato uno studente perché aveva parlato maninka, e a scuola era permesso parlare solo francese. Idris mimò la scena delle botte, ridendo e menando fendenti in aria, dicendo che lo studente si era fatto la pipí addosso. Binta annuí e rise con lui, mentre Kadiatou rimase interdetta; aspettò di essere sola con lei, e le disse: – Come facciamo ad andare a scuola, Binta? Noi non sappiamo il francese.

– Lo impareremo a scuola, – rispose lei. Kadiatou non era convinta; come potevano imparare una lingua che non parlavano in un posto in cui non potevano parlare la lingua che conoscevano? Ma non replicò. Successivamente, Binta disse che andare a scuola avrebbe cambiato loro la vita. Una volta imparato il francese, avrebbero potuto guadagnare soldi traducendo lettere dal francese al pulaar, e abitare in una casa piú bella, non in un'unica stanza in un cortile affollato. Non sarebbero piú dovute correre fuori presto al mattino per immergere i secchi nel pozzo prima che l'acqua, troppo smossa, diventasse marrone. Non avrebbero piú dovuto usare una latrina comune, perennemente umida e buia. Kadiatou non aveva mai pensato di lamentarsi della vita che faceva, che trovava comodissima: la latrina era meglio che andare nei campi con le mosche tse-tse che ti ronzavano intorno, il pozzo era meglio che scarpinare fino al ruscello; ma i sogni di Binta brillavano, mentre li raccontava, e Kadiatou la ascoltava rapita, sperando per lei che si avverassero.

Se solo quelle rocce cattive non fossero cadute, diceva Binta, Papa si sarebbe lasciato convincere a mandarle a scuola; aspettava soltanto che dalla miniera uscisse l'oro. Ora invece Bappa Moussa voleva che si trasferissero al villaggio, a migliaia di miglia da qualunque scuola occidentale, dicendo che non avrebbero mai patito la fame, perché in un villaggio fulani nessuno pativa la fame, c'era sempre qualcosa da mangiare. A sentir nominare il villaggio, Binta pestò i piedi. Disse che Bappa Moussa voleva soltanto altre braccia per la sua fattoria, che in città non morivano assolutamente di fame, e Mama non li aveva forse sfamati per anni vendendo yogurt?

– Lo sai che dobbiamo obbedire a Bappa Moussa, – obiettò Kadiatou.

Dei diciassette fratelli di Papa, Bappa Moussa era il maggiore. Parlava biascicando le parole, come se avesse una pozza d'acqua in bocca. Quando Kadiatou lo guardava negli occhi, ci vedeva riflesso il mondo come un luogo spaventoso che lo spaventava. Spesso borbottava senza motivo: «Manderanno qualcuno a ucciderti e nessuno dirà niente». Binta diceva che il governo aveva fatto ammazzare dei fulani e chiuso le loro attività, tra cui la compagnia di trasporti in cui lavorava Bappa Moussa.

– Ma è successo tanto tempo fa e avrebbe dovuto trovarsi un altro lavoro, nel frattempo, – diceva Binta, e Kadiatou non diceva niente, non volendo parlar male di un anziano, il loro nuovo capofamiglia. Binta era cosí refrattaria alla vita di paese che la sua mente partorí un'idea folle: andare a stare a Conakry con la sorella di Mama, zia Fanta. Kadiatou rimase a bocca aperta. Conakry! Il centro di tutto, l'altrove lontano da cui nascevano le storie. Andarci a vivere in giovane età era un progetto troppo grandioso e troppo audace, perfino per Binta.

Binta incalzava Mama sussurrandole nell'orecchio che se andava a scuola lí, poi poteva lavorare come commessa in un negozio, e presto avrebbe potuto mandare i soldi a casa. Mama rispondeva che doveva essere paziente, restare per un po' al villaggio, far contento Bappa Moussa, ma Binta insisteva, insisteva, assillandola, punzecchiandola, finché un giorno Mama disse che non voleva piú sentir parlare di zia Fanta e Conakry. Per tutti gli anni in cui vissero al villaggio lo spirito di Binta volteggiò senza mai atterrare, aspettando la vita vera che sarebbe cominciata a Conakry, con zia Fanta. Quando la zia veniva in paese erano giorni di festa. Magica zia Fanta, piccola e sottile, con la pelle diafana come un velo che lasciava passare la luce. Portava loro sardine, formaggio confezionato e pane fresco. Lasciava la macchina nella piazza del villaggio, perché la stradina in cui abitavano era troppo stretta, e Kadiatou e Binta le correvano incontro, facendo a gara a chi riusciva a sfilarle per prima la borsa di spalla e portargliela fino a casa. Per Kadiatou non era mai una vera gara; lasciava che la borsa la portasse Binta. Le bastava la presenza della zia, avere un suo braccio intorno alle spalle, sentirla parlare e fare domande. Aveva odore di città, di profumo e metallo, una fragranza inebriante, intimidente. Binta diceva che era odore di viali alberati, bei viali in cui, a tendere l'orecchio passando, si sentivano bambini vezzeggiati che suonavano il pianoforte. Non che zia Fanta vivesse in un posto cosí, questo Kadiatou lo sapeva, perché zia Fanta faceva la segretaria nel palazzo del governo. Kadiatou osservava il modo in cui la zia prendeva il cibo con le lunghe dita, ne osservava i capelli morbidi, lucidi e fini, il luccichio della collana d'oro, il vestito stretto in vita da una cintura, le unghie dipinte di rosso. Anche Binta la osservava, ma in maniera diversa, non con ammirazione ma con il desiderio di assorbirla, imitarla, sapendo che un giorno sarebbe potuta diventare come lei. Binta sarebbe diventata ancora di piú, pensava con soddisfazione Kadiatou, e la vedeva nel futuro, con le unghie rosse e i capelli lisci, che tornava a trovarla portando sardine e pane per i bambini.

Binta non lo pretendeva, ma Kadiatou avrebbe voluto odiare anche lei il villaggio, come gesto di solidarietà. Lei invece amava la sua atmosfera lenta, tranquilla, e i ritrovi serali in piazza, dove i bambini giocavano liberi, senza i limiti imposti dalla città. Le rane che gracidavano di notte nella stagione delle piogge, le lunghe giornate cariche di umidità, gli alti termitai lungo il sentiero, simili a funghi giganti, lo scroscio delle cascate poco lontano. Le piaceva richiamare le galline dopo il tramonto, radunarsi con i fratelli e i cugini intorno alla ciotola comune, chiacchierando e mangiando fonde e namma, leccando i granellini sparsi di fonio rimasti sulle labbra. La nonna, Nembero Joulde, li osservava dal suo lettino di legno, in mano una collana di perline da preghiera e un sacchetto di noci di cola che masticava sbattendo le palpebre. Il suo bel volto avvizzito era attento a qualunque bambino, qualunque movimento, qualunque capra o gallina vagante. Kadiatou aveva sempre creduto che le noci di cola fossero dolci, finché un giorno la nonna era andata alla moschea e Binta aveva preso una noce dal sacchetto e le aveva dato un morso. – È amarissima, – aveva detto, sputandola. A Kadiatou erano bastate le sue parole, non aveva avuto bisogno di assaggiarle.

– Binta, la prossima volta che vuoi una noce di cola, chiedimela, – aveva detto Nembero Joulde quand'era tornata.

Binta aveva riso. – Come facevi a saperlo?

Nembero Joulde aveva scrollato il capo, come a dire che al giorno d'oggi non c'era piú disciplina. Ma i suoi occhi brillavano, avevano una luce che soltanto le marachelle di Binta sapevano accendere. Era la stessa che si accese negli occhi di Mama il giorno in cui Binta e Kadiatou si arrampicarono su un albero.

Tornando dall'aver sbrigato una commissione a casa di zia Yaaye, Binta disse a Kadiatou: – Saliamo su quell'albero.

– Ma le bambine non possono salire sugli alberi. E se qualcuno ci denuncia?

– Non succederà.

– Cadremo, – disse Kadiatou.

– Ci rialzeremo, – ribatté Binta. Era un'acacia robusta, i suoi rami si stendevano come braccia accoglienti. Era una giornata di sole abbacinante, Kadiatou si raccolse la gonna e salí dietro a Binta, con il cuore che le batteva forte, spaventata all'idea di superare i confini che lei stessa si era tracciata. Si fermò su una forcella, mentre Binta salí piú in alto. Sotto di lei vedeva i tetti spioventi del villaggio e, piú in lontananza, la maestosa vallata immersa in un velo di foschia. Si era arrampicata su un albero! Era in cima a un albero, sollevata da terra! Era una scoperta esaltante, sapere di essere riuscita a oltrepassare i limiti che si era imposta. Dopo, durante la discesa, era contenta di essersi arrampicata su un albero, ma sapeva che non l'avrebbe fatto mai piú. Qualcuno andò a raccontarlo a Bappa Moussa. Lo zio le sgridò dicendo che disonoravano la famiglia, a comportarsi come due incivili. Kadiatou si scusò, mentre Binta lo guardò muta e imbronciata, e allora Kadiatou si profuse in molte altre scuse, come per compensare il silenzio della sorella. Si ricordò di una volta in cui il capovillaggio era passato davanti a loro, e mentre lei l'aveva salutato abbassando gli occhi in segno di rispetto, Binta l'aveva guardato sfacciatamente, costringendola a riequilibrare la situazione con un inchino ancora piú profondo. La differenza era che lei sapeva quando bisognava abbassarsi davanti ai superiori, mentre Binta non riconosceva a nessuno una superiorità naturale. Piú tardi sua sorella disse a Mama: – Io mi arrampico piú in alto anche di Bhoye, – e Mama, che stava spargendo petali di ibisco su una stuoia, rise con gli occhi ed esclamò: – Binta! – Kadiatou sapeva che Mama l'amava perché era obbediente e affidabile, ma qualche volta, in cuor suo, sperava che Mama l'amasse come amava Binta, perché era libera.

La prima volta che Kadiatou cucinò ndappa e folere per la famiglia, Mama lo assaggiò, sorpresa, e disse che piccola com'era aveva già fatto un sugo perfetto, con la giusta quantità di acqua per compensare il sapore asprigno dell'ibisco.

– Tuo padre era goloso di folere, – disse Mama. – Te lo ricordi?

– Sí, – rispose Kadiatou, pur non essendo certa di ricordarlo. Non avevano vissuto al villaggio con Papa, e lí non c'era niente, non una sedia, un albero o un odore, che potesse risvegliare un ricordo. Eppure lo sentiva vicino, ne sentiva la presenza e l'essenza, perché Papa aveva passato l'infanzia lí molto prima di lei, e aveva strappato gli steli di grano dal suolo pregno d'acqua, come lei, e camminato come lei tra capanne con zucche vuote attaccate alle porte. Stava facendo la sua stessa vita. Vedeva Papa nei bambini che sguazzavano nell'acqua bassa mentre lavava i panni nel fiume. Anche Papa aveva lavorato nell'orto della sua Nembero Joulde; ora era lei che lo puliva dalle erbacce e lo annaffiava, che nutriva il terreno con avanzi di cibo e letame preso dal recinto degli animali. Il suo fantasma aleggiava perfino in cucina. Setacciare il fonio secco, immergere le dita nei granelli e sentire il tepore che andava e veniva le dava uno strano sollievo, quasi spirituale. Affettava l'okra, strappava le foglie amare e pestava la manioca con l'istintiva consapevolezza che non avrebbe amato altrettanto cucinare se non avesse cominciato lí, con sua madre, vicino al luogo in cui cucinava la madre di Papa.

– Kadi è bravissima a cucinare, sarà un'ottima moglie, e non è stata ancora tagliata, – disse Yaaye a Mama.

– Non è troppo tardi, – ribatté Mama, piccata. Erano fuori a sgusciare arachidi, e Mama buttò via una buccia con un gesto brusco, di fastidio.

– Le loro coetanee al villaggio sono già state tutte tagliate, – disse Yaaye.

Qualche tempo dopo Binta chiese a Mama: – Che cosa succede quando si viene tagliate?

– Non fare domande, – disse Mama.

Il giorno in cui le tagliarono, Kadiatou pensò: oggi ci tagliano, non ce l'hanno detto ma io lo so che oggi ci tagliano. Accadde durante la stagione delle piogge, nella capanna della nonna. L'aria odorava di umidità, della muffa che cresceva nella latrina. Mama svegliò lei e Binta scrollandole con delicatezza, mentre altre figure si muovevano intorno nell'ombra. Mama e le zie parlottavano a bassa voce. L'ora nerazzurra del mattino, nessun canto di gallo, e fumo dalla stufa nell'angolo. Mama tenne ferma

Kadiatou sulla stuoia, mentre zia Nenan Mawdo si curvava tra le sue gambe. In mano aveva una lama di rasoio calda, appena uscita dall'acqua bollente. Doveva essere stata affilata molte volte per poter fendere cosí velocemente la carne umana. Kadiatou sentí il calore del metallo e la pressione sulla pelle, prima del dolore lancinante. Era talmente scioccata che non le uscí un suono di bocca. Il dolore era immane. Al posto della testa le sembrava di avere un'intera cascata intrappolata in una conchiglia. Binta strillava, mentre le zie le dicevano di stare calma, di farsi coraggio, di essere donna. – Mama, sei un mostro! – urlava. – Mama, sei maledetta! Come hai potuto farci questo? – Mama cercava di chetarle, le consolava, tamponava la ferita tra le gambe con un cencio imbevuto di infuso d'erbe. Il cencio pizzicava come la puntura di cento insetti. Lei aveva la sensazione di galleggiare per aria, senza peso, svuotata di ogni contenuto. La faccia di Mama si trasformò nel muso dardeggiante di un serpente magico, e Kadiatou continuò a fissarlo, senza neanche piú la forza di urlare, finché riprese i lineamenti gentili di Mama. Davanti a lei, sospeso nell'aria, comparve un trono. Aveva il sedile ricoperto di peperoncini; cominciò a oscillare, poi a roteare, e tutti i peperoncini volarono via.

– Kadi, Kadi, – disse Mama. – Vuoi un po' d'acqua?

Kadiatou cercò di dire no, ma la lingua le si era liquefatta in bocca.

Una zia disse: – Lasciale riposare. Tra qualche giorno l'avranno bell'e dimenticato.

Un'altra zia disse: – Io non ho dimenticato quando lo fecero a me. Usciva del pus. Puzzavo in maniera terribile.

Kadiatou ci mise parecchi giorni a trovare il coraggio di guardarsi le parti basse; le sembravano staccate dal corpo, estranee, non piú sue. Ogni giorno Mama le puliva, cantando piano e accarezzandole sulle gambe. Ogni volta Binta si ritraeva in malo modo. – Non ci hai detto niente, – la accusava. – Non ci hai avvisate.

Ma una volta in cui furono a tu per tu, Binta le disse: – Ci hanno dovute tagliare perché altrimenti non ci sposiamo.

– Giusto, – rispose Kaditou. Erano le stesse parole che avevano usato Mama e le zie, ma pronunciate da Binta avevano un effetto calmante, e lo shock di Kadiatou andò piano piano attenuandosi.

– Prima però devono venirci le mestruazioni, – aggiunse Binta.

Kadiatou non sapeva cosa fossero esattamente le mestruazioni, ma sapeva che le vecchie andavano alla moschea perché non le avevano piú, che le giovani non potevano andarci quando le avevano, che per fare i bambini bisognava averle avute, e che le ragazze potevano sposarsi appena le avevano. Kadiatou sognava di sposare suo cugino Tamsir, di avere sette figli e di vendere yogurt, perciò sperava che le venissero presto. A Binta vennero non molto dopo che furono tagliate, un sangue scuro e denso pieno di grumi come pezzi di fegato crudo, che la fece contorcere dal dolore per alcuni giorni. Binta alzò la gonna per mostrare a Kadiatou il panno ripiegato nelle mutande, e Kadiatou fece un balzo indietro, con un lieve moto di ripulsa. Quando il ciclo venne a lei ne fu delusa, una banale comparsa di sangue, del tutto indolore, e sperò che il dolore arrivasse, perché il suo ciclo le sembrava sbagliato, una specie di brutta copia rispetto a quello vero di Binta.

Due

Anni dopo, preda di una sovrumana tristezza, Kadiatou pensò che avrebbe dovuto rendersi conto che qualcosa non andava, che Mama avrebbe dovuto rendersene conto, zia Fanta avrebbe dovuto rendersene conto. D'altra parte, anche rendendosene conto, che cosa avrebbero potuto fare? Se una cosa è già scritta nel nostro destino, possiamo cambiarla? E com'era possibile che proprio Binta non se ne fosse resa conto, lei che sapeva sempre tutto? Binta, che aveva imparato a leggere e scrivere in francese da sola. Kadiatou sapeva che Binta guardava i libri di scuola di Idris, ma non aveva capito che aveva imparato cosí tanto fino al giorno in cui andarono in ospedale. Kadiatou aveva la febbre, tanto per cambiare; le succedeva troppo spesso, e Mama diceva che era perché le zanzare amavano le bambine nate nella stagione delle piogge. Binta le sfregava le articolazioni dicendo che voleva toglierle il male, ma sfregava con un po' troppa veemenza, come per rimuovere il dolore con la forza. L'ospedale pubblico dava le medicine gratuite ma era nel villaggio vicino, l'attesa era sempre troppo lunga e Mama non poteva restare un giorno intero senza vendere yogurt, altrimenti non avrebbero avuto niente da mangiare per cena. Cosí Mama andava a raccogliere le erbe, le metteva in infusione e le faceva inalare a Kadiatou. Binta diceva che gli infusi non servivano. Erano un po' troppo piccole per spingersi cosí lontano da sole, ma Binta insistette: – La porto io, Mama, vado io in ospedale con Kadi. Conosco la strada. Ce la caveremo.

I corridoi dell'ospedale erano affollati di gente che aspettava, di bambini che piangevano, e Binta si rivolse alla donna che distribuiva i tagliandi, parlò ad alta voce in un francese spedito, e Kadiatou restò a bocca aperta, senza parole, perché d'un tratto Binta era un essere diverso, un angelo alato formato da raggi di sole, non piú la sorella di fianco a cui aveva camminato per piú di un'ora nel caldo umido.

– Ma tu sai il francese! – esclamò.

– Certo, Kadi, ascolto la radio, – disse Binta, come se non la ascoltasse anche lei, la radio, o come se a tutti quelli che la ascoltavano bastasse aprire la bocca per far uscire parole francesi.

Dopo che, anni dopo, Bappa Moussa le aveva finalmente permesso di andare a Conakry, Binta era tornata a trovarli parlando a tutti, perfino alla nonna, in un pulaar infarcito di parole francesi. Aveva regalato un pacco di biscotti ai bambini piú piccoli dicendo «divideteveli» in francese. Sembrava, di nuovo, trasformata dal francese, ma in modo diverso, l'angelo era nero e aveva gli occhi truccati con un kohl nerissimo. Binta moriva dalla voglia di raccontare a Kadiatou di un giovane malinké di nome Fodé, Fodé qui e Fodé là, Fodé pensava e Fodé preferiva, Fodé le aveva insegnato questo e Fodé le aveva regalato quello; era talmente succube del suo fascino che non si rendeva neanche conto di esserlo. Una vaga inquietudine avvolse Kadiatou, come una cortina di nebbia. Binta le mostrò la gonna lunga di jeans che le aveva comprato, con denaro datole da Fodé. – Provala, Kadi. A Conakry ce l'hanno tutte, – disse, e poiché Kadiatou sembrava lenta a cambiarsi, Binta gliela tolse di mano e le aprí la cerniera. A Kadiatou la gonna non piaceva tanto, era troppo stretta sui fianchi, ma quando si guardarono nello specchio rotto appoggiato al muro finse di essere contenta. Il sesto senso le diceva che la nuova Binta non avrebbe accettato una reazione tiepida. O canti di gioia o silenzio di tomba. Poi, da sotto i vestiti in valigia, Binta estrasse un'audiocassetta con i discorsi di Sékou Touré e gliela mostrò.

Quella era trasgressione bell'e buona. Kadiatou guardò verso la porta come se potesse entrare Bappa Moussa. Non sapeva perché il primo leader della Guinea fosse stato cattivo con il popolo fulani, ma da quand'era bambina vedeva che infiammava gli animi, suscitava rancore negli zii e nelle zie. Alcuni fulani non volevano nemmeno sentirlo nominare a casa loro. E Binta se ne veniva qui a sventolare i suoi discorsi.

– La Guinea preferisce essere povera e libera piuttosto che ricca e schiava! – declamò Binta, ridendo. Almeno erano tra le poche parole francesi che Kadiatou aveva già sentito. Binta disse che zia Fanta aveva fatto un verso di disapprovazione quando aveva visto la cassetta, dicendole di buttarla via, di pensare a cos'aveva fatto al popolo fulani, e lei aveva ribattuto che non era stato cattivo con tutti i fulani, ma solo con gli oppositori politici che si erano comportati male con lui.

– Vuoi ascoltare la cassetta? – le chiese. – È molto istruttiva. Possiamo usare il mangianastri di Bhoye.

– No, tanto non capirei niente, – rispose Kadiatou, mentre il suo disagio si trasformava in preoccupazione. Binta stava cambiando la vecchia pelle troppo in fretta, la sua fiamma bruciava male, era troppo violenta, come se, abbagliandolo, potesse tener lontano il mondo. Kadiatou aveva i brividi a sentir nominare quel Fodé, quell'estraneo che si era insinuato nella vita di Binta. Se Binta non fosse piú riuscita a vedere se stessa con chiarezza, se i suoi sogni fossero stati offuscati da Fodé, non avrebbe mai raggiunto la grandezza a cui era destinata. Kadiatou decise di incontrare Fodé. Chiese a Mama il permesso di tornare a Conakry con Binta e restare con lei un paio di settimane; in fondo zia Fanta la invitava sempre ad andare a trovarla, a visitare Conakry. Mama chiese di rimandare di qualche giorno, per guadagnare i soldi necessari alle spese di viaggio di Kadiatou. – Perderò le lezioni, – disse Binta, irritata, e Kadiatou pensò, tristemente, che il problema non erano certo le lezioni. A Conakry, Binta le fece vedere la scuola di segretariato in cui stava studiando dattilografia e stenografia, il banco del mercato in cui serviva come commessa, e il quartiere dei viali freschi e alberati che confluivano l'uno nell'altro. Ma non le fece vedere Fodé. Stava seguendo un corso di formazione, disse Binta, e Kadiatou annuí, pur non sapendo che cosa fosse un corso di formazione. Sapeva solo che una persona cosí vicina a Binta avrebbe dovuto trovare il tempo per venire a salutare sua sorella. Cucinò latchiri e kossan per zia Fanta, setacciando finemente la farina di mais nella minuscola cucina dell'appartamento. La sera guardarono la tv, film inglesi con sottotitoli in francese che scorrevano sullo schermo, e dormirono in un letto attaccato al muro, zia Fanta, Binta e lei, un corpo mescolato all'altro. Per Kadiatou fu un momento felice, riprovò una sensazione antica, risalente all'infanzia, a quando vivevano in città con Papa, tutti in un'unica stanza. Il giorno prima della partenza da Conakry Binta le diede del denaro contante, dicendole che era da parte di Fodé. Erano in piedi accanto al tavolino di zia Fanta, con lo specchietto messo a faccia in giú e tutte le creme e i profumi disposti in bell'ordine come sul banco di un negozio. – Ha detto che sono per te, per comprare dei regali da portare alla gente a casa, – disse Binta.

Kadiatou era titubante ma non lo diede a vedere. Se Fodé era via, come aveva fatto a mandarle i soldi? – Come posso ringraziarlo? – chiese a Binta, e Binta evitò il suo sguardo e disse: – La prossima volta che vieni –. Kadiatou ebbe l'impulso di piangere e supplicare Binta, di dirle ti prego ti prego ti prego, ma ti prego cosa? Non sapeva. Ti prego torniamo come eravamo prima. Ti prego non evitare il mio sguardo. In quel momento fu assalita da un ricordo vivissimo, di una sera in cui era seduta sul pavimento a guardare Papa che mangiava la sua ndappa, pronta a scattare per riempirgli d'acqua la tazza smaltata, ma appena aveva bevuto l'ultimo sorso era stata Binta a saltare in piedi e a prendere la tazza.

Mentre tornava al villaggio, pigiata in una sgangherata Peugeot, Kadiatou si sentí sollevata. Era stato bello vedere Conakry, ma non avrebbe mai potuto vivere in un posto cosí frenetico, dov'era costretta a respirare l'alito di troppe persone. Lei amava i contesti piú piccoli, piú tranquilli; non capiva che senso avesse sforzarsi di toccare o sentire ciò che poteva solo creare discordia.

Chi l'avrebbe mai detto che lei, Kadiatou, avrebbe avuto un ragazzo prima di Binta, e si sarebbe seduta con lui sotto un albero accanto alla casa abbandonata in cima alla collina? Era l'anno prima che Binta andasse a Conakry. La casa abbandonata era soprannominata «la Cucina di Mariama», e quando la sera tutto il villaggio si riuniva, i giovani se ne andavano a chiacchierare laggiú, le femmine leggermente discoste dai maschi. Qualcuno dei ragazzi prendeva un bastone e dava botte al cornicione per stanare le grandi termiti nere che vi si nascondevano. Una donna di nome Mariama aveva vissuto nella casa abbandonata fino a qualche anno prima, quando il marito l'aveva pestata gonfiandole un occhio perché gli aveva dato da mangiare un cattivo kossan, con uno yogurt non ben inacidito. L'uomo l'aveva minacciata tante volte di prendere una seconda moglie, e lei l'aveva sempre implorato di non farlo, ma quella volta, tenendosi l'occhio con le mani, gli aveva detto: – Divorzia da me, ti prego –. Non ne poteva piú. Perfino quando gli anziani e gli imam provarono a intervenire, Mariama ripeté che non ne poteva piú. Binta amava rifugiarsi sulla veranda di quella piccola casa scalcagnata, con il tetto crollato e lo scalpiccio dei topi nell'unica camera da letto. – Forse Mariama è in città, forse in questo momento è a Conakry che lavora, – diceva con aria sognante.

– Forse chiede l'elemosina per strada, – ribatteva Amadou, e cominciavano a litigare. Amadou diceva che anche altre donne venivano picchiate ma non per questo mandavano all'aria il matrimonio, e Binta gli diceva di immaginare quante botte avesse dovuto subire Mariama, andata sposa a quindici anni.

Erano buoni amici, Amadou e Binta, e avevano una cosa in comune: erano dei sognatori. Il coraggio veniva da un osso del corpo che Kadiatou era convinta di non possedere, o al piú di averlo esile, tenero e masticabile come un biscotto. Le ossa del coraggio di Binta e Amadou erano forti, robuste, potevano forse piegarsi ma mai spezzarsi. Quando Binta le disse: – Amadou ti vuole, – Kadiatou rimase di sasso. Era cosí diversa da loro! Era timida, parlava poco, e non sapeva tutte le cose che sapevano loro. Come poteva volere proprio lei, Amadou? Il popolare Amadou, lo sbruffone Amadou, che girava con le mani agganciate alle tasche dei jeans, un ragazzo di città in visita al paese. Faceva una battuta dopo l'altra e si dava un mucchio di arie raccontando delle attività che avrebbe avviato subito dopo l'apprendistato nel negozio di pelletteria dello zio. Indicando un camion che passava rombando, con un carico di sacchi di grano, disse che ne avrebbe posseduti venti di quelli, per trasportare fonio, tessuti e vasellame, e che avrebbe avuto anche venti station wagon che avrebbero scarrozzato clienti su tutte le strade principali della Guinea. Una sera si mise a fumare una sigaretta senza nascondersi, tra gli alberi. Gli altri ragazzi gli fecero cerchio intorno per ascoltarlo, ansiosi di essere come lui – di essere lui. Alla fiamma della sua attenzione, Kadiatou si scioglieva, non cessando mai di stupirsi che avesse scelto lei. Mano nella mano, dietro la Cucina di Mariama, guardavano la valle in lontananza, fiabesca nei suoi vapori. Lui la baciò, e fu il primo bacio della sua vita, e la lingua di lui nella sua bocca era come un pesciolino caldo e scivoloso. Non fu piacevole, ma neanche spiacevole, perché non c'era mai niente di spiacevole con lui. Lei gli porgeva sempre il viso volentieri. Lui le puliva i bastoncini di zucchero di canna e lei li mangiava adagio, con il succo appiccicoso che le scivolava giú dalle dita come argento liquido. – Sarai mia moglie, – le diceva. Kadiatou voleva una vita famigliare armoniosa, e per avere una vita famigliare armoniosa bisognava sposare un parente stretto, in modo da mantenere pura la discendenza. Come Papa e Mama, che erano cugini primi. Perciò aveva sognato di sposare suo cugino Tamsir. Tamsir aveva occhi pazienti, come Papa, e stava avendo successo in Senegal, dove aveva un'attività commerciale con alcuni parenti, e sua madre e Mama dicevano che formavano proprio una bella coppia, e che erano già praticamente fidanzati. Le poche volte in cui aveva visto Tamsir al villaggio, in occasione dell'Eid, l'aveva guardato timidamente, avendo entrambi la consapevolezza, nel loro impacciato, eloquente silenzio, di un futuro già scritto. D'un tratto non lo volle piú. L'aveva scelto senza sapere quello che faceva, aveva accettato Tamsir ignorando quale gioia sconfinata potesse derivare dal parlare con un ragazzo. Voleva essere la moglie di Amadou, non chiedeva altro, ma Bappa Moussa non gliel'avrebbe lasciato sposare: non erano parenti, non era ricco, ed era troppo giovane, vicino a lei di età. Amadou parlava del loro futuro come un cieco che non vedeva gli ostacoli sul cammino. – Farò i soldi, comprerò una Peugeot bianca, verrò a prenderti e ti porterò a Conakry con me, – le diceva spesso.

Altre volte diceva: – C'è una cosa che si chiama «lotteria dei visti», io la vincerò, andrò in America e poi farò venire anche te.

Che cosa verrà prima, lo prendeva bonariamente in giro lei, la grande macchina bianca con cui portarmi in città o l'America? Al che lui rispondeva: – Quel che Dio vorrà –. L'ultima volta che vide Amadou non sapeva che sarebbe stata l'ultima, poi un giorno suo cugino le portò un messaggio in cui diceva che era dovuto partire in tutta fretta per l'America, la sua domanda era stata accettata e non aveva potuto aspettare. Il cugino le mise in mano una busta. Dentro c'era una fotografia di lui da piccolo, in bianco e nero, un po' sfocata. A pochi mesi aveva già il suo sorriso esuberante. – Amadou dice di conservarla e portarla con te quando lo raggiungerai in America, – le spiegò il cugino.

Lei prese la foto e disse: – Va bene –. Parigi era una favola tangibile, aveva sentito parlare degli Champs-Élysées e della Tour Eiffel, ma l'America era troppo oltre la sfera della sua immaginazione; non riusciva a vedersi lí. Se pensava all'America, l'unica cosa che le veniva in mente erano i film.

Kadiatou conservò la fotografia in fondo alla sua cassetta di metallo, protetta da palline di canfora. Non ebbe sue notizie per mesi, finché i mesi diventarono quasi due anni: due anni senza una lettera, un messaggio, una parola. Il segnale, casomai ce ne fosse stato bisogno, che non era destino. In realtà non aveva mai veramente creduto di sposare Amadou o di andare in America; il suo futuro era impresso a fuoco, troppo definito per cambiarlo senza creare caos, e lei aveva paura del caos. Non poteva neanche pensare di non avere l'approvazione della famiglia, di esserne cacciata e ritrovarsi sola e tremante. Eppure, dopo tutto quel tempo, era ancora lí che immaginava le nozze con Amadou, gli imam raccolti in preghiera tra i canti gioiosi delle zie, e i figli che avrebbero avuto, quattro maschi e tre femmine. Un giorno, in un raro momento di follia, mentre stava sbucciando la manioca e Mama era china sul fuoco di legna, le disse di Amadou, di come fosse andato in America e appena possibile le avrebbe chiesto di raggiungerlo. Mama si tirò su e disse: – Kadi, devi mantenere pura la discendenza e sposarti in famiglia.

– Sí, – rispose lei. Che cosa credeva di ottenere, con le sue ciance? Era evidente che Mama avrebbe reagito cosí, come avrebbe fatto qualunque altra brava madre. Mama disse che il padre di Tamsir avrebbe dato notizie presto, molto presto. – Tamsir è tuo marito, Kadi, – disse Mama, e Kadi rispose: – Sí, – e decise di svuotare la propria mente di ogni desiderio. A dare notizie furono Yaaye e un'altra zia che arrivarono sciabattando una sera, con l'aria mogia ma gli occhi accesi per l'eccitazione dello scandalo. Dissero che Tamsir aveva sposato una ragazza susu in Senegal, che la ragazza era già incinta, e che i genitori di Tamsir volevano sprofondare dalla vergogna. Kadiatou ascoltò senza ben capire.

– La ragazza è senegalese? – chiese Mama; era una strana domanda, ma forse per lo shock non le era venuto niente di meglio da dire.

– No, guineana. Ma vive in Senegal come lui, – rispose Yaaye.

– Una ragazza susu, – disse Mama, e sbuffò, incredula. – Il sangue di quella tribú di infedeli contaminerà la discendenza.

Mama lanciò un'occhiata a Kadiatou, e Kadiatou distolse lo sguardo. La discendenza sarebbe rimasta pura se *lei* avesse messo al mondo i figli di Tamsir. Si vergognò, sentendosi addirittura in colpa, come se il suo desiderio di Amadou fosse stata la causa scatenante dell'ignobile comportamento di Tamsir, del suo rinnegare la parola data. Qualcuno tirò fuori una fotografia, una ragazza longilinea dalla pelle scura, piú o meno dell'età di Kadiatou. La persona scelta da Tamsir. Colei che aveva ereditato il futuro di Kadiatou. Dalla fotografia sembrava irreprensibile: un viso carino, un'aria da ragazza pia, un sorriso dolce. Nel frattempo erano arrivate altre zie e cugine, che alitavano il proprio disprezzo, come esalazioni tossiche, sulla ragazza susu, senza preoccuparsi di abbassare la voce, dicendo che aveva preso in trappola Tamsir, che era diabolica, altrimenti come avrebbe potuto una persona di buon senso e responsabile come Tamsir cacciarsi in quella vergognosa situazione? Kadiatou, nel suo smarrimento, intravide una possibile via d'uscita, un barlume di speranza. Amadou sarebbe potuto venire a dichiarare le proprie intenzioni ora, mentre il dispiacere causato da Tamsir era ancora una ferita fresca, cocente. Bappa Moussa l'avrebbe accettato, se non altro per mascherare il *loro* disonore, perché, ragazza susu a parte, Tamsir non l'aveva voluta. L'aveva scartata. Ma l'enormità e imprevedibilità del suo tradimento erano quasi un'ancora di salvezza, di cui suo malgrado Kadiatou gli era grata – erano talmente al centro dell'attenzione che la *sua* umiliazione passava inosservata. Se Tamsir l'avesse lasciata per un'altra ragazza fulani, sarebbe stata un'onta peggiore.

Nei mesi successivi Kadiatou si sentí persa. Non viveva piú nell'attesa di sposare Tamsir e avere dei figli. Non si sentiva propriamente vuota, ma a mani vuote. Qualunque pensiero che si riferisse ad Amadou era bandito: doveva smetterla, si diceva, di fantasticare su un uomo che l'aveva dimenticata. Al posto di quelle fantasie c'era un niente piatto. Mama diceva che Tamsir non era l'uomo che Dio aveva scelto per lei, e che sarebbe arrivato un marito migliore, ma dietro le parole di sfida fremeva di vergogna. Soltanto Binta era serena, addirittura contenta.

– Te l'avevo detto che Tamsir non sarebbe mai diventato tuo marito, – affermava. – Amadou tornerà. Neanche la sua famiglia ha piú avuto notizie. Non è facile, all'estero. Deve sistemarsi prima di chiederti di raggiungerlo.

Kadiatou scrollò la testa per scacciare le parole di Binta, temendo che le riaccendessero la speranza. Binta era tornata perché gliel'aveva chiesto Bappa Moussa; le aveva detto che toccava a lei sposarsi per prima, in quanto sorella maggiore, come per sviare l'attenzione dallo smacco subito da Kadiatou. Solo il cugino Thierno poteva tenerle testa, disse Bappa Moussa. Si era diplomato e commerciava in Costa d'Avorio, era benestante e ambizioso, condannava gli uomini che prendevano altre mogli e gli aveva assicurato che Binta sarebbe stata libera di lavorare come segretaria, se voleva.

Una coppia perfetta, pensò Kadiatou: uno sposo ragguardevole, di successo, e una bella cerimonia, due toccasana per l'orgoglio ferito di Mama.

– Non mi piace, – le confessò Binta.

– L'hai visto solo tre volte. Col tempo ti piacerà.

– Parla poco, – aggiunse Binta.

– Perché sa che parlerai tu per tutti e due, – scherzò Kadiatou.

– La collana che mi ha mandato è da due soldi.

– Ti regalerà cose piú belle dopo averti portato la taignai.

Binta sbuffò. Poi disse: – Gli uomini malinké non sono spilorci come i fulani.

Kadiatou tacque.

– Trattano bene le mogli. Zia Fanta dice che vogliono le donne fulani solo per la loro bellezza, ma non è vero, – aggiunse Binta.

Kadiatou tacque di nuovo; aveva lo stomaco contratto. Non si indignava mai per il comportamento di Binta, ma quella volta ci mancò poco; Binta poteva avere tutti gli amici malinké che voleva, ma insomma, quando si trattava di matrimonio doveva dimostrare un po' di buon senso. Sposare il suo Fodé, o qualsiasi altro uomo non fulani, era una bestemmia che non si poteva neanche pensare.

– Kadi, non dici niente.

– Non c'è niente da dire.

– Tamsir ha sposato una ragazza susu e sono tutti scontenti, d'accordo, ma quando verrà con suo figlio lo accetteranno, e presto accetteranno anche la ragazza, – disse Binta.

– Per gli uomini è diverso.

– A Conakry ho visto donne fulani sposate a uomini malinké.

– Non saranno di buona famiglia. Noi lo siamo.

– Vero, – disse Binta, e sospirò, rassegnata. La tensione di Kadiatou si sciolse. Binta non diceva sul serio, certo che no, stava solo scherzando, giocando con il fuoco.

A posteriori Kadiatou si chiese: se Binta si fosse impuntata sul suo malinké, le cose sarebbero potute andare diversamente? O erano scritte nel suo destino, che avrebbe seguito il proprio corso qualunque uomo avesse sposato? Kadiatou si stupiva sempre delle persone che volevano conoscere il futuro. Che senso aveva conoscere in anticipo le tragedie contro cui si stava andando a sbattere e che non si potevano scansare? Era stata Binta a volere l'operazione prima della cerimonia djamougol con Thierno. Zia Fanta l'aveva supportata, ma era stata Binta a volerla. Un dottore di Conakry aveva detto che non avrebbe piú avuto emorragie cosí abbondanti, che i giorni in cui si contorceva dal dolore sarebbero finiti. Binta aveva tenuto Thierno all'oscuro della cosa perché diceva che gli uomini si prendevano paura all'idea che per le loro mogli potesse essere difficile avere figli. Lo sapevano solamente Kadiatou, Mama, Bappa Moussa e zia Fanta. Binta non avrebbe voluto farlo sapere neanche a Bappa Moussa, ma Mama aveva detto che dovevano, per rispetto. Forse avrebbero dovuto dargli retta. Bappa Moussa era contrario, aveva paura degli interventi chirurgici, e aveva obiettato: – Perché farsi operare? Non può stringere i denti come tutte le altre donne? – Zia Fanta gli aveva spiegato che c'erano delle cose che crescevano nell'utero di Binta e che l'intervento le avrebbe rimosse, ponendo fine agli abbondanti sanguinamenti mensili. Bappa Moussa non era ancora convinto. Accettò soltanto quando zia Fanta gli spiegò che senza quell'operazione Binta non avrebbe potuto avere figli.

Il primo pensiero di Kadiatou fu: perché zia Fanta è venuta di persona? Aveva detto che ci avrebbe fatto sapere. E perché è venuta con tutti questi parenti?

Nella sua testa si fece buio. Zia Fanta aprí la bocca, pronunciò cinque parole, e le si incrinò la voce. Disse: – Binta non si è svegliata.

Kadiatou non capí. – Cosa vuol dire che non si è svegliata? – chiese Mama; era esattamente la domanda che avrebbe voluto fare lei.

– L'hanno operata, e dopo l'operazione non si è svegliata, – rispose zia Fanta.

– Quando si sveglierà? – urlò Mama. – Fanta, quando si sveglierà?

D'improvviso le passarono davanti agli occhi una serie di immagini sfocate. Mama era pancia a terra sul pavimento, scossa da tremiti violenti, il pavimento era zeppo di polvere, qualcuno stava cercando di tenere ferma Mama ma il suo corpo si rifiutava di obbedire. Dal fondo della gola di Mama emerse un lamento gutturale antico come la terra ancora informe, il piú brutto, il piú raggelante suono che Kadiatou avesse mai udito. Fece tremare l'aria paralizzata dallo shock. In quell'istante Kadiatou capí che sua sorella era morta. Sentí un'esplosione nel cuore, l'inizio di un dolore immortale, l'istante in cui l'amore si trasformò per sempre in perdita. Negli anni a venire le sarebbe accaduto spesso di svegliarsi di soprassalto dopo aver sognato Binta, in maniera cosí dolorosamente vivida che ogni volta si guardava intorno nella stanza come se la sorella potesse essere lí. Nel sogno, Binta era stupefatta della sua stessa morte; era nell'ospedale statale, che stranamente ricordava la Cucina di Mariama, con indosso un caftano lungo fino ai piedi, e diceva: – Kadi, avevi detto che avresti fermato le emorragie. Kadi, perché hai detto che avresti fermato le emorragie?

La casa era piena, rigonfia, dell'ombra di Binta, del profumo di Binta, della voce di Binta. Talvolta, nell'ondeggiare delle palme e negli aliti di vento vicino alla casa abbandonata, Kadiatou sentiva la presenza di Binta: un brivido leggero, una pelle d'oca improvvisa. Binta era ovunque. Una falsa speranza che si rinnovava crudele. Kadiatou vedeva Mama e i fratelli che piangevano, e non sentiva il bisogno di consolarli. Erano nella stessa stanza, eppure lontani e remoti. Mama con il capo coperto dal velo bianco, il velo vedovile. Se ne sarebbe procurato un altro? Ma non esistevano veli per un lutto come il suo, non era previsto che una madre perdesse una figlia.

A chi veniva, con piccoli doni, a porgerle le condoglianze, Mama diceva: – Ho altri figli, Dio mi ha dato altri figli –. Ma era una bugia, e a Kadiatou faceva rabbia sentirglielo dire, come se Binta potesse essere sostituita. Binta era la luce dei suoi occhi, e il cuore di Mama era morto con lei. – Adesso sei tu la mia figlia maggiore, Kadi, – le disse Mama, e Kadi non rispose, sentendosi crescere di nuovo la rabbia dentro. Non sono la tua figlia maggiore, avrebbe voluto dirle, soltanto Binta può esserlo. Le fece rabbia anche sentire la madre che diceva a una cara amica: – Binta sarebbe diventata qualcuno. Mi avrebbe dato onore, – ma quella volta si trattò di una rabbia salutare, perché era finalmente una risposta alla verità. Binta avrebbe dato prestigio alla madre. Era vero, Binta era una figlia dotata delle qualità che danno onore, e Mama non doveva fingere che un'altra potesse prendere il suo posto. Kadiatou finí per provare rabbia nei confronti di Binta stessa, perché morendo aveva rovinato la loro vita e il loro futuro, e le aveva lasciato un peso che sarebbe stato difficile portare. Dare onore a Mama, diventare qualcuno.

Tre

L'anno che si portò via Binta fu un anno cattivo. L'harmattan era sferzante, i raccolti inaridivano e i montoni giacevano morti nelle campagne riarse come mucchi di stracci. Kadiatou preparava la namma con piú acqua del normale perché ce ne fosse per tutti, una triste zuppa con pezzettini di okra che galleggiavano in superficie. Gli ospedali non davano piú né i vaccini né i farmaci gratuiti contro la malaria. Zia Fanta diceva che la scuola primaria e la sanità gratuite erano state abolite su richiesta dell'America e della Francia; era l'unico modo per essere di nuovo in buoni rapporti con quei Paesi, non comportarsi piú da comunisti. Lamin, il nipotino di Yaaye, morí di malaria. Quando Mama e Kadiatou andarono in visita di condoglianze, Yaaye le guardò con occhio assente continuando a grattare la sporcizia dal pavimento. La morte era ovunque, ovunque si guardasse c'era vita che scompariva, cosí quando Bappa Moussa nominò per la prima volta un loro parente di nome Saidou, Kadiatou pensò che fosse morto anche lui. L'aveva conosciuto di sfuggita prima che lasciasse il villaggio per andare a lavorare in miniera, da qualche parte nel Nordovest. – Sarà tuo marito, – le disse Bappa

Moussa. – La situazione è difficile, lo vedi anche tu. Ci darà una mano.

– Non voglio disobbedirti, Bappa Moussa, ma non sposerò un uomo che lavora in miniera.

– Il suo lavoro è diverso. Lui non lavora in una piccola miniera artigianale, ma in una grande, gestita dai bianchi, – disse Bappa Moussa.

Kadiatou ripeté: – Non voglio disobbedirti… – ma Bappa Moussa tagliò corto: – Mio fratello avrebbe approvato la scelta.

Non era giusto tirare in ballo Papa. Bappa Moussa sapeva che sentir nominare Papa le avrebbe confuso le idee. Papa avrebbe approvato la scelta di Saidou? I suoi ricordi erano sempre piú sbiaditi, come fotografie slavate, e l'immagine di Papa era rimasta congelata alla sua infanzia; poteva figurarselo a cantare le canzoni delle leggende popolari, ma non a parlarle di mariti. Avrebbe approvato un marito minatore? D'altra parte, lei che cos'aveva da perdere? Se sposava Saidou e Saidou moriva sotto una frana, pazienza. Binta era morta e Amadou era in America, praticamente scomparso. Tanto valeva sposare Saidou, anche se era molto piú vecchio di lei e aveva la fronte solcata da vene in evidenza. Arrivò indossando un orologio da polso con un grosso quadrante luminoso. Era accompagnato dallo zio, un uomo piú anziano che lavorava a Conakry, e lui e zia Fanta si misero a parlare della situazione del Paese mentre Bappa Moussa ascoltava, come se ci capisse qualcosa. Binta avrebbe capito; Kadiatou non capiva niente, ma non le importava.

«Estraiamo la bauxite che tutti i Paesi del mondo usano per l'alluminio, e guardate come siamo ridotti. Austerità, dice il governo, ci vogliono misure di austerità. Ma è giusto rinunciare all'educazione e alla salute per pagare debiti che non ci riguardano? Le compagnie francesi e russe che ci rubano la bauxite dovrebbero essere espulse immediatamente».

Zia Fanta disse che in America era stato ucciso un fulani, un immigrato dalla Guinea. Stava tirando fuori il portafogli e i poliziotti gli avevano sparato quaranta colpi, crivellandolo di pallottole, troppe per una persona sola. Terribile, disse Saidou. Con umorismo macabro, zia Fanta disse che essendo spilorcio come tutti i fulani, l'uomo voleva soltanto mettere al sicuro i soldi. Né Saidou né lo zio sembrarono gradire la battuta. Saidou disse che a quanto aveva sentito molti giornalisti americani stavano venendo a Conakry per seguire il caso.

– Nessuno di loro sapeva neppure dell'esistenza della Guinea, prima che ammazzassero questo Amadou, – disse lo zio di Saidou.

Amadou? L'uomo morto si chiamava Amadou. Kadiatou sentí freddo in tutto il corpo, le venne la nausea e ci mancò poco che non rigettasse.

– Ho sentito che discende dai famosi commercianti Diallo, – disse zia Fanta.

E Kadiatou sentí mancarle le gambe, tanto era il sollievo. Non era Amadou, *il suo* Amadou.

– In America la polizia spara alla gente senza motivo, – disse Saidou.

– Ma lí almeno protestano. In America ne stanno parlando tutti, – disse lo zio di Saidou.

– Qui ti ammazzano e nessuno apre bocca, – disse Bappa Moussa, accalorandosi, felice di poter finalmente partecipare alla conversazione.

Kadiatou capí che zia Fanta approvava la scelta di Saidou, lo guardava sorridendo mentre si vantava della sua bella casa con due camere da letto in un quartiere apposito per i minatori, e diceva che la miniera aveva un ospedale per loro e le loro famiglie, con veri dottori che aggiustavano le ossa rotte oltre a dare medicine contro la malaria. Bappa Moussa annuiva e cercava di sembrare meno impressionato di quel che era. I suoi occhietti brillavano di un piacere inaspettato, come se fosse riuscito a vendere merci vecchie a prezzi attuali. Non disse quante vacche la famiglia di Saidou aveva portato come taignai, borbottando soltanto che andava bene, molto bene. Lodò perfino le noci di cola che avevano portato per il djamougol, dicendo che dovevano essere costate care, visto com'erano fresche e intatte. Una zia mise una noce nella bocca di Kadiatou e la fecero girare come una trottola sette volte, controllando dopo ogni giro se l'avesse sputata. Ce l'aveva ancora, naturalmente, ma si chiese che cosa sarebbe successo altrimenti. Sarebbe ricominciato tutto da capo, con lei avvolta nel suo velo luccicante e nel vestito ricamato? Le preghiere dell'imam, i cori delle zie, gli indispensabili consigli sulla vita coniugale, con tutti che si immischiavano e si congratulavano con lei, le danze e il frastuono, e gli innumerevoli riti di purificazione per la casa del marito? Quando, alla fine, bevette il latte acido della tradizione, d'un tratto percepí accanto a lei l'eco di un'assenza. Una tragica assenza palpabile come una presenza. Tra le braccia profumate delle zie, scoppiò in lacrime, lacrime che i piú credettero di gioia.

La città mineraria era polvere e rumore. Kadiatou si svegliava al rombo incessante delle macchine che spaccavano, scavavano, estraevano, al rumore dei camion che facevano avanti e indietro, avanti e indietro. Era stupefatta dalla polvere, polvere ovunque, polvere sulle galline che razzolavano, polvere sui capelli dei bambini che giocavano. Il suo corpo si lamentò fin dal primo giorno, migliaia di bollicine le spuntarono sulla pelle, sul viso, sul busto e sulle gambe. Tossiva e starnutiva dalla mattina alla sera, e il prurito era tale che se avesse potuto si sarebbe grattata fin dentro l'anima. Aveva gli occhi arrossati e lacrimanti, e la lingua sempre ruvida e rasposa. Saidou la portò a fare un giro in moto per mostrarle i dintorni; uscirono dal quartiere operaio, passarono di fronte alla miniera ed entrarono in città. Oltrepassarono campi di grano dall'aspetto malato, con i giovani steli già avvizziti in paglia. Il torrente era un budino di fango sulla cui superficie galleggiavano rari pesci morti con gli occhi vitrei. Kadiatou guardava a destra e sinistra, attonita, incredula. Le sembrava di essere finita in un mondo a cui avevano tolto le piume. L'aria era terrosa, il terreno arido. Al ritorno, rabbrividí alla vista della miniera, una vasta, aspra distesa di terra sventrata, le povere fauci spalancate, desolata e spoglia di vita. Fu presa dall'impulso di correre al deposito delle corriere e tornare al villaggio, dove l'erba cresceva ancora com'era giusto che crescesse.

– Questo posto è sempre stato cosí brutto? – domandò a Saidou, che la guardò stupito.

– Ti ci abituerai. È solo un po' di polvere, – rispose.

– I bambini piccoli non fanno che tossire.

– Vuoi che i bianchi lo chiudano cosí perdiamo il lavoro?

– I torrenti sono asciutti, la gente non ha acqua.

– Ora basta! – L'espressione di Saidou era la stessa di Bappa Moussa quando sgridava Binta perché era insolente: di rabbia, e anche di stupore che avesse detto veramente quello che aveva detto. Kadiatou ebbe un moto di orgoglio, ad aver provocato una reazione simile a quelle che provocava Binta. A *essere* come Binta. Forse in quel momento lo spirito di sua sorella era lí con lei, per insegnarle il coraggio.

Saidou cambiò discorso e disse che la madre gli aveva domandato se fosse incinta.

– Ma ci siamo appena sposati, – disse.

– Vuole saperlo, – fece Saidou, stringendosi nelle spalle.

– Sarà come Dio vorrà, – disse Kadiatou, perdendo subito la baldanza appena conquistata.

Sentiva la mancanza dei ritmi lenti di casa, dei fratelli e delle sorelle, delle zie, degli alti, imponenti formicai che si stagliavano nelle notti di luna. Per avere meno nostalgia si tuffò nei suoi doveri, cucinare, lavare, spazzare, inginocchiarsi per servire da mangiare a Saidou. Non erano cose sgradevoli, come non lo era Saidou, non sempre. Lodava la sua cucina e talvolta lodava anche la sua pelle, che Kadiatou nutriva con burro di karité, mentre l'eruzione cutanea era scomparsa e il prurito diminuito; il suo corpo si era abituato a respirare l'aria satura di detriti della miniera. Saidou cominciò a insegnarle il francese. Nessuno parlava pulaar in quella parte della Guinea, come pensava di comunicare con i negozianti del mercato in cui faceva la spesa? Sembrava rimproverarla di non sapere neanche un po' di francese, come tutti. Aveva ragione, avrebbe dovuto imparare qualche parola, seguire l'esempio di Binta. Decise che si sarebbe messa d'impegno e avrebbe provato a muovere le labbra e la lingua come richiedeva il francese. Saidou disse che non avrebbero piú parlato pulaar tra loro nei fine settimana, e lei si adeguò, balbettando e facendo molta fatica. Non capiva perché tutte le cose, le sedie, gli alberi e perfino la terra, dovessero essere maschili o femminili, né perché una persona sola e un insieme di persone avessero bisogno di vocaboli diversi per compiere la stessa azione. Saidou le ordinò di ripetere quello che sentiva alla radio, cosí cominciò a fare le pulizie e a cucinare bisbigliando parole francesi. Capirle, le capiva sempre meglio, ma i suoni che le uscivano di bocca non assomigliavano neanche lontanamente a quelli della radio. Saidou le diceva di esercitarsi parlando con i vicini, ma questi avevano un modo insolente di arricciare le labbra, come se si sforzassero di non ridere della cadenza rurale del suo francese stentato. Un giorno sentí qualcuno riferirsi a lei come alla «moglie campagnola» di Saidou.

Quella con la polvere era una battaglia persa; ginocchioni, Kadiatou strofinava il pavimento, fin sotto il tavolo, usciva a strizzare lo straccio, e un attimo dopo si era già depositato un nuovo strato di sporcizia – sul pavimento, sulle poltrone, sul televisore, su tutte le cose, come se non fossero mai state spolverate. Lei passava lo straccio un'altra volta, e un'altra ancora, inondandolo di lacrime di cui si rimproverava. Che cosa c'era da piangere? Che sciocchezza piangere per un po' di polvere. Immaginò Amadou, in America, che guidava una grossa macchina bianca, e il proprio futuro, giorni e giorni a spolverare carponi, con le croste alle ginocchia e le ossa indolenzite di solitudine.

Un giorno Saidou tornò a casa, e Kadiatou ne sentí l'odore prima ancora che fosse entrato.

– Hai bevuto alcol! – gli disse, orripilata, scostandosi da lui.

Saidou la superò barcollando, poi cambiò idea e con uno strattone la tirò a sé, obbligandola a respirare il suo alito malefico. Kadiatou sapeva di non potersi sottrarre perché era sua moglie. Non lo respingeva mai. Il consiglio sulla vita coniugale che le aveva dato Mama: – Non respingerlo mai, mai, – le risuonava sempre nelle orecchie. Ma si sentiva oltraggiata dall'alcol; quello era l'odore del male, del male puro. Come aveva potuto bere? Come aveva potuto correre il rischio di far scendere una maledizione sulla famiglia? Tutti conoscevano la storia di Mammadou, un loro parente, e dei suoi affari redditizi, talmente redditizi che aveva fatto costruire una moschea al villaggio, ricevendo la baraka, la benedizione speciale di Dio, perché colui che costruisce una moschea costruisce una casa per sé in paradiso. Poi aveva cominciato a bere e i suoi affari erano andati a rotoli l'uno dopo l'altro, erano falliti e Mammadou aveva fatto bancarotta. Come aveva potuto bere, Saidou?

Kadiatou trattenne il respiro perché l'odore dell'alcol non le restasse appiccicato. – Preferirei che prima ti lavassi, Saidou, – gli disse. Quando tornò dopo essersi lavato, con addosso ancora una lieve puzza di alcol, gli disse: – Per colpa tua una maledizione si abbatterà su di noi.

Non capí di essere incinta finché non ebbe un aborto spontaneo. Aveva saltato due mesi, è vero, ma era sempre irregolare. Un pomeriggio, mentre lavava le finestre, sentí tra le gambe qualcosa di liquido e colloso, insieme a una fitta di dolore che dalla pancia si propagò alla schiena, e si appoggiò al muro, con un senso di impotenza e sconforto; che altro poteva fare? Trattenne il respiro e non si mosse per non peggiorare la situazione; restando immobile forse avrebbe potuto rallentare, e magari perfino fermare, la cosa. Sí, ma quale cosa? Nel frattempo il liquido appiccicaticcio, gelatinoso, era aumentato e le stava colando nella parte interna della coscia. Il suo corpo stava distruggendo il suo tesoro. Kadiatou pensò a Binta, alle sue emorragie, a come non si fosse piú svegliata in ospedale, e si chiese se il suo sanguinamento fosse della stessa natura. Ma non poteva esserlo, certo che no. L'emorragia di Binta dipendeva da vendicative escrescenze che le avevano invaso l'utero, la sua da un rifiuto avvenuto nel suo corpo senza il suo permesso. Si abbassò a terra adagio, molto adagio, stordita dal dolore, aspettando che il corpo portasse a termine il suo tradimento.

Saidou le disse che l'aborto era colpa sua perché si era piegata sul secchio per lavargli i vestiti, invece di restare dritta. Kadiatou non ribatté. L'aborto l'aveva provocato lui bevendo. E lo sapeva. A causa sua erano incorsi in una maledizione, e per difendersi diceva scempiaggini come la storia del piegarsi per lavare i panni. – Rimarrai di nuovo incinta, – le disse. – Ma devi fare attenzione.

In effetti rimase incinta, a distanza di poche settimane, e, pur non credendo alle parole di Saidou, fece attenzione a non piegarsi per lavare i panni, fino al giorno in cui partorí un maschio nell'ospedale della miniera, in una stanza bianca e arieggiata, in cui stava cosí bene che non voleva piú tornare a casa. Il figlio assomigliava a Papa, aveva lo stesso viso magro e la stessa fronte, e Kadiatou ebbe la chiara percezione di come fossero grandi e vicini allo stesso tempo, i misteri della vita. Lo avvolse in una morbida coperta portata da Saidou in ospedale e se lo strinse al petto, accarezzandogli la pelle liscia del viso nei punti in cui dovevano ancora crescergli le sopracciglia. Il suo corpicino le dava una gioia mai provata prima, palpitante, travolgente e sublime insieme. Sarebbe voluta restare sempre lí, sola con il suo bambino, nell'ospedale con l'aria condizionata in cima alla collina, lontano dalla polvere, l'implacabile polvere della miniera che distruggeva tutto quello che incontrava. Invece andarono a casa, furono obbligati ad andare a casa, in un taxi in cui Saidou le tenne la borsa. Quella sera stessa il bambino ebbe la diarrea, la pancia gli gorgogliò tutta la notte, e al mattino era morto, si stava già irrigidendo sul materasso accanto a lei. Non era piú suo figlio, ma un macabro bambolotto con gli occhi vitrei. Saidou scoppiò a piangere senza ritegno come una donna. Mentre i suoi colleghi portavano via quel corpicino rigido e senza vita, lei rimase immobile come una statua, chiedendo ostinatamente di riavere indietro suo figlio. Un vento freddo le aveva dilaniato il petto quella notte, e ora sapeva che non c'entrava l'allattamento; era uno spirito venuto ad annunciarle l'imminente tragedia. Ma a che scopo predirle una cosa che tanto non poteva cambiare? Sentí freddo al cuore, un freddo agghiacciante, intorpidente, a cui si uní un violento rancore nei confronti di Saidou. A volte il rancore sfociava nell'odio. Gli guardava la nuca mentre era davanti al televisore e immaginava di prendere una padella e fracassargliela sulla testa. Pensieri violenti che trovava del tutto normale coltivare. Una volta lo vide seduto all'aperto, che guardava dei bambini giocare, con le lacrime agli occhi. – Non gli abbiamo neppure fatto una fotografia, – le disse, alludendo al bambino. Il suo attacco di tristezza la infuriò. Non aveva alcun diritto di soffrire. Aveva bevuto pur sapendo perfettamente a cosa portasse l'alcol, e ora lei non aveva piú suo figlio, il ritratto di suo padre, il bambino mandato da Dio a consolarla, l'unico vero compagno che avrebbe mai potuto avere. La cattiva azione di Saidou gliel'aveva portato via. Come se non bastasse, Saidou continuava a puzzare di alcol, perfino dopo che la maledizione aveva distrutto la loro vita.

Kadiatou smise praticamente di parlargli, cucinando e servendogli da mangiare in silenzio. Quando la notte cercava di toccarla, all'inizio si ritraeva, gli opponeva resistenza, poi immaginava di essere morta anche lei, o moribonda.

Dopo due mesi di ritardo del ciclo, fu assalita dal terrore. Era un vento che la attraversava. Doveva proteggere la fragile vita che le stava crescendo dentro dalle grinfie della maledizione, ma come? Non ne aveva idea. La cosa migliore era aspettare che spuntasse la pancia e poi dire a Saidou che non si era resa conto di essere incinta. Tanto gli uomini non ci capivano niente di queste cose.

Nel frattempo avrebbe tenuto le distanze da Saidou, evitato di toccarlo, di mangiare il suo stesso cibo; in questo modo, forse, la maledizione avrebbe colpito solo lui. Era lui che doveva essere preso, non un innocente dono di Dio. Era lui che aveva sputato sulle leggi di Dio. Kadiatou pregò molto durante le prime settimane, e un giorno, mentre stava pulendo il tavolo e pregando, una donna di nome Salamata, l'unica altra fulani del posto, venne alla porta insieme ad alcuni lavoratori della miniera. Quando si presentano alla tua porta con Salamata perché parla pulaar, ed è l'unica a poter fare le veci di una parente, sai già che la notizia che stanno per darti non sarà brutta: sarà orribile. Salamata disse: – È successa una cosa, Kadiatou, devi venire subito in ospedale, – e Kadiatou, in veste da casa e ciabatte di plastica, li seguí in silenzio, fino a un letto su cui era disteso il cadavere di Saidou, immobile, coperto dalla testa ai piedi con un lenzuolo a fiori, sul nudo materasso.

Barcollò. Lo shock la colpí come un violento ceffone. Quando Salamata aveva bussato alla porta stava pregando, ma per chiedere che a Saidou succedesse qualcosa di brutto? Gli aveva augurato ogni male, è vero, ma non questo, non una morte prematura. O forse era proprio per questo che pregava, senza saperlo? Le sue suppliche erano volte a togliere la maledizione, a proteggere la vita che cresceva dentro di lei. Non voleva la morte di Saidou. I fratelli e la sorella di Saidou erano accorsi in ospedale. Alcuni minatori gli stavano raccontando che Saidou aveva toccato qualcosa, o era inciampato in qualcosa. Kadiatou non capiva bene, il suo cervello di colpo non afferrava piú il significato delle parole francesi. Non fece domande, non osò fare domande; se ne stette lí seduta, innaturalmente ferma, dilaniata dal senso di colpa. La causa di tutto questo non poteva che essere lei, con il suo odio. Non c'era altra spiegazione. Non poteva essere il destino di Saidou, di morire in questo modo.

– Non volevo farlo morire, – disse.

– Eh? – esclamò un fratello. – Che stai dicendo?

– L'hai avvelenato? L'hai avvelenato? – strillò la sorella.

Salamata parlò ai fratelli di Saidou, cercò di calmarli dicendo che Kadiatou era una vedova sotto shock, e sapevano anche loro che un dolore cosí forte faceva perdere momentaneamente la testa. Sapevano anche loro che dalla bocca dei disperati uscivano parole folli. Che cosa ci guadagnava Kadiatou a uccidere il marito che la vestiva e la nutriva? La sorella di Kadiatou sembrò rabbonirsi, ma uno dei fratelli continuò a guardarla in cagnesco. Avvolsero la salma di Saidou in un lenzuolo bianco. Portarono via la sua motocicletta, la televisione e la stufa. Poi la sorella frugò nella borsa e nei cassetti di Kadiatou per controllare che non avesse rubato e nascosto i soldi di Saidou. – Se almeno Kadiatou fosse incinta, ci rimarrebbe qualcosa di lui, – disse la sorella, scrutandola a lungo dopo il funerale, e Kadiatou si allontanò in tutta fretta dall'occhio perspicace di una donna che aveva avuto molti figli. Se i famigliari di Saidou avessero saputo la verità, l'avrebbero portata con loro, e Kadiatou non poteva neanche pensare di vivere con la loro madre, schiacciata dal peso della propria colpa e dalla paura della maledizione.

Dieci dita delle mani e dieci dita dei piedi. La sua bambina aveva tutte quante le dita. Gliele contava quasi ogni mattina e ogni notte, talvolta si svegliava soltanto per quello, perché era bello sapere che aveva dieci dita delle mani e dieci dita dei piedi. Una bambina tutta intera e sua, solo sua. Dopo essersi lasciata alle spalle il mortifero paesaggio della città mineraria, si era rifugiata a casa di zia Fanta a Conakry, dove aveva vissuto tranquilla guardando la pancia che cresceva.

Metteva la bambina sul letto e dormiva sul pavimento, per paura di schiacciarla nel sonno, e di notte si alzava per posare la mano sul suo piccolo petto di neonata e controllarne il respiro, tanto era grande la paura incastonata nel suo amore. La chiamò Binta. Quando lavorava se la legava sulla schiena; talvolta sentiva spandersi il calore della sua pipí. Zia Fanta l'aveva aiutata a trovare un posto da cameriera per una ricca famiglia di Conakry, una grande casa dove puliva e cucinava tra marmi freschi. Nelle pause adagiava Binta accanto all'imponente fontana davanti a casa; il suono dell'acqua era riposante come l'eternità. Mandò un messaggio alla famiglia di Saidou, dicendo che presto gli avrebbe portato a conoscere la bambina, ma senza specificare quanto presto. Risposero rabbiosi. Con che coraggio scriveva di aver avuto una bambina, senza averli informati prima della gravidanza? Altri parenti si intromisero, esigendo di vedere Binta, che fosse portata alla famiglia del padre. Kadiatou non alzò mai la voce, né gli occhi, in maniera irrispettosa. Disse con garbo che l'avrebbe portata, ma non subito. Preferiva che Binta fosse un po' piú grande, per essere sicura che la maledizione fosse scomparsa; maledizione di cui però non disse niente alla famiglia di Saidou. Senza volerlo ne aveva già anticipato la morte, perciò non l'avrebbe anche disonorato rendendo pubblico il suo peccato. Al villaggio circolavano molte voci, e Mama era convinta che le avesse messe in giro la famiglia di Saidou; la bambina non era di Saidou, dicevano, altrimenti a quell'ora gliel'avrebbero fatta conoscere. Non lascerò che infanghino il buon nome di mia figlia, pensò Mama, e disse alla pettegola del villaggio, Aminatou, che la bambina era di Saidou ma che c'era il problema di una maledizione. Prima bisognava che questa maledizione esaurisse il suo potere. – Che maledizione? – chiese Aminatou, e Mama gliela bisbigliò sottovoce, sapendo che entro sera la vergognosa notizia di Saidou che beveva alcolici si sarebbe diffusa in tutto il villaggio. Cosí fu, e i suoi genitori tolsero il saluto a Mama. Kadiatou ogni tanto sperava che Saidou le comparisse in sogno, per poter implorare il suo perdono, ma non accadde mai. Non era rimasto niente di lui. Non le mancava e non lo pensava, gli addossava la colpa della perdita del primo figlio ma credeva anche di avergli fatto un torto. La morte era troppo definitiva; lei gli aveva augurato una punizione temporanea.

Quattro

Il Monsieur diceva che gli piaceva la sua discrezione, il modo in cui faceva il suo lavoro senza stargli tra i piedi. Le chiedeva spesso di cucinargli il fonde e la namma, e andava matto per latchiri e kossan, come un vero fulani, cosa che era, dopotutto, anche se aveva abitudini forestiere e parlava un pulaar corrotto dal francese. La sera aveva spesso ospiti, ricchi signori come lui, talvolta funzionari dello Stato, che arrivavano su automobili di Stato, con autisti e guardie del corpo in divisa a cui lei portava da mangiare fuori. La Madame viveva a Parigi, i figli andavano a scuola lí e vennero a casa una volta durante le vacanze; avevano il passo da mulo tipico dei forestieri e ridettero del fonio preparato da Kadiatou. Quando la Madame portò a casa un senegalese sofisticato, chef di un ristorante, per insegnarle a cucinare, Kadiatou si offese a morte ma non lo diede a vedere.

– Sbadigli troppo forte, – fu la prima cosa che le disse lo chef senegalese. – Perché fai quel rumore sbadigliando, e perché sbadigli?

Aveva sbadigliato una volta sola. Binta non stava bene, aveva la febbre, a ogni colpo di tosse tremava in tutto il corpicino, cosí lei l'aveva tenuta in braccio fino all'alba, e ora era stanca, ma aveva sbadigliato una volta sola. – Mi scusi, le chiedo scusa, – gli rispose educatamente. Quel senegalese voleva soltanto umiliarla; aveva la stessa ampollosità di Madame. Lo ascoltò e osservò mentre cuoceva il pollo con la salsa alle cipolle, mescolava riso e sugo di pomodoro, schiacciava patate. *Poulet yassa* e *riz gras* – e altre incomprensibili banalità. Disse a Kadiatou di apparecchiare la tavola, avvertendola: – Verrò a ispezionare, – e Kadiatou ci rimase male ma non disse nulla. Monsieur, appena tornato a casa dal lavoro, era stravaccato su un divano del salotto.

– Ho portato il capo chef di Chez Simone per insegnarle qualcosa, – gli disse Madame, mentre Kadiatou cominciava a preparare la tavola.

– Oh, ma Kadiatou è bravissima. Non ha bisogno che le si insegni niente. Anzi, dovrebbe aprire un suo ristorante, in futuro, – obiettò Monsieur. Kadiatou continuò a mettere le posate senza scomporsi, ma il cuore le danzava nel petto. Non poté trattenersi dal lanciare un'occhiata a Madame, che stava fulminando Monsieur con lo sguardo. Monsieur mangiò i piatti dello chef senegalese, ma qualche tempo dopo, quando Madame andò via con i figli, le disse: – Adesso puoi ricominciare a prepararmi cose buone.

Kadiatou viveva negli alloggi della servitú, sul retro, una stanza grande con un ventilatore e un bel pavimento di linoleum. In magazzino c'erano cataste di vecchie cose dei figli; Kadiatou chiese a Monsieur se potesse prendere qualcosa e lui, con un gesto distratto della mano, rispose di sí. Kadiatou mandò a Mama vestiti, giocattoli e due biciclette da bambino, poi iniziò a prendere cose senza dirlo a Monsieur, sapendo che non se ne sarebbe mai accorto e che Madame, durante le sue brevi visite, non gettava neanche un occhio nelle stanze del pianterreno. Mama disse che non sapeva cosa farsene della macchina da cucire che le aveva mandato, e Kadiatou le rispose di venderla. Un'altra volta le mandò un vecchio paio di scarpe di Monsieur e Mama disse che avrebbe venduto anche quelle, senza neanche farle vedere a Bappa Moussa.

Ogni volta che andava a Parigi, Monsieur le chiedeva di fermarsi a sorvegliare la casa, e mandava via gli eventuali parenti di passaggio, dicendo che si fidava piú di lei che del suo stesso sangue. Kadiatou era felice, riconoscente; forse le era concessa finalmente un po' di pace, e per questo pregava e rendeva grazie a Dio. Monsieur era a Parigi la mattina in cui i soldati fecero irruzione nella proprietà. Un attimo prima non c'erano, e un attimo dopo Kadiatou si ritrovò circondata da una moltitudine di soldati, con il berretto rosso in testa e lunghi fucili neri che la luce intensa faceva apparire opachi. Sembrava di essere in un film, dove gli uomini andavano alla guerra, uomini che marciavano pestando i piedi col proposito di uccidere. Erano venuti a uccidere Monsieur. Qualcuno del governo li aveva mandati a uccidere Monsieur, e dato che Monsieur non c'era, avrebbero fatto del male a lei? Strinse forte la bambina, con le gambe che le tremavano talmente tanto che pensò di non riuscire a stare in piedi. Un soldato aprí il frigorifero e prese una lattina di aranciata. Gli altri si sparpagliarono nel resto della casa come se la conoscessero già. Spalancarono gli armadietti del salotto, senza richiuderli, rovistarono da cima a fondo la camera di Monsieur. Tolsero il materasso dal letto e lo scossero. Insultavano Monsieur, lo chiamavano «cane». Binta piangeva, strillava, con la vocina stridula e acuta. Il loro capo disse: – Andiamo –. Un altro si rivolse a lei: – Seguici! – Ma il capo sogghignò e disse: – È soltanto una cameriera. Cosa vuoi che sappia? Lasciala andare.

Kadiatou impacchettò le sue cose piú rapidamente possibile, le caricò su un taxi e, insieme a Binta, si fece portare da zia Fanta.

Gli uomini si illuminavano in volto quando venivano a sapere che era vedova. L'avrebbero fatto anche se avesse avuto una faccia rivoltante. Era una vedova, e le vedove quando camminavano si lasciavano dietro un odore di preda indifesa. Kadiatou serviva ai tavoli del ristorante sulla spiaggia cercando di non badare ai loro sguardi lascivi, sapendo che la consideravano disponibile, perché gli uomini sono fatti cosí. Decise di coprirsi i capelli, e di avere un'espressione gentile negli occhi ma non con la bocca, per evitare che chiunque potesse fraintendere il suo sorriso. Non pensava che il proprietario del ristorante, François, un uomo d'affari, una persona importante, l'avrebbe mai difesa, invece sbraitò ai due che si spinsero oltre gli sguardi: uno che le sfiorò una coscia, e un altro che le agguantò il braccio mentre metteva in tavola un piatto. Gli era grata per essersi preso il disturbo di difenderla. François possedeva diversi ristoranti, perciò aveva deciso che, dopo avergli fatto una buona impressione, gli avrebbe chiesto di lavorare come cuoca anziché come cameriera. Gliel'aveva detto subito che sapeva cucinare, appena l'aveva assunta, ma lui aveva risposto che aveva già due cuochi. Qualche giorno prima l'aveva sentito urlare a uno dei due perché aveva messo troppo sale nelle patatine. Gli avrebbe chiesto di lasciarle fare da aiuto, almeno. Gli avrebbe detto che uno chef senegalese le aveva dato lezioni di cucina, il che non era falso, ma neppure vero. Mentre puliva e serviva ai tavoli si immaginava proprietaria di un ristorante, perché aveva sempre in mente le parole di Monsieur. Sognare la teneva su di morale. Avrebbe servito i piatti tipici della Guinea, non il pollo con patatine che qui tutti mangiavano al ristorante, e li avrebbe abbelliti seguendo l'esempio dello chef senegalese, che faceva eleganti cupole di riso e disegnava i dolci con lo sciroppo come un artista. Se François le avesse permesso di cucinare, avrebbe imparato come fanno i ristoranti a conservare il cibo, e in quali quantità acquistano i prodotti quando fanno la spesa. Aveva un po' di paura a chiederglielo, ma l'avrebbe fatto lo stesso; vedeva come lavorava sodo a servire ai tavoli, e l'aveva difesa da quegli uomini; forse avrebbe detto di sí. François aveva la pelle chiara, gli occhi trasparenti come biglie, i capelli ricci ereditati dalla madre libanese; era bellissimo, come un divo della televisione. Non l'avrebbe mai degnata di uno sguardo, naturalmente, non in quel senso. A lei sarebbe piaciuto, ma non lo sognava, perché sognava soltanto cose alla sua portata. Una sera François arrivò mentre stava per chiudere il ripostiglio che fungeva da deposito per le casse di bibite. Dalla soglia le disse: – Brava, Kadiatou, – e lei arrossí di eccitazione, a essere lodata da François, a essere lí con lui. François entrò. Odorava di zenzero. Succhiava qualcosa, forse una caramella allo zenzero, le labbra corrugate in una smorfia insolente. Kadiatou si chiese se approfittarne per chiederglielo ora, ma poi pensò che non era il momento giusto, era tardi, stavano chiudendo, l'aria nella stanza era soffocante e François era di corsa. Magari la settimana seguente. Credeva che dopo aver dato un'occhiata alle casse se ne sarebbe andato, invece non fu cosí. Kadiatou aveva finito ma non si mosse, aspettando rispettosamente che uscisse lui per primo. François le andò incontro. Il ripostiglio era troppo piccolo per le casse di bibite e loro due. Di solito, quando era già occupato dall'altra cameriera, Kadiatou aspettava fuori il suo turno. François adesso era a pochi centimetri da lei e Kadiatou si sentí a disagio, avrebbe voluto scusarsi, chiedergli se poteva essergli utile. Lui la spinse contro il tavolo: – Poco poco, poco poco, sii carina con me, – disse. Colta alla sprovvista, Kadiatou lo guardò. E capí con assoluta, sbalorditiva chiarezza che aveva intenzione di farle del male.

– No signore, no signore, – disse. Non cosí, avrebbe voluto aggiungere. Non cosí. Lo shock del suo corpo alieno, grosso, pesante. Era pesante come un enorme sacco di manioca, che la schiacciava e le toglieva il fiato. Perché non gliel'aveva chiesto? Perché l'aveva trattata come se non meritasse neppure la domanda? Sarebbe potuto succedere in maniera diversa, lui avrebbe potuto chiederglielo e lei avrebbe potuto accarezzare quei morbidi capelli stranieri. Quando ebbe concluso, un paio di minuti dopo, François la guardò negli occhi, e per un attimo Kadiatou si illuse che volesse dirle una parola affettuosa. Invece fece una smorfia di ribrezzo e disse: – Copriti –. Era stato lui ad alzarle il vestito e abbassarle le mutande, e ora le chiedeva di coprirsi! Continuava a sovrastarla con la sua mole, ed era cosí palpabile il suo disgusto che l'aria stessa ne era ammorbata. Kadiatou aveva percepito odio nella sua voce. François non sapeva niente di lei, eppure la odiava; non aveva bisogno di conoscerla, per odiarla. – Copriti, – ripeté, in tono minaccioso. Aveva intenzione di farle altro male? La verità era che voleva che coprisse, insieme al proprio corpo, il suo crimine, che fosse uguale a prima del suo ingresso nel ripostiglio. Come se non fosse successo niente. Si sentí bruciare di vergogna, una vergogna ustionante come acqua bollente. E di shock. Di vergogna e di shock. Si abbassò il vestito e si strinse le braccia intorno al petto. Aveva le gambe che le tremavano ma lo guardò in faccia, lo guardò negli occhi, perché sapesse che lei lo vedeva bene, vedeva che era un mostro e non un uomo. Non meritava l'appellativo di essere umano. Il suo cuore era pieno di foglie morte. François eluse il suo sguardo, si girò e uscí. Kadiatou rimase ancora un po' nel ripostiglio per calmare il respiro, fissando le cassette di bibite impilate contro il muro e le ragnatele che ci pendevano sopra. Quando aprí la porta, fece un passo falso e goffamente si aggrappò per non cadere. La stanza l'aveva rigettata. Ormai era una persona cosí indegna da fare ribrezzo perfino a un ripostiglio. Si sentí oppressa dalla vergogna, una vergogna che le veniva imposta benché fosse innocente, una vergogna smaccatamente ingiusta. Pur non avendo fatto niente di sbagliato, pur essendo lei la vittima, ora il suo ordine interiore era stato gravemente sconvolto. Decise che avrebbe seppellito questa vergogna fino alla fine dei suoi giorni. Nessuno avrebbe mai saputo niente. Avrebbe detto a zia Fanta e a Mama che François l'aveva licenziata perché pretendeva di fare la cuoca invece della cameriera.

Amadou si presentò sorridendo alla porta di zia Fanta, cosí, come se niente fosse, dopo tutti quegli anni. – Come sta la mia Kadi? – chiese. Il suo amore dalla battuta pronta, dal passo leggero, dai grandi sogni. Era sempre il solito Amadou, ma piú pieno e piú in carne, e con la freschezza della novità; aveva un modo forestiero, molleggiato di camminare. La supplicò di perdonargli il lungo silenzio, dicendo che gli dispiaceva, gli dispiaceva moltissimo, ma aveva avuto dei problemi, i documenti non erano in ordine, si era dato un gran daffare. Quest'ultima espressione, che aveva ripetuto molte volte, in inglese, aveva colpito Kadiatou con il fascino dell'ignoto. L'abbraccio che diede a Binta fu cosí forte che la bimbetta cercò di divincolarsi. – Assomiglia a tua sorella, – disse, aggrottando la faccia, gli occhi umidi di lacrime. – Tu piangi, – gli disse Binta, osservandolo incuriosita, e lui rispose: – No, no, mi è entrata della sabbia negli occhi. Soffia, cosí me la mandi via –. Binta si mise d'impegno a soffiargli negli occhi, gonfiando e sgonfiando le guanciotte, finché Amadou le disse che i suoi occhi adesso stavano benissimo, e che toccava a lei chiudere i suoi e aprire la mano. Saltò fuori un pacchetto di caramelle morbide e colorate. Per Kadiatou, una boccetta di profumo. Amadou tolse il cappuccio e, con il dito, gliene mise qualche goccia dietro le orecchie. – Ora profumi di gelsomino, – disse. Kadiatou udí gli ultimi echi della propria risata e si rese conto che non rideva cosí dalla morte di Binta. Sentí riaffiorare i ricordi, ed emozioni scomparse: amore, fiducia, il desiderio di essere felice e la persuasione che fosse possibile.

Amadou andò nei vecchi posti e a trovare i vecchi amici, giocò a calcio sullo stesso campo in cui giocava prima di partire. Il clamore che destava non era cambiato, continuava a essere un polo di attrazione. In cambio di qualche dollaro ricevette una grossa sporta di franchi guineani, che suddivise sul letto in tante pile corrispondenti ai vari membri della famiglia, per fare in modo che tutti ricevessero un po' di soldi, anche se pochi. Era una persona corretta, intrinsecamente buona. Andava in giro a dire che era venuto a prendere Kadiatou e Binta per riportarle indietro con sé, e lei lo zittiva perché era prematuro parlarne, non c'era ancora niente di certo. Le dava una gioia immensa il modo in cui diceva «e Binta», con tutta naturalezza; la facilità con cui aveva aperto il suo cuore. Aveva capito che lei, Kadiatou, non era piú un individuo singolo.

– Niente di certo? Chi dice che non c'è niente di certo? Kadi, io vi porto tutte e due indietro con me, – diceva Amadou.

Conosceva un tipo, un certo Dee, che lavorava all'ambasciata americana.

– Secondo Dee la nostra unica possibilità è fare richiesta di asilo, – le disse, come se Kadiatou potesse conoscere le altre.

Mentre Amadou parlava dei grandi progetti che aveva in serbo per loro, lei sorrideva, appagata, al caldo tra le sue braccia nella stanzetta della casa di suo cugino. Venivano respinte tante persone all'ambasciata, persone istruite, persone che parlavano bene l'inglese: perché non avrebbero dovuto respingere anche lei? Il fatto che Amadou vivesse in America non la preoccupava. Conosceva una coppia, amici di zia Fanta; l'uomo viveva in America e la donna qui, e lui veniva a trovarla due volte l'anno. Lei e Amadou avrebbero potuto sposarsi e provare subito a fare un figlio. Fintanto che Amadou mandava soldi e veniva a trovarle ogni volta che poteva, a lei stava bene. – No, no, no, – reagí Amadou quando glielo disse. – Noi staremo insieme.

Disse che avrebbero comprato una casa in America, non era difficile, la si acquistava e poi la si pagava un po' alla volta, mese per mese. Una casa con una stanza dei giochi; immagina una stanza tutta per Binta, disse, un'intera stanza solamente per giocare. Che spreco e che tristezza, pensò Kadiatou, una bambina che gioca da sola in una stanza. Poi Amadou parlò di scuola, e Kadiatou cominciò a credere al sogno. – Binta andrà in un'ottima scuola, completamente gratuita, e studierà scienze e musica e viaggerà all'estero con i compagni, e farà qualunque cosa vorrà nella vita, qualunque cosa, – disse. Kadiatou andò col pensiero a sua sorella, e capí che lo stesso stava facendo Amadou. D'un tratto si vide in America, dove comprare casa era banale come trovare una conchiglia sulla spiaggia, e vide Binta, nel fiore della vita e nel pieno delle sue possibilità.

– Allora, come lo otteniamo questo asilo? – gli chiese.

– Dee dice che devi raccontare delle Mgf.

– Mgf?

– Il taglio.

– Il taglio? – Kadiatou era confusa. – Perché?

– È quello che gli americani vogliono sentirsi dire. Se gli racconti la verità, che vuoi una vita migliore, non ti accettano. Dirai che ti hanno tagliato via tutto, che ti hanno ricucita, e che ora non riesci piú a fare bene la pipí –. Si mise a ridere, di una risata tonante, calda e profonda, e Kadiatou sentí il brivido dolciastro che si accompagna alla memoria del corpo.

– Dirai che vuoi fuggire perché Binta non subisca la stessa sorte che hai subito tu, anche se noi sappiamo che non la taglierai, – aggiunse.

Kadiatou lo guardò con aria interrogativa. – Ma lo farò.

– Vuoi far tagliare Binta?

Era delusione quella che gli leggeva in faccia?

– Sí, certo.

– No, Kadi, no, non devi accondiscendere per forza a questa pratica barbarica.

– Ma non la sposerà nessuno, altrimenti.

– Kadi, molte donne non lo fanno piú, e si sposano lo stesso.

Kadiatou si morse le labbra. L'America gli era penetrata nella pelle. Per alcuni versi era un bene, ma per altri meno, visto che definiva barbariche le usanze del loro popolo.

– Va bene, – disse. – Racconterò di quando mi hanno tagliata.

Amadou era pieno di idee, faceva telefonate, correva di qua e di là, e in men che non si dica Kadiatou ebbe un passaporto e una data fissata per il colloquio all'ambasciata americana. Pochi giorni prima del colloquio per il visto, Amadou disse: – Dee ha un brutto presentimento, sostiene che le Mgf non bastano perché ci sono troppe persone che le usano. Dovremo pensare a qualcos'altro. Perciò dirai che sei stata stuprata. Da piú uomini.

Kadiatou trasalí, mentre un mal di testa istantaneo la trafiggeva.

– Mi ha dato un nastro con cui esercitarti, – disse Amadou.

– Che cos'è?

– Il racconto di uno stupro –. Infilò la cassetta in un mangianastri. Era una voce di donna, parlava come nei radiodrammi. «Dissero che non avevo rispettato il coprifuoco. Entrarono nel ristorante già ubriachi... Uno disse che al suo turno avrebbe usato il fucile».

Kadiatou era angosciata, si sentiva il petto cosí compresso che temeva di rimanere senz'aria.

– Non voglio dire queste bugie, Amadou, – disse.

Amadou si avvicinò e la baciò teneramente.

– È soltanto una storia, amore mio. Ci serve una buona storia che ti permetta di andare in America. Non è una bugia. È soltanto una storia. Dee dice che stanno respingendo sempre piú richiedenti asilo, e che per distinguersi bisogna avere una storia migliore. Dice che prima devi parlare del taglio che hai subito, e del fatto che vuoi evitarlo a Binta, e poi raccontargli la storia dello stupro della cassetta.

«Entrarono nel ristorante già ubriachi... Uno disse che al suo turno avrebbe usato il fucile... Perdevo sangue da tutte le parti...»

Si esercitò e imparò le frasi a memoria, ma solo superficialmente, nel suo intimo si teneva a distanza, lontana. L'ultima volta che ripeté la storia ad Amadou scoppiò a piangere, perché le sue difese erano crollate e si era vista nel magazzino con François che le diceva di coprirsi.

– Cosa c'è, amore mio? Cosa c'è? – le chiese Amadou, abbracciandola. – Non piangere. È solo una storia.

– Ma a qualcuna è successa veramente, – disse Kadiatou. – So quello che facevano i soldati nel periodo del coprifuoco.

Amadou continuò ad abbracciarla in silenzio.

Cinque

Un'ambulanza che correva a sirene spiegate su una strada affollata per salvare una vita. Una sola. Che Paese! Se le fosse successo qualcosa, un'ambulanza sarebbe arrivata a tutta velocità per salvare anche lei, e non avrebbe dovuto pagare niente in anticipo. Per questa sola ragione, se non per altro, aveva deciso di restare per sempre in America. Non poteva credere che Binta avrebbe ereditato tutto ciò, che avrebbe abitato quella terra di comodità. La richiesta di asilo era stata fin troppo facile, e ciò le procurava un'inquietudine latente, un senso di provvisorietà. Prima la funzionaria dell'ambasciata che le aveva fatto il colloquio per il visto, che l'aveva ascoltata paziente, gentile, e poi aveva annuito alle parole dell'interprete, come se le importasse davvero del matrimonio a cui Kadiatou diceva di dover partecipare a New York. Quindi l'addetta dell'aeroporto, un'altra bianca gentile, che aveva fatto una smorfia quando

Kadiatou le aveva raccontato della zia che l'aveva tagliata con il rasoio, che aveva offerto un leccalecca a Binta e le aveva detto: – Buona fortuna –. Kadiatou in quel momento non stava parlando, la storia del taglio era stata facile da raccontare, le parole erano fluite senza intoppi, l'episodio era un ricordo lontano che sembrava non appartenerle neppure piú. Ma prima di attaccare con l'altra storia aveva fatto una breve pausa. Per concentrarsi, per mettersi nella disposizione d'animo giusta, perché ripetere la voce della cassetta significava risvegliare i fantasmi che aveva deciso di seppellire e scacciare per sempre. Era la storia di un'altra donna, di una donna che non conosceva, ma il cui dolore conosceva bene. Perciò aveva fatto una breve pausa. Ora però, con un sospiro, stava per continuare. Stava per raccontare che «c'erano quattro soldati», quando la donna bianca gentile le disse: – Buona fortuna, – spingendo un foglio verso di lei. Kadiatou guardò prima la donna, poi l'interprete. È tutto finito, disse l'interprete, in francese. La tua domanda è stata accettata. Kadiatou fece un profondo respiro per nascondere lo sconcerto. Era un trucco? Come poteva essere già tutto finito? Amadou diceva che sarebbe stata una cosa molto difficile, diceva che la storia del taglio sarebbe servita solo come introduzione, che poi avrebbe dovuto ripetere le parole sulla cassetta. Diceva che la storia della cassetta li avrebbe colpiti e avrebbe rafforzato la sua posizione. Ora però la gentile donna bianca le stava sorridendo, incoraggiante, con un leggero movimento del capo che significava: «Può andare». Era proprio vero, era tutto finito, la storia che aveva imparato non serviva piú. Era sempre stata contraria a raccontarla, ma ora, a conti fatti, ci rimase male. Tutta quella fatica per mandarla a memoria, sporcandosi di brutte parole, per niente. Forse la procedura prevedeva altri passaggi. Forse l'avrebbero richiamata per farle altre domande. Ma Amadou disse che non c'era nessun altro passaggio. – Visto? Non hai dovuto mentire! Proprio come volevi tu! Dio ti ha aiutata! Sei in

America, amore mio! Adesso non ci resta che aspettare i documenti che arriveranno per posta.

I primi mesi li passò in una nebbia linguistica, aleggiando tra comprensione e incomprensione. Gli americani pronunciavano le parole con un tono alto che temeva non sarebbe mai riuscita a imitare. Camminava per le strade affollate del Queens con passo incerto, come se il segreto della vera appartenenza a quel luogo non le fosse stato ancora rivelato. Era disorientata dal contatto ravvicinato con gli sconosciuti, dai graffiti scarabocchiati sugli edifici, dai lunghi autobus pencolanti. All'inizio la metropolitana le fece paura, con quella discesa nelle viscere della terra, e quando poi risalirono le scale e tornarono alla luce si sentí girare la testa, come se avesse raggiunto una vetta imprevista.

– Tu e Binta abiterete da mio zio, non voglio recare disonore alla tua famiglia, – disse Amadou.

– Amadou, per quanto mi riguarda, io sono tua moglie.

– Dammi tempo, amore mio. Per fare le cose come si deve. Puoi passare tutta la giornata con me, ma voglio che tu dorma da mio zio, finché non saremo regolarmente sposati.

«Cioè quando?» avrebbe voluto chiedergli. A Conakry, Amadou diceva che avrebbe spedito a casa le noci di cola subito dopo il loro arrivo in America, per poter iniziare la nuova vita come una coppia sposata, e ora temporeggiava. Kadiatou andò ad abitare con Binta a casa dello zio, una stanza in un seminterrato in cui faceva buio anche di pomeriggio. Lo zio, Elhadji Ibrahima, era un uomo buono e saggio, e con lui si sentiva l'anima in pace. Uno dei suoi racconti preferiti era di come avesse partecipato alla costruzione del Monument du 22 novembre 1970, insieme a operai cinesi e di altre nazioni, tutti orgogliosi che la Guinea avesse respinto quel terribile tentativo di colpo di Stato ordito dal Portogallo. Kadiatou non capiva di che cosa stesse parlando, ma capiva la sua nostalgia, il suo bisogno di parlare del proprio Paese natale con una persona appena arrivata da lí. Quando Kadiatou faceva da mangiare le stava vicino, offrendosi di aiutarla, mentre lei cercava di nascondere l'imbarazzo di avere un uomo in cucina.

– Dicono che noi fulani non siamo bravi a governare e che dovremmo limitarci al commercio. Abbiamo prodotto un uomo come Diallo Telli e dicono che non sappiamo governare? L'hanno ammazzato a Camp Boiro e hanno costretto molti di noi a scappare dalla Guinea e andare in Senegal, Sierra Leone e Costa d'Avorio. Bene, e com'è finita? È finita che oggi il Paese è piú diviso che mai. Ma io continuo a credere che possiamo essere uniti. Il governo deve riconoscere le ingiustizie che abbiamo subito noi fulani, e noi fulani dobbiamo riconoscerci come guineani prima che come fulani, altrimenti avranno sempre ragione a definirci un corpo estraneo. Dicono che non siamo cittadini come loro, che sono i veri eredi dell'Impero del Mali, ma la cittadinanza è un'altra cosa. Sékou Touré è stato un grande liberatore ma anche un grande dittatore, e la storia che possiamo raccontare noi dà un quadro completo dei fatti.

– Certo, – diceva Kadiatou. Quando si trovava in compagnia di persone informate come lui le veniva sempre da pensare, con un moto di tristezza, che Binta avrebbe saputo che cosa dire. Il piú delle volte, la sera, Elhadji parlava come un fiume in piena, e Kadiatou era un po' sconcertata dal suo sentimentalismo, cosí lontano dall'impassibile riserbo del vero fulani. Ma era gentile, di una gentilezza infinita: le aveva spiegato com'era fatta l'America, l'aveva accompagnata a iscrivere Binta alla scuola pubblica, le aveva insegnato a guidare, le aveva mostrato quali canali televisivi guardare per imparare l'inglese.

Amadou le regalò un paio di pantaloncini di jeans chiedendole di metterli a un picnic, e lei si rifiutò categoricamente; era come essere nuda. Fuori casa non li avrebbe mai indossati, le donne che andavano in giro per strada in pantaloncini corti e top striminziti, lasciando scoperto il corpo, la scandalizzavano. Accettò invece di indossarli per lui, a casa sua; Amadou le chiese di lasciarsi guardare mentre camminava, e lei obbedí, timidamente, ridendo come una ragazzina e poi lasciandosi cadere sul sofà accanto a lui. Non era abituata a guardare il proprio corpo, le cosce nude le sentiva estranee, la pelle le sembrava molto piú chiara, e non aveva mai notato il reticolo di venuzze sotto l'epidermide. Quando vennero a trovarlo i suoi amici corse a nascondersi in camera, per non farsi vedere senza niente addosso, e Amadou rise. – Devi essere un po' piú sciolta, Kadi. Appena un po', – le disse. Al picnic non mise i pantaloncini ma assaggiò il cibo nelle grandi padelle coperte con la stagnola, per fargli piacere, per mostrargli la nuova Kadiatou piú sciolta. Insalata di patate, insalata di pasta, pasticcio di maccheroni: tutte cose insipide come gesso. Binta correva di qua e di là strillando di gioia, inseguita da Amadou. Aveva la faccia dipinta di blu e rosso, opera di Amadou, e una goccia di gelato alla vaniglia, cadutale dal cono, le aveva lasciato una macchia sul vestito. Kadiatou li guardava felice. Sperò di serbare sempre il ricordo di quel momento, la distesa infinita di azzurro limpido nel cielo, l'inizio della loro vita nel nuovo mondo di Binta.

Ma Amadou in America era diverso, non aveva né il passo né l'animo leggero come a casa. Non rispondeva mai in maniera esauriente alle sue domande, il suo sguardo era sempre sfuggente. – Voglio portare Binta a Coney Island, – diceva. – Voglio portarla allo zoo del Bronx, è il piú grande del mondo –. Quando gli suonava il telefono cambiava espressione, dava un'occhiata preoccupata allo schermo e si girava di nuovo verso di lei con un'allegria forzata. Talvolta sedeva mogio mogio sul bordo del letto, lo sguardo perso nel vuoto, dicendole che era andato a monte un affare, qualcosa in cui c'entrava un fornitore cinese. Kadiatou aveva l'impressione che Amadou non fosse ancora arrivato dove voleva, e che gli pesassero i sogni irrealizzati, le sconfitte. Con lei lí presente non si poteva piú nascondere.

– Dimmi le cose come stanno, Amadou, ti prego, – lo supplicava.

– Amore mio, va tutto bene. Non c'è nessun problema, – rispondeva.

– Mi troverò un lavoro. Ce la faremo insieme.

Decise che non avrebbe piú aspettato di parlare bene l'inglese per cercarsi un lavoro. Cominciò facendo treccine in un negozio di parrucchiere, di proprietà di una querula donna ivoriana, in cui riceveva una commissione a fine giornata, una manciata di dollari in contanti. Nel negozio c'era un cicaleccio continuo, donne che parlavano francese con accento della Costa d'Avorio, della Guinea e del Mali, da cui Kadiatou apprese molte utili informazioni – il miglior yogurt greco per il kossan, il negozio africano in cui comprare foglie amare e perfino, di quando in quando, melanzane fresche. Ma la paga era scarsa, ed Elhadji Ibrahima diceva che poteva guadagnare di piú; in fondo lei, a differenza di molte altre parrucchiere di treccine, aveva i documenti in regola. Le trovò un impiego da badante per un signore anziano, un americano, ma dopo che ebbe parlato con qualcuno per telefono fu scartata perché non capivano il suo inglese. Lo zio le disse che c'era un'opportunità di lavoro in un albergo, un buon posto da cameriera, ma a Washington. Kadiatou non voleva andare via da New York, separarsi da Amadou. L'aria stava rinfrescando, l'estate finiva e l'autunno era alle porte. Amadou era spesso via. Ogni tanto si assentava per qualche giorno di fila; si dava «un gran daffare», diceva, per garantire a lei e a Binta la vita migliore possibile. La portò in banca ad aprire un conto corrente, dicendole che avrebbe depositato lí un po' di denaro che voleva tenere da parte, una questione di tasse che Kadiatou non capí e non sentí la necessità di capire. A lei interessava soltanto che i loro progetti si fondessero, confluissero l'uno nell'altro.

I suoi amici erano fulani, malinké e susu, e perfino qualche cristiano proveniente dalla regione delle foreste. Erano falene attirate dalla fiamma del suo spirito ribelle. Ciondolavano a casa sua a piedi nudi, discutendo accanitamente di politica guineana, di calcio, di sciocchezze varie, in un miscuglio di inglese e francese. Amadou accendeva gli animi, poi scoppiava a ridere e buttava tutto in scherzo. Un giorno Kadiatou sentí che dicevano qualcosa su un maiale, ma il suo amico Joseph balbettava e non afferrò bene il senso. Sperava di aver sentito male. Erano sovreccitati, consultavano continuamente il telefono per seguire la manifestazione in corso nello stadio di Conakry. – Io sarei in prima fila! – disse Amadou. E uno dei suoi amici: – Il governo non può far finta di niente, stavolta, stavolta non si scherza!

Kadiatou lo chiamò in camera da letto per parlargli in privato, non poteva aspettare che i suoi amici se ne andassero.

– Hai mangiato maiale a casa di Joseph? – Il solo fatto di pronunciare quelle parole la fece inorridire, il solo pensiero che Amadou potesse aver spalancato la porta a un'altra maledizione, ora che lei e Binta sembravano finalmente libere.

– Joseph diceva che hai mangiato maiale a casa sua, ho sentito bene? – gli chiese di nuovo, sperando che si offendesse per la domanda. Amadou aggrottò la fronte, segno che stava cercando di spostare l'attenzione dalla manifestazione di Conakry al maiale. – Cosa? Non badare a Joseph.

– L'hai fatto?

– Fatto cosa, amore mio?

– Di mangiare maiale.

– E se il maiale fosse l'unico cibo rimasto al mondo? – Dal tono si capiva che si stava prendendo gioco di lei, senza darlo a vedere. Uno dei suoi amici lo chiamò a gran voce dal soggiorno, dicendo che a Conakry erano scoppiati dei disordini, e Kadiatou non poté far altro che guardarlo tornare di là, riassorbito dalle preoccupazioni.

Era difficile immaginare zia Fanta coinvolta in una manifestazione di massa, tuttavia uscí a comprare una carta telefonica per accertarsene. In seguito disse ad Amadou: – Zia Fanta mi ha detto che alla manifestazione i soldati ammazzavano i fulani.

– Non soltanto i fulani. Dobbiamo smetterla di fare sempre le vittime. I soldati hanno sparato su tutti i manifestanti.

– Gliel'ha detto Bhoye. Ha detto che si è dovuto sdraiare a terra accanto ai cadaveri e fingere morto.

– Bhoye è il solito bugiardo! – esclamò Amadou.

Kadiatou era stupefatta; Amadou non aveva mai espresso un'antipatia cosí violenta verso Bhoye, e la sua voce era stata piú dura del necessario. Sembrava quasi che le imputasse qualche mancanza, o che le preferisse qualcos'altro. Tacque e si allontanò.

– Scusa, amore mio, – disse Amadou. – Penso solamente che siamo tutti guineani e che quello che è successo a Conakry è terribile.

Il suo viso emanava un moralismo che la urtò.

– Hai mangiato maiale a casa del tuo amico, Amadou? – gli chiese, senza alzare la voce.

– Perché ti interessa tanto, Kadi?

– Se l'hai mangiato una maledizione si abbatterà su di noi, – rispose.

Amadou rise, rise a tutti gli effetti questa volta, una risata corta e volgare. Con tutta la sua scienza, non era abbastanza saggio da sapere che le maledizioni erano vere.

– No, Kadi, non ho mangiato maiale a casa di nessuno.

Lei aveva capito il contrario, che Joseph avesse detto cosí, ma Amadou non le avrebbe mai mentito, mai e poi mai. Il sollievo che provò spazzò via le nuvole nere.

Nei fine settimana in cui non c'era gli puliva casa, mentre Binta guardava la televisione. Un giorno trovò in un cassetto due fotografie di un bambino, di circa due anni, che sorrideva sul passeggino con un cappello di lana in testa. Era figlio di Amadou, bastava guardarlo in faccia. Lo stesso sorriso travolgente. Era molto simile alla fotografia in bianco e nero di Amadou bambino che aveva nella borsa.

Strillò e gli urlò contro. Era una cosa insolita per lei, che preferiva i toni bassi, ma voleva che capisse la natura ruggente del suo dolore. Amadou disse che era stata un'avventura, finita da tanto tempo, che il bambino era in Texas con la madre, una donna del Mali che incassava gli assegni che le mandava ma rifiutava di fargli vedere il figlio. La donna del Mali sapeva di Kadiatou, sapeva che era il suo unico amore, la moglie voluta dal destino. Mentre Amadou parlava, dubbi atroci si insinuavano nella mente di Kadiatou.

– Un figlio. Un figlio sano e bello, e non me l'hai detto.

– Aspettavo il momento giusto.

– Credevo che mi dicessi tutto –. Si sentiva tradita, non perché aveva un figlio ma perché non gliel'aveva detto. Se era davvero il suo amore, avrebbe dovuto dirglielo. Si sentí mancare il terreno sotto i piedi, improvvisamente sicura che ci fossero altre cose che avrebbe dovuto sapere. Quella sera disse a Elhadji Ibrahima che sarebbe andata a Washington per quel lavoro all'hotel, se era ancora disponibile. Elhadji Ibrahima sembrò sorpreso. – Ne hai parlato con Amadou?

– Sí.

– Ottimo. Pagano bene. Conosco una donna fulani da cui puoi stare finché non ti trovi una casa tua.

– Grazie, – rispose Kadiatou. Cercava di non fargli vedere quanto fosse spaventata dalla sua stessa decisione. Il cuore le batteva all'impazzata. Trovare una casa sua, con le sue sole forze. Sola con Binta.

– Washington non è poi cosí lontana, – disse Elhadji, con delicatezza, come per consolarla.

– Certo, – ribatté. Guardò nel proprio futuro, e vide il senso di vuoto che avrebbe provato senza Amadou, i pianti di Binta che lo cercava, la dolorosa spaccatura tra loro due. Ma vide anche i primi, fragili germogli della propria autonomia che lentamente si schiudevano.

Sei

Kadiatou bussò alla porta: – Permesso? Pulizie! – La famiglia che occupava la suite le disse di entrare, erano giusto in partenza, la madre stava radunando le buste degli acquisti. Erano nigeriani, Kadiatou lo intuí dal loro modo di fare disinvolto e dalla lussuosa parrucca della madre, di quelle che si vedevano soltanto indosso alle nigeriane, lisce come i capelli veri dei forestieri. Gli africani che potevano permettersi di scendere in quell'hotel la riempivano di orgoglio, ed erano quasi sempre nigeriani. Questi probabilmente erano igbo; la madre e la figlia avevano la stessa carnagione giallastra dei commercianti igbo che aveva incontrato a Conakry. Erano bellissime, si sarebbero potute scambiare per fulani, con quei lineamenti delicati.

– Come ti chiami? – le chiese sorridendo la figlia, cogliendo Kadiatou di sorpresa. Doveva vivere in America da molto tempo, i ricchi africani non chiedevano mai il nome alle persone di servizio.

– Kadiatou Bah, – rispose.

– Ah, sei africana! – esclamò la figlia. – Ero in dubbio. Pensavo di Haiti. Sei senegalese?

– Sono di Guinea Conakry.

– Lunga vita a Sékou Touré! – disse il padre, e sorrise. La figlia aveva lo stesso sorriso – aperto, cordiale, accogliente.

La madre era troppo concentrata su se stessa per sorridere. Disse: – Oh, francofona, – con una punta di delusione, continuando a pensare ai suoi sacchetti.

– Che bei capelli, dove ti sei fatta le treccine? – le chiese la figlia, come per fare ammenda dell'alterigia materna. Kadiatou disse che se le faceva da sé, al che seguirono ulteriori parole di ammirazione da parte della figlia e uno scambio di numeri di telefono. La figlia si chiamava Chiamaka, e disse che i suoi genitori avevano preso la suite perché stavano rifacendo la cucina di casa e i lavori non erano ancora finiti. Kadiatou trovò quelle informazioni un po' eccessive, ma gli americani lo facevano sempre, di entrare in particolari che nessuno gli aveva chiesto, e Chiamaka evidentemente viveva in America da molto tempo. Aggiunse che era appena stata in Senegal, e che aveva giusto nella borsa un libro comprato lí, magari le sarebbe piaciuto. Era il piú bel complimento che le avessero mai fatto, essere considerata una capace di leggere.

In seguito ci avrebbero riso sopra. – Tu dato il regalo piú bello che non uso mai, – diceva Kadiatou, e Chia si nascondeva il viso tra le mani. Dal farle le treccine passò a pulirle la casa. Chia la pagava bene, ed era sempre ammirata dalle cose normali che faceva. «Come sei riuscita a togliere la macchia dal tappeto, Kadi? Sul serio hai già cambiato la zanzariera?» Le persone ricche, quelle di animo buono, erano capaci di trovare fantastiche le cose normali che non facevano mai, e di strapagarle di conseguenza. Quando l'hotel chiuse per lavori e il direttore le comunicò che non era sicuro di poterla riassumere, Chia disse che Zikora conosceva qualcuno che poteva darle una mano, e in un battibaleno fu assunta al George Plaza, un lavoro migliore, con una paga migliore. La bella Chia, che cercava sempre di far felici gli altri, che aveva messo la sua firma a garanzia della casa di Kadiatou, che insegnava a Binta a suonare il pianoforte. La prima volta che passarono la notte a casa sua fu perché Binta, secondo Chia, aveva bisogno di esercitarsi, e fu la prima di molte notti, finché Kadiatou divenne la vera e propria custode, e cominciò ad andare e venire liberamente con la propria chiave, anche quando Chia non c'era. Sua cugina Omelogor era ospite, quella sera, e da tavola osservava Chia e Binta al pianoforte; Kadiatou era a disagio. Omelogor era strana, difficile da decifrare; un momento ti guardava gelida, per poi dirti una gentilezza, e il momento dopo ti sorrideva, per poi darti della scema. Probabilmente stava pensando che Chia perdeva il suo tempo a insegnare alla figlia della domestica a suonare uno strumento che non avrebbe mai posseduto. Omelogor invece disse solamente: – Chia, smettila di starle con il fiato sul collo, lascia che Binta prenda confidenza –. In presenza di Omelogor Kadiatou si sentiva sempre sul chi va là. Come se dovesse stare attenta a qualcosa, anche se non avrebbe saputo dire a che cosa, di preciso. Omelogor viveva in Nigeria e non fingeva di non conoscere le gerarchie sociali; le chiedeva le cose senza scusarsi. «Kadi, puoi mettermi su il tè? Kadi, puoi lucidarmi le scarpe?» Né Chia né Zikora gliel'avrebbero mai chiesto cosí. L'America le aveva contagiate entrambe, ed entrambe avevano imparato a mitigare i fatti della vita con il dolcificante delle scuse, come per dire: «Mi dispiace dovertelo chiedere ma te lo chiederò lo stesso». «Scusa, Kadi, ci sarebbe da lavare questo», diceva Chia. Succedeva lo stesso con certi bianchi che la guardavano con pietà quando gli andava a pulire la stanza e si profondevano in scuse esagerate, facendola sentire in colpa per la pietà che suscitava, e che non le era di nessun aiuto. Le sue colleghe, tutte cinesi, caraibiche o africane, ci scherzavano sopra, scambiandosi snack e aneddoti. Quelli di Lin erano sempre i piú divertenti; era la piú vivace di tutte, la minuscola Lin, una cinese. Era a lei che Kadiatou era stata affiancata durante il periodo di apprendistato ed era rimasta sbalordita dalla sua forza, dalla rapidità con cui muoveva i mobili, girava i materassi, passava l'aspirapolvere nei corridoi chilometrici.

Lin raccontava di come il direttore accompagnasse sempre gli ospiti al suo piano – il ventottesimo, il piano speciale, dove c'erano le suite – come se non potessero salire in ascensore da soli. Una notte un ospite del suo piano aveva sfasciato la stanza; aveva strappato le lenzuola, spaccato i vetri, fatto buchi nei muri. Sembrava un teatro di guerra, disse Lin. Kadiatou rimase sconcertata. Per quale ragione un ospite avrebbe dovuto distruggere una stanza d'albergo? – I bianchi sono strani, – disse Lin. – I neri ricchi non lo fanno, gli asiatici ricchi non lo fanno, e gli ispanici ricchi non lo fanno; solo i bianchi ricchi lo fanno. Si annoiano, cosí loro distruggono.

L'aneddoto preferito di Lin riguardava un'ospite che l'aveva convocata solo per dirle che i fiori omaggio non erano freschi.

– E lei mi fa vedere un gambo di fiore! Uno solo! Sono matti, – raccontava Lin, ridendo. Anche Kadiatou rideva, ma a fior di labbra; la imbarazzava prendere in giro gli ospiti, e quando lo faceva si guardava intorno furtivamente, per assicurarsi che nessuno dei capi fosse nelle vicinanze, nel timore di mettere a rischio, ridendo, il posto di lavoro. Quando le altre le chiedevano se uno dei suoi ospiti avesse mai fatto una pazzia Kadiatou nicchiava, rispondendo no, nessuna. Il che era vero. Ma anche se fosse successo non sarebbe stato da lei raccontarlo. – Tu non ti lamenti mai, – le aveva detto una volta il direttore, in tono di apprezzamento, ma Kadiatou non l'aveva presa bene. Sembrava quasi che, con il suo comportamento, volesse distinguersi dalle colleghe. Un giorno, con settimane di anticipo, Lin le sussurrò che alla festa di Natale avrebbe ricevuto il premio di «Miglior dipendente dell'anno», e Kadiatou non ci credette finché la sua responsabile di piano, Shaquana, non la convocò nell'ufficio del direttore, dove glielo comunicarono ufficialmente e le consegnarono l'attestato. Ogni volta che guardava il sigillo luccicante sotto la scritta GEORGE PLAZA, con il suo nome in lettere d'oro, le sembrava di essere stata insignita anche lei di un diploma, come le persone istruite.

Squillò il telefono, e una voce le chiese se accettasse la chiamata dall'Arizona, con relativo addebito. Sí, la accettava. La parola «Arizona» la faceva pensare al deserto perché era quello che aveva detto Elhadji Ibrahima quando le aveva comunicato che stavano mandando Amadou in prigione. – Speravo che lo mettessero in un posto vicino, invece lo portano in Arizona, in mezzo al deserto –. Le parole «in mezzo al deserto» le erano rimaste impresse, e ogni volta che doveva parlare con Amadou se l'immaginava morto di sete in un ambiente ostile, finché non sentiva la sua voce e la sua risata, e quell'immagine scompariva. Raccontava la vita in carcere, come il fatto che gli facevano indossare mutande rosa o che nel suo sacchetto del pranzo c'era sempre una mela marcia, con allegria, ridendoci sopra. Parlava degli altri detenuti come se si trovasse con loro per puro caso: erano tutti dei bravi ragazzi e si era fatto molti nuovi amici. Il cibo era terribile, diceva, un solo pasto caldo al giorno, una brodaglia di cui era impossibile capire gli ingredienti.

– Ogni giorno sogno il tuo fouti e latchiri, Kadi. No, cioè, sogno te, ma anche il tuo fouti e latchiri! – diceva. Quando gli furono accordati alcuni privilegi per buona condotta, e Kadiatou poté versargli dei soldi sul conto corrente della prigione, Amadou cominciò a raccontarle cosa comprava allo spaccio: petti di pollo fritti in olio cattivo, Philly cheesesteak nel pane bruciacchiato. – Dovrebbero appaltare a te il servizio di ristorazione, amore mio. Nessuno vorrebbe piú uscire! – Quando non rideva, chiedeva perdono, dicendo che non le aveva raccontato che vendeva marijuana perché voleva che restasse pulita. Usò la parola inglese per «pulita», come se avesse un significato diverso da quella pulaar.

Lei gli diceva che non era arrabbiata, perché era vero. Era arrivata a capire che l'insincerità aveva le sue sfumature, le sue stratificazioni, i suoi nodi e le sue giravolte. Alle volte mentiamo perché amiamo, altre volte per aiutare o salvare coloro che amiamo. Non riusciva a scrollarsi di dosso il senso di colpa, il pensiero continuo di essere la responsabile di quanto accaduto, perché appena aveva lasciato New York Amadou era andato in pezzi, prima perdendo la casa e poi facendosi arrestare. Se fosse rimasta con lui forse sarebbe riuscita a salvarlo. In fondo non aveva rubato niente; aveva solamente venduto una cosa che gli avevano dato. Non era una vera infamia. Kadiatou aveva cominciato a mettere da parte i soldi per il biglietto aereo poche settimane dopo il suo arresto, ma le ci era voluto piú di un anno per riuscire ad andare in Arizona. Aveva il cuore che le palpitava, come una sposa a cui fosse permesso scegliere il marito, il giorno in cui Chia la aiutò a svolgere le pratiche burocratiche, compilando moduli e richiedendo la verifica dei precedenti penali, mentre Binta leggeva il regolamento delle visite sul sito della prigione. Non poteva indossare niente di trasparente o sopra il ginocchio, niente di scollato o elasticizzato, niente di mimetico e niente di arancione. Kadiatou trovò strani tutti quei dettagli del regolamento, come se chi andava a trovare i propri cari in prigione avesse tempo di pensare ai vestiti.

Chia le offrí l'albergo, un motel non lontano dal carcere, e un'auto a noleggio, una piccola berlina con ruote lustre e immacolate. Kadiatou guidò con prudenza, in un paesaggio a lei nuovo; perfino il sole era diverso, si riverberava sul parabrezza. Arrivata nei pressi del complesso carcerario, sentí l'eccitazione diminuire, e il primo fremito di vergogna. Non era vergogna per quello che aveva fatto Amadou, ma un sentimento piú profondo che le si insinuò sottopelle quando si trovò in fila, con un metal detector che le sfiorava il caftano e una guardia dai modi spicci che la tastava fino ai piedi. Due cani dal pelo marrone si avvicinarono per annusarla, e Kadiatou ebbe un moto di ribrezzo. Cani, cani sporchi. Lei veniva da una famiglia perbene, onesta, anche se di pochi mezzi. Non erano ladri. E Amadou non aveva rubato niente. E le toccava subire questo, le toccava essere annusata da quei cani, sporche creature che pretendevano di giudicare la *sua* pulizia. Una donna della fila accanto, con un abito lungo rosso, cominciò a inveire contro le guardie. – Che cazzo vuol dire inappropriato? – mentre le due figliolette, le trecce tintinnanti di vivaci perline, chiedevano: – Vuol dire che non possiamo vedere papà? Vuol dire che non possiamo vedere papà?

Le guardie, imperturbabili, stavano dicendo alla donna che avrebbe dovuto leggere le norme sull'abbigliamento. Kadiatou le guardava stupefatta. Quella gente le applicava veramente, le regole sul vestiario; non controllavano soltanto gli uomini chiusi dentro, ma anche le donne fuori! Che male poteva fare un abito, in prigione? Il tessuto rosso aderiva alla pelle della donna fasciandola ovunque, sulla pancia, sul seno, sul sedere; un genere di abito comunissimo tra le americane. La donna si girò per andarsene e chiamò le figlie, che non erano molto convinte di seguirla, e continuavano a voltare la testa. Piccole innocenti che non avrebbero incontrato il padre per colpa di un vestito attillato. Ma la madre doveva mettere proprio quello? La vergogna di Kadiatou aveva passato il segno e traboccò, estendendosi anche a quella donna mai vista e alle sue due bambine.

Entrò in un cubicolo con le pareti di plexiglas in cui si sentí presa in trappola. L'interfono nero davanti a lei aveva l'aria vecchia e scassata, con una sottile riga di sporco sotto il microfono. La mensola era occupata da uno sperduto rotolo di carta igienica, forse a uso dei visitatori che desideravano asciugarsi le lacrime. Amadou entrò scortato da una guardia, con la sua solita aria sicura, il solito passo molleggiato, e addosso una specie di sacco arancione. Lanciò un debole sorriso alla guardia e si sedette. Non aveva perso peso, ma le sembrò rimpicciolito. L'incavo dello sterno era piú infossato. In quel momento Kadiatou capí che questa era la vera umiliazione della prigione, il non essere piú padroni di se stessi. D'un tratto non volle piú essere lí, vedere quell'Amadou lí, che la guardava raggiante attraverso il plexiglass e parlava fitto all'interfono, mentre lei teneva la cornetta mollemente appoggiata all'orecchio.

Amadou disse: – Sei bellissima, amore mio.

Disse: – Vederti è come un raggio di sole.

Infine, di fronte al suo silenzio, le chiese: – Cosa c'è, Kadi?

– Voglio andarmene, – rispose. Posò la cornetta e si alzò, sotto lo sguardo ammutolito di Amadou. Se la chiamò, non poté sentirlo, perché riagganciando l'interfono aveva abdicato al desiderio di sentire la sua voce. Non sarebbe dovuta andare lí solo per guardarlo come un animale in gabbia. Separata da lui da uno spesso vetro, cosí lontana che non gli sarebbe arrivato neppure il suo profumo al gelsomino.

Quando tornò dall'Arizona Chia le disse: – Oh, Kadi. Amo il tuo amore –. Aveva la voce un po' triste, come di una bambina che desiderasse tanto una torta di fantasia. Chia amava l'idea dell'amore, entusiasticamente, incautamente. – Mi commuove che tu stia aspettando Amadou, – le disse. – Sarà meglio che lo facciano uscire presto, cosí può correre qui e portare le noci di cola! – Erano in cucina con Omelogor, e Kadiatou non aveva nessuna voglia di parlare di Amadou. Stava preparando del fouti; Omelogor era appena arrivata dalla Nigeria e aveva portato con sé la madre per un check-up, e Chia pensava che la zia avrebbe apprezzato la salsa. Le verdure bollivano in un pentolino. Chia stava raccontando tutta infervorata la sua storia a Omelogor, svelando particolari della sua vita, un po' come se la stesse svestendo: Amadou era il suo primo amore, l'aveva portata in America, e adesso era in prigione per possesso di marijuana.

– Il giudice che l'ha condannato probabilmente dopo è andato a casa e si è fatto una canna per rilassarsi, – disse Omelogor.

Kadiatou non capí, ma voleva assolutamente capire. Versò le verdure bollite e ormai molli in un colabrodo: melanzane, okra e peperoni. Ma aspettò a frullarle, per sentire meglio Omelogor.

– Non è giusto che stia in prigione cosí tanto, solo per aver venduto marijuana, – disse Omelogor. – L'altro giorno ho letto alcuni dati sulla carcerazione. Americani bianchi e neri fanno lo stesso uso di marijuana ma i neri hanno una probabilità quattro volte maggiore di essere arrestati.

– Non lo sapevo! – disse Chia. – Cioè, sapevo che usano criteri diversi per il crack e la cocaina.

– Follia pura. L'America ha la piú grande popolazione carceraria del mondo. Molti non dovrebbero neanche entrarci, in prigione.

Kadiatou volle digerire bene le parole prima di azionare il frullatore. Non avrebbe dovuto lasciare Amadou in quel modo; all'improvviso capí di essere stata debole e sleale, e si vergognò di aver ceduto alla vergogna. Amadou non si meritava di essere in prigione, non aveva né rubato né ucciso, e lei non si sarebbe dovuta vergognare di niente. Decise che a partire da quel giorno si sarebbe comportata meglio con lui, che si sarebbe depurata di ogni sentimento negativo. Avrebbe messo da parte i soldi per l'aereo e sarebbe tornata in Arizona, e quella volta si sarebbero scambiati soltanto sorrisi, un'infinità di sorrisi, attraverso la parete di plexiglass.

– Kadi, Amadou non si merita tutti gli anni che gli hanno dato. Non devi mollarlo, non sarà facile ma non devi mollare il tuo amore, – disse Chia, come se le avesse letto nel pensiero. Per la prima volta Kadiatou capí la sua visione romantica dell'amore. Da un po' di tempo avvertiva in lei una crescente insoddisfazione nei confronti del fidanzato, Mr Luuk, l'uomo bianco e alto che non riusciva a stare seduto fermo un secondo. Chia l'avrebbe lasciato presto, non aveva trovato quello che cercava, e forse non l'avrebbe trovato mai, perché semplicemente non esisteva. Kadiatou sperava che Chia scendesse dalle nuvole e si sposasse; un bambino o una bambina l'avrebbero fatta tornare con i piedi per terra, placando la sua inquietudine. Avrebbe voluto dirle che sarebbe stato uno sbaglio lasciare Mr Luuk, ma non dava mai opinioni non richieste. Il fine settimana in cui era venuto a trovarla dal Messico aveva fatto avanti e indietro dalla cucina per chiacchierare con lei, impedendole di fare il suo lavoro in pace. Tuttavia Mr Luuk le piaceva, perché amava Chia; non come quel professore, Darnell. Darnell, che si era preso la briga, e il tempo, di ignorare maleducatamente il suo saluto – il saluto di una semplice governante. Un gesto di disprezzo gratuito come quello non l'aveva mai visto. Aveva pregato tanto per Chia, allora, perché guarisse dalla sua cecità.

Kadiatou spense il frullatore, soddisfatta del risultato; aveva la giusta consistenza. Versò il fouti sul riso e aggiunse una spruzzata di olio di palma, sotto lo sguardo attento di Omelogor.

– Cristo santo, che schifezza, – disse Omelogor.

– Omelogor! – fece Chia, divertita, e Kadiatou non poté trattenere un sorriso. Quant'erano buffi i nigeriani, convinti che la loro monotona cucina fosse superiore a tutte le altre. Come Madame, l'imperiosa e imperiale madre di Chia.

– Noci di cola per le cerimonie nuziali, – disse di punto in bianco Omelogor. – Siamo tutti imparentati, noi neri africani, lo siamo davvero, la cultura di fondo è la stessa. È semplicemente meraviglioso, meraviglioso –. Aveva gli occhi che le brillavano di entusiasmo, un entusiasmo sproporzionato rispetto al suo oggetto. E in ogni caso il discorso si era allontanato da un bel po' dall'argomento noci di cola. In Omelogor c'era un pizzico di instabilità, come se una volta o l'altra tutto quel pensare potesse farla ammattire.

Kadiatou amava camminare spedita dall'uscita della metropolitana all'albergo, poi scendere con l'ascensore sul retro fino all'area riservata al personale e indossare la divisa. Si era finalmente abituata ai collant; all'inizio le prudevano e li pizzicava, sollevava e tirava in continuazione, non essendo avvezza ad avere qualcosa di cosí aderente alle gambe. La divisa – un bel vestito abbottonato, con sopra un grembiule – la faceva sentire molto professionale. Una persona con un ruolo, pronta ad agire. Talvolta, lavorando, canticchiava – appendeva il cartello PULIZIE, disfaceva il letto, restituiva al mondo l'ordine perduto. Il brusio forte e continuo dell'aspirapolvere la cullava. Un giorno un uomo d'affari bianco entrò a prendersi la valigia mentre Kadiatou stava rifacendo la camera. – Grazie, – le disse, si mise una mano in tasca e le offrí delle banconote spiegazzate.

Gli ospiti dell'albergo di rado davano la mancia, e quando lo facevano Kadiatou provava imbarazzo, prima ancora che gratitudine. Non era ingordigia accettare la mancia avendo già una paga di venticinque dollari all'ora, piú l'assicurazione sanitaria per lei e Binta? Di recente aveva ottenuto ulteriori benefit, i giorni di malattia pagati per intero, e le sembrava un miracolo l'esistenza di un sindacato che combatteva per i diritti dei lavoratori, sui quali invocava sempre la benedizione di Dio.

Sovente, mentre cucinava per Chia, faceva le pulizie in una camera dell'albergo o parlava con Binta, si fermava a pensare che quella era la sua vita, lo era davvero, una vita fatta di punti fermi, arricchiti da alcuni piccoli piaceri. Mandava denaro alla madre e pagava le rette scolastiche dei fratelli a Conakry. Pagava l'affitto del suo appartamento con due camere da letto. Aveva un'automobile. Binta seguiva corsi avanzati di preparazione al college – aveva un perfetto accento americano, e talvolta la sconcertava con il suo misto di familiarità ed estraneità. Mostrava un'infantile supponenza; non accettava piú di mangiare pane e maionese. – La maionese è un condimento che si usa nei sandwich; sul pane bisogna mettere il burro, – diceva. Ogni volta che Binta infilava una nuova parola inglese nel suo pulaar, Kadiatou la viveva come una piccola perdita, e tuttavia non desiderava altro, per la figlia, che questa padronanza di due mondi. La mattina Kadiatou pregava, dando voce alle ansie che sperava di sopire. Stai tranquilla, si diceva, ma qualcosa aleggiava sempre nell'aria. Nubi che si addensavano, o si erano già addensate. La crudele promessa della perdita non l'abbandonava mai.

Sette

Gli anni passarono nell'attesa. Di quando in quando Kadiatou si chiedeva, ma sempre di sfuggita, se il suo futuro con Amadou avrebbe retto il peso del loro passato, un passato di attesa. L'abbraccio forzato della solitudine. La mancanza di contatto fisico, l'avere una relazione fatta solo di voce. Ci fu un anno di tristezza abissale, in cui lasciò entrare nella sua vita un certo Mamady, perché l'aveva colta l'improvviso desiderio di riempire i vuoti con la presenza di un uomo, una figura paterna per Binta. Il desiderio calò d'intensità e passò; Mamady fu gentilmente fatto uscire dalla sua vita. Quando le spiegò che voleva darle una figura paterna, Binta si stupí: – E perché, mamma? – Ogni tanto pensava di non meritarsi una figlia come Binta, cosí facile da accontentare. Anche Binta aspettava Amadou. Gli mandava lettere e fotografie, dicendo che non voleva che fosse il detenuto a cui non arrivava mai posta, e Amadou diceva poi a Kadiatou: – Binta scrive benissimo in francese e inglese! – gongolando come un padre orgoglioso. Kadiatou pensava spesso a suo figlio, la sua copia in miniatura, il segreto svelato, che viveva con la madre maliana in Texas. Amadou eludeva l'argomento per paura di offenderla, ma Kadiatou sapeva che la donna del Mali non gli mandava piú fotografie del figlio. Non la biasimava, Amadou doveva averla lasciata da sola a leccarsi le ferite, ma se lui non aveva diritto di conoscere suo figlio, suo figlio aveva diritto di conoscere lui. Quando fosse uscito di prigione si sarebbe offerta di prestargli la sua voce, di intercedere per lui con la maliana.

All'avvicinarsi della scarcerazione cominciarono a parlare soltanto di futuro, e man mano che passavano i giorni Kadiatou si sentiva sempre piú eccitata e speranzosa, come se stesse sbucciando un frutto dolcissimo. Le loro telefonate divennero piú frenetiche, con un maggiore senso del tempo, benché da anni parlassero sempre con lo stesso limite di quindici minuti, sapendo che un estraneo li ascoltava e registrava le loro parole.

– Ti porterò in Florida, – le diceva, oppure: – Faremo un bel viaggio di nozze, – e a Kadiatou sembrava di tornare ai loro primissimi incontri nella Cucina di Mariama, quando le diceva che l'avrebbe portata via su una grande automobile bianca. Tanti progetti, ciascuno avvolto in una bella carta luccicante, scartato giusto il tempo di pregustarlo, e subito rimesso via. Kadiatou pianificava il suo djamougol, voleva farlo a New York, dov'erano piú vicini alla loro gente, in primo luogo a Elhadji Ibrahima. Spesso Amadou, con la sua voce allegra, diceva che le avrebbe offerto tutte le mucche e tutta la terra del Fouta Djallon, per la taignai.

Un giorno Omelogor le chiese: – Kadi, dove hai imparato cos'è il sesso?

Era il periodo in cui Omelogor stava da Chia, dopo aver lasciato gli studi, perché diceva che aveva bisogno di riprendersi, anche se Kadiatou non capiva in che senso una dovesse riprendersi da studi che non aveva nemmeno completato. Omelogor passava le giornate senza lavarsi e nutrendosi a stento; batteva velocemente qualcosa sul portatile, poi passava il resto del tempo a dormire sul divano.

Quand'era sveglia Kadiatou la trovava sempre con un bicchiere di whiskey in mano, intenta o a berlo o a versarlo. Il soggiorno, tra tutti quei bicchieri con le ultime gocce di liquido marroncino lasciati in giro, aveva un odore rivoltante. Kadiatou sapeva che Chia era molto preoccupata. Lei invece considerava un piccolo vizio, una debolezza, ricorrere all'alcol in un momento di angoscia, ed era piú delusa che preoccupata, fino al giorno in cui aveva trovato il telefono di Omelogor dentro la lavatrice. L'aveva aperta per infilarci delle lenzuola, e nel cestello vuoto c'era un iPhone color argento. L'aveva preso e restituito a Omelogor.

– Il mio telefono? – aveva chiesto Omelogor, sconcertata.

La lavatrice non era stata usata per alcuni giorni, cosí Omelogor l'aveva aperta e ci aveva messo dentro l'iPhone. La stranezza del gesto spaventò Kadiatou. Questo non era semplice vizio, Omelogor era vittima di qualcosa di piú grande di lei. Kadiatou cominciò a passare da lí quotidianamente, dopo il lavoro, per vedere come stava Omelogor, proporle qualcosa da mangiare, rifarle il letto, e quotidianamente, era piú forte di lei, apriva e sbirciava dentro la lavatrice. Omelogor faceva sempre no con la testa, dicendo che non voleva niente; mangiava anacardi e beveva i suoi whiskey. Finalmente un giorno Chia la convinse a mangiare un piatto cucinato da Kadiatou. – È come uno swallow, ma meno pesante del garri, – le disse.

– Cos'è?

– Fonio, – rispose Kadiatou.

– Ah. È questo il famoso fonio. Ho sentito dire che è l'ultima moda in fatto di superfood americano.

– Superfood? – Kadiatou scosse il capo. – Mia gente mangia fonio da sempre e ora chiamano superfood.

Omelogor scoppiò in una risata stridula. Continuò a ridere e ridere, battendo le mani. Kadiatou era perplessa, la cosa non era poi cosí divertente. In seguito Chia le sussurrò: – Sono cosí contenta che l'hai fatta ridere, Kadi –.

Chia disse che ridere, o il fonio, o entrambe le cose, le avevano dato una botta di energia, come un tonico, tanto che il giorno dopo si era fatta la doccia e aveva un'espressione leggermente piú vivace, lo stesso giorno in cui chiese a Kadiatou: – Kadi, dove hai imparato cos'è il sesso?

Kadiatou era entrata per accendere le luci di emergenza, Omelogor alzò gli occhi dal computer e le chiese: – Kadi, dove hai imparato cos'è il sesso?

Kadiatou si sforzò di rimanere impassibile. – Da mia sorella Binta. Lei detto cosa è marito e moglie.

– E dov'è Binta?

– È morta.

– Oh, mi dispiace. Mi dispiace tanto, Kadiatou.

– Grazie, – disse lei. C'era qualcosa di Binta in Omelogor, in quel suo non essere schiava della paura. E avevano lo stesso modo di fissarti, lo stesso sguardo inquietante, come per scoprire se ci fosse qualcosa che non avevi voluto dire. Kadiatou non parlava mai di Binta con nessuno, a parte con la figlia, l'altra Binta, ma quella volta, con sua stessa sorpresa, le uscirono di bocca le parole: – Mia sorella Binta. Non ha mai paura, come te.

Omelogor tacque.

– E come te, – disse, alla fine.

– Me?

– Sí, te, – ribadí Omelogor, e tornò al suo portatile. Kadiatou provò un brivido di piacere, nella piccola, sorprendente consapevolezza che Omelogor la rispettava.

In un'altra occasione Omelogor le chiese: – Kadi, qual è il tuo sogno?

– Il mio sogno? – Non era sicura di aver capito bene.

– Sí. Cosa faresti della tua vita se potessi scegliere?

Kadiatou pensò che solo chi aveva tempo da perdere poteva concepire una domanda del genere. Scrollò le spalle. – Mi piace il mio lavoro. Sono molto felice di venire in questo Paese, cosí Binta può avere questo Paese.

– Non ringraziare tanto! – sbottò Omelogor, con una

veemenza che stupí Kadiatou. Con voce piú pacata, aggiunse: – Kadi, l'America non è poi cosí meravigliosa. E tu non vivi qui gratis; lavori, e se l'America è l'America lo deve anche a te.

– Sí, – disse Kadiatou, solo per calmarla.

– Mi sono un po' informata sul tuo Paese. Sai cos'è l'Opération Persil?

– Il *persil* per cucinare?

– Sí, certo, è la parola francese per prezzemolo. Interessante, come il prezzemolo c'entri dappertutto. Nel «massacro del prezzemolo», per esempio, negli anni Trenta del Novecento, i domenicani fecero a pezzi gli haitiani. Chiesero a tutti i neri di dire la parola «prezzemolo» in spagnolo e chi la diceva con l'accento francese di Haiti anziché con quello spagnolo veniva ammazzato.

Kadiatou ascoltava in silenzio. Non era la prima volta che Omelogor diceva una cosa di cui non capiva un'acca, e non sarebbe stata di certo l'ultima. Stava preparando il fonio apposta per lei, ed era felice che le piacesse cosí tanto. La cosa che l'angustiava quando aveva lasciato gli studi, qualunque fosse, la tormentava di meno, in giro per casa c'era un solo bicchiere di whiskey, e nella cesta della biancheria erano comparse le sue cose da lavare, segno che aveva ripreso a cambiarsi i vestiti.

– Quanto all'Opération Persil, è stata una cosa terribile fatta dai francesi per destabilizzare il tuo Paese, l'unico dell'Africa francofona che non aveva voluto la costituzione di De Gaulle. Cosí De Gaulle ha ordinato di distruggere tutto ciò che i francesi avevano fatto in Guinea, come un bambino capriccioso che rompe un giocattolo perché non lo usi nessun altro. E poi c'è stata l'Opération Persil, in cui hanno stampato moneta falsa della Guinea, ne hanno inondato il Paese e hanno fatto crollare l'economia.

– Okay, – disse Kadiatou.

Omelogor rise. – Mica tanto okay. Puoi farmi il tè? English breakfast.

– Okay.

Quando Kadiatou tornò con il tè, Omelogor la guardò negli occhi e disse: – Kadi, qualcosa devi sognare. Pensa a quando andrai in pensione. Voi fulani della Guinea siete come noi igbo, bravi a fare i venditori e i commercianti, perciò forse sogni di diventare una commerciante?

Kadiatou rimase un attimo in silenzio. Era vero, sognava.

– Quando mio lavoro finisce apro un ristorante. Quando Binta finisce il college. Adesso devo tenere il mio lavoro per soldi sicuri. Qualche volta faccio le treccine. Per soldi extra. Un giorno può darsi venderò extension.

– Puoi farlo subito.

– Prima risparmio.

– Dammi gli estremi del tuo conto corrente. La mia banca ha un fondo speciale per le piccole imprese guidate da donne. È un contributo a fondo perduto, non un prestito. Ti arrivano i soldi sul conto, e finisce lí. Ma devi usarli per la tua attività.

Kadiatou sbarrò gli occhi. Omelogor era una persona instabile e la cosa che aveva detto era troppo bella per essere vera, nella vita niente era mai regalato, ma dalla sua espressione capí che diceva sul serio. – Grazie, – disse. – Che Dio ti benedica.

Otto

Il giorno che le cambiò la vita cominciò in maniera normale, come capita quasi sempre ai giorni anormali. Non aveva una sensazione di aria gelida nel petto o di sciagura imminente. Si alzò pensando al film che sarebbero andate a vedere, felice che Binta si divertisse ancora ad andare al cinema con lei. Si sarebbero sedute vicine nella sala buia, con grandi secchielli di pop-corn, le dita unte di burro fuso. Il pop-corn le procurava sempre fastidi di stomaco, ma il vero piacere era stare seduta vicina alla figlia, sentirne il calore, quella figlia cosí conosciuta eppure cosí nuova. Ormai parlavano addirittura del tempo come gli americani.

– Oggi non farà molto freddo, mamma, – disse Binta.

– Infatti, – rispose lei. Il gelo di dicembre era leggermente diminuito.

Indossava un nuovo maglione di morbida lana marrone, comprato da Ross il mese prima, abbastanza carino per il cinema; aveva appuntamento lí con Binta, l'avrebbe raggiunta direttamente dal lavoro. I jeans erano un po' stretti, era ingrassata piú del dovuto. Amadou adorava i suoi fianchi larghi – chiamava il suo corpo «un'interruzione dal lavoro» perché lo distraeva – ma era meglio starci attenta. Non voleva che uscendo di prigione la trovasse troppo grossa per i suoi gusti.

Prese un caffè al food truck, il solito, con latte e zucchero.

Il proprietario era un uomo di origine ispanica con la barba ben curata. Non sapeva il suo nome, ma dalla volta in cui aveva preso una cioccolata calda per Binta non passava giorno che non le domandasse: – Come sta sua figlia? – al che lei regolarmente rispondeva: – Bene, grazie.

Lin aveva preso un giorno di malattia e cosí le avevano assegnato il ventottesimo piano. Sperava che gli ospiti liberassero le stanze in orario, per uscire presto dal lavoro, ed eventualmente fare un giro con Binta nel negozio accanto al cinema.

Quasi tutte le camere del piano avevano appeso alla porta il cartello NON DISTURBARE. Kadiatou passò di fronte a tutte, pensando, demoralizzata, a quanto ci avrebbe messo a farle. Vicino al ripostiglio della biancheria, Jeff, del servizio in camera, si stava allontanando con un carrello.

– La 2806 è libera, – disse. – Tutta tua.

– Fantastico, – disse. Era il genere di espressione che usava per sembrare piú americana. «Fantastico. O mio Dio». Parole che sentiva estranee piú di altre. La 2806 era la suite piú grande del piano, ma cominciando subito ce l'avrebbe fatta a uscire in orario – sempre che nessuna delle altre ritardasse il checkout. Bussò forte, per ogni evenienza, dicendo ad alta voce: – C'è nessuno? Servizio di pulizie! Pulizie! C'è nessuno?

Aprí la porta ed entrò nella camera. Se camera si poteva chiamare, quell'ambiente ovattato piú grande di casa sua. Ogni volta che entrava in una suite pensava che fosse uno spreco di spazio, con quei letti grandi come campi coltivati e intere zone dell'appartamento spesso neanche sfiorate dagli ospiti. A loro piaceva, ma secondo lei gli piaceva di piú l'idea di essere stati lí che la suite in sé.

Com'è che una è tranquilla, persa nei suoi pensieri, e di colpo le arriva una pugnalata? Kadiatou percepí un movimento rapido, poi vide un uomo nudo, un bianco. Aveva i capelli grigi, era tarchiato, non alto, con la pancia grossa, e le stava andando incontro. Prima di poter distogliere lo sguardo Kadiatou percepí la macchia rosa, prepotente, della sua erezione. – Scusi! Scusi! – esclamò. Si portò subito le mani alla faccia, per coprirsi gli occhi, e cominciò a retrocedere, mortificata, pensando a come avrebbe fatto a spiegare a Shaquana perché aveva violato la privacy di un vip. «Jeff aveva detto che la stanza era vuota, quando ho bussato non ha risposto nessuno, la prossima volta aspetterò di piú a entrare...»

Ma l'uomo continuava ad avanzare, ormai le era addosso, e non accennava a volersi coprire. Si allungò a richiudere con forza la porta lasciata semiaperta da Kadiatou.

– Non devi scusarti, – disse, e le afferrò i seni con le mani. Tutte e due le mani su tutti e due i seni, come se fossero di sua proprietà, come se tutto il suo corpo fosse di sua proprietà, come se si conoscessero. Si sentí calare addosso una cappa di irrealtà.

– No, signore, per piacere. Fermo per piacere, signore, per piacere.

La spinse verso il letto, la costrinse a sedersi. La sua forza la stupí, perché non era giovane. Sembrava animato da un'energia esterna, una propulsione meccanica. Kadiatou era scioccata, sconvolta; non si capacitava che stesse succedendo davvero.

– Signore, per piacere, smetti. Fuori c'è mia responsabile, – disse.

– Non c'è nessuno, – ribatté quello.

Successe tutto molto rapidamente, a una velocità vertiginosa. Le tirò su il vestito, e mentre lei cercava di riabbassarlo le strappò i collant e le cacciò le dita tra le gambe. Kadiatou lo spinse via, ma non con violenza – era un vip, non poteva rischiare di perdere il posto – e corse verso il corridoio, ma l'uomo non si arrese e le piombò di nuovo addosso, a una velocità impressionante, animalesco, assatanato, una bestia selvaggia. La costrinse a mettersi in ginocchio, schiena al muro, schiacciandole malamente le spalle, per farla stare giú, dove voleva lui, e la spalla le si spostò, scricchiolò in disaccordo. Cercò di infilarle a forza il pene in bocca. Kadiatou strinse le labbra e scosse la testa. Lui allora le strizzò le mascelle con la mano, costringendola ad aprirle. In quell'istante Kadiatou capí che non la considerava un essere umano vivo e pensante come lui, ma una cosa, una cosa di cui impadronirsi, fare scempio e buttare via, e ne fu spaventata. Le aveva messo il pene in bocca e ora con entrambe le mani le schiacciava la faccia contro l'inguine. Dava spinte rapide e gemeva, e malgrado lo shock Kadiatou tenne la bocca aperta, per non fargli male, per non far male a quell'uomo importante, quel bianco nudo. Un'ultima spinta violenta, e l'uomo si ritrasse. Kadiatou aveva la bocca piena di vermi. Corse fuori dalla stanza, sputando quell'acida schifezza. Aveva la gola che pizzicava e lo stomaco sottosopra, e la generale sensazione che tutto in lei, corpo, spirito e anima, fosse in rivolta. E intanto sputava, sputava. Sputava sul lussuoso pavimento che era suo compito tenere pulito, ma non riusciva a trattenersi. Arrivata all'ascensore si fermò, afferrandosi la pancia per trattenere il vomito.

Poi comparve lui, con la giacca e le scarpe lucide, spingendo un trolley nero. Era incredibile che si fosse già vestito di tutto punto, che non fosse minimamente toccato da quello che aveva appena fatto. La vide, la guardò con occhi vacui, come se fosse trasparente, ed entrò in ascensore. A Kadiatou venne la pelle d'oca. Le era sembrato veramente un djinn maligno, non umano, metà spettro e metà animale. Non sapeva che cosa fare. Andò nella stanza 2820, che non era occupata, fissò imbambolata il letto intonso, e riuscí. Le veniva da vomitare. Era successo davvero? Era entrata in una stanza e un uomo bianco nudo, un vip, una vera e propria incarnazione del male, le era piombato addosso? Udí dei passi e trasalí, terrorizzata.

Era Shaquana. – Tutto bene, Kadi?

Kadiatou avrebbe voluto farle cenno di sí e dire che andava tutto bene, ma provò la strana sensazione liquida che si accompagna alla perdita di autocontrollo. L'inglese era già difficile: trovare le parole ora, impossibile.

– Cosa succede se un ospite... – Si interruppe, sentendo l'aria gelida nel petto, la paura che annunciava la catastrofe.

– Che c'è, Kadi? Cos'è successo?

– L'ospite mi spinge e fa violenza. In bocca, mette... Io sputato –. Fece dei gesti esplicativi.

Shaquana sbarrò gli occhi. – O mio Dio. Nella 2806?

Kadiatou fece cenno di sí.

– È un vip, ma me ne infischio, – disse Shaquana, con il telefono già in mano.

La spalla sinistra le duole, come se qualcosa dentro fosse andato fuori posto. Vorrebbe stringersela, provare a tenerla insieme, impedire che si rompa ancora di piú, ma non vuole che si noti. Tra le gambe, dove l'uomo l'aveva afferrata con violenza bestiale, non ha dolore, ma una vaga sensazione di intrusione, una pulsazione che va svanendo. Da fuori sembra ferma, dritta accanto a Shaquana, ma dentro trema tutta, vacilla, è disorientata. Ogni parte del suo corpo non ha piú pace. Mike, il responsabile della sicurezza, le sta parlando. Quando lo incontra nei corridoi le dice sempre: – Ciao, come va? – È alto e cammina con autorevolezza, con la schiena dritta. Le sta parlando in tono gentile. – Adesso scendiamo, andiamo nell'ufficio del direttore, – le dice, adagio, come se pensasse che non è piú in grado di capire. Quando le porte dell'ascensore si aprono, si scosta e la lascia entrare per prima. Shaquana, nella sua divisa nera, le sta addosso. – Andrà tutto bene, Kadi, andrà tutto bene, – le dice. In ascensore nessuno parla. Sente un gusto acido in bocca. Inorridisce al pensiero di quello che contiene ancora, ai vermi rimasti, i viscidi vermi striscianti che non è riuscita a sputare del tutto, cosí che in segno di ribellione le si stringe la gola, le va sottosopra lo stomaco, e il movimento dell'ascensore la spingerebbe a mordersi le labbra, ma se lo facesse i vermi penetrerebbero ancora di piú in bocca, nella saliva, e la insozzerebbero, la macchierebbero in modo irreversibile.

– Voglio lavare la mia bocca, – dice.

– Non puoi sciacquarti la bocca, Kadi, – ribatte Shaquana. – Non ancora.

Le sfrega la spalla, in segno di solidarietà, ma è la spalla sinistra, quella dolente, e Kadiatou fa fatica a non sussultare. Il direttore è in piedi sulla soglia dell'ufficio, ha l'aria inquieta e nervosa, e tiene in mano un cellulare di notevoli dimensioni. Shaquana dice al direttore il nome dell'ospite, e il direttore esclama: – O mio Dio! – e alza gli occhi al cielo, come tramortito, invocando il suo Dio.

– Raccontami cos'è successo, Kadiatou, – dice.

– Voglio lavare la mia bocca, – ripete lei.

– Non puoi. Devi andare in ospedale, dove ti visiteranno e raccoglieranno le prove, – dice il direttore. – Intanto chiamiamo la polizia.

Mike dice al direttore: – Lei chiami. Io contatto l'ispettore.

– No, no, – dice Kadiatou. – Non voglio ospedale. Non voglio polizia. Per piacere.

Sta accadendo tutto troppo in fretta; la cosa sta ingigantendosi, gonfiandosi. E lei sta creando troppi problemi, con questa storia dell'ospedale e della polizia. Se potesse solo sciacquarsi la bocca e prendere un Tylenol sarebbe a posto, si farebbe forza e via. Non può assolutamente perdere il lavoro.

Guarda il direttore, temendo che la licenzierà per aver creato tutta quella confusione e averlo reso nervoso, lui, un uomo che Kadiatou aveva sempre visto sicuro e padrone della situazione.

– Raccontami cos'è successo, – dice il direttore.

Shaquana le sfiora di nuovo la spalla.

– Jeff dice che l'ospite è partito, ma io busso, busso, busso. Dico: pulizie! Dico due volte. Entro e guardo in studio, niente, cosí voglio iniziare. Subito subito vedo un uomo nudo, viene dall'altra parte, il bagno. Dico: scusi scusi! E comincio ad andare via. Ho molto stupore perché quando entrata non c'è rumore, credo che non c'è nessuno. Lui viene veloce da me, molto veloce, dice non mi devo scusare. Lui va veloce verso la porta e chiude, spinge forte. Poi... mi tocca seno. Io dico per piacere signore, no, per piacere. Dico che mia responsabile è fuori perché voglio che si ferma. Dico non voglio perdere il mio lavoro. Lui dice non perdi il tuo lavoro. Va tutto molto veloce. Sono piena di paura. È seconda settimana che faccio il piano vip. Non visto niente come questo in mio lavoro prima, mai. Lui alza il mio vestito ma io tengo e dico no, no. Allora lui tira giú queste, mie calze, spinge la mano in mia... parte intima. Poi spinge me. Lui è forte, molto molto forte. Lui usa forza. Io stupita perché lui non è giovane. Lui mi spinge. Spinge cattivo.

– Dove ti spingeva?

Kadiatou indica la spalla. – Qui. Io vado a terra. Lui spinge suo... suo coso dentro mia bocca. E poi mi tiene ferma testa e... e finisce, e io corro e sputo.

Il direttore la guarda fisso, senza parole.

Mike dice: – Mi dispiace tanto, Kadiatou.

– Non voglio polizia. È okay.

– Kadiatou, dobbiamo chiamarla la polizia. Qui si tratta di un vero e proprio reato. Dobbiamo seguire la legge, – dice Mike.

– No, per piacere, è okay, – dice Kadiatou.

Il direttore è già al telefono con la polizia. Sembra incerto, titubante. Dice: – Una delle nostre cameriere ai piani ha subito violenza sessuale da parte di un ospite importante.

Shaquana la invita a sedersi. Mike dice che devono sbrigarsi, il detective dell'unità speciale è già per strada. Kadiatou sente «unità speciale» e pensa a una serie televisiva che guarda Binta. Fa caldo, vorrebbe sciacquarsi la bocca, lavarsi la faccia e fregarsi tutto il corpo. Si sente sporca, lurida. – Hai le calze strappate, – le dice Shaquana. Abbassando lo sguardo, Kadiatou vede uno strappo irregolare lungo tutta la gamba, e la sua pelle nuda che, per contrasto, sembra una ferita. Ci mette la mano sopra, come per nasconderla.

– Adesso andiamo in ospedale, Kadi, – dice Shaquana. – Vai a prendere la tua roba, la borsa con i vestiti.

– La borsa? – Lei voleva tornare su e finire le stanze. Se le dicono di prendere le sue cose adesso forse è perché la vogliono licenziare.

– Dovranno tenere la tua divisa come prova, – dice Shaquana.

Kadiatou va nell'area riservata al personale sperando che non ci sia nessuno, che nessuno la veda prendere le sue cose. C'è la nuova cameriera di Haiti. – Che succede? – le chiede, e Kadiatou risponde: – Niente, niente, – e corre a prendere la borsa. Si sente sporca, dentro e fuori, e tiene la borsa giú, sperando che copra le calze strappate.

Nell'auto che la porta all'ospedale si rannicchia in un angolo per non infettare Shaquana, stringendosi la borsa al petto. La sua borsa marrone firmata con la cerniera robusta. È una delle imitazioni migliori, le aveva detto Amadou quando gliel'aveva regalata. Sono passati tanti anni, ed è ancora buona. Attraverso la finta pelle sente il mucchietto dei jeans e del maglione, la consistenza rigida del portafogli. Le risuonano nelle orecchie le parole del direttore. «Una delle nostre cameriere ai piani ha subito violenza sessuale da parte di un ospite importante». Nel traffico bloccato, osserva i passanti infagottati nei cappotti, il caffè in mano, un cane peloso al guinzaglio: la loro vita scorre normalmente, come sempre, la loro giornata va come si aspettavano che sarebbe andata quando sono scesi dal letto. Sente spuntarle una lacrima ma non vuole piangere, non vuole. Nell'atrio dell'ospedale c'è già una persona che le aspetta. Un'infermiera dai modi spicci con un camice blu. Le accompagna di sopra e dice a Kadiatou che la collega che la visiterà sta arrivando. – Sarà qui a momenti, – dice.

Mentre cammina le cresce la rabbia, in fondo lei stava facendo il suo lavoro, stava solo facendo il suo lavoro, e per colpa di un ospite che ha deciso di comportarsi come un animale selvaggio ora è in ospedale, tra malati in carrozzina, dove lei non c'entra niente, lei non è malata. Un'infermiera la guarda con aria interrogativa, si starà chiedendo che cosa ci fa in quel posto, con la sua divisa da cameriera, il grembiule bianco annodato dietro con un bel fiocco. Salgono al terzo piano, Shaquana parla con una persona, poi con un'altra, e dovunque c'è una grande animazione, un andirivieni frenetico. Kadiatou pensa: tutto questo per me. Da un lato è contenta, ma dall'altro no, perché sarebbe dovuto essere per qualcosa di buono, di utile per lei. Forse se Binta, o lei stessa, fossero gravemente malate, quel trambusto potrebbe avere un senso. Shaquana le dice che può avere una garante dei suoi diritti in sala medica, ma che se non vuole non è obbligatorio, e Kadiatou rimane interdetta, non sa che cosa vuol dire «garante». Una persona incaricata di proteggerla, forse, come una guardia, ma perché dovrebbe averne bisogno?

– Capisce? – le chiede l'infermiera, poi si rivolge a Shaquana. – Parla francese? Potrei usare Google Translate.

– Capisco, – dice Kadiatou.

Compare un poliziotto in divisa, ha una macchina fotografica sul petto e un walkie-talkie sulla manica. Le chiede di dirgli cos'è successo, esattamente cos'è successo. Glielo chiede come se avesse fatto qualcosa di sbagliato, mentre una lucina rossa lampeggia sulla fotocamera. Lei risponde che l'ora del checkout era passata e che Jeff le aveva detto che la stanza era vuota, e che aveva gridato «Pulizie» due volte senza che ci fosse risposta, e che era entrata, e un uomo bianco nudo le era piombato addosso. Lo dice a voce alta in modo che la senta anche Shaquana, che sappia che aveva bussato e aveva detto «Pulizie». Aveva seguito il regolamento, non era entrata e basta.

– E poi cos'è successo? – le chiede il poliziotto.

– Poi ... mi afferra... fa violenza.

– L'ha afferrata? Afferrata dove, signora Bah?

Abbassa gli occhi, imbarazzata di doverlo dire a un uomo che non conosce. Guardandolo, pensa che sarebbe stato meglio non sporgere denuncia, tacere su tutta la faccenda. La divisa gli va troppo stretta; le loro divise sono sempre strette, scomode, con tutte quelle armi attaccate alla vita. Non correrebbero meglio con un abbigliamento piú comodo? Già, ma i poliziotti americani non corrono; loro preferiscono sparare. Come al povero Amadou Diallo.

– Signora Bah! – le dice, con una certa severità, come per riottenere la sua attenzione. – Ho bisogno che mi dica esattamente cos'è successo, signora Bah, nel modo piú circostanziato possibile.

Arriva l'infermiera che la visiterà. Pur essendo giovane, ha un'aria materna, di sorridente autorevolezza. Tra l'infermiera e il poliziotto cala il gelo.

– Mi chiamo Krystal. Sono un'infermiera forense, eseguo le perizie sulle vittime di violenza sessuale. Il mio compito è aiutare le persone che hanno subito quello che ha subito lei, – le dice. Ha i capelli raccolti in una coda biondastra, anche se sulla foto del tesserino di riconoscimento agganciato alla manica la capigliatura è molto piú scura, quasi nera. Dice seccamente al poliziotto: – Preferirei che questi interrogatori si svolgessero dopo l'esame medico –. Conduce Kadiatou in una stanza, chiude bene la porta e tira le tende, e Kadiatou è contenta di quella tana in cui forse potrà dimenticare ciò che è successo. Krystal le domanda se ha dolore da qualche parte e lei risponde di no, benché la spalla sia in fiamme e senta un bruciore acuto.

– È sicura? Guardi che me lo può dire, se ha dolore da qualche parte.

Allora Kadiatou risponde: – Qui, ma piccolo.

Krystal fa delicatamente pressione sulla spalla, poi le muove piano il braccio, e a Kadiatou scappa un gemito, il dolore l'ha colta di sorpresa, e si vergogna, avrebbe dovuto sopportarlo. – Bisognerà fare una lastra, – dice Krystal. – Ma prima l'esame, okay?

Kadiatou annuisce.

– Vorrei che mi dicesse cos'è successo. Mi dica quello che può, che ricorda. Non tema di dire qualcosa di sbagliato, non ha fatto niente di sbagliato e mi dispiace tanto per quello che le è capitato, – dice Krystal, quasi sapesse, o avesse udito, come l'aveva trattata il poliziotto. Kadiatou le è talmente grata di questa piccola gentilezza che i muscoli si rilassano, il cuore si calma, e diventa piú facile raccontarle tutto. Krystal ascolta, prende appunti, annuisce, un po' per incoraggiarla e un po' per mostrarle comprensione. In nessun momento sembra scioccata o stupita, è evidente che ha sentito raccontare mille volte quella storia, in varie versioni, da donne di ogni tipo, ma alla fine sempre uguale.

– Ha un livido sul collo, in questo punto, – dice Krystal. – Le fa male?

– No.

– Livido sul collo, collant strappati, – detta Krystal nel telefono, poi inclina il capo e guarda lo schermo per controllare che l'abbia scritto giusto.

– Dovremo trattenere i suoi vestiti come prova. Ha qualcos'altro da mettersi? Se non ce l'ha non importa, le do io qualcosa.

– No, sí, ce l'ho, – risponde Kadiatou. Vogliono prendersi la sua divisa? È vero che ne ha una di ricambio, ma le sembra un altro fallimento, una sconfitta. Krystal dice che aspetterà fuori per permetterle di togliersi i vestiti, metterli in una grande busta di plastica e sdraiarsi sotto il lenzuolo monouso. Rimasta sola, Kadiatou si toglie la divisa, piega il grembiule e il vestito e li posa sul tavolo. Trema. Fa freddo. Infila il reggiseno e le mutandine nella borsa, pudicamente nascosti sotto i jeans, per rimetterli in seguito. Si sdraia, nuda, sotto un lenzuolino di carta, e vorrebbe abbracciarsi per tenersi piú calda ma si trattiene, in qualche modo le sembra inappropriato, offensivo nei confronti di Krystal, cosí lascia le braccia mollemente distese lungo il corpo, come un cadavere. Non vuole offendere nessuno; ha già causato fin troppi problemi. Krystal bussa prima di entrare.

Le dice: – Ora farò un esame completo, d'accordo? Fotograferò tutto. Se in qualunque momento desidera fare una pausa, o se ha una domanda, qualsiasi domanda, basta che me lo dica.

Krystal si infila i guanti sotto lo sguardo preoccupato di Kadiatou, che non ha capito bene in che cosa consista l'esame.

– Prenderò campioni da varie parti del suo corpo, d'accordo?

Kadiatou spalanca la bocca; brucia di vergogna, e non vorrebbe. Krystal le infila in bocca un bastoncino con la punta di cotone, poi un altro, e un altro ancora.

– Ora solleverò il lenzuolo e le osserverò il petto, d'accordo?

Krystal è attenta a lasciare coperta ogni parte che non sta esaminando, come per restituire al suo corpo tutta la dignità possibile. Tamponi umidi sul volto, sulle labbra, sul collo, sulla gamba.

– Adesso le fotograferò la gamba, d'accordo? Ha un livido sul ginocchio.

È già arrivata alle gambe, pensa Kadiatou, sarà quasi finita. Mentre prova a rilassarsi Krystal le dice con delicatezza: – Ora, Kadiatou, devo esaminarle le parti intime.

Estrae le staffe, poi chiede a Kadiatou di infilare dentro i piedi e scivolare in avanti.

– È comoda? – le chiede.

Non è per niente comoda, ma risponde di sí. Quella posizione, sdraiata a gambe divaricate con i piedi sollevati, le ricorda quando aveva partorito suo figlio, nell'ospedale della città mineraria piena di polvere. Il lenzuolino tirato sulla pancia è inutile. È nuda. Essere denudata per partorire un bambino o perché è in gioco la salute è un conto, ma questo, questo è un oltraggio.

– Ha un leggero gonfiore e infiammazione in zona vaginale, – dice Krystal. – Le fa male?

– No.

Questa volta risponde di no perché non è dolore, è profanazione, e non c'è cura. Le sale nuovamente la rabbia. Il ciclo le era appena finito, ma se invece l'avesse avuto? Se quell'ospite trasformatosi in animale selvaggio avesse profanato il suo corpo mentre aveva le mestruazioni? Se dovesse stare in quella posizione perdendo sangue?

– Farò qualche foto, d'accordo? – dice Krystal.

Kadiatou si alza di scatto e il lenzuolo di carta che le copre il petto scivola a terra. Fa per raccoglierlo. Krystal glielo porge.

– Vuole fotografare lí? – Kadiatou è orripilata.

– Sí, Kadiatou, tranquilla. Lo so che la considera un'invasione della sua privacy. Mi dispiace davvero tanto. Ma dobbiamo documentare tutto. Dobbiamo essere sicure di non tralasciare nulla che possa servire all'inchiesta. Lo so che è difficile, ma è l'unico modo per ottenere giustizia.

Kadiatou chiude gli occhi; non ce la fa a guardare mentre un'altra persona la fotografa in quelle zone del corpo. Poi Krystal le chiede di mettersi carponi, deve fare altre fotografie. Carponi?

– Sí, mi dispiace. Lo so che è penoso.

Kadiatou si sente come un cane condannato a morte, una cosa inutile, odiata. Ora è a quattro zampe sul lettino, con il lenzuolo sulla schiena che non copre un bel niente e come una specie di burla crudele accentua la sua umiliazione. Quel mattino si era alzata per andare al lavoro, e ora un'estranea le sta fotografando le parti intime. Dove andranno a finire le fotografie? Chi le vedrà?

– Dobbiamo fare tutto quello che può essere utile all'inchiesta, – le dice Krystal, con voce suadente. La parola «inchiesta» la terrorizza. Che cosa darebbe per non essere lí, per tornare a fare le pulizie in una stanza vuota, e poi andare al cinema con Binta a vedere *Le amiche della sposa*!

– Ha bisogno di andare in bagno, o di altro? – le chiede Krystal.

– Voglio lavare la mia bocca, – risponde.

Al lavandino, si riempie la bocca di acqua, fa uno sciacquo, sputa, la riempie di nuovo, fa un altro sciacquo, poi un altro e un altro. Si lava le mani e si sfrega la lingua con le dita. Si riempie la bocca d'acqua, piú e piú volte.

– Tutto bene? – le chiede Krystal, dall'esterno di quell'angusta toilette.

Kadiatou osserva il proprio viso allo specchio, stupita di non essere cambiata; dopo tutto quello che è successo, non è cambiata. Sempre avvolta nel lenzuolo, ritorna nella stanza. Krystal le consegna un flacone di pillole per il dolore alla spalla e le spiega come prenderle.

– Devo farle alcune domande ma non è obbligata a rispondere a tutte, – le dice.

Kadiatou non capisce: che senso ha farle una domanda

se può anche non rispondere? Krystal le chiede da quanto tempo lavora al George Plaza, se prima aveva fatto altri lavori, dove abita, e da quanto tempo.

– Ora devo farle alcune domande anagrafiche, – dice Krystal, e Kadiatou sente una stretta allo stomaco, la pressione che sale, al pensiero che possano riguardare la sua richiesta di asilo. Ma Krystal le chiede solamente da che parte dell'Africa provenga, e se sia d'accordo a indicare la sua etnia come «nera»; Kadiatou si chiede quale altra potrebbe essere.

– È stata bravissima, Kadiatou, – dice Krystal.

Le porge una confezione di mutandine nuove di cotone, dicendo: – Dovrebbero essere della sua taglia.

Ce ne sono tre, una rosa e due bianche. Kadiatou prende la scatola, la rigira, osserva la foto di una donna bianca, con un bel fisico abbondante, che ne indossa una rosa alta fino all'ombelico.

– Anche le mutande?

– Sí, alla polizia serve tutto quello che indossava al momento dello stupro.

Krystal le dà un altro pacchetto, e lei esita a guardare cosa contiene, come se temesse di trovarci altre mutande. Dentro ci sono uno spazzolino da denti, un dentifricio, un sapone, un deodorante, una crema per le mani e un dépliant con immagini di donne afflitte. Kadiatou tocca il deodorante e si sente di nuovo in imbarazzo, le sembra di ricevere una ricompensa per la violenza che ha subito.

Krystal esce per darle modo di rivestirsi, e Kadiatou recupera la propria biancheria intima. Entrambi i pezzi sono neri, il reggiseno è il suo preferito, comodo e robusto, un po' liso nella parte posteriore per essere stato agganciato e sganciato mille volte. Guarda le mutande. Sul davanti c'è un filo che pende, vorrebbe strapparlo ma si trattiene. Se avesse saputo di dover consegnare a qualcuno la propria biancheria intima si sarebbe messa il reggiseno piú nuovo, che se non altro era meno consumato. Sospira. La sua biancheria non ha niente che non vada, semplicemente non vorrebbe farla vedere a nessuno. Infila i due pezzi nella busta di plastica sul tavolo, insieme alla divisa. Risistema tutto in modo che il vestito nasconda le mutandine e il reggiseno, poi guarda la busta, sfiora la plastica; è triste di lasciare lí le sue cose, le sembra di abbandonarle. Le mutande nuove non vanno bene, scivolano fra le natiche appena le mette. Si infila i jeans. È strano indossare il maglione senza il reggiseno. Non chiederà a Krystal di dargliene uno, non vuole essere sfacciata, ma si sente a disagio a non avere niente sotto; non è mai uscita in pubblico senza reggiseno.

Krystal bussa per chiederle se va tutto bene, se vuole dell'acqua o del caffè prima della radiografia. – No, grazie, – risponde. Il solo pensiero di mettere qualcosa in bocca le fa venire la nausea.

Krystal la porta in un'altra stanza dove le faranno un prelievo di sangue. Un uomo la guarda con espressione dispiaciuta, poi le annoda un laccio stretto intorno al braccio. Kadiatou ha l'istinto di toglierselo; qualunque cosa che sappia di costrizione fisica la fa imbizzarrire, rivoltare. Quando la punta dell'ago si avvicina alla pelle distoglie lo sguardo. Poi Krystal l'accompagna in un'altra stanza, dove si leva di nuovo il maglione e si mette in piedi con la schiena nuda contro una lastra di metallo gelido. L'uomo le dice di stare ferma, molto molto ferma, di non muoversi, e lei sogna di restare cosí per sempre, immobile, muta, persa nel metallo dell'oblio. Krystal l'abbraccia con delicatezza, la saluta, e a voce piú bassa aggiunge: – Auguri –. Kadiatou la ringrazia, poi ha un tuffo al cuore; non vorrebbe che se ne andasse. Si sente rinascere vedendo Shaquana che l'aspetta vicino all'ascensore. È felice di non essere sola, ma dispiaciuta che per colpa sua Shaquana passi la giornata in ospedale invece che tra i corridoi dell'hotel, a sovrintendere al lavoro delle cameriere. Shaquana le dice che di sotto c'è un detective che le attende per riaccompagnarle in albergo. Kadiatou è delusa. Quel detective che le attende è il segno che non è tutto finito come sperava. Il detective non è in divisa, e Kadiatou rimane un attimo perplessa, chiedendosi se sia un vero agente di polizia. Non vuole raccontare tutto da capo, soprattutto non a un uomo. Ma non ha scelta. – Come sta? – le chiede il poliziotto. Ha uno sguardo dolce, paziente, come uno zio protettivo. Vuole che gli mostri esattamente dove si sono svolti i fatti; sa che è penoso, dice, ma è necessario. Kadiatou entra con lui nell'hotel, camminando a occhi bassi, sperando di non incontrare il direttore. Non vuole rivedere la sua faccia, con i segni dello smarrimento che gli ha causato. Salgono con l'ascensore del personale. Kadiatou è restia a entrare nella suite. Shaquana apre la porta e il detective le precede nella stanza.

Un tizio sta scattando fotografie con un grosso apparecchio che gli copre il volto. Ci sono altri quattro o cinque uomini. Il detective le chiede di mostrargli esattamente dove: dove si trovava quando ha visto l'ospite nudo, dove l'ha spinta, dove l'ha costretta a inginocchiarsi. Appena gli indica i punti in cui ha sputato, uno degli altri uomini si china e taglia la moquette con un coltellino che ronza. Kadiatou è orripilata. No, vorrebbe dire, per piacere no, non rompetela. Perderà il posto se la moquette della stanza verrà rovinata per colpa sua. È colta da un'improvvisa sensazione di soffocamento, di pesantezza nel petto. Se l'ospite non le fosse piombato addosso con quella furia, come un animale impazzito, senza controllo, non si sarebbe spaventata cosí tanto, avrebbe avuto il tempo di riprendersi, non l'avrebbe denunciato, e a quell'ora sarebbe tutto come prima. La pesantezza nel petto aumenta. È sicura, in quel momento, di aver perso il lavoro, che non tornerà mai piú lí, a pulire le stanze, a rimettere in ordine mondi. Come farà a trovare un altro lavoro? L'agenzia di collocamento a cui si appoggia dirà che ha prestato servizio al George Plaza abbastanza a lungo da avere diritto a una lettera di raccomandazione, ma per come il direttore è rimasto turbato dalla sua denuncia, non è affatto sicura che gliela scriverà.

– Tutto bene, Kadiatou? – le chiede il detective. È al telefono, ma lo allontana dalla bocca per parlare con lei.

– Sí –. Vuole andare a casa. Prima voleva finire di fare le sue stanze, ma adesso desidera solo andare a casa, sedersi sul letto a riflettere su come non perdere il lavoro, e abbracciare Binta.

– Vuole sedersi? Qui abbiamo quasi finito, – dice il detective, indicandole la poltrona nel salottino della suite. Kadiatou si schermisce. No, no. Che razza di idea, figurarsi se si siede in poltrona in una suite vip. Quando fa le stanze non si siede mai, non vuole rischiare il posto. Il detective le dice che alla stazione di polizia dovrà identificare l'ospite della suite, dando per scontato che andranno lí e Kadiatou lo sappia.

– Posso telefonare a mia figlia? – chiede.

– Sí, certo, – risponde il detective.

Sussurrando in pulaar, Kadiatou dice a Binta che al lavoro c'è stato un incidente e che le racconterà meglio dopo. Mi dispiace che non possiamo andare al cinema, le dice.

– Mamma, perché sussurri? – chiede Binta. – Sei ferita? Che incidente?

Kadiatou risponde che non è niente di grave e che le spiegherà quando tornerà a casa. Chiude la telefonata con un senso di vergogna. Dovrà dire a Binta che uno sconosciuto le è entrato con violenza in bocca. È inaccettabile pensare di dire una cosa del genere a sua figlia. E se le dicesse qualcos'altro? Se si inventasse una storia? Ma se perderà il lavoro dovrà spiegarle il motivo. No, le racconterà tutto. Binta è grande, fa il terzo anno del liceo ma è piú matura della sua età. Il detective le chiede se vuole qualcosa da mangiare e lei scuote la testa prima ancora che abbia finito la frase, non può neanche pensare di ingerire cibo.

Alla stazione di polizia cammina a occhi bassi, rammaricandosi di non avere una sciarpa con cui nascondersi la faccia. Il posto è piú chiassoso di quel che immaginasse, pieno di voci, di persone che crede la stiano guardando. Le mutande continuano a infilarsi tra le natiche. È troppo imbarazzata per sistemarle, cosí cammina in maniera goffa, il che aumenta ancora di piú il suo imbarazzo. In una stanzetta con un tavolo e qualche sedia il detective le chiede di nuovo se desideri mangiare o bere qualcosa. Kadiatou fa segno di no con la testa. Il detective dice che sa che è difficile, ma deve raccontargli tutto quello che ricorda nei minimi dettagli; prima però deve identificare il suo assalitore. Pronuncia la parola «assalitore» a bassa voce. Lei scuote la testa, ha paura di trovarsi faccia a faccia con l'ospite, sia perché si è comportato come un animale sia perché è un vip.

– Non la potrà vedere, Kadiatou. Sarà in un'altra stanza, dietro uno specchio unidirezionale, per cui lei vedrà lui, ma lui non vedrà lei. D'accordo?

Il detective le parla con rispetto. È un americano della miglior specie, semplice, di buon senso e gran lavoratore; si capisce che per lui un essere umano è un essere umano. Kadiatou gli augura ardentemente ogni bene, a lui e alla sua famiglia.

La stanza è in penombra, Kadiatou osserva gli uomini in piedi nell'altra stanza. Senza un attimo di esitazione lo indica, è il quinto della fila. L'ospite. Lui, sí, lui. Lo riconoscerebbe ovunque. – Numero cinque, – dice. Gli uomini escono, entra un altro gruppo, ed eccolo l'ospite, è il terzo, il piú basso di tutti. Lo indica di nuovo con il dito e dice: – Numero tre.

L'ospite ha l'aria molto seccata, storce la bocca come se lo stessero importunando.

Il detective le chiede di raccontargli da capo quello che è successo, e mentre parla Kadiatou riprova la stessa sensazione di violenza in bocca, e lo stesso disgusto. Finalmente il detective e il suo compagno di squadra la accompagnano a casa. Durante il tragitto in macchina Kadiatou appallottola un fazzoletto di carta e ci sputa dentro, senza fare rumore, discretamente, portandoselo alla bocca. Non vede l'ora di farsi una doccia.

Binta apre la porta senza darle il tempo di girare la chiave. Era dall'altra parte che l'aspettava con l'orecchio teso.

– Mamma, cos'è successo?

Kadiatou la abbraccia, la stringe, inspira il suo profumo. Un'essenza fruttata che si compra al centro commerciale.

Poi si ritrae, teme che Binta si sia accorta che non indossa il reggiseno.

D'un tratto, nella pace misericordiosa di casa, il suo corpo è confuso. Distoglie lo sguardo per non incrociare quello di Binta.

– Prima lasciami fare la doccia e lavarmi i denti, – le dice.

– Ti preparo un po' di ndappa? – chiede Binta. La domanda la commuove, normalmente è lei che cucina per la figlia.

– No, no, non ho fame. Grazie, bambina mia.

– Chi erano quei due?

Kadiatou ha un attimo di esitazione. – Poliziotti.

– Poliziotti?

– Non ti preoccupare, non è niente. Faccio la doccia e torno.

Le sembra che la camera la cinga tra le sue braccia. Kadiatou guarda il letto, le macchie di umidità sul soffitto, il panno leppi ripiegato e appoggiato sul cassettone – il leppi che aveva indossato due settimane prima al compleanno della figlia di una cugina –, il televisore su cui aveva guardato un film di Nollywood che le aveva messo Binta; un'attrice del film aveva una bella parrucca, l'aveva fotografata. Si toglie i vestiti, rammaricandosi di non poter correre subito alla lavanderia a gettoni e buttarli in lavatrice. Nella doccia si sfrega a fondo, una, due volte. Che fortuna avere l'acqua calda, non è mai stata cosí felice di avere una doccia da cui scaturisce acqua calda, prodigioso miracolo americano di pulizia. Si asciuga, si siede sul letto. Si chiede se mandare un messaggio vocale a Shaquana per sapere che cosa l'aspetta o se andare direttamente al lavoro il giorno dopo. Se l'indomani la vedono, pronta a riprendere servizio, forse non la licenziano. Telefonerà a Lin, chiederà a lei che cosa fare, se rivolgersi al rappresentante sindacale. È a pezzi, il senso di oppressione nel petto è tornato. Accende la tv e si alza per andare a chiamare Binta, sempre pensando a come e cosa raccontarle. Lí per lí non afferra l'immagine sullo schermo. Sta per oltrepassare la tv, quando si blocca, allibita, e lo vede. L'ospite. La sua faccia invade lo schermo. Kadiatou lancia un urlo. In tv passano parole che non capisce, poi la parola «cameriera», che capisce. C'è un breve filmato di lui che parla in francese. È francese! Entra Binta, che le chiede: – Mamma, cosa c'è? Cosa c'è? – Binta guarda, senza capire, lo schermo, poi di nuovo lei. E lei urla, continua a urlare, incredula.

Nel sogno Amadou bussava forte alla porta della nonna, al villaggio, e quando fu svegliata dai colpi pensò di stare ancora sognando. Un bussare ininterrotto alla porta. Proprio la sua porta, la porta della sua casa in America, la porta poco distante dalla camera da letto. Aveva il batticuore. Si alzò precipitosamente, confusa, e chiamò Binta. In casa non c'era nessuno. Binta era andata a scuola.

Chiunque fosse alla porta, l'aveva sentita. Cominciarono a urlare.

– Kadiatou, apra, per piacere! Kadiatou, vogliamo sentire la sua versione dei fatti! Kadiatou, solo cosí potrà avere giustizia!

Rimase ferma dov'era, tremando di paura. Chi erano? Come avevano saputo dove abitava? Poi, piano piano, cercando di fare meno rumore possibile, andò allo spioncino. Vide quattro persone, di cui due con una telecamera. Un'improvvisa bussata le fece fare un balzo.

– Kadiatou! Vogliamo solo parlarle!

Quand'erano arrivati? Binta li aveva incrociati? Si ricordò delle due pillole che Binta le aveva dato la sera prima, con un bicchiere d'acqua, su un vassoio. – Sono per il raffreddore ma ti aiuteranno a dormire, mamma, – le aveva detto. Ora le sembrava di avere la testa imbottita di ovatta. Consultò il telefono. C'era un messaggio vocale di Binta che le diceva che stava bene, era a scuola, la abbracciava. «Mamma, mangia per favore», concludeva.

Continuavano a bussare alla porta. Dal rumore sembrava che fosse arrivata altra gente. Kadiatou tremava tutta. Com'era possibile che in America succedesse una cosa del genere? Sconosciuti che battevano alla porta pretendendo di farsi aprire. Non si fidava di loro. Qualcuno poteva essere veramente un giornalista, ma se invece l'ospite aveva mandato qualcuno a ucciderla? I potenti sono capaci di tutto. Se le sparavano attraverso la porta? Aveva sentito di uno a cui era successo. Si trascinò a quattro zampe fino in camera. Le botte ricominciarono. – Kadiatou! Apra la porta! Solo qualche domanda!

Le squillò il telefono, un numero sconosciuto. Arrivarono altre chiamate, tutte da numeri mai visti. Mandò un messaggio vocale a Binta dicendole di andare dalla sua amica Yaa dopo la scuola. «C'è della gente che bussa alla porta, non so che fare», aggiunse. Poi si pentí, non voleva farla preoccupare. Si trascinò di nuovo in salotto e a piccoli gesti, il piú silenziosamente possibile, spinse il divano contro la porta. Tremava come una foglia. Tornò in camera e si chiuse dentro a chiave. Ma la casa era talmente piccola che il rumore dei colpi le arrivava chiaro e forte come se fosse stata allo spioncino in salotto. C'erano voci nuove. – Kadiatou!

Tremava. L'ospite le avrebbe dato la caccia. Un uomo importante come lui non poteva non mandare qualcuno a ucciderla. Ripensò a Bappa Moussa e ai suoi occhi pieni di paura mentre diceva che gli uomini potenti possono ucciderti senza che nessuno dica niente. Il tremore aumentò.

Avevano trovato anche la scuola di Binta? Provò a chiamarla diverse volte. Il suo telefono doveva essere nell'armadietto, era ancora orario di lezione, ma provò comunque. Le tremavano le mani. Non riusciva a pensare con lucidità. Il suo cellulare aveva continue chiamate in arrivo, l'una dopo l'altra, che intasavano la linea e le impedivano di telefonare. Lo spense, poi lo riaccese e chiamò immediatamente Chia.

– Kadi, – rispose Chia.

Il ronzio delle chiamate in attesa disturbava la linea.

– Miss Chia, manderà qualcuno a uccidere me! Manderà qualcuno a uccidere me! – Non si sentiva piú padrona di se stessa, era come polverizzata dalla paura.

– Kadi, che cosa sta succedendo? Dove sei? Perché parli cosí?

– Ieri, nell'hotel, un ospite, mi fa violenza…

– No! – strillò Chia. – L'ho appena visto in tv! Avevo giusto intenzione di chiederti …! Ma allora sei tu! Oddio. Stai bene, Kadi?

Lo shock di Chia ebbe un effetto tranquillizzante su Kadiatou, che ritornò padrona di sé e riuscí a pensare piú lucidamente. Disse a Chia che c'erano degli sconosciuti fuori dalla sua porta, che temeva volessero farle del male. Chia le disse di telefonare al detective, di chiedergli di aiutarla a uscire di casa, e di andare immediatamente da lei. Kadiatou lo chiamò e lui si scusò, disse che stavano appunto considerando di metterla sotto protezione prima che il suo nome trapelasse alla stampa. Kadiatou non capí bene. Il detective le disse di non aprire la porta, e che le stava mandando qualcuno. Kadiatou preparò una piccola borsa, ma aveva la testa confusa. Ci infilò dentro i jeans, poi li tolse. Arrivarono alla porta due agenti in divisa. Sentí che dicevano: – Polizia! – e chiedevano alla gente ammassata fuori di fare largo, gentilmente, di spostarsi. Il detective, al telefono, le disse di girare la chiave dell'ingresso e andare in camera, per permettere agli agenti di entrare.

Voleva evitare che qualcuno la fotografasse. Anche i poliziotti, due grossi bianchi con le pistole alla cintura che occupavano tutto lo spazio del miniappartamento, le fecero paura. Avevano con sé un telo bianco, simile a un lenzuolo. Le chiesero se fosse pronta ad andare, poi le misero il telo sulla testa e la portarono fuori, oltre gli sconosciuti assiepati davanti alla porta, fino alla loro vettura parcheggiata all'esterno. Un telo bianco, come quelli che a casa si usavano per avvolgere i morti prima di seppellirli. Nel freddo implacabile del mattino inoltrato, l'auto puzzava di caffè rancido, e l'agente che guidava sembrava nervoso. – Temperatura okay? – le chiese a bruciapelo, e Kadiatou fu lí lí per scusarsi, pensando di aver fatto qualcosa di sbagliato, prima di capire la domanda. Durante il tragitto tenne lo sguardo fisso su uno strappo nel sedile posteriore, mentre le gambe continuavano a tremarle. Pensò a come, prima, non vedesse quasi niente attraverso il telo bianco, e si fosse lasciata guidare dalla mano ferma del poliziotto, e a come le sarebbe piaciuto restare cosí per sempre, una nuvola bianca che si muoveva alla cieca. Gli agenti dissero che intanto l'avrebbero portata alla stazione di polizia, che l'avrebbero tenuta un po' lí nel caso qualche giornalista li avesse seguiti, e che successivamente un'altra macchina l'avrebbe portata da Chia. – Grazie, – disse Kadiatou. – Grazie.

Raccontò l'accaduto a Chia, come l'aveva già raccontato al detective, all'infermiera, al direttore, ma per la prima volta si concesse di riviverlo, minuto per minuto: l'uomo bianco nudo, l'aggressione fulminea, la violenza. Una violenza sconsiderata, incredibilmente sconsiderata, come se lei fosse stata un oggetto inanimato che non poteva rompersi. Un oggetto. L'aveva già fatto in passato, molte volte, ne era sicura, solo cosí si spiegava quella violenza spontanea, istintiva, distratta. Non aveva avuto alcun tentennamento, non era stato sfiorato da nessuna voce della coscienza. Ma lei non era un oggetto. Era una donna e non era infrangibile. Lui era un uomo potente, avrebbe potuto avere tutte le donne che voleva, e invece si era accanito su di lei. La sua vita di prima era finita, la vita che aveva prudentemente costruito per sé e per Binta, il futuro con Amadou; le sue certezze non esistevano piú. La paura si stava inacidendo e sedimentando e cominciò a montarle la rabbia, una rabbia che crebbe fino a occupare tutto lo spazio dei suoi sentimenti.

Nessuno capiva. Si sentiva drammaticamente sola. Chia e Miss Zikora protestavano perché la stampa la definiva «cameriera», ma che male c'era? Lei *era* una cameriera, amava il suo lavoro, e non avrebbe desiderato altro che tornare indietro nel tempo, a quand'era una cameriera con una figlia perfetta e un uomo finalmente in procinto di tornare a casa. Appena ebbe riferito i fatti ad Amadou per telefono, ad alcuni, lentissimi secondi di silenzio seguí un rumore rotto di singhiozzi. Piangeva. – Non sono lí a proteggerti, ho fatto una stupidaggine, mi hanno messo dentro e ora non sono lí a proteggerti, – disse. Kadiatou fu disgustata dalle sue lacrime. Avrebbe dovuto rimanere imperturbabile, come un vero fulani. Dopo, Amadou la consolò, dicendole di stare tranquilla, che sarebbe andato tutto bene, e inveí contro quel bastardo di bianco, quella feccia dell'umanità, ma ormai il suo pianto le aveva lasciato l'amaro in bocca. Amadou disse che l'ospite era ricco e adesso la doveva pagare, le doveva dare dei milioni, quel cane bastardo. La sua eccitazione, il modo in cui alzò la voce quando disse «milioni» in inglese, come se si trattasse di una partita da vincere, la fece arrabbiare. Gli urlò contro; non sapeva che l'ospite poteva mandare qualcuno a fare del male a lei e a Binta? E perché parlava sempre di soldi, soldi, soldi? Quelli che guadagnava con il suo lavoro non bastavano? I suoi fratelli minori a casa non andavano a scuola, sua madre non aveva tutto ciò che le serviva? Gli attaccò il telefono in faccia e rispose con un secco «no» al centralinista che le chiese se accettasse una chiamata a carico del destinatario dall'Arizona.

Il suo cellulare suonava ininterrottamente, i parenti la chiamavano in continuazione. Una cugina malevola le chiese: – È andata proprio cosí? Ci hai detto tutto? – Un'altra cugina disse: – Kadi, non ti sapevo cosí ambiziosa, – come se essere violentata da un bianco importante potesse essere un'ambizione. Zia Fanta disse: – È il capo delle Nazioni Multilaterali, il capo supremo, un uomo potente in tutto il mondo, – come se quella fosse la cosa piú importante, e senza dire una parola Kadiatou riattaccò, fingendo che fosse caduta la linea. Non voleva parlare né con zia Fanta né con nessun altro, neppure con sua madre. Mama aveva lanciato una maledizione contro l'ospite, i suoi figli e i figli dei suoi figli, con una voce piú forte del solito, come se per un attimo avesse ritrovato la salute, che ultimamente era stata malferma. Continuava a chiederle che cosa sarebbe accaduto ora, che cosa sarebbe successo al suo lavoro, e Kadiatou continuava a risponderle che non lo sapeva, non sapeva niente. Ogni volta che le squillava il telefono lo guardava imbambolata, finché Binta non glielo toglieva di mano dicendo: – Mamma, adesso lo spengo. Hai bisogno di riposare.

Ma, naturalmente, non riposava, non riusciva a riposare. Il detective disse che lei e Binta dovevano lasciare la casa di Chia ed essere poste sotto protezione per un certo periodo – una o due settimane, forse tre, non glielo sapeva dire. Sarebbero state in un hotel, non avrebbero potuto usare i cellulari, e Binta non sarebbe potuta andare a scuola. Perché? Kadiatou non sapeva, non capiva. Aveva un'acuta, segreta nostalgia della propria casa, del quadratino di mondo che era suo, solo suo. Della cucina, il suo rifugio. Ripensò a un giorno libero, non tanto tempo addietro, in cui in cucina, davanti al lavandino, si era sentita inondata di felicità, di dolci, rasserenanti sferzate di felicità, mentre setacciava farina di mais e spezzava il pesce essiccato, e guardava un peperoncino intero che galleggiava nella pentola sprigionando il suo aroma piccante.

Zikora disse che un avvocato americano, esperto di violenza sessuale, si era offerto di rappresentarla gratuitamente. Ma Elhadji Ibrahima ne aveva già trovato un altro, un afroamericano che a suo dire aveva aiutato molti guineani a ottenere i documenti. Kadiatou si fidava di lui, del suo giudizio, dopo che in tutti quegli anni l'aveva sostenuta con affetto costante e paterno. Da principio non gli aveva raccontato nei particolari quello che era avvenuto nella stanza d'albergo, vergognandosene e temendo che ne sarebbe stato disgustato, e che il disgusto si sarebbe trasferito a lei. Ma il tono di ferma condanna con cui aveva reagito l'aveva rinfrancata. Il rango dell'ospite non l'intimidiva e non attenuava il suo sdegno. Non aveva fatto nessuna insinuazione. Aveva detto che non era la prima storia che sentiva, di uomini potenti che si comportavano male con le impiegate degli hotel.

– Era nudo e aspettava una cameriera. Una qualunque. Una donna qualunque. Quell'uomo è la feccia dell'umanità, – aveva detto. – Ma siamo in America e pagherà per i suoi crimini, chiunque egli sia. Ti ha disonorata, Kadi, ma Dio ha un progetto per te. Prevedo che le generazioni future onoreranno il tuo nome, perché dopo che gli avrai fatto causa gli animali selvaggi che si autodefiniscono uomini smetteranno di violentare le cameriere degli hotel. Il nostro avvocato è bravo, e questa è una causa facile da vincere. Vedrai, in molti benediranno il tuo nome in futuro.

E mentre Elhadji Ibrahima parlava, Kadiatou piangeva, ma le sue lacrime, per una volta, erano piú leggere, meno tormentate.

Zikora si fece dire da Chia il nome dell'avvocato.

– Mi informerò, non l'ho mai sentito, – commentò poi seccamente.

Quando si alzò per andarsene, Kadiatou la seguí nel portico. – Grazie, Miss Zikora, – disse. Non voleva offenderla. Se non avesse già avuto un avvocato, chiunque le avesse procurato Zikora sarebbe andato bene, naturalmente. Ma di fronte a una proposta di Elhadji Ibrahima non poteva dire di no.

– Nessun problema, Kadi, – disse Zikora.

Zikora era diversa da Chia, tanto chiusa quanto Chia era aperta; ti faceva sapere di sé solo quello che voleva, niente di piú. Kadiatou aveva sentito da subito un'affinità con lei; anche Zikora sentiva il bisogno di trovare sfogo dentro di sé, di ritirarsi in se stessa. Kadiatou aveva riconosciuto la nuova fragilità di Zikora dopo la maledizione che qualcuno aveva scagliato su Kwame, la paranoia e l'impotenza, la confusione nel trovarsi oggetto di un maleficio da cui non c'era scampo. Ma col tempo le maledizioni perdono efficacia, e Kwame sarebbe tornato da Zikora e al suo ruolo di padre. Kadiatou aveva smesso di dirglielo, anche perché era passato piú tempo di quanto avesse predetto all'inizio, ma era sicura che sarebbe successo. Un giorno Kwame sarebbe stato sciolto dal maleficio. Il piccolo Chidera poteva ancora avere un padre.

– Grazie, Miss Zikora, – ripeté.

Kadiatou non voleva incontrare neppure l'avvocato mandato da Elhadji Ibrahima, ma Chia disse che doveva. – Kadi, lo so che non ti piace parlarne. Ma solo cosí possiamo ottenere giustizia. Io verrò con te. E Omelogor e Zikora potranno partecipare in videochiamata.

Chia voleva accompagnarla in auto allo studio ma l'avvocato disse che sarebbe venuto lui; meglio non rischiare che qualcuno la riconoscesse e la seguisse. Zikora aveva un impegno di lavoro e non poté chiamare, ma Omelogor sí, la sua faccia occupava tutto lo schermo del portatile di Chia. Kadiatou era nervosa. L'avvocato si chiamava Mr Junius. Aveva un abito perfettamente stirato e una cravatta azzurra che la intimidirono; era venuto da Washington cosí in ghingheri solo per incontrare lei. Quanta eleganza sprecata, pensò. L'avvocato aveva un atteggiamento affabile, alla mano, che pareva in contrasto con la rigidezza dell'abito. Si sedette in punta al sofà nel salotto di Chia, come se temesse di non riuscire a concentrarsi a dovere, mettendosi piú comodo.

Chiese a Kadiatou di dove fosse, e poi dichiarò di conoscere bene la Guinea, di averla girata in lungo e in largo: Kankan, Kindia, Koundara. E Conakry, naturalmente.

– Come mai? – chiese Omelogor.

– Scusi? – L'avvocato si girò verso il computer, leggermente inclinato rispetto alla sua posizione.

– Come mai è stato in Guinea? Non è molto nota. All'università, quando ero lí per il master, c'era addirittura chi la chiamava ancora Guinea francese.

L'avvocato rise, un suono inaspettato, e Omelogor rise, e in un attimo il mondo si divise in due squadre, con lui e Omelogor da una parte e tutti quelli che non conoscevano la Guinea dall'altra.

– Be', tanto per cominciare, per via di Stokely Carmichael. Sono cresciuto in una famiglia molto impegnata. Ancora adesso mio padre non accetta che lo chiami Stokely. Ma ero anche affascinato dal Paese e dai suoi legami con il movimento per i diritti civili. Le parole di John Lewis sui suoi incontri con Sékou Touré. In Guinea lo rispettavano tutti, in Georgia nessuno.

– Anche Fannie Lou Hamer era andata in Guinea, – disse Omelogor.

– Oh, sí, sí. Molti altri...

Chia si intromise. – Kadiatou è angosciata da tutta la vicenda, come può immaginare.

Mr Junius parve restio a distogliere lo sguardo dal viso di Omelogor sullo schermo del computer. Disse a Kadiatou che l'avrebbe guidata lungo tutto il percorso, che sarebbe andato tutto bene e avrebbero vinto la causa. Dal numero di volte in cui disse «andrà tutto bene», Kadiatou capí che era vero il contrario. Se il controesame era davvero cosí facile non avrebbe ripetuto in continuazione preparati al controesame, preparati al controesame, preparati al controesame.

Nove

Ogni giorno Kadiatou guardava l'ora sul forno a microonde, i numeri che cambiavano di minuto in minuto, pensando ora starei passando l'aspirapolvere in una stanza, ora starei rifacendo un letto, ora starei chiacchierando con Lin durante la pausa.

Lin la chiamava sovente per avere notizie. Si scoprí che l'ospite, l'uomo nudo che le era saltato addosso come un bulldozer, per anni aveva proposto alle impiegate dell'albergo di bere un bicchiere di champagne in camera sua. A Shaquana l'aveva proposto piú di una volta. La cameriera di Haiti disse che gliel'aveva chiesto di recente.

– Quindi nessuna ha accettato di bere il suo champagne? – disse Lin. – Perché ne stanno parlando solo quelle che hanno detto no. Forse a lui non piacciono piccole cinesi, perché a me non ha mai chiesto.

Lin cercava di essere spiritosa, ma Kadiatou non aveva la forza di sorridere.

– Invece di offrire a te lo champagne, ti aggredisce e ti violenta. Uomo terribile. Dovrà darti il mucchio di soldi, Kadi, e tu potrai smettere di lavorare.

Kadiatou si mosse e Lin, percependo il suo disagio, aggiunse: – In America la giustizia è soldi. Vedi come festeggiano quando loro hanno mucchio di soldi in tribunale? Quell'uomo ti aggredisce, e cosí tu ora meriti la giustizia americana, cioè soldi.

Kadiatou rimase in silenzio.

– Andrà bene, Kadi, – disse Lin. – Tanta gente sono dalla tua parte. Sai quante lettere riceviamo per te, qualcuna anche per corriere da altre parti del mondo.

Kadiatou non lo sapeva. Le chiese di leggergliele. La prima veniva dalla Francia, era stata spedita con Dhl, e la strana busta scricchiolò nel microfono mentre Lin l'apriva. *Devi morire. Hai distrutto un grand'uomo. Un innocente. Devi morire.* Lin si interruppe e le mostrò il biglietto, come se non potesse credere a quello che stava leggendo. Qualcuno, da qualche parte in Francia, aveva cercato l'indirizzo dell'hotel e aveva scritto su un biglietto *Devi morire*, un biglietto rosa e azzurro con un campo di fiori dipinto sopra. Lin si rifiutò di leggergliene altri. – Forse piú tardi. Adesso riposa, Kadi, riposa –. Il giorno seguente Lin le fece avere una boccetta di sonnifero cinese, riccioli di corteccia essiccata dall'aria poco invitante, che un suo amico lasciò fuori dalla porta di casa di Chia.

L'uomo voleva che gli raccontasse quello che era successo nella camera. Una, due, tre volte. Continuava a cambiare posizione sulla sedia, in un balletto che esprimeva insofferenza e fastidio. Kadiatou intuiva che avrebbe voluto sentire una storia diversa, ma non capiva perché. Senza quasi sbattere le palpebre, i suoi glaciali occhi azzurri la puntavano, la fissavano, con uno sguardo carico di ostilità e disprezzo. Perfino il nome dell'uomo aveva un suono freddo, Tom Bone, un bianco con la pelle e i capelli slavati, e un'espressione piatta che tale prometteva di rimanere. Era l'investigatore del pubblico ministero. Chia aveva detto che il pubblico ministero stava dalla sua parte, combatteva per lei, ma Kadiatou aveva capito subito, appena arrivata, di non trovarsi tra amici. L'uomo non aveva perso tempo in convenevoli o per metterla a suo agio; aveva cominciato a farle domande prima ancora che si fosse accomodata. La stanza era surriscaldata, l'acqua tiepida nel bicchiere di carta sapeva di candeggina. Al tavolo era già seduta una donna. Dalla massa disordinata di treccine ghanesi raccolte in una coda di cavallo dedusse che era africana. – Mi chiamo Mariama, – disse. – Sono fulani come te e ti farò da interprete. Mi hanno incaricata di dirti che devi dire tutta la verità e rispondere a ogni domanda, e che sarà tutto registrato –. Kadiatou faceva fatica a capirla, era come se storpiasse le parole prima di pronunciarle. Parlava fulani, ma non il fulani della Guinea, il pulaar: era un fulani senegalese, pronunciato con accento wolof. C'erano parole dialettali che non conosceva, significati che doveva intuire.

– Aveva mai visto o conosciuto l'ospite prima di bussare alla sua porta? – le chiese Bone.

Kadiatou aveva capito ma, per sicurezza, aspettò che la traduttrice ripetesse la domanda.

– No, – rispose.

– No? – fece Bone.

– No.

– No? È sicura?

Kadiatou annuí, poi scrollò la testa, confusa, chiedendosi se le fosse sfuggito il senso della domanda, altrimenti perché Bone continuava a ripeterla benché lei fosse assolutamente sicura, e gli avesse già detto piú volte che non lo conosceva?

– Che cos'è successo quando ha aperto la porta? – chiese Bone. – Ci pensi con calma e mi dica esattamente che cos'è successo.

Ma gliel'aveva già detto, tre volte. Glielo disse di nuovo. Era piú facile, in pulaar, descrivere la forza stupefacente di quell'uomo, e il proprio sconcerto nel vederselo arrivare addosso nudo, spettro diabolico impresso per sempre nella sua mente. Qua e là l'interprete le chiese di ripetere, forse per capire meglio il significato di alcune espressioni.

Dopo il fiume di parole in inglese dell'interprete, Bone disse: – È tornata dentro a pulire la stanza dopo essere stata violentata? Non è possibile!

– No, no, – rispose Kadiatou, senza aspettare la traduzione. In effetti non le era sembrato che quella donna, Mariama, avesse detto le cose nel modo giusto, ma non aveva una sufficiente padronanza dell'inglese da poterla interrompere e correggere. A quel punto per farsi capire da Bone le conveniva parlare lentamente in inglese.

– Io dico che vado in stanza vicino l'ascensore. Io entro ed esco... dopo... – Si interruppe, cercando il nome da dare a quella profanazione. Gli americani la chiamavano «aggressione», parola che lei non aveva mai sentito finché Shaquana non aveva detto cosí al direttore. L'ospite l'aveva aggredita. – Dopo che mi fa aggressione, – disse.

Bone strinse gli occhi. – Perché le serve l'interprete?

Kadiatou era sicura di aver capito male. – Mi ha chiesto perché ho bisogno dell'interprete? – chiese a Mariama in pulaar. Mariama, seccata, rispose di sí.

– Per me il suo inglese va piú che bene. Non le serviva l'interprete, – disse Bone. In un altro luogo e in un altro momento a Kadiatou avrebbe fatto piacere sentirsi dire da un americano che parlava bene inglese. Ora, però, quell'uomo sembrava sicuro che fosse colpevole di un crimine a lei ignoto. Ma avere un'interprete non era certo un crimine. Il suo avvocato le aveva detto che volendo poteva richiederne uno e parlare in pulaar, e ovviamente si era sentita sollevata; non avrebbe dovuto spremersi il cervello alla ricerca delle parole giuste, che spesso non trovava.

– Ha richiesto l'interprete per avere il tempo di decidere come rispondere alle mie domande? – chiese Bone.

– No, – rispose Kadiatou. Non aveva capito cosa intendesse, salvo che stava insinuando qualcosa di brutto da cui doveva difendersi.

– Deve dirmi la verità, tutta la verità, – continuò l'uomo.

Kadiatou annuí, completamente frastornata.

– Ora le farò qualche domanda sulla sua richiesta di asilo negli Stati Uniti, – disse Bone, e Kadiatou ebbe un tuffo al cuore. Che cosa c'entrava la richiesta di asilo? Amadou diceva sempre che gli immigrati non chiedevano mai agli altri immigrati come fossero entrati in America, la storia di ciascuno era un fatto personale, l'unica cosa importante era che erano in America. Kadiatou non aveva mai parlato con nessuno della sua pratica di asilo.

– Le informazioni che ha fornito per la sua richiesta di asilo erano tutte vere? – le chiese Bone.

– Sí.

– Ne è sicura? Dev'essere sincera.

Perché le chiedeva se era sicura? Non riusciva a capire le sue intenzioni, ma si sentiva presa in trappola. – No. Sí, – disse.

– No? Sí? Si decida: sí o no?

– Sí.

Bone roteò gli occhi e buttò indietro la testa, al colmo dell'esasperazione, come se coltivasse un'opinione poco lusinghiera di Kadiatou, e lei gliel'avesse appena confermata.

– Su quale base aveva fatto richiesta di asilo? – le chiese. – Perché aveva chiesto asilo?

– Non lo so, – rispose.

– Non sa perché aveva chiesto asilo negli Stati Uniti?

Kadiatou prese il bicchiere di acqua tiepida e bevette un sorso. Non capiva perché le stesse chiedendo della domanda di asilo, e in quel modo poi, come se sapesse già che nascondeva un terribile segreto. Sentiva il sudore raccogliersi alla base del seno. Probabilmente stava cercando un buon motivo per rispedire lei e Binta in Guinea, e mettere fine a quel gran polverone intorno all'ospite. Bone lavorava per l'ospite. O forse era solo arrabbiato con lei per aver denunciato un vip, tutto quel trambusto per una piccola insignificante cameriera come lei.

– Non ha risposto alla mia domanda, – disse Bone.

– Io dico cosa è successo in camera.

– Veramente non sappiamo ancora cosa sia successo in quella camera.

Kadiatou lo guardò con gli occhi sbarrati, allibita. Non le credeva. Pensava che le cose che gli aveva raccontato non fossero mai accadute. Era entrata in una camera per fare il suo lavoro, un ospite si era trasformato in un animale selvaggio e le era piombato addosso. Gliel'aveva raccontato molte volte, nella stessa sequenza e con le stesse parole, e tutte le volte lui aveva pensato che stesse mentendo. Il problema, quindi, non era che avesse osato denunciare un vip. Era che Bone non credeva al contenuto della denuncia. Ma perché avrebbe dovuto mentire? Niente di quanto accaduto andava incontro ai suoi desideri. Lei voleva solo tornare al suo lavoro, parlare al telefono con Amadou, andare al cinema con Binta, cucinare attiéké nei weekend, badare alla casa di Chia, guardare i suoi amati film di Nollywood. Aveva una vita che le piaceva. Perché avrebbe dovuto mentire su una cosa che non faceva in alcun modo parte dei suoi desideri?

– Io dico cosa è successo in camera, – ripeté. – Perché devo mentire?

– Perché dovrebbe mentire, come no, – disse lui.

C'era una brutta tensione nell'aria, si stavano scoprendo le vere posizioni, il divario dell'incomunicabilità reciproca si stava allargando. Kadiatou non lo guardò. Oltre la finestra volteggiavano radi fiocchi di neve.

– L'accusa dipende interamente dalla sua credibilità. Le è chiaro questo? – Bone aveva alzato leggermente la voce. La faccia allungata, la barba bianca, i capelli bianchi, lo sguardo vitreo. Le faceva paura.

Ora le stava chiedendo del denaro che Amadou aveva versato sul suo conto, e il panico le mozzò il fiato. Un liquido assordante le scrosciò nelle orecchie. Come faceva a saperlo? Erano passati anni. Se le chiedeva di Amadou, forse sapeva anche del nastro, di quella donna che raccontava dei soldati, parole rimaste scolpite nella sua mente. Forse sapeva com'era stato facile ottenere l'asilo, come la signora gentile al colloquio si fosse congratulata con lei troppo presto. Ma che cosa c'entravano tutte queste cose con la sua denuncia? In una camera di albergo era successo quello che era successo, e Bone le chiedeva della domanda di asilo?

Mariama picchiettava con la penna sulla copertina del taccuino, e quel movimento silenzioso le dava il capogiro. Niente stava andando per il verso giusto. Era lí per raccontare, a una persona che diceva di essere dalla sua parte, la profanazione inflittale dall'ospite dell'hotel, e si ritrovava paralizzata dalla tensione e incapace di spiccicare parola.

– Se nella sua domanda di asilo ha mentito, me lo deve dire ora, – disse Bone.

Ma non aveva mentito. Perché quell'uomo continuava a insinuare il contrario? Tutte le cose che aveva detto al colloquio erano già vere – la lama del rasoio con cui la zia l'aveva tagliata – o lo erano diventate – il fatto che non volesse per Binta la stessa cosa. Dopo che, anni addietro, Amadou le aveva messo in testa l'idea che una ragazza poteva sposarsi lo stesso, lei ci aveva riflettuto sopra, e con il tempo si era sempre piú convinta che Binta non dovesse essere tagliata.

– Se nella sua domanda di asilo c'è qualche discrepanza, di qualsiasi genere, ho bisogno che me lo dica adesso, – ripeté Bone.

Le stava salendo il mal di testa per la troppa concentrazione, per i ragionamenti contorti. Quell'uomo voleva qualcosa da lei, e lei non capiva cosa.

– No, – disse.

– No? Che cos'è che mi sta nascondendo? – la incalzò Bone. – Che cosa mi sta nascondendo? Che cosa non mi sta dicendo?

All'improvviso Kadiatou sentí le parole sul nastro affiorare alla superficie della sua mente e uscirle di bocca.

– Erano quattro soldati. Dissero che non avevo rispettato il coprifuoco. Entrarono nel ristorante già ubriachi. Uno disse che al suo turno avrebbe usato il fucile. Sanguinavo... – Si fermò di colpo, con un'orrenda sensazione di risucchio alla bocca dello stomaco.

– È stata stuprata nel suo Paese? – chiese Bone.

– No, no.

– Mi ha appena detto che è stata stuprata.

– No, io faccio sbaglio. È solo cassetta.

– Si è sbagliata a dire che è stata stuprata? – Bone scoppiò a ridere fragorosamente. L'interprete si lasciò andare contro lo schienale della sedia, come per prendere le distanze da Kadiatou.

– È una cassetta, – disse Kadiatou. – Ma io non usato cassetta.

– Di che cassetta sta parlando? – chiese Bone.

Che cosa aveva fatto? Sperò che cadesse un fulmine o che qualcuno irrompesse nella stanza: qualunque cosa, pur di uscire da quella situazione. Forse poteva distrarlo cadendo a terra. Spinse indietro la sedia e cadde contorcendosi, fingendo di piangere, sul pavimento.

– Credo che sia ora di fare una pausa, – disse qualcuno.

Kadiatou si lasciò aiutare a rialzarsi in piedi. Le lacrime finte erano diventate vere, e scoppiò a piangere a dirotto. Perché tutto questo stava capitando proprio a lei, e dove avrebbe portato?

Mentre usciva dalla stanza udí Bone che diceva: – È una ciarlatana.

In seguito chiese a Binta: – Che cosa vuol dire «ciarlatana»?

– Una che è brava a dire le bugie, a imbrogliare le persone.

– Ah –. Kadiatou restò senza fiato.

– Perché, mamma? Qualcuno ti ha chiamata ciarlatana?

– No, no, – rispose.

Zikora arrivò a casa di Chia con alcune bottiglie di zobo per Kadiatou. A Kadiatou non piaceva la versione nigeriana del succo di ibisco, ma ringraziò e ne bevette qualche sorso. In cucina l'aria era satura di una pesante attesa. Omelogor era presente in videochiamata dall'iPad appoggiato sul bancone al centro della stanza. Chia si appollaiò su un trespolo, accanto a Kadiatou, e Kadiatou d'istinto si alzò e si allontanò, come se volesse abbandonare una cerimonia estenuante a cui l'avevano costretta a partecipare suo malgrado.

Zikora, in piedi accanto alla finestra, lesse sul telefono i capi d'imputazione.

Palpeggiamenti
Violenza sessuale di primo e terzo grado
Sequestro di persona
Tentato stupro
Atto sessuale illecito di primo grado

– Qual è il principale? – chiese Omelogor.

– L'atto sessuale illecito di primo grado. Per questo può beccarsi venticinque anni, – rispose Zikora.

– Bene, – disse Chia.

– Speriamo. Solo il cinque per cento delle accuse di stupro si conclude con una condanna, – ribatté Zikora.

– Il cinque per cento? – fece Chia, sgranando gli occhi.

– È terrificante, – disse Omelogor. – Non c'è altro termine. Bisogna chiedersi che cosa spinga gli uomini a stuprare le donne.

– Immagino che adesso vorrai spiegarcelo, e che c'entreranno la pornografia e il tuo blog, – disse Zikora.

– In effetti, sí, c'entra anche la pornografia. Contiene tanta di quella violenza, ormai, che gli uomini possono essere indotti a minimizzare la gravità dello stupro.

– Ed è sempre colpa della pornografia se gli uomini rubano, uccidono e dicono le bugie? – continuò Zikora.

– Zikora, sii seria, – replicò gelida Omelogor.

Chia aveva l'aria distrutta. – Su cosa si baserà la difesa, Zik?

– Dicono che era consensuale.

– Non le ha dato dei soldi. Non è un bell'uomo. Non c'è stata seduzione, vista la rapidità della cosa. Per quale ragione al mondo Kadiatou avrebbe dovuto scoparlo?

– Omelogor! Non usare quella parola! Stiamo parlando di violenza sessuale! – reagí Zikora.

– Stavo ribattendo alla teoria della difesa, cioè che è stato un rapporto consensuale. Se le cose non sono andate come ha detto Kadiatou, come si sarebbero svolte? In undici minuti o lei ha provato un'attrazione fatale nei suoi confronti e accettato in fretta e furia di fare sesso con lui, oppure, sempre in undici minuti, ha concluso in fretta e furia un affare che però non prevede del denaro.

– La loro versione regge solo presupponendo che la donna in questione sia una perfetta idiota, – disse Chia.

Kadiatou soffriva a sentire queste parole; con lo stomaco contratto, immaginava parole simili volare da una bocca all'altra in uno spazio piú grande, una fredda aula di tribunale, dove americani dalla parlantina veloce, emeriti sconosciuti con il suo nome sulle labbra, tagliavano a pezzettini la sua storia, come se tutti avessero perfettamente chiaro che cosa le era successo tranne lei. Il tribunale, nella sua testa, aveva assunto quest'immagine terribile, minacciosa. L'avrebbero fatta a pezzi con un machete e lasciata a terra, ancora viva, con le ferite aperte, alla mercé degli avvoltoi.

In televisione vide il personale di servizio dell'hotel radunato davanti al cortile d'ingresso, in divisa, una divisa uguale alla sua, e pensò a quella che giaceva abbandonata nell'armadietto e all'altra, nella busta di plastica, alla stazione di polizia. Alcune delle donne venivano intervistate dai giornalisti. – Succede spesso, – disse una. – Gli ospiti importanti ci saltano addosso. A me è capitato due volte, ma non ho detto niente.

Kadiatou era dispiaciuta di essere la causa di tutto ciò, di aver rovinato la giornata a tutte loro; sperava almeno che gli pagassero le ore che passavano lí fuori a protestare e manifestarle il loro sostegno. Il mondo girava come una trottola e non accennava a rallentare, tra il telefono che squillava e faceva bip in continuazione, Chia che le stava con il fiato sul collo, Binta che non la perdeva d'occhio. Sul telefono comparve una fotografia speditale da una cugina. La osservò confusamente, senza capire, perché era la foto di due bianchi, ma la cosa strana era che erano nella casa di Mama, al villaggio. Sullo sfondo c'erano alberi che conosceva bene, vicino all'orto in cui andava a staccare le foglie amare. Riconobbe il pavimento con il mosaico grigio-marrone, aveva spedito lei a Mama i soldi per comprarlo; riconobbe i secchi e le vaschette di metallo impilate nell'angolo. «Il villaggio è pieno di giornalisti che fanno domande a tutti, – le disse la cugina in un messaggio vocale. – Bhoye dice che se lo pagano bene gli darà una tua foto».

Avevano picchiato alla sua porta, scacciandola da casa, si erano appostati fuori dalla scuola di Binta, e adesso erano andati addirittura in Africa, in Guinea, al suo villaggio nel Fouta Djallon. I suoi giorni avevano assunto la consistenza di un sogno da cui non desiderava altro che risvegliarsi. Troppe cose si stavano rovinando o si erano già rovinate.

Appena vide la faccia di Binta capí che le stava tacendo qualcosa.

– Che c'è? – chiese.

Binta rispose: – L'ho visto ieri, – e a malincuore le girò il telefono. Era un titolo di giornale, a caratteri cubitali, sopra una sua fotografia. PROSTITUTA. Conosceva il significato della parola, ma non poteva essere vero.

– È quello che penso? – chiese a Binta.

Binta annuí. – Non ti conoscono, mamma, – disse, a bassa voce.

Kadiatou fissava il telefono, incredula. Com'era possibile? Come osavano darle della prostituta? Grazie a Dio suo padre era morto, morto e sepolto, e gli era risparmiata la vergogna di vedere la figlia definita una prostituta davanti al mondo intero. Scoppiò a piangere. Tutte le lacrime che non aveva versato, tutte le lacrime che aveva trattenuto, esplosero in pianti furibondi, e cadde sul pavimento, e intorno a lei solo un grande, orribile tappeto di disperazione. Tutto ciò non sarebbe mai finito; non vedeva come potesse finire. Non avrebbe mai lavato via quella macchia. La sua vita non sarebbe mai piú stata come prima. Come poteva ricostruirla? Da quali fondamenta? Come poteva trovare lavoro se agli occhi del mondo era una prostituta? Non aveva mai augurato il male di nessuno. Che cosa aveva fatto per meritarsi una cosa simile?

Chia era entrata nella stanza, non sapeva quando, ma era di fianco a lei sul pavimento, e le sfiorava delicatamente il braccio, dicendo: – Kadi, non sei sola, Kadi, non sei sola –. Ma lei *era* sola, lei si *sentiva* sola, non si era mai sentita cosí sola in vita sua.

Omelogor

Uno

Primo mattino di inizio gennaio, un'aria secca e asciutta che pare sul punto di creparsi. Sono in terrazzo e guardo il nuovo giorno. Una patina di polvere ocra è calata sul mondo avvolgendo tutto in una luce sfumata, e le colline lontane si sono trasformate in vaghe figure spettrali. L'harmattan ha i suoi inconvenienti – labbra screpolate e tosse secca, occhi che bruciano e letargia – ma in fondo questa stagione mi è sempre piaciuta, la vita torna a una dimensione di essenzialità, spogliata di cose superflue, che mi sembra piú pura, piú vera, come se la terra ci stesse dicendo che ci sono molte cose di cui non abbiamo bisogno. Si è alzato il vento. Presto spazzerà ovunque sollevando mulinelli di polvere e lasciando su alberi, automobili e cartelli stradali una patina ancora piú spessa. A gennaio tengo le finestre chiuse, perché cercare aria fresca adesso sarebbe come cercare polvere fresca. Il clacson di un camion strombazza forte al cancello e Mohammed esce di corsa dalla portineria infilando i piedi nelle ciabatte. Quando le ciabatte di plastica blu sono fuori, vicino alla porta, si può star certi che Mohammed è in casa. Dall'alto sembra un'esile colonna di stoffa bianca mossa dal vento.

Guarda in su, saluta con la mano e grida: – Buongiorno, signora.

– Bravo, Mohammed! – rispondo.

Apre il cancello e l'autocisterna infila il muso dentro, vecchia e fracassona, borbottando e scoppiettando. Il gas di scarico mischiato alla polvere probabilmente danneggia i polmoni ma lo inspiro lo stesso, avidamente, perché è un odore che mi piace. Mohammed urla all'autista, gli dice di fermarsi e sterzare a sinistra per non schiacciare i fiori della signora. I miei gigli dell'harmattan dai lunghi steli sono una distesa fiorita di giallo-arancio. Amo la loro sagoma fiduciosa ed esploratrice, la loro capacità di sopravvivere anno dopo anno, il loro coraggio di fiorire anche senza pioggia. Mohammed deve considerarla una sciocca debolezza, questa mia mania delle piante. Non che lo faccia trapelare, con quel suo volto scavato sempre privo di espressione, rassicurante nella sua imperturbabilità. Avrebbe dovuto vedere la passione con cui curava i fiori mia madre, nel nostro compound al campus, quand'ero bambina. Mohammed fa segno al camion di fermarsi, lontano dalle piante ma vicino al serbatoio del gasolio. Il serbatoio è quasi vuoto, lo vedo attraverso la plastica bianca rialzata che copre il generatore. L'autista salta giú e comincia a srotolare il tubo. Le parole di zia Jane continuano a frullarmi nella testa. «Non far finta che ti piaccia la tua vita». Mi ha chiamata stamattina – lo squillo del telefono mi ha svegliata – perché doveva parlarmi di una cosa importante. La gente non pensa ad altro che al virus cinese, e lei non ha di meglio da fare che chiamarmi all'alba per dirmi che dovrei adottare un bambino.

– Volevo parlartene al villaggio, Omelogor, ma dicevi di dover tornare ad Abuja per una riunione importante.

«Dicevi». Come se non fosse vero che avevo una riunione importante.

– Sí, zia, avevo una riunione.

– Stai avendo molto successo, grazie a Dio, ma il troppo lavoro ha allontanato gli uomini e ora ti ritrovi a quarantasei anni senza figli. Disgraziatamente sei oltre il tempo massimo, e non ti rimane altra scelta che adottare un bambino. Ho pregato tanto per questo, e ho preso qualche informazione presso una casa dei bambini senza madre di Awka, un ottimo posto.

Non mi sarei dovuta stupire tanto. Era pur sempre quell'impicciona e chiacchierona di zia Jane, quella che si dipinge rettangoli neri sulla fronte spacciandoli per sopracciglia e parla ininterrottamente delle cose piú futili. Non capirò mai come lei e mio padre possano essere nati dagli stessi genitori. Alle riunioni di Natale il suo cicaleccio ci passa sopra la testa e si perde nell'oblio come musica di sottofondo. Per molti anni non ha fatto che chiedermi se non ci fossero uomini, nei posti in cui lavoravo, poi due anni fa ha smesso, forse non potendo piú combattere con la mia età. E ora di punto in bianco mi telefona, con l'impazienza di chi ha un grande segreto da svelare, per dirmi che devo adottare un bambino.

– Zia, *mba*, ti ringrazio, ma non voglio adottare un bambino, – ho detto, con la voce vellutata che si confà agli squilibrati.

– A dirla proprio tutta, sarebbe meglio adottarne due e crescerli come gemelli, cosí possono giocare insieme.

Come aveva fatto a passare in pochi secondi da uno a due bambini?

– Zia, non voglio adottare un bambino.

– Non hai altra scelta se non vuoi che la tua vita rimanga cosí vuota, – ha detto, come se avessimo già convenuto che la mia vita era vuota. – Anche se sei rimasta senza marito, non devi per forza avere una vita vuota. Perfino ai vecchi tempi le donne non sposate potevano adottare. Si celebrano determinati riti, e se il bambino è un maschio diventa un membro a pieno titolo della stirpe ed eredita tutti i beni, come qualunque altro maschio della famiglia.

– Zia, non voglio adottare un bambino.

– Omelogor, – ha detto, con un sospiro. – *Non far finta che ti piaccia la tua vita.*

Il mio autista, Paul, entra nella proprietà, impeccabile come sempre con i suoi jeans attillati e la camicia abbottonata. È un po' in ritardo. I suoi occhietti furbi mi hanno vista sul terrazzo, lo so, ma fa finta di niente. Quando lo mando a comprare qualcosa non mi dà mai il resto, se non glielo chiedo, e ultimamente ha preso a scrivermi prolissi messaggi con richieste di denaro. Dal modo in cui è sempre, furtivamente, attaccato al telefono, sospetto che si stia rovinando con le scommesse sportive. Poco prima di Natale uno degli uomini delle pulizie è venuto da me, piangendo come un commediante, per dirmi che aveva perso tutto a Nigerbet. – Signora, mi bevo un flacone intero di detersivo per i pavimenti se nessuno mi aiuta a pagare la scuola dei miei figli. Ho lo Sniper a casa e giuro che me lo bevo.

– Allora non perdere tempo e ingoia il veleno per topi! – ho ribattuto, per stare al suo gioco, ma dopo gli ho telefonato e gli ho versato dei soldi sul conto, avvertendolo che era la prima e ultima volta che capitava. Bisogna che parli subito con Paul, prima che faccia anche lui il finto tonto e si aspetti che gli paghi i debiti.

L'autocisterna esce in retromarcia dal compound e Paul si mette a gesticolare e a urlare all'autista.

– Fermo! Lasciami togliere la macchina, se no schiacci i fiori della signora.

Uno spettacolino in mio onore. Se non sapesse che sto guardando da quassú lascerebbe l'auto esattamente dov'è, nella speranza che l'autocisterna, facendo manovra, schiacci le mie piante, per poter correre a dirmi, gongolando, che quell'autista è un incapace. Mi sporgo a guardare giú, toccando la polvere finissima che si è depositata sulla ringhiera, e quando tolgo le mani vedo che è rimasta l'impronta delle dita. Le mie piante di ixora sono secche e senza fiori ma tra poche settimane esploderanno in migliaia di grappoli rosso fuoco, di lancinante bellezza. La buganvillea si è finalmente arrampicata ovunque ed è in pieno rigoglio, il muro di cinta è completamente tappezzato di foglie, e ogni volta che torno a casa rivivo la magia di un giardino segreto. Un tappeto di stelline bianche ricopre il tendone verde del parcheggio da cui spuntano i cofani dei miei due Suv.

L'autocisterna è andata via, è calato un velo di silenzio, e mi emoziona essere qui sul mio terrazzo, in un nuovo mattino di questo nuovo anno. Sono padrona di tutto ciò che vedo. A dire la verità, zia Jane, la mia vita mi piace. Ogni tanto annaspo alla ricerca del significato, un po' troppo di frequente forse, ma nel complesso è una vita piena, una vita che mi appartiene. Ho capito questo di me: che non posso stare senza gli altri, ma neppure senza lunghi periodi di solitudine. Stare da soli non significa necessariamente sentirsi soli. Talvolta mi isolo per settimane all'unico scopo di poter stare per conto mio, e mi immergo nella lettura, il grande piacere della mia vita, e penso, e mi godo il silenzio del mio meditare. Talvolta mi concedo lunghi periodi di felice astinenza dal sesso, sgravata dalle pulsioni corporali. Talvolta le luci della mia casa risplendono di cene e serate dedicate ai giochi di società, in cui metto insieme gruppi diversi che altrimenti non si incontrerebbero mai. Gli amici d'infanzia di Nsukka incontrano i compagni di università di Enugu, le persone che ho conosciuto nelle mie peregrinazioni di lavoro incontrano altre persone di Abuja, estranee al lavoro. Molti sono amici fidati, intimi, su cui posso contare. Jide è l'amico piú intimo e di piú vecchia data, e poi naturalmente c'è Hauwa. Negli ultimi anni, Hauwa. Sono felice quando penso alla sua risata fragorosa e alla concentrazione sulla sua fronte quando tira profonde boccate di loud. Di questi tempi esco meno la sera, ma continua a piacermi il whiskey liscio, ballare nei locali fino all'alba e tornare a casa con gli occhi impiastricciati di trucco, stanca, brilla e felice. A zia Jane avrei dovuto dire: «Ci sono altri modi di vivere, zia, molti altri modi».

Philippe bussa alla porta della mia camera da letto e dalla soglia, con quel suo fare indolente che ho sempre trovato artefatto, mi chiede se può smontare l'albero di Natale. Gli rispondo di sí e gli domando che cosa pensa di cucinare. Ho amici a cena alle otto, un gruppo piú ristretto del solito perché qualcuno non è ancora tornato dalle vacanze e altri sono rimasti bloccati per via delle nubi di harmattan, che hanno portato alla cancellazione di diversi voli nazionali. La situazione a Kano è cosí brutta che di pomeriggio bisogna guidare con le luci accese. Almeno cosí dice Hauwa, benché quest'anno non sia tornata nella sua città natale; è andata con i figli a Dubai, dove il marito l'ha raggiunta per qualche giorno. Stasera verrà presto perché deve anche andarsene presto; quando il marito è in città non resta mai oltre le dieci e mezzo. Arriverà indossando il suo profumo orientale alla vaniglia, come per fare gli onori di casa insieme a me, quasi fosse la mia organizzatrice di eventi, e potremo spettegolare in pace prima che si presentino gli altri.

– La signora desidera la colazione? – chiede Philippe.

– Sí. Di sotto.

Sul telefono mi compare un messaggio di mio padre, quell'uomo adorato che ormai chiede sempre piú sovente «Qualcuno ha visto i miei occhiali?» anche quando li ha indosso. Lui e la mamma vogliono sapere se la mia tosse è diminuita. Rispondo di sí, masticare cola amara è servito, piú tardi li chiamerò, e concludo con un cuore. Mio padre naturalmente non usa mai gli emoji nei suoi messaggi senza errori, con tutti i punti e le virgole al posto giusto. Mando un cuore anche a mia madre sapendo che potrebbe non vederlo per diversi giorni, incapace com'è di usare il cellulare se non per telefonare.

Scorro i titoli di prima pagina, poi cerco gli aggiornamenti sul caso di Kadiatou, cosa che ho continuato a fare ogni giorno, come per vigilare su di lei, come se leggendo gli articoli potessi in qualche modo proteggerla. Un titolo recita: *Kadiatou Bah, angelo o demone?* Un altro insinua che possa essere coinvolta in una messinscena ordita degli avversari politici dello stupratore. Che sciocchezza! Kadiatou implicata in una macchinazione politica, come no. La chiamerò tra qualche ora, quando sarà sveglia, per sentire come sta. Parla poco al telefono, ma non è che prima parlasse molto. Ripenso sovente alla sua faccia il giorno di dicembre in cui la polizia l'ha portata a casa di Chia; era la faccia che potrebbe avere una persona nel preciso istante in cui viene colpita da un fulmine.

Philippe mi serve la colazione su un vassoio laccato che Chia mi ha portato da Seul, con uccelli dal lungo collo dipinti in volo sui bordi. Ha piegato il tovagliolo di carta a piramide. La mia colazione si compone come sempre di moi-moi e frutta, pasto che consumo giorno dopo giorno con immutato piacere. Philippe ha imparato a fare il moi-moi come piace a me, senza crostacei né uova, solo purea di fagioli e pomodori cotti al vapore in un involucro di foglie fresche che scartoccio a una a una come uno squisito regalo. Se fosse per me mangerei ananas tutti i giorni, ma ogni tanto Philippe mi prepara ambiziose macedonie con mango a cubetti e banane, che ingoio per prime perché le banane che stanno troppo tempo all'aria mi danno l'idea di essere nocive per la salute. Philippe è di Cotonou; in Nigeria praticamente tutti gli chef provengono dal Benin, ma io non riesco a immaginarne nessuno con piú pretese francofile di lui. Per anni ha provato a convincermi a mangiare quella che chiama «cuisine», come se fosse una parola che si applica soltanto ai piatti francesi.

– La signora mangia solo moi-moi, garri e zuppa, riso jollof, yam e stufato. Sempre le stesse cose.

Elenca il cibo che mangio toccandosi la punta delle dita, per sottolineare l'inconcepibile esiguità delle mie scelte.

– Posso fare il soufflé alla signora, – dice di tanto in tanto.

– Lo so che puoi, Philippe, ma non lo farai.

– La bouillabaisse, allora, per la signora. La signora la gradirà.

– No, Philippe. Preferisco la zuppa del pescatore di Cross River.

Solo quando invito gli amici gli lascio fare quello che vuole, ma il riso jollof non può mai mancare. Qualche anno fa, quando Philippe aveva appena cominciato a lavorare per me, mia madre venne a trovarmi portandomi dell'okpa, e non un'okpa qualsiasi, ma quella di Ninth Mile. Non c'è okpa migliore di quella venduta per strada dalle agili donne di Ninth Mile con le bacinelle in equilibrio sulla testa. Ero cosí felice che dissi a Philippe che volevo mangiarla subito, a colazione, e Philippe reagí borbottando: – *Sauvage*.

In piedi al centro della mia grande cucina, sotto le pale in movimento del ventilatore da soffitto, inappuntabile nella sua divisa bianca con le maniche corte, disse: – *Sauvage* –. Mi salí il sangue alla testa e gli urlai contro come non avevo mai urlato in vita mia. – Cretino! Stupido ignorante! Fai le valigie e vattene! Sei licenziato! Fuori di qua!

Philippe rimase con gli occhi e la bocca spalancati dallo shock. O era incredulità? Piú incredulità che shock, credo. Mia madre era appena salita a farsi un bagno. La donna delle pulizie, Mary, arrivò di corsa; un mio giovane parente, che era ad Abuja per fare un test attitudinale per il lavoro e in quel periodo stava da me, arrivò di corsa. Atasi all'epoca era fuori casa, in collegio.

– Signora, cos'è successo? – chiese Mary.

– Zia, cos'è successo? – chiese il parente.

Stavano già lanciando a Philippe sguardi accusatori, convinti che avesse rubato qualcosa. Spiegai loro che mi aveva dato della selvaggia perché volevo l'okpa a colazione, mi guardarono perplessi e se ne tornarono via. La versione ufficiale fu che Philippe aveva insultato la signora e che la signora stava per licenziarlo. Ma non era la verità. Piú tardi dissi a Philippe che l'avevo quasi licenziato perché non tolleravo alcuna forma di autodenigrazione africana in casa mia.

– Lo sai che l'okpa è molto piú nutriente delle tue crêpe? – gli chiesi. Rispose umilmente di sí, ma solo perché era ancora sotto shock per la minaccia di essere licenziato. Non mi credeva, e continua a non farlo, ma è diventato abbastanza furbo da esprimere la sua francofilia senza mostrare disprezzo per la cucina africana. Jide ha raccontato molte volte questo episodio alle mie cene, facendo sempre ridere tutti.

«Il pover'uomo deve aver pensato che la signora era impazzita!»

«Omelogor, ci risiamo!»

«È il problema di leggere troppi libri, Omelogor; dopotutto l'okpa è da bifolchi, no?»

Io mi unisco alle risate, non perché le condivida, ma perché capisco il loro divertimento. Solo una volta ho reagito male; quando Jamila mi ha detto: – Ho l'impressione che ti arrabbi molto per piccole cose.

– Sono piccole cose solo per i cervelli piccoli, – ho ribattuto, e con una smorfia le ho fatto credere di stare scherzando, anche se non scherzavo affatto. Jamila ha il fascino misurato della persona capace di diventare una iena in un batter di ciglia. La sopporto, ma a fatica, perché è amica d'infanzia di Hauwa.

– Ahia! – ha esclamato Ehigie.

– Jamila, qualcuno ha paragonato il tuo cervello a un'arachide, – ha detto Chinelo.

– Il tuo invece è come la noce di cocco, – ha ribattuto Jamila, con un'allegria esagerata, per far vedere che non si era offesa. Era la prima volta che Hauwa sentiva raccontare la storia e aveva riso come gli altri, ma in un secondo momento, guardandomi con affettuoso stupore, mi ha detto: – Quanta passione ci metti. Tu credi veramente in quello in cui credi.

Rimane una delle cose piú belle che mi siano mai state dette.

Due

Mi sveglio pensando a zia Jane. Giorni dopo, le sue parole continuano a rodermi. Quest'inquietudine che non passa deve voler dire qualcosa, ma cosa? Che zia Jane è andata vicina alla verità, altrimenti non sarei qui a puntare i riflettori sulla mia vita? Com'è facile costruire ad arte un problema; non mi ero mai chiesta se la mia vita mi piacesse, e non mi ero mai preoccupata di doverlo dimostrare, finché zia Jane non ha insinuato il contrario. Potrei mandarle il link a «Per soli uomini», ma anche se lo capisse, – e non lo capirebbe, – perché dovrebbe dedurne che sono contenta della mia vita? Si possono scrivere tanti bei post in un blog seguitissimo, si può avere di tutto e di piú, senza che per questo la propria vita sia meno vuota, perciò non c'è modo di dimostrare agli altri di avere una vita piena. L'unica dimostrazione possibile è l'esperienza reale.

La sera, in compagnia di amici cari, mi osservo dall'esterno, per provare a valutare con obiettività un episodio contingente della mia vita. Mi verso un bicchiere di vino rosso, scelgo una playlist dal telefono e prendo in giro Belema per la pesante cavigliera: – Sei sicura di riuscire a camminare con quell'affare? – Le risate sovrastano le vecchie canzoni a basso volume. Nove persone che senza di me potrebbero non essere amiche stanno mangiando insieme e condividendo le proprie piccole delusioni e soddisfazioni. Ehigie dice che il suo proposito per il nuovo anno è di smettere di fumare loud, Jide ribatte che è inutilmente autopunitivo, e Belema aggiunge che se per caso gliene è avanzato un po' a casa, lo passerebbe a prendere volentieri. Hauwa non dice nulla, portandosi un bicchiere d'acqua alle labbra, e noto i suoi tatuaggi all'henné, elaborate spirali che girano intorno al polso e proseguono elegantemente sulle dita. È molto prudente, circospetta perfino, e mentre tutti sanno che non beve, non tutti sanno che fuma. In centro alla tavola Philippe ha messo una coppa piena d'acqua con foglie galleggianti, un bel colpo d'occhio, che profuma di erbe aromatiche.

– Ti prego, Philippe vorrebbe che mangiassimo anche questa roba? – chiede Chinelo, guardando storto la coppa.

Chinelo è la mattacchiona del gruppo, una fonte inesauribile di battute. Ci siamo conosciute nel National Youth Service Corps, ed è di un'allegria senza cedimenti, anche se dubito che qualcuno possa essere felice a ogni ora del giorno e della notte. Ahemen sta dicendo che le vacanze di Natale la deprimono. Eval e la moglie Edu si scambiano un'occhiata e scoppiano a ridere, perché stavano dicendo la stessa cosa venendo qui in macchina.

– Il prossimo Natale non andiamo da nessuna parte e non facciamo niente di niente, – dice Edu.

– È la tipica tristezza da conti in rosso di gennaio. Sei pentita di aver speso tutti quei soldi, – commenta Chinelo, mettendosi nel piatto un'altra cucchiaiata di tacchino piccante.

– Il mio problema invece sono le foto in pigiama che tutti postano su Instagram, qui ad Abuja. Mi basta guardarle per sbadigliare, – dice Adora.

Belema racconta che la notte di Capodanno tutta la sua famiglia ha pregato perché si rappacificasse con il marito. – È ancora disoccupato! Dovrebbero pregare che trovi un lavoro, piuttosto. Io gli davo da mangiare e quello mi picchiava. Se vuoi continuare a picchiarmi, almeno lavora!

Tutti hanno un po' di riso jollof nel piatto, e noto con piacere che il tacchino piccante e la capra in umido hanno piú successo del pollo alla francese di Philippe, che ha un odore troppo forte di senape. Jide infilza un boccone, dicendo: – Brutto affare, questo virus cinese, – e per un attimo penso che stia parlando della carne.

– Brutto in che senso? – gli chiede Hauwa.

– Non ce la contano giusta, – risponde Jide. – Mio fratello vive in Cina. È venuto qui per Natale e ha deciso di restare. Vive a Canton, dove ci sono molti nigeriani, e pur non essendo vicino alla città da cui è partito il virus, dice che gli ospedali sono pieni di malati e che l'infezione si sta diffondendo a tappeto –. Si alza per agguantare un'altra lattina di birra dal buffet delle bevande. Riesce sempre ad avere un'aria scarruffata, Jide, come se i suoi vestiti avessero bisogno di un colpo di ferro, e non si contano le volte in cui sono corsa a raddrizzargli il colletto o sistemargli i pantaloni spiegazzati alla cintura. Era un tenero bambino paffuto, ed è teneramente pingue oggi.

– E se arriva in Nigeria? Siamo spacciati, – dice Jide.

– Ma non è partito tutto da qualcosa che hanno mangiato al mercato laggiú? – chiede Edu.

– In Cina mangiano di tutto, perfino le rane, – commenta Chinelo.

– Qualunque cosa sia, ormai l'hanno mangiata, e la cosa si è messa in moto. Se arriva in Nigeria, siamo spacciati, – ripete Jide. Sta bevendo troppo in fretta, una birra dopo l'altra, come sempre quando è reduce da una telefonata con i suoi genitori. Devo calmarlo. Ho la lingua che pizzica per il tacchino piccante e il troppo pepe nel riso jollof.

– Jide, non arriverà in Nigeria, – dico. – Ho letto una dichiarazione dell'Oms. Non si trasmette da uomo a uomo.

– Omelogor ha parlato. Jide, ti conviene lasciar perdere, – dice Ehigie.

– Mio cugino sostiene che è molto peggio dell'ebola, – ribatte Jide, in maniera un po' provocatoria.

– Dio ci scampi, – commenta Chinelo.

Cambiando argomento, Ahemen ci racconta per l'ennesima volta la storia delle sue ex cameriere che le hanno rubato per ben due volte i gioielli. Potremmo stare parlando di razzi lanciati nello spazio, e Ahemen troverebbe il modo di infilare nel discorso le perfide domestiche che l'hanno derubata di tutti gli ori. I suoi attuali collaboratori famigliari sono filippini e spesso, in tono vagamente minaccioso, mi dice che il mio personale di servizio getterà la maschera, prima o poi.

– Gli stranieri li paghi, e finisce lí. Non rubano e non ti raccontano del dolore alla gamba della mamma o del blocco renale della sorella, – dice Ahemen, a conclusione della sua arcinota storia. Non può accettare che in realtà io preferisca il modo tutto africano, dai confini sfumati, di trattare con il personale di servizio. Se cosí non fosse non pagherei le rette scolastiche dei figli di Paul, i conti dell'ospedale della madre di Mohammed o l'affitto della sartoria in cui Mary va tutti i giorni dopo aver finito le pulizie.

Philippe entra e comincia a sparecchiare.

– L'au gratin era buonissimo, – dice Eval.

– È cosí che si chiama quell'insipida patata piena di formaggio? – chiede Chinelo. – Il problema di studiare all'estero è che poi cominci a dare nomi complicati a cose che non sanno di niente.

– Sorella! – esclama Ahemen, manifestando il suo accordo.

Philippe arriva portando pomposamente come dessert una torta di ananas capovolta.

– Signore e signori, monsieur Philippe! – dico, e ci mettiamo tutti a battere le mani e fischiare, il nostro solito rito, e mi torna in mente una cosa che mi aveva detto una volta Chinelo: «Sai perché la gente viene volentieri da te? Perché hai una bella casa, non c'è nessun marito da trattare con i guanti, e sei un'ospite munifica. Molti ricchi ti invitano e poi non ti danno neanche da mangiare».

La torta luccica di fette di ananas glassato. Philippe si scusa e torna di corsa in cucina a prendere un coltello. Piano piano cresce dentro di me un moto di affetto, e piano piano si diffonde prima agli amici seduti intorno al tavolo inondato di luce e poi al fosforescente mondo tutt'intero. Sí, la mia vita mi piace. Hauwa si piega in avanti sul tavolo per annusare la coppa alle erbe aromatiche di Philippe. – Che meraviglia, – dice. Alle orecchie le brillano due orecchini di diamante a forma di «O» intrecciate. Li indossa spesso al lavoro. Li avevo notati subito, appena l'avevo conosciuta: erano diamanti troppo grossi e vistosi per l'ufficio, esattamente quello che ci si poteva aspettare dalla donna che Amanze aveva descritto come la moglie viziata di un uomo molto ricco del Nord. Amanze, la regina del pettegolezzo, che sparlava con livore di tutti gli abitanti di Abuja. Aveva detto che Hauwa era come tutti quelli del Nord, un'incompetente assunta in un'agenzia governativa solo grazie alle sue conoscenze. «Vendifumo», era l'espressione che aveva usato. – Quella Hauwa è una vendifumo, è diventata capodipartimento pur essendo un'ignorante.

Cosí, il giorno in cui Hauwa mi aveva portato alcuni documenti contabili redatti in modo chiaro e preciso, le avevo chiesto: – Chi li ha compilati? Vorrei discutere di un paio di cose.

Era scoppiata in una sonora risata che avevo trovato fuori luogo. Aveva un atteggiamento scanzonato, diretto, inadatto a un rapporto formale di lavoro.

– E cosí le hanno detto che tutti quelli del Nord che lavorano qui dentro sono figli di Pezzi Grossi, e degli emeriti ignoranti, – aveva replicato.

– Esatto, – avevo risposto io senza mezzi termini. Ero appena tornata dall'America e la mia brutta esperienza doveva avermi lasciato un retrogusto amaro. Mi interessava solo svolgere bene il mio incarico, assicurandomi di aver preso la giusta decisione a lasciare la banca e avviare un'attività di consulenza in proprio.

– Ho compilato io i documenti, – aveva detto. – Ho un master.

Non l'avevo mai osservata con attenzione. Le donne del Nord avevano una bellezza prevedibile, lineamenti regolari e pelle chiara, e Hauwa in parte era cosí, ma in parte no. Aveva grandi occhi scrutatori, un arco di Cupido pronunciato sopra una boccuccia infantile. Aveva l'aria di una che si interrogava sulla vita. Aveva detto «Ho un master» senza ombra di ironia nella voce, e fui dispiaciuta di averle risposto «Esatto» in modo cosí brusco. Doveva essersi scontrata spesso con il veleno dei pregiudizi, vista la disinvoltura con cui aveva usato una risata per difendersene. Ne sapevo qualcosa anch'io, dell'ansia di dimostrare il proprio valore.

– Vedo che mi avevano informata male, – avevo detto, pensando che avrei dovuto semplicemente chiederle scusa per come mi ero comportata, ma non sapendo da che parte cominciare.

– Non l'avevano informata male, – aveva ribattuto lei. – Tutti gli altri del Nord qui dentro sono degli imbecilli. Non chieda niente alle donne del secondo piano, passano il tempo a spettegolare e pensare a cosa mettersi per questo o quel nikah.

Il viso, avvolto da un velo di seta rosa, era impassibile. Guardandola avevo pensato: ecco una persona che gode a mettere gli altri a disagio. Sembrava un discorso imparato a memoria, fatto molte volte a molte persone, e ne fui seccata perché d'un tratto avrei voluto che mi dicesse solo cose che non aveva mai detto a nessuno.

– E come farebbe a saperlo? – le avevo chiesto, molto freddamente.

– Cosa? – Sembrava delusa dalla mia reazione. Era previsto che ridessi della sua inaudita sfacciataggine. Era previsto che ammirassi il coraggio con cui aveva scherzato sulla sua gente.

– Come farebbe a sapere che passano il tempo a spettegolare? – le avevo chiesto. Almeno avevo evitato di aggiungere: «se non lo fa anche lei».

– Scherzavo, – aveva risposto.

Avevo ripreso in mano i documenti e le avevo detto: – Grazie.

Hauwa aveva accennato ad andarsene, ma poi aveva cambiato idea. In seguito ridemmo della cosa, perché mi disse che se fosse uscita da quell'ufficio mi avrebbe odiata per il resto della vita, sgarbata e arrogante di una igbo.

Tre

A mezzanotte se ne sono andati tutti eccetto Jide, che è stravaccato sul divano con la millesima lattina di birra in equilibrio sul petto.

– Mia madre ha trovato un'altra ragazza, – dice. – E senti qua: ha fatto il *politecnico*. Il politecnico! Ti ricordi l'epoca di «Jide, dovresti sposare una dottoressa?» Capisci la disperazione a cui è arrivata? Ha cominciato perfino a piangere e a fare la vittima: perché suo figlio non può essere come tutti gli altri, tutte le sue amiche hanno già dei nipoti, e via di questo passo. Non mi chiede neanche come sto, prima di attaccare con questa solfa. Poi ci si è messo pure mio padre, dicendomi che devo scavare un pozzo nel terreno del nostro compound, al villaggio.

La voce lamentosa di Jide ha un accento nasale che mi dà sui nervi, e innervosirmi mi fa sentire in colpa. Jide è l'unico figlio maschio e le aspettative nei suoi confronti sono già abbastanza, senza quest'ulteriore insistenza perché si sposi. L'altro giorno i suoi genitori gli hanno detto che deve cominciare a costruirsi una casa al villaggio, come se uno che lavora nelle telecomunicazioni potesse mai guadagnare abbastanza da costruirsi una casa.

– Omelogor, – mi dice. – Ti va se ci sposiamo?

Lo guardo con gli occhi sbarrati. – Eh?

– E restiamo sposati qualche anno, cosí la smettono di assillarmi.

– Puzzerebbe di incesto lontano un miglio, Jide. Nemmeno i tuoi genitori ci crederebbero, – dico. Però provo a immaginare che cosa succederebbe. Sarebbe un bel modo di farla pagare a zia Jane. «Guarda, zietta, ho un marito! Alla faccia della vita vuota!»

– Loro vogliono solo che mi sposi e che sposi una donna da sposare, – farfuglia Jide.

Ha perso il controllo della lingua; le parole gli escono

spezzate e storpiate, finché non crolla addormentato, con il mento sul petto. Russa sonoramente, un verso sempre piú forte, vibrante, che si conclude su una nota dolente. Lo copro con un plaid. Il suo corpo occupa l'intera larghezza del sofà. Mi torna in mente la volta in cui, tanti anni fa, mi aveva intimato di restare sul sofà mentre mi lavava il materasso con una spugna insaponata. Stavo malissimo, avevo sparso vomito dappertutto, sul letto, sulle pareti, sul pavimento. Mentre puliva uno schizzo di saliva per terra, Jide aveva alzato gli occhi e mi aveva detto: – *Ndo*, abbi pazienza, rimani sul sofà, – come per proteggermi dai miei stessi efflussi. Non aveva mai piú menzionato l'episodio, e quando non molto tempo fa l'ho fatto io, ha tagliato corto. Mi vengono le lacrime agli occhi, a guardare Jide che dorme e ripensare a quel giorno.

Atasi entra in salotto e capisco subito che vuole chiedermi un piacere; lo fa solo quando sa che ho bevuto, e non so se queste sue macchinazioni siano da considerarsi un perdonabile comportamento adolescenziale o qualcosa di cui preoccuparsi.

– Sei ancora sveglia? – le chiedo. Spero che non abbia notato le lacrime e non pensi che siano lacrime da sbronza. Sulla sua camicia da notte azzurra c'è il musetto di un micio. È talmente magra che ci naviga dentro. Mi dice che ha bisogno di un personal trainer per risolvere il suo problema.

– Che problema? – le chiedo.

– Ho i fianchi a violino, – risponde.

– E cosa sarebbero?

Prova a spiegarmi ma non capisco, cosí si stringe la camicia da notte sui fianchi. Secondo Instagram i suoi fianchi non si allargano all'infuori come dovrebbero, e la loro curva interna costituisce una vistosa anomalia che, per nostra fortuna, alcuni esercizi guidati possono aiutare a correggere. Ripenso a zia Jane, a come sia facile inventare un problema che non esiste.

– Da quant'è che lo sai? – chiedo.

– So cosa?

– Sapevi di avere i fianchi a violino prima di vedere il video su Instagram?

Sbuffa e alza gli occhi al cielo.

– Ascolta. Un bel giorno un tizio o una tizia si sono svegliati, hanno bevuto una tazza di caffè e hanno deciso di chiamare una parte assolutamente normale del corpo «fianchi a violino» facendola diventare un problema. E questo solo perché gli andava di creare un contenuto o di vendere qualcosa, o banalmente di sentirsi giusti o importanti. Il tuo fisico, Atasi, è normale, ed essere normali va benissimo, – le dico. Scherzando, aggiungo: – Se mangiassi un po' di piú, da normale diventeresti perfetta.

Ma Atasi non ride. Se ne va via immusonita senza dire una parola. Passa il tempo imbronciata a farsi autoscatti con il telefono appoggiato sul cavalletto, oppure chiede a Philippe o Mary di fotografarla vicino ai fiori, in una posa contorta, a pancia nuda e con il top incollato al corpo scheletrico. Quasi ogni giorno, sul tavolo da pranzo e a volte anche nel mio studio, si materializzano come per magia dépliant di corsi per modelle, con foto ritoccate di fanciulle dallo sguardo assente e dalla pelle improbabile. Ma il mio no è no: niente corso da modella. «Aumenta la tua autostima», diceva uno dei dépliant, e io ho spiegato ad Atasi che è vero il contrario: – Fare la modella abbassa l'autostima, – e lei mi ha lanciato uno sguardo, ahimè, di compassione, ma non cosí insistente da potersi considerare irrispettoso.

A scuola era stata la campionessa dei cento metri piani, ma al primo anno delle superiori ha smesso di colpo per paura di diventare troppo muscolosa e mascolina.

– Le persone muscolose sono piú longeve e piú sane, – ricordo di averle detto, e ora penso che avrei dovuto dirle altro. Avrei dovuto rassicurarla sul fatto che non sarebbe mai stata mascolina, figurarsi, e che lo sport avrebbe giovato alla sua salute. Con Atasi mi succede di dirle una cosa, e poi sperare che per incanto la cosa scompaia.

Jide si sveglia lucido e mesto, dicendo che deve andare a casa e che sí, lo sa, il nostro matrimonio non può funzionare. Disteso lí sul divano, sembra un enorme cuscino spiegazzato, tant'è profondo lo scontento scolpito nelle ombre del suo viso. Sono anni che vorrebbe trasferirsi a Lagos per fuggire dalla morte lenta che è la sua vita amorosa ad Abuja. Afferma che questa città è come un teatrino prefabbricato, dove gli anziani membri dell'apparato statale vanno in cerca di rapporti d'affari e i giovani sono ammaestrati soltanto per prendere, mentre lui non desidera altro che la semplice magia del parlarsi, del toccarsi, dello stare insieme. Da un po' di tempo mi chiede in continuazione se non avverto il pericolo nell'aria. La sua infelicità è profonda ma non lo spinge ad agire, come se in realtà avesse solo bisogno di un testimone esterno. – Vai in Canada, Jide. I nigeriani lo stanno colonizzando. Penserò io a tutte le spese finché non ti sarai sistemato, – gli ripeto spesso, e lui risponde sempre okay, mi informerò, ma non torna mai sull'argomento se non lo faccio io. È uno che fa il gesto, Jide, ma non conclude; comincia le cose, o fa per cominciarle, e poi si ferma. Mi fa rabbia il modo in cui sopporta tutto, anche l'intollerabile, con atteggiamento passivo e lamentoso. Non bisogna accontentarsi di desiderare; bisogna usare la forza del desiderio per costruirsi la vita che si vuole, o provarci, quantomeno. Una volta gli ho detto qualcosa del genere, non ricordo le parole esatte, e sono rimasta sconcertata dal rancore sprizzante dalla sua replica, di cui non sospettavo l'esistenza: – Non siamo tutti dei cuor di leone come la grande Omelogor.

Si alza lentamente dal divano. Lo sposerei, se servisse a qualcosa, ma chiunque ci conosca anche di sfuggita capirebbe che è una buffonata. Ci siamo conosciuti all'asilo, ma siamo diventati migliori amici in seconda elementare, nella classe di Mr Ngwu, dov'eravamo compagni di banco. Veniva a giocare da me dopo la scuola, e io mi stupivo che avesse il permesso di attraversare tutto il campus da solo. Ci piaceva dare la caccia alle farfalle che svolazzavano incessantemente sui fiori di mia madre. Una volta in cui gli scappò una sonora scorreggia lo rimproverai ridendo: – Sporcaccione! – e lui rapido rispose: – Non sono stato io, sono state le farfalle! – Ricordo ancora com'era vestito quel giorno: una maglietta azzurra di *He-Man e i dominatori dell'universo*, con un He-man circonfuso di luce che brandiva una spada. Sono passati piú di trent'anni e ancora ridiamo delle farfalle che scorreggiano.

Andammo insieme alla scoperta di Abuja, Jide e io, dopo aver trovato lavoro qui. Non conoscevamo le strade; partivamo in auto per andare al mercato e finivamo tra i viali alberati di un quartiere residenziale. Non sapevamo dei giovani rampolli del Nord che gareggiavano sulle superstrade con le auto di lusso, né di come potesse essere violento il calore del sole. Non sapevamo della sonnolenza negli uffici il venerdí, il giorno in cui molti si recano in moschea, né che alcuni saloni di parrucchiere non permettono agli uomini di varcare la soglia. Un sabato avevo cercato in rete un parrucchiere per capelli naturali e avevo dato appuntamento lí a Jide, in modo che appena fatte le treccine saremmo andati direttamente a vedere un miniappartamento che intendeva affittare. All'epoca abitava ancora dallo zio. Il locale non aveva l'odore che hanno di solito i saloni di parrucchiere: la puzza di bruciato delle punte strinate, l'olezzo dolciastro dei prodotti chimici aggressivi. L'aria era profumata di noce di cocco, burro di karité e oli essenziali di menta e lavanda. Appoggiate sui banchi c'erano scodelle di maschere per capelli appena fatte, delle specie di budini dall'aria appetitosa. Le donne erano tutte del Nord, appoggiati alle sedie c'erano i loro veli. Avevano capelli bellissimi, boccoli morbidi e radici folte e rigogliose, e mi sembrava un gran peccato che capelli curati con tanto amore dovessero di nuovo sottrarsi agli occhi del mondo.

Una di loro disse: – La mia cuoca mi ha fatto un grande yogurt prima che uscissi di casa.

Che gente strana e originale, questa del Nord, che a casa propria mangiava grandi yogurt. Non riuscivo a figurarmi un «grande» yogurt fatto in casa; per me lo yogurt era un vasetto che si comprava nel reparto frigorifero dei supermercati. I loro antenati guidavano armenti, mentre i miei progenitori abitavano nelle foreste, e questa diversità antica me li rendeva interessanti, piú del fatto che erano musulmani mentre io ero cristiana. Parlavano hausa con qualche spruzzatina di inglese. Io me la cavavo già bene con l'hausa, imparato nei pochi mesi intercorsi tra i colloqui e l'assunzione.

– Io faccio sempre la spesa a Londra. Prendo il volo notturno della British Airways, passo la giornata lí e torno indietro, – disse quella che aveva mangiato un grande yogurt. Guardò furtivamente a destra e sinistra, per assicurarsi che l'avessero sentita tutte, mentre i capelli le ricadevano morbidamente sul collo come un vello nero e lucido. Quando Jide comparve sulla porta del salone l'addetta alla reception cacciò un urlo e quelle imperiali signore, letteralmente inorridite, si precipitarono a coprirsi i capelli con veli e asciugamani, guardandosi intorno per smascherare l'indegna che aveva fatto entrare un uomo. Capii subito la situazione. Avrei dovuto dire: «Vi prego di scusarmi, non sapevo che gli uomini non potessero entrare». Avrei dovuto confessare e affrontare i loro sguardi inferociti. Non lo feci. Jide batté subito in ritirata e io tacqui, senza rispondere alle telefonate che seguirono per paura di tradirmi. Volevo far finta di sapere quello che sapevano tutti. All'epoca mi sfuggivano ancora molte cose e, poiché ero abituata a muovermi in un territorio conosciuto, ero disorientata. Conoscevo bene l'Igboland e piuttosto bene Lagos, ma il Nord aveva caratteristiche profondamente diverse – per quanto Abuja non sia neanche Nord in senso stretto, ma un punto nel centro geografico della Nigeria. Capitale dello Stato federale, sede del governo, città di parchi con grandi alberi frondosi. Avevo sempre pensato che sarei vissuta a Lagos, ma il lavoro che mi avevano offerto ad Abuja era troppo buono per non accettarlo, di gran lunga migliore di ciò che veniva offerto normalmente ai neolaureati. Stavo già macchinando di fare carriera, e se questo voleva dire abitare in una seriosa città priva di immaginazione, pazienza. Abuja era troppo noiosa, troppo ingabbiata nell'ufficialità della sua esistenza; una città costruita per una precisa ragione, come una casa di Lego. O perlomeno cosí pensavo, finché un giorno, in un negozio di telefonia del centro commerciale Ceddi Plaza, qualcuno mi chiamò con il mio soprannome da ragazza: – Logos! – Una donna con la pelle chiarissima, che indossava un boubou e sandali piatti di marca, la divisa casual dell'élite. La osservai, perplessa. Forse conosceva qualcuno che mi conosceva.

– Logos! Sono Nodebem, – disse, con fare dolce e affettuoso. – Venivo al liceo del campus.

Non assomigliava per niente a Chinodebem, la ragazza con la pelle talmente scura che al liceo era soprannominata la «Maria nera», che secondo i ragazzi aveva un cattivo odore e i denti macchiati perché non li lavava abbastanza. Ora sorrise mostrandomi una dentatura cosí bianca che mi colpí, sembrava che si fosse attaccata in bocca della carta da stampante. Non l'avrei mai riconosciuta con quella nuova faccia gialla, una faccia blasé, da moglie nullafacente di ricco uomo igbo, resa inespressiva dagli innumerevoli strati di fondotinta applicati con scarso riguardo per i saliscendi del volto umano.

– Mi conoscono tutti come Nodie, adesso, – disse, decidendo di spostare la borsa griffata con le borchie da una mano all'altra nel caso non l'avessi notata. Ci scambiammo i numeri di telefono sapendo che non l'avrei mai chiamata, ma mentre si allontanava pensai che l'ammiravo per il coraggio che aveva avuto a cambiare, e per la spudoratezza con cui mi aveva detto, con la massima cordialità, «Sono Nodebem, venivo al liceo», come se il suo clamoroso sbiancamento della pelle fosse una cosa da niente. Aveva sconvolto la mia prospettiva: Abuja, quindi, aveva contorni fluidi, c'era spazio ai margini per reinventarsi. Cominciai a pensare che forse sarebbe stata qualcosa di piú di una semplice tappa nella mia carriera, che forse mi sarei stabilita qui. Iniziai cosí a conoscere luci e ombre di una città da scoprire. Al primo corso di formazione in finanza, un corso di routine di analisi del rischio, ci chiesero di fare un test antidroga. Il coordinatore ci diede un cordino portabadge, una cartellina e una provetta di plastica per la raccolta delle urine. Mi stupii, ma poiché tutti gli altri non batterono ciglio cercai di imitarli. Ci dirigemmo verso la toilette delle donne, in cui regnava un forte odore di detergente; in piedi vicino ai lavandini, una donna corpulenta con il badge ADDETTA ALLE PULIZIE sorrideva con aria sollecita e un po' losca.

– Puoi fare la pipí per me? – le disse una donna di nome Hadassah, che aveva al polso un appariscente orologio tempestato di pietre preziose e un velo azzurro intorno al capo. Porse la sua provetta alla donna delle pulizie, che si diresse subito verso uno dei bagni. Arrivò un'altra addetta, dall'aspetto bonario e matronale, che scorse con gli occhi le donne presenti, una a una, offrendo tacitamente la propria urina. A quanto pare lo faceva spesso; con ogni probabilità era corsa qui prima che iniziasse il corso sapendo che c'era da fare soldi. Una donna di nome Chikamso, in tailleur e camicetta di seta, le diede la sua provetta dicendo: – Ti farò un bonifico, non ho contanti.

Entrai in uno dei bagni. Sentii una voce dire che la donna delle pulizie doveva bere acqua per fare piú pipí, e un'altra rispondere: – Io ho una bottiglia di Eva –. Ero allibita, non potevo credere che fossero tutte preoccupate di quello che poteva rivelare la loro urina. Si erano drogate nel weekend o avevano sniffato qualcosa mentre si vestivano pudicamente per venire al lavoro? Alla fine, tutte le donne entrate nella toilette per prelevare un campione di urina uscirono con un campione dell'addetta alle pulizie, eccetto me. Chikamso e io siamo diventate buone amiche, e ogni tanto mentre parliamo mi scappa un: – Puoi fare la pipí per me?

Quattro

Sono passati altri giorni e sono ancora qui che penso a cosa significa fingere, e perché zia Jane dovrebbe pensare che io finga. «Non far finta che ti piaccia la tua vita». Non vedo che vantaggi potrebbe avere, fingere una cosa del genere. Si tratterebbe di fingere con se stessi o soltanto con gli altri? Nel primo caso, la finzione diventerebbe in qualche modo vera? E che cosa si può definire vero? Mi è sempre stato facile ignorare le opinioni delle persone che non sono importanti per me, quindi perché non riesco ancora a togliermi dalla testa le parole di una zia svitata? Forse il mio nerbo superstizioso mi sta segnalando che il nuovo anno è partito sotto una cattiva stella.

Sono sveglia ma resto a letto, sentendomi d'un umore intrattabile e con il corpo stranamente appesantito, come se avesse bisogno di sbarazzarsi di alcune parti. Probabilmente mi farebbe bene usare il tapis roulant, anche se odio fare ginnastica. Camminare all'aperto è l'unica cosa tollerabile, ma il sole è già rovente e dovrò aspettare che l'aria rinfreschi, dopo il tramonto. Dico a Philippe che non voglio fare colazione e mi chiede: – Neanche piccolo ananas per la signora?

– Va bene, ma solo ananas.

Mangio fette di ananas fresco scorrendo le notizie. L'Oms dice che il virus si trasmette da uomo a uomo, il che significa che non sanno di che cosa stanno parlando e forse non l'hanno mai saputo. D'altra parte, come potrebbero? Un nuovo coronavirus è nuovo proprio perché nessuno l'ha mai visto prima. Ci sono centinaia di altri articoli sul caso di Kadiatou, e ovunque quella fotografia poco lusinghiera in cui ha gli occhi gonfi che emanano una luce volgare. Un opinionista la descrive come un «improbabile oggetto di desiderio». Improbabile oggetto di violenza sessuale. Comincia con la frase: «La cameriera dell'hotel non ha l'aspetto che ci saremmo immaginati» e prosegue affermando che deve aver accettato di fare sesso in cambio di denaro. Come fa uno a scrivere una cosa del genere e poi dormire sonni tranquilli? È sul «Post», ma chi è che si è messo alla tastiera e ha composto un insieme di parole per dire che Kadiatou va bene per fare sesso a pagamento, ma non per essere stuprata? Ci sono alcuni articoli anche su di lui, lo stupratore. Tutti citano in tono addolorato le sue benemerenze e i sogni a cui ora dovrà dire addio. Il mese scorso, guardando la contestazione dei capi d'imputazione trasmessa in tv, ogni volta che la telecamera lo inquadrava in primo piano cercavo di decifrare il suo volto. Aveva il mento non rasato, le labbra sottili tirate fino allo spasimo, e ogni tanto lanciava un'occhiata alla corte e sembrava trattenersi dallo scuotere il capo per l'assurdità di trovarsi invischiato in una simile manifestazione di ignoranza. Il fatto che fosse esasperato, palesemente esasperato, faceva capire che si considerava la parte lesa. Aveva sul mento un piccolo livido violaceo, e pensai che potesse essere uno schiaffo della moglie, un segno lasciato apposta perché tutto il mondo lo vedesse. La bella moglie facoltosa di cui sbattono la fotografia in prima pagina a ogni nuova notizia, e che ha affittato una casa a Georgetown, una gabbia dorata con sette camere in cui si fermeranno fino all'inizio del processo. Chia dice che Luuk l'ha incontrata una volta in Francia e che è una donna stupenda. Certo che è stupenda. Hanno sempre mogli stupende.

Su «Per soli uomini» mi ha contattata un uomo che aveva raccolto i soldi per trasbordare sé, la madre e la sorella a Lampedusa su una barca da pesca di legno, e che aveva visto la madre e la sorella affogare sotto i suoi occhi quando la barca si era rovesciata. Vive a Lomé e la moglie vuole lasciarlo perché piange in continuazione e spende il poco che hanno in gin locale. Nessuno dovrebbe aspettarsi che torni a essere quello di prima, dice, invece è quello che succede. I parenti gli dicono di comportarsi da uomo, ora che la sua vita va meglio perché il suocero gli ha dato un lavoro e una casa. Dovrebbe fare la parte dell'eroe solo perché è un uomo, ma se non volesse o non fosse in grado? Vorrei rispondergli sul blog, dirgli non sei obbligato a fare l'eroe, ma potresti trovare altri modi di essere disperato – un po' meno gin, un po' piú di sforzi per apprezzare quello che hai, la moglie e il bambino piccolo – o magari pensare a quello che vorrebbe tua madre. Ma non trovo le parole. Non trovo le parole, cosí chiudo il portatile. Guardo fuori dalla finestra e vedo Mohammed che prega nell'angolo vicino al muro di cinta. La grazia del suo inginocchiarsi, fronte a terra, e rialzarsi; l'umiltà del suo chinarsi e inginocchiarsi di nuovo. I suoi gesti sono intensi e fluidi, quasi gioiosi, se la gioia fosse un sentimento trattenuto; non li compie solo per abitudine o dovere, è un vero credente. Ho sempre pensato che fosse per questo che è cosí sincero, che la sua bocca non è capace di articolare una sola bugia. Mi fido completamente di lui. La sua purezza di spirito è un dono che ha dalla nascita o dipende dall'educazione religiosa? Forse entrambe le cose. In fondo è pieno di persone che ricevono un'educazione religiosa e non sono affatto come lui. Gli uomini che hanno ucciso zio Hezekiah, per esempio. Pensare a zio Hezekiah mi fa sempre lo stesso effetto: mi sento ribollire dentro, come se di colpo avessi la testa allagata. Se non mi siedo, ondeggio e rischio di cadere. Volevo bene a zio Hezekiah, l'unico fratello di mio padre, ma quando è morto non ho pianto. Il che può attribuirsi alla distanza, dato che lo vedevo poche volte all'anno, ma allora come si spiega la mia disperazione, poco dopo, quando venne ucciso un altro uomo, un perfetto estraneo? Affogai nelle lacrime e nella tristezza, sprofondando per un lungo periodo nell'apatia, incapace di reagire. Mi sono procurata dei libri sul lutto e ho imparato che il lutto è un dolore che si manifesta in maniera imprevedibile, che il nostro corpo sa qual è il modo migliore per manifestarlo, e che si può anche piangere molto tempo dopo l'evento luttuoso. Quindi, piangendo per quello sconosciuto in realtà piangevo per mio zio. Me lo ripeto spesso, ma non ne sono del tutto convinta. L'onta del tradimento e della vergogna rimane. Zio Hezekiah era dolce, buono, una persona degna, e non capisco perché non sono riuscita a piangere semplicemente per lui, che cosa ci sia di sbagliato in me. Mi sento cosí umiliata, svilita, ad aver pianto per lui piangendo per un'altra persona.

È una domenica sonnacchiosa e Hauwa è passata da me dopo aver lasciato i figli a giocare da amici. Mi ha portato un pacchetto di chips di plantano, di quelli speciali che si fa fare lei, con il nastro dorato.

– Grazie, – le dico, e solo dopo aver pronunciato la parola «grazie» mi rendo conto del tono spento della mia voce.

– Omelogor, c'è qualcosa che non va? Sei strana. È successo qualcosa al villaggio? – Ha un'espressione dolcemente preoccupata. Non so perché non le ho raccontato quello che mi ha detto zia Jane, ma tant'è. Forse sarebbe contenta se fosse successo qualcosa di brutto al villaggio, dal momento che mi aveva implorata di non andarci, di andare con lei a Dubai, e le avevo detto di no. Lo so che è ingiusto, e quasi certamente non vero, ma lo penso lo stesso. Ricordo bene la sua domanda impertinente: – E poi si può sapere perché voi igbo tornate sempre al villaggio? Che cos'ha di tanto speciale?

Per tutta risposta le avevo mostrato le fotografie del castello del padre di Chia, non c'è altro modo di descrivere quell'edificio se non con la parola «castello», e dopo averle scorse aveva detto: – A quanto pare i campi da tennis non vengono mai usati, – con la sua tipica risata squillante. Era vero, sul cemento intorno ai campi spuntavano le erbacce, eppure mi sembrò una cosa detta solo per farmi dispetto. In ogni caso non avrei dovuto mostrarle quelle fotografie. Era stata una reazione sciocca e impulsiva, una sorta di levata di scudi provocata dal tono della sua domanda, e attuata nel modo piú prevedibile di tutti, con l'esibizione di un castello. Per dirle che il villaggio non era come se lo immaginava. È ovvio che il mio attaccamento ad Abba non ha niente a che fare con la casa del padre di Chia, ed è ovvio che il castello è un'eccezione e che quasi tutto il resto del villaggio è villaggesco proprio come lo immagina Hauwa. Se passassi Natale e Capodanno altrove mi sembrerebbe di mangiare un piatto di avanzi freddi, quasi da buttare. Amo il profumo del villaggio, un profumo antico, di secoli di acqua piovana e fuochi di legna e adorazione della Terra, e amo guardare i pipistrelli volare all'impazzata al tramonto come se fossero appena stati liberati dalla prigione. Ripenso al tempo in cui le donne facevano cadere i copricapi nella sorgente, come atto di devozione, offrendo alla dea i loro sacrifici e le loro pene. Amo la cadenza dell'igbo rurale, il modo di parlare spiccio e sfrontato di chi non ha tempo da perdere. E l'intraprendenza, l'intraprendenza, tutti che vogliono avviare una loro piccola attività, tutti che sognano grandi commerci. Quando sono al villaggio mangio sempre troppo: l'ukwa fresco che mia madre cucina con il pesce essiccato; l'abacha che zia Nneka porta da Agulu; la zuppa di onugbu che la vecchia Nne Matefi, la sorella di mia nonna, prepara nella sua cucina di fango piena di fumo che si rifiuta di far abbattere. I nostri parenti prendono in giro Chia chiamandola «la straniera» perché odia l'ukwa e non tocca la zuppa di onugbu dalla pentola nera di fuliggine. Questo Natale ha detto alla prozia: – Va bene, la mangio, – e io le ho lanciato un'occhiataccia, per dirle piantala di cercare di piacere, ma lei imperterrita ha inghiottito lo yam pestato e la zuppa, poi a denti stretti mi ha detto: – Omelogor, mi viene da vomitare, – e io le ho risposto: – Non addosso a me, Chia, se non ti dispiace.

Appena arrivata, parecchi giorni prima di Natale, una donna segaligna di nome Nwando si è presentata al cancello chiedendo di vedermi; voleva mostrarmi il suo nuovo risciò taxi a pedali. L'ho sgridata, dicendole che non sarebbe dovuta venire, lo sapeva che l'unico modo di ringraziarmi era aiutare un'altra donna. Ma in cuor mio scoppiavo di orgoglio. Due anni prima, quando le avevo concesso un finanziamento a fondo perduto «Robyn Hood», vendeva peperoncini rossi su un vassoio arrugginito. Di tutte le donne del mio villaggio a cui ho dato il finanziamento, solo una, una sarta, non ha avuto successo con la sua impresa. Hauwa non capisce perché esco da tutto questo con l'animo pago e beato.

– È successo qualcosa al villaggio? – mi chiede di nuovo. – C'è qualcosa che non va? Sembri giú. O non hai voglia di vedermi?

È incredibile la velocità con cui Hauwa riesce a passare dallo scherzare all'essere petulante; sa benissimo che non si tratta di lei. Ora dirà: «Va bene, me ne vado», che è l'imbeccata perché io ribatta: «No, rimani».

Come volevasi dimostrare, dice: – Se ti disturbo, se vuoi che me ne vada, non hai che da dirlo.

Trovo che abbia un atteggiamento da vecchia megera, e mentre lo penso mi sento in colpa, perché io odio le parole come «megera» o «arpia», che non hanno equivalenti maschili.

– Hauwa, sai benissimo che non mi disturbi, – ribatto. – Non è successo niente. Tranne quello che succede sempre al villaggio, cioè che tutti pregano perché trovi marito.

– Sul serio? *Wallahi*. Non dicevi che avevano smesso?

– Cosí pensavo.

– Non vuoi proprio sposarti, – mi dice, guardandomi come se mi avesse appena fatto una grande rivelazione. – Davvero non hai mai sognato l'abito da sposa e tutto il resto?

– No, – rispondo. In effetti mi è capitato di sognare di avere un figlio, un bambino, che tenevo per mano mentre attraversavamo la strada, ma in quei mezzi sogni non c'era mai un marito.

– A me invece piace essere una donna sposata. Se ti sposi poi fai quello che ti pare e piace. Se non ti sposi avrai sempre tutti con il fiato sul collo. Almeno sposati e poi divorzia, – dice Hauwa.

Non parla quasi mai del suo matrimonio. L'unica cosa che so è che il marito è parente della madre e viaggia continuamente per lavoro. Compare nei suoi discorsi piú come giustificazione che come individuo. «Rabiu è in città quindi non posso fare tardi».

– Colgo una nota di cinismo, – dico.

– È la semplice verità. Lo sai che a te dico solo la verità, – ribatte, mettendo l'accento su «a te», come se agli altri dicesse le bugie. – È abbastanza ridicolo, e non voglio stressarti anch'io, ma se ti sposi smetteranno di sparlare di te ad Abuja.

– A cosa ti riferisci?

– Il fratello di Hadassah va in giro a dire che hai una storia con il vicepresidente e giura che sei stata tu a fargli perdere la gara d'appalto.

Il suo tono pettegolo mi stupisce e mi manda su tutte le furie. Le chiacchiere sul mio conto sono le stesse che fioriscono intorno a tutte le donne single e facoltose di Abuja, giovani o meno giovani. Dicono che all'università ero una ragazza facile e che già all'epoca andavo a letto con questo o quel governatore, che avevo fatto carriera andando a letto con il mio AD, che avevo ottenuto lavori dai ministri con cui ero andata a letto, e che la mia società di consulenza è una scatola vuota per riciclare le mazzette di un ex governatore. Quest'ultima cosa, naturalmente, ha un fondo di verità, anche se riciclavo denaro quando lavoravo in banca, ora non piú. Il motivo per cui girano queste voci è che i costruttori delle stanze segrete in cui si creano le grandi fortune sono tutti uomini, e la presenza di una donna al loro interno dev'essere spiegata in qualche modo. Una volta, a cena, Jamila aveva accennato, con un sorriso malizioso, a una diceria sul mio conto, e Hauwa aveva liquidato la cosa con un gesto brusco della mano. – Tutti quelli che sparlano di Omelogor vorrebbero essere al suo posto, – aveva detto, facendo scorrere lo sguardo intorno al tavolo, e si era messa a parlare di altro. Il senso di orgoglio mi aveva investita come una scarica di zucchero nel sangue, orgoglio e piacere per come Hauwa aveva chiuso la bocca a Jamila. E ora proprio Hauwa faceva la pettegola e dava retta alle chiacchiere.

– Il fratello di Hadassah deve essere molto importante, se all'improvviso hai tempo da perdere con i pettegolezzi, – dico.

– Pensavo solo che dovessi saperlo –. Ha la voce offesa; ora è lei a sentirsi redarguita ingiustamente. Siamo nella mia camera da letto; Hauwa si alza dal tavolino da toilette e va verso la portafinestra che dà sul terrazzo. Indossa un paio di jeans e una tunica abbottonata, e in testa ha un turbante tempestato di gemme.

– Vuoi fumare? – le chiedo.

– Non dovrei?

– Pensavo che dovessi passare a prendere i bambini.

– E allora? Credi che capiscano se sono fatta? Se non vuoi che fumi, dimmelo. Ti comporti sempre in maniera strana quando fumo.

– Questo non è vero, Hauwa.

Pur sapendo che il loud mi fa venire il prurito e mi annebbia il cervello, ogni tanto Hauwa decide di dimenticarsene e mi offre uno spliff, prendendo il mio rifiuto come un giudizio morale nei suoi confronti.

– Okay, non fumo, scusa, – dice, in un modo che mi ricorda come sia molto piú giovane di me. Otto anni. Tiro un sospiro di sollievo quando mi vibra il telefono, è mia madre, e pur sapendo che sarà una delle solite telefonate di saluti faccio segno a Hauwa per dirle che io e mia madre dobbiamo discutere di una cosa seria. Desidero che se ne vada. Non mi era mai successo prima, ma voglio che se ne vada. Sento dentro di me un'agitazione di cui non so disegnare i contorni. Hauwa mi saluta appena; si limita ad alzare il palmo mentre prende la borsa appoggiata sul mio letto.

La mattina dopo le mando tre volte lo stesso messaggio, *Come va?*, ma non risponde. Alla fine le scrivo: *Non eravamo in equilibrio, ieri*, e mi telefona quasi immediatamente. – Che cavolo vuol dire? – mi chiede.

– Ho pensato che se ti scrivevo una cosa cosí stupida forse avresti reagito, – rispondo.

Hauwa rimane qualche secondo in silenzio. – Omelogor, certe volte sei fredda. Molto fredda. Fredda come un uomo.

Non è la prima volta che mi sento definire fredda, ma sentirmelo dire da Hauwa mi disturba. – Scusa, – le dico.

– C'è qualcosa che non va, e non me lo vuoi dire.

– Non c'è niente che non va. Andare al villaggio mi ha dato da pensare, tutto lí.

– Tu pensi sempre, ma questa volta è diverso.

– Non è cosí, Hauwa, credimi –. Cambio discorso. – Hai sentito che in Cina ci sono stati dei morti per il virus?

– Sí, l'ho letto. E ci sono casi conclamati anche in Giappone e Thailandia. Ora stiamo attenti, guai a dire a Jide che l'epidemia si sta diffondendo.

Rido, e ride anche lei.

– Perché ho cosí bisogno della tua approvazione? – chiede, e questa domanda mi riempie di improvvisa felicità.

– E io della tua. Non consiste in questo l'amicizia, nell'aver bisogno dell'approvazione reciproca? – dico, sentendomi un po' falsa. L'amicizia dovrebbe avere prefissi, suffissi, gradi. Per rendere appieno la contentezza che provo nell'avere Hauwa accanto a me.

– Dici? – ribatte. – Io ho molte amiche, ma non ho mai conosciuto nessuna come te.

Ero tornata dall'America carica di ostilità e di un umore nero come la pece. Senza Hauwa non so se mi sarei risollevata in cosí poco tempo. Hauwa era un fiume di regalini e piccole scoperte: dove trovare il miglior kulikuli cotto con zenzero e pepe, o un olio per il bagno che non volevo perché mi sembrava troppo complicato da usare ma che lei mi aveva spinta a provare, e quando poi mi aveva chiesto com'era, avevo dovuto ammettere con le orecchie basse che era rilassante. Adoravo la sua risata, soprattutto dopo che aveva fumato e raggiungeva picchi vicini all'isteria. – Non mi piace l'insalata perché mi fa venire la popò a pallini come le capre, – diceva, con quel suo risolino isterico.

Un giorno ci fu tra noi un diverbio a proposito di un gruppo di musulmani sciiti che erano stati uccisi dai soldati nigeriani perché avevano occupato una strada e impedito il transito dei veicoli.

– Non avrebbero dovuto bloccare la strada, – disse lei, mentre sceglieva il colore di uno smalto per unghie.

– Dici cosí solo perché sono sciiti. Se fossero sunniti te ne importerebbe di piú.

– Certo che me ne importerebbe di piú. A te importa allo stesso modo di tua madre e di una donna qualunque che passa per strada?

Restai interdetta e non seppi cosa rispondere. L'allegra, schietta semplicità con cui esprimeva le sue opinioni, il suo modo di fare istintivo, quasi impulsivo, la leggerezza che portava in ogni situazione, erano un tonico rigenerante. Hauwa non era interessata alla mia esperienza in America, a differenza dei miei vecchi amici, ed era liberatorio poter seppellire le mie ferite.

Ci conoscevamo ormai da qualche mese quando andai per la prima volta a casa sua. Aprí lei stessa l'enorme portone di legno e mi fece entrare. Nell'anticamera c'era una fila di anfore maiolicate, ognuna con un cespuglio di bosso finto, di forma perfettamente sferica, e l'effetto era vagamente familiare, come se fosse l'atrio di un grande albergo anonimo. I suoi figli erano al piano di sopra con le bambinaie. Il marito era via. Mi portò a vedere i suoi libri in una piccola stanza quadrata con le pareti tappezzate di scaffali.

– Te l'avevo detto che avevo dei libri, – disse, con la sua risata squillante. – Visto? Te l'avevo detto che mio padre mi aveva regalato dei volumi antichi di Shakespeare.

– Non lo mettevo in dubbio.

– Non ti credo. Pensavi che quelle come me non leggessero libri.

Indossava un boubou di seta viola che fasciava il suo corpo di lucentezza regale, e le frange delle maniche oscillavano a ogni suo passo.

– C'è un quadro in tutta la casa che non sia di cavalli al galoppo? – chiesi.

– Mi stai giudicando.

– A ragione. Questi quadri sono orribili.

– Non tutti hanno gusti sofisticati e si intendono di arte, signora Omelogor, – disse, pronunciando il mio nome scorrettamente, con l'accento del Nord che adoravo.

– Dico sul serio, Hauwa. Potresti comprarti dei quadri decenti.

– Preferirei comprarmi una borsa nuova o dei gioielli. Non ci penso neanche a buttare via i soldi per un quadro.

– Le borse sono un cattivo investimento, – dissi.

– Se ti procurano piacere, sono un buon investimento. Io, comunque, compro diamanti. Tutti preferiscono l'oro, ma a me non piace.

Eravamo in salotto, o piú esattamente in uno dei tanti salotti. Hauwa incrociò le gambe e dal caftano spuntò una piccola cavigliera luccicante. Una fotografia alla parete la ritraeva insieme al marito. Era piú vecchio di quel che pensavo, tra i cinquantacinque e i sessant'anni, corpulento, di un fascino che avrei definito prestante.

– Ascolta, Omelogor, volevo dirti una cosa. Venerdí una mia amica dà una festa. Per caso ti va di venire?

– Potresti chiedermelo con un po' piú di entusiasmo, – ribattei.

– Be', sai, in realtà... è una festa un po' alternativa. Insomma, ecco, la mia amica ha assunto delle spogliarelliste, e dei tipi che fanno il massaggio tantrico. Non sono sicura che ti interessi, perciò...

– Sei seria?

– Perché dovrei scherzare?

– Certo che mi interessa.

Si mise a ridere, come se si fosse tolta un peso. – Temevo la tua reazione.

– Perché?

– Lo sai che non sei normale.

Ormai ero abituata alle pieghe impreviste che poteva prendere la vita ad Abuja, ma non mi aspettavo un invito a una festa con spogliarelliste in un appartamento affittato per l'occasione.

– Che cosa festeggia la tua amica? – chiesi.

– La vita, – rispose. – Siamo tutte donne, e tutte sposate. Tu sei l'unica single.

Alla festa ebbi un raro attacco di cocente imbarazzo. Gli appartamenti affittati a giornata mi deprimono, con quella loro aura di transitorietà, come se avessero visto entrare e uscire folle di persone insoddisfatte. Suonai il campanello e qualcuno urlò: – È aperto! – La musica era soft e a basso volume, dovevano esserci casse a tutte le pareti. In cucina uno chef tutto vestito di bianco stava preparando gli stuzzichini. Sentivo l'odore dei puff-puff che friggevano, mentre in salotto un uomo con una divisa blu stava allestendo una shisha. Sbirciai dentro. Due donne sedute sul divano stavano guardando qualcosa sul telefono e ridendo. Feci un giro alla ricerca di Hauwa. Nella prima camera da letto una donna nuda distesa su un grande letto matrimoniale si stava facendo massaggiare la schiena da un uomo senza un grammo di grasso. La stanza era buia e per un attimo pensai che fosse Hauwa, finché alla luce che filtrava dal bagno vidi la weave che le ricadeva sulle spalle. Non era Hauwa. I mugolii della donna avevano un che di teatrale e rimasi sulla soglia a guardare, sentendomi un po' teatrale anch'io, e pensando che non erano da meno i muscoli dell'uomo, luccicanti nella penombra come quelli di un bodybuilder con la pelle cosparsa di olio.

– Vuoi il lieto fine? – l'uomo chiese alla donna, che fece un altro mugolio e rispose: – No, sono in arrivo delle spogliarelliste. Preferisco tenermi per dopo –. E rise. L'uomo si girò verso di me: – Vuoi che ti faccia un massaggio?

La sua impudenza non mi piacque, non avevo capito che avesse percepito la mia presenza, e il suo accento da bifolco era la cosa meno eccitante del mondo. – No, – risposi freddamente. Provai una sensazione di ribrezzo per me stessa, a trovarmi in quel posto volgare, a osservare quella scena e parlare con un uomo la cui voce tradiva scherno e mancanza di rispetto. Ma in quel momento arrivò Hauwa, e la sensazione scomparve. Era la prima volta che la vedevo a capo scoperto, con le cornrow che le scendevano fino al collo, e sembrava piú giovane, piú piccola e sbarazzina, la perfetta capoclasse del liceo carina e simpatica.

– Sono andata a cercarti di sotto! – disse. – Vieni. Mi sono assicurata che ci fosse del buon whiskey.

Quando arrivarono le spogliarelliste, due ragazze snelle e ben fatte di non piú di venticinque anni, le osservai ballare nude, toccarsi, leccarsi e agitare i fianchi. Una delle due fece scherzosamente per mettermi un capezzolo in bocca, io sorrisi e scostando la bocca le chiesi: – Da quant'è che fai questo lavoro?

– Omelogor! Lasciala in pace! E smettila di fare sempre l'intellettuale! – esclamò Hauwa ridendo.

– Che bella ragazza, – disse una, posando la mano sulla vita di vespa della spogliarellista.

– Sí, non è male, ma dovresti vedere la ragazza che viene a farmi i servizietti quando mio marito è in viaggio, – disse un'altra.

La seconda spogliarellista stava scendendo con la lingua sul corpo di Jamila.

Hauwa mi chiese: – Vuoi che lo faccia anche a te?

– No, – risposi. – Non è il mio genere.

Hauwa si sollevò in piedi, si sfilò il lungo boubou dalla testa e lo fece volare sul divano, restando in sottoveste, una corta sottoveste nera con le spalline sottili. Sul momento pensai che stesse per togliersi anche quella e fare un cenno alla spogliarellista. Invece la tenne addosso e disse che andava a telefonare al suo pusher perché non le piaceva il loud che c'era lí. – È troppo leggero, non mi sballa.

Jamila prese lo spliff e diede un tiro. – Come fai a dire che non ti sballa? Oggi non ti sballa niente.

Uscii con Hauwa in terrazzo. Le sue spalle, lasciate scoperte dalla sottoveste, erano meravigliosamente lisce. Un attimo dopo Chi-Chi e Jamila ci raggiunsero.

– Hai cibo? – Hauwa chiese al pusher al telefono. – Sette grammi. Fai piú in fretta che puoi.

– Chiedigli di rollartela! – disse Chi-Chi, ma Hauwa scosse la testa e terminò la telefonata.

– Sai che non fumo niente di già rollato. Ho le mie cartine, – disse Hauwa.

– Hauwa è un'esperta di «crush-and-roll», – disse Jamila.

Il pusher fu veloce. I mazzetti grigioverdi che Hauwa scartò mi ricordarono le erbe secche che mia madre aggiungeva alle uova della colazione. Dissi a Hauwa che non avevo mai fumato in vita mia, che la cosa non mi aveva mai interessata.

– Bella come sei, Omelogor, nessuno direbbe che sei cosí quadrata.

Mi stava prendendo in giro, e la cosa mi piaceva. In quel momento capii che portarmi lí quella sera era stato un atto di fiducia da parte sua, e che voleva che conoscessi ogni aspetto di lei, compreso quel lato segreto.

– Vediamo di arrotondare un po' il quadrato. Rollamene una, – le dissi, e cosí fece.

La prima boccata mi fece tossire e dopo la seconda cominciò il prurito. Ma non mi dava fastidio. Stavo imparando a fumare accanto a Hauwa; i nostri volti erano vicinissimi, potevano quasi sfiorarsi. Hauwa che aspirava con la fronte aggrottata come se fosse immersa in un pensiero. Hauwa che espirava buttando indietro la testa in una sorta di estasi. Hauwa che poteva tenere in mano fiamme come se fossero fiori, e fiori come se fossero fiamme. Hauwa.

Una tipa che aveva indosso solo il reggiseno si chinò su di noi e mi chiese: – Mi fai fare un tiro?

– No, – risposi.

Quella risata squillante poteva essere solo di Hauwa. – Omelogor, tutti si passano le canne.

– Io no. Io non voglio i germi di nessuno, – ribattei seccamente.

La donna in reggiseno se ne andò e Hauwa fece: – Neanche i miei?

E qui arrivò l'attacco di imbarazzo. Non riuscii a guardare Hauwa in faccia. Mi alzai e andai in cucina, dicendo di volere uno stuzzichino che in realtà non volevo affatto. Tornando, vidi che stava girando un piatto con delle piccolissime pasticche bianche. Quando arrivò a me, lo passai direttamente oltre. Come si può mandar giú una cosa di cui non si conosce la provenienza? Va bene fumare, ma inghiottire! Trovavo che fosse un atto piú intimo e potenzialmente piú pericoloso. La donna in reggiseno – era un reggiseno luccicante tempestato di strass e lustrini – stava gingillandosi con un palloncino, lo gonfiava e sgonfiava, gonfiava e sgonfiava.

– Lo si riempie di gas e poi si inspira. Ma a me il palloncino non piace, lo sballo dura troppo poco, – disse Hauwa.

– Oh, – feci io, perché non avevo idea di che cosa fosse un palloncino.

Hauwa adesso aveva gli occhi lucidi ed era diventata loquace, diceva che la cocaina era sopravvalutata, a Kano aveva trovato un pusher libanese ma le era sanguinato il naso e lo sballo non era neanche cosí garantito. – Ora e sempre loud! – disse, come se stesse emanando un proclama.

Chi-Chi si avvicinò a noi e si mise a ballare con movimenti languidi e lenti. Era paffuta e appariscente, tutto in lei era chiassoso.

– Omelogor, non vuoi farci il regalo di mostrarci il tuo corpo? – disse Chi-Chi. Con i miei morbidi pantaloni palazzo e un top di seta scollato, ero l'unica che non si era ancora tolta niente.

– Non ve lo meritate, – dissi.

Chi-Chi rise, di una risata chiaramente dovuta all'effetto della droga. – Okay, ma occhio alle vecchiacce ricche che girano in città!

– Perché? – le chiesi, divertita.

– Hanno un debole per le belle pupe come te, ben attrezzate sia davanti sia dietro, e sono sempre in cerca di bocconcini freschi, appena arrivati ad Abuja.

– Omelogor non è appena arrivata, – ribatté seccamente Hauwa. – È andata a fare un master in America ed è tornata. Saprà bene come tenere a bada le vecchie signore.

Dopo che Chi-Chi se ne fu andata Hauwa mi chiese: – Perché hai riso con lei?

Se Hauwa fosse stata un uomo avrei saputo come affrontare la sua possessività, scacciandola o assecondandola, invece alzai le spalle, senza dire niente, ancora in balia degli ultimi fremiti del mio cocente imbarazzo.

Cinque

Mi sveglio in una nube di tristezza che non riesco a dissipare, e do la colpa al tempo, perché a qualcosa devo pur darla. In fondo, l'harmattan può indurre un certo pessimismo cosmico: guardi il mondo avvolto dalla polvere, illuminato dalla polvere, offuscato dalla polvere, e ti domandi: che scopo ha l'acqua? Che scopo ha la vita? D'impulso apro il portatile e cerco «case dei bambini senza madre» ad Awka, chiedendomi quale sia quella contattata da zia Jane. Forse dovrei veramente adottare un bambino. No, che idea ridicola. Però sarei curiosa di sapere come si fa. Si entra in una stanza e si sceglie il bimbo o la bimba che si vuole? Come si fa a sapere quale si vuole? E come fa a non spezzartisi il cuore nell'uscire da una stanza piena di orfani che ti guardano con occhi ricolmi di speranza? Scorro le ultime notizie sui casi confermati di Covid in Francia, Germania e Italia. È come un diabolico stalker, questo virus, una presenza indesiderata che spunta senza preavviso ovunque ti giri. Scrivo a Chia che forse non è il caso che vada a Bilbao; stiamo a vedere come si comporta il virus. Lei risponde che ha già rimandato il viaggio in Spagna, e mi chiede se ho visto che i media hanno scoperto l'esistenza di Amadou, l'uomo di Kadiatou. Chia è a letto nella sua casa del Maryland, non riesce a dormire pensando a Kadiatou, e propone una videochiamata di gruppo per mettere insieme le idee. Mettere insieme le idee, come no. Va' a sapere che idee dovremmo mettere insieme, Zikora e io. Secondo Chia noi saremmo un terzetto affiatato, come se la sua intima amicizia con entrambe avesse creato un saldo legame comune, illusione che non mi spiego. Com'è cieca al fiele di Zikora, la mia cara Chia.

Leggi l'articolo, scrive.

L'articolo su Amadou si sta già diffondendo in rete in maniera tentacolare, è stato rilanciato su diversi siti, talvolta con qualche piccola modifica e talvolta no. Un titolo dice: *Il fidanzato della cameriera d'albergo in carcere per spaccio di droga*. Lo dipingono come una specie di boss della mafia invece di descriverlo per quello che è, uno che vendeva borse false che tutti sapevano che erano false, e di tanto in tanto anche piccole quantità di erba. Mi ricordo che Kadiatou un giorno aveva mostrato timidamente a Chia una falsa borsa griffata regalatale da Amadou, un borsone in finta pelle con inserti di metallo di bassa lega.

Chia fissa l'ora della videochiamata, e anche se non sono in vena capisco la sua ansia e non voglio sottrarmi. Zikora compare tutta truccata, con la pelle levigata e le ciglia lunghe e nere come il carbone. Da lei sono le prime ore di sabato mattina, e se la videochiamata non includesse anche me sono sicura che sarebbe in pigiama, con la faccia stropicciata e il foulard da notte in testa.

Chia ha gli occhi gonfi, per evidente mancanza di sonno. – Come fanno a pubblicare tutte queste menzogne su Kadi? La gente poi le legge e ci crede! Ho appena visto un articolo che la definisce una spacciatrice di droga, per via di quel denaro sul suo conto corrente! Non so come fare ad aiutarla. Zikor, possiamo cercarle tipo un esperto di comunicazione?

– Un esperto di comunicazione non può fare piú di tanto.

– Il suo avvocato, Junius, che dice?

– Il fatto è che lui è un esperto di diritti civili.

– Cioè? Non credi che sia l'avvocato giusto per lei?

– Mi preoccupa, ma staremo a vedere.

«Mi preoccupa», dice Zikora: l'ennesima espressione americana subdola, ambigua, facile da adattare e piegare a qualunque significato per sgravarsi la coscienza, come l'«esplorare» i temi difficili che tanto si usa all'università. «Mi preoccupa». Non capisco se vuol dire che l'avvocato è un incompetente, e non capisco perché questa preoccupazione salti fuori solo adesso.

– Dovrebbe mollarlo? – insisto.

– Gliel'ha consigliato lo zio di Amadou, di cui Kadi ha molta stima, – dice Chia. – Non lo mollerà mai.

– Prima ci parlo io, – dice Zikora. – Nel frattempo quell'incapace di Amadou se ne sta in prigione a godersi i pacchi di viveri che gli manda Kadi. Gli uomini! Non ci si crede. Lo sapevate che ha un figlio di cui l'ha tenuta all'oscuro per un mucchio di tempo? Scommetto che cercherà di approfittare della situazione.

– Non credo. Ha le sue colpe, ma vuole bene a Kadi, – ribatte Chia.

Zikora sbuffa. – Come no, le vuole talmente bene che ha usato di nascosto il suo conto corrente per muovere i soldi della droga. Kadiatou non deve piú parlare del caso con lui.

Chia vorrebbe dire qualcosa ma si trattiene. Sono ancora piú triste di prima. Vorrei non aver accettato di partecipare a questo strazio di videochiamata. Da quando è stata abbandonata dal padre di suo figlio, Zikora ha sviluppato un'acrimonia che lei forse considera saggezza. Assurdo pretendere che Kadi non parli piú con Amadou della cosa che le ha rovinato la vita. E se quell'uomo fosse l'unico vero sostegno di Kadiatou? Se fosse l'unica persona al mondo che capisce i suoi silenzi?

– Uno con il passato di Amadou vedrà in tutto questo soltanto un'opportunità per fare soldi. E mentirà. Sono tutti uguali. Sono capaci di mentire su qualsiasi cosa. Certe volte si rimane stupefatti dalle loro bugie. Come il tuo inglese, Chia, che aveva tralasciato di dirti che era sposato.

– Che senso ha rivangare questa storia, Zikora? – intervengo. L'inglese di Chia, per l'amor del cielo! Roba di dieci anni fa.

– Il senso, che a me sembrava piú che evidente, è che ogni donna ha vissuto una cosa simile, ha avuto un uomo che le ha mentito o l'ha tradita e l'ha lasciata a leccarsi le ferite. Guardate che danno di reputazione sta avendo Kadi solo per essersi fidata di Amadou.

– Vero, – fa Chia, ma solo per ammansire Zikora, immagino; è impossibile che questa conversazione stia andando come aveva previsto.

– Ogni donna, – ripete Zikora.

– Tranne Omelogor, ovvio, – scherza Chia. Probabilmente avrebbe fatto meglio a non dirlo, ma è un tentativo di alleggerire l'atmosfera greve della videochiamata.

Il silenzio di Zikora è di attesa, forse anche di incoraggiamento; spera di sentirmi dire che Chia si sbaglia. Se solo raccontassi di aver scoperto da Facebook che un mio ragazzo aveva una fidanzata ufficiale, o che mi aveva estorto del denaro per un imbroglio, o che dopo avermi chiesto di sposarlo non si era piú fatto vedere, sputerebbe meno veleno.

– Ho avuto la fortuna di stare con uomini abbastanza perbene, – dico.

– Che odiavano il porno, naturalmente – replica Zikora, con la faccia torva, come se fossi rea di alto tradimento. Il suo rapporto con le donne passa sempre e solo dal dolore che hanno inflitto loro gli uomini. Il fatto che io non abbia da smerciare storie di amori infelici è un mio errore imperdonabile. Appena chiusa la conversazione Chia mi richiama, ridendo, e sentirla ridere mi riempie di gioia. – Uomini perbene? Ma fammi il piacere. Con quali sei stata abbastanza a lungo da sapere che erano perbene?

Chia ha coniato la sigla Ape, che sta per Attacco di passione effimera. Le dico che ho conosciuto un uomo interessante e lei strombazza: «Allerta Ape!» Jide lo chiama «lo spegni bollori», riferito sia alla persona sia alla cosa, spesso abbreviato in «spegni». Dice cose tipo: «Oggi vedi il tuo spegni?» oppure: «Quel povero spegni si sta innamorando e non sa che lo spegni sta già per finire». Io la chiamo «la scossa». «Ho sentito la scossa», dico. Ho conosciuto una persona interessante e ho sentito la scossa. Talvolta mi aspetto di sentirla con un uomo sicuro di sé o con un intellettuale o con uno dalla pelle molto scura, i tipi che normalmente mi attraggono, ma niente. Altre volte, invece, con un uomo del tutto improbabile, capita che l'aria sfrigola, i nostri occhi si incrociano e si cercano e ho un brivido nella schiena. Entro in uno stato di sovreccitazione, in cui tutto è esagerato; i suoi sguardi diventano fanali abbaglianti e i miei pensieri torrenti in piena. Sento la scossa, una scossa che mi travolge e mi fa sbandare. E che porta sempre con sé momenti di totale, incosciente felicità. Non è un crescendo; mi arriva cosí com'è, elettrizzante e violenta, ho la testa piena di lui e lo voglio subito, oggi, in questo preciso momento. Dura, al piú, qualche mese. L'inizio dipende spesso da me; la fine, sempre. Non mi sono mai pentita, salvo una volta: con il pezzo grosso con la testa grossa, subito prima di andare in America, la storia piú strana e piú breve che mi sia capitata finora. Il primo profumo che mi aveva mandato era inteso come un regalo disinteressato, un ringraziamento per l'ottima consulenza resa alla Adic-Petroleum su come reperire i fondi per l'acquisto del loro stabilimento. A esso erano seguiti contatti telefonici, messaggi e altri profumi che avevo regalato alle amiche. Non era il mio tipo di pezzo grosso; il mio tipo di pezzo grosso era riservato, mentre lui era tronfio come un fagiolo bollito. Al momento di avviare il progetto aveva messo in dubbio la mia competenza, chiedendo: – È lei la team leader? – con il sopracciglio alzato. Lo giudicavo noioso, un bifolco ignorante e incidentalmente ricco; diceva cose come: «Il soggetto ha comunicato di aver acquistato la vettura per l'istituzione didattica» perché credeva che fosse troppo semplice e quindi troppo poco d'effetto dire: «Il tizio ha detto di aver comprato la macchina per l'università». Non risposi né ai messaggi né alle telefonate, finché un giorno comparve sulla soglia dell'ufficio. – Che cosa devo fare perché mi risponda al telefono? – mi chiese sorridendo, e mentre sorrideva mi arrivò la scossa e l'aria sfrigolò, o almeno cosí mi parve. Lo invitai da me, la proposta gli piacque ma disse che per ragioni di sicurezza preferiva ospitare la gente nella sua dépendance. Risposi: – E allora? Io non sono la gente, – e ridacchiò.

Si presentò a casa mia con un cappellino da baseball in bilico sul cucuzzolo, come se fosse troppo piccolo per contenere il cranio. Alcuni nigeriani di una certa età credono che un paio di scarpe da ginnastica e un cappello da baseball bastino a farli sembrare giovani. Il tipo si tolse l'enorme anello al dito medio, si tolse l'orologio, e posò entrambi sul mio comodino con fare cerimonioso. Sapevo che aveva un giro vita prominente, i suoi abiti erano sempre troppo tirati, ma una volta liberata, la sua pancia si rivelò di una grandezza che mi lasciò esterrefatta. – Ti faccio male? – mi chiedeva di continuo, mentre io pensavo: farmi male con cosa? Non sentivo quasi niente, senza contare la circumnavigazione della pancia. Nel suo passato dovevano esserci molte donne che fingevano; non mi spiegavo in altro modo quel continuo domandare: «Ti faccio male?»

Andò e tornò dal bagno, si avvicinò alla finestra per tirare le tende, senza la minima inibizione, grosso e nudo com'era, quell'uomo infatuato dei propri mediocri attributi. Pensai che avrebbe dovuto avere il buongusto di mostrarsi almeno un po' mortificato.

– Ti farò quello che nessuno ti ha mai fatto, – mi disse, con un sorriso lascivo che mi fece ribrezzo. Come il suo modo di stravaccarsi dopo il sesso, a gambe larghe sul mio letto come se fosse suo. Perché l'avevo invitato? Il disgusto era tale che mi sentivo la pelle appiccicosa. Cercò di prendermi una seconda volta ma sgusciai via per consultare l'ora sul telefono.

– Scusa ma adesso te ne devi andare. Devo pregare, – dissi.

– Eh?

– Prego tutte le sere alla stessa ora, – dissi, e il tipo passò dallo stupore all'approvazione, o stima, o entrambe le cose. Raccolse i suoi vestiti dicendo: – Okay. Mandami un messaggio quando ti svegli.

Questa non l'avevo mai usata – «prego tutte le sere alla stessa ora» – ma ero abbastanza sicura che avrebbe funzionato, perché appellarsi alla religione funziona sempre. La preghiera è un argomento che stronca alla nascita qualunque discussione. E poi toccava la corda della superstizione, non solo perché la mia preghiera serale mi faceva apparire ai suoi occhi come un fulgido esempio di moralità, ma anche perché avrebbe avuto timore, protestando, di incorrere in qualche sventura. Cambiai le lenzuola e mi strofinai la pelle come se volessi grattare via lo schifo che provavo per me stessa. Gli uomini mi dicono sempre: «Tu sei diversa. Non ho mai conosciuto nessuna come te». Il piú delle volte è un complimento, talvolta no. Come nel caso di Testa Grossa, che non riusciva a capire perché avessi chiuso le comunicazioni. *Che razza di donna sei?* era uno dei molti messaggi a cui non risposi che mi ingolfarono il telefono prima che bloccassi il suo numero. Presentò un esposto a AD, sostenendo che avevo fatto un grave errore nella pratica del finanziamento; la sua meschinità mi colpí piú di quanto avrei immaginato.

AD ci rise sopra. – Certi uomini sono molto infantili. È chiaro che ti perseguita e non ha ottenuto quello che vuole.

Siamo sicuri che non l'abbia ottenuto? Al ritorno dall'America ho perso due contratti di consulenza con altrettante società di servizi petroliferi. Uno dopo l'altro. Ho poi saputo che Testa Grossa aveva detto alle due società che ero un'incompetente e che AD mi aveva raccomandata solo per ringraziarmi di avergli scaldato il letto. Erano passati due anni interi e rimasi molto colpita nel constatare per quanto tempo il suo ego ferito avesse continuato a sanguinare, e quanto lontano avesse sparso le sue gocce. L'ho incontrato di recente al matrimonio della figlia di un senatore, a Lagos, senatore che avevo aiutato a comprare una casa a Dubai con denaro riciclato. Mi sentivo osservata, e girando la testa l'ho visto che mi fissava, con gli occhi piccoli e luccicanti che aspettavano ansiosi la mia reazione. Avrei pensato, reincontrandolo, di provare rabbia. Ma apparteneva anche lui alla folta schiera dei Pezzi Grossi che per un'oscura ragione non vogliono farsi fare dal sarto caftani di taglia piú generosa, e si pavoneggiano con i loro pancioni che premono contro la stoffa, supplicando di uscire.

L'unica reazione che ho avuto è stata nei miei confronti, non nei suoi: sconcerto, condito di autodisprezzo. Come avevo potuto aprire la porta a un uomo che non mi piaceva per niente, e che mai e poi mai mi sarebbe potuto piacere? Avevo parlato di lui a Chia, le avevo raccontato di come, pur avendo un gingillo di scarse dimensioni, ulteriormente impedito da una pancia considerevole, avesse avuto la faccia tosta, sbuffando e ansimando, di continuare a chiedermi: «Ti faccio male?»

Chia aveva riso, come sempre alle mie storie di uomini, ma capivo che aveva intuito il disgusto che provavo per me stessa, la differenza rispetto alle altre volte, al di là dei singoli particolari. A ulteriore dimostrazione, casomai ce ne fosse stato bisogno, del fatto che in questo caso non si era trattato di scossa, ogni volta che ripensavo a lui mi sentivo bersagliata da rimpianti grossi come chicchi di grandine. Di nessuna delle altre storie mi ero mai pentita, e tutte avevano avuto conclusioni migliori. La fine di quella con Arinze, che per un attimo avevo pensato di amare perché nessuno aveva resistito cosí a lungo, ben undici mesi, non era stata indolore come le altre, ma anche in quel caso non avevo avuto rimpianti. Quando comincio a parlare alle tende, a dire cose che vorrei dire all'uomo di turno guardando i drappi color bronzo davanti alle mie finestre, è il segno che la fine è vicina.

C'è stato l'uomo dalle lunghe dita eleganti. Un uomo affascinante e misterioso, la cui mente era un intrico di vicoli bui. Avevo il sospetto che si dedicasse alle truffe con le carte di credito, ma lui sosteneva di importare automobili. Ridevamo tanto, insieme. Parlavamo tutta la notte e fino al mattino di cose che dimenticavamo subito, talvolta fino a quando dovevo alzarmi e vestirmi per andare al lavoro, stravolta e intontita.

– Guarda che sono ancora capace di guidare di giorno, – mi disse una volta, nell'ultimo periodo.

– Eh?

– Non vorrei che pensassi che il sole pieno mi impedisce di guidare. Perché non mi inviti piú da te di giorno. Solo di notte ormai, e molto tardi.

Ci siamo lasciati ridendo, e ancora adesso siamo buoni amici.

C'è stato l'uomo che a letto ripeteva continuamente «ti amo», come una formula magica per resuscitare i morti, che mi deconcentrava e demotivava.

– Smettila di dirlo, per favore, – lo implorai una volta.

Mi guardò di traverso. Era un adepto della Chiesa pentecostale e non facevo fatica a immaginare che cosa pensasse. Se una donna non voleva sentirsi dire «ti amo», doveva esserci lo zampino del diavolo. Poco dopo esserci conosciuti mi aveva già chiesto di sposarlo, dicendo che lo Spirito Santo gli aveva rivelato che ero destinata a essere sua moglie. Cominciai ad appiccicare adesivi a forma di cuore su tutte le sue cose, le scarpe, la custodia del portatile; ogni volta che ne trovava uno rideva, chiedendomi se avessi svaligiato l'astuccio di un bambino.

C'è stato l'adorabile uomo che a un congresso a Lagos non mi toglieva gli occhi di dosso, finché non andai da lui e gli chiesi il numero di telefono. Quando scoprii che gli piaceva l'ombrina alla griglia cominciai a ordinarne e fargliene recapitare a tutte le ore del giorno. Alla fine mi chiese: – Ho sbagliato qualcosa? Dimmelo e mi correggerò –. Sentirgli usare la parola «correggerò» e accettare cosí facilmente le critiche mi fece male al cuore.

– No, no, sono io. Scusa. Dopo un po' mi stufo. Non posso impegnarmi come vorresti tu, – dissi.

C'è stato l'uomo che mi sarebbe piaciuto poter amare, che volevo amare. Chijioke. Era bello stare con lui. Avevo sentito la sua voce prima di vedere il suo viso. – La private equity è un cancro terribile, alla fine vince sempre, – aveva detto al telefono, qualche passo davanti a me nel corridoio della banca. Era il mio tipo, un uomo colto e posato, e non bello da perdere la testa; trovo molto noiosa la considerazione di sé degli uomini che passano la vita a sentirsi complimentare per il loro bell'aspetto. Purtroppo, però, quando finalmente ci conoscemmo, non sentii quell'onda d'urto, quell'esplosione di eccitazione nuda e cruda. AD l'aveva reclutato in Inghilterra, e parlava come uno che aveva vissuto lí dall'età di sei anni. Alle riunioni il suo rotondo accento britannico strideva, era una nota stonata e fuori posto. Quando i direttori parlavano senza scomporsi di crediti che dovevano essere fatti sparire, annuiva diligentemente come un apprendista volenteroso. Amanze disse che i direttori lo chiamavano «il tonto di Londra». Nell'ufficio di AD lo udii lamentarsi di una donna del suo team. – Mi ha mentito, negando l'evidenza. Mi ha mentito spudoratamente –. Era esterrefatto. AD fu vago e conciliante, biascicò che la persona in questione sarebbe stata interrogata a dovere, mentre la sua maggiore preoccupazione era aggirare un problema di conformità normativa. Non ci fu nessuna scossa, eppure sentii il bisogno di proteggerlo, o di preservarlo.

Quando uscimmo dall'ufficio di AD lo invitai a pranzo. Mi sentivo molto tosta, sofisticata ed esperta. Volevo insegnargli a sopravvivere lí dentro.

– Ascolta, devi capire che la menzogna e l'inganno, qui da noi, non sono considerate cose immorali: sono dei semplici strumenti, dei mezzi di sopravvivenza. L'idea stessa dello scrupolo è impensabile, perché presupporrebbe, appunto, una concezione morale. E non molti, qui, ce l'hanno. Quando i nigeriani parlano di questioni morali in realtà si riferiscono al sesso, e le persone di mente piú elevata alla corruzione. Invece nelle ipocrisie e falsità di tutti i giorni vige una sorta di amoralità, perché sono meri strumenti di sopravvivenza. Perciò non farti sconvolgere dalle bugie, devi aspettartele e imparare a farci i conti. E non far vedere che sei scioccato.

Aveva l'aria stanca, gli occhi fissi sulla bottiglietta d'acqua.

– La vita qui è difficile, lo capisco, – disse poi. – La Nigeria è un Paese povero, dopotutto.

– Ci sono Paesi piú poveri che non sono altrettanto folli.

Mi guardò come per dire: «Non ti seguo». Il suo pranzo era rimasto intatto, pollo in umido guarnito con due fettine di peperone verde.

– Il problema non è la povertà della Nigeria, è il suo materialismo feroce, – dissi. – Il denaro è al centro di tutto, assolutamente di tutto. Non siamo amanti dei principî e dei valori. Anche chi potrebbe permettersi di prendere sul serio le idee e gli ideali non lo fa. L'elevatezza di sentimenti non fa parte della nostra vita.

Rimase leggermente interdetto, e io stessa mi stupii delle mie parole. Volevo temprarlo alla vita di qui, questo figlio appena tornato a un Paese che era in parte suo e in parte straniero, ed ero finita a blaterare di sentimenti elevati.

Lui in realtà stava sorridendo, e poi mi disse che era stato proprio lí, all'elevatezza di sentimenti, che si era innamorato.

– E tu? – mi chiese.

– Io cosa?

– Sei amante dei principî e dei valori?

Avrei voluto rispondere di sí, ma mi sembrava una scappatoia autoassolutoria, cosí feci una faccia evasiva. Non molto tempo dopo lasciò la banca per fondare una boutique finanziaria e mi chiese piú volte di andare a lavorare da lui. – Sono troppo corrotta, Chijioke, – rispondevo sempre. – Ti meriti di meglio.

Quando ha la sbronza allegra, Jide si vanta con i nostri amici della rapidità con cui gli uomini si innamorano di me, mentre io adotto la tattica del mordi e fuggi. Tutti ridono, mi chiamano la lady di ferro dell'amore e si domandano scherzando chi sarà l'uomo che mi farà capitolare. La prima volta che glielo sentí raccontare, Jamila, con il suo solito modo subdolo e indiretto, lo ascoltò in silenzio, poi si girò verso di me e mi chiese: – Credi che ti impegneresti di piú con gli uomini se non fossi piena di soldi?

– Omelogor è sempre stata cosí, – replicò Jide, ma Jamila non era convinta.

– *Wallahi*. È perché è piena di soldi, – disse.

Non ero piena di soldi a sedici anni, quando dissi a Obinna, il ragazzo che piaceva a tutte, e anche a me, che non volevo mettermi con lui perché preferivo essere libera. Ma il senso delle parole di Jamila, in realtà, era che il denaro è uno scudo, e ha ragione. Il denaro è uno scudo, ma uno scudo permeabile. Anzi: il denaro è uno scudo *e* uno scudo permeabile, senza ma. Il denaro ti protegge, ti inietta la potente droga dell'indipendenza, ti concede tempo e possibilità di scelta. Grazie al denaro posso andare dove voglio quando voglio, e questa cosa ancora mi inebria e mi dà alla testa. Quando cominciai a guadagnare piú di quanto avessi mai immaginato, per convincermi a spendere mi sussurravo: «Su, dài, te lo puoi permettere, adesso te lo puoi permettere». Poi ci fu l'implosione di denaro, praticamente da un giorno all'altro, quando la Pgt fu quotata in borsa e le azioni ci resero tutti milionari – dove per «tutti» intendo una cerchia ristretta di persone, gli uomini delle stanze segrete e la sottoscritta. Guardavo allibita le cifre sul mio conto corrente, dicendomi che era veramente il mio, non quello di un cliente, galvanizzata e frastornata, pensando a tutte le cose che da quel giorno avrei potuto fare per le persone che amavo, a come avrei potuto toccare con mano sogni che solo il giorno prima sembravano troppo improbabili per essere sognati. Il denaro, però, non è sincero nel dirti che cosa non può impedire, e da cosa non ti può proteggere.

Sei

Mi sveglio stanca, turbata da un sogno. Prima di dormire non avrei dovuto leggere il libro sulle cellule terroristiche in Germania. Dev'essere per questo che ho sognato zio Hezekiah. Nel sogno c'era un uomo con una jalabiya bianco sporco che annodava una benda intorno agli occhi di zio Hezekiah, e all'inizio io correvo via da loro, poi correvo verso di loro, e zio Hezekiah era in ginocchio e quello con la jalabiya mi diceva sogghignando che avrebbe risparmiato zio Hezekiah se avessi corso abbastanza veloce, e io correvo, correvo, poi inciampavo, e mi sono svegliata avendo nelle orecchie la risata giuliva dell'uomo e negli occhi il luccichio di un pugnale alzato. Sono irrequieta. Faccio raramente sogni cosí vividi, e quando mi succede ne cerco sempre la causa, perché non può essere un caso che alcuni sogni siano a colori e altri no. Se il sogno è inquietante, continua ad aleggiare minaccioso, e ogni evento della giornata si carica di significati premonitori, perché penso che i sogni siano anticipazioni dell'aldilà, e che noi moriamo quando diventiamo l'io che sogna. Di solito la mattina mi lavo i denti prima di leggere le notizie, ma oggi le leggo subito, con impazienza, come per trovare una chiave del sogno o una spiegazione di questo senso di tragedia imminente. Ci sono state altre morti per Covid in Cina. Ormai è ufficialmente un'«emergenza sanitaria pubblica di portata mondiale». Il medico cinese che aveva avvertito della sua pericolosità è morto per il virus. Vedendo la fotografia sullo schermo, il suo viso aperto, fiducioso, per la prima volta ho un terribile presentimento. E se il virus arrivasse in Nigeria? Mi risuona nella testa la voce di Jide: «Siamo spacciati, siamo spacciati». Se almeno si potessero prendere delle vere precauzioni, qualcosa di piú incisivo del solo lavarsi le mani, lavarsi le mani e non toccarsi la faccia.

Mi telefona mia madre per dirmi che zia Jane le ha chiesto di convincermi ad avviare subito le procedure di adozione, per sicurezza, casomai il virus cinese arrivasse in Nigeria.

– Sembra quasi che a zia Jane sia apparso un angelo, – dico. – Perché vuole a tutti i costi che adotti un bambino?

Mia madre sospira e dice: – Tutti strani, nella famiglia di tuo padre.

– Già, – rispondo, sapendo benissimo che se fosse una sua sorella a comportarsi cosí non direbbe che è strana.

– Jane ha buone intenzioni, – aggiunge mia madre, quasi controvoglia. – Ti vuole bene.

Ogni tanto ho l'impressione che mia madre sia delusa dal fatto che non mi strappo i capelli per la mancanza di figli. – Non preoccuparti, non tutte sono destinate a diventare madri, – mi dice di quando in quando, sperando di carpirmi una lacrima. Non ho mai patito a non avere figli, ma le parole di zia Jane hanno portato il freddo stillicidio della malinconia a confrontarsi con il fatto che ormai, a quarantasei anni, quasi certamente non potrei piú averne. È l'importante, per me, è tenermi aperte tutte le possibilità. Sbarratemi una strada che non ho mai nemmeno voluto percorrere, e piangerò la possibilità che ho perduto.

– Come sta papà? – le chiedo.

– Oggi è l'anniversario di zio Hezekiah. Sai com'è.

– L'anniversario di zio Hezekiah? – dico, quasi urlando. Rabbrividisco, e mi viene la pelle d'oca. Perché ho sognato mio zio il giorno dell'anniversario della sua morte, giorno che neppure ricordavo?

– Sí. Perché?

– No, niente. È solo che non me lo ricordavo.

Se raccontassi a mia madre del sogno darei la stura a un lungo elenco di preoccupazioni e altre chiacchiere a non finire. Con l'età le sue superstizioni si sono moltiplicate, e ormai attribuisce cause sovrannaturali a qualunque coincidenza o malattia. Il giorno di Capodanno, dopo che un povero uccello disorientato si era schiantato contro la finestra della sua camera da letto, si è lanciata in una serie di preghiere intorno a forze spirituali sconosciute e armi forgiate per distruggerci.

Scrivo a Chia per dirle che ho sognato zio Hezekiah nell'anniversario della morte, che neppure ricordavo, e concludo con l'emoji di una faccia perplessa. *È bello che tu l'abbia sognato proprio oggi, si vede che inconsciamente lo ricordavi*, mi risponde. Aggiunge che purtroppo l'aveva dimenticato anche lei, e che ha appena mandato un messaggio a zia Nneka, la moglie di zio Hezekiah. Gliene mando uno a mia volta: *Che l'anima buona di zio Hezekiah possa continuare a riposare in pace*.

Quando mi avevano assunta in banca qualcuno mi aveva detto che parlare hausa ad Abuja apriva molte porte. Avevo subito telefonato a zia Nneka, che nel giro di qualche settimana mi aveva dato abbastanza nozioni di hausa da permettermi di sostenere una conversazione elementare. Era una lingua elegante, melodiosa e facile, ma la velocità con cui l'avevo imparata mi aveva fatto pensare che forse avevo ancora qualche sbiadito ricordo delle poche parole di hausa che zio Hezekiah mi aveva insegnato da bambina. Lo zio veniva a trovarci da Kano con una borsa di sisal ricolma di gambi di canna da zucchero, e per insegnarmi i numeri da uno a dieci in hausa aveva inventato una filastrocca. Uno-*daya*, due-*bui*, tre-*ukwu*, quattro-*hudu*… e quando dicevo l'ultimo, dieci-*gwoma*, batteva le mani come se avessi raggiunto un risultato straordinario. Era un uomo buono, come mio padre, con cui passava ore e ore a chiacchierare a bassa voce nella penombra del salotto. Per anni avevo pensato che il suo fosse un nome igbo, Izikaya, finché avevo visto mio padre scriverlo su una cartolina di auguri di Natale, e per divertirmi, da adolescente qual ero, la volta successiva l'avevo pronunciato EZEKIAH, in maniera altisonante, e lui mi aveva sorriso e mi aveva detto di non chiamarlo cosí al villaggio perché nessuno avrebbe capito di chi stessi parlando. Quando lo uccisero ero all'università. Qualcosa dentro mio padre si congelò. Spesso, nel bel mezzo del discorso, si faceva pensieroso e diceva: – Prima eravamo quattro –. E tutte le volte io prendevo e contavo: papà, la madre di Chia, zio Hezekiah e zia Jane. Vero. Prima erano quattro.

Dopo la mia ultima, piccola festa di compleanno ho mandato ai miei genitori qualche fotografia, e mia madre mi ha chiesto chi fossero i partecipanti, che cosa facessero e di dove fossero originari. Quando mi ha chiesto di Hauwa – «questa bella donna del Nord con il velo, di dov'è?» – non ho voluto dire che era di Kano, perché Kano significava zio Hezekiah, Kano significava l'uomo la cui testa era stata infilzata e portata in giro sul palo di un cartello pubblicitario. Cosí ho risposto: – È di Kaduna –. Era abbastanza vicina a Kano senza evocarne i ricordi dolorosi.

Il sogno vivido di stanotte mi ha lasciato uno strascico di paura, una paura generica e pervasiva. Me la porto dietro tutto il giorno, ma se me lo chiedessero non saprei dire cos'è che mi spaventa. Forse è un tratto atavico degli africani considerare gli eventi inaspettati non con curiosità ma con timore. Al funerale di zio Hezekiah la mia prozia Nne Matefi mi aveva dato una bustina di noci di cola amara. – Bisogna essere prudenti, – mi aveva detto con tono solenne, raccontandomi che i giovani Okonkwo erano tornati al villaggio per il funerale della nonna e che al momento di ripartire, qualche giorno dopo, erano malatissimi e avevano la pelle ricoperta di bolle purulente. Erano stati imprudenti; non avevano preso precauzioni, come tenere sempre in bocca una noce di cola amara. Gli abitanti del villaggio erano pieni di invidia, aspettavano al varco gli uomini di successo che tornavano a casa per i funerali e gli facevano l'ogwu per ammazzarli, farli ammalare o mandare a rotoli i loro affari. Avevo evitato di rispondere con la solita battuta: «Perché non fanno l'ogwu per avere sempre l'energia elettrica o aggiustare le strade?»

Invece, per tutti e tre i giorni del funerale di zio Hezekiah, me n'ero andata in giro con un leggero gonfiore sulla guancia per via della cola amara che tenevo in bocca senza deglutirla. Di tanto in tanto infilavo la mano nella tasca del vestito, strofinavo tra le dita le noci lisce e levigate, e scoprivo che quel gesto, per qualche misteriosa ragione, mi calmava. Chia, che era reduce da un'appendicectomia in America e non era potuta venire al funerale, aveva riso, chiedendomi se la cola amara non mi lasciasse in bocca un gusto schifoso. Un po' asciutto ma nient'affatto schifoso. Era la prima volta che l'assaggiavo. Sapevo che sarebbe stata molto amara, come una qualunque noce di cola, ma aveva fama di essere un'erba medicinale. Da allora ne prendo una ai primi sintomi di raffreddore e la sua amarezza corroborante non solo mi depura, ma accorcia i tempi del raffreddore. Non credo che quelle piccole noci mi abbiano difeso dagli spiriti malvagi al funerale di zio Hezekiah, ma da allora ho capito che posso portare rispetto a ciò in cui non credo. Credere all'ogwu non ha senso, è un grande, ingombrante calderone privo di logica. Ma ci sono molte altre cose illogiche. Che senso ha sacrificarsi a un Dio onnipotente? Perché Gesú doveva morire affinché Dio potesse salvarci? Forse non è la logica che uno cerca nella fede; forse è un aiuto.

Chia ride quando dico queste cose. Il Natale prima di laurearsi al college era tornata in Nigeria con la sua amica nera americana LaShawn. Avevamo passato una giornata in giro per il villaggio, con LaShawn che voleva fotografare tutto. Una donna in una bottega che vendeva extension le aveva domandato in igbo perché fotografasse quei postacci, e a LaShawn erano venute le lacrime agli occhi. – Crede che io sia di qui! Crede che sia igbo! – aveva detto. Quella scena mi aveva fatto fare un salto nel passato. In effetti era possibile che LaShawn fosse originaria di lí; i suoi antenati potevano essere stati portati via dal villaggio due secoli prima. La cosa mi commosse e me la rese simpatica, e una volta tornate a casa di Chia le regalai un libro sulla storia del villaggio, un'edizione da quattro soldi, aperto alla pagina dedicata al fratello di mio nonno rapito da bambino.

Quella sera in televisione non si parlava d'altro che dell'uomo arrestato a Lagos con una borsa contenente pezzi di corpo umano amputati da poco, due seni, una testa, un rene e due mani. Lo si vedeva seduto sul pavimento di una stazione di polizia, in mutande e canottiera sporca, magro e macilento, come se i suoi crimini gli avessero succhiato il corpo fino all'osso.

– Di certo non mi rivolgerei *a lui* per avere un fegato nuovo, – disse LaShawn.

Chia scoppiò a ridere e disse a LaShawn che quelle parti del corpo non erano per trapianti d'organo, che venivano usate nei rituali propiziatori per diventare ricchi. Chia rideva, come per dire «sono tutte fesserie», e si mise a ridere anche LaShawn, mentre io mi sentii prima a disagio, e poi seccata con Chia. Dopo la rimproverai: – Non ridere di noi. LaShawn deve poter essere orgogliosa delle sue origini africane, – e lei mi guardò allibita. – In che senso i riti che usano pezzi del corpo umano sarebbero «noi»? – Aveva l'espressione rassegnata di quando pensa: la solita Omelogor, e non sa piú che fare con questa cugina che ogni tanto dice cose strampalate.

– Non mi riferivo all'assassinio rituale, – dissi, – ma al jazz in generale, in quanto sistema di credenze e visione del mondo. Il jazz può essere buono o cattivo, e quell'uomo ovviamente praticava il cattivo, ma se ci ridi sopra cosí lo fai sembrare tutto cattivo –. E Chia, ridendo, rispose citando il titolo della commedia: – Nostro marito è di nuovo impazzito.

All'università avevo imparato a chiamarlo jazz invece che ogwu, con un'espressione delle giovani generazioni, piú al passo coi tempi e pan-nigeriana, essendo un termine inglese, per cui si poteva parlare di un jazz yoruba, di un jazz hausa e di un jazz igbo. L'ultimo anno una ragazza che conoscevo appena, che aveva la camera al mio stesso piano del dormitorio, mi disse che una tipa del mio dipartimento sosteneva che i ragazzi mi venivano dietro solo perché facevo il jazz. Provai a immaginarmi mentre mi chinavo per entrare nella sinistra abitazione di un dibia, fra tartarughe, galline morte e quant'altro, e ne riuscivo con la mia bella pozione magica in una lurida bottiglietta o, in alternativa, un cordino intorno al polso che induceva tutti gli uomini a seguirmi al mio passaggio. Per dare soddisfazione alla relatrice del pettegolezzo, mostrandole che ero offesa e pronta ad affrontare la mia calunniatrice, protestai ad alta voce: – Che idiozia! Come osa dire questo di me? – La ragazza se ne andò con l'aria soddisfatta; c'è gente a cui piace preparare il campo per le battaglie altrui. Naturalmente non affrontai mai la ragazza del mio dipartimento, ma ogni volta che la vedevo la guardavo affascinata, pensando: quella ci crede, ci crede sul serio.

Il sogno di zio Hezekiah, il Covid che va diffondendosi, gli articoli su Kadiatou. È troppo. Guardo distrattamente il mio piatto di riso e stufato, ho perso ogni appetito. Philippe sparecchia senza fiatare e chiude la porta della cucina con piú delicatezza del solito. Cammino adagio e mi sembra che qualcosa si sciolga dentro di me, come se con un leggero sforzo le mie interiora potessero cominciare a liquefarsi. D'un tratto non desidero altro che stare accanto ad Atasi. Quand'era piccola si sedeva sulle mie ginocchia mentre le leggevo un libro o mentre mangiavo allungandole di tanto in tanto un boccone di pesce o di carne. Solo un anno o due fa riuscivo ancora a persuaderla a uscire dal suo isolamento per guardare un gioco a premi in televisione, o talvolta fare due passi. Ora mi sembra che parliamo solo quando mi deve chiedere un favore.

La trovo in camera, sdraiata sul letto, attorniata da riviste di moda. Mi guarda perplessa, come se sapesse che dev'esserci una ragione se sono entrata in camera sua, ma in quel momento le sfugge.

– Che fai di bello? – le chiedo.

Alza le spalle, poi allunga il telefono per mostrarmi la fotografia di una ragazza in bikini.

– Li voglio cosí gli addominali, – dice.

– La poveretta non ha mangiato per un giorno intero prima di fare la fotografia e in piú sta tirando indietro la pancia, – dico.

Atasi alza gli occhi al soffitto, era sicura che l'avrei delusa come al solito, e io vorrei non aver detto quello che ho detto.

– Hai sentito delle due ragazze morte a Lagos dopo l'intervento di chirurgia estetica brasiliana ai glutei? – dico, indicando il mio telefono, come se toccasse a me mostrarle qualcosa. Avevano ventidue e ventitre anni. Non potevano permettersi il medico formatosi in America da cui andavano tutte, cosí, quando l'infermiera del dottore aveva proposto di fare lei l'intervento per una cifra piú modica, avevano accettato. Sui social girano fotografie dell'infermiera nella sua presunta «sala operatoria», e fotografie delle due morte con la scritta RIP a caratteri cubitali sui cadaveri, due ragazze carine con le sopracciglia arcuate e il glitter sulle guance.

– È orrendo quello che ha fatto l'infermiera, – dice Atasi.

– Sí, terribile, – dico io. Spero che prosegua, ma non lo fa.

Le chiedo se ha deciso che cosa mettersi alla festa di domani, per i sedici anni della sua amica.

– Non ancora, – risponde, e mi guarda impaziente sperando che me ne vada.

– È a Maitama, vero?

– Sí.

– Ti porterà Paul.

– Possono venire Chiso e Cynthia a prepararsi a casa nostra?

– Certo, – rispondo, e mi piace come ha detto «casa nostra».

Quando acquistai questo posto mia madre non fu contenta. Passò da una stanza all'altra svogliatamente, quasi temendo che a mostrarsi troppo entusiasta avrebbe dato alla casa un benestare cui non aveva diritto.

– Il pavimento di marmo non sarà un po' scivoloso? – mi chiese, in piedi al centro del vasto soggiorno.

– No, – risposi.

– Sei troppo giovane per avere una villa come questa. Metterai in soggezione gli uomini. Non potevi prendere un appartamento? Uno grandissimo, piú grande di quello in cui stavi prima? – chiese.

– Non c'erano appartamenti grandi in vendita, – risposi giuliva.

Alla porta della stanza accanto alla mia si fermò, senza entrare. – *Ahn-ahn*, c'è della roba qui dentro!

– È la camera di Atasi.

Sospiro di mia madre. – Perché ha una sua camera? Un uomo con intenzioni serie potrebbe non gradire la cosa.

– E se ne trovassi uno che la gradisce?

Mia madre era venuta ad Abuja perché la settimana seguente l'avrei portata in America per un check-up. Non si sentiva male ma diceva di voler fare un check-up in America. Farsi organizzare un check-up all'estero dai figli era l'ultima vanteria tra le sue amiche. L'India andava per la maggiore, l'assistenza era buona come in Inghilterra e meno cara, ma con l'America ci si poteva pavoneggiare di piú. Una volta sentii che diceva a un'amica, al telefono: – Omelogor mi porta a fare un check-up in America. Sai come sono i figli, le ho detto che stavo bene e che non ce n'era bisogno, ma ha tanto insistito.

Stavo per scoppiare a ridere. La bravura di mia madre a fare la falsa modesta non cessava di stupirmi. Ma io ero contenta del viaggio, perché ero impaziente di vedere Chia. La mia cara Chia. Una volta mia madre mi ha detto: – Per Chia hai sempre tempo, – come se la cosa la disturbasse.

– È mia cugina.

– Non è l'unica che hai.

Per tutta l'infanzia mia madre mi aveva spinta a essere amica della figlia di suo fratello, Chinyere, con cui però non avevamo mai molto da dirci; Chinyere aveva una personalità stinta, come se avesse esaurito ogni colore in un'altra vita. Poi Chinyere morí di parto, e per diverse settimane cercai di scacciare ogni pensiero che la riguardava per non essere travolta da un irrazionale senso di colpa, dal dubbio che se fossi stata piú carina con lei, e avessi risposto ai suoi noiosi messaggi, forse non sarebbe morta.

È vero, ho sempre tempo per Chia. È facile voler bene a Chia, ma anche se non lo fosse, le vorrei bene lo stesso. Ogni tanto succede che due esseri umani siano in totale sintonia, e noi abbiamo la fortuna di essere anche parenti. Mia madre ama dire: – Chia se ne va in giro per il mondo e non fa niente di serio. Se dipendesse da lei, tra una generazione si ritroverebbero senza un soldo bucato.

Che Dio la conservi, la mia cara mamma, che purtroppo beve un bicchiere di presunzione ogni mattina, in salsa spiccatamente igbo, quella per cui un tuo lontano parente può essere beatamente convinto che tutto ciò che ti sei faticosamente guadagnato in qualche modo appartenga anche a lui, o lei.

– C'è un limite alla quantità di gioielli italiani che ci si può mettere addosso, – diceva sovente mia madre negli anni della mia adolescenza, quando il suo risentimento era all'apice, a proposito di zia Adaeze.

– Mamma, zia Adaeze non ha nessun obbligo nei nostri confronti –. Le elencavo le cose che la zia aveva già fatto per noi: aveva comprato un'auto a mio padre, e ci aveva mandato dei soldi quando gli accademici erano scesi in sciopero e lo Stato aveva smesso di pagare gli stipendi.

– Non le sarebbe costato niente fare di piú. Potevano pagarti l'università all'estero; sanno quanto sei intelligente –. Poi partivano le lamentele contro mio padre, che aveva la testa tra le nuvole e non badava a queste cose, e non aveva fatto abbastanza pressioni su sua sorella. Io non volevo che zia Adaeze facesse di piú per noi, non volevo affogare nella palude dei ringraziamenti. Volevo essere io a fare qualcosa di piú per la nostra famiglia – per me, i miei genitori e mio fratello minore Ifeatu – ed evitare cosí di portare sulla pelle le stigmate dell'eterna gratitudine. A quattordici anni avevo già deciso che avrei studiato finanza al campus di Enugu, perché avevo letto la storia di un giovane che era diventato ricchissimo lavorando in banca. Quando uscirono i risultati dell'esame del terzo anno di superiori la mia insegnante preferita, Mrs Orjiani, cominciò affettuosamente a costruire il mio futuro. – Omelogor è la nostra studentessa migliore, farà senz'altro medicina, – disse una volta in sala professori, e io sorrisi accondiscendente, sapendo che si sbagliava.

Con il denaro ricavato dalle azioni Pgt ho potuto finanziare la ricerca di mio padre, mandare mio fratello in Gran Bretagna e placare mia madre soddisfacendo le sue vecchie pretese. Ifeatu è andato a studiare ingegneria, e in tutti questi anni non è mai tornato a casa; vive recluso nel Galles e non telefona mai. – Non so, forse Ifeatu sarebbe dovuto rimanere in Nigeria, – ha preso a dire mia madre, con una punta di rimprovero nella voce. Eppure aveva insistito lei perché gli pagassi il master e l'affitto finché non trovava lavoro. Aveva insistito lei per avere la casa nuova al villaggio, la casa fuori dal campus di Nsukka, l'automobile, i gioielli d'oro che con voce contrita ammetteva fossero «molto cari», ma si faceva comprare lo stesso. Trovavo che non potesse piú permettersi il lusso di criticare zia Adaeze e Chia, ma ormai faceva cosí parte di lei che non riusciva a smettere di sparare a zero sugli altri, fargli i conti in tasca e giudicarli.

Era a casa mia quando l'aereo della Malaysia Airlines sparí dai radar, e tutti in televisione si chiedevano come fosse possibile che un intero aereo svanisse nel nulla.

– Meglio verificare che tua cugina non fosse sul volo scomparso, dato che sale e scende continuamente dagli aerei, – disse mia madre. Fu la prima volta che una sua frecciata contro Chia mi urtò nel profondo. Era una battuta meschina, inaccettabile.

– E se Chia fosse davvero in viaggio? Ti sembra il modo di dirlo? – le chiesi.

– Ma so benissimo che non è in Malaysia.

– Come fai a saperlo?

A quel punto mi guardò titubante, con espressione dubbiosa. – Non è lí, vero? – chiese, con un filo di voce.

Sapevo che Chia era in Germania con il suo nuovo uomo, lo svedese con i capelli lunghi da hippie, ma stupidamente la chiamai lo stesso, tanto per essere sicura. – Sí, sono a Berlino, – mi disse, con voce mogia, biascicando le parole.

– *Kedu?* Stai bene? – le chiesi, piú apprensiva del solito, perché le parole di mia madre mi avevano agitata.

– Sí. Siamo appena tornati da una cena a casa di una tedesca. Poi ti racconto, – disse.

– Ma c'è qualcosa che non va? – insistetti.

– No, no, – rispose.

Lo svedese sembrava appartenere alla categoria dei bianchi poco seri che non sentono la necessità di avere un lavoro vero. Essendo già poco seria di suo, Chia aveva bisogno di qualcuno con i piedi ben piantati per terra, e se doveva proprio essere un bianco, allora che fosse uno come Luuk. Quando l'avevo conosciuto, a cena in un ristorante di New York, aveva guardato il menu ed espresso incredulità. – Cos'è questa roba, «inchiostro di calamaro»? Suona male, no? Se proprio devono proporre un piatto con inchiostro di calamaro, che lo chiamino in un altro modo: chi ha voglia di mangiare inchiostro? E di calamaro, poi?

Mi era piaciuto subito. (Quando andammo a nuotare e lo guardai muoversi nell'acqua, lungo e magro, la sua pelle bianca mi fece pensare colpevolmente al pollo crudo. Chia nuotò verso di lui e gli accarezzò teneramente il lato del viso, e tra me e me pensai: è incredibile come ciascuno abbia i suoi gusti).

Luuk almeno aveva il senso dell'umorismo, a differenza di Darnell, l'amore della sua vita, che non provava emozioni ma discettava di semiotica delle emozioni. Ricordo come Chia continuasse a grattare via lo sporco duro e resistente, cercandone le cause ovunque tranne che in lui. Ora dice che il suo grande amore era l'inglese, ma è Darnell che le ha lasciato cicatrici profonde. La mia dolce Chia, cosí sofisticata e cosmopolita, eppure cosí innocente e ingenua.

C'è qualcosa in lei, con quel bellissimo volto e quel fisico sottile e minuto, di irrimediabilmente femminile: la fragilità, il vivere nel mondo dei sogni.

Sette

Mi sento debole e congestionata, come prima di un raffreddore, pronta a beccarmi un'altra dose di mal di harmattan. Sullo schermo del telefono mi compare la notizia che il Covid potrebbe diventare una pandemia, una pestilenza come la Morte nera. Non posso tollerare queste speculazioni catastrofiste. Per distrarmi cerco su internet «case dei bambini senza madre», prima solo nello Stato di Anambra e poi estendo la ricerca a tutta la Nigeria, e leggo le scarse informazioni presenti in rete. Qualcuna adesso si fa chiamare «casa degli orfani» o «casa dei bambini». Sulle pagine Facebook ci sono fotografie di personaggi famosi in posa di fianco a sacchi di riso e scatoloni di noodle Indomie, di bambini che giocano all'aperto, bambini in cerchio intorno a una torta di compleanno che ha visto tempi migliori. In quest'ultima fotografia, di lato, c'è un bambinetto con una t-shirt strappata che gli arriva alle ginocchia, troppo grande per la sua esile corporatura. Mi viene una tristezza infinita al pensiero di tutti quei bambini che crescono in un posto definito «casa» che casa non è. Nei commenti sulla pagina Facebook qualcuno chiede perché adottare un maschio costi duecentomila naira in piú, e la risposta è: *C'è molta domanda e poca offerta*. Come sono finita a leggere questa roba? Cos'è questo senso di lacerazione interiore? Dovrei leggere, piuttosto, i messaggi arrivati a «Per soli uomini» e scrivere i post da pubblicare in settimana. L'esperienza di questi anni con il blog mi ha insegnato che il mondo è pieno di luoghi in cui dovrebbe esserci amore, e non c'è. E che è troppo facile, su internet, fingersi esperti. La mancanza di amore porta a credere che esista una competenza specifica in materia, ma non è vero, è solo che questa mancanza scava in noi abissi di dolore che cerchiamo di riempire in qualunque modo. Se moltissimi degli iscritti al mio blog hanno bisogno di credere che so di cosa sto parlando è perché moltissimo è il dolore che aleggia nel mondo. Ci sono giorni in cui penso di aver effettivamente aiutato qualcuno, altri no. Oggi no.

Carl uomini,

capisco che l'aborto non vi piace, ma il modo migliore per evitarlo è fare attenzione a dove vanno a finire i vostri liquidi corporei. Teneteveli per voi e non lasciateli in luoghi impropri.

Non dimenticate che io sto dalla vostra parte, cari uomini.

Cari uomini,

sono sicura che fin da bambini vi hanno insegnato a non cedere alle emozioni, a essere duri, e che quando vi sentite a terra pensate di non doverlo dare a vedere, perché il vostro ruolo vi impone di essere invulnerabili. Cosí state zitti e sopportate tutto da soli. Ma alcuni uomini riescono a essere invulnerabili, altri no. Il mio consiglio è: se non ci riuscite, non siatelo. Nel mondo ci sono donne a cui piacciono gli uomini invulnerabili e ce ne sono altre a cui piacciono gli uomini che non nascondono di essere a terra, quando lo sono. Non date retta a chi vuole mettervi paura sostenendo che c'è un solo modo di essere uomini. I modi sono tanti e bastano per tutti.

Non dimenticate che io sto dalla vostra parte, cari uomini.

Cari uomini,

comprendo la vostra situazione, e posso capire cosa intendete quando dite che oggigiorno le donne non chiedono mai scusa e non si assumono le proprie responsabilità. Sciocche creature. Ci sono uomini, tuttavia (non tutti, per carità! non tutti!), che diventano dei pazzi furiosi quando le donne parlano. Quando le donne si ribellano. Quando le donne eccellono. Gentilmente, accertatevi che non sia il vostro caso, prima che proseguiamo.

Non dimenticate che io sto dalla vostra parte, cari uomini.

Cari uomini,

inondate Instagram di foto di orologi, gioielli e automobili, e poi dite che le donne vanno a caccia di uomini ricchi perché sono interessate solo ai soldi? Posso suggerirvi un esperimento? Postate foto di voi che costruite un ponte a mani nude o fate volontariato in una mensa per poveri. E poi fatemi sapere come va. Si attrae quello che si reclamizza.

Non dimenticate che io sto dalla vostra parte, cari uomini.

Cari uomini,

la vostra ragazza appassionata di videogiochi non sta esagerando. Le donne che amano giocare ai videogiochi online non usano la loro vera voce, perché se lo fanno gli uomini cominciano a minacciarle di stupro. I bravi ragazzi come voi devono denunciare questa cosa. Se siete tra quelli che quando sentono la voce di una donna minacciano di stuprarla, state semplicemente dicendo a tutti che siete dei perdenti, e quando uno è un perdente non gli conviene tanto strombazzarlo in giro. Tenete ben nascosto il vostro Dna di perdenti.

Non dimenticate che io sto dalla vostra parte, cari uomini.

Cari uomini,

tranquilli, lo capisco. Da bambini vi hanno riempito la testa di cosa vuol dire comportarsi da maschietti. E adesso, di punto in bianco, vi dicono che no, non è cosí che ci si comporta. Ma nessuno vi dice chiaramente che cosa fare, invece, neanche loro hanno l'aria di saperlo. Siete animati dalle migliori intenzioni, e vi dicono che siete sessisti. Siete forti, e scoprite che essere forti non va bene. Cosí vi arrabbiate, e per la rabbia bevete e vi accanite contro chi è piú minuto di voi. Ma vedete, il punto è questo: abusare di alcol e abusare delle donne significa solo essere deboli, non essere forti e arrabbiati. Uomini, voi SIETE forti. Chiunque dica che gli uomini non sono forti mente. Perciò fatevi avanti, fatelo vedere. Essere forti significa esercitare l'autocontrollo. Parlare con gli altri uomini. Rimetterli in riga.

Non dimenticate che io sto dalla vostra parte, cari uomini.

Mi telefona Jide per dirmi che è in ufficio solo da un'ora e già non vede l'ora di uscire. Lo immagino alla scrivania, il computer che lampeggia, la cravatta di traverso, i pantaloni spiegazzati. Un suo collega ha appena ottenuto il visto per l'America e si sta precipitando a lasciare la Nigeria perché ha paura. L'America sta vietando l'ingresso ai viaggiatori provenienti dalla Cina, e non ci vorrà molto prima che lo vieti a tutti gli altri. Intuisco che la partenza del collega l'ha buttato giú.

– Che ci sto a fare in questa città, non ha niente da offrirmi, – dice.

– Perché non provi ad andare anche tu in America? Chiedi un visto, – dico io.

– L'America che tu odi.

– Sí, ma io appartengo a una minoranza. Tu potresti non odiarla.

– Se mai in Gran Bretagna. In America c'è troppo razzismo. Nnaemeka mi ha detto che nelle app di incontri non mette foto del profilo e non indica l'etnia, solo i suoi interessi, e lo contattano un sacco di persone, e iniziano fitti scambi di messaggi, finché gli chiedono di mandare una foto e, appena lo fa, lo bloccano. Gli è già successo sei, dico sei, volte, e non è neppure grasso come me. Passa le giornate in palestra.

Questa conversazione comincia a darmi sui nervi, l'abbiamo fatta mille volte e non si va mai da nessuna parte. Jide pensa che le sue speranze siano vane prima ancora di aver cominciato a sperare.

– Non si può mai dire, – ribatto, cercando di non fargli capire che secondo me il problema è che non si butta e che lascia le cose a metà, anche se è esattamente quello che penso. La sua frase «Non siamo tutti dei cuor di leone come la grande Omelogor» mi aveva ferita, ma non gliel'avevo detto. In realtà un tentativo di andarsene l'aveva fatto, quando aveva mandato il curriculum a un'agenzia di comunicazione di Lagos, il lavoro dei suoi sogni. La risposta era stata un bel no. D'impulso, gli avevo consigliato di accorciare il nome e usare il secondo nome come cognome, e cosí era passato da «Jideofor Thomas Okeke» a «Jide Thomas» – da un nome chiaramente igbo a uno che poteva sembrare yoruba. Aveva fatto di nuovo domanda e, con sua profonda costernazione, l'avevano preso.

– Come posso lavorare lí sapendo che non vogliono igbo?

– Ma Jide, è il lavoro dei tuoi sogni –. Volevo che accettasse, perché trasferirsi a Lagos sarebbe stato un modo per spiegare le ali ed essere libero, e una volta lí avrebbe potuto cercarsi un altro lavoro, o scoprire che in quell'agenzia non tutti la pensavano come la persona incaricata di selezionare il personale.

– Non posso, – aveva detto, e non aveva accettato.

L'incidente con il nuovo portiere di casa sua mi aveva fatta imbestialire e sperare che per una volta avrebbe reagito, ma non era stato cosí. Il suo vecchio appartamento di Gwarinpa non aveva l'acqua corrente e il cancello era troppo stretto per l'autocisterna, cosí Jide aveva dovuto assoldare i giovani portatori d'acqua hausa, che facevano avanti e indietro con i loro recipienti di plastica fino a riempire i serbatoi. Poi Jide aveva trovato la casa nuova, perfetta per lui, ariosa e pulita, con un pozzo interno al compound e un ampio parcheggio. Il portiere sembrava un tipo innocuo, finché un giorno aveva bussato alla sua porta dicendogli: – Guarda che ho visto quello che è venuto da te nel weekend. Non è tuo fratello e ha dormito nel tuo letto.

Jide mi aveva raccontato che ci aveva messo un attimo prima di capire la minaccia insita in quelle parole. Era entrato in casa e ne era riuscito con del denaro, che silenziosamente aveva dato al portiere, il quale aveva detto: – *Oga*, è poco –. Jide allora si era fatto dare il suo numero di conto corrente, e il portiere aveva aspettato a braccia conserte che eseguisse il bonifico, come se fosse stato un pagamento dovutogli per il suo onesto servizio.

Sapevo, ascoltando Jide, che la mia fotografia con il presidente sarebbe finalmente tornata utile. AD mi aveva portata con sé a pranzo con il presidente e un europarlamentare; era piú facile vedere il presidente quando era all'estero. Un'elegante sala da pranzo in un vecchio albergo di Bruxelles, con tovaglie bianche sui tavoli. Il presidente si frugò nelle tasche alla ricerca di qualcosa che parve non trovare. Osservò l'insalata di misticanza e formaggio, agguantò prima il cucchiaio e poi la forchetta. A un certo punto posò le posate e con le dita sottili prese a massaggiarsi i polsi leggermente gonfi. – Pare che sia artrite, – disse all'europarlamentare seduto accanto a lui, allungando un braccio come se questi potesse dargli un parere illuminato sul suo problema ai polsi. Per tutta la durata del pranzo si piegò spesso verso l'europeo, in un modo che trovavo imbarazzante, con una deferenza antica, inconsapevole. Pensai che gli uomini della sua generazione dovevano essere stati allievi entusiasti di scuole coloniali dirette da severissimi presidi inglesi guardati con venerazione.

– La Nigeria è estremamente corrotta, – disse il presidente, e l'europarlamentare fece un rapido cenno con la testa, cercando di nascondere lo sconcerto. Il presidente bevve un sorso d'acqua e lasciò una traccia di cibo masticato sull'orlo del bicchiere. Com'era possibile che il mio Paese fosse governato da un uomo di tale infima levatura? Standogli vicina avvertivo il mio disprezzo crescere e schiudersi come un bulbo.

Piú tardi, al momento delle fotografie, per la gioia e l'eccitazione di AD, sentii l'odore dell'acqua di colonia del presidente, un profumo d'altri tempi, di mondi lontani.

– Accertati che l'ufficio pubbliche relazioni faccia circolare le fotografie, – mi disse AD.

– Sí, signore, – risposi.

La fotografia con il presidente mi imbarazzava un po'. Ma con il portiere di Jide era l'arma perfetta. Andai a casa sua, mi fermai al cancello e feci segno al portiere di avvicinarsi. Si accostò al finestrino e disse che il signor Jideofor non c'era, io risposi che lo sapevo e che era con lui che volevo parlare. Gli mostrai sul telefono la mia fotografia accanto al presidente, e gli cascò la mascella. – In questo telefono c'è il numero del presidente, – dissi, picchiettando sullo schermo del cellulare per fare piú scena. – Qui dentro c'è il suo numero. Jideofor è mio fratello. Se ha un problema con qualcuno, quel qualcuno diventa un mio problema. Prova a rifare quel giochetto, e addio a te e a tutta la tua famiglia. Mi sono spiegata?

Speravo che il portiere non si accorgesse di quanta incertezza c'era nel mio gesto, in questo pittoresco, pirotecnico melodramma che è l'esistenza in Nigeria. Si mise ad agitare le mani per aria, dicendo scusa, scusa, poi, sempre per attenersi al copione, si buttò in ginocchio continuando a dire scusa, scusa, non succederà piú.

– Prevedo che tra un po' tutti i Paesi chiuderanno le frontiere, – dice Jide.

– Non ci interessano le tue previsioni, – ribatto.

Guardo dalla finestra il mio tranquillo cortile immerso in una luce di polvere. Paul lo attraversa con in mano un secchio d'acqua presa dal rubinetto sul retro e scompare sotto la tettoia per lavare le automobili. Nel pomeriggio porterà Atasi a casa dei genitori; sovente, per scherzo, Atasi dice che io e i suoi l'abbiamo in affido congiunto. Sua madre vorrebbe che passasse piú tempo con me, ma in realtà se ne avesse passato di piú con i genitori forse oggi avrebbe la scorza piú dura. Si sente un clacson al cancello, Mohammed lo apre e lascia entrare un Suv nero con i finestrini oscurati. L'amica di Atasi, Chiso, salta giú; indossa un paio di pantaloncini corti aggressivi che lasciano scoperta come una provocazione una fetta di sedere. Resterà qui finché Atasi non andrà dai suoi. La seconda vita di Atasi, quella con il padre e la madre, è come un club privato ma non segreto, in cui è vietato l'accesso alle sue compagne di collegio. Scendo in salotto e le trovo sedute l'una accanto all'altra sul sofà, le teste chine sui cellulari, gli AirPod infilati nelle orecchie. Chiso si toglie un auricolare e dà un colpetto di gomito ad Atasi. – Lei lo ha definito il suo ragazzo e lui non ha protestato, perciò immagino che stiano insieme.

Sobbalzo ma faccio finta di non aver sentito. È cosí che si mettono insieme al giorno d'oggi? Le ragazze intrigano e poi pretendono? Dicono che la loro generazione stia meglio; in teoria le figlie dovrebbero vivere meglio delle madri.

– Buongiorno, signora Omelogor, – dice Chiso nel vedermi.

Atasi alza gli occhi, io le sorrido, e lei li riabbassa sullo schermo del telefono, senza neanche un accenno di sorriso. Colgo tra di noi una distanza irreparabile su cui non voglio indagare, perché se lo facessi dovrei considerare la possibilità che non venga mai colmata. Forse ho sbagliato a mandarla in collegio. Ma era quello che desideravano i suoi genitori, e immagino con che orgoglio dicano ai parenti: «È in un collegio privato». Da un po' di tempo Atasi salta spesso i pasti, chiedendo a Philippe di prepararle solo del brodo di ossa; le sue braccia sono magre come zampe di uccello. Cerco continuamente di capire se in lei ci siano segni di tristezza, e continuamente ne trovo; una tristezza sotterranea, di cui perfino Atasi ignora gli esatti contorni. È ossessionata dalla carriera di modella, quel mondo di tristezza patinata, quel mestiere in cui la mancanza di gioia è apprezzata. Quanto sembra artificioso ogni piacere, sottratto ai sensi e alla realtà. La prima cosa che penso, quando mi mostra l'ennesima fotografia di una sfilata, è quanto poco devono mangiare le modelle. Silfidi ossute dalle spalle quadrate, con le clavicole sporgenti come nocche, e sempre con il broncio, un broncio anodino, uguale per tutte, perché perfino la personalità è diventata fuori moda.

– Le togli il grasso dalla pancia, cosí intanto il tummy tuck è fatto, – dice Atasi, e Chiso ribatte: – E anche dalle cosce, sai che devono iniettare piú grasso perché le cellule adipose dopo un po' muoiono.

Stanno parlando delle due ragazze morte dopo l'intervento ai glutei a Lagos. Non mettono in discussione il desiderio di avere un sedere grosso che ti fa accettare di sottoporti a un'anestesia in una stanza semibuia con la vernice scrostata. Conoscono l'ironia, l'iperbole e l'impudenza, ma l'amore di sé non sanno cosa sia. Ripenso ai miei sedici anni. I ritmi erano piú lenti e i problemi erano diversi, ma non eravamo cosí disposte a svalutare noi stesse. Se le nostre figlie non capiscono quanto sono belle cosí come sono, è evidente che abbiamo fallito.

Telefono a Chia, mi va semplicemente di sentirla, e lei mi dice: – Oggi non è una gran giornata, vero?

Rispondo che sono preoccupata per Atasi e che mi sembra di non essere riuscita a darle qualcosa di cui ha bisogno. È facile essere tristi; la tristezza è un frutto appeso a un ramo basso. Per la speranza e la felicità bisogna tendere la mano piú in alto, e io non le ho insegnato a farlo.

– Non mangia niente, è tutta pelle e ossa, – dico.

– Pensi che covi rabbia? – mi fa Chia, e mi sembra una domanda che solo un'americana potrebbe fare. Perfino il suo accento e il modo in cui pronuncia la parola «rabbia» sono americani.

– Rabbia? – dico io, pur avendo capito perfettamente.

– Nei tuoi confronti. Perché sei la sua benefattrice, la benefattrice della sua famiglia.

Alla preoccupazione si unisce una punta di fastidio, come sempre quando qualcosa mi risbatte in faccia l'America. Certo che le ragazze come lei si intristiscono, se l'America gli racconta simili scempiaggini. Forza, arrabbiati con chi aiuta te e la tua famiglia, arrabbiati con chi ti paga la retta scolastica e l'affitto di casa dei tuoi genitori.

– Chia, in questo momento non ho le forze per i tuoi americanismi.

– D'accordo, è un americanismo, ma pensi che sia arrabbiata?

Mi sento esausta e demoralizzata. – Probabile, – dico.

Atasi non è stata una bambina facile da amare. L'ho capito il giorno stesso in cui il destino me l'ha spinta davanti al cofano della macchina. Non stavo guidando veloce, ma ero sovrappensiero. Era all'inizio, quando eravamo appena arrivati ad Abuja, estranei alla città quanto lei a noi. Jide, affondato nel sedile del passeggero, stava cercando notizie in rete sul pap test. Eravamo su una strada di cui non sapevo ancora il nome, un tratto di strada largo e dissestato, con gente che sfrecciava tra le macchine e negozi che vendevano di tutto, verdura, abiti usati, pneumatici, pane. Stavo andando in clinica per ripetere il pap test. La dottoressa mi aveva telefonato dicendo che l'esito era anomalo, e che poteva non essere niente ma che voleva esserne sicura. All'epoca abitavo ancora nella prima casa, un minuscolo appartamento a Wuse, e mentre l'ascoltavo, muta, con il telefono attaccato all'orecchio, pensai: non ha finito la frase, voleva dire che può non essere niente o può essere cancro. Alla prima visita di controllo, dopo aver letto il mio cognome, mi aveva chiesto se fossi figlia dell'illustre professore, dopodiché mi aveva visitata a lungo, premendomi la pancia con un'energia non proprio piacevole. Mi disse che dovevo stare attenta, che ad Abuja tutti si facevano di tramadolo o Benylin con codeina. – In questa città tutti si fanno di qualcosa. I piú poveri dei poveri sniffano le buche dei cessi, – disse, e io mi domandai perché ritenesse necessario darmi questo avvertimento, o se lo dicesse a tutti i nuovi arrivati.

Poteva non essere niente o poteva essere cancro, e cosí guidavo con la mente altrove. La mia primissima automobile, la cinque porte con i cattivi ammortizzatori, comprata poco tempo dopo aver cominciato a lavorare e naturalmente considerata dalle malelingue il regalo di un uomo. Di solito guidavo con prudenza, conscia degli scriteriati incroci di Abuja in cui nessuno dà la precedenza e tutti si buttano avanti contemporaneamente. Di solito facevo attenzione alle persone sul ciglio della strada, soprattutto in strade come quella, dove la mischia si spingeva cosí vicino al traffico. Jide disse qualcosa prima che investissi la bambina. Non sentii cosa disse, ma sentii il panico nella sua voce, e fu questo che senza che me ne rendessi conto mi spostò il piede sul freno. La bambina, un movimento repentino, un velo rosso in testa. Jide urlò: – Oddio! Oddio! – Appena il tempo di fermarmi, ed ero già fuori dall'auto, con Jide che cercava di trattenermi, di non farmi uscire. La bambina era distesa su un fianco. Era muta e immobile come una bambola di legno. Intorno voci, persone, clacson e polvere.

A volte la vita cambia in virtú di qualcosa che sarebbe potuto accadere e non è accaduto. La bambina non morí. Mi guardò con gli occhi sbarrati, imbambolata, e io temetti che le fosse successo qualcosa al cervello. Poi guardò il sangue sulla coscia che le aveva lasciato sul vestito una macchia rosso scuro. Sua madre era seduta sotto un piccolo ombrellone a vendere scatole di biscotti e caramelle sbiadite dal sole, e non si rese conto che la figlia era stata investita finché qualcuno non si mise a urlare per chiamarla. Guidai come una pazza verso l'ospedale con la madre sul sedile posteriore che piangeva e diceva: – Gliel'ho ripetuto mille volte, non giocare vicino alla strada, non giocare vicino alla strada –. Cercò di abbracciare la figlia, ma la figlia la spinse via. Se ne stava per conto suo, senza farsi abbracciare o confortare. Com'era piccola. Pensai: perché le permettono di avvicinarsi alla strada?

Si chiamava Atasi. Parlava hausa ma erano gbagyi, il popolo indigeno di Abuja, i proprietari della terra che lo Stato un giorno aveva preso per costruirci sopra la capitale. Il padre faceva le pulizie in un ministero, e la madre lo chiamò con il cellulare, parlandogli ansiosamente nella loro lingua e ripetendo il nome dell'ospedale.

Non ero mai stata in un reparto pediatrico, e la cupa, soffocante tristezza che vi trovai mi sconvolse. File di piccoli letti con bambini piangenti o storditi dai farmaci, bambini sofferenti, e accanto a loro, per terra, madri stanche distese sulle stuoie. Una di queste donne aveva accanto a sé un piatto di smalto unto. Le infermiere ciondolavano come se non ci fosse nessuna urgenza. Atasi fu messa su un letto senza lenzuola. Passai in rassegna le infermiere, optai per una con le sopracciglia disegnate sottili e la presi in disparte. Le feci scivolare in mano qualche banconota domandandole dove fosse il bancomat piú vicino, e cosí facendo procurai un'alleata ad Atasi. Il ragazzo vicino ad Atasi aveva una gamba rotta, non ancora ingessata. L'infermiera mi disse: – Sa che la madre del ragazzo porta qui del cibo, poi si siede sul letto e se lo mangia tutto lei?

– Perché?

– Per dargli una lezione. Si è rotto la gamba mentre rubava cemento in un cantiere.

– E il ragazzo cosa mangia?

– I pasti dell'ospedale, – rispose. – Roba che neanche noi mangiamo.

Piú tardi nel corso della giornata vidi la madre del ragazzo, e quando fece il nome del figlio, Olisa, mi rivolsi a lei in igbo. – Oh, sorella, buonasera, – disse. Si sedette e cominciò a mangiare un pezzo di agidi dopo averlo tolto dall'involucro di foglie. Disse solo: – Olisa, è venuto il dottore? – al figlio, poi nient'altro. Guardò me, Atasi e la madre di Atasi seduta in cima al letto, vicino alla testa della figlia.

– Le persone come lei non vengono in ospedali come questo, – mi disse in igbo.

– Abbiamo avuto un incidente. Questo era il piú vicino.

– Ho visto suo marito che parlava con l'infermiera, – continuò.

– È un mio amico.

Mi guardò di sottecchi. – Quelle della sua età si sposano e lei fa ancora l'«amica».

Mi divertí. Le chiesi se non pensasse che il figlio avesse fame, e rispose che non aveva bisogno di mangiare; quel che gli serviva era un bel ceffone che lo rimettesse a posto. Venire fin qui le era costato un sacco di soldi, disse, dopo una giornata passata a correre su e giú alla ricerca dei documenti giusti per evitare che quelli della squadra speciale le sfasciassero di nuovo il negozio.

– E il papà di Olisa dov'è? – le chiesi.

– Oh, quel cialtrone è tornato a gambe levate al villaggio tanto tempo fa perché non ce la faceva. I figli li ho tirati su io.

All'improvviso mi guardò dritta in faccia, e da come strizzava gli occhi capii che stava facendo i suoi calcoli. Dove lavoravo? Potevo aiutarla a rinnovare la licenza del suo negozio di alimentari? Proprio allora Jide venne a dirmi che potevamo andarcene, visto che Atasi non era in pericolo, e avevo avvisato la mia dottoressa della clinica? No, non l'avevo avvisata. Gli dissi che volevo restare. Guardai Atasi, pensando: e se fosse morta? Atasi aveva gli occhi sbarrati e non parlava, pensierosa e solitaria bambina. Quando cercai di abbracciarla si ritrasse, senza mutare espressione.

In seguito Jide mi disse che aveva cercato di non farmi uscire dall'auto perché aveva sentito dire che nei quartieri piú difficili di Abuja dopo gli incidenti la gente inferocita picchiava i guidatori, e la cosa migliore era andare alla piú vicina stazione di polizia. Non so dove l'avesse sentito, ma eravamo appena arrivati ad Abuja, estranei alla città quanto lei a noi.

Dopo la partenza di Atasi la casa piomba in un silenzio assordante. So che non ci si deve fidare dei giornali, ma non posso credere a quel che leggo, ci sono particolari della vita di Kadiatou inventati di sana pianta. Faceva parte di una rete di prostitute infiltrate nel personale alberghiero, era la tenutaria di un bordello, era stata fatta prostituire da bambina e adesso gestiva un traffico di prostituzione minorile, voleva rubargli il telefono, gli aveva rubato il telefono, era pagata dal governo francese, gli aveva scritto un messaggio chiedendogli dieci milioni di dollari, e soprattutto era una montatura. Era d'accordo con i suoi avversari politici ed era stata pagata per incastrarlo.

Chia mi scrive che vorrebbe fare un'altra inutile videochiamata di gruppo per mettere insieme le idee.

– L'avvocato vuole che rilasci un'intervista televisiva per dare la sua versione dei fatti. Pensa che sia l'unico modo per controbattere le invenzioni della stampa, – dice Chia.

– Prima del processo? Non è insolito? – chiedo io.

– Non ha niente da perdere, – risponde Zikora. – Ho parlato con Junius, la sua idea è che un'intervista servirebbe a farla conoscere, a mostrare il suo lato umano, e i media forse comincerebbero a trattare la vicenda con piú obiettività. Al momento, da quasi tutti gli articoli che escono sembra che il processo sia «il popolo contro Kadiatou» anziché «il popolo contro un vip francese».

– E gli avvocati dell'accusa non sembrano da meno, – dice Chia. – Kadi non parla molto, lo sapete, ma ieri ha detto una cosa a questo proposito. Ha detto: «Mi interrogano come se fossi io ad aver fatto una cosa brutta».

– Zikora, si svolgerà in inglese? – chiedo.

– Che cosa?

– L'intervista si svolgerà in inglese?

– Presumo di sí, – dice Zikora, con la sofferta rassegnazione di chi è costretto a rispondere a una domanda stupida.

– Potrebbe avere un interprete pulaar? – chiedo.

– Kadi parla inglese, – risponde Zikora.

– Può risultare meno credibile, se non parla la lingua che conosce meglio, – ribatto.

– Kadi parla inglese, – ripete Zikora, non so se per il puro piacere di contraddirmi o perché ha l'abitudine tutta americana di mentire sulle persone meno privilegiate. L'inglese di Kadiatou non è buono, e illudersi che lo sia non la aiuta. Nelle settimane di convalescenza che avevo passato con Chia, quand'ero uscita con le ossa rotte dal confronto con l'America, l'africanità di Kadiatou era stata un toccasana: il suo modo di mangiare stando curva sul piatto, il suo modo di dire «Miss Omelogor, io vado» e restare dov'era, per un attimo di luminoso riconoscimento reciproco che significava «io ti ho fatto una gentilezza e tu ne hai preso atto».

– Quando si svolgerà l'intervista? – chiedo.
– Per ora stanno prendendo contatto con le emittenti, – risponde Zikora.

Otto

Il Covid è arrivato. Un italiano che lavora a Lagos è tornato a casa a Milano per Natale e al ritorno è risultato positivo al test; ora è in quarantena a Yaba. Rimango un po' di tempo immobile a fissare la notizia.

Jide mi chiama in preda al panico. – Te l'avevo detto, Omelogor! Te l'avevo detto!

– È un caso isolato.

– Non riusciremo mai a tenerlo sotto controllo. Siamo spacciati.

– Calmati, Jide. Ricordi, anche l'ebola era arrivato in Nigeria. Ti sembra che siamo morti tutti?

– Non abbiamo neanche i test per questo coronavirus.

– Lo Stato di Lagos ha detto che loro ne hanno.

– Siamo spacciati. Ho sentito dire che all'ospedale nazionale non ci sono ventilatori polmonari, e c'è un'unica bombola di ossigeno.

– Non possiamo essere messi cosí male.

– Sarà meglio che i nostri politici riportino dalla Svizzera i soldi rubati, ne avremo bisogno per combattere il virus.

Rido. – Dove pensi che andrebbero a finire, Jide?

– Parlo sul serio. L'altro giorno hanno detto che la Banca centrale è vuota, non ha soldi. Serviranno soldi.

– Il denaro rubato non è nelle banche svizzere, non piú. È quasi tutto qui in Nigeria. Ci sono piú soldi nei conti in dollari che nella Banca centrale.

Sapevo quello che dicevo. Avevo dato io l'idea a AD. Usavamo di preferenza le banche di Zurigo perché facevano poche domande e le operazioni erano sempre discrete e veloci, come se temessero che tu cambiassi idea. Fino al giorno in cui il governo americano non cominciò a indagare e ficcare il naso, alla ricerca di evasori fiscali e non so che altro, e le banche svizzere diventarono nervose e prudenti, e AD disse che non potevamo piú trasferire dollari in Svizzera, dovevamo cercare altrove. – Ma perché altrove, signore? – chiesi, e al suo sguardo interrogativo risposi: – Perché non potenziamo i nostri conti in valuta estera e facciamo in modo di tenere i soldi qui?

Annuí, muovendo lentamente la testa su e giú, e io ero sicura che avrebbe convocato una riunione dicendo a tutti che l'idea era sua. Non avevo bisogno di riconoscimenti. Mi bastava essere il suo prezioso braccio destro, sussurrargli nell'orecchio e conservare il potere, tanto discreto quanto saldo, che ne derivava. Era il mio obiettivo dal primo giorno di lavoro, da quando avevo a malapena occupato la mia postazione che già ero stata convocata nel suo ufficio. Era tutto marmo e vetro, e inondato dalla luce proveniente dalle grandi finestre, le cui sontuose tende erano completamente aperte. Piccolo, in giacca e cravatta, lui era quasi inghiottito dal profilo dorato della scrivania a cui era seduto.

– Buongiorno, signore, – dissi.

Parve sorpreso. Mi osservò dalla testa ai piedi, e poi di nuovo in senso inverso.

– È lei che ha ottenuto il miglior punteggio al nostro test d'ingresso? – mi chiese, come se si aspettasse una risposta negativa.

– Sí, signore, – risposi.

Mr David si alzò dall'angolo in cui era seduto a leggere dei fogli e venne a darmi un'occhiata ravvicinata.

– Ah, è lei? Dio l'ha dotata non solo di cervello, ma anche di un fronte e retro cosí?

– Piú retro che fronte, signore, – ribattei.

Rimasero un attimo interdetti e poi, disarmati, scoppiarono a ridere.

– Mi piace la ragazza! – disse Mr David.

Ma già un anno dopo non gli piacevo piú, perché avevo acquisito troppo potere in troppo poco tempo. Ogni volta che ci incontravamo nell'ufficio di AD mi squadrava con diffidenza, come per indovinare i miei secondi fini. Se fossi stata nei suoi panni, cioè nei panni del dirigente piú vicino a AD, non avrei gradito la mia agile e giovanile voracità, il mio entusiasmo, la sgargiante lettera scarlatta della mia smodata ambizione. Avevo studiato i meccanismi della banca e le sue dinamiche interne, e avevo visto la fondamentale apatia che vi regnava. I dipendenti nella stragrande maggioranza erano svogliati, cercavano di fare le cose con il minimo sforzo e di trovare le scappatoie piú veloci; trascuravano i particolari e prestavano poca attenzione, come se avessero accettato tutti quanti una progettualità di second'ordine, una collettiva mancanza di visione. Quasi tutti i libri contabili che controllavo nel mio ruolo di internal audit contenevano analisi sbagliate dei crediti deteriorati. Forte di questa cosa, andavo a esporre a AD le mie idee nuove, aggiungendo: – Dobbiamo farlo prima che lo facciano loro, signore, – dove «loro» stava per l'altra banca privata di Lagos, posseduta da un uomo che in pubblico AD trattava da amico. In privato, invece, quando pronunciava il suo nome sembrava che sputasse una schifezza rimastagli sulla lingua. Il loro odio era reciproco e feroce, nasceva da una serie di tradimenti professionali avvenuti all'inizio della carriera. Ripetevo continuamente a AD che doveva pensare alla sua legacy – l'eredità culturale è importante, signore, e la sua legacy deve essere piú grande della loro, signore, pensi alla sua legacy, signore – finché fece suo il concetto e cominciò a dire la mia legacy qui, la mia legacy là. L'ego maschile è un fenomeno facile da prevedere. AD camminava trotterellando a piccoli passi, adeguati alla sua piccola statura, con la testa dritta e lo sguardo vagante, come se fosse troppo impegnato per occuparsi di questioni o persone dappoco, e quando passava nei corridoi i dipendenti si schiacciavano contro le pareti per rendersi invisibili. Nella sede centrale di Lagos non uscivano neanche in corridoio finché non era entrato nel suo ufficio.

La prima volta feci colpo su AD dicendogli che avevo una spia ai piani alti della banca del suo amico-nemico, il che era una bugia, ma divenni il suo braccio destro solo quando finimmo sotto inchiesta per la faccenda dei buoni del tesoro americani. Lunghe settimane di tensione, di frenesia e bocche cucite, in cui AD strillava come un poppante e ci scagliava addosso oggetti – l'agenda da tavolo, il cellulare, perfino l'elegante e costosissima penna. Un uomo fatto che si comportava in quel modo: roba da film. I dirigenti reagivano alla sua rabbia e frustrazione facendosi piccoli piccoli, tremebondi, balbettanti, mentre Mr David si prese un congedo per malattia, adducendo come scusa un piccolo infarto, salvo poi tornare al lavoro con l'aria piú sana di prima. Le transazioni incriminate erano precedenti alla mia assunzione, ma AD mi ricopriva di insulti, dicendo che come internal audit non valevo un fico secco, che ero un'imbecille, una donnaccia, una scimunita. Io abbassavo gli occhi finché la buriana non era passata, poi mi rimettevo a leggere le carte per dimostrargli che andava tutto bene. Restavo in ufficio fino a tardi, mi riempivo la bocca di luoghi comuni, trasudavo sicurezza e mostravo piú ottimismo di quello che nutrivo. «È materialmente impossibile che controllino ogni transazione, signore. Non possono dimostrare che ci sia collusione, signore, perché non c'è stata. Signore, dobbiamo mettere bene in chiaro che noi importiamo tutto e per questo siamo tenuti ad avere valuta estera». Non balbettavo e non dicevo «sí signore, sí signore, sí signore» prima ancora che finisse di parlare, come altri dipendenti. Se non ero d'accordo con lui, glielo dicevo. Riesumavo documenti che avrebbe preferito dimenticare. Memorizzavo particolari minuti che poi gli sciorinavo, e se veniva trascurato qualcosa glielo segnalavo. Ma nella mia sfacciataggine non mancavo mai di mostrargli rispetto. Un delicato equilibrio necessario con gli uomini potenti come lui, di cui sono arrivata a conoscere bene l'incredibile suscettibilità. Uno dei dirigenti mi urlò contro quando feci presente che l'analisi del suo team conteneva un errore. – Vuoi offendermi? Con chi credi di parlare? – Sembrava una di quelle venditrici petulanti sempre pronte a tirarsi su l'orlo della gonna e attaccar briga nei mercati. Bastava un niente perché uomini di cosí grande potere si sciogliessero come una zolletta di zucchero nel tè, incapaci di tollerare qualunque critica. AD, a essere sinceri, era meglio di molti altri, e arrivò perfino a chiedermi scusa quando la banca fu scagionata nella faccenda dei buoni del tesoro americani.

– Omelogor, scusa per il modo in cui ti ho parlato, ero sotto stress, – disse.

– Sarebbe capitato a chiunque, signore, – ribattei.

Mi stava scrutando. Gli occhiali erano piú grandi della faccia, molto dimagrita dopo quel lungo periodo di tensione.

– Ho notato una cosa di te. Non piangi mai, – disse.

– Non vengo al lavoro per piangere, signore.

Fece una risatina e scrollò la testa, e io tra me e me pensai: sto per raggiungere il mio obiettivo, sto per diventargli indispensabile.

Ridevo delle sue barzellette sporche e non davo peso alla volgarità dei suoi amici. Piú parlavano del mio cervello, meno avrebbero alluso al mio corpo, chiesto il mio numero di telefono o proposto di accompagnarmi a casa. Davanti allo specchio del bagno, passavo le ore a esercitarmi a fare una faccia neutra, dai lineamenti inespressivi, impassibile ma allo stesso tempo aperta: la mia faccia da battaglia. La indossavo ogni giorno come un paio di scarpe da lavoro. Quando c'era un affare losco in vista, parlavo di quali documenti era meglio preparare e di che strategia adottare. AD mi convocava, io sfrecciavo davanti all'assistente di direzione ed entravo nel suo ufficio.

E lí, nel suo ufficio, vedevo il centro putrido della finanza nigeriana e il pus che ne essudava. Sapevo già dei piccoli imbrogli che avvenivano nelle banche, dei modestissimi profitti collaterali che si ricavavano dalle transazioni in valuta estera, del cliente privo dei requisiti necessari a cui veniva concesso un piccolo prestito in cambio di una percentuale del prestito stesso, ma con AD vidi caterve di sostanziosi crediti in sofferenza e soldi che scomparivano per magia con una firma scarabocchiata. Restai stupefatta nello scoprire che i clienti piú facoltosi chiedevano prestiti con la chiara e pacifica intenzione di non restituirli mai, e quand'erano inadempienti la banca li assorbiva; li inseriva nel conto profitti e perdite, e li faceva semplicemente sparire. Era una sorta di furto – anzi, un furto vero e proprio. Quei personaggi ostentavano poi la loro ricchezza, pur sapendo che era un guscio vuoto. Se io rubassi come loro non farei sfoggio di automobili e aerei privati, ma si sa che i furti sfacciati non sono mai opera di persone discrete. Gli stranieri spendono fiumi di parole sui problemi dei mercati emergenti, e non sanno che il piú grande di tutti è la hybris di individui irresponsabili.

Una volta uno di questi ricconi ebbe uno screzio con AD. Rilasciò un'intervista a un giornale dicendo che la sua banca era solo locale e che lui si serviva di preferenza di banche estere, pur ricevendo da noi uno dei finanziamenti piú sostanziosi, con il risultato che AD gli spedí la squadra di recupero crediti. Il riccone urlò e minacciò AD dicendo che sarebbe entrato con l'esercito nella banca e l'avrebbe buttato fuori.

– Mi minaccia perché non vuole pagare quello che mi deve? Follia pura. E come può dire che l'ho preso di mira perché è yoruba? Se fossi yoruba come lui non oserebbe mancarmi di rispetto.

Ogni volta che AD scherzava sul fatto di appartenere a un piccolissimo gruppo etnico del Nord di Cross River, di cui nessuno aveva mai sentito parlare, vedevo il veleno colargli dal dente sull'abito dal taglio impeccabile.

– Signore, deve contrattaccare, ne va della sua legacy e della sua dignità personale. Mettiamogli un po' di paura, senza spaventarlo troppo, – dissi.

E AD annuí come faceva lui, con gesti lenti e drammatici. Chiese il rimborso del prestito, e gli hotel di proprietà del riccone ad Abuja vennero confiscati; prima che succedesse anche alle sue proprietà a Lagos, il riccone cedette e telefonò al capo, dicendo: – Fratello, parliamone, non c'è motivo di litigare, – e AD, ridacchiando di soddisfazione, annullò la richiesta.

Nel mondo delle banche molto ruotava intorno a quale ego si sarebbe piegato, quale spezzato, chi si sarebbe inginocchiato davanti a chi. Fu piú o meno a quell'epoca che AD mi nominò responsabile della pianificazione finanziaria. – So che valuterai con attenzione a chi destinare il surplus dei crediti, – mi disse solennemente, come se fossimo a un corso introduttivo di tecnica bancaria, ma di lí a poco scoprii che AD stesso chiedeva prestiti che non restituiva, e che voleva mettermi alla prova. Voleva vedere come mi sarei comportata. Entrai nel suo ufficio con le carte già in mano e dissi: – Signore, esiste un modo migliore per mascherare la cosa.

In ogni ramo e filiale della banca cominciarono a nascere e diffondersi vaghi, nebulosi mugugni sulle mie rapide promozioni, e le persone avevano ragione a lamentarsi, ma nessuno lo faceva direttamente. AD era il padrone assoluto.

«Il tuo mentore», presero a dire, celando lo scherno dietro grandi sorrisi, chiedendomi favori per arrivare a lui. «Il tuo mentore». E lo era, in un certo senso, se il proprio mentore può essere una persona che non si rispetta. Mi nominò vicedirettrice generale un po' troppo presto, dicendo che mi avrebbe nominata direttrice esecutiva, non fosse stato che bisognava passare dal consiglio di amministrazione. – E per continuare il lavoro che stiamo facendo è bene non attirare troppo l'attenzione, – disse. Il lavoro che stavamo facendo era aiutare i politici suoi amici. – Sua eccellenza ha bisogno del nostro aiuto, – mi diceva, e non gli serviva aggiungere altro.

Il sudore imperlava la fronte dell'incaricato del governatore che trascinava dentro grandi borse piene di banconote nuove di zecca. Sempre la sera tardi, dopo che il palazzo si era svuotato. Un angolo del vastissimo ufficio del capo era occupato da una poltrona imbottita di pelle rossa. Le borse con i soldi venivano posate lí accanto, quindi entravano gli apparecchi contabanconote. I governatori sono dei potenti signori medievali, e il loro folle e spasmodico accumulo di denaro era uno spettacolo.

Trasferivo milioni su conti correnti nuovi, li cambiavo in dollari e li restituivo al governatore in valigie che chiudevo con lucchetti d'argento. Andavo orgogliosa di quelle valigie; trovavo che le banconote sistemate lí dentro fossero piú ordinate e piú di classe dei mucchi di soldi stipati in borsoni molli a quadretti del tipo «Ghana must go». Di solito le veniva a prendere l'assistente. Talvolta solo l'autista accompagnato da un agente di scorta con un lungo fucile in spalla. Non era sempre denaro liquido, anzi il piú delle volte non lo era affatto. Rilasciavamo garanzie di pagamento anticipato per commesse gonfiate del tre o quattrocento per cento, poi io trasferivo le eccedenze dal conto del committente ai conti privati del governatore, che ovviamente non erano intestati a lui. Uno era intestato al suo cuoco. Gli altri prestanome erano amici, fratelli e sorelle con cognomi diversi, società con sede ai Caraibi. Come usufruttuari delle sue ville all'estero dava i nomi dei suoi amici, sapendo che poteva finire molto male se un giorno la loro avidità avesse prevalso sulla lealtà. La fragile sicurezza della ricchezza rubata. Era sempre attorniato da molte persone ma non si fidava quasi di nessuno, perché il potere l'aveva privato della capacità di farlo. AD amava raccontare la storia di quel politico che aveva reso il suo autista l'unico intestatario di un conto corrente, che l'uomo aveva poi provveduto a svuotare di milioni di dollari – dollari, non naira – prima di fuggire in Canada. Il politico non aveva fatto niente, perché cosa puoi fare quando qualcuno ti ruba quello che avevi rubato tu? La morale della favola, concludeva AD, era: – Usa sempre dipendenti fidati che conosci da molto tempo.

Alludeva spesso al fatto che i governatori avrebbero perso l'immunità una volta scaduto il loro mandato, e ciò conferiva alle nostre azioni un alone di quasi liturgica prudenza.

– Un'operazione delicata che non possa essere tracciata dopo il passaggio di consegne, – diceva sempre AD, e talvolta io dicevo «delicata» prima ancora di lui. Usavamo la parola «delicato» come un mantra, un linguaggio cifrato che ci univa in un'euforica sensazione di segretezza. Le voci trapelavano comunque, perché nei furti in grande stile sono sempre coinvolte troppe persone, che ne parlano ad altre persone di cui si fidano, che amano o su cui vogliono fare colpo. Il commissario ai lavori pubblici, la persona che mette in piedi la finta gara d'appalto, il dattilografo che la scrive, gli autisti, gli agenti di scorta, le guardie alla porta. Trasferivo centinaia di milioni attraverso la Thailandia e gli Stati Uniti, o vie analoghe, che mi ritornavano apparentemente puliti. Il Liechtenstein era facile, data la permissività della sua burocrazia. Facevamo un deposito, e alla domanda «Fonte di reddito?» rispondevamo: «Consulenza». «Consulenza» poteva voler dire qualunque cosa; la «consulenza» era rivestita dell'alone sacro della dissimulazione. Nel giro di pochi anni imparai a verniciare la frode di bei colori. Sapevo cosa scrivere sui libri contabili per nascondere le operazioni in perdita e come far sembrare vere le operazioni fittizie, stendevo eleganti relazioni per approvare finanziamenti a società inesistenti, accettando a garanzia titoli di proprietà falsi, atti senza valore e scartoffie senza alcun significato. AD mi ricompensava generosamente, con incentivi, due auto aziendali, e tutti i corsi di formazione all'estero che gli chiedevo. Ma io volevo sempre di piú. Orecchiavo le conversazioni e leggevo tutti i documenti, anche quelli riguardanti operazioni in cui non ero coinvolta. Sbirciavo nelle stanze in cui si facevano e disfacevano le fortune della Nigeria, stanze piene di uomini, intelligenti e non, che parlavano, si confidavano, complottavano. Poi, la settimana in cui li udii bisbigliare e acquistare azioni della Pgt, attinsi ai conti dormienti di clienti dimenticati e comprai anch'io delle azioni.

Il fatto che il governatore stesse venendo di persona, invece di mandare i suoi uomini come al solito, mandò in tilt AD. Prese a risistemarsi continuamente gli occhiali sul naso, anche se non gli stavano scivolando giú. Prima arrivò l'avanguardia, tre tizi con occhiali neri di plastica e abiti dozzinali di cattiva fattura. Perlustrarono con ridicolo sussiego l'ufficio del capo per accertarsi che fosse sicuro, prima dell'ingresso del governatore. Quando lo vidi, un uomo comune, dall'aspetto qualunque, con l'aria perennemente svagata, pensai che rendeva meglio in televisione. Si diceva che una volta fosse stato incarcerato a Londra per frode. Investito dalla forte luce dell'ufficio di AD, aveva un pallore da persona malata, forse per un problema di reni. Guardai meglio e capii che non erano i reni: il pallore innaturale e le macchie scolorite erano l'effetto delle creme sbiancanti. Che cosa strana, la vanità umana. Qull'uomo mi ricordava una mia tirocinante di qualche tempo addietro, che si sbiancava la pelle con creme scadenti che le avevano trasformato il viso in una buccia di limone, perché anni prima era stata rifiutata come hostess a un evento aziendale in quanto troppo scura. Avrei detto che un governatore potente come un signore medievale avrebbe impiegato, se proprio doveva, creme di miglior qualità, come quelle usate, presumo, da Michael Jackson.

Il governatore girò intorno alla scrivania, si sedette sulla sedia di AD e le fece fare un mezzo giro. – Cosí è qui che si esercita il vero potere, è da questa poltrona che lei controlla fiumi di denaro! Fiumi di denaro! – disse.

– Eccellenza, il mio potere non è niente, paragonato al suo, – disse AD, con il tono ossequioso che impiegava con tutti i politici finché erano in carica, dopodiché smetteva di rispondere alle loro telefonate.

Il governatore si era portato il suo brandy. La sua assistente lo estrasse da un'elegante scatola, si fece dare un bicchiere e andò a risciacquarlo nel bagno del capo, come se avessimo potuto avvelenarlo. Il governatore tracannò il brandy in un sorso e si mise a parlare di quale fosse il quartiere migliore di Dubai in cui comprare casa; ne aveva già una nella Green Community e ne stava comprando un'altra sulle Emirates Hills. D'un tratto si girò verso il televisore all'altro capo della stanza e indicò l'annunciatrice sullo schermo. – Voglio quella signora. Trovatemi il suo numero.

AD rimase un attimo perplesso ma si riprese subito e borbottò: – Certo, certo, certo –. Stavamo aiutando il governatore a muovere milioni di dollari, e lui guardava a malapena le carte che gli sottoponevo. Era cosí noncurante, cosí disinvolto, stravaccato sulla poltrona girevole con le gambe allungate. Se qualcosa andava storto, si poteva sempre rubare altro denaro. Guardai le cifre sul mio schermo: una quantità incredibile di zero, una processione di zero, l'uno in fila all'altro, vertiginosi, audaci. Quante vite avrebbe potuto cambiare, tutto quel denaro. Quanti sogni avrebbe potuto realizzare. Pensai a Mama Olisa, che continuava a mandarmi messaggi di saluto. *Come stai, sorella Omelogor? Buon primo del mese, sorella Omelogor. Un saluto a te, sorella Omelogor*. In realtà voleva dire: ricordati di me, e aiutami se puoi. La sua pazienza era una strategia, e l'ammiravo. Pensa, mi dissi, cosa potrebbe fare Mama Olisa con una parte infinitesimale di quei soldi. Pensa se ne avesse una parte. Giusto: e se ce l'avesse? Non ci avevo mai riflettuto prima, ma in quel momento mi si formò nella testa un quadro molto preciso, come se fosse scritto da tempo.

Noi costituivamo spesso nuove società per far circolare i capitali, cosí chiamai l'avvocato e gli chiesi se il nome Robyn Hood fosse già preso, Robyn con la «y». Quando mi rispose di no mi venne da ridere come una pazza, di felicità. Non ebbi nemmeno paura quando sfilai le prime mazzette da una borsa portata quella sera nell'ufficio di AD. L'ammanco avrebbe potuto essere attribuito a qualcuno nel palazzo del governatore, all'autista che aveva messo la borsa nel bagagliaio, all'uomo che l'aveva portata nell'ufficio del capo. Sempre che il governatore controllasse, cosa improbabile. Che differenza potevano fare alcune centinaia di migliaia di naira? La volta successiva presi due mazzette di dollari e le infilai nella custodia del portatile. Un attimo dopo ne infilai altre due. Le mazzette di dollari erano molto piú sottili e piú facili da maneggiare dei naira. Di lí a poco cominciai ad andare al lavoro con borse capienti e a sottrarre il denaro a fine giornata, nell'intervallo morto tra il conteggio delle banconote e il loro trasporto nel caveau.

Jide disse che era un'idea folle, andare in giro a regalare soldi a piccole imprenditrici.

– Soldi gratis, piovuti dal cielo? Li spenderanno. Non li useranno mai per la loro attività, – disse.

– Non conosci le donne, – ribattei.

– Ci sono due categorie di uomini gay, quelli che amano le donne e quelli che le odiano. Per tua fortuna, sai a quale appartengo, – fece lui. Se ne usciva spesso con questa battuta quando aveva la sbronza allegra.

– Amare le donne non vuol dire conoscerle, – dissi.

Durante il liceo avevo letto sul giornale di mio padre del processo contro le banche fallite istituito dal generale Abacha, dei Pezzi Grossi che aveva gettato a marcire in prigione a Lagos perché colpevoli di insolvenza. «Banche fallite», le chiamavano, come se avessero avuto una vita grama, come se fossero banche non realizzate. Mi era rimasta impressa la storia di una donna e dei suoi occhi. Era un'insegnante che stava diventando cieca e aveva risparmiato un po' ogni mese per farsi operare agli occhi. Quando finalmente aveva messo da parte la cifra necessaria era andata a prelevare i soldi in banca, solo per sentirsi dire da un cassiere con il volto teso: – Mi dispiace, signora, i soldi non ci sono piú.

– E allora dove sono? – aveva chiesto. Dove? Nella fotografia sul giornale aveva lo sguardo annebbiato, occhi lattiginosi dietro un paio di spesse lenti. Quella donna non recuperò mai il suo denaro; nessuna delle persone comuni lo recuperò. Che cosa era stato di lei, di una donna quasi cieca? Che cosa era stato di lei, quando infine aveva perso la vista? Mi tornò in mente durante la mia prima spedizione Robyn Hood, quando andai al villaggio a consegnare dieci finanziamenti a fondo perduto. Vidi una donna che stava perdendo la vista ma continuava a tessere a un antico telaio e le diedi il doppio di quello che diedi alle altre, come per risarcire quell'insegnante di tanto tempo addietro.

Ma la prima a cui diedi un finanziamento, prima ancora che alle donne del villaggio, fu Mama Olisa. Andai a cercarla in bottega la sera tardi, quando non c'erano piú compratori e i venditori stavano sbaraccando e dirigendosi verso la fermata dell'autobus. Mama Olisa si mise a strillare e a ballare e ad abbracciarmi, e disse che il pastore le aveva detto che avrebbe visto un segno, che il suo salvatore sarebbe giunto quella settimana. – L'avevo capito fin dal primo giorno che c'era una ragione se Dio ti aveva portata nella mia vita.

Mi chiese se fossi ancora in contatto con la bambina dell'incidente, e quando risposi che Atasi viveva metà del tempo da me commentò: – Tutto per un piccolo incidente. Le avevi già pagato le spese dell'ospedale. Dovevi anche prenderla a vivere da te? Che senso ha?

– Mama Olisa, piantala con queste stupidaggini, – ribattei.

– Io ho sette figli, se stai cercando qualcun altro a cui pagare le tasse scolastiche, – disse, poi si mise a ridere e mi abbracciò di nuovo dicendo che avrebbe pregato Dio di darmi un marito prima della fine dell'anno.

Le prime donne che ho finanziato le conoscevo di vista. Erano del mio villaggio, Abba, e dei villaggi limitrofi: Abagana, il paese d'origine della mia prozia, Umunnachi, dov'era nata la mia nonna materna, e Nimo, dove abitava mio nonno. Mi fermavo davanti alle loro botteghe, le salutavo, e loro rispondevano al saluto, lusingate: ero Omelogor, la figlia del professore, quella che aveva fatto carriera ad Abuja.

– Vorrei sostenerti nella tua impresa. Usa questo denaro per la tua attività, tieni la cosa per te, e l'unico ringraziamento che ti chiedo è di aiutare un'altra donna, se e quando potrai.

Seguivano gioia e incredulità, preghiere, balli e canti, a ritrovarsi in mano tutto quel contante.

– Non sprecarlo, – dicevo, ma ero sicura che non l'avrebbero sprecato, perché erano piene di sogni queste donne di paese, che avevano a stento finito la scuola elementare, querule e sagge e mordaci: lo avrebbero custodito bene, il loro denaro, l'avrebbero speso oculatamente, sagacemente. Sentivo quello che dicevano, mentre fissavano i soldi che avevano in mano. «Andrò ad Anam a fare scorta di plantani. È da un po' che cerco un nuovo phon per il mio salone di parrucchiera. Comprerò un macinino cosí finalmente potrò tritarmi i fagioli da sola. Comprerò una macchina da cucire elettrica».

Presi un aereo per Asaba, poi un taxi per una città che non conoscevo. Sul ciglio della strada c'era una donna che friggeva akara, un'impresa ambiziosa, con tre grandi padelle, un paio di aiutanti e una piccola folla di acquirenti. Aspettai che avesse finito di vendere prima di porgerle la busta con le banconote. Erano le ultime ore del mattino, e una gallina randagia razzolava nel fango. La donna si asciugò la fronte con l'orlo del vestito e mi guardò con sospetto. Era una truffa, i soldi erano falsi, era un modo per incastrarla in un rituale magico? Perché le davo dei soldi? E cosí tanti, poi? Scosse il capo e fece un cenno di diniego con le mani. – No, no, si tenga i suoi soldi, per favore. Non li voglio.

Quando risalii in taxi l'autista mi disse: – Signora, non ha citato Dio.

– Come?

– Ha detto di volerla aiutare negli affari ma non ha citato Dio. Dio e gli affari vanno di pari passo.

Guardavo il piccolo cheloide sul suo collo. Come si permetteva di ascoltare le mie conversazioni?

– Come ti chiami? – gli chiesi.

– Eze.

Reclutai Eze per battere i villaggi alla ricerca di piccole imprenditrici. Era parco e parsimonioso, con il collo lungo e una brutale franchezza che era perfetta per il compito che doveva svolgere. Mi faceva relazioni e proposte, dopo le quali io salivo su un aereo, scendevo ad Asaba, a Owerri o a Enugu, e proseguivo in auto con lui verso il villaggio prescelto in cui mettere una busta in mano a una donna, mostrarle il tesserino di riconoscimento della banca e dirle: Dio è stato buono con me e io voglio esserlo con le altre donne. Usali per la tua attività. Non venire mai a cercarmi per ringraziarmi. *I mekatakwana bia I kene m*. Prega per me, solo questo. L'unico ringraziamento che ti chiedo è di aiutare un'altra donna, se e quando potrai.

Nove

Con fare scherzoso respingo l'abbraccio di mio cugino Afam. – Posso fidarmi? A Lagos c'è il virus.

L'italiano con il Covid sarà anche in quarantena, ma ora gira voce che alle altre persone presenti sul suo aereo non sarà fatto il test, e neppure a quelle del suo ambulatorio aziendale a Lagos. I medici non hanno dispositivi di protezione. Alcuni sono risultati positivi al test ma non vogliono mettersi in quarantena.

– Puoi fidarti. Non sono entrato in contatto con nessun italiano, – risponde Afam.

Il nostro abbraccio è lungo e caloroso. Gli dico che sta diventando il simbolo del nigeriano di successo: un pancione. Sorride, e vedo il padre di Chia nell'increspatura gentile dei suoi occhi, e nei due denti davanti un po' larghi. Ogni volta che viene ad Abuja per affari mi passa a trovare, con reciproco diletto. È di modi affettuosi, gioviali, non come il suo gemello Bunachi, quell'insopportabile pallone gonfiato. Chia dice sempre che Bunachi e io non dovremmo mai rimanere da soli in una stanza perché uno di noi finirebbe cadavere, e l'altro in stato comatoso. Afam mi ha portato in regalo una bottiglia di whiskey, che ora mette su un tavolino, dicendo: – Per il maschio –. Eravamo andati insieme a un matrimonio, a Lagos, e un suo conoscente aveva cominciato a girarmi intorno, a chiedermi il numero di telefono, a chiedermi che cosa bevessi. – Un whiskey liscio, – gli avevo risposto, e quello, seccato, aveva ribattuto: – Il whiskey non va bene per le femmine, è una cosa da maschi –. Afam aveva riso come un matto. – È un bifolco, lascialo perdere, – mi aveva detto, ma da allora ha preso l'abitudine di scrivermi cose come: *Volevo solo sapere come sta il maschio*.

– Questa storia del Covid fa paura, – gli dico.

– Non credo che ci toccherà piú di tanto. Sai che la Nigeria, nel bene e nel male, ha la capacità di non stare mai al centro delle cose, – ribatte, e il tono della sua voce, cosí ragionevole ed equilibrato, mi fa sentire meglio.

– Lo so.

– Allora, come va la consulenza privata?

– Non male. Dovresti vedere il mio portfolio clienti.

– Il tizio della Vestex Investments ti ha poi chiamata?

– Sí, grazie, Afam, cugino adorato.

– Non ti ho ancora detto quant'è la mia percentuale come intermediario.

Ridiamo. – Quest'anno non ho ancora ripreso a lavorare. Ho deciso di prendermi una pausa e stare a casa a far niente.

– Non dormire sugli allori, – dice Afam.

– Mi conosci. Non succederà.

– Il lavoro in proprio ha meno glamour, – dice Afam, e io ripenso a quanto fossi contenta in tutto quel periodo di vedere la mia fotografia sui giornali, tra i ricchi e famosi, agli eventi della banca e a tutti i piú importanti ritrovi aziendali. Non ne ho nostalgia. Sono stati anni appaganti, ma ora ho la pancia piena.

– Ti penti mai di essertene andata? – mi chiede Afam, e senza pensarci un attimo rispondo con un netto: – No.

Di quando in quando, nel corso degli anni, dovevo aver pensato, di sfuggita, in astratto, di andarmene, ma fu solo quando mia madre mi disse che il signor Nduka era morto che presi la decisione. Era la vigilia del mio compleanno, e la pettinatrice era venuta a mettermi una parrucca di capelli crespi e lunghi kinky-straight. Le chiesi a gesti di interrompere i suoi strattonamenti perché volevo concentrarmi sulla telefonata. Il signor Nduka non percepiva la pensione da undici mesi e lo Stato continuava a rimandare, prendere tempo e attuare infinite verifiche, sostenendo che c'erano defunti che ricevevano ancora la pensione. Il signor Nduka era andato alle sette del mattino a dimostrare di non essere morto, aveva aspettato ore e ore sotto il sole, si era sentito poco bene, era crollato a terra ed era morto; l'avevano trasportato in obitorio nel baule di una macchina. Il signor Nduka era un vecchio amico di mio padre, un impiegato statale vecchio stampo, che ricordavo con la camicia a maniche corte inamidata e la cravatta, entrambe sempre in ordine e ben stirate. Io avevo appena riciclato denaro per il governatore del suo Stato. Una parte infinitesimale di quel denaro avrebbe pagato la pensione di migliaia di lavoratori come lui.

Quando mi ero laureata con il massimo dei voti mi aveva regalato un gallo grigio con una cresta rossa pendula, che avevamo tenuto per settimane prima di metterlo in tavola a un pranzo della domenica. La notte del giorno in cui morí lo sognai, e lui, che nella realtà era tarchiato, nel sogno divenne magro e allampanato. Poi crollava a terra e si trasformava subito in un mucchio di ossa. Un mucchio di ossa secche, di colore biancastro.

Lo Stato non pagava le pensioni sostenendo che molti reclamavano quelle dei famigliari defunti, però io avevo ammassato miliardi di denaro pubblico in un conto a breve termine con alti tassi di interesse, dopo qualche mese l'avevo svincolato versando gli interessi sui conti correnti personali del governatore, e poi avevo rimesso il denaro in un altro conto ad alto rendimento. Avevo fatto girare denaro pubblico per creare denaro privato. Mentre il signor Nduka andava lentamente verso la morte, la sua pensione fruttava interessi che arricchivano il governatore del suo Stato, il tutto grazie al mio esecrabile operato. Mi disprezzavo fino alla nausea. Dal girare intorno alla mediocrità, avevo finito per accettarla, e ora ne ero parte io stessa.

Mia madre dovette intuire dalla mia espressione che ero un po' troppo addolorata per una persona che in fondo conoscevo poco. – *Nne*, qualcosa non va?

– No, no, è solo che mi dispiace, – dissi.

– È triste, ma non ha niente a che fare con te.

Non aveva la piú pallida idea di quello che facevo, che facevo veramente; i miei genitori erano candidamente all'oscuro delle tante falsità della vita nigeriana. Ogni mese aspettavano fiduciosi che l'università gli accreditasse lo stipendio sul conto corrente, avevano un conto solo, e non capivano perché bisognasse investire. Credevano che facessi un lavoro brillante e onesto. Il giorno del mio compleanno mio padre mi mandò un messaggio di auguri che iniziava con le parole: *Nostro orgoglio e nostra gioia*. Il mio personale di servizio mi sorprese con una piccola torta e un biglietto di auguri fatto a mano su cui ciascuno aveva scritto qualche parola in inchiostro blu. Mi stupii che Mohammed sapesse scrivere in inglese; il suo messaggio, il piú breve, diceva: *Signora sei buona*. Lo presi come una battuta sarcastica, una reprimenda, o un'ultima possibilità di riscatto. Perché non mi avevano mai scritto un biglietto per i miei compleanni precedenti, quando venivano in salotto a farmi gli auguri con un sorriso impacciato e a ringraziarmi per la torta che gli aveva dato Philippe?

Un bel giorno tutti i neoassunti della banca cominciarono ad arrivare da un'agenzia di recruiting che scoprii essere di proprietà di AD. Concedersi prestiti che non intendeva restituire era un conto, ma addirittura aprire un'agenzia che tagliava una fettina dal già modesto stipendio dei neoassunti? La sua meschina avidità era ributtante. AD soffriva di ulcera, spesso durante le riunioni contraeva il viso per il dolore, e man mano che il tempo passava appariva sempre piú debole, sempre meno energico. Un giorno venne al lavoro con un paio di occhiali neri dalla montatura spessa incollati alla faccia: sembrava un vecchietto che avesse messo gli occhiali fighi del figlio.

– Non ti piacciono? – mi chiese.

– La montatura sottile di metallo le donava di piú, signore, – risposi.

– Forse quando prenderai il mio posto avremo un AD che saprà quali occhiali di marca indossare, – disse. Ogni tanto diceva cose cosí, faceva allusioni alla successione, come se gettasse briciole con cui far cadere in trappola un uccellino. Ma io ero già con lo sguardo altrove, sopraffatta dal desiderio di risciacquarmi il palato morale e depurare la mia vita.

Aspettavo l'occasione giusta per dire a AD che me ne volevo andare. Un giorno mi chiese di gestire un'operazione con un cliente di private banking, un cliente nuovo che aveva portato via all'amico-nemico dell'altra banca proponendogli un tasso di interesse economicamente insostenibile. Il cliente era una presenza fissa negli elenchi stilati dalle riviste degli africani piú ricchi, ma non era neanche lontanamente facoltoso come voleva far credere. Indossava un orologio sfarzoso che ostentava con la tracotanza dell'arrivista.

– Omelogor? Che razza di nome è? – mi chiese.

– Il mio, signore.

– È la prima volta che lo sento. Di quale Stato è? Del Rivers?

– Dell'Anambra.

– Ah. Una ragazza igbo –. Piegò leggermente all'ingiú gli angoli della bocca. – È in grado di gestire l'operazione? Non voglio una che fa stupidaggini.

Poteva non avere simpatia per la gente di etnia igbo, o patire le donne sicure di sé, o entrambe le cose, o forse nessuna delle due ed essere semplicemente dotato, come molti altri esseri umani, di una naturale perfidia. Ma quel momento segnò un punto di non ritorno.

Mi alzai. – Con permesso, signore. Vado a verificare se tra le mie colleghe e i miei colleghi ci sia qualcuno disposto a parlare con un cliente maleducato, perché io non lo sono.

Uscii, immaginando la reazione furibonda di AD, che prima mi avrebbe urlato contro e poi si sarebbe precipitato a scusarsi con il cliente. Cosí fu, e da come mi guardò di sottecchi capii che era anche molto sorpreso dal mio comportamento. Ero passata sopra a cose molto peggiori; avevo liquidato con una risata un tizio che sosteneva di non potersi fidare di una bancaria igbo, alzato le spalle di fronte a un altro che aveva chiesto di trattare con un uomo perché le donne non erano capaci di gestire le grosse operazioni senza diventare nervose.

– È successo qualcos'altro? – mi chiese AD.

– No, signore –. Feci una breve pausa. – Vorrei chiedere un congedo e prendere un master negli Stati Uniti.

– *Ahn-ahn*. Perché ti ho urlato contro?

– No, signore, non era la prima volta che lo faceva.

– Allora perché?

– Sento il bisogno di prendermi una pausa, per ricaricare il cervello.

– Va bene. Ti finanziamo un corso per dirigenti.

Pensava che intendessi uno di quei corsi brevi dal costo esorbitante che gli uomini e le donne d'affari seguono per poter aggiungere al loro scarno curriculum il nome di una prestigiosa università americana.

– Vorrei prendere un vero e proprio master, – dissi.

– Non ti serve un Mba, – replicò l'AD.

– Non si tratta di un Mba. Vorrei prendere un master in Cultural Studies. Sono interessata alla pornografia.

– Pornografia, – ripeté lui, e scoppiò a ridere, come se fosse una delle mie solite stramberie. – E poi tornerai e metterai le tue nuove competenze al servizio della banca?

– Sí, signore.

Annuí, ma non era uno stupido, e doveva aver intuito che la mia flemma nascondeva un vasto movimento di placche tettoniche.

Dieci

Avevo cominciato a interessarmi di pornografia dopo essere stata schiaffeggiata sul seno da un uomo piú giovane. Dove impariamo, mi ero chiesta, le cose che impariamo? E in che modo le impariamo?

La mia amica Ejiro non la smetteva di tessere le lodi degli uomini piú giovani, dicendo: – Devi provare un giovane, uno che abbia al massimo ventisei anni; loro sí che si mettono d'impegno per farti godere.

– Perché proprio ventisei? – chiesi. – Perché non venticinque o trenta? Gli succede qualcosa a ventisei anni? È l'età limite per far godere le donne?

– Io te l'ho detto, – rispose Ejiro.

Il suo uomo piú giovane aveva un amico con le braccia completamente tatuate. Durante un'uscita a coppie organizzata con discrezione da Ejiro questo amico si sporse verso di me e mi chiese: – Vuoi vedere i miei tatuaggi sulla schiena?

– No, – risposi. Era una strategia di adescamento? – Come sai, i tatuaggi imbruttiscono, con l'età; diventano grigioverdi e sembrano vecchie alghe di laboratorio.

Mi guardò sbigottito.

– I miei sono belli, – obiettò.

– Quando si invecchia, dico. Con l'età, – gli spiegai.

– Ah.

– Quanti anni hai? – gli domandai.

– Perché me lo chiedi?

Evidentemente voleva saggiare il mio interesse prima di affrontare il potenziale ostacolo dell'età. La trovai una cosa dolce. Aveva ventisei anni. Che fortuna: l'età limite stabilita da Ejiro. Quand'era nato io avevo quattordici anni. Avrei potuto essere la sua babysitter. Mi venne quasi da ridere. Bevemmo molto, e fumò una shisha. Lui e i suoi amici parlavano di non so quali personaggi famosi, dei loro orologi e delle loro macchine, e io mi sentivo vecchia, nel mio tedio. A un certo punto, indicando il recipiente e il tubo della shisha, disse: – L'acqua la ripulisce, quindi fa bene.

– No, la shisha è dieci volte peggio delle normali sigarette. È un suicidio, il nostro, – replicai.

Mi guardò con sospetto, chiedendosi in quale guaio si fosse ficcato.

– Non far caso a Omelogor, parla sempre cosí, – disse Ejiro. – Sembra una matta, ma in realtà è deliziosa.

Lo rividi altre volte per accertarmi che non fosse uno psicopatico prima di proporgli di fermarsi da me.

Ejiro aveva detto: – Loro sí che ti vogliono far godere, far arrivare fino in fondo, – e per questo giovane era sicuramente vero, ma c'era qualcosa di strano. Stava zitto, non diceva una parola, e muoveva le dita sul mio corpo in un modo che mi suggerí la parola «replica». Stava riproducendo una cosa già vista. D'improvviso non la volli piú, e non volli piú lui nel mio letto. Che cosa avrei voluto invece? L'imperfezione della realtà. Ci furono altri sapienti esercizi di dita e di lingua. Sembrava che si stesse guardando, che fosse spettatore entusiasta di se stesso. Non riuscivo a raggiungere il climax. Ci provai, se non altro perché non fosse tutto una colossale perdita di tempo, ma poi mi resi conto che l'avrebbe presa come una sua vittoria personale. È vero che vogliono farti godere, ma solo per poter dire: «Wow, come sono stato bravo». Per incensare se stessi piú che per dare qualcosa a te. Qualche altro mugolio melodrammatico, pensai, e poi gli chiederò di fermarsi. Gli dirò che sono iperstimolata, anziché annoiata. Volevo proteggere il suo ego perché mi piaceva, era dolce, e il giorno prima mi aveva detto: – Guarda che cosa mi sta succedendo alle dita. Ho le pellicine intorno alle unghie. Tu sai cosa significa? – Benedetto ragazzo, perché dovrei sapere come mai hai le pellicine intorno alle unghie? Comunque, la domanda mi commosse. Mi sembrò una cosa tenera e sincera, come tra amici che si preoccupano con affetto l'uno dell'altra. Feci un altro mugolio, e stavo per chiedergli di fermarsi quando mi diede una sberla sul seno. Lo guardai incredula. Me ne diede un'altra. Sul seno sinistro, e neppure con delicatezza; ma una sberla delicata non sarebbe stata meno sconvolgente. – Sei impazzito? – dissi. – Smettila –. Mi guardò titubante, come se non fosse sicuro che stessi dicendo sul serio.

Quando se ne andò accesi il televisore e comparve un canale di arti marziali miste. Doveva averlo messo lui, in un qualche momento.

Lo raccontai a Jide. – Guardava un programma di arti

marziali miste, – dissi. – Oggigiorno i bambini guardano questa roba?

– Anch'io la guardo, – rispose.

Per me era solo «Un Uomo Piú Giovane», un esperimento, ma essendo lui una persona dolce mi sentivo un po' in colpa a pensare cosí. D'altro canto, poteva essere un esperimento anche per lui. Dopo che ero rimasta in biancheria intima, mi aveva detto: – Sei bella, – e non aveva aggiunto «per la tua età» ma doveva averlo pensato, perché percepivo in lui un misto di fascinazione e leggera repulsione per le donne piú vecchie.

– Che cosa gli è venuto in mente di darmi delle sberle sul seno? Sberle, dico, non carezze. Vere e proprie sberle, – dissi a Jide.

– Se guardassi i porno non lo troveresti cosí strano. È una cosa normale nei film etero –. Jide si era messo a ridere. – Sei sempre stata con uomini piú vecchi, che guardavano i porno quando gli attori avevano ancora il pelo pubico e le donne erano trattate un po' meno male. Ecco perché non ti sei mai imbattuta nelle follie che si fanno oggi.

– Santo cielo, – dissi, agghiacciata, e quasi seccata con me stessa per non averlo saputo.

Molto tempo prima che quest'uomo piú giovane mi schiaffeggiasse il seno, mia cugina Mmiliaku, la figlia di zia Jane, mi aveva raccontato la storia di una cintura.

Mmiliaku e suo marito vanno regolarmente a messa la domenica mattina, poi Emmanuel lascia lei e i bambini a casa e torna in chiesa per l'Opus Dei. Non mangia carne di venerdí ed è convinto che la contraccezione sia un peccato mortale. Poco tempo dopo il matrimonio Mmiliaku si è messa a dire: – Bisognerebbe sempre sposare qualcuno del proprio ambiente, – perché Emmanuel aveva solo un diploma di scuola superiore, oltre che un'attività molto redditizia.

Seduta al mio tavolo da pranzo, con una tazza di Bournvita alle labbra, Mmiliaku aveva detto: – Certa gente non ragiona.

– Che cos'ha combinato Emmanuel questa volta?

– Prima è montato sopra di me mentre dormivo, come suo solito. Mi sono svegliata per il male e ho provato a spingerlo via, ma si è arrabbiato e ho lasciato che finisse. Quando è tornato a casa, la sera, io mi ero messa carina, e dopo mangiato sono andata a baciarlo, a toccarlo, e lui mi ha mandata via in malo modo dicendomi di non comportarmi da puttana. Io vorrei solo fare sesso in maniera piacevole e avere con lui un normale rapporto di coppia. È orribile, sempre la stessa cosa: mi entra dentro a forza mentre dormo. Comunque sia, dopo gli ho detto: «Proviamo a guardare un film a luci rosse, magari impariamo qualcosa». Ho detto apposta «impariamo», non «impari», perché non si sentisse insultato. Si è messo a urlare: «È questo che fai adesso, guardare i film a luci rosse? Degenerata che non sei altro». Poi si è slacciato la cintura e mi ha presa a scudisciate, per tre volte; una cintura spessa, di cuoio –. All'inizio Mmiliaku aveva i lucciconi, ma a metà del racconto si era messa a ridere. – Ha un attrezzo che non sa come usare e non vuole imparare, ti rendi conto? E dice a me che sono una degenerata.

«Degenerata». Aveva usato la parola «degenerata». Alla scuola elementare dicevano che eravamo delle degenerate se parlavamo con i maschi. «Degenerato» era un insulto che evocava oscenità, sesso, cose orribili tutte legate al sesso. Le ragazze erano delle degenerate. In tutti gli anni delle elementari non ho mai sentito accusare un ragazzo di essere un degenerato.

– E imparerebbe con i film a luci rosse, secondo te? – le avevo chiesto.

– Con che cosa, se no? – aveva replicato.

Dopo la storia di Mmiliaku, ma prima delle sberle sul seno, un'altra cosa mi spinse a interessarmi di pornografia, e fu l'uomo a cui tirai i capelli. Arinze, la piú longeva delle mie scosse. Resistemmo undici mesi, tanto che cominciai a pensare di aver trovato finalmente l'amore di cui parlavano tutti. Era intelligente ma non creativo; leggeva molto e interpretava con acume le cose che scrivevano gli altri, una qualità che molti avrebbero trovato piú che sufficiente. Ma non lui, perché la sua ambizione vera era di creare, col risultato che la sua vita era una continua, stizzita risposta a questa mancanza di creatività. La narrativa contemporanea era quasi tutta aria fritta, diceva. Non leggeva nulla di uscito dopo il 1960 e storceva il naso di fronte alla musica moderna. Faceva il regista in un'agenzia pubblicitaria e disprezzava i loro stessi spot. Banali, diceva, senza fantasia. Una volta mi diede da leggere un suo racconto, e quando gli dissi che lo trovavo legnoso mi rispose che il punto era proprio quello: la scrittura era legnosa perché doveva riflettere la legnosità del protagonista.

Quando ci conoscemmo, scoprii che non era capace di rompere le uova con un colpo netto. Fece cadere nella scodella piccoli frammenti di guscio, che poi cercò di ripescare con la forchetta, con aria affranta e concentrata. Lo trovai molto buffo e dolce, nella sua determinazione a farmi un'omelette in una cucina praticamente mai usata, dove il tostapane aveva ancora il cartellino del prezzo. Quando la nostra relazione finí, ormai pensavo che fosse solo pigrizia e pressapochismo: era cosí difficile rompere un uovo? Quello che mi aveva affascinata all'inizio divenne ciò che piú mi urtava i nervi alla fine. Bisogna diffidare di quel che ci fa cascare nella rete. Talvolta mi basta vedere un uomo per la prima volta per capire quale sarà la cosa che mi infastidirà di lui, ma nel suo caso non fu cosí; lui era molto diverso, un eccitante mistero da svelare.

Cominciai a pensare che potesse essere amore quando, una mattina, si svegliò di soprassalto urlando per un crampo al polpaccio. Si dava pugni sulla gamba, con il viso stravolto, e io introiettai la sua sofferenza. Ero terrorizzata e molto preoccupata. Era la prima volta che mi accadeva, con un uomo, di provare il suo dolore sulla mia pelle.

– Ti porto in ospedale, andiamo, non si discute, – dissi, benché stesse un po' meglio.

– È solo un crampo al muscolo, – obiettò lui.

Passai il resto della giornata a tenerlo d'occhio, preparargli il tè, chiedergli se voleva che telefonassi alla persona che mi faceva i massaggi. Che fossi innamorata?

Fu lui che mi disse: – Sembri un uomo, – perché dopo il sesso volevo essere lasciata tranquilla e addormentarmi in pace. All'inizio aveva provato ad abbracciarmi e io l'avevo scacciato, lasciandolo stupito e confuso. Poi aveva capito, e aveva smesso di disturbarmi, accusandomi per scherzo di sembrare un uomo.

E fu sempre lui che disse: – Ho la sensazione di non conoscerti, e che mai ti conoscerò. Sei inconoscibile.

– A questo mondo tutti sono inconoscibili. Non possiamo conoscere fino in fondo gli altri, quando a volte siamo sconosciuti persino a noi stessi, – dissi, e lui sbuffò e mi chiese se potevo evitare di citare poesie, anche se naturalmente non era una citazione.

E disse anche: – A te in realtà non piacciono gli uomini.

– Ah, no? – scherzai, guardandolo allusivamente dalla punta dei piedi alla radice dei capelli.

– Intendo gli uomini in genere, come categoria. Ti piacciono solo i tuoi amici o parenti.

– Perché, invece a te piacciono tutte le donne, a casaccio? – Era una domanda ipocrita, perché pur avendo capito benissimo avevo deciso di svicolare, era piú facile. – E comunque hai detto che sembro un uomo. Allora, com'è la faccenda? Non mi piacciono gli uomini o sembro un uomo?

– Non fare la furba, – disse.

– Tu mi piaci, – ribattei.

Avrei potuto dire: «Ti amo», ma non aveva ancora avuto il crampo, ed ero ancora convinta di poter provare solo una parvenza del sentimento, non il sentimento vero e proprio. Era da tempo infinito che vivevo le mie emozioni senza starci dentro, come se viverle significasse semplicemente guardarle dal di fuori, come se io e le mie emozioni fossimo due cose separate, destinate a non fondersi mai.

Gli piacevano i film porno. Mi chiese di guardare qualcosa insieme. Aveva impiegato mesi a dirmelo.

– Va bene, – dissi. La cosa mi era abbastanza indifferente; durante l'adolescenza avevo visto frettolosamente qualche porno, ma non mi avevano interessata granché.

– Pensavo che mi avresti giudicato, – disse.

– Perché?

– Dati i tuoi nobili principî. Insomma, guarda lí, – disse, indicando la citazione incorniciata di Thomas Sankara che avevo appeso in camera da letto.

«La rivoluzione e la liberazione della donna vanno di pari passo. Noi non parliamo di emancipazione femminile come atto di carità o per uno slancio di umana comprensione. Essa è assolutamente fondamentale per il trionfo della rivoluzione».

– Non sto dicendo che è da gasati appendere aforismi alle pareti, – aggiunse.

– Colpo troppo basso, non l'ho sentito, – ribattei io, e scoppiammo a ridere.

Lo guardammo sul suo portatile, a pancia in giú, con i fianchi che si toccavano.

Non erano le immagini sfocate di uomini baffuti del film anni Ottanta che avevo visto a casa di un'amica durante il liceo. Non mi aspettavo che lo fossero, certo, eppure fui colpita dall'ottima fotografia, dalla messinscena accurata. All'inizio lo guardammo in silenzio, poi lui volle sapere che cosa mi piacesse di piú della scena. I mugolii della donna erano talmente finti che mi scappava da ridere, ma mi accorsi che era serio, e mi trattenni.

– Perché le sta strizzando il collo e tirando i capelli? – gli chiesi.

Si girò a guardarmi, con aria divertita. – Intensifica il piacere, – disse.

– Di chi?

– Secondo te? – fece.

Non risposi. Capendo che non ero entusiasta, mi disse: – Guardiamo qualcos'altro.

– Va bene, – dissi, e mi scostai, aprendo una fessura tra i nostri corpi.

Decidemmo di guardare un documentario in televisione, ma avevo ancora nella testa le immagini del film. Gli dissi di un bambino, alla scuola elementare, che mi aveva detto: «Recitare in un film a luci rosse è disonorevole ma almeno si diventa milionari».

Rise. – Quel bambino ero io.

– Da adulta, invece, ho letto qualcosa sull'industria pornografica, su quanto sia terribile, e la bambina che è in me ne è rimasta scioccata.

– Perché inconsciamente non ti dispiaceva l'idea di diventare milionaria.

– Cretino. No, davvero, ho letto cose orribili. Pagano una miseria, costringono le donne; non mi sembra che ne valga proprio la pena.

– Sí, ma sono come le fabbriche che sfruttano i lavoratori: una parte integrante del moderno capitalismo.

– Con la differenza che quelle fabbriche almeno fanno cose utili.

Mi fissò. – Non capisci che il porno è la piú grande scuola su scala mondiale? Chi credi che insegni il sesso agli uomini?

Non risposi perché non avevo piú voglia di parlare di pornografia, e perché d'un tratto il suo sorriso sghembo mi era parso sgradevole, come se in lui ci fossero lati torbidi che non conoscevo ancora. Ma le sue parole, «Chi credi che insegni il sesso agli uomini?», mi avevano colpita, e per la prima volta provai pena per gli uomini. Si può dire, che provai pena per gli uomini? A distanza di tempo creai un blog anonimo, commissionai analisi di dati e pubblicità, e nel giro di poche settimane arrivarono i primi messaggi di uomini; scrivevano a una sconosciuta che non aveva peli sulla lingua, ma che stava dalla loro parte.

Un giorno mi scoprii arrabbiata con lui. Erano passati diversi mesi e da allora non avevamo piú guardato film porno; non me l'aveva piú chiesto e non pensavo che l'avrebbe fatto. Ero arrabbiata con lui e la mia rabbia non scaturiva da un motivo specifico; solo, avevo cominciato a essere stufa della sua ben oliata arroganza. Nelle donne l'arroganza è potenzialmente eccitante, perché è sovversiva, ma negli uomini è sempre reazionaria e quindi noiosa, specie nella sua forma cavalleresca, il *noblesse oblige* del sesso forte. Il suo atteggiamento diceva «sono un dono del cielo» e mi urtava. Il giorno che ero arrabbiata con lui eravamo a letto, e io gli guardai la testa con tutta la sua massa di capelli. Allungai la mano, afferrai una ciocca di quei morbidi riccioletti afro, e prima di strapparla gli carezzai brevemente il cuoio capelluto. Non avevo mai pensato di tirargli i capelli, a letto; la mia rabbia era sempre stata solo una risposta alla sua hybris, ma in quel momento si concentrò in quell'unico gesto di strappargli una ciocca di capelli.

Sobbalzò, facendo un piccolo verso di sorpresa e dolore.

– Che ti salta in mente? – mi chiese.

– Intensifico il piacere, – risposi.

Si tirò su a sedere, allontanandosi, e nei suoi occhi – increduli, arrabbiati, sfiduciati – mi vidi pazza.

– Che cazzo...? – sbottò. – Che problema hai? Se stai cercando una scusa, ti avviso che non ne hai bisogno –. Si alzò, si scaraventò fuori dal letto, si rivestí in fretta e furia e se ne andò.

Cosa mi è mancato, dopo, della nostra storia? Mi è mancato di infilarmi la sua camicia. Mi sono mancate le serate fatte di corse a sbottonarsi, mordersi, leccarsi. Mi sono mancate le tranquille serate senza sesso, in cui passavamo il tempo chiacchierando amabilmente. E mi sono mancate le risate, le infinite risate; entrambi concordavamo sul fatto che una vita senza ridere non è vita.

Mi disse: – Non ti dimenticherò mai. Non ero mai stato con una donna che odia i baci con la lingua la mattina prima di essersi lavati i denti.

Quando avevo rifiutato per la prima volta il bacio del risveglio, mi aveva chiesto quale fosse il problema. – Non amo i baci con la lingua la mattina prima di essersi lavati i denti, – avevo risposto.

Ci ridevamo sopra, ma mi offese che lo dicesse l'ultimo giorno. Era stata una battuta calcolata e intelligente, come lui; e sapeva di offendermi, scegliendo di ricordarmi per un particolare cosí insignificante. Del resto io avevo offeso lui, con la mia rabbia immotivata. E cosí ci lasciammo, ognuno con le sue offese.

Undici

Dico ai miei amici che questa potrebbe essere la nostra ultima serata perché non vedo come potremo evitare la quarantena. C'è la combriccola al completo, ho dovuto far portare giú altre sedie dal piano di sopra, alcuni sono appollaiati con i piatti sui divani del salotto. Hauwa sembra una colonna decorata di grazia pura. Un velo di seta rosa pesca fluttua sul suo turbante di cotone Ankara stampato, il resto del corpo è coperto dalla testa ai piedi della medesima fantasia grigio-rosa, e il rossetto richiama la sfumatura rosa pesca del velo. – Troppa bellezza per una persona sola, – commento, sapendo che le fa piacere sentirmelo dire di fronte ad altri.

Il protagonista della serata è Chijioke, che mi aveva chiamata dicendo di essere di passaggio da Lagos. I miei amici gli girano intorno curiosi.

– Se tu non fossi un uomo cosí distinto, non mi siederei vicino a te, chissà cosa portate voi di Lagos, – fa Chinelo, e Chijioke ride.

– Come va laggiú? – chiede Ehigie.

– Come vanno sempre le cose a Lagos, – risponde Chijioke. – Ci si continua a spostare normalmente, ma un mio amico ha fatto installare un lavandino vicino alla porta d'ingresso e fa lavare le mani a tutti.

– Se io abitassi a Lagos non ci farei venire nessuno a casa mia, altro che lavandino, – interviene Jide.

– Parlate tanto di Lagos, ma siete sicuri che il virus non sia già arrivato ad Abuja? – chiede Edu.

– Qui però la gente sembra far finta di niente, – dice Chijioke. – Sono passato a trovare mia zia a Jabi. Quando ha saputo che andavo a cena a casa di un'amica mi ha detto di stare attento, e pensavo che si riferisse al Covid, invece il senso era: «Stai attento a mangiare a casa di una donna». Sono morto dal ridere.

– Che cosa voleva dire? Che le donne ti mettono il jazz nel piatto? – domanda Hauwa, in tono malevolo.

– *Ahn*, sí! Di questi tempi le donne farebbero di tutto, – dice Ahemen. – E con uno come Chijioke, poi? Tenterebbero ogni possibile filtro d'amore.

Uno come Chijioke: un uomo bello, benestante, senza truffe né donne amareggiate e tradite nel suo passato.

Civettando, Ahemen gli chiede: – E perché non ti sei sposato, Chijioke?

– Non ho trovato la donna giusta –. Chijioke mi guarda e io guardo lui, sperando di nuovo di riuscire a provare non una piccola scossa, ma qualcosa di piú. Qualcosa di piú, una buona volta.

– Qualcuno potrebbe gentilmente fare un jazz contro il coronavirus? – dice Chinelo.

– Francamente non capisco perché abbiano permesso a quell'italiano di tornare a Lagos, – dice Jide.

– Ma non veniva dalla Cina, – obietta Ahemen.

– Tutti gli immigrati cinesi sottopagati che fanno le borse firmate in Italia saranno andati a casa e se lo saranno portati appresso dalla Cina, – dico io.

– Non ho capito, – ribatte Ahemen.

– Gli stilisti non possono far fare le borse in Cina, perché non potrebbero mettere l'etichetta «Made in Italy». Se mettessero «Made in China» il marchio perderebbe valore, cosí le fanno fare in Italia a lavoratori sottopagati presi in Cina. Noi vediamo la scritta «Made in Italy» e pensiamo a una famigliola d'altri tempi che lavora il cuoio da cinquecento anni, retribuita equamente, invece...

– Sbaglio, o quella era una velata critica al concetto di massimizzazione del profitto? Non parli piú da vera capitalista, – dice Chijioke. Rido, e mi accorgo che Hauwa ci sta osservando, facendo su e giú con lo sguardo tra me e lui con aria interrogativa.

– Non ce n'è. Chiuderanno le frontiere e imporranno la quarantena, è questione di giorni, – dice Ehigie.

– E la mia serata di sole donne? Ho già prenotato il ristorante! – esclama Chikamso.

Chikamso organizza sporadicamente una serata di sole donne. Una decina o quindicina di noi prenota i migliori make-up artist per farsi cambiare la faccia, mentre i migliori hair-stylist passano di casa in casa a mettere elaborate parrucche frontali e lisciare i riccioli ribelli alle radici. Quindi ci presentiamo, in tutta la nostra grinta ed eleganza, nel ristorante piú nuovo o piú in voga del momento. Da lí ci spostiamo al lounge di Wuse 2 o al bar di Maitama dove affoghiamo nei cocktail, balliamo tra di noi e diciamo cose stupide tipo: «Qui facciamo chiudere la baracca!» Hauwa non viene perché non sta fino a tardi nei luoghi pubblici.

– La serata di sole donne dovrà essere rimandata, – dice Ehigie.

– Che Dio ce ne scampi. La vita non può fermarsi per un virus, – ribatte Chikamso.

– Quando ci dicono di non toccarci la faccia è perché il virus è già dentro di noi e se ci tocchiamo la faccia ci infettiamo? – chiede Chinelo.

Ridiamo, ma è una risata piena di punti interrogativi.

Jide dice che non ha piú nessuna intenzione di parlare del virus, e domanda agli altri se sanno che io conosco la cameriera d'albergo della Guinea che era su tutti i giornali e che finalmente dirà la sua in un'intervista che andrà in onda domani. Sento una punta di fastidio. Mentre ciancia, con gli occhi rossi da ubriaco, il corpo che dondola, Jide sta dando spettacolo di una cosa di cui sa benissimo che non voglio parlare. Non ho mai raccontato di Kadiatou ai miei amici perché credo di doverle questo briciolo di privacy. Il resto è già stato fatto a brandelli quanto basta.

– La cameriera che dice di essere stata stuprata dal capo delle Nazioni Multilaterali? – chiede Ahemen.

– Non *dice* di essere stata stuprata. È stata stuprata, – obietta Jide.

– È una messinscena. Nessuno ha stuprato nessuno. Che la pianti e se ne stia buona, – dice Ahemen.

– Solo una pazza inventerebbe una messinscena cosí dilettantesca, – obietta Jide.

Ahemen sbuffa. – Che bisogno avrebbe uno come lui di stuprare? E una cosí, poi?

– I belli stuprano, i ricchi stuprano, gli uomini di successo stuprano. E stuprano le bambine come le vecchiette, – dice Jide.

– Forse lui non le ha dato tutto il denaro che avevano pattuito. Be', spero che lo ottenga. È solo una questione di soldi, – dice Ahemen.

– *Ahn-ahn*, Ahemen. Quella donna ti ha fatto qualcosa di male, per caso? – chiede Chinelo.

Ahemen alza le spalle. – Bisogna essere obiettivi.

La guardo, e penso che il suo atteggiamento non riguarda questo stupro in particolare. Riguarda lo stupro in genere. Ahemen sta dalla parte degli uomini. In tutti i casi di violenza sessuale, sarebbe capace di inventare scuse magnifiche che li giustificano, mentre per le donne proverebbe un'istintiva sfiducia.

– Non dimentichiamo che il tizio è francese. In queste cose hanno un atteggiamento diverso. In Francia ci sono molte donne che lo sostengono. Qualcuna ha anche dichiarato pubblicamente che non si è trattato di stupro, – continua.

Penso alle tossine reazionare della galanteria francese. All'immaturità che ne è il nocciolo, al suo infantilismo di stampo retrogrado, e non fanciullesco, che avrebbe potuto avere un suo fascino. Ho appena letto la dichiarazione di solidarietà firmata dalle francesi, e il malumore che mi ha provocato ha lasciato uno strascico.

– E queste donne come fanno a sapere che non è stato uno stupro? – domando.

– E tu come fai a sapere che lo è stato? – controbatte Ahemen.

– Ahemen, Omelogor conosce personalmente la cameriera, – dice Jide.

– Sul serio? – mi chiede Ahemen, decisa a proseguire la sua battaglia, e con le cartucce ancora in canna; peccato che il francese non possa vedere la sua paladina.

– Mia cugina Chia la conosce, – dico. Non ho intenzione di gettare Kadiatou in pasto a nessuno.

Chinelo sta prendendo in giro Lon, il cui nome completo è Lalong Jang. – Voi gente del Plateau avete nomi che sembrano cinesi. Spero che non abbiate anche il loro virus!

– Basta scherzare sulla Cina, – dice Ehigie.

– Che cosa ne pensate dell'asfissia erotica? – faccio io.

– Asfissia erotica? – ripete Chijioke.

– È cosí, Omelogor ci chiede sempre cosa facciamo in camera da letto, – dice Chinelo.

– A me piace, ma dev'essere delicata, – dice Belema.

– Che Dio ce ne scampi. Se un uomo ci prova, prima ammazzo lui e poi me, – dice Chikamso.

– Non pensavo che questa roba mi sarebbe piaciuta, ma oggi sí, – fa Chinelo. – Oggi ti piace l'asfissia erotica? – le chiedo, poi capisco: Chinelo sta tirando verso di sé un vassoio delle patate speciali di Philippe, cotte al forno nel latticello.

Nell'indolenza e rilassatezza indotte dall'alcol, ci stuzzichiamo, ci sfottiamo, ridiamo.

«Jide, sei sempre lí che mangi!»

«Omelogor, sei sicura che il tuo sederone entri nella sedia?»

«Sei fuori di testa!»

Provo a immaginare questi scambi di battute tra i miei non-amici dell'università americana, e scoppio in una risata irrefrenabile.

Chia mi manda il link dell'intervista. Sento un peso nello stomaco per la tensione.

Kadiatou ha il viso terreo, il fondotinta è steso male, e le ho visto parrucche migliori. La giornalista trasuda empatica partecipazione e cenni gravi, comprensivi, del capo. Pone le domande in modo volutamente gentile.

Kadiatou è un mistero per lei, Kadiatou è una curiosità, Kadiatou vive fuori dalla portata della sua immaginazione. Se uno la mettesse nel mondo di Kadiatou andrebbe incespicando alla cieca. Kadiatou si ferma e gesticola, poi di nuovo, si ferma e gesticola. Un paio di volte si impappina, e la giornalista le finisce la frase con una parola che non è quella che stava cercando, ma lei la accetta e va avanti a testa bassa. Immagino dietro le quinte, subito prima dell'intervista, tutti a chiederle: «Sta bene? Ha bisogno di qualcosa?», dove per «qualcosa» intendono acqua, ibuprofene, il bagno. Ma Kadiatou ha bisogno di altro: ha bisogno di un'interprete dal pulaar, di un'intervistatrice che si renda conto che gli immigrati farebbero qualunque cosa perché i loro figli pensino di avere diritto di sognare, e di un'America che capisca tutto ciò. L'intervista è finita e nell'ultima inquadratura, prima dei titoli di coda, si vede Kadiatou che si lascia andare contro lo schienale della sedia, con l'aria esausta ma sollevata, conscia di non essere andata benissimo, ma contenta di essersi tolta un peso.

Ripenso alla gentilezza della giornalista, e al potere che sprigiona. Quanto brandiscono distrattamente il loro potere, gli americani.

La prima volta che sono andata in America sono passata da Francoforte, e i tedeschi con cui ho avuto a che fare all'aeroporto parlavano in tono normale; quando sono atterrata ad Atlanta gli americani non parlavano, abbaiavano. Dalla persona che diceva: «I cittadini statunitensi da questa parte», a quella che con il viso impassibile controllava i passaporti, era un unico coro incivile. Mi ricordava AD, che parlava sempre all'autista urlando, sia che fosse contento sia che fosse scontento, come per non fargli dimenticare l'enorme dislivello di potere che li separava.

Naturalmente la funzionaria dell'ambasciata americana di Lagos che mi fece il colloquio per il visto mi strillò nel microfono, perché per loro parlare normalmente era fuori discussione. – LEI COSTITUISCE UN POTENZIALE PROBLEMA PER IL GOVERNO DEGLI STATI UNITI –. Avevo un precedente visto turistico per l'America sul passaporto, denaro sui miei conti correnti, una casa e un lavoro ad Abuja. Perché avrei dovuto costituire un problema per il governo degli Stati Uniti? I suoi occhi castani al di là del vetro mi fulminavano, non mi stavo comportando con la giusta deferenza. – QUAL È ESATTAMENTE LA SUA FONTE DI REDDITO? PERCHÉ DOVREI CREDERLE? – Poteva essere l'ultima volta in cui si trovava in una posizione di potere come quella, e ci si aggrappava con tutte le sue forze cercando di godere di ogni stilla. – PARLI CHIARO! – urlò. Nessuno mi aveva mai detto di parlare chiaro in tutta la mia vita. Non ho mai fatto fatica a ignorare gli affronti, pur di raggiungere i miei scopi, ma qualcosa di quel momento andò a incunearsi nella parte di me in cui era depositato il dolore. Quel fetido potere gerarchico, e l'uso saccente e sconsiderato che ne faceva quella donna, il modo in cui masticava la mia dignità e la risputava solo perché le era concesso farlo. «Parli chiaro!» L'intento era di farmi sentire una nullità. Le persone pagavano l'ingente tassa per il visto e andavano da lei timidamente, piene di speranza, solo per farsi umiliare prima di sentirsi dire no. Volendo, quella donna poteva negare i visti senza calpestare la loro dignità. Non che volessi andare in Cina, ma almeno i cinesi ti facevano pagare il visto solo dopo avertelo concesso. – CHE COSA SE NE FA DI UN MASTER IN... CULTURAL STUDIES DI UN'UNIVERSITÀ AMERICANA, IN NIGERIA? CHE NE SA LEI DI CULTURAL STUDIES? – La mia ripugnanza era profonda. Chi me lo faceva fare di stare lí, come se non avessi altra scelta? Potevo andare in Gran Bretagna o da qualche parte in Europa. Potevo andare in Canada. Non ero obbligata a rimanermene lí come una detenuta che invoca la libertà vigilata. Cosí la interruppi. – Perché sta gridando? – le chiesi. La donna trasalí e fece un passo indietro, come per prendere la rincorsa, poi spinse il modulo al di là del vetro dicendo: – Mi dispiace, non ha i requisiti per ottenere il visto. Potrà richiederlo nel caso in cui la sua situazione subisca modifiche.

La mia situazione non subí modifiche. Mi limitai a rifare domanda a distanza di qualche settimana, e al colloquio trovai una persona diversa, che esaminò brevemente i miei documenti e mi disse di passare a ritirare il visto due giorni dopo.

Vidi un cattivo presagio in quel primo colloquio per il visto e poi nelle emicranie che cominciarono in America poco dopo l'inizio del semestre. Un cerchio ostinato che mi si stringeva intorno alla testa, saldo e inamovibile, e, a intermittenza, proseguiva per settimane.

Avevo previsto di andare a New York nei weekend per visitare i musei, come avevo sempre fatto in passato, ma i viaggi precedenti mi sembravano diversi, migliori, come se allora avessi visto un altro Paese, un'America alternativa. In ogni caso, come avrei potuto apprezzare le opere d'arte con la testa presa in una tenaglia? Dall'ambulatorio studentesco fui spedita a fare una Tac. Mentre entravo e uscivo dalle pareti cavernose dell'apparecchio, immaginai che cosa sarebbe successo se fossi morta di cancro al cervello: il mio cadavere sarebbe stato spedito a casa in una bara o solo avvolto in un lenzuolo, per far prima?

Era la prima volta che avevo pensieri cosí morbosi, ma non avevo nemmeno mai vissuto in un luogo che sentivo cosí poco mio. Il tecnico di radiologia aveva una targhetta identificativa su cui c'era scritto KOFI. Aveva l'accento ghanese. Gli rivolsi un sorriso d'intesa, come a dire: «Siamo fratelli», ma quello evitò intenzionalmente il mio sguardo.

– Okay, abbiamo finito, è stata brava, è andata alla grande, – disse. Se avesse detto la stessa cosa ad Accra, la sua connazionale gli avrebbe chiesto, sbalordita: «In che senso sono stata brava?» Almeno non mi disse «Buona giornata!» con l'euforia tipica degli americani, talmente finta che mi chiedo chi glielo faccia fare.

Uscii dall'edificio piena di rancore nei confronti di Kofi, perché in quei minuti passati insieme aveva fatto una scelta meditata. E non avendo scelto l'Africa, non aveva scelto me e non aveva scelto la solidarietà in un mondo sconosciuto. Telefonai a Chia, tanto per cambiare, raccontandole del ghanese, dell'odioso traditore che quando mi aveva vista aveva deciso di essere piú americano degli americani.

– *È stata brava, è andata alla grande!* – Gli feci il verso, con un cattivo accento ghanese.

– Non sai che problemi ha. Magari i colleghi lo guardano dall'alto in basso e sul lavoro non vuole essere africano.

– Non c'era nessun collega. Solo io e lui. *È stata brava, è andata alla grande!*

– Voleva dire che non ti è venuta la claustrofobia, che non ti sei messa a strillare eccetera, – disse Chia, con una risatina. Lei evidentemente trovava giusto fare un complimento di circostanza a qualcuno solo perché aveva agito come ci si aspettava che agisse, e in piú per il suo bene. Chia, l'americana.

Dalla Tac non risultò niente. Il dottore segaligno dell'ambulatorio studentesco mi chiese quanto sport facessi, guardando di sbieco il mio fisico piú grosso e rotondeggiante da che ero in America. Risposi che andavo a lezione a piedi. Mi nutrivo correttamente? Avevo nostalgia della cucina di Philippe. Quasi ogni giorno ordinavo capra al curry in un locale caraibico, un piatto buono ma molto salato per cui dopo bevevo tantissimo e continuavo ad avere sete. Quante ore dormivo la notte e che cosa facevo per ridurre lo stress? Risposi che facevo yoga, e il dottore segaligno fu troppo sincero per celare la sua incredulità. Allora sorrisi e gli dissi che non avevo mai fatto yoga in vita mia. Alla fine mi disse: – Potrebbe esserle utile vedere uno psicoterapeuta –. Le sue parole mi fecero sentire profondamente inadeguata, un caso senza speranza, ma cosa mi costava provare?

Conoscevo la psicoterapia attraverso i libri, e ci avevo sempre visto un modo di indulgere nelle proprie debolezze. Sapevo che oggi era diverso, ma continuavo ad associarla a gente bianca viziata sdraiata su un divano. Lo studio della terapeuta, vicino al campus, aveva le luci accese anche di pomeriggio. Due lampadine al neon. La terapeuta aveva una girandola di sciarpe intorno al collo e mi chiedeva insistentemente: – La luce è troppo forte? – Mi chiese anche: – Il peso che sente è qui o qui? – indicandosi prima il petto e poi la pancia con un'occhiata d'intesa, come a dire che prima o poi non avrei avuto piú segreti per lei. Sul davanzale c'era un'orchidea con in cima un mazzetto di fiori viola che sembravano finti. Mi concentrai su di loro. – Sono veri? – le chiesi, e lei rispose: – Sí.

– C'è qualcosa che vorrebbe dirmi? – aggiunse.

Non risposi: «Sono venuta in America in cerca di rigenerazione e non l'ho trovata». Avrei dovuto, ma cosí non le avrei lasciato possibilità di replica.

– Qualunque cosa provi, è legittimo, – mi disse. Legittimo. Riempiva la stanza con la sua insulsaggine, quel «legittimo»; mi sentivo come una che riceve un premio per la buona volontà anziché per la vittoria, un riconoscimento che non ha davvero meritato. Lo ripeteva in continuazione, «legittimo legittimo legittimo». Quella parola mi ronzava nelle orecchie come un insetto fastidioso e peggiorava le mie emicranie, cosí smisi di andare dalla psicoterapeuta. Alle sempre presenti emicranie si aggiunsero le palpitazioni. Chia diceva che ero stressata per lo studio e perché mi ero riempita le giornate di corsi facoltativi. Ma lo studio non era affatto impegnativo, anzi, era troppo leggero, come una schiuma impalpabile e scivolosa. La parola d'ordine era «esplorare»; esploravamo tutti, sempre, e se non conoscevamo le risposte potevamo dire che stavamo solo esplorando, il che ci evitava di affrontare il rischio di formulare conclusioni chiare. Immersi nella palude dell'esplorare, avevamo abolito la chiarezza. C'era poca pressione e nessun vero rigore. A un corso del college che seguivo come uditrice perché avevo trovato interessante il titolo «Neuroscienza ed emozioni», uno studente alzò la mano e disse che avrebbe consegnato il compito in ritardo perché il suo cane aveva un'infezione all'orecchio. Pensai che fosse uno scherzo e che dovessimo ridere, ma il professore disse: – Okay, – e gli chiese come stesse il cane. Era cosí che l'America era diventata la nazione piú potente del mondo? Se la Russia o la Cina stessero per bombardarti, chiederesti loro di aspettare perché devi pulire l'orecchio del cane?

Quanto ai compagni del mio corso di master, intuii molto presto che secondo loro la mia vita era tutta sbagliata. Le rapide occhiate che si scambiavano quando dicevo qualcosa, il modo in cui mi isolavano durante la pausa caffè, schivandomi come se emanassi dei raggi respingenti. Erano tutti piú giovani, appena laureati; un ragazzo aveva lavorato in una non-profit, un altro aveva aperto un negozio in California di magliette da surf. Facevano affermazioni molto nette che non ammettevano la possibilità di sfumare i contorni o di amalgamare idee diverse.

Quando parlai del mio lavoro ad Abuja si scambiarono occhiate, smorfie, sguardi nel vuoto, facendomi capire che consideravano le banche una cosa brutta; non gli eccessi delle banche, ma le banche in sé. Il sistema bancario era intrinsecamente sbagliato, mi disse una donna di nome Kaley. Cosí disse: – È intrinsecamente sbagliato, – e io lí per lí fui presa in contropiede, perché non sapevo come giustificare una cosa che ai miei occhi era assolutamente ovvia.

– Tu dove metti i soldi? – dissi, alla fine.

– Non è un buon argomento. Non ho altra scelta, ma questo non vuol dire che sia la scelta giusta.

– Che cosa potevano fare di diverso gli olandesi, quando hanno inventato le banche? – obiettai.

Una donna, una certa Eve, esclamò: – Questo è un discorso di destra! – Ogni volta che non era d'accordo con qualcosa diceva che era di destra. Punto. Fine della discussione.

Un ragazzo dalla pelle olivastra diceva spesso «in quanto persona multirazziale» prima di esporre le sue tesi. Non capivo a quali razze si riferisse e sarei stata curiosa di chiederglielo, ma ovviamente era proibito. Era la star del corso, fili di perline intorno al polso, un'enorme aureola di ricci intorno alla testa. Gli altri si girarono verso di lui e aspettarono la sua opinione. Assentí con il capo quando Eve disse che l'unico rimedio alla diseguaglianza era che i ricchi regalassero i loro soldi – non piccole donazioni deducibili dalle tasse, ma la maggior parte dei loro averi.

– Nessuno regalerà mai i suoi soldi, – obiettai. – È piú logico modificare un sistema che permette di costruire tali fortune che non pretendere santità dagli esseri umani.

– Parla quella che maneggia i soldi di dittatori sanguinari, – disse lei.

Avevo detto di avere qualche politico tra i miei clienti, ma lei li aveva trasformati in «dittatori», e poiché «dittatori» a quanto pareva non era abbastanza, aveva aggiunto «sanguinari». Una bambinetta capricciosa che strilla piú forte.

– Non è cosí che costruirete un mondo migliore. Un mondo migliore non lo si costruisce con la fantasia, – dissi.

E la risposta del misterioso multirazziale fu: – Vallo a dire a tutti quelli che hanno davvero cambiato il mondo.

Mio padre mi ripeteva spesso: – La tua rubrica degli indirizzi è piú folta della media, – intendendo che avevo molti amici, magari anche troppi. In America non ne avevo nessuno.

C'era Andy, il sudafricano bianco, il genere di persona che è amica di tutti, affabile e allo stesso tempo aggressiva, che chiede a chiunque incontri di andare a bere qualcosa, e non lo consideravo propriamente un amico, ma uno che andava in giro a raccattare gente e aveva raccattato anche me. Andy si elesse a mia guida e mi spiegò quali fossero i posti migliori in cui mangiare, i bar da frequentare, le persone con cui parlare e quelle da ignorare. Mi presentò una donna di nome Jerry che ci raccontò per filo e per segno, con grande eccitazione, di aver mangiato funghi freschi raccolti sulle Catskill. Poi disse che suo fratello, un big della Silicon Valley, s'iniettava sangue di ragazzini per vivere piú a lungo, e sebbene avesse finto un brivido di raccapriccio, intuii che in fondo lo ammirava.

A Andy invece non andava a genio Chinedu, il nigeriano-americano piú giovane di me che faceva un master in relazioni internazionali e indossava un piumino figo.

– È un coglione della Federalist Society che non capisce che quella gente non l'accetterà mai, – disse Andy, provocandomi un istinto di protezione nei confronti di Chinedu. Mi avvicinai a Chinedu perché lui almeno non sembrava cercare tutto quello che non andava in me. Durò qualche settimana. Era un appassionato dei film della Marvel. Mi portò a una partita di football, qualcuno gli aveva regalato i biglietti, e disse che non aveva mai immaginato di trovarsi cosí vicino all'azione vera, mentre io pensai che il football americano era uno sport incomprensibile, e il campo cosí piccolo una buffonata. Perché i giocatori si prendevano la briga di fare tutte quelle pause? Avevano mai visto un vero campo da calcio?

Andammo al cinema, e Chinedu seguí il film con passione; gli invidiai la capacità di infervorarsi tanto per una cosa che gli procurava solo piacere. Seduta accanto a lui nel buio della sala, guardavo gli effetti speciali sullo schermo, grandi oggetti luccicanti, fuoco, fumo e rumore di cose che saltavano in aria. L'industria americana dello spettacolo aveva un animo infantile. Forse era per questo che i porno americani erano i piú ridicoli, con quegli uomini dai gesti meccanici, esagerati, come robot andati in tilt.

Una volta mi aggregai a Andy e ai suoi amici per un bicchiere da O'Malley's. Andy mi presentò tutti ma io dimenticai subito i nomi, tranne quello di un ragazzo con un nome irlandese che mi rimase impresso, Darragh.

Cosí gli dissi, sorridendo, che aveva un bel nome.

– Sei poi tornata a casa senza problemi l'altra sera? – mi chiese lui.

Sbarrai gli occhi, sicura di non conoscerlo.

Andy si intromise, blaterò qualcosa per cambiare argomento e mi chiese se avessi voglia di provare una birra, questa volta.

– Mi avevi scambiata per un'altra? – chiesi a Darragh.

Darragh era arrossito e cercava di scusarsi, mentre io sorridevo, curiosa di sapere chi pensava che fossi. Stavo per dire: «Spero almeno che sia bella», ma Andy si mise in mezzo dicendo: – Su, su, basta, ora ti ordino una birra.

Dopo lo rimproverai: – Non farlo mai piú –. Fece la faccia offesa, ferita, della persona maltrattata ingiustamente, come se non si capacitasse che non avessi gradito il suo modo di gestire la situazione.

Chinedu fece un sorrisetto compiaciuto quando gli raccontai l'episodio. – Finisce sempre cosí, con i progressisti. Vogliono eliminare il razzismo ma non riescono neppure a parlarne con franchezza. Prova ad affrontare con loro i grandi temi come il razzismo o l'aborto: non fai in tempo ad aprir bocca che quelli, invece di entrare nel merito della questione, criticano il tuo vocabolario, con parole di moda che non significano niente; cosí si finisce per discutere di semantica e il nocciolo della questione è bell'e dimenticato. Con i conservatori, almeno, se si parla di una cosa se ne parla sul serio.

– Può darsi, – ribattei, – ma non per questo le tue opinioni conservatrici sono meno obbrobriose.

– Quali, per esempio?

– Stai scherzando?

La sua parola d'ordine era «empirico», la sua frase preferita «è il libero mercato che lo decide». Al che io ribattevo: – Il tuo problema è che a lezione prendi una valanga di appunti, ma non sai come vive la gente.

– Il problema è che i progressisti non sono realistici –. La sua replica classica.

– A me pare che sindacati, norme e welfare siano un punto di partenza realistico per una società che funziona. Per mantenere *libero* il libero mercato ci vogliono regole. Il mercato non potrà mai essere libero, se si permette alle imprese di ingrandirsi troppo.

– Vedi, io non mi offendo se dici che le mie opinioni sono delle cazzate, anche se so che hai torto.

– Ma che bravo, – dissi.

– Quindi convertiamoci tutti al marxismo e distribuiamo elemosine a destra e manca.

– Marx non voleva che si desse l'elemosina a nessuno. Tutto per lui era incentrato sul lavoro. Pretendeva solo che a trarre profitto dal lavoro fosse anche chi lo svolgeva in prima persona.

– Non è ancora abbastanza realistico.

Non era mai stato in Nigeria, e quando la cosa era già finita gli dissi: – Prima o poi devi venire ad Abuja e stare da me.

L'incontro con la mia professoressa fu disorientante. Il suo aspetto, lunghi capelli argentati ed espressione seria, era all'altezza della sua fama. – Ci sono sempre piú studi sugli orrori dell'industria pornografica, sul suo carattere intrinsecamente predatorio e di sfruttamento, ma ritengo doveroso da parte nostra riflettere sulle sensibilità coinvolte, sapendo, come sappiamo, che il lavoro sessuale è pur sempre un lavoro.

«Sapendo, come sappiamo». Come faceva a sapere che lo sapevo? E perché avrei dovuto saperlo? E se non l'avessi saputo? Porre la questione in quel modo – «sapendo, come sappiamo» – non lasciava spazio al dissenso.

– A me interessa studiare la pornografia come strumento educativo, – spiegai.

Abbozzò un sorriso, come a dire «Sia seria, la prego». Intendevo capire, specificai, in che modo fosse una fonte di informazione sul sesso, e lei subito riprese a parlare, parlare, e tra le tante parole le sentii ripetere continuamente «emancipazione». Ogni cosa che diceva era fumosa e sfuggiva tra le dita.

– Emancipazione? In che senso? In che forma? – le chiesi. Credette che volessi provocarla ma non era cosí. A volte pensavo che non aver fatto l'università in America spiegava perché le cose mi sembrassero ricoperte da una montagna di veli sovrapposti; appena ne sollevavo uno, ne calava un altro.

– Sa perfettamente cosa intendo per emancipazione, – rispose.

Qualche tempo dopo mi disse che non credeva di poter seguire la mia tesi, data la direzione che volevo imprimerle, e mi consigliò di rivolgermi a un'altra persona, ma a quel punto io non volevo rivolgermi piú a nessuno. Volevo solo tornare a casa.

Le emicranie erano già cominciate quando raccontai in classe di zio Hezekiah. Raccontai di zio Hezekiah e di Gideon Akaluka, la cui testa conficcata su un palo di metallo fu portata in giro per le strade di Kano. Poi mi pentii di averlo fatto, e al senso di vergogna per non aver pianto per zio Hezekiah si aggiunse quello di aver parlato di lui a una classe di studenti americani sconsideratamente ebbri delle loro certezze. Permisi loro di banalizzare la sua morte e gettarla nella polvere. Era una discussione in classe sul ruolo della popolazione nelle guerre civili, e non avrei dovuto aprire bocca; in realtà, una rivolta contro i cristiani igbo del Nord non si poteva definire una guerra civile. Quella in particolare non era neanche stata una delle rivolte piú grandi, ma una piccola, talmente piccola che un giornale di Lagos l'aveva definita un «fatale incidente».

La barba di zio Hezekiah continuò a crescergli anche dopo la morte, disse zia Jane. Era andata a cercare il suo cadavere, uno dei tanti accatastati su un rimorchio; le famiglie dovevano cercare nel mucchio e identificare i loro cari tra corpi rigidi e impregnati di sangue. Zio Hezekiah fu assassinato mentre ero all'università, da clienti abituali del suo negozio di alimentari, individui con cui scambiava convenevoli da anni. Ma fu solo quando ammazzarono Gideon Akaluka, un perfetto sconosciuto, nella stazione di polizia in cui era andato a chiedere aiuto dopo che sua moglie era stata accusata di usare una pagina del Libro sacro per pulire la cacca del bambino, che piansi guardando una foto sgranata del massacro. Una testa. Una testa umana. Invece di piangere per mio zio come avrei dovuto, avevo pianto per uno sconosciuto.

Le mie parole erano andate intrecciandosi come fanno a volte le parole, e appena ebbi finito desiderai non averle mai pronunciate. Cadde il silenzio. Nessun segno di irrequietezza, nessun colpetto di tosse o atto di schiarirsi la gola, nessuno scambio di occhiate. Poi il tipo multirazziale parlò.

– C'è già abbastanza islamofobia nel mondo; non ti ci mettere anche tu.

Era piegato in avanti sul banco, e mi guardava. Tutto, nel suo atteggiamento, esprimeva disgusto, solo che l'oggetto di tale disgusto non era la barbarie subita da zio Hezekiah, ma ero io. Il suo sguardo di condanna era di quelli resi ancora peggiori dalla convinzione di essere buoni e giusti. Lo guardai con gli occhi sbarrati, troppo stupefatta per reagire.

– Stai strumentalizzando il lutto della tua famiglia, e questo è un problema, – disse.

Mi guardai intorno con la tipica espressione africana che sta per: «Vedete anche voi quello che vedo io?» Una ragazza si sistemò compunta i capelli dietro le orecchie e continuò a guardare dritta davanti a sé. Un ragazzo fece ampi cenni di assenso con il capo. Molti distolsero lo sguardo, talmente scandalizzati dal mio crimine da non riuscire nemmeno a guardarmi.

Io ero senza parole e l'unica cosa che riuscii a fare fu spingere indietro la sedia, prendere la borsa e uscire. Se non avessi avuto la testa e le orecchie ovattate, se non mi fosse mancata la terra sotto i piedi, avrei chiesto: «È questa la vostra unica reazione? Gli scomparti del vostro cuore non sono abbastanza capienti da contenere altri sentimenti?» La professoressa teneva la testa china sui suoi appunti, picchiettando la penna dell'iPad sul banco, come un referee tendenzioso che finge di essere imparziale. Il problema non era tanto che si sentissero offesi; era che si sentissero *solo* offesi. Perfetti esemplari di liberal americani, tutti compresi della propria virtú. Finché cavalchi la loro ideologia, nessuno baderà alle tue nefandezze. Difendi una giusta causa, e ti guadagni il diritto alla malvagità.

Ero venuta in America sperando di scoprire una parte piú nobile e piú buona di me; ero venuta per ricostruirmi. E poiché avevo desiderato con tutta me stessa occuparmi di cose piú elevate e trovare nuovamente qualcosa in cui credere, il disincanto era terribile. Disincanto deluso, o delusione disincantata: una sensazione pietrificante, come se fossi corsa a chiedere aiuto a una zia molto amata che per tutta risposta mi aveva riempito la faccia di sberle.

Il palazzo in cui abitavo aveva una stanza dei giochi, un terrazzo sul tetto e una rilassante sala comune in cui passavano l'aspirapolvere due volte al giorno. Varcai le porte a vetri pensando che avrei voluto visceri splendidi come quel salone. Avevo sempre considerato l'infelicità un sentimento potente e drammatico, ma ora sapevo che era uno stillicidio, un affogare lento che pareva senza fine.

Poi l'infelicità si trasformò in rabbia e la rabbia divenne insaziabile e dovetti nutrirla. Mi invischiavo in discussioni senza senso, che ingaggiavo sempre io per prima. Erano inutili e poco edificanti, ma le ingaggiavo lo stesso. No, i Democratici non hanno sempre avuto a cuore l'Africa; nessuno dei due partiti ce l'ha a cuore, perché nessuno dei due è tenuto ad avercela. Quale partito ha bombardato lo stabilimento farmaceutico in Sudan? Quale partito ha distrutto la Libia? Quale partito si è immischiato nelle elezioni del mio Paese imponendoci un sempliciotto per presidente? Speravo sempre che qualcuno addentasse l'esca cosí da poter tirare fuori tutto, ma non succedeva mai. Volevano soltanto che posassi il bicchiere, mi alzassi e me ne andassi dal bar, lasciandoli a divertirsi in pace.

«La razza è un costrutto sociale», lessi una sera sulla spilletta appuntata alla camicia di non so piú chi; la indicai e chiesi sprezzantemente: – Allora com'è che l'anemia falciforme e la fibrosi cistica sanno esattamente chi colpire?

Ovviamente sapevo che cosa significava la scritta, ossia che la razza non è un concetto scolpito nella pietra e che è sempre legata al contesto sociale, per cui una persona che in America è definita «nera», in Brasile o in Sudafrica può essere definita altrimenti. Dopo aver chiesto «Allora com'è che l'anemia falciforme e la fibrosi cistica sanno esattamente chi colpire?» aggiunsi: – Non basta. Non basta dire cosí per sentirsi la coscienza a posto. La razza è un costrutto sociale, ma (c'è sempre un ma) la parola ha un senso, e risvolti concreti, anche in ambito sanitario. Le donne nere hanno tumori al seno piú aggressivi. Le donne nere hanno fibromi piú grandi. Le donne nere muoiono piú sovente di parto.

Mi fissarono tutti, trattenendo il respiro ma senza poter celare il disprezzo che covavano nello sguardo. Infagottata nei vestiti invernali, sentivo tutto ovattato; i miei pensieri erano spenti ed ero sorda a me stessa.

– Non valeva la pena arrabbiarsi cosí, – mi disse poi Chia.

– Sí, invece.

– Lo sai che la depressione può manifestarsi come rabbia.

«La depressione può manifestarsi come rabbia». L'America ci ha abbindolati tutti quanti. Ormai chiunque di noi, per descrivere il suo mondo, usa espressioni americane.

– Non so quant'è che non ti sento ridere, – aggiunse Chia.

– Sarebbe utile avere qualcosa di cui ridere. Questi non ridono mai, – obiettai.

– Sei depressa, – disse.

– Non lo sono affatto, – replicai, e scoprii con orrore che mi si erano riempiti gli occhi di lacrime e stavo piangendo.

L'America non aveva alcun obbligo nei miei confronti, non mi doveva alcuna rigenerazione, eppure la vivevo cosí, come se non avesse onorato una promessa che in realtà non aveva mai fatto.

Bevevo whiskey da sola, a casa, e frequentavo cosí assiduamente il negozio di alcolici che il commesso mi salutava e poi diceva cose tipo: «Abbiamo un nuovo single malt, se lo vuole provare». Bevevo mentre facevo i bagagli, e mi piacque la compagnia del mio fiato che sapeva di whiskey. Iniziai l'unico post di «Per soli uomini» che non era in risposta ai messaggi ricevuti, ma lo cancellai qualche giorno piú tardi, dopo che mi fui trasferita a casa di Chia, dove mi sentivo un po' meglio, ed ebbi assaggiato il fonio di Kadiatou, che non avevo mai mangiato.

Qualche riflessione sulla mia breve esperienza in un'università americana, marginalmente connessa allo stare dalla vostra parte, cari uomini.

L'America è provinciale, molto provinciale, come un omone grande e grosso di un povero villaggio di bifolchi, un gigante che si muove alla cieca con la massima sicumera, non sapendo di essere un bifolco perché accecato dalla propria forza. Se avete vissuto tutta la vita in una parte del mondo in cui regna il buonsenso – cioè l'Africa, l'Asia o l'America Latina – pensateci due volte prima di iscrivervi a un master in materie umanistiche in America. Le materie scientifiche possono andare, e un Mba pure, se non vi disturba trasformarvi in robot ammaestrati. Ho cominciato a dire cose sbagliate fin dal primo giorno di lezione, ma non sapevo perché fossero sbagliate, e nessuno me lo spiegava perché era sbagliato anche chiederlo. Si aspettavano che lo sapessi già. Benvenuti nel mondo degli americani benpensanti. Si discuteva di razzismo in Europa, io stavo menzionando Lord Haw-Haw, un nazista inglese che aveva sostenuto che Churchill aveva sangue africano per parte di padre, e di colpo uno mi ha interrotta: – I neri muoiono, e tu stai qui a fare giochini intellettuali!

Ero frastornata. Dall'esterno si capisce meglio la logica degli americani. Pretendono che la tua vita si adegui alle loro nebulose teorie, e se non lo fa ti aggrediscono con la loro sicurezza provinciale.

Una volta qualcuno che stava leggendo un romanzo sulla guerra del Biafra mi ha detto: – È molto interessante, ma a essere sinceri non ho ancora capito bene perché gli igbo sono stati massacrati –. Io ho risposto che la situazione degli igbo in Nigeria era simile a quella degli ebrei. La gente dice che non bisogna fidarsi degli igbo perché vogliono mettere le mani su tutto, sono attaccati ai soldi e sono troppo arrivisti.

È intervenuta una tizia: – Mio Dio, cosa dici, non puoi paragonare gli ebrei a nient'altro –. In che senso «non posso»? Quale parte del Dna culturale degli americani fa loro credere di poter decidere come deve pensare il resto del mondo? Non avevo idea che esistesse su questa Terra una fetta di persone assolutamente convinte di poter entrare nella testa degli altri.

Un'altra volta ho raccontato che Londra era il centro dei miei sogni infantili, che da bambina ero stata a Cambridge con mio padre ma pensavo che per conoscere veramente l'Inghilterra dovevo vedere Londra, quindi appena me l'ero potuto permettere ci ero andata, ed ero rimasta delusa scoprendo che il personale del mio bell'albergo era tutto polacco e parlava male l'inglese, perché non era la Londra che mi ero immaginata.

Uno studente americano mi ha aggredita: – Come puoi essere tanto fascista e anti immigrati? Cosí perpetui un pericoloso nativismo.

La professoressa non ha detto: «Manteniamo un comportamento corretto». Per inciso, adorano la parola «corretto». Ma quando una donna bianca ha criticato le donne bianche che assumono bambinaie giamaicane per crescere i loro figli bianchi, e io ho detto che era un ragionamento assurdo e regressivo, che in tutta la storia umana le donne hanno sempre avuto chi le aiutava nella cura dei figli, che fosse qualcuno della famiglia o della famiglia del marito, o il villaggio, e che se oggi questo aiuto lo si paga che male c'è, visto che con quei soldi la bambinaia giamaicana sta facendo costruire una casetta vicino a Kingston per i genitori, allora sí che la professoressa ha detto: – Manteniamo un comportamento corretto.

Lo dico io, manteniamo un comportamento corretto. È il male occulto che compiono loro, la vera scorrettezza. La scorrettezza del male occulto.

Poi c'è la cinoamericana che raccontava al bar che i suoi genitori erano razzisti perché non volevano che sua sorella sposasse un nero. Diceva: – Ho tagliato i ponti con loro, e non capisco mia sorella che risponde ancora alle loro telefonate, – e quella manica di disgraziati a dirle in coro com'era stata coraggiosa. Guardando oltre la superficie vedevo perfettamente il bagliore della sua ipocrisia. Lei credeva di splendere di virtú, mentre era solo una persona incapace di amare. Non sono capaci di amare, questi benpensanti, e non conoscono l'amore. Sono mogi e seriosi perfino quando si aiutano a vicenda.

Ho detto che mi piaceva Kigali, e loro: o mio Dio è una dittatura. Sí, ma i poliziotti hanno una divisa impeccabile, i mercati sono puliti, la gente rispetta le file, e io ne sono orgogliosa perché è una città africana e io sono africana. Gli ho chiesto: – Non capite che l'amore e l'orgoglio creano complicazioni? Possono creare anche complicità, ma prima è necessario vedere le complicazioni –. Eppure so che non potranno mai vederle, perché i loro cuori non hanno occhi. I loro cuori sono ciechi. Sono insensibili alle debolezze umane, questi americani benpensanti. E non si fanno mai una risata. Una risata vera, intendo, quel suono che la natura ha creato per alleggerirci il cuore e abbassarci la pressione.

Un giorno ho nominato il mio autista, Paul, e una donna con il piercing al naso ha detto: – Cioè un lavoratore sfruttato, di' le cose come stanno: tutti i domestici del Terzo mondo sono lavoratori sfruttati –. Era una celebre accademica femminista che non amava le donne. Amava solo l'idea astratta delle donne. Postava criptiche frasi sul femminismo pensate per indurre sensi di colpa e non essere capite, e condizioni indispensabili per essere delle vere femministe, tipo che se non sapevi questo e quello sul Bangladesh non eri femminista, se non combattevi contro questa o quella oppressione non eri femminista. I suoi seguaci la amavano per il tono rancoroso, e se anche un giorno avesse voluto lasciar filtrare un po' di gioia non avrebbe potuto farlo perché avrebbe perso consensi. E comunque sarebbe stata una gioia intesa come lotta. O come progetto di sovvertimento del patriarcato. Sicuramente non una semplice gioia. Gioia in quanto tale.

Un giorno stavamo elencando le molte nefandezze di Facebook, e volendo essere sincera ho detto che avevo appena messo un annuncio su Facebook per un addetto alla logistica, per la mia società di Abuja, età minima trentacinque anni.

Un americano salta su: – È illegale specificare l'età nelle offerte di lavoro!

Mi dispiace, ma in Nigeria non lo è. Americani, uscite dalla culla. Siete convinti che tutto il mondo sia americano; non vi rendete conto che solo l'America è americana. Quanto provincialismo! Inconsapevole, per di piú.

Dodici

– Il Covid se lo prendono i ricchi che vanno all'estero, – dice Paul, e mi sembra che faccia un piccolo gesto allusivo, un movimento in avanti del capo, come per dire: «Quelli come lei».

Telefona mia madre per dirmi: – Non usare l'aria condizionata. Hanno detto che diffonde il virus. Apri tutte le finestre.

Mio padre mi chiede: – Hai fatto abbastanza scorte di cibo?

È sollevato, ora che zia Adaeze e il padre di Chia sono tornati da Parigi. – Stanno chiudendo le frontiere. Che situazione! Chissà come finirà, – dice.

– Chissà come finirà, – dico.

La mia ixora è sbocciata, ha messo fiori rossi meravigliosi che paiono un canto. Philippe, in cucina, si asciuga le mani sul canovaccio ed è fiducioso. Dice che non è preoccupante, questa malattia di cui parlano tutti, non colpisce gli africani. E che se ci si mette tutti i giorni al sole del pomeriggio non si ha niente da temere.

Chiamaka

Uno

Nel pieno del lockdown mi sentivo intrappolata in casa, con la sensazione che ogni giorno che passava fosse cancellato, non vissuto fino in fondo, non goduto. Girovagavo da una stanza all'altra – ed era la stessa casa, la stessa tana a cui tornavo dai mei viaggi, felice di mettermi a scrivere nel mio studio con le pareti color pastello e i tappeti a pelo lungo. L'ingresso con il soffitto alto, il profumo agrumato delle camere, il rassicurante brontolio intermittente dell'impianto termico. Mi era sempre piaciuto sedermi fuori in terrazzo a guardare le foglie dorate in autunno, nella bella macchia di alberi protetti che mia madre chiamava foresta. Ora quegli stessi alberi mi gravavano addosso con i loro rami spogli, aguzzi e minacciosi. Sognavo la fuga, ma la paura mi impediva perfino di andare al fondo del vialetto per controllare la buca delle lettere. Un giorno andai alla porta d'ingresso con un gran desiderio di fare una passeggiata. Quante volte avevo percorso il sentiero vicino a casa, a passo svelto e leggero e facendo oscillare le braccia, rallentando di tanto in tanto per contemplare la cresta arancione di un uccello, una tartaruga ritta sulle zampe o altri piccoli tesori. Quando ritornavo sulla strada, dov'ero accolta dal saluto amichevole di un vicino che passava in auto, traboccavo di soddisfazione. Come mi sembrava preziosa ora quella semplice passeggiata. Restai a lungo a contemplare il vialetto, le piante avvizzite sui bordi, l'erba secca. Sbloccai la serratura con l'intenzione di uscire, di respirare un po' d'aria fresca per la prima volta da settimane, ma poi esitai, pensando alla donna di cui avevano parlato i notiziari, che si era presa il virus solo per aver socchiuso una finestra. E abitava anche lei in un arioso quartiere residenziale. Bloccai di nuovo la serratura senza aprire la porta. Come facevo a essere fiacca e inquieta allo stesso tempo? Eppure lo ero. Qualche indizio di una fine imminente c'era; le proteste contro il lockdown che vedevo in televisione mi parevano segnali rassicuranti, che lasciavano ben sperare.

Ero preoccupata per Kadi. Aveva perso peso; il rilassamento della pelle la invecchiava. Le sue videochiamate erano le uniche a cui rispondevo ancora. Sullo schermo era piú magra di prima, con le clavicole sporgenti e le guance incavate. Anche se vedevo solo il suo volto, percepivo lo scoraggiamento generale. Soffriva. Il viso recava i segni di un grande fardello, il peso di problemi senza soluzione. I suoi avvocati la istruivano in videochiamata, i pubblici ministeri la interrogavano in videochiamata. Non facevo fatica a immaginare la pressione a cui era sottoposta.

– È normale? – chiesi a Zikora. – È normale che gli avvocati dell'accusa si comportino come se non fossero dalla sua parte?

– Immagino che cerchino solo di stare in una botte di ferro.

– Ma è giusto che Kadi abbia cosí poca fiducia in loro?

– Chia, io mi occupo di diritto societario.

– Non mi torna, ecco tutto.

– Può essere dura, ma se se la giocano bene dovrebbero vincere facilmente, malgrado il pool di avvocati di grido dello stupratore. Se puntano l'attenzione solo su quel giorno. Su ciò che è accaduto quel giorno. È difficile sostenere che un rapporto consensuale di pochi minuti possa aver luogo in circostanze cosí improbabili.

– Esatto! – Finalmente aveva smesso la veste di «avvocata neutrale» ed era la Zikora che volevo io. Spesso immaginavo Kadi che scendeva i gradini del tribunale circonfusa di luce, gli occhi vivaci come una volta. Non vedevo l'ora che cominciasse il processo.

– Kadi, lo sai che in Francia una donna, una bianca, ha detto che le ha fatto la stessa cosa? – le chiesi.

Kadi alzò le spalle, non mostrando interesse. – Non sapevo.

L'avevo vista in televisione, una donna snella e sensibile, che parlava con il coraggio che talvolta la verità reca con sé. Era andata per fargli un'intervista in un appartamento, e lui le aveva messo le mani addosso; un attimo prima gli faceva una domanda, un attimo dopo lottava per liberarsi, con i jeans già slacciati. Mi aveva molto colpita. Avevo provato un nuovo moto di tristezza per Kadi, che non si era sentita in diritto di respingerlo con tutte le forze. Omelogor dice che Kadi avrebbe dovuto affondare i denti piú che poteva.

LaShawn mi scrisse: *La mia mamma se ne è andata. Non ci posso credere.*

La madre di LaShawn. Avevo passato il Ringraziamento con loro l'ultimo anno di college, e mi aveva raccontato della sua esperienza nei Peace Corps negli anni Sessanta; aveva attraversato tutta l'Africa occidentale, felice di essere nella sua terra d'origine, a parte il fatto che tutti le dicevano di non masticare il fufu prima di ingoiarlo. Che gusto c'era a ingoiarlo senza masticarlo?

Da allora ogni volta che ci incontravamo mi diceva: – Che gusto c'è a mangiare fufu? – e scoppiavamo a ridere. Mi ha fatto scoprire lei la torta di patate dolci. Aveva allevato quattro figli in una città bianca della Georgia e all'anniversario della morte di Martin Luther King non li mandava a scuola, anche se in quello Stato non era una festività riconosciuta. E ora non c'era piú. Miserabile virus deciso a spazzare via prematuramente un'intera generazione.

Telefonai a LaShawn e appena sentii la sua voce scoppiai a piangere, dicendole: – Mi dispiace tanto, LaShawn, non so cosa dire.

– Si è ammalata ed è morta tra le mie braccia, all'improvviso. È successo tutto molto in fretta. Non riesco a capire come se lo sia preso. Stavamo attentissime. È morta tra le mie braccia, all'improvviso.

– Oh, LaShawn.

Crediamo di avere tutto il tempo ma non è vero, non ce l'abbiamo affatto.

Mia madre mi mandava messaggi vocali in cui diceva: «*Anyanwu ututu m*, ti prego fammi vedere la tua faccia, ti prego». Tra il dispiacere di farla preoccupare e la tristezza per la morte della madre di LaShawn, accettai di partecipare alle videochiamate su Zoom. Me ne pentii immediatamente. Tutto assunse di nuovo contorni apocalittici. Il mondo, giunto precocemente al culmine, stava disintegrandosi ed era sul punto di crollare, trascinando con sé ogni verità e certezza. Bunachi snocciolava i numeri dei morti in Europa, che erano migliaia. Afam disse che i politici nigeriani si accaparravano le risorse destinate ai poveri, e io immaginai questi ricchi che si riempivano la casa di riso e scatole di noodle Indomie mentre gli affamati vagavano per le strade.

Omelogor disse che la facevo preoccupare, sapeva che non stavo scrivendo eppure non rispondevo alle videochiamate; cominciò cosí a mandarmi messaggi che sperava mi avrebbero strappato un sorriso, in cui mi prendeva in giro per come rimuginavo sul passato.

Non dimenticarti della fase uomini bianchi alti e magri, mi scrisse. In effetti sorrisi, ripensando alla volta in cui Omelogor aveva guardato con attenzione prima la foto di Luuk, poi quella dell'inglese, e commentato: – Ognuno ha i suoi gusti.

Mi ero messa con Luuk poco dopo essere tornata da Londra, troppo presto, forse perché nel vuoto delle mie giornate volevo dimenticare l'unica storia finita male della mia vita. Mi tenevo alla larga da qualunque cosa potesse ricordarmi l'inglese, bloccando spegnendo chiudendo, ma la memoria è piú prepotente delle foto cancellate e dei messaggi eliminati. Spesso me lo immaginavo a casa, intento a rivedere il suo manoscritto, pronto ad accogliere la moglie con un abbraccio al suo ritorno. Lei nella mia fantasia non aveva nulla dell'infermiera e corrispondeva a un certo tipo di donna inglese molto concreta, che votava Tory, dura e sbrigativa, leggermente mascolina: una persona che ci si guarda bene dal contrariare. Il libro dell'inglese uscí non molto dopo il mio ritorno e una volta, a Londra con Luuk, lo vidi esposto alla Waterstones di Piccadilly. Sul momento lo presi in mano, poi mi costrinsi a rimetterlo sullo scaffale senza guardare la sua fotografia sul risvolto.

Luuk in effetti somigliava all'inglese, molto alto e slanciato, ma mi dicevo che non poteva essere una figura sostitutiva, perché la somiglianza era solo apparente. Luuk non aveva niente in comune con l'inglese. Era curioso, ma di cose piuttosto che di idee. Incarnava quel mix di competenza e insicurezza tipico degli uomini che sentono il bisogno di possedere gli ultimissimi gadget. L'inglese l'avrebbe considerato volgare, col suo nécessaire da viaggio monogrammato e la chioma curata. Luuk avrebbe trovato l'inglese scialbo e insignificante.

– Sei un'artista? – mi chiese Luuk, in una galleria di Città del Messico. Ero l'unica donna nera lí dentro, tra quei soffitti alti e quei dipinti austeri appesi a pareti di un bianco accecante. Risposi che stavo scrivendo un reportage sulla scena artistica di Città del Messico.

– Per chi scrivi?

– Sono una freelance.

– Freelance, – ripeté. – Il mio inglese non è perfetto. Sono di madrelingua olandese. Ho imparato a parlare lo spagnolo e il francese prima dell'inglese. Quindi scusami se ho capito male, ma freelance significa indipendente? Allora sei libera di venire a bere qualcosa con me.

Traboccava di un fascino flagrante, fiammeggiante. Era troppo, decisamente troppo prevedibile, e tuttavia non sgradevole. Accettai di andare a cena con lui; un modo come un altro per passare la mia ultima sera a Città del Messico. Il ristorante aveva incredibili pareti di roccia vulcanica. Luuk mi scostò la sedia con fare cerimonioso, e quando ordinai un succo di mela mi prese in giro: – Lo sai che per bere intendevo qualcosa di serio, vero? – Il cameriere passò troppo tempo al nostro tavolo, incantato da Luuk, ridendo delle sue battute. Luuk chiese la sua opinione su tutto, lo ascoltò con attenzione e alla fine accettò il suo consiglio: tacos ai fichi per cominciare, e a seguire un piatto a base di coniglio. Non mi era mai piaciuta l'idea di mangiare conigli, ma il cameriere era cosí convinto che tacqui.

– Vuoi assaggiare? – mi chiese Luuk offrendomi il suo cocktail all'agave. Feci segno di no, sorridendo tra me e me. Era fuori luogo chiedere a me, un'estranea, di bere dal suo bicchiere, ma anche di una schiettezza disarmante. C'era qualcosa di familiare, quasi di africano, in quel suo modo di fare espansivo, sensibile allo status sociale, incauto e inoffensivo nel prendersi troppe confidenze. Era un dirigente di una società olandese venuto a guidare per un anno un'affiliata messicana, con l'idea di farsi le ossa prima di diventare, una volta tornato ad Amsterdam, AD di tutto quanto. Io sarei stata imbarazzata a vantarmi cosí, sputando fuori parole che cadevano nel vuoto come le lodi sperticate che rivolgeva a se stesso. Aveva diretto aziende di rilievo in Brasile, India e Russia, e in tutti e tre i casi era stato votato come miglior amministratore delegato; andava in barca a vela, faceva immersioni profonde e pilotava aerei da turismo; era un eccellente golfista e un ancor piú bravo tennista. Era un oratore a cui non servivano ascoltatori, una persona allergica al silenzio, e ogni tanto la mia mente vagava altrove. Ricordo il momento in cui riacciuffò la mia attenzione; non fu un processo graduale ma un istante ben preciso, uno specifico moto di affetto. Stava raccontando di essere stato in un'azienda agricola in cui aveva investito del denaro, un produttore di mele, e di come fosse rimasto sconvolto alla vista dei campi ricoperti di meli nani. – Gli alberi mi arrivavano appena sopra il ginocchio, – disse. – Degli alberi! Te l'immagini? Erano molto innaturali. Non riuscivo a guardarli –. Per una volta, la sua voce si fece ruvida e cupa, e mi intenerí vedere quanto fosse turbato dalla terribile anomalia degli alberi deformati. Mi venne una voglia improvvisa di abbracciarlo. C'erano ferite profonde nella sua vita, sensibilità sofferte, annidate sotto l'esuberanza di superficie. Capii che l'avrei rivisto molte altre volte. Sentivo, stranamente, l'istinto di proteggerlo, di difenderlo dai pericoli.

Era divorziato; non erano sposati, ma dopo undici anni insieme lo considerava un divorzio. Aveva accettato di venire in Messico per sottrarsi ai tentativi di rappacificazione della donna. Si chiamava Brechtje. Luuk non diceva «la mia ex»: diceva «Brechtje», come se io la conoscessi. Avevano cresciuto insieme il figlio di lei.

– Dev'essere dura per te. I divorzi lo sono sempre, – dissi.

– Sí, ma certe volte una relazione finisce molto prima che si abbia la forza di ammetterlo. Io mi sono sentito finalmente liberato –. Sorseggiò il suo cocktail e ripeté: – Liberato.

– Volevi usare proprio quella parola? «Liberato»?

– Sí. Mi sento come se fossi uscito da una prigione non terribile, ma pur sempre una prigione.

– Oh, – dissi.

– È capitato anche a te? – mi chiese.

– No, – risposi, perché non volevo spargere vecchie ceneri su superfici nuove.

– Sono molto contento di aver deciso di finanziare le gallerie locali. Non ti avrei conosciuta, altrimenti. Ero nervoso, prima, quando ti ho rivolto la parola in galleria.

– Non lo sembravi.

Scoppiò a ridere, come ci si aspetta che rida un dirigente d'azienda di alto livello molto sicuro di sé e del proprio successo, una fragorosa risata compiaciuta. – Ah no?

– Ho pensato che avessi un debole per le donne nere.

– Un debole?

– Che fossi interessato a me perché sono nera.

– Ah, sí, un debole ce l'ho: per le belle donne, – disse.

Sorrisi. Era impossibile non cedere al fascino delle sue lusinghe. Gli davano potere, il genere di potere a cui ci si piega di buon grado, e timidamente. Il corteggiamento sfrenato a cui diede il via appena tornai nel Maryland era talmente prevedibile da sembrare quasi finto. Sottili astucci di gioielli avvolti in carta satinata che arrivavano per corriere con ricevuta di ritorno; eleganti scatole di prelibatezze surgelate recapitate alla porta, seguite da sofisticati mazzi di rose, alcuni cosí pesanti che dovevo chiedere al corriere di aiutarmi ad appoggiarli sull'isola della cucina. A ogni nuovo arrivo pensavo, scrollando la testa: oddio, cosa mi avrà mandato Luuk questa volta?, ma passavo il resto della giornata con il sorriso sulle labbra. Non mi piacevano le rose e non mettevo braccialetti, ma il fatto che mi pensasse cosí, che vivessi cosí sontuosamente nella sua fantasia, mi faceva sentire speciale. Gli dissi che i miei fiori preferiti erano i gigli e i tulipani, e mi spedí una composizione di tulipani antichi, screziati e con i petali raggrinziti, ridendo senza offesa quando gli dissi che in realtà preferivo i tulipani normali.

Con Luuk vivevo in un universo tattile, la sua mano mi sfiorava continuamente la schiena, le spalle, la vita. Non era un segnale di possesso ma un gesto piú delicato, di stupore, come a dire «sei veramente qui». Era molto alto, e scherzando gli dicevo che mi costringeva a stare in punta di piedi quando ci tenevamo per mano. A letto simulavo l'orgasmo, ma volentieri. Non raggiungendolo, fingevo, perché ero sicura che fosse solo questione di tempo. Come poteva non esserlo, con quell'uomo carismatico che aveva la faccia annidata tra le mie gambe e le braccia alzate sopra la testa come un crocifisso paziente. Passavo molti weekend lunghi con lui a Città del Messico e talvolta a Monterrey, dove c'era un'altra sede della sua azienda. Usciva dopo colazione, tirato a specchio nel suo completo attillato, e tornava qualche ora dopo con la stessa aria fresca e riposata, investendomi di parole, pieno di idee sulle cose da fare. Stavamo sempre facendo qualcosa – uno spettacolo comico dal vivo, una prima teatrale di cui era sponsor, un nuovo ristorante, una serata di gala, un aperitivo o una cena con colleghi in visita. Mi regalava vestiti che mi faceva recapitare a casa, e se estraendoli dalla scatola dicevo: – Luuk, è troppo scollato per le mie tette, – lui rispondeva: – È per questo che l'ho scelto. Con quello addosso sarai veramente donna, dalla cima della testa alla punta dei piedi, veramente donna.

Scoppiava di orgoglio, guardandomi, ma le sue aspettative mi pesavano e impacciavano. Com'è che l'insicurezza si insinua, si diffonde e, simile a un'erba infestante, ti soffoca la mente? Era lusinghiero essere il suo bel trofeo, ma mi sentivo inadeguata, il premio sbagliato. Per il gala annuale della sua azienda abbandonai le treccine e mi feci fare una lunga weave ondulata che mi sembrava piú adatta all'occasione, e che richiese ore di lavoro, da un parrucchiere di Washington.

Kadiatou storse il naso quando la vide. – Se avevo capelli come te, non facevo niente di diverso e artificiale. La weave è per gente come noi.

E si tolse il velo per strofinarsi le tempie pelate.

– No, Kadi, credo che gli piacerà, negli ambienti formali usa cosí, – replicai.

Invece Luuk fece la faccia delusa quando mi venne a prendere all'aeroporto. – Però ti sta meglio il look africano, le treccine sono stupende e le cornrow, poi, sono le mie preferite.

«Le cornrow, poi, sono le mie preferite». Che sferzata di sicurezza possono dare le parole di un uomo. Ci viene detto che dobbiamo trovarla dentro di noi, e qualcuna ci riesce, come Omelogor, ma il fatto di piacere a Luuk cosí com'ero accresceva la mia autostima. «Le cornrow, poi, sono le mie preferite». Portavo i tacchi alti e i vestiti che mi aveva regalato lui, scollati ma di buon gusto, e sorridevo quando qualcuno, incontrandoci per la prima volta, si stupiva perché non ero la persona che si sarebbero aspettati di vedere con lui. In ogni occasione sociale Luuk partiva lancia in resta per conquistare il mondo, la testa che svettava al di sopra della platea. La statura, agile e atletica, l'innegabile charme, la risata fragorosa. Gli uomini apprezzavano i suoi modi franchi, il suo infilare un «bastardo» quando nessuno se l'aspettava. Le donne erano attratte da lui; gli lanciavano messaggi di interesse, talvolta perfino di disponibilità, e facevano osservazioni innocue cariche di doppi sensi. Lui le adulava e corteggiava, ma sempre con leggerezza, per far capire di essere pienamente fedele a me. «Le cornrow, poi, sono le mie preferite».

Talvolta prendeva il successo di altri uomini come un affronto personale, e vedeva un secondo significato in ogni loro gesto o parola.

– Ha detto che è dura competere con una Fortune 500, il bastardo. È una frecciata contro di me. Non sa quale utile abbiamo dichiarato? Solo perché loro sono piú in alto nella classifica? – disse, mentre tornavamo in auto dal ricevimento.

– Non credo che intendesse quello, Luuk, – dissi, per consolarlo.

– Hai visto come mi ha stretto la mano? Con che aria di superiorità? – aggiunse.

– No, anzi, in realtà credo che ti ammiri. Sei piú giovane di lui e stai per diventare una stella nel firmamento di Amsterdam.

– Tu dici?

– Sí. E gli rode non potersi vestire come te. Gli abiti squadrati degli americani sono orrendi, ma il suo li batte tutti.

Luuk rise soddisfatto. L'avevo previsto; era uno che notava gli orologi degli altri uomini, le cravatte, gli oggetti. Aveva comprato il suo primo iPad perché un giorno, nella sala d'aspetto di un aeroporto, mentre leggeva le pagine rosa del «Financial Times», aveva notato che tutti gli uomini intorno a lui stavano leggendo il giornale sull'iPad. E si era sentito un idiota. Quando me l'aveva raccontato gli avevo detto che aveva fatto male a sentirsi cosí, che molto probabilmente tutti quegli individui avevano pensato che fosse un anticonformista figo, e che comunque dalle pagine di un giornale vero si ricavano piú informazioni che dalle sezioni separate delle app. È strano come ciascuno di noi arranchi nelle paludi della vita pensando che nessun altro abbia le nostre stesse insicurezze. Se avessi osservato Luuk dall'esterno, senza conoscerlo, non avrei mai pensato che per lui fosse importante usare un certo dispositivo solo perché ce l'avevano gli altri. Le sue passioni mi sembravano meditate, selezionate, come la collezione di orologi degna di una gazza ladra. – Ti piace? – mi chiedeva ogni volta che ne comprava un altro. Io non mi intendevo molto di orologi preziosi; mi sembravano tutti simili, con i loro sovraffollati quadranti meccanici.

– Molto bello, – rispondevo. – Mi pare che mio padre ne abbia uno simile.

La barca a vela, una daysailer, era la sola cosa in suo possesso che non fosse l'ultimo modello sul mercato. Mi piaceva accompagnarlo perché era l'unica situazione in cui non era concentrato su di sé, non guardava cosa facevano gli altri, non notava tutto, non faceva confronti. Stretta nel mio giubbotto di salvataggio, malsicura, perché non ero mai stata su una barca a vela in vita mia, lo osservavo. Mentre lo guardavo manovrare abilmente, con le braccia snelle levate in aria e scavate dal vento, pensavo: ecco una persona che ricava gioia pura da quello che fa. Mi sembrava felice anche quando ce ne stavamo a casa sua, a Monterrey, in acqua o distesi sul lettino, davanti a una piscina incredibilmente azzurra sotto il sole. O nel giardino rigoglioso della sua casa di Città del Messico, attorniati dal canto degli uccelli. Diceva «casa nostra», e diceva «noi», e pure io dicevo «noi», e che lo dicessimo tutti e due mi piaceva, anche se a volte mi accorgevo di stare tergiversando ai margini del nostro spazio comune.

Un giorno tornò dall'ufficio saltando di gioia come un bambino perché il presidente del consiglio di amministrazione della sua società, un uomo malato di egocentrismo, stava finalmente per lasciare, e di lí a pochi mesi lui sarebbe tornato ad Amsterdam per prendere il suo posto.

– Molto presto non dovremo piú viaggiare su aerei di linea! – disse.

Sorrisi, dondolandomi sull'amaca della veranda, e pensai che sarebbe stato bello per lui se me ne fosse importato qualcosa. La governante, Yatzil, comparve con un vassoio. Yatzil lo idolatrava, gioiva delle sue punzecchiature e dei suoi complimenti, e ogni giorno cercava di superare se stessa, con l'ennesimo piatto di frutta fresca, l'ennesima salsa mole appena fatta. Mi guardava sempre di sbieco, con sospetto, come per saggiare le mie intenzioni con Luuk. Mi domandavo se ce l'avesse con me o se avrebbe fatto cosí con qualunque altra donna. In tutto il tempo che passai con Luuk mi sorrise una volta sola, un sorriso breve che si rimangiò subito, come se si fosse tradita. Aveva portato un vassoio di frutta, guanabana, mamey e mango, e io avevo detto: – Grazie infinite, Yatzil. Adoro la guanabana! A casa mia, da bambina, ne avevamo qualche pianta, e cercavamo sempre di non raccogliere i frutti finché non erano morbidi e maturi, ma prima che li prendessero gli uccelli. Ogni tanto aspettavamo troppo e ci toccava eliminare le parti beccate. Questa è freschissima, squisita!

Quando sorrise fu come se mi vedesse per una volta in maniera diversa, come una persona con una sua storia, una che aveva una famiglia e alberi al suo Paese, e non soltanto la donna di Luuk.

Luuk disse: – Yatzil l'ha portata apposta per te –. Non si accorgeva della diffidenza di Yatzil nei miei confronti ed era convinto che le stessi simpatica. Non gli aprii gli occhi. Non mi dava fastidio starle antipatica, lo capivo, ma Luuk ci sarebbe rimasto male se l'avesse scoperto, perché per lui era importante che le cose andassero come pensava lui.

Un giorno, mentre leggeva una rivista patinata di viaggi, ne strappò una pagina e mi annunciò: – Quest'anno si va qui. Pare che la gente alla moda sarà tutta lí, quest'estate.

Brontolai per gioco. – Non un'altra destinazione top, ti prego! – Eravamo andati alle Isole Vergini americane perché una rivista aveva detto che era la destinazione top. Lui voleva i posti alla moda, io quelli interessanti.

– Va bene, scegli tu fra queste due.

– No, scegli tu, – replicai. – Purché sia dopo il mio ritorno da Ramallah.

– Se ti danno il visto, no?

– Luuk! Non sei molto incoraggiante.

– In effetti... – Alzò le spalle e rise.

Non voleva che andassi in Palestina. – È troppo triste, – aveva commentato, quando gli avevo detto che volevo scrivere un articolo sui ristoranti e i piatti tipici di Ramallah.

– Mi chiedo che effetto faccia sapere che se uno vuole venire a casa tua deve chiedere il permesso a un altro Paese, – dissi.

– Terribile, – ribatté lui. Sbirciò sul mio portatile; stavo guardando un documentario di YouTube sul massacro di Deir Yassin.

– Devo conoscere un po' di storia, – dissi.

– Be', adesso basta. Guardiamo qualcosa di piú allegro, se non ti dispiace.

– Quindi non una sit-com, giusto? – dissi. Lo prendevo in giro per la sua passione esagerata per le sit-com. Quando faceva le immersioni si portava dietro il telefono in una custodia subacquea per guardare le sue sit-com preferite durante le lunghe tappe di decompressione. Me lo immaginavo lí, negli abissi, che si guardava *Fawlty Towers* tra i cavallucci marini. Talvolta pensavo che la sua vita fosse una perenne fuga dagli affanni. Dormiva un sonno agitato, irrequieto. Mi svegliava spesso, contorcendosi come se avesse il corpo in rivolta, e allora io lo abbracciavo e calmavo finché i suoi movimenti cessavano.

Luuk si stupiva del mio rapporto con i miei genitori. Quando parlavo con loro al telefono ogni tanto passava a vedere e scuoteva la testa incredulo. – State ancora parlando? E cos'avete da ridere tanto?

– Mia madre è una chiacchierona, – dicevo io. – Anche mio padre parla un po', ma non quanto lei. Il tuo com'era?

– Mio padre non parlava mai. Lui preferiva l'azione. Andava dritto al punto.

– Cioè?

– Ti faccio un esempio. Un giorno mi ha portato sulla strada davanti a casa, mi ha ficcato la testa dentro un bidone della spazzatura e mi ha detto che se avessi messo incinta una ragazza mi avrebbe fatto mangiare tutto quello che c'era dentro.

Scoppiò in una delle sue fragorose risate. Guardandolo, mi venne da pensare che si può usare in tanti modi, il riso. Come scudo, per esempio. O come distrazione.

– Quand'è morto?

– Giusto sette anni fa.

– E tua madre è... era... una chiacchierona? Prima, voglio dire, – farfugliai, nel tentativo di alludere con tatto alla demenza senile della madre.

– Ancora meno di lui –. Si interruppe, come se volesse aggiungere qualcosa, invece cambiò bruscamente discorso e mi chiese quando avesse intenzione di tornare la sua amica Omelogor, per poterla finalmente iniziare al paracadutismo. Non mi aveva sorpresa la rapidità con cui avevano fatto amicizia. Omelogor aveva detto che Luuk era un nigeriano nato in un corpo europeo, nauseante acqua di Colonia compresa, e Luuk aveva sorriso compiaciuto. Eravamo a New York. Omelogor era lí per un convegno e io avevo accompagnato Luuk in un viaggio di lavoro. Eravamo nella suite di Luuk. Gli arrivò un messaggio: la moglie di un suo amico era svenuta facendo paracadutismo in Svizzera.

– A mille piedi! – esclamò, cosa che poteva essere sia buona sia cattiva, per quanto ne sapevamo noi.

– È morta? – chiesi.

– No, si sta riprendendo.

Omelogor commentò: – Non capisco che gusto ci sia a saltare giú da un aereo –. Luuk rise. – Sei molto diretta, vero? – le disse. Io aggiunsi: – Forse è un'olandese nata in un corpo nigeriano, – e Omelogor mi lanciò una coltellata con gli occhi.

– Ti porterò a fare paracadutismo, cosí capirai, – disse Luuk. – La gravità esercita una forza pazzesca. Ci fa capire quanto siamo piccoli su questa Terra.

– Lo so già, grazie, – ribatté Omelogor.

A un certo momento chiese a Luuk: – Dove hai imparato cos'è il sesso? – La domanda che in quel periodo faceva a tutti.

L'aveva fatta anche a Zikora, che aveva risposto compunta: – Dai libri, – offesa che Omelogor si aspettasse come replica: «Dalla pornografia».

– Ma Zik, eravamo tutte curiose da ragazzine, – avevo detto io.

– Io non ho mai guardato film a luci rosse, – aveva ribadito. C'era un tratto puritano in Zikora, e se la sua vita fosse andata come voleva sarebbe potuta diventare una profonda conservatrice, di scarsa apertura mentale.

La replica di Luuk alla domanda di Omelogor fu: – Non ci ho mai pensato.

– Da adolescente avrai pur guardato un film o una rivista sconcia, – disse lei.

– Ma avrò imparato da lí? Non credo. È piú probabile che abbia imparato dall'esperienza.

Poi mi lanciò un'occhiata, si tappò scherzosamente le orecchie con le mani e disse: – In questo momento mi sfugge!

Quando finalmente mi raccontò di sua madre, mi tornò in mente con quanta rapidità aveva sempre cambiato discorso ogni volta che la si nominava. In quel periodo ero affascinata dai mutamenti della geografia europea. Una città che in passato era in Romania oggi era in Ucraina o Ungheria; un'altra che prima era tedesca, adesso era polacca. Le città non si muovevano, naturalmente, ma i confini sí, per cui uno partiva da casa in un determinato Paese e tornava anni dopo in un Paese diverso.

L'Alsazia-Lorena alla fine di una guerra si era trovata in Germania e alla fine di un'altra in Francia, era tornata in Germania durante la Seconda guerra mondiale e di nuovo in Francia a guerra finita. Gli abitanti ondeggiavano da una parte all'altra? E che ne facevano dei loro passaporti? Magari tenevano da parte i vecchi, per semplificare le cose se fossero di nuovo cambiati i confini. In un ristorante provai con discrezione a indovinare quali fossero i turisti e quali i locali, figli della storia di due nazioni. Passeggiai per alcuni villaggi tradizionali, tra edifici in legno e in muratura che sembravano usciti da una fiaba; viverci dentro mi avrebbe dato la claustrofobia. Sui tetti le cicogne avevano costruito i loro caratteristici nidi alti, fatti di stecchi, erba e ramoscelli, e ne vidi alcune in volo, uccelli maestosi che planavano sull'aria ad ali spiegate. L'autista che avevo ingaggiato per l'intera giornata non parlava d'altro, ripetendo cose che aveva già detto mille volte: le cicogne sono mute e comunicano battendo il becco, le cicogne sono fedeli al nido e non ai compagni, la tradizione vuole che le cicogne portino fortuna. Che storia affascinante, dissi, poi gli chiesi se con tutte quelle cicogne sui tetti la mattina si svegliassero circondati da cacche di uccello, e lui scoppiò a ridere.

In seguito, smettendo l'abito della guida turistica, mi disse che la visita alle cantine dello champagne era noiosa e avrei preso freddo. Ci andai lo stesso, e a metà visita avevo già i brividi, peggiorati dal mal di pancia dovuto alla quiche consumata in un ristorante caratteristico. In generale, tutto aveva un sapore troppo «caratteristico». L'autista mi disse che in una cittadina nel cuore della Foresta Nera c'era un festival letterario, ma quando giungemmo lí un'ora dopo sentii solo la coda di una lettura di versi ironici da parte di un poeta sloveno. Poi andai a spasso per le strade; lontano dal centro le case erano piú addossate le une alle altre. I passanti mi fissavano con uno sguardo gelido. Non ce n'erano molti; ne incrociai al piú una dozzina. Una donna che mi ricordò il personaggio di una babushka visto in un film rallentò per esaminarmi meglio e mi squadrò dalla testa ai piedi. Avevo adocchiato un nero al festival letterario, ma non ne vidi nessuno per le strade. Se da queste parti non vivevano neri, perché la gente era ostile, anziché curiosa? Intanto pensai di aver trovato l'idea giusta per un articolo: *Sentirsi neri nella Foresta Nera*. Lo dissi a Luuk, aggiungendo: – Non capisco come si formino le loro opinioni sui neri –. L'avevo detto in tono pacato, ma il collo gli divenne paonazzo e sbottò: – La Germania è un posto orribile! Orribile! E ti chiedi da dove gli venga il razzismo? Basta guardare quello che hanno fatto!

– Be', meno male che non ti ho girato le spalle e non me ne sono andata quando ci siamo conosciuti, perché io pensavo proprio che fossi tedesco. Avevi l'accento tedesco, – scherzai.

– No! – esclamò, senza l'ombra di un sorriso. – Sai qual è il Paese dell'Europa occidentale in cui questi bastardi hanno ucciso il maggior numero di ebrei? L'Olanda.

La sua espressione mi lasciò sbigottita, non mi aspettavo un tale profondo turbamento della sua pace interiore. – Luuk, tesoro, scusa, non volevo contrariarti, – dissi.

Scosse la testa, come per scacciare l'irrequietezza.

– Mia nonna, la madre di mia madre, durante la guerra aveva avuto un amante nazista. Hai mai sentito parlare della punizione che subirono molte donne olandesi dopo la liberazione? Furono picchiate, rasate a zero e fatte sfilare per le città, il corpo impregnato di catrame appiccicoso, e altre cose del genere. Be', mia nonna era una di loro. Era incinta di mia madre. In casa non se ne parlava mai. Lo venni a sapere da adolescente, e solo perché un parente di mio padre fece una battuta offensiva su mia madre.

Sbarrai gli occhi, incredula, senza sapere cosa dire.

– Ancora oggi mio fratello sostiene che l'amante tedesco non era nostro nonno. Sostiene che nostro nonno era il soldato olandese con cui era fidanzata. Solo che questo soldato è morto nel 1940, all'inizio della guerra, e mia madre è nata nel 1945. Hai capito? Adesso facciamo pure i miracoli, in famiglia –. Sbuffò. Io gli andai vicina, lo abbracciai e mi accoccolai nel suo tepore. Era questo che l'aveva fatto diventare un concentrato di fascino? Questo essere cresciuto con una vergogna atavica? O stavo semplificando troppo? Eppure le semplificazioni sono quasi sempre il modo migliore per descrivere la nostra vita; ereditiamo le ferite dei nostri genitori piú spesso di quanto crediamo.

– Casa nostra odorava sempre di sanguinaccio, – disse. – Mia madre teneva la casa in ordine, lavorava a maglia, cucinava, e in casa c'era sempre odore di sanguinaccio.

Non sapevo che odore avesse un sanguinaccio olandese degli anni Settanta, ma quando andammo insieme in Olanda e passammo davanti alla sua casa d'infanzia a Haarlem a me sembrò di sentire nell'aria odore di sanguinaccio.

– Il bidone dell'immondizia, quello dentro cui mio padre mi ficcò la testa, era lí, – disse, indicando con il dito.

Andammo a trovare sua madre in casa di cura, una stanza triste con le finestre piccole e le poltrone con la tappezzeria stinta. La madre non lo riconosceva piú. Gli occhi azzurri velati di lacrime lo fissavano con sguardo assente. Luuk le porse un mazzo di tulipani che lei prese e si mise in grembo. Mi offrii di uscire dalla stanza per rispettare la loro privacy, ma Luuk mi disse di no e mi strinse forte la mano. La madre era ben accudita, i radi capelli argentei erano puliti e pettinati con cura. Guardandola, immaginai la sua infanzia segnata dalla vergogna. Era un sollievo per lei questo distacco dalla mente, questo non avere piú memoria di un doloroso passato? Prima di andare via mi avvicinai e la abbracciai, per ragioni che non avrei saputo spiegare. Lei non si ritrasse ma non mi restituí neppure l'abbraccio. Quando rientrammo nell'auto, vidi che Luuk aveva gli occhi lucidi. – La tua calorosità africana... è commovente. Sono felice di essere venuto insieme con te.

Il tono grave della sua voce, piú tutto l'episodio della visita alla madre, mi avevano turbata.

– Insieme con, – dissi, facendogli il verso. – Mi piace un sacco come dici «insieme con».

– È sbagliato?

– Basta dire «con».

– Allora smetterò di dire «insieme con».

– No, non smettere, è molto dolce.

Brechtje era stata poco bene e Luuk voleva andare a trovarla prima di lasciare l'Olanda. – Ti dispiace? – mi chiese, come se sperasse che gli rispondessi di sí. Mi suggerí come occupare il tempo durante la sua assenza: un massaggio nella spa dell'hotel? O l'autista poteva portarmi a fare shopping. Gli carezzai una guancia dicendo: – Luuk, tesoro, non mi dispiace per niente. È bello che tu vada a trovarla.

– Parlerò a Brechtje di te. Non sei tu la ragione per cui non possiamo tornare indietro, naturalmente. Ma ha diritto di saperlo, – disse.

Mi sentii quasi in colpa pensando a questa Brechtje, questa donna carina, formosa e con i capelli scuri che avevo visto in fotografia, e a suo figlio che chiamava Luuk «papà», entrambi abbandonati, entrambi ancora aggrappati a un filo di speranza, e che ora, vedendolo per la prima volta da quando era andato in Messico, si sentivano dire che nella sua vita c'era un'altra donna. Che colpo al cuore, sapere che era davvero tutto finito.

– Forse è meglio se non glielo dici, per il momento. Immagino che ci rimarrebbe molto male.

– E ci rimarrà ancora peggio quando saprà che sei nera.

Tacque, e al silenzio fece eco altro silenzio. Non dissi nulla perché ero senza parole. La sua sincerità mi colpiva e disgustava allo stesso tempo. Che cosa, tra le pieghe di umanità di quella donna, quale mancanza abissale, quale vuoto cosmico poteva farla sentire peggio perché ero nera?

– Dice sempre che in treno i piú chiassosi sono i neri, i ragazzi turchi o surinamesi non le danno cosí fastidio, ma i marocchini e i neri... Conosci il personaggio di Pietro il Nero? Una volta Brechtje ha detto che i neri dovrebbero smetterla di protestare contro questa tradizione olandese, perché è la fuliggine del camino che gli annerisce la pelle. E io a chiederle: allora perché le labbra sono cosí grosse? Anche loro per via della fuliggine? – Aveva un tono trionfante. In tutta questa storia lui risultava l'eroe senza macchia, il giusto, e il resto non contava. Non vedeva la questione come la vedevo io. E dov'era la sua purezza, se Brechtje poteva dirgli certe cose?

– No, non conosco il personaggio di Pietro il Nero, – dissi, mentendo, e cambiai argomento, proponendo un massaggio di coppia al suo ritorno. Certe superfici preferisco non sfiorarle, ho paura di quello che potrei trovare sotto.

Quando tornò aveva l'aria esausta e una venatura bluastra sotto gli occhi. Disse: – Ha pianto come una fontana.

Provai un moto di compassione per lei e di irritazione nei confronti di Luuk, che non avrebbe dovuto dirmelo, come non avrebbe dovuto dirmi molte altre cose.

– Luuk, non ho bisogno di sapere altro su Brechtje.

– Ma io voglio condividere ogni cosa con te.

Ora mi sentii un'ingrata. Non è esattamente quello che vogliono tutte le donne, un uomo che non erige muri? Eppure non volli sentire una parola di piú.

Volle mostrarmi i giardini di Keukenhof, un paesaggio dai colori accesi e che profumava di primavera, tra macchie di fiori che mi risollevarono il morale. La sera ci trovammo con suo fratello al ristorante, e fu come entrare nell'ovatta, tra la musica soffusa di un pianoforte e un grande grappolo di luci moderne che brillavano sul soffitto. Willem. Un'ombra gli comparve sul volto quando ci alzammo per salutarlo. Stupore, stupore e costernazione. Luuk non gli aveva detto che ero africana. Dopo i convenevoli ordinammo il vino. Eravamo seduti vicino alla finestra, sotto di noi le luci di Amsterdam, una distesa a perdita d'occhio di puntini luminosi sparpagliati come perle cadute dal filo. Tra i due fratelli si percepiva una punta di astio. Luuk era il piú grande e piú di successo, Willem l'eterno inseguitore; altissimo anche lui, ma piú robusto. Willem disse che la settimana prima aveva provato un nuovo ristorante di Londra. Luuk disse che certo, lo conosceva, non male, due stelle Michelin. No, tre, ribatté Willem. La loro rivalità adolescenziale era diventata adulta ma non era mai esplosa, liberandoli una volta per tutte. Willem disse qualcosa in olandese e Luuk rispose con un ringhio tra i denti che non gli avevo mai sentito prima. Willem si irrigidí, bevette un sorso di vino e poi si girò verso di me per allentare la tensione.

– Hai avuto modo di visitare la nostra bella città? – mi chiese.

Perché gli europei facevano cosí? Quando nominavano le loro città le definivano sempre «belle», obbligandoti a dirti d'accordo con loro. A me la Nigeria piaceva, certo, ma non pretendevo che piacesse al resto del mondo, perciò non riuscivo proprio a capire questa presunzione europea. Io convenivo sempre sulla bellezza della città, anche quando non lo pensavo.

Ma c'era un aspetto di Willem che mi indispettiva. Dopo i saluti iniziali non mi aveva piú rivolto la parola, mi aveva a malapena guardata, e parlava con Luuk tagliandomi fuori. Quell'improvviso interesse nei miei confronti era falso e strumentale. Gli serviva urgentemente qualcuno che facesse da cuscinetto tra lui e il fratello, e chiunque in quel momento avrebbe fatto al caso suo. Si sarebbe accontentato anche di un cane o un gatto. Una cosa vivente su cui deviare l'attenzione, quale che fosse. Mi venne spontaneo pensare a quella donna sconosciuta, Brechtje, e fonderli insieme nella mia immaginazione. Con ogni probabilità andavano d'amore e d'accordo.

– Hai avuto modo di visitare la nostra bella città? – ripeté, senza motivo; forse pensava che fossi anche lenta di comprendonio.

– Sí, non è la prima volta che ci vengo, – risposi con brio. – Amsterdam ha una tale bellezza ammuffita.

Aggrottò la fronte. – Ammuffita? – Lanciò un'occhiata a Luuk, per avere conferma del significato inglese. – Come la muffa, vuoi dire?

– Esatto, – risposi.

Luuk scoppiò a ridere, una risata che era una scarica di frecce contro il fratello. Willem arrossí. Ebbi una punta di rimorso, poi mi rimproverai per aver voluto ingraziarmi una persona che chiaramente non sapeva che farsene di me.

– Era una battutaccia, – dissi, anche se pensavo sul serio che Amsterdam, nel suo fascino, avesse un che di ammuffito: ai canali e alle case limitrofe non avrebbe fatto male una bella ripulita. – L'architettura è bellissima. Le case che affacciano sui canali hanno un'aria cosí sicura!

– È vero, – disse, subito rabbonito; non si poteva proprio dire che fosse un genio.

Per tutto il resto della cena Luuk non smise un attimo di parlare, facendo a Willem il resoconto dei suoi successi, chiedendomi di rammentargli particolari che invece ricordava benissimo, mentre io guardavo le luci di Amsterdam sotto di noi. – Eravamo a Monterrey o in quel resort delle Bermuda quando è uscito l'elenco dei migliori AD del mondo della «Harvard Business Review»? – mi chiese. Risposi che eravamo alle Bermuda.

Mentre tornavamo in albergo gli domandai: – Perché prima ti sei arrabbiato con tuo fratello? Cosa ti ha detto?

Eluse la domanda. – Oh, niente, una delle sue solite stupidaggini. Ormai non gli dico neanche piú quando mi compro una macchina nuova, altrimenti la vuole anche lui. E ovviamente non se la può permettere.

La mattina del nostro ultimo giorno in Olanda, mentre andavamo a piedi in un caffè, ci trovammo davanti una coppia di anziani, entrambi con i capelli bianchi e la schiena leggermente curva, che camminavano adagio, mano nella mano. A un certo punto, come di comune accordo, si fermarono a guardare una vetrina. Dissero poche parole, con le teste che quasi si sfioravano. Rimasero a guardare per un po', poi ripresero a camminare; quando uno appoggiava il piede, l'altra lo sollevava. Si intuiva tra loro una tenera complicità di lunga data; entrambi conoscevano l'altro piú di chiunque altro al mondo. Guardandoli, mi venne da piangere.

Luuk se ne accorse. – Che succede, Chia? Qualcosa non va?

Scrollai la testa.

– Hai mal di pancia? – mi chiese, attirandomi a sé. – Entriamo qui a prendere un tè, qualcosa di caldo? O torniamo in albergo cosí ti massaggio la schiena?

Si era informato sul disturbo disforico premestruale e nelle mie giornate no mi faceva il tè, mi massaggiava la schiena, mi spronava a muovermi. – Vieni, facciamo un giro intorno alla piscina, – diceva, per esempio, rallentando il passo per adattarlo al mio.

– Sí, torniamo in albergo, – risposi, lasciandogli credere che le mie lacrime fossero dovute agli ormoni e non alla tristezza che mi aveva presa all'improvviso nel vedere una cosa che desideravo con tutta me stessa e temevo non avrei mai avuto. Piú tardi, durante il tragitto verso l'aeroporto, guardai fuori dal finestrino, la pace quasi di provincia, le donne che spingevano i passeggini di pomeriggio, nel giorno libero dai loro impieghi part time. Sentivo già il morso della solitudine. Lí non sarei mai potuta essere felice.

Volammo a Città del Messico e quindi a Monterrey. Seduto nella fila accanto a me sull'aereo c'era un messicano, un uomo dai capelli neri un po' troppo lunghi, il tipo dal fascino ribelle, con la camicia sbottonata e una sciarpa buttata intorno al collo. Mi guardava con insistenza e sorrideva, il sorriso dell'uomo impaziente di scrollarsi di dosso il passato; gli restituii il sorriso. Immaginai la nuova vita che avrei potuto avere con lui, piena di avvenimenti palpitanti. Atterrammo, e al ritiro bagagli lo vidi abbracciare un bambino autistico; di fronte ai movimenti ripetitivi delle mani del bimbo, alla sua espressione schietta e innocente, mi vergognai di aver osato desiderare un uomo cosí indispensabile per suo figlio.

– Pronta? – mi chiese Luuk dopo aver caricato le nostre due valigie sul carrello. Aveva un'espressione interrogativa, come se avesse percepito il mio nuovo riserbo. Nel ritmo vertiginoso della nostra vita in comune mi ero sempre sentita una spettatrice, paga e soddisfatta, ma comunque una spettatrice. Non eravamo ancora alla fine ma quel giorno, all'aeroporto di Monterrey, capii che non mancava molto.

Due

Nell'ultimo periodo del lockdown, distesa a letto, pensavo a tutte le cose che avevo taciuto nel corso degli anni, e a tutti i futuri che non erano mai stati. Perché ricordiamo le cose che ricordiamo? Quali scene del nostro passato si impongono nella loro vividezza, e quali restano opache, inafferrabili? Di alcuni fuggevoli incontri ho un ricordo cosí netto che mi chiedo se il fatto stesso di ricordarli non sia significativo.

C'era stato l'uomo del Qatar incontrato a Londra, da Harrods, figurarsi, che diceva di essere venuto a prendere la sorella. – Lo sai che sei uno schianto? – mi disse. Un approccio talmente forzato da incuriosirmi. «Lo sai che sei uno schianto». Forse pensava che fosse la cosa giusta da dire a una donna, una donna nera, incontrata per caso da Harrods, a cui si decideva d'impulso di rivolgere la parola.

– Volevo solo dirti che sei bellissima, – aggiunse.

Aveva l'aria piú giovane di me e una pelle particolarmente chiara, come se fosse spalmata di fondotinta. Il suo stile trendy hip-hop, il costoso abbigliamento sportivo e le gigantesche sneaker avrebbero dovuto dissuadermi. Ma il suo accento arabo era il piú sexy del mondo, l'avrei ascoltato per ore, e immaginai altre cose dette con quell'accento. Era nervoso, non smetteva di passarsi da una mano all'altra il grosso, appariscente telefono. Il suo nervosismo mi incantò, era segno che stava improvvisando. La sorella era al piano di sopra, mi disse, chiedendomi il numero di telefono, e con un sorriso risposi: – Prima vai a prendere tua sorella, – con fare civettuolo e misterioso. Tentennò. Fu solo un attimo, ma in quella brevissima pausa mi si accese una lampadina; ricordai di aver sentito qualcuno dire, una volta, che gli arabi escono con le nere, ma solo di nascosto.

– E va bene, ma torno subito, ok? – disse, e poi aggiunse: – Promettimi che non te ne vai da nessuna parte.

Si girò per andare al piano superiore e io mi diressi verso l'uscita, e poi fuori, in strada. Quell'esitazione, quel tentennamento, significavano una cosa sola: non voleva che la sorella mi vedesse. A posteriori mi domandai se fosse tornato a perlustrare le sale di Harrods per cercarmi. E se mi fossi sbagliata, e avesse tentennato solo per paura che sparissi senza lasciargli il mio numero? Perché non gliel'avevo dato e basta, senza precludermi alcuna possibilità?

C'era stato l'argentino con cognome danese incontrato in un bar a Santiago del Cile. Aveva il viso grinzoso di chi passa lunghi periodi all'aria aperta; arrampicava e giocava a calcio. Ci eravamo messi a litigare per scherzo sulle squadre della Nigeria e dell'Argentina. – Voi siete bravi ma noi siamo meglio, – aveva detto lui, e io avevo obiettato: – No, siamo meglio noi, difettiamo solo di organizzazione, – e lui aveva ribattuto: – Esatto, il che dimostra che siamo meglio noi –. Era molto stupito che mi intendessi di calcio.

– Ho due fratelli maschi, – gli spiegai. – Non dimenticherò mai il giorno in cui la Nigeria ha battuto l'Argentina alle Olimpiadi di Atlanta. Ero al settimo cielo.

– Jay-Jay e Kanu! Me la sono legata al dito.

– Il nostro Dream Team!

– Devi assolutamente tornare in Argentina, – disse. – Cosí ti porto a una partita.

– In effetti avevo pensato di andare a Bariloche, giusto per vedere i laghi. Poi ho saputo che i nazisti scappati dalla Germania si erano tutti rifugiati lí. Se ci vado ne esco viva? – scherzai.

– Ti proteggo io, – rispose, e il suo ginocchio strusciò contro il mio.

Stavamo flirtando con piacevole leggerezza, e volevo che le cose rimanessero cosí, ma dopo due bicchieri si scaldò, avvicinandosi troppo, gli occhi di un grigio slavato.

– Sto guardando una bella donna. Una bellissima donna. Tu sai, vero, che cosa vogliamo tutti e due?

– Cosa?

– Lo sai. Lo sai benissimo. Vieni tu nel mio hotel o vengo io nel tuo?

Con che velocità i delicati fili del possibile diventano ispidi e grezzi. Mi spaventai. Avevo mandato un segnale sbagliato? Ma quale? E quando? Mentre io flirtavo superficialmente, senza un'idea di dove saremmo andati a parare, lui lo sapeva già, e probabilmente pensava che lo sapessi anch'io. Aveva rovinato tutto. Il bar nella penombra era diventato un oscuro pericolo.

Dissi: – Devo andare alla toilette. Torno subito.

– Ti guardo io la borsa, non hai bisogno di prenderla, – disse lui.

Balbettai: – No, è che mi serve la crema per le mani –. Era una minaccia? Cercava di trattenermi, di impedirmi di andarmene? Mi diressi verso la toilette, poi tagliai verso la porta e uscii dal bar. A posteriori mi chiesi se l'insuccesso di quell'incontro non fosse stato un insuccesso linguistico: il mio spagnolo era scarso e il suo inglese scolastico, si fermava spesso a cercare le parole. L'avevo frainteso, sprecando un'occasione?

C'era stato il keniota incontrato su un volo della Ethiopian Airlines. All'imbarco a Addis Abeba aveva chiesto all'assistente di volo se potesse imprestargli una penna. Fui attratta dalla sua voce, sicura e educata, che parlava l'inglese elegante dell'Africa orientale. Mi intromisi offrendogli la mia penna, poi mi sentii in imbarazzo e mi rifugiai dietro l'iPad. Non avevo mai rivolto la parola per prima a un uomo, tantomeno offerto la mia penna a uno sconosciuto. Mi chiese il permesso di chiedermi il mio nome; lo trovai buffo. – Mi troverebbe inopportuno se le chiedessi come si chiama? – Pronunciò «Chiamaka» alla perfezione.

– Lei è la prima scrittrice di viaggio africana che conosco, – disse in tono cordiale. Non poteva sapere se fossi brava o meno, ma era già ammirato. – È importante che dell'Africa scrivano scrittrici e scrittori africani. I libri di viaggio sul Kenya in circolazione sono terribili, scritti da gente che tutt'oggi chiama il Kenya «Kii-nya».

Perché non viaggiavo di piú nei Paesi africani? Ne avevo visitati solo tre. Gli dissi che amavo Accra, la città cortese, e Dakar, che aveva il gusto della bellezza come tale, e la compostezza di Abidjan, una città in crescita, che si espandeva in tutte le direzioni, con le sue strade senza buche. Il nostro interesse reciproco cominciò ben presto a riverberarsi nell'aria. Disse di essere un uomo d'affari e di dilettarsi un po' di politica, e dalla consumata modestia del suo atteggiamento intuii che era una persona famosa. Un cerchietto metallico gli luccicava al dito indice. Parlò dell'Africa, di come trascuriamo i tesori del nostro passato, non sappiamo vendere i nostri gloriosi miti, e affossiamo la nostra immaginazione.

– Servono valute locali. Pensi a quante energie si sprigionerebbero se i commerci e i viaggi intracontinentali avessero la giusta impalcatura...

I suoi brillanti discorsi mi stimolarono, e presi la decisione di visitare il maggior numero possibile di Paesi africani, di trattare meglio il nostro continente. Man mano che parlava diventava sempre piú attraente, con quel profilo nobile, la fronte e gli zigomi alti.

– La cultura kikuyu è molto simile alla cultura igbo, in molti sensi, – disse in tono allusivo, e io accettai con piacere tutte le possibili allusioni insite nelle sue parole. Eppure, quando atterrammo a Washington Dulles, mi precipitai a uscire dall'aereo prima di lui e corsi subito verso il parcheggio dei taxi, non avendo bagagli da ritirare.

La storia con Darnell non era finita da molto, in bocca avevo ancora un retrogusto perfido, e anche il keniota apparteneva al mondo accademico, benché non brandisse il sapere come un'arma contundente, come Darnell. Avrei dovuto aspettare il momento in cui ci saremmo scambiati i numeri di telefono. In compenso grazie a lui andai a visitare le rovine di Gede. In Africa intendevo rinunciare al solito tono spensierato e adottarne uno piú serio, e cosa c'era di meglio di una fiorente città africana del XII secolo? Dopo Gede avevo progettato di andare a Robben Island, e già immaginavo un pezzo su Mandela come figlio di un ricco passato cosmopolita. Se il keniota l'avesse letto sarebbe rimasto colpito. L'ambasciata del Kenya prevedeva verifiche supplementari sui passaporti nigeriani, e quando ottenni il visto era troppo tardi per richiedere anche quello sudafricano, che aveva un iter ancora piú complicato. (Dopo, decisi che era stupido trattare l'Africa in maniera diversa affrontando solo argomenti seri con tono solenne, e la volta successiva, in Zambia, andai per ristoranti).

A Gede la guida turistica, un tipo smilzo e impulsivo di Mombasa, ci condusse quasi controvoglia attraverso le rovine, farfugliando e indicando con il dito. Il gruppo era formato da tre neri americani, un giamaicano e un'inglese. Il giamaicano stava parlando della sua destinazione successiva, l'Etiopia.

– Cos'ha detto che era, quello? – domandò l'inglese alla guida, indicando una specie di ceppo. L'uomo farfugliò qualcosa e la donna ribatté: – Come? È sicuro?

– Gabinetto! Moderno gabinetto! – sbraitò la guida, facendomi sobbalzare. – Credete di averlo inventato voi, il gabinetto? L'abbiamo inventato noi in Africa!

Era passato in pochi secondi dal farfugliare all'esplodere di rabbia, infischiandosene del nostro shock.

– Il gabinetto l'abbiamo inventato noi in Africa! – ripeté, e si voltò verso di me, la sua sorella africana, con un'espressione che diceva: «Che gente». Annuii in segno di solidarietà. Non osai mostrarmi divertita. Capivo che la sua rabbia era stata scatenata dalla domanda della donna e da mille altri comportamenti irrispettosi. Chissà da quanto tempo accompagnava gruppi di turisti stranieri con il viso arrossato dal sole, in abiti di lino e sandali, che mettevano in dubbio le sue parole. Stranamente, immaginai di raccontare l'episodio proprio al keniota incontrato di sfuggita all'aeroporto. Gli avrei ripetuto: «Il gabinetto l'abbiamo inventato noi in Africa!» e avremmo riso, di una risata intima, di intesa, di quelle possibili solo tra africani.

Il mio ricordo piú vivido era il piú antico. Era il ricordo del giovane indiano del negozio di videocassette di Lagos. Aveva occhi dalle palpebre pesanti, semichiusi, come di un eterno sognatore. Era alto, marrone, bello, con una testa pienissima di capelli nerissimi, e mi guardava con insistenza; ogni volta che mi giravo incrociavo il suo sguardo. I negozi di videocassette non esistono piú perché non esistono piú le videocassette, ma il ricordo è rimasto, dei suoi occhi e degli scaffali zeppi di Vhs. C'è modo e modo di guardare; uno ti reifica, l'altro ti nobilita. Ricambiai lo sguardo ma subito lo distolsi, perché mi era venuto un groppo in gola. La bramosia nei suoi occhi era cosí triste e vana. Si sarebbe allontanato dai suoi amici per venire a parlarmi? No, certo che no. Omelogor aveva finito di scegliere le videocassette da noleggiare e mi chiamò: – Chia! Andiamo! – Il governo del generale Abacha aveva appena fatto impiccare Ken Saro-Wiwa ed eravamo tutti abbacchiati, ma Omelogor si comportava come se l'avesse conosciuto di persona, era sgarbata e intrattabile con chiunque. Era subito prima che andassi in Inghilterra per sostenere gli esami di ammissione al college. Zio Nwoye era a Lagos in congedo sabbatico e abitavano in una proprietà recintata a Ilupeju. Ilupeju era soprannominata la «piccola India»; agli angoli delle strade i venditori ambulanti offrivano strane zucchine che solo gli indiani compravano.

– Chia! – ripeté Omelogor.

La seguii a malincuore, trattenendomi dal girarmi a guardarlo come avrei voluto. Non ho piú dimenticato i suoi occhi. Qualche giorno dopo tornammo nel negozio, e io mi dilungai a tal punto che Omelogor mi chiese cosa avessi. A distanza di alcuni anni, a Nuova Delhi, quando rimasi sconcertata dal modo in cui mi guardavano gli uomini, mi tornò in mente il giovane con gli occhi semichiusi del negozio di videocassette di Ilupeju. Una rivista online disse che avrebbe pubblicato il mio pezzo su Delhi a patto che togliessi la frase: «Gli uomini mi guardavano in un modo in cui non ero mai stata guardata in vita mia, duro e sfacciato, non con innocua ammirazione ma con una cupezza che mi spaventava». Tolsi la frase e lo pubblicarono.

Tre

Il lockdown era finito e uscii a camminare all'aperto. Qualche automobile sulla strada ventosa, un albero incendiato di fiori, trilli nell'erba. Imboccai il sentiero, davanti a me c'era un uomo che si fermò brevemente a osservare un uccello su una pianta, e io pensai che era magnifico potersi fermare durante una passeggiata a osservare un uccello. Eravamo ancora sensibili alle piccole meraviglie. La vita sarebbe potuta essere di nuovo vita. Telefonai a Omelogor e le dissi che forse la vita sarebbe tornata normale. Rispose: – Sí, sogniamolo forte e succederà.

– Smettila di prendermi in giro.

– Ho appena licenziato Paul. Sapevo già che rubava, e non da ieri, ma questa volta ha passato il segno. Come puoi aprire i cartoni di latte che dovevi consegnare alla casa dei bambini senza madre, svuotarli della metà e richiuderli? E non era neppure pentito, l'idiota.

Al di là del tono severo, mi sembrò che fosse realmente offesa.

– Tornerà da te in ginocchio implorando di farlo per il bene di sua moglie e sua figlia, e tu lo ricoprirai di insulti, poi lo riprenderai.

Omelogor sbuffò. L'ultima volta che ero andata a trovarla, prima di Natale, Paul mi era sembrato teso e agitato, come se stesse tramando qualcosa di losco.

Omelogor rideva sempre quando dicevo che la Nigeria ha un odore, ma è vero. Soprattutto Lagos: un odore stratificato di marciume, scoli ostruiti e liquami, cui si aggiunge il vento salmastro dall'oceano. Quella volta trovai che Abuja odorava di spazio – i panorami aperti, la sensazione di poter respirare a pieni polmoni, senza lesinare l'aria. Capii perché Omelogor avesse accantonato l'idea di vivere a Lagos e si fosse stabilita lí.

Mi portò in ufficio, mostrandomi a tutti, dicendo: – Questa è mia cugina Chia, – innanzitutto al suo capo, il piccoletto che chiamava AD. Alle porte degli uffici bussava, apriva ed entrava, tutto in una volta, senza aspettare la risposta. Uno dei manager alzò gli occhi dalla scrivania, seccato, e io mi sentii imbarazzata a essere la causa dell'intrusione di Omelogor.

L'uomo, comunque, si sforzò di sorridere, per compiacerla. Constatare il potere di Omelogor mi riempí di orgoglio: nessuno poteva permettersi di sbatterla fuori o ignorarla. Suscitava sentimenti forti nelle persone – simpatia o antipatia, invidia o ammirazione – ma mai la palude dell'indifferenza. Anche chi non la amava la stava ad ascoltare. Trovavo che facesse una vita affascinante. A cena conobbi il suo eclettico gruppo di amici e amiche, alcune delle quali esibivano quella prepotente raffinatezza delle donne nigeriane che mi dà le vertigini perché non so mai dove posare lo sguardo, se sulle implausibili parrucche a caschetto, sul trucco pesante con le sopracciglia marcate o sugli abiti, attillatissimi, sgargianti, che strisciano per terra.

Dopo mangiato, in salotto, giocavano al gioco dei mimi e a «obbligo o verità». Parlavano dei loro domestici con languido disprezzo. A metà della cena Ejiro uscí in terrazzo per rollarsi una canna, che loro chiamavano «loud». Omelogor mi disse che al compleanno di Ejiro i camerieri passavano ogni mezz'ora con bicchieri contenenti ciascuno una pastiglietta bianca. Ogni trenta minuti.

– Come se non sopportassero di restare neanche un momento sotto l'effetto di se stessi e basta, – aggiunse.

– Non sapevo che ad Abuja girasse tutta questa droga, – commentai.

– Detta cosí, Chia, sembra una tana di peccatori.

– Volevo solo dire che pensavo fosse una cosa piú usuale a Lagos.

– Be', non è che qui la gente se ne va in giro strafatta dalla mattina alla sera.

Il tono polemico, non da lei, era per via della sua nuova amica, Hauwa. Quell'amicizia mi aveva stupita: peso piuma contro peso massimo. Hauwa ricordava un uccellino, un'uccellina femmina dai colori vivaci, graziosa e scattante, che non si posava mai un tempo sufficiente per conoscerla. Mi sarei aspettata che Omelogor la trovasse superficiale e poco interessante. Ma si sa che l'affetto appanna la vista. In quel momento Hauwa stava scrivendo al suo autista di comprarle delle paste secche. – Gli allego una foto, se no garantito che mi torna con degli spaghetti, – disse, e sebbene fosse una battuta modesta Omelogor rise, di una risata piena d'orgoglio, come per dire: «Guardate com'è spiritosa Hauwa».

Omelogor mi chiese se mi andava di accompagnarla in giornata nell'Igboland, a distribuire le sue buste. Certo che mi andava, risposi, con un brivido di eccitazione all'idea di partecipare alla magica avventura di mia cugina, prendere soldi rubati e ridistribuirli ai poveri. (– Dovevi proprio usare quel nome? – avevo obiettato, quando mi aveva raccontato del suo progetto, e lei aveva risposto: Se bisogna essere sfacciati, tanto vale esserlo fino in fondo).

Poi mi disse che voleva venire anche Hauwa.

– Lei sa di Robyn Hood? – chiesi, piú seccata di quanto avrei immaginato. – La conosci appena.

– Cosa vuol dire che la conosco appena? – sbottò Omelogor. – Secondo te non sono piú capace di decidere di chi posso fidarmi?

In ogni caso, Hauwa non venne con noi, mi parve di capire perché usciva poco di casa quando il marito era in città. A Owerri ci fermammo alla banca di Douglas Road, dove Omelogor voleva prelevare altro contante; accanto al moderno edificio della banca, tutto vetri e acciaio, c'era un'orribile montagna di rifiuti. Un cassiere riconobbe Omelogor, la famosa dirigente della sede di Abuja, e il direttore della filiale venne subito a salutarla. Ci sedemmo sui panciuti divani del suo ufficio; le pile di fascicoli sulla scrivania avevano un'aria antiquata, vestigia di epoche in cui non esistevano ancora i computer.

– Ci sono ben due filiali in Douglas Road, – cominciò a dire il direttore, ma Omelogor lo interruppe bruscamente: – Douglas era un ufficiale dell'esercito coloniale inglese che fece ammazzare centinaia di igbo, e noi gli abbiamo intitolato la piú grande strada della capitale. L'imbecillità dei popoli colonizzati non ha limiti.

– Be', – disse il direttore, con l'aria confusa. – Ovviamente non vogliono che impariamo la nostra storia.

– Chi sarebbero questi che non «vogliono»? Secondo lei c'è qualcuno che ha tempo e voglia di tenerle segreta la sua storia? Se la vada a studiare lei, piuttosto. Non pretenda che siano altri a insegnargliela.

Il direttore fu preso alla sprovvista. – *Ahn-ahn*, stiamo litigando? – chiese.

– Vuole che litighiamo? – ribatté Omelogor, allusiva e combattiva, e lo vidi sciogliersi ai suoi piedi come tutti gli altri uomini. Lo vidi vagare con lo sguardo e lavorare con la fantasia; lo vide anche Omelogor, e dopo scherzando mi chiese: – Pensi che dovrei tastare il terreno?

Era di cattivo umore e capivo che aveva a che fare con Hauwa, con i miei dubbi su di lei, ma non mi era chiaro il perché. Pensai a come chiederglielo ed eliminare eventuali malintesi. Ma in auto, dopo aver distribuito denaro a undici donne, fu lei a dirmi: – Hauwa non conosce tutta la storia di Robyn Hood. Crede che siano soldi miei.

– D'accordo, – feci, aspettando il seguito.

– Avevi ragione a porti il problema. Non avrei dovuto risponderti male. Solo tu e Chijioke sapete tutto.

– D'accordo.

– Hauwa non ti piace, eh?

– No, non è quello –. Esitai. – Insomma, non è che ci sia molto da farsi piacere o non piacere.

– Ahia! – esclamò Omelogor, ridendo, e la tensione si sciolse. Fu lí che, a proposito del direttore di banca, se ne uscí con: – Pensi che dovrei tastare il terreno?

Quella sera gli chiese via messaggio se gli andasse di raggiungerla nella sua camera d'albergo, la risposta naturalmente fu sí, e la mattina seguente Omelogor comparve rinvigorita e di ottimo umore.

– Quando gli uomini ti dicono che se potessero ti sposerebbero, si domandano mai se tu sposeresti loro? – mi chiese.

– Dovrà accontentarsi dei soliti quindici giorni, – dissi.

– È privo di curiosità intellettuale, – ribatté lei, e io scoppiai a ridere.

– Quindi non gli concedi neanche quindici giorni?

Omelogor è fatta a modo suo. I suoi brevi attacchi di passione mi intrigano. Ma se vivessi come lei il mio cuore sarebbe un deserto, preda di una sete inestinguibile, eternamente insoddisfatto.

– Parlando sul serio, non sogni mai di fare una vita completamente diversa? – chiesi a Omelogor alla fine del lockdown.

– Non una implausibile, – rispose. – Però ammetto che sono rimasta colpita quando zia Jane mi ha detto che la mia vita era vuota.

– Sei rimasta colpita perché anche tu sogni di avere qualcuno che ti conosca veramente, – dissi.

– Chiamaka, smettila di cercare complici della tua pazzia. E poi, che cosa *vuol dire* essere conosciuti? Cerchi qualcuno che ti studi e ti mandi a memoria come un libro di scuola?

– Sí, e che mi legga nel pensiero.

– Ti legga nel pensiero.

– Vivere e morire senza avere accanto qualcuno che ti conosce fino in fondo, che vita è?

– Ma io ti conosco fino in fondo.

– Dev'essere una storia d'amore.

– Perché?

– Perché sí.

– La tua tesi fa acqua da tutte le parti. In realtà non aspiri a essere conosciuta e basta; aspiri a trovare un uomo eterosessuale che ti studi come un libro di scuola.

– Detta cosí suona un po' meno bene.

Ci mettemmo a ridere tutte e due, e pensai a quanto avessi sentito la mancanza di mia cugina, e aspettato con ansia di poterla riabbracciare.

– Darnell è stata una vera perdita di tempo, – dissi. – La sua ex si tagliava, era chiaramente una donna distrutta, e siccome Darnell se ne faceva un vanto, io mi crucciavo di non essere come lei.

– Hai cambiato voce.

– Eh?

– Un attimo fa, parlando di Darnell, hai cambiato voce.

– Ma lui, perché stava con me? Non gli piacevo neanche. Che senso ha stare con una persona solo per trattarla male?

– Voi americani non dite che i genitori sono la colpa di tutto? Forse i suoi non gli davano il bacio della buonanotte.

– La sua famiglia era unita. Sua madre era meravigliosa e aveva un salone di parrucchiera. Suo padre lo adorava ed era impiegato all'ufficio delle risorse idriche.

– Chia, non ti stai chiedendo perché *tu* stavi con lui.

– Cioè?

– Non sei autorizzata a fare solo la vittima, manca un pezzo. Se riesci ad assumerti una parte di responsabilità, a dire: «Okay, mi ha maltrattata, ma io gliel'ho lasciato fare», allora puoi anche dire: «Non permetterò mai piú a un uomo di maltrattarmi».

– Non è che non sapessi di sbagliare, a lasciargli fare

certe cose, – dissi, sentendomi bacchettata. – Ma è perché credo che l'amore esige sempre delle prove da parte nostra.

– Quell'uomo non era degno di allacciarti le scarpe. Ricordi il nazista svedese? Avevi detto che vi eravate lasciati bene.

– Chi? Oh, Johan.

– *Ahn-ahn*. Come fai a essertene dimenticata? Dicevi di volerlo sposare.

– Non l'ho mai detto.

– Sí che l'hai detto. Finché una sua amica non ha giustificato l'Olocausto, o qualcosa di simile.

– Ho detto che era facile stare con lui. E non è un nazista! – ribattei, ridendo.

– Vuoi dire che non sei andata a cercarlo in rete?

– No.

– Allora il tuo inventario dei sogni non è completo!

Quattro

Come avevo fatto a dimenticare Johan? Lo svedese con il tronco lungo, come potrebbe averlo una gazzella europea bianca, se esistesse un animale del genere. Avevo spedito a Omelogor una sua fotografia e lei aveva risposto: *L'inglese ha cambiato per sempre i tuoi parametri*.

A voce alta avevo protestato, ma fra me e me mi ero posta il dubbio. Dopo Luuk, un altro uomo bianco alto e magro. Johan aveva i capelli biondi e l'aria sconclusionata dell'avventuriero che vive zaino in spalla. Non era fatto per la stabilità, in generale, e capii subito che avremmo continuato a navigare in superficie perché la profondità non era nemmeno prevista.

– Conosci il detto che l'amore dura tre anni? – mi chiese, come per mettermi in guardia, anche se in realtà restammo insieme meno di un anno, durante il quale la nostra relazione andò scucendosi, senza drammi, sotto i nostri occhi. Con lui provai una volta la rara sensazione di sentirmi conosciuta. Stavamo passeggiando tra i banchi di frutta e verdura di un mercato, nell'aria il profumo buono e giusto delle cose imperfette.

– A me piacciono le pesche o le pesche noci? – gli chiesi, perché non me lo ricordavo piú.

– Le pesche noci. Non ami la buccia pelosa delle pesche, – disse, e in quel momento ogni cosa assunse un nuovo splendore.

Ci eravamo conosciuti a un festival letterario di Brooklyn, a una tavola rotonda sulla scrittura di viaggio che si rivelò poco interessante. Il moderatore non la finiva piú di parlare di sé, mentre i partecipanti tacevano imbarazzati, e uno di loro scarabocchiava sul retro del suo libro. Johan, seduto accanto a me, bisbigliò: – Qualcuno dovrebbe chiudergli la bocca, – e mi sembrò che in quella stanza piena di gente ci fossimo solo io e lui.

Gli mancava un dente davanti, ed era difficile non fissare quel buchino quadrato, quando sorrideva. Era stato causato da un incidente, disse. Si era fratturato il cranio e, rispetto all'intervento chirurgico e alle varie altre complicazioni, un dente mancante sembrava una cosa da nulla. L'incidente gli aveva aperto gli occhi e si era reso conto di come fosse striminzita la sua vita quotidiana, di come in realtà stesse ancora aspettando di vivere. Si era dimesso dal giornale di Stoccolma in cui si occupava di cultura, era diventato freelance e aveva cominciato a viaggiare.

– Sarei potuto morire senza aver fatto niente di quello che desideravo veramente fare, – disse.

Pensai che capivo che cosa intendeva e, di conseguenza, lui.

Rideva delle mie battute e mi diceva in continuazione: – Come sei spiritosa –. Non era vero, ne ero sicura – forse non aveva mai conosciuto nessuno di veramente spiritoso –, ma era bello pensarmi cosí, come una persona arguta, che lo faceva tanto ridere. Quando parlavamo di viaggi eravamo come due torrenti in piena, ansiosi di scambiarci e condividere opinioni, soggiogati dalla nostra passione comune.

– Trieste? Sei stata a Trieste? – mi chiese un giorno.

– Sí, – risposi. – Ho letto il libro di Jan Morris su Trieste e ho deciso di andarci.

– Wow.

Amava la Germania e aveva passato brevi periodi a Francoforte e Berlino. Rise quando dissi che Francoforte era squallida, che aveva angoli fatiscenti. Trovò buffo che l'anno prima fossi andata a Berlino solo per farmi portare in taxi a vedere le case *Gründerzeit*.

– Non hai visto la vera Berlino, – dichiarò.

– Le parti piú sporche di una città dovrebbero essere le piú vere? Chi abita nei quartieri degradati lo fa perché non ha scelta, non perché vuol essere «vero». Se potesse se ne andrebbe.

– Ma sono le parti in cui vedi la città vera, il suo vero carattere.

– In tal caso credo che continuerò ad andare in quelle false.

Johan rise. Gli dissi che c'erano città che avevo amato praticamente appena scesa dall'aereo, città pronte ad accogliermi a braccia aperte e con cui ero certa di poter fare amicizia, altre che mi avevano lasciata fredda, e altre ancora in cui mi ero sentita ospite non gradita e non sarei mai tornata.

– Quali ti hanno lasciata fredda?

– Cracovia. Santiago del Cile.

– Quali hai amato appena scesa dall'aereo?

– Londra, naturalmente. E poi Colombo. Auckland. Dakar. Rio.

– In cui non tornerai?

– Mosca. Sydney. Buenos Aires.

– Molto razziste? – domandò. Mi misi a ridere.

– L'ostilità dei piccoli centri la metto in conto, prima di partire, ma è nelle grandi città che essere neri può diventare un peso da cui non farsi schiacciare. A Mosca era cosí. Ti assicuro che non è una bella sensazione.

– Non ci sono mai stato.

– I russi, tra l'altro, non sanno progettare i gabinetti; uno tira l'acqua, e l'affare non se ne va, rimane lí a guardarti dalla tazza.

– Sempre meglio delle latrine a fossa che ho usato in Cina! – Stava studiando il mandarino. Aveva intenzione di scrivere qualcosa sui legami culturali tra l'America e la Cina. – Non lo fa nessuno. Il tuo principale mercato non può essere il tuo peggior nemico! I due Paesi devono imparare a collaborare. Ne guadagnerebbero entrambi, e con loro il mondo intero. Invece hanno un ego ipertrofico, tutti e due.

Dissi che ero piú incuriosita dalla Corea e dal Giappone che dalla Cina.

– La Cina è il futuro, – ribatté. – Che ne dici di andarci insieme quest'autunno? Oh, lo so che ti faranno delle storie per rilasciarti il visto. Incredibile la quantità di problemi che deve affrontare chi ha un passaporto nigeriano. Pazzesco –. E mi guardò come se gli avessi schiuso le porte di un'eccitante nuova realtà.

Da principio ciascuno di noi due spiegò il proprio mondo all'altro, e fu straordinario spacchettare la propria vita e vederla in modo nuovo. Poi divenne faticoso, e cominciai a incolparlo di non sapere cose che ovviamente non poteva sapere.

– È bello che tu ti senta in dovere di mandare denaro in Nigeria, – disse.

– Non lo mando in Nigeria. Lo mando alla mia famiglia.

– È molto generoso da parte tua.

– Non è generoso. È giusto.

– È un dovere, quindi, – disse.

– No, non è un dovere. Non nel senso che intendi tu.

Quando seppi che aveva passato solo sei mesi negli Stati Uniti, commentai: – Ma il tuo inglese ha un forte accento americano.

– Sul serio? – fece lui, con un sorrisetto; era contento di passare per americano. – Ho imparato l'inglese guardando programmi televisivi americani.

Ero sconcertata dalla sua smodata passione per gli Stati Uniti, da come conoscesse e snocciolasse i particolari piú minuti del cinema e della musica americana, soprattutto quella afroamericana. Qualche anno prima era andato a Detroit solo perché adorava la Motown, il che non stupiva visto che i genitori gli avevano detto che era stato concepito mentre lo stereo riproduceva a tutto volume le canzoni dei Commodores. Si illuminava parlando di Tupac, Tina Turner e Prince, e non soltanto della loro musica ma anche dei loro contratti discografici e della loro vita sentimentale, e trovavo quasi maniacale che sapesse cosí tante cose di un Paese in cui non aveva mai vissuto. Della Svezia parlava di rado.

– E se in realtà tu fossi un americano che ha sempre abitato in Svezia? – gli dicevo, e rideva.

Andammo insieme in Germania, a Berlino, perché voleva farsi rilasciare un'intervista da un artista cinese che viveva lí. Avendoci abitato qualche tempo, aveva alcuni amici in città, e una di loro quella sera aveva ospiti a cena. Non mi aspettavo di trovarmi di fronte a una villa sontuosa all'interno di un quartiere snob di ville altrettanto sontuose, tra giardini ben curati e basse cancellate di ferro battuto.

– La tua amica è ricca, quindi non è vera, – dissi, e lui rispose ridendo che aveva ricevuto la casa in eredità, come se facesse qualche differenza. L'amica, Anna, era una tedesca raffinata che camminava con il bastone; snella, con i capelli scuri, indossava un paio di jeans e una camicetta bianca fresca di bucato, sbottonata quasi a metà, da cui spuntavano le due piccole semisfere dei seni. Era intonata allo stile misto dell'arredamento, tra divani moderni dalla linea sobria, comò antichi e quadri imponenti. Ti guardava fissandoti negli occhi, e sostenendo lo sguardo un po' troppo a lungo, come se si divertisse a metterti a disagio. Gli ospiti, seduti intorno a un tavolo ricoperto di formaggi e affettati, erano già su di giri per l'alcol, e stavano chiacchierando in tedesco.

Johan disse, in inglese: – Scusate, ma Chia parla inglese.

– No, non fa niente. Mi piace il suono del tedesco, – dissi. Era una bugia, alcune parole tedesche avevano una durezza inquietante.

– E inglese sia, – decretò la padrona di casa, fissandomi. La conversazione proseguí in inglese, e mi sentii in colpa perché alcuni si inceppavano nel parlare, rallentati da una lingua che non veniva loro spontanea. Chiacchieravano di cose divertenti, a voce piú alta di quel che mi sarei aspettata, attingendo a ciotole di piccoli pretzel salati.

– In Germania, la scalata al successo della classe media prevede di fare gli studi a Berlino, ottenere il primo impiego ad Amburgo e mettere su famiglia a Monaco, con il suo bel fiume incontaminato... Oh, tutti amano quel fiume, – disse uno di loro in tono sprezzante.

– Forza, ora ciascuno racconti una cosa divertente che gli è capitata! – disse un altro che aveva bevuto troppe birre. Johan raccontò di un dialogo avuto in India con un impiegato dell'aeroporto, e tutti risero. Dopo toccava a me. Non sapevo cosa dire. Perché mi importava tanto di far divertire quella gente mai vista? Nel dubbio, meglio scegliere l'autoironia. Raccontai che da ragazza, in Nigeria, avevo scoperto in un romanzo l'esistenza dei bagel, immaginando che fossero dolci eleganti, alla stregua dei macaron o dei bigné, ed ero rimasta malissimo quando in America ne avevo finalmente mangiato uno. La battuta finale era: «Avevo chiesto un bagel, non una ciambella dura!» Non feci in tempo a pronunciarla, che mi pentii di non aver raccontato qualcosa di piú ironico e meno terra terra. Ci fu qualche risatina sparsa.

– Bagel, – ripeté Anna, pensierosa. – I bagel sono un cibo ebraico, vero?

Aveva un modo di fare da donna di alta classe, una supponenza intenzionale radicata in una profonda sicurezza di sé. Sottolineò l'aggettivo «ebraico», pronunciandolo lentamente, in modo diverso dalle altre parole, dandogli un peso indebito all'interno della frase. Nell'aria si creò una turbolenza che non mi piacque. L'accento tedesco e l'espressione del viso, con i sopraccigli un po' alzati e le labbra leggermente arricciate, diventarono un'immagine stereotipata, e di colpo mi sentii catapultata nella storia tedesca. La testa prese a girarmi e mi venne la pelle d'oca. Per farmi passare la vertigine avrei dovuto stringere forte gli occhi.

– Sono un cibo ebraico? – ripeté, gli occhi fissi su di me.

Qualcuno rispose che sí, lo erano. Le chiacchiere ripresero come se niente fosse, come se Anna non avesse mai chiesto «Sono un cibo ebraico?» riferendosi ai bagel.

Perfino Johan, che rovesciò indietro la testa per bere da una bottiglia di birra, non fece una piega. Che passato aveva la famiglia di Anna? Le pareti della stanza cominciarono a ondeggiare. Un quadro astratto appeso all'altro capo della stanza all'improvviso sembrò gonfio di sdegno. Nella mia testa passarono scene di film e documentari sulla Germania durante la guerra, immagini di nazisti dall'uniforme impeccabile, individui perfettamente istruiti ed efferati assassini. Quella donna poteva essere una loro irriducibile nipotina. Le solide fondamenta di pietra di quella casa potevano essere intrise di sangue. Per tutto il resto della serata non guardai piú Anna, quasi temendo di veder confermato qualcosa che preferivo non vedere.

– Come può venire in mente di considerare ancora oggi il bagel un cibo «ebraico»? – chiesi a Johan quando uscimmo.

– Credo che tu stia dando un'interpretazione americana della cosa, – rispose.

Fissai incredula il suo viso non rasato, la barbetta corta bionda. Mi irritai anche con lui.

– Insisteva su questa storia del cibo ebraico. Che cosa importa se è ebraico o no? Il mio aneddoto riguardava tutt'altro, e poi il modo in cui l'ha chiesto, e l'espressione del suo viso...

– Vedi le cose da una prospettiva americana, – tagliò corto Johan. – Qui è diverso. I bagel non ci sono neanche.

– Davvero? – gli chiesi. Lui scosse la testa e cambiò discorso, dicendo che avremmo dovuto anticipare la gita a Kreuzberg perché l'artista cinese aveva spostato l'intervista al tardo pomeriggio. Lo guardai. Non lo conoscevo veramente; non avevo niente di cui stupirmi. La fine della nostra storia fu la piú indolore perché fu la piú leggera. Non essendoci sobbarcati la fatica di conoscerci, potemmo lasciarci senza il fardello dal risentimento, che cresce solo laddove c'è conoscenza dell'altro.

La fine del lockdown si trascinò come una canzone di cui non si ricordano le parole. Se solo la vita fosse ripresa subito come prima! Alcuni bar e ristoranti avevano riaperto, ma con molta prudenza, poiché le regole cambiavano da un giorno all'altro. Zikora e io ci demmo appuntamento in un ristorante del centro di Washington e ci mettemmo sulle seggiole di vimini del dehors, sotto il tendone. Mi guardai intorno, c'erano altri tre clienti. Avevamo un atteggiamento guardingo e la mascherina sul viso; eravamo prostrati, sconfitti da un mondo cambiato.

– Non ha senso venire al ristorante con la mascherina, e poi togliersela per bere e mangiare.

– Hai ragione.

Zikora tirò fuori un flacone di disinfettante, se ne spruzzò un po' sul palmo delle mani e se le sfregò l'una con l'altra. Feci altrettanto.

– Venendo qui ho incrociato un'auto della polizia e sono entrata nel panico, – disse Zikora. – Mi sono venuti in mente i primi giorni di confinamento a casa, quando pattugliavano le strade deserte, fermando le pochissime automobili che sfidavano il divieto per controllare che i guidatori rientrassero tra i «lavoratori essenziali» con permesso speciale.

– Ho sentito che in un Walmart hanno sparato a uno per della carta igienica. Tu pensi che la gente litighi per il cibo, invece... – dissi io.

– Abbiamo tirato fuori i nostri peggiori istinti animali, – continuò Zikora.

– Ma anche i migliori, – dissi io. – Tutti si aiutavano a vicenda. Non sai quanto ho pianto vedendo in tv la gente che applaudiva i lavoratori essenziali.

Zikora si abbassò la mascherina, e vidi che aveva il contorno della bocca irritato e arrossato. – Ho la tentazione di fare come quei pazzi che non vogliono mettersi la mascherina.

– Santo cielo. *Ndo*. La stai curando? Se vuoi ho una pomata per eritemi che ho comprato in Colombia.

– Mia madre mi ha consigliato una pomata allo zinco, l'avrà letto da qualche parte. In effetti mi sembra che un po' sia servita. Ti rendi conto, Chia? Siamo sopravvissute a un'epidemia. Chidera crede che le mascherine siano una cosa normalissima; una volta ha visto una mia fotografia di qualche tempo fa e non poteva credere che la mamma non indossasse la mascherina!

– Mi manca. Mi manca il suo dolce dolcissimo profumo.

– Era entusiasta di quella specie di scatola-puzzle che gli hai mandato. Se vuoi puoi tenerlo tu, questo sabato. Te lo faccio portare da mia madre.

– Il nostro ristorantino dell'hummus ha chiuso i battenti.

– Uno dei tanti. Non abbiamo ancora il quadro complessivo dei danni. Ci vorrà tempo per capire di quante cose siamo stati defraudati. Come una noce di cocco a cui togli la polpa e poi richiudi il guscio.

Il cameriere, con doppia mascherina e guanti, rimase troppo lontano dal tavolo e mancò poco che ci tirasse i bicchieri.

– Be', però è riuscito a non rovesciarli, – dissi, e scoppiammo a ridere. La risata mi risollevò l'umore. – Ma non dev'essere facile, per chi fa un lavoro a contatto con gli altri.

– Hai ragione. Ho trovato un ottimo sito di terapia online. Ma a te non serve, vero, signora Latteburro? Le persone normali hanno sofferto di ansia durante il lockdown ma tu no, tu eri occupata a cercare notizie sui tuoi ex e a fare l'inventario delle tue prede.

– Dei sogni. L'inventario dei miei sogni, – dissi.

– Allora, con quanti sogni sei stata?

– Il mondo è cambiato, è normale passare in rassegna la propria vita. E i rimpianti sono molti, – dissi. Mi dispiacque aver usato la parola «rimpianti». Chidera aveva quasi cinque anni e i genitori di Kwame non ne sapevano ancora nulla.

– Il rimpianto è un sentimento inutile –. Zikora fece una breve pausa e si spruzzò altro disinfettante sulle mani. – Allora, a che conclusione sei arrivata dopo aver fatto l'inventario dei sogni?

Stavo giocherellando con il mio bicchiere ancora mezzo pieno, scorrendo il dito sul manico. Ero restia a bere perché non volevo abbassarmi la mascherina. – Avrei dovuto impegnarmi di piú con Chuka. Ma all'epoca pensavo che per tenere in piedi una relazione non bastasse volerlo. L'ho googlato, ho visto le foto del suo matrimonio e ho pensato che...

– Che cosa?

– Non lo so. Che avrei voluto tornare indietro e rifare tutto da capo.

– Sei proprio una pappamolle viziata, Chia, – mi rimproverò affettuosamente Zikora. – La nostra Latteburro.

Cinque

Quando Zikora fece una chiamata di gruppo a me e Omelogor non programmata, capii che doveva trattarsi di Kadiatou, e capii che non sarebbero state buone notizie.

– Ritirano la denuncia, – disse. – Sostengono che Kadiatou ha detto troppe bugie e che non è affidabile.

– Cosa? – Udii il mio urlo come se provenisse da un'altra persona. – Cosa?

– *Ritirano* la denuncia? E basta? Tutto finito? – chiese Omelogor.

– Sí.

– Non ci credo, – disse Omelogor con fermezza.

– Dicono che ha mentito? – chiesi. – Come fanno a sapere che ha mentito?

– Non sullo stupro. Dicono che ci sono prove inconfutabili a sostegno della sua versione dei fatti, ma che siccome è stata reticente e non ha detto la verità sul suo passato, non si fidano di lei e pensano che neppure la giuria la riterrebbe affidabile.

– Quindi nessuno degli avvocati dell'accusa ha mai detto una bugia in vita sua, – commentò Omelogor.

– Ho letto il comunicato stampa, – disse Zikora. – In sostanza la vogliono scaricare. Sembra quasi che siano arrabbiati con lei. Pazzesco.

– Non ha mentito sullo stupro, ma siccome l'ha fatto su altre cose del suo passato, una giuria di persone normali non le crederebbe sullo stupro? – disse Omelogor.

– Ma Kadi non ha mentito, – dissi io.

– Il punto è: anche se avesse effettivamente mentito sul suo passato, perché dovrebbe mentire su tutto il resto? Perché non si focalizzano su ciò che è accaduto nella stanza, sulla ragione per cui ha denunciato quell'uomo? – continuò Omelogor.

– E ora come lo dico a Kadi? – dissi io. Ero stordita, istupidita; avevo migliaia di puntini che mi sfarfallavano davanti agli occhi e la voce di Kadiatou che mi risuonava nella testa: «Manderà qualcuno a uccidere me! Manderà qualcuno a uccidere me!»

– È ancora aperta la strada del processo civile. Una causa civile la vincerà quasi di sicuro, prenderà dei soldi e potrà aprire un ristorante, – disse Zikora.

– Ma è un ben misero premio di consolazione, – commentò Omelogor.

– Cosa?

– Vincere una causa civile. Trovo odioso questo modo tutto americano di confondere la giustizia con il denaro. Vincere dei soldi in una causa civile non significa ottenere giustizia. Come può lo Stato ritirare una denuncia penale? Santo cielo, in America nessuno ha piú il coraggio delle proprie azioni. Quindi come si sarebbero svolti i fatti secondo loro? Se una versione dei fatti non ti convince, dicci qual è quella vera.

– Non sostengono che la versione di Kadiatou non sia vera. Sostengono che non la possono dimostrare per via di alcune dichiarazioni da lei fatte in passato, – obiettò Zikora.

– Ma che cosa c'entra il passato con quello che è successo nell'hotel? – domandai.

– La verità è che il pubblico ministero è un codardo che fa solo i suoi comodi e ha paura di svolgere seriamente il suo lavoro. In che stato è ridotta l'America! – disse Omelogor con la voce incrinata.

– Certo, perché la Nigeria invece…! – commentò sarcasticamente Zikora.

Omelogor sembrò quasi offesa, come se non lo ritenesse il momento di punzecchiarsi. – Zikora, la Nigeria non si autoproclama la terra della libertà e del coraggio.

– Non so come dirglielo, – feci io.

– Devi andare da lei, Chia. Devi dirglielo di persona prima che lo faccia il suo avvocato, – disse Omelogor.

– Sí, per lei sarà piú facile, – aggiunse Zikora. – Io posso fare un salto dopo l'ufficio.

– Chia? – mi incalzò Omelogor.

– Sí, va bene, – risposi.

E cosí telefonai a Kadi, una chiamata solo vocale perché non volevo che mi vedesse in faccia.

– Kadi, devo venire da te. Devo parlarti. Zikora è venuta a sapere una cosa.

Ci fu un sospiro, un breve silenzio strozzato, poi disse: – Mi mandano via? Ma Binta può stare. Lei può stare.

– No, Kadi, non è quello. Nessuno ha intenzione di mandarti via. Aspettami, vengo subito.

– Okay.

Che importanza poteva avere cosa mettersi per dare la notizia a Kadi? Eppure mi cambiai tre volte. Alla fine optai per il vestito grigio scuro, spento e serio al punto giusto. L'ingresso di casa sua odorava di funghi. Binta venne ad aprirmi con il viso coperto da una mascherina di carta bianca che sfregò contro la mia quando ci abbracciammo. Adorabile ragazzina dagli occhi tristi, ingiustamente ingabbiata con la madre in un minuscolo appartamento in attesa di ottenere giustizia. La abbracciai forte a lungo. Kadi aveva finito da poco di cucinare, in casa c'era lo stesso odore che aleggiava nella mia cucina quando preparava il folere. Le vecchie assi di legno del pavimento erano lucide a furia di essere strofinate. Alla vecchia maniera, con la spazzola. Kadi una volta mi aveva raccontato che Amadou scherzava sul fatto che non doveva scomodarsi a usare i piatti, nella sua casa di New York, che avrebbe mangiato direttamente sul pavimento, era troppo pulito per non approfittarne. Un rumore metallico di termosifone. Fuori faceva già caldo ma il termosifone era acceso. Il salotto era metà in ombra, le finestre erano avare di luce, e Kadi era seduta nell'angolo piú buio, aggrappata a un bracciolo della poltrona. Una poltrona consunta, dove probabilmente si buttava dopo una lunga giornata di lavoro per guardare i suoi amati film di Nollywood. Un tavolino era occupato da un abat-jour con le frange, stonato rispetto all'ambiente.

– Kadi, – dissi.

– Miss Chia, – rispose. Sembrava diffidente, e perfino spazientita; aveva capito che le portavo cattive notizie e voleva arrivare subito al dunque. Se l'aria fosse stata di stoffa, sarebbe stata piena di grinze. Binta era sulle spine, la sua ansia era cosí palpabile che si toccava con mano. Inspirai profondamente, provando un gran senso di pena per Kadi. Dopo essere stata messa a lungo sotto torchio, dopo aver subito infiniti interrogatori... dopo tutto ciò, ritrovarsi con un pugno di mosche in mano.

– Kadi, la denuncia sarà archiviata. L'hanno ritirata. Non si andrà a processo.

– Che significa, zia Chia? – mi chiese Binta.

Kadi aveva l'aria confusa, la fronte aggrottata. – L'hanno ritirata?

– Sí, è ridicolo, lo so, dicono che le tue accuse non sono dimostrabili, e poi c'è il fatto che il tizio ha avvocati molto potenti –. Tacqui. Ero maldestra, non riuscivo a spiegarmi bene.

– Perciò niente tribunale? Niente processo? – chiese Kadi.

– Esatto. Però, Kadi, c'è una cosa che si chiama procedimento civile...

Mi interruppe. – Quindi, Miss Chia, niente processo? Ritirano tutto?

D'un tratto ebbi la fastidiosa sensazione che qualcosa non tornasse, che il crescendo nella sua voce fosse sbagliato, un moto di vivacità incongruo rispetto alla notizia che le avevo dato. Che non avesse capito?

– Sí. Hanno ritirato le accuse. È tutto finito.

Kadi sbarrò gli occhi per l'incredulità, ma non per il terrore; era l'altra forma di incredulità, quella diffidente, che pensa: è troppo bello per essere vero.

– Niente processo?

– No.

E allora Kadi sorrise. Vidi la sua espressione mutare sotto i miei occhi, come nei filmati al contrario in cui si vede un fiore avvizzito che riapre lentamente i petali. Si alzò in piedi, in tutta la sua statuaria altezza, e un attimo dopo lei e Binta erano l'una nelle braccia dell'altra, avvinghiate strette, e Kadi emetteva un suono che non era né pianto né riso, ma una sorta di sommesso ululato.

D'un tratto la mia tensione calò e mi sentii svuotata di ogni energia.

– Oh, zia Chia, – disse Binta. – Era terrorizzata all'idea del processo. Pregava tanto di poterlo evitare, di non dover rispondere davanti a tutti alle domande sulla sua vita privata, e quando l'avvocato chiamava ogni tanto non rispondeva perché non ne poteva piú di doversi preparare agli interrogatori, e quando telefonava il pubblico ministero aveva paura, e la notte non dormiva mai, piangeva sempre, sempre.

Ora era Binta che piangeva, e tra le lacrime sorrideva.

Kadi fece su e giú per la stanza, poi si sedette sul sofà, accanto alla finestra, e Binta si sedette vicino a lei e le prese la mano. Mi resi conto di stare assistendo a una scena memorabile, perché Kadi si stava schiudendo, stava rinascendo davanti ai miei occhi. La disperazione era stata spazzata via in un baleno.

– Oh, Miss Chia, – disse.

Mi stava suonando il telefono. Era Omelogor, ma non risposi. L'avrei richiamata piú tardi, dall'auto, tornando a casa, e alla sua voce affannosa che dopo il primo squillo mi chiedeva: – Allora, Chia, com'è andata? Era sconvolta, immagino, – avrei risposto, con una punta di soddisfazione: – Veramente no. Non lo era affatto –. Ma per il momento lasciai squillare a vuoto. Volevo godermi ancora qualche secondo la vista di quelle due persone perbene, Kadiatou e Binta, madre e figlia, sedute sul sofà mano nella mano, i visi inondati di luce.

Nota dell'autrice

Il tema di un romanzo non è mai del tutto il suo vero tema. Almeno per quanto riguarda la sottoscritta. *L'inventario dei sogni* verte, certo, sui desideri intrecciati di quattro donne, ma a un livello piú personale e meno evidente al lettore, almeno di primo acchito, in realtà verte su mia madre. Sulla perdita di mia madre. Un lutto cocciutamente congelato allo stato nascente, ben prima dell'avvio delle sue cosiddette fasi, quando i contorni sono ancora intatti: il momento dello sconcerto e dell'incredulità, degli innumerevoli rimpianti.

Alla morte di mia madre, troppo vicina a quella di mio padre, la coltre che proteggeva la mia vita è stata strappata via, lasciandomi un disarmante senso di nudità, un desiderio lancinante di tornare indietro nel tempo, il vizio atroce di non guardare in faccia la realtà, il terrore di prenderne atto, la paura della fine e, soprattutto, una tristezza e una rabbia continue, talvolta l'una a far da guscio all'altra. Non può stupire, quindi, che in questo libro si parli tanto del rapporto tra madri e figlie, messo in risalto dalla scena finale, in cui Kadiatou e Binta, madre e figlia, cominciano una nuova vita.

Non potevo immaginare che avrei scritto il personaggio di Kadiatou, ispirato a Nafissatou Diallo, quando, nel maggio del 2011, sentii parlare per la prima volta di lei, un'immigrata della Guinea che faceva le pulizie in un prestigioso hotel di New York. Era su tutti i giornali perché aveva accusato un ospite dell'albergo – Dominique

Strauss-Kahn, capo del Fondo monetario internazionale – di violenza sessuale. Avevo seguito la vicenda attentamente, direi quasi appassionatamente. Toccava molti nodi dell'America di oggi, potere e violenza sessuale, genere, immigrazione ed etnia. Gli elementi della storia erano avvincenti come quelli di un melodramma da quattro soldi: la cameriera di umili origini, l'uomo destinato a diventare presidente, il suo arresto su un aereo in procinto di decollare per Parigi. Provai subito un istinto di protezione nei confronti di Nafissatou Diallo, che pur essendo per molti aspetti diversa da me, era anche lei una donna originaria dell'Africa occidentale residente in America, e perciò una figura familiare, intuitivamente comprensibile; emersero sentimenti di sorellanza.

Il mio interesse si era ormai tristemente mutato in delusione allorché, nell'agosto del 2011, pubblicai un saggio sul caso, una parte del quale diceva cosí:

> Quando Dominique Strauss-Kahn è stato arrestato lo scorso maggio con l'accusa di aver stuprato Diallo in una camera d'albergo, ho plaudito al sistema giudiziario americano: una donna indifesa aveva denunciato di essere stata violentata da un pezzo grosso, e il pezzo grosso era stato immediatamente arrestato. In Nigeria, il mio Paese d'origine, non sarebbe accaduto. Come non sarebbe accaduto in Guinea, Paese di cui è originaria Nafissatou Diallo. Benché l'esibizione pubblica di Strauss-Kahn in manette mi avesse fatto rabbrividire – e penso davvero che questa pratica dovrebbe essere abolita, chiunque sia l'imputato, perché è un segnale implicito di colpevolezza –, il suo arresto mi ha ricordato perché ammiravo l'America. Ora il procedimento penale è stato archiviato, e non perché i rappresentanti della pubblica accusa siano convinti che Strauss-Kahn sia innocente, ma perché Diallo non è una santa.
>
> I pubblici ministeri hanno la prova che ci fu un «rapporto sessuale frettoloso». Diallo ha sempre ribadito di non aver dato il suo consenso a tale rapporto. Non aveva mai visto quell'uomo in vita sua. Strauss-Kahn non aveva mai visto quella donna in vita sua. Pochi minuti dopo averlo incontrato, Diallo sputava il suo sperma sul pavimento. Le colleghe e i colleghi che la videro dopo il fatto hanno confermato che era turbata. Gli avvocati di lui hanno so-

> stenuto che il rapporto era consensuale. Quindi due perfetti sconosciuti avrebbero consumato un rapporto consensuale nell'arco di dieci minuti? Non è impossibile, ma è altamente improbabile, e un processo avrebbe potuto chiarire questo punto. In televisione, gli avvocati di Strauss-Kahn hanno definito Nafissatou Diallo «malvagia o patetica, o entrambe le cose». In piú Strauss-Kahn l'ha sempre accusata di «mentire», e impiegando piú e piú volte questa espressione, come del resto hanno fatto molti commentatori, la si è fatta diventare una verità generale. Diallo è diventata solo ed esclusivamente una bugiarda. Ma su cos'è che avrebbe mentito?

Nel resto del saggio la mia posizione è ugualmente amareggiata. La denuncia di Nafissatou Diallo rappresentava un momento significativo per la cultura americana, un'opportunità pre-MeToo di ripensare i luoghi comuni sulla violenza sessuale contro le donne, specie nei casi in cui tale violenza si ammanta di potere. Metteva in discussione il sistema giudiziario americano, la traiettoria della politica francese, la copertura mediatica dello stupro, l'interazione fra questioni di immigrazione, genere ed etnia. Si trattava, in breve, di un caso troppo importante per essere archiviato cosí sbrigativamente.

Non potevo smettere di pensare alla donna che era al centro di tutto ciò, ai modi da africana occidentale emersi durante l'intervista televisiva, a come avesse abbassato la voce parlando dell'esame intimo che le era stato fatto in ospedale dopo lo stupro. Sembrava decisa a raccontare, ma molto meno a essere catapultata sotto i riflettori. La figlia, disse, le aveva raccomandato: «Mamma, promettimi che smetterai di piangere». Quel particolare fece breccia nel mio cuore, mi commosse e mi rimase in testa per anni.

Tra il ritiro della denuncia, gli avvocati della difesa che la accusavano pubblicamente di essere una bugiarda e l'impossibilità di far valere o meno le proprie ragioni in un tribunale, Nafissatou Diallo divenne per me un simbolo, una persona tradita da un Paese di cui si fidava, la cui reputazione era stata lesa dalle falsità riportate dai media, la cui esistenza era stata lacerata per sempre.

Talvolta la creatività è stimolata dal bisogno di raddrizzare un torto, per obliquo che possa essere il risultato. In questo caso, il bisogno era quello di raccontare un torto, ma nell'equilibrio delle narrazioni. Nafissatou Diallo aveva accusato un uomo talmente famoso e talmente in vista che era stato impossibile vedere in lui solo quello: solo un uomo accusato di violenza sessuale. Lei, al contrario, nell'immaginario collettivo era diventata la donna che aveva denunciato un uomo importante, ma la cui denuncia era stata ritirata perché era una bugiarda. Era un'immagine quanto mai ingenerosa, irrispettosa, parziale e monocorde.

Anche questo mi ha spinta a creare un personaggio di fantasia che potesse restituirle la dignità perduta. Lucido realismo, ma venato di tenerezza. Un ritratto da cima a fondo umano, e non ideologico, perché l'ideologia impedisce gli altri modi di vedere, mentre l'arte presuppone una molteplicità di sguardi. Soprattutto un aspetto recente, specifico dell'ideologia contemporanea, che non solo è incompatibile, ma anche in netto contrasto con l'arte, e che consiste nel rifuggire dall'umana possibilità della contraddizione, e fornire le risposte prima ancora che siano formulate le domande – sempre che lo siano.

Lo scopo dell'arte è osservare il mondo e lasciarsene emozionare, e poi attuare una serie di tentativi di vederlo con chiarezza, di interpretarlo, di interrogarlo. In ciascuno di questi tentativi deve prevalere una sorta di purezza di intenti. Non può essere pretestuoso, dev'esserci una sincerità di fondo. Solo cosí si giunge a un pensiero compiuto, a un'illuminazione, e infine, se tutto va bene, a un'epifania.

Cosa significa cercare di mostrare il lato umano di una persona attraverso un'opera di fantasia? «Mostrare il lato umano». Come se la persona non fosse già umana. Significa creare un personaggio attraverso cui riflettere su cosa significa quest'espressione cosí diffusa, «mostrare il lato umano». Di per sé è un'idea solenne, seria, saggia. Come esperienza, tuttavia, è arruffata e scombinata, è riso e pianto, viltà e coraggio, è il modo in cui deludiamo noi stessi o gli altri, in cui ci risolleviamo o non ci risolleviamo dai nostri errori, in cui agiamo con grettezza, in cui cerchiamo di superare le difficoltà e lottiamo per migliorarci, in cui ci crogioliamo nell'autocompatimento, in cui sbagliamo, in cui ci aggrappiamo tenacemente alle nostre speranze. C'è qualcosa di molto nobile nella nostra umanità, ma nel quotidiano essa non si traduce, né deve tradursi, in un continuo esercizio di virtú. La vittima di un reato non deve essere perfetta per meritare giustizia.

(A proposito di virtú, ebbe un qualche peso il fatto che le presunte «bugie» di Nafissatou Diallo non riguardassero ciò che avvenne in quella stanza d'albergo?)

Certe storie muoiono ed escono dalla memoria collettiva semplicemente perché nessuno le racconta. Un certo resoconto di un fatto, al contrario, sopravvive perché gli altri sono messi a tacere. Le riscritture creative delle storie sono importanti. La letteratura è davvero un modo di istruire divertendo – o perlomeno può esserlo. Tiene accesa la fiaccola e racconta la sua storia come promemoria, come testimonianza, come testamento. Le storie ci aiutano a vedere noi stessi, a parlare di noi stessi. Come ha scritto Seamus Heaney, citando un passo di Neruda sull'arte dei maestri olandesi, «la realtà del mondo non passerà inosservata».

Come si deve fare, allora, per osservarla? Mentre scrivevo il mio secondo romanzo, *Metà di un sole giallo*, sulla guerra del Biafra, ero consapevole che le generazioni nate dopo la guerra e cresciute nel silenzio postbellico avrebbero considerato il libro un volume di storia oltre che un'opera d'arte. Di conseguenza, pur lasciando correre liberamente la fantasia sia nel tono sia nella trama, non falsificai né annacquai alcun episodio saliente di quella guerra. Non pensavo di avere il diritto, ad esempio, di intervenire in maniera significativa sui resoconti dei massacri. Potevo aggiungere qualche dettaglio chiarificatore, ma ero restia a inventare scene che avrebbero potuto indurre i lettori consapevoli a cambiare la loro percezione della guerra. Avrei finito per minimizzare una vicenda di portata epocale che aveva sconvolto la vita di milioni di persone. La frase «basato su una storia vera» non avrebbe piú avuto senso.

Il resoconto dello stupro fatto dalla stessa Nafissatou Diallo mi è parso irrinunciabile. Dopotutto era quello, lo stupro, il motivo per cui era diventata una figura pubblica, una donna cosí presente sui media da ispirare il personaggio di un romanzo. Mi è parso che la sua descrizione dello stupro dovesse essere il nocciolo intorno a cui far viaggiare la fantasia. È l'unica parte dell'*Inventario dei sogni* che ho lasciato il piú aderente possibile al racconto di Nafissatou. Il personaggio di Kadiatou è ispirato alla figura di Nafissatou, ma Kadiatou non è Nafissatou. Non potrebbe esserlo neanche volendo, dal momento che non so niente di Nafissatou Diallo, a parte ciò che è di dominio pubblico. La parte relativa alla vita di Kadiatou prima dell'arrivo in America non è basata in alcun modo su fatti noti della vita di Nafissatou. Le scene di ciò che accadde dopo la violenza hanno solo un'intelaiatura fattuale – è risaputo che fu visitata in ospedale e che aveva un avvocato – ma le sfumature e i dettagli dell'esperienza vissuta da Kadiatou sono opera mia. Come lo è l'intero panorama emotivo. Una scrittura creativa che rinunci a scalare le vette delle emozioni si può dire fallita. Non so cosa provò Nafissatou Diallo perché non ho modo di saperlo, ma posso immaginarlo nella vita di un personaggio letterario, e poi invitare i lettori che lo desiderano a unirsi a me in questo atto di restituzione della dignità.

Sappiamo dalle interviste che quando la denuncia penale fu ritirata Nafissatou Diallo ne fu ferita. Una reazione prevedibile e comprensibile. Ma l'immaginazione artistica è anche lo spazio del «che cosa sarebbe successo se». Che cosa sarebbe successo se, anziché esserne devastata, avesse visto il ritiro della denuncia come una possibilità di sottrarsi a un sistema che sapeva non essere pensato per aiutare quelli come lei? Che cosa sarebbe successo se l'avesse visto, piuttosto, come un aiuto indiretto, perché se da un lato non aveva ricevuto giustizia, dall'altro poteva estrarre la sua vita dal ghiaccio dell'ignoto in cui era stata congelata?

Talvolta, durante il processo di scrittura, si manifestano dei momenti magici, personaggi che si rivelano, elementi chiave che confluiscono in una scena, ed è quanto è accaduto alla fine di questo libro. Mi ha molto commossa, quel finale, nutrito nel grembo di un dolore intimo, travolgente, e tuttavia cosí scevro di dolore.

Penso che a mia madre sarebbe piaciuto il personaggio di Kadiatou. Me la vedo che legge questo libro, sospira, e alla fine, con un che di rassegnato e solidale, dice: «*Nwanyi ibe m*». Mia compagna.

Indice

Certificato PEFC
Questo prodotto è realizzato con materia prima da foreste gestite in maniera sostenibile e da fonti controllate
PEFC
PEFC/18-31-226
www.pefc.it

Einaudi garantisce la gestione sostenibile delle risorse forestali e usa carta HOLMEN certificata PEFC con fibra vergine proveniente da foreste sostenibili
www.holmen.com/paper

GRAFICA VENETA
GV CARBON NEUTRAL

Questo libro è fabbricato da Grafica Veneta S.p.A.
con un processo di stampa e rilegatura certificato 100% carbon neutral
in accordo con PAS 2060 BSI

Stampato per conto della Casa editrice Einaudi
presso Grafica Veneta S.p.A. - Stabilimento di Trebaseleghe (Pd)
nel mese di maggio 2025

C.L. 26413

Ristampa						Anno			
0	1	2	3	4	5	2025	2026	2027	2028